京都近代文学事典

編
日本近代文学会関西支部
京都近代文学事典編集委員会

和泉書院

母屋玄関

正門

谷崎潤一郎旧邸「潺湲亭（現石村亭）」
写真提供　日新電機株式会社

はしがき

昭和五十四年に発足した日本近代文学会関西支部は、支部創設三十周年を記念して、『京都近代文学事典』『兵庫近代文学事典』（平成23・10・20）の刊行を企画した。『大阪近代文学事典』（平成17・5・20）、『滋賀近代文学事典』（平成20・11・20）につづく府県別文学事典の刊行であり、浦西和彦・浅田隆・太田登編『奈良近代文学事典』（平成元・6・20）、浦西和彦・半田美永編『紀伊半島近代文学事典〈和歌山・三重〉』（平成13・12・2、いずれも和泉書院刊）と併せて、関西二府四県の『近代文学事典』が揃った。

京都が持つ悠久の歴史からみれば、明治以降の〈近代〉は短い期間かもしれない。しかし、この一四〇年あまりの間に生み出された文学作品は、質量とも多岐に亘る。京都を訪れたことのない文学者は稀であろうし、京都を舞台とした作品は枚挙に暇がない。『京都近代文学事典』では、文学者と京都との関わりをわかりやすく説くことに主眼を置いた。また、できるだけ幅広く京都出身者を採り上げることにも留意した。『京都近代文学事典』を読み解くことで、京都の近代文学への関心が高まり研究も活発になれば、本書を刊行した意義は全うされよう。

和泉書院の尽力を得て刊行された『京都近代文学事典』が、おおいに活用されることを願う。

平成二十五年三月吉日

日本近代文学会関西支部
京都近代文学事典編集委員会

●『京都近代文学事典』編集委員

越前谷　宏　田中　励儀　西川　貴子　堀部　功夫　三谷　憲正

●執筆者一覧

青木　京子　青木　稔弥　青木　亮人　明里　千章　浅子　逸男　浅野　洋　浅見　洋子
足立　直子　足立　匡敏　天野　勝重　天野　知幸　荒井真理亜　有田　和臣　安藤　徹
飯田　祐子　池川　敬司　石上　敏　石橋　紀俊　出原　隆俊　一條　孝夫　出光　公治
稲垣　裕子　岩見　幸恵　梅本　宣之　浦谷　一弘　浦西　和彦　越前谷　宏　太田　登
大田　正紀　太田　路枝　大橋　毅彦　岡﨑　昌宏　岡村　知子　小川　直美　荻原　桂子
尾添　陽平　尾西　康充　笠井　秋生　上總　朋子　勝田真由子　金岡　直子　叶　真紀
川畑　和成　河村奈緒美　菅　紀子　北川扶生子　木田　隆文　木谷真紀子　木村　一信
木村　小夜　木村　功　木村　洋　楠井　清文　工藤　哲夫　國中　治　久保田恭子
久保　明恵　熊谷　昭宏　黒田　大河　河野　仁昭　小谷口　綾　権藤　愛順　齋藤　勝
佐伯　順子　坂井二三絵　笹尾　佳代　佐藤　和夫　佐藤　淳　佐藤　秀明　佐藤　良太
澤田由紀子　重松　恵美　島村　健司　清水　康次　真銅　正宏　杉岡　歩美　杉田　智美
須田　千里　諏訪　彩子　関　肇　杣谷　英紀　髙阪　薫　高橋　和幸　高橋　博美

田口　道昭
田口　律男
竹内　友美
竹島　千寿
竹松　良明
たつみ都志
田中　葵
田中　裕也
田中　励儀
谷口　慎次
田村　修一
槌賀　七代
椿井　里子
東口　昌央
外村　彰
友田　義行
鳥井　正晴
内藤　由直
永井　敦子
永栄　啓伸
中尾　務
中川　成美
中河　督裕
中島加代子
中谷　文乃
仲谷　知之
中谷　美紀
中谷　元宣
中田　睦美
長沼　光彦
中野登志美
長濵　拓磨
中原　幸子
長原しのぶ
永渕　朋枝
奈良﨑英穂
二木　晴美
西尾　宣明
西尾　元伸
西川　貴子
西村　将洋
西村真由美
西本　匡克
西山　康一
日塔美代子
野口　裕子
野田　直恵
信時　哲郎
野村幸一郎
硲　香文
橋本　正志
畠山　兆子
畑　裕哉
花﨑　育代
馬場　舞子
林　哲夫
日高　佳紀
杲　由美
日比　嘉高
船井　春奈
細川　正義
堀部　功夫
本多　和彦
洪　明嬉
前田　貞昭
槙山　朋子
増田明日香
増田　周子
松枝　誠
松永　直子
松本　陽子
三重野由加
三品　理絵
水川布美子
水野亜紀子
水野　洋
三谷　憲正
箕野　聡子
宮内　淳子
宮川　康
宮薗　美佳
宮本　正章
宮山　昌治
村田　好哉
室　鈴香
森西　真弓
森鼻　香織
森本　隆子
森本　智子
森本　秀樹
諸岡　知徳
安森　敏隆
山口　直孝
山﨑　義光
山田　哲久
山本　欣司
吉岡由紀彦
吉川　望
吉川　仁子
吉田　永宏
吉本　弥生
渡辺　順子
渡邊　浩史
渡邊　ルリ

目次

凡例

＊本事典は、京都の近代文学に関わる事項を対象とする事典である。

＊人名項目には、京都出身者、及び、居住・滞在者、訪問者、あるいは京都に関わる作品を著した文学者等を、五十音順に収録した。

＊人名項目は、人名の読み方、生没年月日、活動分野、出身地、本名、筆名、雅号、略歴などで構成した。生没年月日などが未詳の場合、「未詳」とした。

＊枝項目（作品名）は、その文学者の代表作を紹介するのではなく、京都を題材、もしくは舞台とした作品に限り、小説・戯曲・評論・随筆・詩・短歌・俳句などのジャンルを対象とした。

＊枝項目は、作品名、読み方、ジャンル、〔初出〕雑誌・新聞名、発行年月（日）、〔初版〕書名、刊行年月、出版社名、などを記述し、◇印以下に作品内容を要約した。

＊各項目については、執筆者の記述に従ったが、事典の性格上、最小限の表現の統一を図った。

＊解説文は、原則として新漢字・現代仮名遣いとし、引用文は原文の仮名遣い・送り仮名を尊重した。

＊年代表記は元号（和暦）を用い、年号が繰り返される場合には、適宜、元号を省略した。生没年に限り西暦を並記した。

＊雑誌名・新聞名・作品名は「　」で、単行本名は『　』で囲んだ。

＊数字の表記は漢数字とし、（　）内ではアラビア数字を用いた。

＊引用文中の「／」（斜線）で原文における改行を示した。引用の短歌・俳句などは〈　〉で示した。

＊本事典では、巻末にいくつかのテーマを立てた「コラム」欄を設け、「京都近代文学略年表」「京都関連主要作品索引」「京都府出身文学者名簿」を付載した。

京都近代文学事典

【あ】

会田雄次 あいだ・ゆうじ

大正五年三月五日～平成九年九月十七日（1916～1997）。歴史学者、評論家。京都市に、動物学者会田龍雄の次男として生まれる。昭和十五年、京都帝国大学文学部史学科西洋史専攻卒業。十七年から二十二年まで龍谷大学予科講師、二十三年まで京都帝国大学文学部副手を兼任する。十八年、教育召集により京都の歩兵隊へ入隊し、ビルマ戦線に歩兵一等兵として従軍した。終戦後はイギリス軍捕虜となり、ビルマのラングーン地区アーロン日本降軍収容所に拘留された。二十二年、復員。この約二年間に亘る捕虜体験を著したのが『アーロン収容所 西欧ヒューマニズムの限界』（昭和37年11月、中央公論社）である。京都大学人文科学研究所教授（のち、名誉教授）。専門のイタリア・ルネサンス研究『ルネサンスの美術と社会』（昭和32年3月、創元社）の他、日本文化論に多くの著作があり、『日本人の意識構造 風土・歴史・社会』（昭和45年11月、講談社）では、ルース・ベネディクトの日本論を批判した。共著に『歴史の京都2 貴族と女性』（昭和45年11月、淡交社）、『京に生きる人びと 雨の夜明けの物語』（昭和53年4月、時事通信社）など。

（稲垣裕子）

蒼井雄 あおい・ゆう

明治四十二年一月二十七日～昭和五十年七月二十一日（1909～1975）。小説家。京都府に生まれる。本名・藤田優三。大阪市立都島工業学校（現・市立都島工業高等学校）電気科を卒業後、宇治川電気に入社、電力統制を経て関西電力の社員となった。処女作は「狂燥曲殺人事件」（「ぷろふいる」昭和9年9月）である。その後、春秋社の書き下ろし長編募集に「犯罪魔」を応募し、第一席に入選、『船富家の惨劇』（昭和11年3月、春秋社）と改題して刊行された。時刻表を用いたアリバイ崩しの本格探偵小説として好評を博す。作中探偵役の南波喜市郎の自宅が東山の清水近くにある設定となっている。ほかに「瀬戸内海の惨劇」（「ぷろふいる」昭和11年8月～12年2月）や「黒潮殺人事件」（「新探偵小説」昭和22年7月）などがある。第十回江戸川乱歩賞に「鉄塊殺人事件」を応募するが受賞しなかった。遺稿に「灰色の花粉」（「幻影城」昭和53年1月）がある。

（浦谷一弘）

青木月斗 あおき・げっと

明治十二年十一月二十日～昭和二十四年三月十七日（1879～1949）。俳人。大阪市東区南久太郎町（現・中央区）に生まれる。本名・新護。大阪薬学校（現・大阪薬科大学）を中退後、家業の薬種商を継ぐ。明治二十九年、「日本」に月兎の号で投句し、「日本」派の京阪俳友満月会に所属した。三十二年、俳誌「車百合」を主宰、正岡子規の激励をうける。妹が河東碧梧桐と結婚し、実子を碧梧桐の養女としたので、碧梧桐との関係が深まりその新傾向運動にも関心を示したが、大正四年、「ホトトギス」の課題選者となり新傾向から離れた。九年四月には「同人」を創刊、関西俳壇に重きをなす。句作第一主義をとり、全国有数の俳誌として発展させた。太平洋戦争時に心臓病を患い、奈良県の大宇陀町（現・宇陀市）に疎開し、この地で病没した。著作に『子規名句評釈』（昭和10年1月、非凡閣）があり、没後に鈴木鶉衣編『月斗翁句抄』（昭和25年3月、同人社）が刊行された。

（太田　登）

青木雄二 あおき・ゆうじ

昭和二十年六月九日～平成十五年九月八日(1945～2003)。漫画家、文筆家。京都府加佐郡大江町（現・福知山市）に生まれる。岡山県立津山工業高等学校土木科卒業。山陽電鉄退社後、職を転々とする。その後、「週刊モーニング」に「ナニワ金融道」を平成二年九月から九年まで連載。同作で四年に講談社漫画賞受賞。独特の画風で金の世界に生きる人々を描き、ベストセラーとなる。「銭道」シリーズなど精力的に文筆活動も行った。（天野知幸）

青柳暁美 あおやぎ・あけみ

昭和二十七年十月十二日～(1952～)。詩人、作詞家。京都府舞鶴市に生まれる。和洋女子大学英文科卒業。大学時代に神保光太郎、槇晧志に師事。「埼玉新聞」に「子牛」を掲載、詩集『暁』（発行年月日不詳、紅天社）を刊行した。また、こども月刊作詩研究誌「おてだま」をはじめ、児童、幼児向けの詩を発表する。童謡「ねんねのパンダ」が新井千音美に見いだされ、師事。また、桑原研郎にも師事。童謡作品集『私は今日嫁ぎます』（平成4年10月、全音符楽譜出版社）がある。（田口道昭）

青柳有美 あおやぎ・ゆうび

明治六年九月二十七日～昭和二十年七月十日(1873～1945)。評論家。秋田に生まれる。本名・猛《たけし》。同志社普通学校卒業。明治二十六年より「女学雑誌」主幹。大正期には雑誌「女の世界」を発行した。発禁になった『恋愛文学』（明治33年12月、春陽堂）、『有美道』（明治39年11月、丸山舎書籍部）から『恋愛読本』（大正15年6月、文化堂）まで、独特の女性観に基づく辛らつ軽妙な評論集を数多く刊行した。昭和十一年、小林一三の招きで宝塚音楽歌劇学校嘱託となり、生徒監兼修身科を担当した。昭和十年、京都で『同志社を出でし人々』（同志社創立六十周年記念事業部）を刊行。（中原幸子）

青山霞村 あおやま・かそん

明治七年六月七日～昭和十五年二月二十七日(1874～1940)。歌人。京都深草（現・京都市伏見区）に生まれる。本名・嘉二郎。同志社英学校（現・同志社大学）中退後、上京したが病気のため深草に帰り、農業をしながら詩歌を創作する。明治三十四年、関西学院に入り、この頃から口語詩歌を試みる。三十八年、米スタンフォード大学留学から帰国、翌三十九年十二月、口語歌集『地塘集』を草山隠者の名で秋葉山廬から出し、四十三年一月には、口語詩集『草山の詩』を至誠堂から出した。霞村の口語論は比較的単純な主張で、伝統律は守りつつ詩歌にも現代の生きた言葉を用いるべし、というものであった。『地塘集』再版（大正7年11月、からすき社）自序に「私は香川景恒門下の遺老であった深草の台巌上人に歌を学んだ」と言っているが、歌風は平明で身辺の自然・事象・人事に材を採ったものが多く、写実的表現に情意が伴った歌と言うべきだろう。〈深草は露のみさむいくさの袂鹿が鳴くやろ醍醐こひしや〉〈木屋町のゆかした泳ぎ舞姫に水あびせた児博士になつた〉〈驕慢なひげの大臣を弄び花の祇園に老いるもをかし〉〈雛を売る四条をにしへ室町や誰があとつけるはるの夜の月〉〈京はかすみ近江はやまに雪まだら鶯鳴くか杉の大比叡〉〈北山の一夜を鹿にかこつけてきたのは君に逢ふためである〉〈落柿舎や柿は芽をふく栢年といふ俳人は句に点してる〉（『地塘集』）。四十二年七月、『深草の元政』を東亜堂書房から出す。元政上人は江戸初期に草山瑞光寺を開いた日蓮宗の僧で、霞村は上人のことを台巌上人から詳しく聞けるので自らが適任だと述べている（序文）。大正三年、京都新聞に入り、五年には特殊な月刊新聞を経営し、八年二月、雑誌「カラスキ」を創刊して口語歌運動を推進した。十一年十一月、『現代口語歌選』を西出朝風、西村陽吉と共編で東雲堂書店から出した。十四年には『同志社五十年史』の編集に携わる。同志社校友会から嘱託され、生徒にも面白く読ませるようなものをという依頼だったが、改めて正史が編纂されることになり、『同志社五十年裏面史』として、昭和六年六月にからすき社から出版されることになった。「同志社の創立者」は吉田松陰と新島襄が維新前に渡米を企てたところから書き起こし、小説的面白さを備えた読み物になっているのは、自ら生徒としてそこに身を置いた著者の、率直な観察眼によって人物と事件が生彩を放つようになったからである。ここに登場する主な人物だけ挙げても実に興味深い。先の両名以外に、木戸孝允、熊本バンド、津田梅子、勝海舟、永井柳太郎等々。「また同志社の創立になくてはなかつ《ママ》た偶然の出来事があつた。これは岩倉公の一行、即ち帰朝後政権をにぎつて新日本を指導する運命にあつた英傑を網羅した一行が新島といふ驚異すべき人物を知つたことである。一行中殊に木戸孝允以下長州の出身者がその師吉田松陰の果さなかつた志が他の青年によつて遂げられてをつた事を知り、驚異の眼を以て彼をみたことは想像に難くない。そして一行は一年の間にこの青年の人格をみぬいて、彼を愛し彼を信じきつてしまつたのである。帰朝後間もなく、新嶋《ママ》先生が郷里の上州で伝道せられたので県知事がその処置に就て政府へ尋ねた時、政府は新嶋《ママ》ならすてゝおけと答へた。政府は新嶋《ママ》にそんな特権を与へたのである」。この著にも登場する山本覚馬（明治23年、同志社臨時総長）の伝記『山本覚馬伝』（昭和51年9月、京都ライトハウス）もある。

＊京物語《きょうものがたり》　随筆。〔初版〕昭和五年九月、警醒社。◇「この物語の「ある人」とは何人か知れない。彼は自分の先祖は豊太閤についてきて伏見城の瓦を作り、深草の霞ヶ谷に瓦師の新しい村を開いた人、外祖父は名高い洞ヶ嶺の一角に、種甘藷の新しい村を開いた人の子である」「人間の必需品でもない詩歌を作つて神と人とに何の善い事をもなし得なかつたことを折々嗟嘆してをる。この物語はそのある人が年少の頃から見い、聞き、遇うた、ありのまゝの事実談で、ある人の性格と境遇とを暗示すると共に京生活の詩的な断層面を示すもの」で、かつてこの物語のある部分を叙事詩にして出そうとしたが、口語詩はやはり散文詩のようになったので「伊勢物語に則り、散文は散文として、今日まで断続的に書き続けてきた」（自序）と言う通り、一つの短い「物語」の末尾に短歌を添えた形式の「歌物語」である。「ある人」を架空の人物とすることによって随想は虚構化され、京都という舞台も物語化されて、普遍性を備えている。「ある人外国人が静かな京都を愛し、殊に知恩院の鐘の音を聴くのが好きだといって、東山の麓に二人住んでをると聞き、其の心根を床しく思つて／吉水の鐘のひゞきがきゝたさにとつ人ふたり下にすむとよ」（吉水の鐘）、「ある人の祖母が九十歳で死んだ時、野に耕す農夫農婦が「あのお婆さんでも一生の中に腹が立つことがあつたやろか」といつた（略）この祖母が妾腹の子を育てたのも実に一代の佳話である。（略）祖母は妾の手に渡してはその児が生長した時、売られるか、母親同様な事をするかして、幸福な生活に入るまいから、自分が引取つて育てるといつた（略）妾やその親類の者はこれを怨んで、あの人は鬼のような人だと誹謗した。けれどもその児を非

常に愛撫して育てたので（略）仲の姉が却つて「お母はんはなぜあの児があないに可愛いやろ」といつて、怒つた事がある程であつた（略）かういふ仲であるから、猶更優れた家でなければ縁付けられぬといひ、果して言葉通にした（略）その配偶者は（略）府市会議員にもなつた名望家であつた。その娘の嫁入の荷物が稲荷を通ると（略）「鬼のやうな人や」という罵をきいた別家の女が（略）妾の親類へ乗込んでいつて、その老女に「あんたはあの時お峯さんは鬼のやうな人やと言ひなはつたやろ、さあ、これでも鬼か」と十八年目に仇を打つた。すると老女は「実に悪い事を言ひました。お峯さんはほんまに仏どす」と平謝りに謝つた／わがたましひ来世へいたら来世でもひとつにゐたいあの魂と」（祖母）。

（高橋和幸）

青山光一 あおやま・こうじ

大正二年二月二十三日～平成二十年十月二十九日（1913～2008）。小説家。神戸市平野（現・兵庫区）に生まれる。東京帝国大学文学部美学美術史学科卒業。第三高等学校（現・京都大学）在学中、文芸部誌「嶽水会雑誌」に「廻る」（昭和6年3月）等、小説・戯曲・評論を発表。田宮虎彦、森本薫、織田作之助、富士正晴らと交友。東京帝大入学後、田宮らと「部屋」、織田らと「海風」の同人誌を続けて創刊。卒業後、田宮、十返肇らと青年芸術派を結成。同派作品集『八つの作品』（昭和16年12月、通文閣）所収の「海辺の人」が芥川賞候補。戦後、急逝した織田との交友を綴った小説集『青春の賭け 小説織田作之助』（昭和30年9月、現代社）を刊行。昭和四十一年、『修羅の人』（昭和40年11月、講談社）で小説新潮賞受賞。無名のまま夭折した三高の級友を悼む『白崎禮三詩集』（昭和47年1月、私家版）を富士と共編で刊行。『闘いの構図』（昭和54年7月、新潮社）で平林たい子賞受賞。『われらが風狂の師』（昭和56年7月、新潮社）は三高の哲学の師・土井虎賀寿がモデル。この間、推理小説などで直木賞候補三回。晩年に私小説的作品「吾妹子哀し」（「新潮」平成14年8月）で川端康成文学賞受賞。

（宮川　康）

赤石茂 あかいし・しげる

明治三十九年十一月二十二日～昭和五十八年二月十一日（1906～1983）。歌人。京都府綴喜郡美豆村小字古川（現・京都市伏見区淀際目町）に、中宗吉・キヌの長男として生まれる。本姓「仲」とする事典が多いけれども、「わが自伝的遍歴」に拠れば、戸籍姓は「中」、名は茂一。大正十年、八幡尋常高等小学校卒業。京都市や東京市で労働体験。十五年、帰郷して半農半商の家業を手伝いつつ、左翼文芸を志す。昭和三年、ナップ京都支部員。四年、プロレタリア歌人同盟員。「短歌戦線」や「戦旗」に、労働者生活を扱う歌を投稿する。渡辺順三編『プロレタリア短歌集』（昭和5年9月、マルクス書房）に採られた、〈日雇ひの勘定が不足《たらん》と妹等は書附け握つて談判だ地主相手は大勢でゆけ〉が代表歌であろう。九年より、土木工営所勤務。詩「淀川の歌」（「詩精神」昭和10年5月）は、淀の渡し場でのバラス（砂利）採集作業に材を取る。戦時中は、〈敵「米英」へ憎悪の焔　燃やすのだ　バケツの重さも　駈足となり〉（「文芸探求」昭和18年4月）と愛国歌を発表。戦後再転、民主主義文学陣営で活躍した。二十二年、山本宣治追悼歌会での三行書き短歌〈塗潰された／墓碑銘も今は清められ／民主日本の朝焼けに建つ〉。歌集に、『生活の旗』（昭和34年4月、新日本歌人協会）、『淀川の葦』（昭和55年1月、青磁社）

がある。第四回渡辺順三賞受賞。（堀部功夫）

赤江瀑 あかえ・ばく

昭和八年四月二十二日～（1933～）。小説家。山口県下関市に生まれる。本名・長谷川敬。昭和三十年、日本大学芸術学部演劇科中退。放送作家を経て、四十五年に「ニジンスキーの手」（「小説現代」昭和45年12月）で第十五回小説現代新人賞を受賞し、文壇に登場する。二度の直木賞候補の他、角川小説賞や、泉鏡花文学賞を受賞。伝奇的、耽美的なミステリーを本領とするが、特に京都を舞台にした作品群は、その耽美幽玄の物語世界の精髄を最もよく示している。それらのうち三十二編が、赤江瀑京都小説集全二巻『風幻』『夢跡』（平成4年11月、立風書房）に所収。幽寂な銀閣寺の庭と、花木の芳香が立ち籠める魔性の庭とを対比的に描く「花夜叉殺し」（「別冊小説現代」昭和47年9月）や、かつて風葬の地であった化野《あだしの》を舞台に、恋に破れた現代女性と情痴の果てに彷徨い続ける若衆二人の亡霊との交感を描く「花曝れ首」（「小説現代」昭和50年11月）などが代表的な作である。（足立直子）

赤尾兜子 あかお・とうし

大正十四年二月二十八日～昭和五十六年三月十七日（1925～1981）。俳人。本名・俊郎。兵庫県網《あ》干《ぼし》町（現・姫路市）に生まれる。大阪外国語学校（現・大阪大学外国語学部）に入学。司馬遼太郎、陳舜臣らも在学。その後京都大学文学部に進む。昭和二十二年、「太陽系」同人。日野草城、水谷砕壺、神生彩史らの許で、学生俳句運動を担う。卒業後の二十四年、毎日新聞社に入り、神戸支社大阪本社時代に俳句の啓蒙に努める。三十年、「坂」創刊、「薔薇」同人。三十三年、「俳句評論」を創刊し代表同人となり、高柳重信や永田耕衣らと交流。三十五年、「坂」を廃し「渦」を主宰。三十六年、第九回現代俳句協会賞受賞。日本ペンクラブ会員として国際的交流に努める。毎日新聞社の学芸部員、編集委員を経て、大阪外国語大学の講師。新興俳人、前衛俳人として知られたが、晩年は古格な作風を示した。五十三年、神戸市文化賞受賞。五十六年、阪急電車に投身し轢死。句集に『蛇』（昭和34年9月、俳句研究社）、『虚像』（昭和40年9月、創元社）、『赤尾兜子句集』（昭和45年12月、「海程」戦後俳句の会）、『歳華集』（昭和50年6月、角川書店）、『赤尾兜子全句集』全一巻（昭和57年3月、立風書房）などがある。（池川敬司）

赤染晶子 あかぞめ・あきこ

昭和四十九年～（1974～）。小説家。京都府舞鶴市に生まれる。京都外国語大学ドイツ語学科卒業。北海道大学大学院博士課程中退後、宇治市の実家へ戻って旅券窓口などで働きながら、小説を書き始めた。一度、故郷を離れ「改めて京都の人のぬくもり、天然のユーモアを実感した」と言い、デビュー以来、京都を舞台にした作品を書いている。京都の下町を舞台とした「初子さん」（「文学界」平成16年12月）で平成十六年文学界新人賞を受賞。平成二十年一月から「京都新聞」朝刊の京都文芸欄で、他の執筆者と交代で「季節のエッセー」を連載。平成二十二年第一四三回芥川賞を受賞した「乙女の密告」（「新潮」平成22年6月）では、母校である京都外国語大学を作品舞台のモデルとし、「アンネの日記」を暗唱する女子学生が、外国人教授の厳しい指導を受けながら自らの存在を問う姿をユーモアを交えて描いている。筆名の赤染は、百人一首の赤染衛門からとっている。（西川貴子）

赤松まさえ《あかまつ・まさえ》

大正十年（月日未詳）～（1921～）。児童文学作家。京都市に生まれる。本名・マサヱ。京都女子師範学校（現・京都教育大学）専攻科卒業。京都市立の生祥小学校、一橋小学校、明親小学校等で教諭をつとめる。退職後、知的障がい者のための京都市伏見区伏見共同作業所の設立に尽力、所長を十七年つとめる。平成二年八月、幼年童話『がんばれ！　たんぽぽがっきゅう』、十二年二月『あかいりんご』、十五年十二月絵本『らかんさん』、十九年十月『たんぽぽたんぽぽ』等を、けやき書房より発行。障がいをもつ児童の学校や作業所での生活を希望を籠めて描く。　（渡邊ルリ）

秋田握月《あきた・あくげつ》

明治二十年十二月一日～昭和十三年十二月十二日（1887～1938）。俳人。京都に生まれる。本名・伊三郎。十代後半の頃から句作をはじめていたという。松瀬青々主宰の「宝船」「倦鳥」で活躍した。自身、俳誌「母他比」や「真壺」などを発刊している。安田木母に師事し、『木母遺稿 柚味噌』（大正2年12月、秋田伊三郎発行）をまとめた。生前、句集などを刊行していないが、没後、子息の秋田浩夫や真壺会の有志らによって、遺稿『仏手柑 握月句抄』（昭和14年12月、秋田浩夫発行）がまとめられている。　（島村健司）

芥川龍之介《あくたがわ・りゅうのすけ》

明治二十五年三月一日～昭和二年七月二十四日（1892～1927）。小説家。東京市京橋区入船町（現・東京都中央区明石町）に生まれる。父新原敏三、母フクの第三子で長男。別号に柳川隆之介、澄江堂、我鬼など。生後八ヵ月、母の精神が変調、母方の実家芥川家（当主は母の兄芥川道章）に養われ、養子縁組で名実ともに芥川龍之介となる。東京府立第三中学校（現・都立両国高等学校）、第一高等学校（現・東京大学）を経て、大正二年、東京帝国大学に入学。在学中に同人誌「新思潮」（第三次、第四次）に参加、第四次創刊号の「鼻」（大正5年2月）が漱石に激賞され、続く「芋粥」（「新小説」大正5年9月）、「手巾」（「中央公論」大正5年10月）で文壇の寵児となり、翌六年五月に処女作品集『羅生門』（阿蘭陀書房）を刊行。その後も王朝物の代表作「地獄変」（「大阪毎日新聞」大正7年5月1日～22日）やキリシタン物「奉教人の死」（「三田文学」大正7年9月）を発表して声価を高め、大阪毎日新聞社の専属作家となる。第四短編集『傀儡師』（大正8年1月、新潮社）はその作家的地位を決定づけた。十年の中国旅行を境に体調を崩し、保吉物と呼ばれる私小説ふうの作風に転じた。晩年には「大導寺信輔の半生」（「中央公論」大正14年1月）や「点鬼簿」（「改造」大正15年10月）、「蜃気楼」（「婦人公論」昭和2年1月）など自伝的な精神的風景画を刻むが、社会風刺的な「河童」（「改造」昭和2年3月）も発表。しかし、身体的・精神的衰弱に加え、俗事の心労も重なり、昭和二年七月二十四日未明、睡眠薬をあおる。遺書中のことば「ぼんやりした不安」は時代の大きな曲がり角を暗示し、その死は多くの文学者や知識人に衝撃を与えた。遺作に「或阿呆の一生」（「改造」昭和2年9月）、「歯車」（「文芸春秋」昭和2年10月）など。芥川文学は、短編の多彩な手法を駆使する知的寓意性に富む近代小説から出発したが、しだいに自身の出自を問い返し、やがて作家の特権性を自明としない現代小説へと傾斜した。京都と芥川といえば、文学と現実的な関わりとの二面がある。文学では、平安時代を背景とする〈王朝物〉が当時の都、京都を主な舞台とした。最初の王朝物「羅生門」（「帝国文学」大正4年11月）は荒廃した羅生門を舞台とし、「鼻」には池の尾の寺や長楽寺が登場する。「芋粥」（「新小説」大正5年9月）では朱雀大路・三条坊門・神泉苑・加茂川・粟田口・山科など、「運」（「文章世界」大正6年1月）では清水の五条坂、また、江戸物「或日の大石内蔵助」（「中央公論」大正6年9月）にも高尾や愛宕のほか島原・祇園・撞木町（伏見）の名が見える。さらに「地獄変」では堀川（大殿）・二条大宮・東三条の河原院・雪解の御所（洛外の山荘）などが登場、「邪宗門」（「大阪毎日新聞」大正7年10月23日～12月13日）には今出川の屋形・堀川の御所・若王子の竜田の院・二条大宮・東三条の河原院・二条西洞院の屋形・京極・加茂川・四条河原・都大路・油小路などの地名が頻出、「好色」（「改造」大正10年10月）でも稲荷詣（伏見稲荷）・嵯峨・高陽川（紙屋川）・加茂の御社・清水の御寺が、また、「藪の中」（「新潮」大正11年1月）でも関山から山科・粟田口・鳥部寺・清水寺が、「俊寛」（「中央公論」大正11年1月）では鹿ヶ谷・仁和寺・出雲路の道祖・地主権現・法勝寺などが登場する。王朝物最後の作「六の宮の姫君」（「表現」大正11年8月）には、「羅生門」同様、夕暮れに雨を避ける為に「朱雀門」前の「西の曲殿の軒下に立つ」男が登場するが、都大路の南限にある羅生門で開幕した王朝物が、北限に位置する朱雀門で閉幕したのはどこか暗示的である。王朝物の主な典拠「今昔物語」に「brutality（野生）の美」を発見するとともに「王朝時代の京都さへ」「東京や大阪より娑婆苦の少ない都ではなかった」と喝破した芥川にとって、京都は時代を超えた人間ドラマが渦巻く重要な舞台装置であった。一方、現実における芥川と京都の関わりはどうか。芥川の最初の京都来訪は、失恋の傷を癒すため親友井川（恒藤）恭の招きで松江を訪れた際（大正4年8月）、往復の乗り継ぎで各一泊した時である。大正六年四月には養父道章を伴い、恒藤の案内で東本願寺や嵐山・清涼寺・金閣寺を巡り、都をどりを観劇。同年六月にも軍艦金剛の演習で山口県由宇よりの帰途に来訪。七年六月には江田島海軍兵学校参観の帰途、奈良・京都・大阪を巡るが、この京都滞在記が「京都日記」（後出）となる。八年五月には長崎旅行の帰途に葵祭を見学、九年十一月の関西講演旅行の途中で京都を訪れ、帰途にも宮川町の茶屋に滞在した。十一年四月には養母儔《トモ》と伯母フキを伴って京都・奈良を旅行、同月末から五月末の長崎再遊の際にも約半月ほど滞在する。十二年十二月後半、二週間ほど京都に滞在、恒藤や滝井孝作・志賀直哉・小林雨郊らと会い、奈良や大阪毎日新聞社にも出向く。最後の京都来訪は、十三年五月に室生犀星の招きで訪ねた金沢からの帰途、大阪ミナミの茶屋で直木三十五と遊び、京都では志賀や滝井のほか、縁談話で岡栄一郎の家族や縁戚と会った。芥川の京都来訪は都合十回以上に及ぶ。十二年年末の場合、新年号用の作品を仕上げるやすぐ京都に走り、寒さに閉口しつつも、道具屋を回り、茶屋一力にあがり、知己との出会いを楽しんでいる。古都京都は、芥川にとって東京の繁雑な日常を離れ、創作活動の苦しさをひとまず癒してくれる地だった。

＊偸《ちゅう》盗《とう》 中編小説。〔初出〕「中央公論」大正六年四月、七月（「続偸盗」）。〔初版〕『芥川龍之介全集』第一巻、昭和二年十二月、岩波書店。◇「偸盗」は、自身「ヒドイもんだよ安い絵双紙みたいなもんだ」（松岡譲宛書簡、大正6年3月29日）と述べるように失敗作とされ、生前の単行本未収

録。手慣れた「今昔物語」（巻二十九第三・第十二）が主な材源だが、一説にシラー作『群盗』を典拠とする見解も。腐臭ただよう都を背景に、盗賊団の女頭目砂金をめぐって太郎・次郎の兄弟が反目し合うが、襲撃失敗の逃走時に兄弟愛にめざめた太郎は次郎の窮地を救う。その夜、逃れてきた盗賊たちが羅生門に戻ると、白痴の下女阿濃が楼上で赤子を産んでおり、翌日、砂金の死体が発見される。彼ら盗賊たちは、都の各所に隠れ棲み、市中を徘徊し、襲撃先を偵察し、連絡をとり合う。それゆえ「偸盗」は、京都市中の描写が最も多い作となった。朱雀綾小路、猪熊の家、立本寺、朱雀大路、四条坊門の辻、三条坊門の辻、二条、耳敏川、四条五条の橋の下、北の千本、南の鳥羽街道の境、朱雀大路のはずれの羅生門など、往時の都を彷彿とさせる地名が頻出している。

＊京都日記《きょうとにっき》　随筆。〔初出〕「大阪毎日新聞」大正七年七月二十二日、二十九日。〔初版〕『点心』大正十一年五月、金星堂。初出の題名「京都で」を「京都日記」と改題。◇大正七年六月、江田島からの帰途、京都来訪時の随筆。「光悦寺」「竹」「舞妓」の三章からなる。小林雨郊の案内で訪ねた上京区（現・北区）鷹ヶ峰の光悦寺内に建てられた茶席に俗悪さを感じ、市中の陽気な色町と接する竹藪に京都らしさを覚え、上木屋町のお茶屋で旅愁らしい寂しさを味わっている。薄田淳介（泣菫）宛（大正7年6月10日）や雨郊宛（大正7年6月11日）書簡にその間の経緯が窺える。（浅野　洋）

暁烏敏　あけがらす・はや

明治十年七月十二日〜昭和二十九年八月二十七日（1877〜1954）。宗教家、俳人。俳号は非無。石川県石川郡出城村字北安田（現・白山市北安田町）、真宗大谷派明達寺に父依念《えねん》、母千代野の長男として生まれる。明治二十六年に京都大谷尋常中学校三年に編入、清沢満之と出会う。当時のことを敏は「あの先生こそ文学士徳永満之先生にて、（中略）なかなかに有名なる方也、君知らずやと。当時の我は徳永氏のいかにえらき人なるかを知らず、たゞ文学士なりといふにてえらき人なるべしと思ひぬ。かくて、敏ははじめて清沢先生を拝し、先生の教に接し、先生の名を知りぬ」（「清沢先生記（二）」「精神界」明治40年7月）と回想している。二十九年九月、真宗大学（現・大谷大学）本科第二部に入学。三十年、在学中に『歎異抄』に出会う。三十三年七月卒業、すぐに本山（東本願寺）に東京留学を命ぜられ上京、同年九月に東京外語学校露語科に入学。この時、二葉亭四迷が同学校の教授（明治32年〜35年）であったことから、恐らく二葉亭にロシア語を習ったと考えられる。なお、この上京と清沢満之が「教学復興」を唱えた時期が合致したこともあり、清沢を中心とした同人誌「精神界」及びその活動母体である浩々洞の中心人物の一人となる。特に佐々木月樵（大谷大学第三代学長）・多田鼎とともに「浩々洞三羽烏」と呼ばれる。三十五年十二月に佐々木月樵の妹房子と結婚。三十六年六月六日に清沢満之死去。これをきっかけに「精神界」に関する業務を一手に引き受けることになる。この体制は大正四年四月に「精神界」誌上で、浩々洞代表暁烏敏、「精神界」編集主任多田鼎が辞任し、金子大栄が新たに着任することを公示するまで続くことになる。明治三十六年一月から「精神界」に五十五回に渡って連載された「歎異抄を読む」（〜43年12月。後『歎異鈔講話』明治44年4月、無我山房）は、それまでほとんど読まれることの無かった『歎異抄』を世に広めるきっかけとなった。四十三年、いわゆる「異安心（浄土真宗に於ける「異端」）問題」が起こる。これがきっかけでそれまでの新進宗教家としての名声を次第に失っていく。更に大正二年、妻房子の病死により、一段と精神的に不安定になるが、翌三年七月に中学時代の恩師今川覚神の長女総と結婚することにより安定を取り戻すようになる。これらの出来事による精神的苦痛と蘇生の様を『更正の前後』（大正9年3月、護法館）に赤裸々に告白。これは『独立者の宣言』（大正10年4月、丁字屋書店）、『前進する者』（大正10年11月、丁字屋書店）とともに「更生三部作」と呼ばれる著作の第一作であり、「序文」には「三十七歳にして死んだ私が呱々の声をあげかけた四ヶ年の叫びであり、私の通ってきた苦しい足跡が本書であります」と書かれている。十五年、インド仏蹟巡拝旅行に出発し、そのままヨーロッパへ向かう（大正15年11月30日～昭和2年7月15日）。更に昭和四年にはハワイ経由でアメリカ旅行も決行している（4月5日～8月12日）。これらの旅行をまとめた歌集として『地球をめぐりて』（昭和5年1月、香草社）がある。また、こうした海外旅行を契機に自己の〈日本〉に対する無理解と、それに対する反省から、『古事記』『日本書紀』や聖徳太子に関する発言、著作が増加していく。特に『聖徳太子奉讃講話』（昭和10年3月、東方書院）では昭和六年～九年までの聖徳太子に関する数百回に及ぶ講話の中から八講を選んで掲載しているが、その意図として暁烏自身は「序」において「我が聖徳太子奉讃の志願は、この書を踏みだしとして、ます〳〵深く、ます〳〵広く進展して行くやうに念願すると同時に、全世界の同胞が聖徳太子の宗教によつて教化救済せられる日を楽んでをるのであります」と述べている。こうした〈日本精神賞揚〉の方向への傾倒は満洲事変以後ますます強くなり、第二次近衛内閣が大政翼賛会を立ち上げた時には「大政翼賛会は聖行である。それに従事する人が無反省なる個人主義者であつてはならぬ。何の反省するところもなく、自ら許して八紘一宇の大御心を我がもの顔に振舞うてをるものも皆無でないやうに思はれる。八紘一宇の大御心は皇道であつて臣道ではない。大政翼賛運動の中核になる諸君は皇道の代弁者とならずして、臣道の嚮導者となつてもらはねばならぬ。八紘一宇の大御心は個人主義的な教養をうけてきた我々のうちに発見出来ない偉大な大御心である」（「大政翼賛運動進言」昭和15年11月）のように戦争を「聖戦」と認める立場を明らかにしていった。戦後は二十六年に東本願寺宗務総長となり、東本願寺再建に尽力した。「京都の一年間」（「広大会」昭和27年3月）にはその時のことを「財政粛正の為には、前任者の約束したことでも、法に合はない支出は総べて拒絶した。（中略）六月の宗議会に提出した予算では、三千万円の赤字のうち、本年中に一千万円の整理をすることにしておいた。然るに、年末になつて多くの喜捨を得、三千万円の赤字は消えて、なほ、一千万円の剰余をみるやうになった」と振り返っている。昭和二十五年四月、蔵書約五万冊を金沢大学に「暁烏文庫」として寄贈し、同年五月には文部大臣より感謝状を贈られている。敏にとっても「私の食はず飲まずに買ひあつめた蔵書ですから、それを保管し利用することに相当に力をそゝいでいたゞきたいといふ希望」（「香草文庫を師範学校に寄贈するについて」、「同帰」昭和22年9月）があったため、金沢大学が引き受けてくれるのは渡りに船であった。二十七年十月頃から体調を崩し、入退院を繰り返す。二十八年八月二十日に明達寺に於いて臘扇堂落慶法要を行い、そこで語った「清沢先生が私の心からの讃仰を、かうしておうけ下さるおすがたをみることは、私が世に出た無上のよろこびで御座います。私はこのまゝに、先生を拝みとほしにして、死んでゆくこと、誠に結構でございます」（「最後のお言葉」、「香草」昭和29年10月）との言葉通り、八月二十七日に死去。法名香草院釈彰敏。八月三十一日に勲五等瑞宝章を受章。（天野勝重）

明田鉄男　あけた・てつお

大正十年八月十六日〜（1921〜）。文筆家。愛媛県宇和島市に生まれる。京都市左京区在住。京都帝国大学法学部卒業。京都新聞社から読売新聞社に移り、昭和五十年論説委員、定年退社後に霊山歴史館、大手前女子大学を経て、滋賀女子短期大学教授を勤める。昭和三十九年六月に「月明に飛ぶ」で第二十四回オール読物新人賞受賞。幕末維新に強い関心を持ち、『幕末京都』上下（昭和42年6月、同年9月、白川書院）から『維新京都を救った豪腕知事』（平成16年1月、小学館）まで、時代考証を重視した多くの著述をなしている。（東口昌央）

浅井忠　あさい・ちゅう

安政三年六月二十一日（新暦七月二十二日）〜明治四十年十二月十六日（1856〜1907）。洋画家。江戸に生まれる。明治九年、新設の工部省美術学校入学。三十一年、東京美術学校（現・東京芸術大学）教授。三十三年、渡欧、主としてパリで勉学、「ホトトギス」に「巴里消息」を寄稿。三十五年、帰国直後、京都へ移住し、京都高等工芸学校（現・京都工芸繊維大学）教授となる。三十六年、聖護院町に洋学研究所を開く。三十九年、関西美術院開院。浅井の「渡欧日記・巴里寓居日記」などを含めた追悼集『木魚遺響《もくぎょいきょう》』（明治42年9月）が京都の書肆、芸艸堂《うんそうどう》から刊行されている。（三谷憲正）

麻田駒之助　あさだ・こまのすけ

明治二年十月十四日〜昭和二十三年十一月二十四日（1869〜1948）。俳人、中央公論社創立者。京都市に生まれる。俳号椎花。麻田家は代々本願寺の寺侍を勤めた家柄。京都府立第一中学校（現、府立洛北高等学校）卒業。彦根市の金亀教校の教師を経て、西本願寺の内局に務めた。大谷光瑞の弟や妹たちの家庭教師をする。西本願寺に所属する「反省雑誌」の発行に携わり、明治二十九年に「反省雑誌」が東京へ進出するとともに、編集・庶務主任となる。三十二年、「反省雑誌」を「中央公論」と改題し、西本願寺から独立して、初代社長となる。滝田樗蔭を編集に迎え、創作欄を拡大し、一流の権威ある総合雑誌に発展させた。昭和三年、社長を辞任し、西本願寺の勘定、参与として本山の経営に参画した。俳句は大正末年より高浜虚子に師事し、昭和七年に「ホトトギス」同人となる。（浦西和彦）

浅田次郎　あさだ・じろう

昭和二十六年十二月十三日〜（1951〜）。小説家。東京都に生まれる。中央大学杉並高等学校卒業。本名・岩戸康次郎。平成七年、『地下鉄《メトロ》に乗って』（平成6年3月、徳間書店）で吉川英治文学新人賞、九年、『鉄道員《ぽっぽや》』（平成9年4月、集英社）で第一一七回直木賞受賞。京都が舞台の作品は、現代小説では「オリヲン座からの招待状」（前掲『鉄道員』収録）、『活動写真の女』（平成9年7月、双葉社）、時代小説では『壬生義士伝』（「週刊文春」平成10年9月3日〜12年3月30日。平成12年4月、文芸春秋）、『輪違屋糸里』（平成16年5月、文芸春秋）がある。『壬生義士伝』は著者初の時代小説で柴田錬三郎賞受賞。時代小説の二作品に関連した対談等を収録した『浅田次郎 新選組読本』（平成16年10月、文芸春秋）がある。なお、エッセイ「知恩院と私」が『古寺巡礼京都16 知恩院』（平成19年12月、淡交社）に収録されている。（太田路枝）

浅野晃 あさの・あきら

明治三十四年八月十五日～平成二年一月二十九日（1901～1990）。評論家、詩人。大津市に生まれる。大正十一年に第三高等学校（現・京都大学）を、十四年に東京帝国大学を卒業。在学中、第七次「新思潮」に関わる。のちにプロレタリア運動に加わるが、三・一五事件で検挙され獄中転向。昭和十三年、日本浪漫派に参加。京都で発行された「祖国」に詩文を掲載している。『寒色』（昭和38年8月、果樹園社）で第十五回読売文学賞受賞。『定本浅野晃全詩集』（昭和60年5月、わこう出版社）。（杉岡歩美）

浅野純一 あさの・じゅんいち

明治三十五年六月二十日～昭和五十一年三月二十八日（1902～1976）。歌人。京都市に生まれる。本名・喜一。別名古川三成。京都市東山区の貞教尋常小学校（現・市立東山小学校）の三年生時に退学。十五歳から旋盤工、機械工などの工員生活に入る。最初は、「文芸戦線」「新進歌人」などに短歌作品を投稿していたが、大正十五年一月に、口語歌運動の統一をめざして結成された新短歌協会に参加以後は、その機関誌である「芸術と自由」に積極的にかかわるようになる。とくに昭和三年七月から四年二月にかけて連載した「短歌戦線へ」は、三年一月に「まるめら」に発表した「無産派短歌論」とともに当時の無産者階級の立場から短歌革新を提唱した短歌評論として注目された。三年九月、既成歌壇の打倒をめざす石榑《いしくれ》（五島）茂、前川佐美雄などの新進歌人を中心として結成された新興歌人連盟に、新短歌協会の渡辺順三とともに参加する。しかし、その機関誌の発行をめぐって対立が生じ、渡辺らと脱退。同年の十一月に結成の無産者歌人連盟に参画。十二月に創刊の「短歌戦線」に評論などを発表する。四年五月、メーデー記念出版として発行された『プロレタリア短歌集』（昭和4年5月、紅玉堂書店）の編集委員をつとめ、前年の三月十五日の共産党員の大検挙に取材した〈友と呼ぶ友はみんな獄の中鉄の鎖よゴリキーの歌よ〉、同年三月に刺殺された山本宣治代議士を歌った〈同志社も京大も君を追ひだしたのだ君のあるいた道はみな戦場だ〉などの短歌を収める。また無産者歌人叢書の一冊として、歌集『戦の唄』（昭和4年9月、紅玉堂書店）を刊行し、代表作〈組合の闘士はみんな獄の中鉄の鎖よゴリキの唄よ〉や〈ストライキ団結の力を今朝は知るうごかぬ電車をじっと見つめて〉は、労働運動の現実を直視したプロレタリア短歌として評価された。プロレタリア短歌運動の戦線統一のために四年七月に結成されたプロレタリア歌人同盟に参加、九月創刊の「短歌前衛」に作品を発表、十一月三日に開催された第一回大会で雑誌部長に選出される。同時に日本プロレタリア作家同盟（ナルプ）に加入。プロレタリア短歌叢書として、渡辺順三の『貧乏の歌』とともに『戦の唄』が再刊された。プロレタリア歌人同盟編『プロレタリア歌論集』（昭和5年1月、紅玉堂書店）に評論「短歌戦線へ」が収録される。六年九月に『現代短歌全集』の一冊として改造社より刊行された『口語歌集／新興短歌集』には、プロレタリア歌人同盟集のかたちで〈前金で払へと露骨に言ふ院長だ野次馬をおしのけてその病院を出た〉〈入院したけどすでに手おくれだくらい気分につつまれてゆく部屋の中〉などの作品を収録。プロレタリア歌人同盟は「詩への解消」を決議し、七年一月に解散したが、その再出発として八年四月に創刊された「短歌評論」に参加する。十一年二月に口語自由律短歌を標榜する結社の大同団結として結成された新短歌クラブに、「勤労者の現実生活をよりリアルに歌う」という主張から、「短歌評論」の同人の立場で加入。『一九三七年新短歌』（昭和11年2月、第一書房）に、〈三一五・四一六も遠き思ひ出か／ビラやニュースは焼いたが／胸の火も消えんとす〉〈五日も休んで残業もない月／年に一度だけど／この末はと思ふ／インフレ風よどこに吹く〉などの都市勤労者の現実感を風刺的に歌った短歌十首が掲載される。「短歌評論」は、日中戦争以後の厳しい社会情勢のなかで十三年一月に廃刊されるが、同年五月創刊の継承誌である「短歌時代」に作品を発表。十五年三月に廃刊後は、プロレタリア歌人としての活動の場はなくなる。戦後は、二十一年二月にかつての同志である渡辺順三を中心として結成された新日本歌人協会に参加したが、とくに目立った短歌活動は見られない。

（太田　登）

浅野童肖子　あさの・どうしょうし

昭和三年六月二十七日～平成十四年十月八日（1928～2002）。俳人。京都府に生まれる。本名・安茂。同志社大学短期大学部英語科卒業。昭和三十三年より桂樟蹊子《かつらしょうけいし》（「霜林」主宰）に師事、翌三十四年十二月には「向日葵」を創刊・主宰した那須《なす》乙郎《いつろう》に師事。この頃より「馬酔木」に投句し始め、三十六年、「向日葵」同人となる。水原秋桜子師系。五十四年の京都府市民俳句大会知事賞ほか受賞多数。京都俳句作家協会幹事。俳人協会所属。

（有田和臣）

浅山泰美　あさやま・ひろみ

昭和二十九年五月十七日～（1954～）。詩人。京都府に生まれる。昭和五十二年、同志社大学文学部文化学科卒業。詩集に、『月暈』（平成8年2月、思潮社）、『襤褸の涙』（平成10年4月、思潮社）、『木精の書翰』（平成12年2月、思潮社）、『ファントム』（平成15年4月、思潮社）など。小説『エンジェルコーリング』（平成15年7月、砂子屋書房）、写真文集『木精の書翰』（平成12年2月、思潮社）もある。

（池川敬司）

芦辺拓　あしべ・たく

昭和三十三年五月二十一日～（1958～）。小説家。大阪市生野区に生まれる。本名・小畠逸介《こばたとしゆき》。大阪教育大学教育学部附属高等学校天王寺校舎在学中に、ミステリー愛好会十三人の会に参加する。昭和五十七年三月、同志社大学法学部法律学科卒業後、読売新聞大阪本社に入社し、校閲部のち文化部に勤務した。六十一年に小畠名義の「異類五種」で第二回幻想文学新人賞に佳作入選し、平成二年に『殺人喜劇の13人』（11月、東京創元社）で第一回鮎川哲也賞を受賞。その後、六年に『保瀬警部最大の冒険』（1月、角川書店）と『殺人喜劇のモダン・シティ』（2月、東京創元社）を刊行し、作家専業となる。シリーズ探偵は森江春策で、代表作に『時の誘拐』（平成8年9月、立風書房）や『地底獣国《ロスト・ワールド》の殺人』（平成9年9月、講談社）などがある。ほかにも時代小説やパスティーシュ、少年物、創作講談などの作品もある。「密室の鬼」（「ジャーロ」平成13年4月）では、京都市北区鞍馬口に居を構えるマッドサイエンティストを登場させている。

（浦谷一弘）

安達省吾　あだち・せいご

昭和十六年（月日未詳）～（1941～）。児童文学作家。京都府に生まれる。慶応義塾大学卒業。学習塾の講師をする。昭和六十年、岳人紀行文学賞（最優秀賞）を受賞。六十一年頃から福音館書店発行の「母の友」に、モシ族の民話を翻訳したり、児童文学作品などを執筆。草野公寿との共詩集『曙光』（昭和54年10月、藤岡久仁雄）、著書『アルビダの夢』（小川未明文学大賞作品集、平成9年2月、NTT出版）がある。

（浦西和彦）

阿刀田高　あとうだ・たかし

昭和十年一月十三日～（1935～）。東京都に生まれる。戦時中新潟に疎開するが、高校生から帰京、早稲田大学文学部仏文科卒業。国立国会図書館勤務を経て『冷蔵庫より愛をこめて』（昭和53年6月、講談社）で作家デビュー。昭和五十四年、短編「来訪者」で第三十二回日本推理作家協会賞、『ナポレオン狂』（昭和54年1月、講談社）で第八十一回直木賞を受賞。『新トロイア物語』（平成7年11月、講談社）で吉川英治文学賞受賞。平成十五年、紫綬褒章受章。ミステリーやブラックユーモア分野でのショートショート、エロスを加味した短編など旺盛に短編集を刊行する一方、世界の古典紹介『ものがたり風土記』（平成12年2月、集英社）など物語論も手掛ける。京都を舞台とした作品には「靴の行方」（『京都ミステリー傑作選』昭和60年11月、河出文庫）、『コーヒー党奇談』（平成13年8月、講談社）の「第十二話 土に還る」、「お梶供養」（『甘い闇』平成21年1月、集英社文庫）等がある。文化庁文化審議会会長、日本推理作家協会理事長、第十五代日本ペンクラブ会長。

（菅　紀子）

姉小路祐　あねこうじ・ゆう

昭和二十七年（月日未詳）～（1952～）。推理小説家。京都府に生まれる。本名・田中修。京都市立日吉ヶ丘高等学校を経て、大阪市立大学法学部を卒業後、立命館大学大学院政策科学研究科博士課程前期課程修了。司法書士として働いた後、平成元年「弁護士・朝日岳之助」シリーズ第一作となる『真実の合奏《アンサンブル》』（平成元年5月、角川書店）が横溝正史ミステリ大賞佳作を受賞。三年『動く不動産』（平成3年5月、角川書店）で同賞大賞を受賞する。「弁護士・朝日岳之助」シリーズは小林桂樹主演で日本テレビ「火曜サスペンス劇場」でドラマ化された。京都を舞台とした作品に『風水京都・竹の殺人―風水探偵桜子』（平成14年5月、角川書店）などがある。

（尾添陽平）

姉崎嘲風　あねざき・ちょうふう

明治六年七月二十五日～昭和二十四年七月二十三日（1873～1949）。宗教学者、評論家。京都府下京区第十二組東前町（現・仏光寺通柳馬場西入ル東前町）に生まれる。本名・正治。家は浄土真宗仏光寺派の絵所であり、後に自伝『わが生涯』（昭和26年4月、養徳社）で、「自分が宗教学に志したもとの起りは、姉崎家の家系による」と述べている。下京区第十二組豊園小学校に通い、下京全体の競争試験で首席を占めた。その後、川端仁王門にあった劉家塾で漢籍を、室町御池にあったオリエンタルネールで英語を習う。当時の京都の風景で特に印象深いものとして、高瀬川の辺に漂う冬の霧を挙げており、後に〈かもの川原に友禅そめて／きりのはれゆく京の朝〉と詠んでいる。明治二十一年、大阪の第三高等中学校予科第三級に入学し大阪で過ごすが、翌年第三高等中学校（現・京都大学）が大阪から京都に移ったため、再び京都で暮らすようになる。大津事件が起きた時には、級代表として、京都のホテルへ行き、ロシア皇太子を見舞った。二十六年、第三高等学校本科卒業。上京し、帝国大学文科大学（現・東京大学）哲学科に入学。高山樗牛らの知己を得、「帝国文学」を発刊する。卒業後、文部省留学生としてドイツ、イギリス、インドへ留学。東京帝国大学教授となり、宗教学講座を担当した。宗教学をはじめ、『復活の曙光』（明治37年1月、有朋館）など数々の評論を発表。樗牛の死後、笹川臨風らと樗牛会を発足し、「人文」を発刊した。大正十二年には、東京帝大附属図書館長に就任し、関東大震災の被害にあった図書館の復興につとめた。昭和十四年、貴族院帝国学士院会員議員となる。二十四年、七十六歳で死去。

（西川貴子）

我孫子武丸　あびこ・たけまる

昭和三十七年十月七日～（1962～）。推理小説家。兵庫県西宮市に生まれる。本名・鈴木哲《あきら》。京都大学文学部哲学科中退。学生時代は京都大学推理小説研究会に所属し、在学中に『8の殺人』（平成元年3月、講談社）でデビュー。綾辻行人・法月綸太郎らと共に、ミステリのトリック性や登場人物のキャラクター性を重視した所謂「新本格派」の担い手として注目される。代表作品には『0の殺人』（平成元年8月、講談社）、『メビウスの殺人』（平成2年2月、講談社）等の速水三兄妹シリーズ、『人形はこたつで推理する』（平成2年8月、角川書店）、『人形は遠足で推理する』（平成3年4月、角川書店）等の人形シリーズの他、『殺戮にいたる病』（平成4年9月、講談社）等のサスペンスや、サウンドノベルゲームソフト「かまいたちの夜」（チュンソフト）シリーズの脚本を手がけるなど、多岐にわたって活躍する。京都に探偵事務所を開いた「私」が数々の事件に巻き込まれる『ディプロトドンティア・マクロプス』（平成9年7月、講談社）、『犯人は都を駆ける』（平成19年12月、文芸春秋）がある。

（楠井清文）

安部磯雄　あべ・いそお

慶応元年二月四日～昭和二十四年二月十日（1865～1949）。教育者、基督教社会主義者。筑前国（現・福岡県）に生まれる。明治十二年、同志社英学校（現・同志社大学）に入学。十八歳の時に新島襄から洗礼を受ける。卒業英語演説のタイトルは「宗教と経済」。渡米して二十七年、ハードフォード神学校を卒業。英国オックスフォード大学留学の後、「社会問題と慈善事業」（「六合雑誌」明治28年4月）等の評論を発表。三十年より母校同志社、続いて三十二年より東京専門学校（現・早稲田大学）で教鞭をとる。早大では野球部を創設。三十四年、片山潜、幸徳秋水、木下尚江らと社会民主党結成、安部は立党宣言を執筆した。

（太田路枝）

阿部知二　あべ・ともじ

明治三十六年六月二十六日～昭和四十八年四月二十三日（1903～1973）。小説家、英文学者。岡山県勝田郡湯郷村（現・美作市中山）に生まれる。大正二年に姫路市に移る。兵庫県立姫路中学校（現・県立姫路西高等学校）、第八高等学校（現・名古屋大学）を経て、昭和二年に東京帝国大学英文科卒業。処女作「化生《かせい》」（「朱門」大正14年10月）以来知的な作風に新味を見せ、「日独対抗競技」（「新潮」昭和5年1月）他で新興芸術派の一翼を担う。代表作『冬の宿』（昭和11年12月、第一書房）以降、困難な時代の知識人の生態を抒情的筆致に包んで、

『幸福』（昭和12年11月、河出書房）、『北京』（昭和13年4月、第一書房）、『風雪』（昭和14年9月、創元社）などの長編を発表。戦後の代表作は『城』（昭和24年8月、創元社）、『日月《じつげつ》の窓』（昭和34年4月、講談社）、『捕囚』（昭和48年7月、河出書房新社）。戦後の姫路在住期に、二十年秋から二年間ほど同志社大学に非常勤で出講した。昭和二十三年の京都大学生による女子学生殺害事件を描いた「おぼろ夜の話」（「新潮」昭和24年3月。同年に細川書店刊『黒い影』への収録時に「おぼろ夜」と改題）の背景に京都の春の情趣が濃厚に描かれている。また『日月の窓』には神門家がある仁和寺付近や嵯峨野を巡る描写があり、『捕囚』にも三木清の京都時代が描かれている。

（竹松良明）

阿部牧郎　あべ・まきお

昭和八年九月四日（1933～）。小説家。京都府に生まれる。戦争中、秋田県に疎開。昭和三十二年、京都大学文学部仏文学科卒業。サラリーマン生活の傍ら作家活動に入り、四十三年の「蛸と精鋭」（「別冊文芸春秋」6月）以来、四十六年まで七回直木賞候補になり、八回目の候補作品『それぞれの終楽章』（昭和62年11月、講談社）で第九十八回直木賞受賞。平成二年、第二十七回ギャラクシー賞個人賞（ラジオ部門）受賞。『嵯峨野物語』（昭和58年8月、文芸春秋）は、京都西郊の嵯峨野にある落柿舎を舞台とした作品である。戦争未亡人の武上春恵は、息子の独立を機に、かねて念願の京都に移り住む。偶然の導きにより、春恵は落柿舎に住み込みで働くことになり、庵主である洒脱な老人工藤芝蘭子と出会う。落柿舎ゆかりの去来や子規の句とともに嵯峨野の自然と歴史を描くと同時に、落柿舎運営上の抗争が展開し、昭和三十年代後半から四十年代初めにかけての嵯峨野の変貌を浮き彫りにする。

（坂井二三絵）

天田愚庵　あまた・ぐあん

嘉永七年七月二十日（新暦八月十三日）～明治三十七年一月十七日（1854～1904）。歌人、漢詩人、僧侶。磐城国（現・福島県）に生まれる。旧本姓甘田。幼名久五郎。のち、五郎。号は鉄眉、出家後、鉄眼。父は平藩士だった。戊辰戦争時、十五歳で出陣するが、落城。その間に父母と妹が行方不明となる。明治四年、上京。五年、小池詳敬の食客となり、山岡鉄太郎を知る。諸地方遍歴と辛酸をなめ、陸羯南《くがかつなん》を知る。十一年、山岡鉄太郎のはからいで、静岡の侠客清水次郎長こと山本長五郎方に寄寓。写真術を身に着け、諸方へ父母と妹の捜索を続ける。十四年、富士裾野の開墾を監督し、長五郎の養子となる。十七年四月、成島柳北閲で『東海遊侠伝』を輿論社より刊行（この本は以後、大衆演芸次郎長ものの種本となる）。その後、長五郎との養子縁組を解消し、十九年、大阪内外新報社員となる。父母・妹との再会はついに叶わなかった。山岡鉄太郎から「一旦豁然として大悟する事あらば、死したる父母にも坐ながら対面すべし」と諭される。京都市下京区大和大路三条下る新五軒町の小川亭へ投宿し、滴水禅師について禅学を聴き、二十年四月八日、修学院村（現・左京区修学院林ノ脇）にある滴水の禅房林丘寺で得度する。詩〈楚山呉水去悠々、二十年来事歴遊、踏断身前身後路、白雲深処臥林丘〉、歌〈墨染の麻の衣の朝な／＼手向る花の露に濡っゝ〉（第二句〈あさの衣手〉とも）を詠じる。二十三年六月十三日～九月四日、半生伝「血写経」が新聞「日本」に載った。与謝野礼厳と交流する。二十四年、林丘寺を出て、二十五年、下京区（現・東山区）産寧坂通松原上る清水三丁目に草庵を結ぶ。出家時に滴水から授けられた偈頌由来の道号・愚庵を庵名とする。〈東山に庵室を結ひて　末終に消ゆとも知らて白露の結ひそめたる草の庵かな〉。十一月十五日、正岡子規、来訪（子規「獺祭書屋日記」「松羅玉液」）。二十六年、西国三十三所を順礼する。九月二十日、祇園に詣で、小川亭、林丘寺へ暇乞い。以後、滋賀・三重・和歌山・大阪・奈良の霊場を廻り、十一月十四日、和束の正法寺。三室戸寺、上醍醐寺に泊まる。滋賀を経て、十九日入洛。小川亭、木屋町山本邸、寺町六角波多野、神泉苑星野邸、東寺扉前に泊まる。大阪・兵庫の霊場を廻り、十二月八日、丹後に入る。成相寺に泊まる。「宮津に至る頃、雨痛く降り出づ、宮津は元本荘氏七万石の城下なり、此より由良へ、七曲、八峠、伊文字坂、など難所の道なりしを、今は新道開けて車すら通へり、由良嶽を右に、神崎山を左に見、和江より旧道に入り、蔵王峠を越え、舞鶴に出づ、此は元田辺と称し、牧野氏三万五千石の城下なり、愛宕山とて湾中に突き出でたる山あり、此山の東側軍港と成りて、鎮守府を置かるゝとなり、今日は松尾寺迄行かんと、いそぎたれども、雨ふりて道捗らず、入相の鐘を知るべに、倉梯の勝龍寺といふに投宿す、こは師の坊の得度し給ひし御寺にて、今の長老泰龍和尚は、己れも兼て相知れる人なりしが、今日は留守なり、留護の弟子、客僧等、濡れたる物など打あぶりて、いと懇なり。けふは九里半」。十日「今朝は濱の得月院に要厳和尚を訪ふ、是も相知れる中なりければ、牡丹餅などして馳走す、衣の綻びたるを綴り、浄髪などして、午後二時頃より第二十九番松尾寺に赴く、和尚蛙資の供養あり、松尾寺は此より二里、青葉山の半腹にあり、上り八町、頓がて著く、真言宗にて、本尊は馬頭観世音なり、例の如く納経して、大師堂に入り通夜す。けふも雨ふる路二里」。十一日「住持懸空上人は文雅の僧なり、在家の子弟を集め、読書を授けて楽みとす、夜前宵の間に見参して、暫し語ひしが、今朝はわりなく押留めて、滞留せよといふ、去れど今は満願にも近ければ、兎角心せかれ、固く辞て立つ」。福井を経て滋賀・岐阜の霊場を廻り、滋賀をへて十二月二十一日帰庵した。二十七年五月、『順礼日記』（日本新聞社）刊行。腎を病む。二十九年、愚庵庭中に十二勝を選び、その詩を「日本新聞」に載せ、広く唱和を求めると、子規も虚子も把栗も与謝野寛も応じた。子規は〈柚味噌買ふて愚庵がもとに茶を乞はん〉を作る（のちに寺田寅彦はこれを踏まえて〈京は今愚庵の柚味噌蕃椒〉の句を成す）。三十年、頻繁に文通した子規は句〈柿熟す愚庵に猿も弟子もなし〉〈祇園の鴉愚庵の棗くひに来る〉ほかを成す。漱石は〈一東の韻に時雨るゝ愚庵かな〉と漢詩人愚庵を想像し、田岡嶺雲も詩人面を評価した。愚庵は時事にも関心が強く、〈父のみの父の御門のみ祭に我大王は出てませりけり〉（孝明天皇三十年祭）の詠など。十月二十七日付葉書にて〈正岡はまさきくてあるか柿の実のあまきともいはずしぶきとも言はず〉等の歌を送り、子規歌〈御仏にそなへし柿ののこれるをわれにぞたびし十まりいつゝ〉他を引き出す。これによって愚庵歌を知った斎藤茂吉は「愚庵は一面は才華の人である。一面は感傷の人である。（略）明治三十年頃以降からこの才華を包むに寂を以てし、歌に厭味が無くなり、平淡に然かも清新に渋味のある尊い歌を遺すに至つた。かういふ天然直写のうちに自己の命を表はした歌は愚庵の歌の主な特徴を成してゐる」と述べる（「愚庵和尚の歌」）。三十一年、「鳴門観濤歌」を連作。小泉苳三『近代短歌史（明治篇）』（昭和30年6月、白楊社）は、「彼の万葉調の歌風は殊に子規にはたらきかけるもの大なるものがあり、連作を得意とした点は左千夫にも影響をあたへ、後年の「アララギ」歌風にまで脈をひいてゐる」と系譜付けた。三十三年、産寧坂を出て、京都府紀伊郡堀内村（現・伏見区桃山町泰長老）に愚庵を移す。〈桃山結廬歌 遠山は葛城の山志貴の山生駒の山のいたゞきも見ゆ 近山は宇治の高山短山小幡笠取八幡山崎〉。南隣に来た中川小十郎の世話をうける。後年、中川は蓑笠亭主人の筆名で「愚庵和尚」を発表、その日常、預金利息でまかなう生計、猛獣嗜好、大相撲好き、人格と著作、病気等を記す。三十七年一月、腎臓炎から尿毒症となり、示寂。〈大和田に島もあらなくに梶緒たえ漂ふ船の行方知らずも〉と、人麿色濃厚な歌を辞世とした。小谷保太郎が『愚庵遺稿』（明治37年7月、文求堂）を編刊。昭和三年一月、小谷保太郎編（鼠骨例言）『愚庵全集』（政教社出版部）が出る。十一年一月、中川小十郎が嵯峨の鹿王院に愚庵の遺骨を葬り、歌碑を建て、三十三回忌法要を行った。十九年五月十八日と十九日、鹿苑寺方丈において愚庵追懐遺品遺墨展観（主催・道存社）が開催された。松本皎「蓑笠亭・愚庵・古道人研究」（平成22年1月、松本皎）が京都の愚庵について最も詳しい。

（堀部功夫）

天野忠 あまの・ただし

明治四十二年六月十八日～平成五年六月十三日（1909～1993）。詩人、エッセイスト。京都市中京区新町御池に、金銀箔置、ぼかし友染を職とした父忠一郎、後妻の母春の長男として生まれる。他に異母姉の初江と静恵がいた。職人の家に生まれたからか、一度も親に勉強を強いられたことはなかった。竜池小学校を卒業し丁稚奉公先も決まっていたが、身体虚弱ということもあって大正十二年四月、京都市立第一商業学校（現・市立西京高等学校）に進む。夜店の古雑誌や古本あさりが好きで、『ワイルド警句集』の「謙遜とは高慢な含羞である」という一行に感動。校友会誌に小説や散文詩「模造品陳列場」を発表。藤井滋司（シナリオ・ライター）や山中貞雄（映画監督）を知る。昭和三年九月に大丸百貨店に入社する。五年、大沢孝、野殿啓介らと詩誌「白鮑魚」を創刊し、合著詩集『聖書の空間』（2月、白鮑魚社）も刊行。徴兵検査は丙種。処女詩集『石と豹の傍にて』（昭和7年5月、白鮑魚社）刊行。九年五月、北川桃雄、村田孝太郎、田中忠雄などと、文芸誌「リアル」創刊に同人参加（昭和12年7月、12号で廃刊）。同年十一月に『肉身譜』（丸善京都支店）刊行。十三年四月に、北川夫妻の仲人で田中秀子と結婚し、のち二人の男子に恵まれる。十八年、舞鶴海軍工廠に徴用されたが、身体虚弱で三日で帰還。十一月に大丸を退社するが、召集逃れのため阪神内燃機工業に入社。戦後の二十三年、同工業を退社し、和敬書店を経て主文社へ入る。そこで入社して来た富士正晴を知るが、退職して自分の蔵書を並べた古本屋（リアル書店）を始める。二十四年五月に、天野隆一、田中克己らとコルボウ詩話会を創設し、詩誌「コルボウ Corbeau」を刊行。二十五年四月、詩集『小牧歌』（文童社）刊行。二十六年五月、奈良女子大学附属図書館に勤務。ガリ版手摺りの『電車』（昭和27年9月、文童社）、『重たい手』（昭和29年6月、第一芸文社）刊行。『単純な生涯』（昭和33年9月、コルボウ詩話会）で独自の現実認識を提示する。しかしこの頃より腎臓病に苦しみ、長い闘病生活を続ける。『クラスト氏のいんきな唄』（昭和36年10月、自費出版）で奇才と騒がれるが、精神的には解放される。三十七年九月、山前実治、依田義賢（京都）や、井上多喜三郎（滋賀）らの雑誌「骨」（20号）に同人として参加。三十八年六月、大野新、清水哲男らの詩誌「ノッポとチビ」（16号）に寄稿し以後も続ける。『しずかな人 しずかな部分』（昭和38年12月、第一芸文社）、アンソロジー『花の詩集』（昭和38年12月、第一芸文社）刊行。腎臓病持ちながら、平穏無事の生活を送る。四十一年九月、思い入れの強かった『クラスト氏のいんきな唄』の改題増補版として、『動物園の珍しい動物』（文童社）刊行。四十四年、イギリスのペンギン・ブックス“Post-War Japanese Poetry”に四編の英訳詩掲載。この年以降、共著で三冊の詩画集を刊行。四十六年三月、奈良女子大学を事務長で退職。四十八年七月、随筆集『余韻の中』（永井出版企画）刊行。この頃から人並みの健康感を感じる。また「世の中のことには知らん顔をして、概ねは天気のことや自分の気分と古女房との対話」の大切さを自覚する。四十九年十月、それまでのアンソロジーと言っていい『天野忠詩集』（永井出版企画）を、大野新らの尽力で刊行。第一詩集『石と豹の傍にて』から、未刊詩編「音楽を聞く老人のための小夜曲」に至るまでの作品から二一五編を選び収録する。第二回無限賞受賞。授賞式で西脇順三郎、草野心平、伊藤信吉などの詩人にはじめて会う。また若い詩人達に畏怖の念を抱く。五十一年四月、『その他大勢の通行人』（永井出版企画）刊行。五十三年六月、詩集『家』で大野新がH氏賞を受賞し、その式に参列するため上京。詩人の早口や年齢より若いことに驚き、「馬の目を抜く」を実感する。『讃め歌抄』（昭和54年5月、編集工房ノア）、随筆集『そよかぜの中』（昭和55年8月、編集工房ノア）刊行。五十六年、『私有地』（6月、編集工房ノア）で、第三十三回読売文学賞受賞。永井荷風の死ぬことは悲しくもさみしくもないという死生観に得心する。また、二十世紀末文明の中で、「下痢」や「崩壊」を歌っている自分に気づく。『古い動物』（昭和58年6月、れんが書房新社）、日本現代詩文庫11『天野忠詩集』（昭和58年11月、土曜美術社）刊行。六十年八月、老人性白内障で右眼手術し、人工水晶体を入れる。『続天野忠詩集』（昭和61年6月、編集工房ノア）で、毎日出版文化賞受賞。現代詩文庫85『天野忠詩集』（昭和61年7月、思潮社）刊行。六十一年十二月に京都新聞文化賞受賞。『長い夜の牧歌』（昭和62年6月、書肆山田）刊行。六十三年十一月、黄色じん帯骨化症で、大津市民病院の脳神経外科へ入院する。手術をするが副作用で、以後車いすとベッドの暮らしになる。平成三年、呆けた自分に気づき老いながら穏やかに生きた祖父を羨む。強靱な諧謔的社会観や人間観を提示し、日常の多様性の発見に徹し、他方で「曖昧な心細い性格の弱者」という自覚とその位置を熟知した詩人であった。

（池川敬司）

天野隆一 あまの・りゅういち

明治三十八年十一月十二日～平成十一年一月二十七日（1905～1999）。詩人、画家。兵庫県西宮市に生まれる。雅号・大虹。昭和七年、奥村稔子と結婚。翌年、京都市立絵画専門学校（現・京都市立芸術大学）研究科修了。十年の第一回京都市美術展はじめ入選作品多数、後年、教え子たちによって『天野大虹作品集』（平成4年11月）が刊行された。詩の方面では、大正十二年、「桐の花」ほか短歌誌を創刊、十四年より同人と「青樹」を、昭和十二年まで発行。二十四年五月、コルボウ詩話会を天野忠らと結成、また会員の作品をコルボウシリーズとして刊行し新人を育成、京都詩壇に寄与した。三十五年に解散したが、三十六年六月、詩誌「RAVINE」を創刊して流れを継ぐ。日展等に入選多く、詩画集三部作として文童社から、『山』（昭和42年12月）、『閲歴』（昭和44年11月）、『石人』（昭和50年9月）を刊行。『京都詩壇百年』（昭和63年8月）では、草創期の明治十八年からの京都詩界動向を網羅。平成元年度京都市芸術功労賞、四年度第十一回京都府文化功労賞を授与されている。

（齋藤　勝）

あまんきみこ　あまん・きみこ

昭和六年八月十三日～（1931～）。児童文学作家。旧満洲国（現・中国東北部）撫順市に生まれる。本名・阿萬紀美子。日本女子大学児童学科通信教育部卒業。与田準一の勧めで「くま紳士」を「びわの実学校」に投稿し、掲載される（昭和40年10月）。昭和四十三年三月、短編童話集『車のいろは空のいろ』（ポプラ社）を出版し、同年四月、日本児童文学者協会第一回新人賞受賞。『こがねの舟』（昭和55年12月、ポプラ社）で旺文社児童文学賞受賞。平成十三年、紫綬褒章受章。京都府長岡京市在住。

（荻原桂子）

綾辻行人　あやつじ・ゆきと

昭和三十五年十二月二十三日～（1960～）。小説家。京都市に生まれる。本名・内田直行。小学生の頃は京都の桂にある「大きくて古い」家に住んでおり、その頃、江戸川乱歩の作品を読み始めたという。昭和五十四年、京都大学教育学部に入学し、その後、同大学大学院に進学、博士後期課程を修了した。大学在学中に、京都大学推理《ミステリ》小説研究会に所属し、サークルの機関紙「蒼鴉城」に外畑蛇帰の筆名で「四〇九号室の患者」（昭和58年11月）を執筆、また内田直行の名で「「洗礼」―楳図かずおのミステリ世界」と題して、楳図かずお作品の魅力を述べている。他にも『人形館の殺人』（平成元年4月、講談社ノベルス）の原型となる短編「遠すぎる風景」（昭和59年）などを発表している。同サークルでは、「犯人当て小説」が会員達によって創作され、これを例会で発表するという行事が昭和四十九年の創設以来、伝統として行われており、巽昌章や小野不由美、法月綸太郎、我孫子武丸、麻耶雄嵩らの錚錚たる作家を輩出している。大学院在籍中に島田荘司の紹介で、〈新本格〉ブームの始まりを告げる『十角館の殺人』（昭和62年9月、講談社ノベルス）を発表、本格的にデビューする。筆名の考案者も島田荘司で、姓名判断上ほとんど完璧な名前だという。以後、建築家中村青司が設計した館で起こる事件を、推理作家鹿谷門実こと島田潔が解決するという「館シリーズ」を発表し、同シリーズ内の『時計館の殺人』（平成3年9月、講談社ノベルス）で第四十五回日本推理作家協会賞を受賞する。京都市左京区北白川を舞台とした『人形館の殺人』は、学生時代、京都の街の小さなライブハウスで友人と演奏していた、「袋小路に入り込んでしまったような暗い感傷をテーマとした」オリジナル曲「孤独の唄」のイメージと重なると発言している。他に、『霧越邸殺人事件』（平成2年9月、新潮社）など多数の作品があり、日本の推理小説史を語る上でも「綾辻以後」という区分が使われるようになるなど、〈新本格〉の旗手として日本のミステリ界に異彩を放つ。また一方で『眼球綺譚』（平成7年10月、集英社）などの怪奇譚も多く執筆している。「これまで書いてきた中で最も自分の日常に密着した小説群だと云えるが、それでいて、最も現実には起こりえない諸々を描いた小説群」と自身で述べる『深泥丘奇談』（平成20年2月、メディアファクトリー）では、綾辻とほぼ等身大である職業作家が語り手となって、日常の「怪」が語られており、その舞台も綾辻が生まれ育ち、実際に住んでいる京都の町がモデルにされている。その他、テレビドラマ「安楽椅子探偵登場」（有栖川有栖との合作）に出演するなど多方面で活躍している。

（西川貴子）

新井弘城 あらい・こうじょう

明治二十八年（月日未詳）～昭和六十二年（月日未詳）（1895～1987）。編集者。京都府舞鶴市に生まれる。本名・南部新一。後年の筆名は南部亘国《ひろくに》。豆本『回想の博文館』（昭和48年2月、日本古書通信社）によると、二十二歳で奈良の新聞社を去り、少年時代から憧れた博文館少年部に所属するや後発出版社に押される社運の挽回に粉骨砕身した。「少年少女譚海」創刊に関わるなど「雑誌の大工さん」の誉れを得た。

（菅　紀子）

荒賀憲雄 あらが・のりお

昭和七年（月日未詳）～（1932～）。詩人。京都市に生まれる。詩誌「流域」同人を経て「鳥」を創刊。編集にも携わる。現在「RAVINE」同人、編集発行責任者。日本現代詩人会、日本山岳会会員。主に登山・沙漠の旅で遭遇した光・水・生きもの・人間を描いた。著書に詩集『ある微光』（昭和50年4月、文童社）、『夫婦は鰯』（平成8年5月、洛西書院）、『山巓記』（平成14年7月、洛西書院）、『原郷蒼天』（平成18年5月、土曜美術社出版販売）等、詩文集『落日の山』（平成10年3月、ナカニシヤ出版）、アンソロジー『流域詩集』（昭和55年4月、編集工房ノア）、『風の詩集』（平成11年2月、筑摩書房）がある。城陽市在住。

（青木京子）

荒木昭夫 あらき・あきお

昭和六年三月三十一日～（1931～）。児童文学作家、劇作家、演出家。京都府に生まれる。本名・高橋照彦。立命館大学二部経済学部中退。主に児童演劇で活躍し、元人形劇団「京芸」に参加、京都児童青少年演劇協会事務局長、日本芸能実演家団体競技会常任理事、日本児童青少年演劇劇団協議会事務局長を務める。昭和五十一年、一四六〇年代の京都を舞台にした上演台本『つちぐも』で第十二回斎田喬戯曲賞佳作賞受賞。紙芝居作品に『かくれんぼだぞ！にんじゃだぞ！』（昭和62年、童心社、画・やべみつのり）、『とんぼとぼとぼかばんかば』（昭和62年、童心社、画・やべみつのり）。

（叶　真紀）

荒木文雄 あらき・ふみお

明治三十七年（月日未詳）～昭和五十四年二月二十四日（1904～1979）。詩人。京都に生まれる。京都帝国大学英文科大学院卒業後、大谷大学教授等を歴任。昭和四十二年まで荒木二三（「ふみ」または「にぞう」とも）という筆名を用いていた。戦前には詩集『マクベスの釜』（昭和8年2月、青樹社）等を刊行。昭和二十四年、天野隆一らにより京都在住詩人の懇話会としてコルボウ詩話会が創立され入会。同会解散後の三十六年、天野らとラビーン社を結成、詩誌「RAVINE」同人となる。主な詩集に『ひらけごま』（昭和42年3月、文童社）、『花のまんだら』（昭和46年10月、ラビーン社）、『石の塔』（昭和52年1月、ラビーン社）、『荒木文雄詩集』（昭和53年11月、ラビーン社）、散文集に『河骨』（昭和56年2月、雷遊社）等がある。

（楠井清文）

荒木良雄 あらき・よしお

明治二十三年九月五日～昭和四十四年九月二十九日（1890～1969）。国文学者。京都府福知山市曾我井村（現・福知山市）に生まれる。中世文学（特に室町文学）の研究で『宗祇』（昭和16年1月、創元社）、『中世文学の形象と精神』（昭和17年8月、昭森社）、『中世文学の形成と発展』（昭和32年1月、ミネルヴァ書房）などの業績を残す一方、甲南大学国文科の充実に尽力。播磨の郷土文学の解明にも従事し、『播磨の文学』（昭和36年1月、みるめ書房）を執筆した。

（小谷口綾）

有明夏夫 ありあけ・なつお

昭和十一年五月十一日～平成十四年十二月十七日（1936～2002）。小説家。大阪市に生まれる。本名・斎藤義和。昭和二十年一月、福井県に疎開。勝山精華高等学校（現・勝山南高等学校）在学中に新日本文学会福井支部機関誌「ゆきのした」に習作を発表。三十一年、高校卒業後、京都光学に就職。同志社大学工学部二部に入学するも、中退。三十九年頃、伏見区深草西出町に住む。四十七年六月、「FL無宿のテーマ」（「小説現代」昭和47年6月）で、第十八回小説現代新人賞を受賞。五十三年十月、『大浪花諸人往来（耳なし源蔵召捕記事）』（角川書店）刊行、これにより第八十回直木賞を受賞。以降、六十年まで「耳なし源蔵」シリーズは書き継がれ、有明の代表作となる。五十六年、五十八年にはNHK大阪放送局よりドラマ化。青春ユーモア小説『俺たちの行進曲』（昭和56年3月、文芸春秋）、テレフォン・ノベルと冠した実験作『最後に死ぬ奴、笑う奴』（昭和58年12月、集英社）等がある。

（越前谷宏）

有島武郎 ありしま・たけお

明治十一年三月四日～大正十二年六月九日（1878～1923）。小説家、評論家。東京府小石川区小石川水道町（現・東京都文京区水道）に生まれる。明治十五年、大蔵省勤務の父武が横浜税関長に就任したため、横浜に移住。十七年八月、横浜英和学校に入学。二十年九月、学習院予備科三年級（現在の小学校四年に相当）に編入学。二十三年九月、学習院中等科に進む。二十九年九月、札幌農学校（現・北海道大学）予科最上級の五年級に編入学。新渡戸稲造の官舎に寄寓し、稲造が日曜ごとに開くバイブルクラスに加わる。同級生の森本厚吉、木村徳蔵らと親しく交わり、森本に感化されてキリスト教に近づく。在学中、新渡戸の創設した遠友夜学校にも関係して、貧しい子女の訓育にも携わった。三十四年三月二十四日、札幌独立基督教会に入会し、以後内村鑑三の指導の下に熱烈なクリスチャンとなる。三十六年八月、留学のため渡米し、ハヴァフォード大学大学院、ついでハーヴァード大学に入り、経済と歴史を専攻。在米中、信仰に懐疑を抱き、キリスト教に批判的になるとともに、社会主義思想に共鳴し、また、ホイットマン、ゴーリキー、イプセンらの文学に親しみ、しだいに将来の進路を文学の方向にかためていった。三十九年九月、ヨーロッパに渡り諸国を歴訪し、四十年四月に帰国。同年十二月、東北帝国大学農科大学（札幌農学校の後身）の講師となる。四十二年三月、神尾安子と結婚、この前後から信仰に対する懐疑をいっそう深くした。四十三年四月、「白樺」が創刊され、有島も同人となり文学活動を開始する。五月、札幌独立基督教会を退会してキリスト教から離脱し、「白樺」に「二つの道」（5月）、「かん〳〵虫」（10月）などを発表。翌年から「或る女のグリンプス」（「白樺」明治44年1月～大正2年3月）を連載。大正三年十一月、妻安子結核のため一家を挙げて東京に引き上げ、翌年三月、農科大学の教職も辞して、鎌倉に転地した妻の看病と三人の子供の育児に専念。そのかたわら、「白樺」に「宣言」（大正4年7月、10月〜12月）、「サムソンとデリラ」（大正4年9月）などを発表するが、大正五年の八月に妻を、続いて十二月に父を病気で失ったことが転機となり、翌六年から有島の本格的な作家生活が始まる。有島が京都を初めて訪れるのはこの六年の四月三日のことである。札幌農学校の同級生で当時神戸女学院に在職中の木村徳蔵の依頼により、有島は女学院の卒業式（3月30日）で講演（「惜しみなく愛は奪ふ」の初期稿の主旨）をしているが、その帰途の入洛である。四月三日に宇治、大津などを訪ね、五日には、札幌での教え子の一人で当時同志社の神学部に在籍していた大島豊の案内により京都帝大、同志社、嵐山などを見物している。この大島の発案で有島の同志社講演が翌七年から始まり、大正十一年までの五年間に六回入洛することになる。この年、「カインの末裔」（「新小説」大正6年7月）、「平凡人の手紙」（「新潮」大正6年7月）、「実験室」（「中央公論」大正6年9月）、「クラ、の出家」（「太陽」大正6年9月）、「迷路」（「中央公論」大正6年11月）などを発表し、文名にわかに上がる。翌七年四月、同志社大学英文科講師に就任。科目は「近代文学」、春秋各四週間、一週二回講演、報酬は毎学期一〇〇円及び旅費二〇円（報酬のほぼ全額を毎回有島は同志社に寄付してしまった）という条件であった。しかし春先に体調を崩し入院したため、第一次同志社講演が始まったのはこの年の秋からである。十月十八日の夕方、東京を発った有島は二十一日の午前は英文科でカーペンターの授業を行い、午後はチャペルで「芸術論」の講演。この講演は同志社、京都帝大、三高の学生のほか、東京から来た学生、女性らで満員だったという。二十七日の夜、キリスト教青年会館ホールで、イプセンについて講演し、三十一日には清水寺、高台寺を散策し、高台寺の近くに住む竹久夢二を訪問している。十一月四日には比叡山に登り宿院に一泊し、五日、坂本に下り、琵琶湖疏水を下る舟で帰洛。そして十八日に五回目の講演を行って二十日に帰京、一ヵ月ほどの京都滞在である。この年も旺盛な筆力を示し、「小さき者へ」（「新潮」大正7年1月）、「暁闇」（「新小説」大正7年1月）、「生れ出る悩み」（「大阪毎日新聞」大正7年3月16日〜4月30日）、「石にひしがれた雑草」（「太陽」大正7年4月）などを発表している。八年三月、「或る女のグリンプス」の改作を二年前から始まった『有島武郎著作集』の第八輯『或る女』（前編）として刊行（叢文閣）。四月二十七日、第二次同志社講演のため入洛し、二十九日から五月二十一日まで「芸術論及びホイットマン」をテーマに七回にわたって講演。この京都滞在中は、『或る女』を完結させるため伏見区竹田内畑町安楽院内北向不動堂の六畳一間を借りて執筆に没頭し、二十三日に帰京した。そして六月、著作集第九輯『或る女』（後編）を刊行。それから四ヵ月後の十月二十三日、有島は母幸を伴って東京を発ち、伊勢山田、奈良を案内した後、第三次同志社講演のため二十五日に入洛。十一月三日から十八日まで、「イプセンを中心とせる北欧文学に就て」と題して六回講演を行い、他に京都ＰＬ会、京都第二高等女学校（現・府立朱雀高等学校）同窓会などでも講演。旺盛な筆力が頂点に達した年で、同志社講演が春と秋の二回実現したのはこの年だけである。翌九年四月三十日の夜、第四次同志社講演のため東京を発ち、五月三日から十九日まで六回、前回に引き続きイプセンについて講演。在洛中、有島の誘いで入洛した秋田雨雀と石山寺や芭蕉の墓などを見物し、また京大の河上肇に会ったり、明石で静養中の倉田百三を見舞ったりした。この九年から創作力が著しく衰え、発表した小説は一編のみで、秋の同志社講演も断念している。十年三月二十九日、母と三児を伴い、横浜から神戸に向かい、六甲山ホテルに一泊、大阪見物の後、第五次同志社講演のため四月一日に入洛し、常宿のあかまん屋に逗留し、九日まで子どもたちに京都見物をさせる。講演は十三日から五月三日までの六回、演題は「バイロンに就て」。五日に帰京。この年も創作力退潮の状態が続き、秋の同志社講演を断り、阿部次郎に代講を依頼している。十一年一月、「宣言一つ」を「改造」に発表。この春も同志社講演を断念。七月、有島農場の解放（無償譲渡）を宣言。十月、個人誌「泉」を創刊。十月二十二日、第六次同志社講演のため入洛し、翌二十三日は「創造と芸術」、二十五日、二十七日は「階級意識と芸術」と題して講演。この間、京都帝大などでも講演しているが、この秋の講演をもって有島の同志社講演は終了となる。十二年、創作力は回復せず、次第に虚無的心境に陥り、六月九日早暁、軽井沢三笠山の別荘浄月庵において人妻波多野秋子と心中、遺体は七月七日発見された。有島は同志社講演のために大正七年から十一年までの五年間に、春三回、秋三回の六回入洛し、そのたびに一ヵ月ほど滞在している。京都の自然や風物は彼を楽しませ慰めたにちがいない。しかし、京都を舞台にした作品などは残していない。

（笠井秋生）

有栖川有栖　ありすがわ・ありす

昭和三十四年四月二十六日〜（1959〜）。小説家。大阪市に生まれる。本名・上原正英。昭和五十七年、同志社大学法学部を卒業。推理小説は十一歳から書き始め、大学在学中にも推理小説研究会に所属していた。筆名の姓の方は大学生の頃に通学途中で見た「有栖川宮邸跡」の碑からヒントを得ており、名の方はルイス・キャロル『不思議の国のアリス』からとったという。卒業後書店に勤務するかたわら、鮎川哲也の推挙を得て『月光ゲーム　Yの悲劇'88』（平成元年1月、東京創元社）を発表し、本格的にデビューする。この大学生有栖川有栖を主人公に、推理小説研究会の先輩江神二郎を探偵役に配するものはシリーズ化され、『女王国の城』（平成19年9月、東京創元社）で第八回本格ミステリ大賞小説部門を受賞。またもう一つの代表的なシリーズとして、犯罪学者火村英生を探偵役、推理小説作家有栖川有栖をワトソン役にするものがあり、『乱鴉の島』（平成18年6月、新潮社）や、日本推理作家協会賞を受賞をした『マレー鉄道の謎』（平成14年5月、講談社ノベルス）などのエラリー・クイーンを意識した国名ものなどがある。軽妙な筆致とともに、フェアに提示された手掛かりから論理的推理が展開される〈本格〉ものの醍醐味を堪能させ、読者を魅了している。作品内の江神らが通う大学は今出川近くの「英都大学」とされ、火村が助教授（後に准教授に変更）として勤務する大学も相国寺隣りにある赤い煉瓦造りの「英都大学」となっていることから、作者の出身校同志社大学がモデルとなっていると思われる。大学構内及び大学周辺の様子がしばしば描かれており、また火村の北白川の下宿の様子も作品内で稀に描かれている。京都を舞台にした作品に、鞍馬川の渓流を見下ろす建物でおきた事件「雪華楼殺人事件」（『絶叫城殺人事件』平成13年10月、新潮社）や、北山杉近くのログハウスを舞台にした事件「ルーンの導き」（『ロシア紅茶の謎』平成6年8月、講談社ノベルス）などがある。またエッセイ集も多く書いており、『作家の犯行現場』（平成14年2月、メディアファクトリー）では「ミステリーの雰囲気がある館」として、旧・松風嘉定邸（順正清水店）を紹介している。建物内の様子や塔屋から望む京都市内の風景の描写とともに、「あのバルコニーで死体を発見した美女が絶叫して」と想像を膨らませる様子も描かれている。その他、テレビドラマ「安楽椅子探偵登場」（綾辻行人との合作）に出演するなど多方面で活躍している。平成十二年には本格ミステリ作家クラブを設立し、初代会長となった。

（西川貴子）

有馬敲《ありま・たかし》

昭和六年十二月十七日～（1931～）。詩人。京都府南桑田郡吉川村（現・亀岡市吉川町）に生まれる。本名・西田綽宏。昭和二十八年、同志社大学経済学部卒業。翌年、京都銀行に就職。五十二年、タカラブネに転職。この間、旺盛な創作活動及び詩作朗読運動を全国的に展開。四十年、「ゲリラ」を創刊。作品集全五巻（1『徒労の斧』、2『転生記』、3『少年』、4『風に誘われて』、5『藁の漂白』、平成5年6月～7年11月、編集工房ノア）を刊行。『ふるさと文学館31巻京都』（平成7年9月、ぎょうせい）には「デッド・エンド」の収録がある。主な受賞はアトランチダ賞、モンゴル文化基金賞。詩集は中国語、英語、仏語、露語、モンゴル語ほか諸外国語に翻訳されている。

（齋藤　勝）

有吉佐和子《ありよし・さわこ》

昭和六年一月二十日～五十九年八月三十日（1931～1984）。小説家。和歌山市真砂丁に生まれる。昭和二十七年三月、東京女子大学短期大学部英語科卒業。三十一年一月に「地唄」（「文学界」）で文壇にデビュー。時代は週刊誌の相次ぐ創刊やテレビの普及などマスコミの拡大時で、需要に応えて盛んな創作活動を開始する。ニューヨークのサラ・ローレンス・カレッジに一年間留学したが、出発前に書き上げた長編『紀ノ川』（昭和34年6月、中央公論社）が高い評価を受け、以後長編小説を中心に創作活動をしようと決意。家の系譜を描くものの他に、『非色』（昭和39年8月、中央公論社）の人種差別問題、『恍惚の人』（昭和47年6月、新潮社）の老人介護といった社会的なテーマにも取り組んだ。学生時代から演劇に深い関心を寄せていたので、自らの小説を脚色・演出することもあった。代表作『華岡清洲の妻』（昭和42年2月、新潮社）も有吉の脚色でたびたび上演されている。銀行に勤務する父の仕事の関係でジャワ（現・インドネシア）にいた時期もあったが、十歳からは、疎開時を除いて、ずっと東京に住む。東京以外では母親の実家のある和歌山がよく描かれたが、歴史に取材した小説には京都が出てくる。『出雲の阿国』（昭和44年9月、11月、中央公論社）には、阿国の興行場所として四条河原や北野天満宮などが描かれた。『真砂屋お峰』（昭和49年9月、中央公論社）には、江戸の材木問屋真砂屋の内儀お峰が、京都に上って嵐山の花見で衣装競べをする場面がある。天保期のことだ。この小説の読みどころは、質素倹約を旨に生きてきたお峰が、なぜ京都まできて贅沢三昧をするのか、というところにある。これと反対に、京都から始まって江戸へ下るのが『和宮様御留』（昭和53年4月、講談社）である。幕末の動乱期にあって歴史に翻弄される庶民の悲劇を、皇女和宮の身替りとして東下させられる少女フキに結晶させた。旅の途中、心労に耐えきれなくなったフキは大好きだった祇園囃子を口ずさみながら正気を失ってゆく。有吉の京都は、この地を特権化することなく、そこに生きた女性たちの方に焦点が絞られている。有吉は藪内流の茶道をたしなんだ。小説以外の執筆依頼は極力断ったという有吉が、『古寺巡礼 京都16 大徳寺』（昭和52年8月、淡交社）に「大徳寺で考えたこと」という文章を寄せたのも、茶道の縁であったろうか。（宮内淳子）

粟津松彩子 あわず・しょうさいし

明治四十五年三月十九日～平成十七年二月十八日（1912～2005）。俳人。京都市に生まれる。本名・粟田菊雄。昭和五年、「ホトトギス」に初投句、初入選。六年、田中王城に入門。王城没後は、高浜年尾に師事。十八年、年尾、若沙、比古、爽波と五人会を結成し、虚子の選を受ける。二十四年、「ホトトギス」同人。句集に『松彩子句集』（昭和54年1月、新樹社）、『句集あめつち』（平成14年4月、天満書房）などがある。上品さのある厳しい写生句が特徴。建仁寺西門前に住み茶商を営んでいた。（足立匡敏）

粟津水棹 あわず・すいとう

明治十三年五月二十五日～昭和十九年十月十六日（1880～1944）。俳人。京都市東六条（現・下京区）に生まれる。本名・操。漢籍を山本章夫、絵を竹内栖鳳に学ぶ。明治三十三年、大谷句仏上人の筆頭家従として近侍する。この頃から、中川四明、河東碧梧桐に俳句を学ぶ。三十七年、四明らが「懸葵《かけあおい》」を創刊するが、数ヵ月後に廃刊の危機に陥る。その「懸葵」を句仏が引き取ったことにより、以後水棹が編集に携わった。共編に『四明句集』（大正9年12月、懸葵発行所）がある。（足立匡敏）

安東次男 あんどう・つぐお

大正八年七月七日～平成十四年四月九日（1919～2002）。詩人、評論家、俳人。岡山県苫田郡東苫田村（現・津山市）に生まれる。俳号・流火艸堂。昭和十二年、第三高等学校（現・京都大学）文科丙類に入学し、伊吹武彦にフランス語を学ぶ。『六月のみどりの夜は』（昭和25年8月、コスモス社）に次ぐ第二詩集『蘭』（昭和26年6月、月曜書房）で、戦後詩人としての地位を確立させ、のちに続く詩人たちに影響を与えることとなる。フランス現代文学の翻訳の他、『澱河歌《よどがわうた》の周辺』（昭和37年8月、未来社）を刊行し、第十四回読売文学賞を受賞した。『流』（平成8年7月、ふらんす堂）で第十二回詩歌文学館賞受賞。『安東次男著作集』全八巻（昭和49年1月～52年3月、青土社）がある。（田中 葵）

安藤真澄 あんどう・ますみ

明治三十七年九月十五日～昭和四十三年六月二十二日（1904～1968）。詩人、染色図案家。京都市に生まれる。大正十四年、詩誌「轟々」を創刊。その後百田宗治の第一期「椎の木」に参加、第一詩集『大道芸人』（昭和2年1月、椎の木社）を発表。戦後、コルボウ詩話会に参加し活動を再開。第二詩集『豚』（昭和38年10月、文童社）は友人の手によって制作されたほど、無欲恬淡の詩人であった。（谷口慎次）

安藤美紀夫 あんどう・みきお

昭和五年一月十二日～平成二年三月十七日（1930～1990）。児童文学作家、児童文学研究者、翻訳家。京都市に生まれる。本名・一郎。安藤真澄の子。京都府立第三中学校（現・府立山城高等学校）を卒業後、小学校教員などを経て、京都府立鴨沂高等学校三年に編入学。卒業後、京都大学文学部イタリア文学科に進学。大学卒業後は、北海道で十八年間高校教員を務めた。その間に北海道の自然と動物に取材した『白いりす』（昭和36年12月、講談社）を発表、第九回サンケイ児童出版文化賞を受賞する。昭和四十七年、東京に転居し、日本女子大学で教鞭をとる。同年八月、戦前の京都を舞台とした連作短編集『でんでんむしの競馬』（偕成社）を刊行。この書は、翌年の日本児童文学者協会賞、赤い鳥文学賞など五つの賞を受賞した。児童文学研究での著作も多く、『世界児童文学ノート』全三巻（昭和50年5月～52年4月、偕成社）などがある。また、イタリア児童文学を紹介した功績も大きく、杉浦明平と共訳の『黒い手と金の心』（ファビアーニ作、昭和32年12月、岩波書店）などがある。

（足立匡敏）

安立スハル　あんりゅう・すはる

大正十二年一月二十八日～平成十八年二月二十六日（1923～2006）。歌人。京都市東山区山科（現・山科区）御陵山ノ谷に生まれる。昭和十五年、京都府立桃山高等女学校（現・府立桃山高等学校）卒業後、大丸京都店人事教育部に就職するが肺結核のため休職。十六年、「多磨」に入会。十九年、伏見警察署保安課に勤務。二十八年「コスモス」創刊に参加。歌集に『この梅生ずべし』（昭和39年3月、白玉書房）がある。第三回コスモス賞受賞。

（竹島千寿）

【い】

飯島晴子　いいじま・はるこ

大正十年一月九日～平成十二年六月六日（1921～2000）。俳人。京都府久世郡富野庄村（現・城陽市）に生まれる。旧姓・山本。昭和十三年、京都府立第一高等女学校（現・府立鴨沂高等学校）を卒業。二十一年、飯島和夫と結婚し、藤沢市に転居。三十四年、藤沢馬酔木会に出席し、初めて俳句を作る。この時、能村登四郎に出会い、以後薫陶を受ける。三十五年、「馬酔木」へ初投句、初入選。三十九年、藤田湘子ら創刊の「鷹」に同人として参加。四十七年四月、第一句集『蕨手《わらびて》』（鷹俳句会）刊行。以後、『朱田』（昭和51年10月、永田書房）、『寒晴』（平成2年6月、本阿弥書店）などの句集を刊行。作品において、言葉が新しい秩序を獲得することを追求した。また、創作体験を理論化することに優れ、多くの評論を発表。昭和四十九年八月刊行の『葦の中で』（永田書房）は、女性俳人初の俳句評論集である。平成九年、第六句集『儚々《ぼうぼう》』（平成8年4月、角川書店）により第三十一回蛇笏賞受賞。十二年、自死。京都を詠んだ句に〈寒晴やあはれ舞妓の背の高き〉がある。

（足立匡敏）

飯田兼治郎　いいだ・けんじろう

明治二十八年八月三日～没年月日未詳（1895～?）。歌人。京都府綾部町（現・綾部市）に生まれる。高等小学校卒業後、城丹蚕業講習所製糸部に入り、そののち上田蚕糸専門学校専科に入る。大正五年、前田夕暮を知り、「詩歌」に参加。自由律短歌集『女体は光る』（昭和5年11月、白日社）を刊行。他に発禁処分となった長編小説『神を射るもの』（昭和2年3月、東京文武堂。のちに『赤い聖書』として刊行）がある。

（田中　葵）

飯田蛇笏　いいだ・だこつ

明治十八年四月二十六日～昭和三十七年十月三日（1885～1962）。俳人。山梨県東八代郡五成村（現・笛吹市境川町）に生まれ

る。本名・武治。俳句が盛んな環境が機縁で、明治三十八年に早稲田大学進学以来、句作を本格化させ、四十二年帰郷後、大正六年から没するまで俳誌「雲母《うんも》」の主宰を続けた。全国の支社を訪ねる旅を重ねた途次京都にも度々止宿したが、その跡をとどめる句文集『旅ゆく諷詠』（昭和16年4月）も京都の人文書院から出版されている。京都を詠んだ句に〈種芋や兵火のあとの古都の畑〉（『山廬集』昭和7年12月、雲母社）、〈大原のとある農家の羽子日和〉（『椿花集』昭和41年11月、角川書店）がある。

（中河督裕）

飯干晃一 いいぼし・こういち

昭和二年六月二日～平成八年三月二日（1927～1996）。小説家。大阪府に生まれる。京都大学を卒業後、読売新聞社社会部記者。退社後、小説家に転じ、記者時代の暴力団関連の取材経験を生かし、やくざの抗争を綿密な取材で描き出した。著書に『山口組三代目』野望篇、怒濤篇（昭和45年12月、46年1月、徳間書店）、『仁義なき戦い』シリーズ（昭和48年～、サンケイ新聞社出版局ほか）等。『会津の小鉄』第一部～第三部（昭和51年12月～52年1月、勁文社）では、幕末の京都を舞台に侠客会津の小鉄の一代と維新の動乱を描いた。

（日比嘉高）

生島遼一 いくしま・りょういち

明治三十七年九月二日～平成三年八月二十三日（1907～1991）。仏文学者、評論家。大阪市に生まれる。京都帝国大学文学部仏文学科卒業。第三高等学校（現・京都大学）教授、戦後、京都大学教養部教授、同大学文学部教授（のち名誉教授）を歴任。京都市中京区に居住。昭和八年に桑原武夫との共訳でスタンダール『赤と黒』（岩波文庫）の翻訳を手がける。その後、ボーヴォワール『第二の性』（昭和28年6月～昭和30年12月、新潮社）、フローベール『ボヴァリー夫人』（昭和33年11月、新潮社）などの名訳で知られる。日本の古典文学や、鷗外、鏡花、谷崎らに対する造詣が深く、折に触れて書かれた著述は、早い時期には『日本の小説』（昭和19年8月、新潮社）をはじめとする評論集に、のちには『鴨涯日日』（昭和56年10月、岩波書店）、『芍薬の歌』（昭和59年4月、岩波書店）などのエッセイ集にまとめられた。五十六年、日本芸術院賞受賞。没後、特に愛読した泉鏡花に関する文章を集めて『鏡花万華鏡』（平成4年6月、筑摩書房）が刊行された。

（日高佳紀）

生田葵山 いくた・きざん

明治九年四月十四日～昭和二十年十二月三十一日（1876～1945）。小説家、劇作家。京都市鴨川荒神口御幸橋畔の酒商成田屋の五男として生まれる。本名・盈五郎《えいごろう》。別号・葵《あおい》。葵山の号は葵祭にちなむ。東洋英学塾に学んだ。明治二十六年、一家が死に絶えた後、三年間の放浪生活を送る。その間に京都で池田瓦山を知り文学に接近した。二十九年、「文芸倶楽部」編集の同郷の先輩に寄寓。瓦山の紹介で巌谷小波《いわやさざなみ》の門下生となる。「家庭雑誌」掲載の浪漫的な「花すみれ」（明治31年3月）を処女作とする。八月、小波の勧めにより神戸新聞へ赴任、まもなく帰京して創作に専念する。「団扇太鼓」（「新小説」明治32年4月）で初めて文壇に注目された。属していた小波門下の木曜会は外国文学への関心が強く、永井荷風らと「活文壇」（明治32年11月）を創刊し、自ら主任となった葵山には、特にその傾向が強かった。大正二年、英独に留学。四年、シベリヤ鉄道にて帰朝、以降劇作に転じた。代表作に、「三本杌」（「活文壇」

明治33年4月)、「友垣」(「新小説」明治34年7月)、「片手套」(「文芸界」明治35年5月)、「和蘭皿」(「新小説」明治37年7月)などがある。（竹島千寿）

生田耕作　いくた・こうさく

大正十三年七月七日～平成六年十月二十一日（1924～1994）。仏文学者、翻訳家。京都市に生まれる。生地を自ら「鴨川のほとり、西木屋町」と記すが、詳細は不明。中学時代に戦争に傾く国情に背を向け荷風や英米の文学を耽読、英訳を通じフランス文学に出会う。大陸での従軍、抑留後、京都大学仏文科に学び、卒業後同大学で教鞭をとる傍らブルトン、バタイユ、セリーヌ、マンディアルグら多くの異端、反骨の作家の紹介に努める。また編集から造本までを自ら行うべく出版社奢灞都《サバト》館を設立した。自ら刊行した『バイロス画集』（昭和54年10月）が〈猥褻図画〉として摘発された折、同僚から追われ大学と対立し、辞職。京都大学名誉教授。退職後は執筆、翻訳、出版に専念した。六十代に入り、江戸後期の文化に西洋世紀末と比肩しうる洗練を見出し、折からの府の鴨川改修計画に対して江戸文化の根元である鴨川の景観を守るべきことを主張、「鴨川風流展」を開催し、『鴨川風雅集』（平成2年12月、京都書房）を刊行した。（中河督裕）

井口直子　いぐち・なおこ

昭和二十二年二月十七日～（1947～）。児童文学作家。京都府に生まれる。大阪女子商業高等学校卒業。銀行勤務後、結婚生活に入る。西本鶏介に師事して児童文学を学ぶ。昭和五十九年、「オタスケ事務所・本日開店！」が講談社児童文学新人賞佳作に入選。六十年より、著作を刊行する。主に小学生男子の友情を取り上げる。西本鶏介は、井口作品が「大阪文化が育ててきた笑いの精神とバイタリティあふれる人間性があ」ると評価する。『ぼくの見知らぬ「ぼく」』（平成9年12月、ポプラ社）中、主人公の少年の駆け込み寺が「京都、東山の近くにある」と設定される。（堀部功夫）

池田勝徳　いけだ・かつのり

昭和十九年五月十七日～（1944～）。社会学者、小説家。京都府福知山市に生まれる。筆名・京極司。日本大学大学院修了。日本大学法学部教授。研究テーマである〈介護意識とボランティア活動について〉に根ざした知見をもとに、現実の医療や介護の問題を見すえた『禁断の手』（昭和61年10月、人間と歴史社）、『老いのセクソロジー』（平成6年7月、青山社、発売星雲社）などの医療小説を発表している。（野田直恵）

池田みち子　いけだ・みちこ

大正三年四月十日～平成二十年一月七日（1914～2008）。小説家。京都府に生まれる。十七歳の時に同志社女子専門学校（現・同志社女子大学）を中退し、家出して上京。赤色救援会の本部事務所を二年近く手伝い、たびたび特高警察に逮捕・留置される。昭和九年、日本大学芸術科に入学。卒業後、日本写真公社に勤務。上海に滞在しながら「三田文学」に小説を発表。十五年、「上海」（「三田文学」昭和15年5月）が第十一回芥川賞候補となる。二十二年、画家の中島保彦と結婚。戦後は作家業に専念し、女性の性を赤裸々に描いた「醜婦伝」（「中央公論文芸特集」昭和25年11月）で注目され、〈肉体派の風俗作家〉と評される。二十八年、「汚された思春期」（「小説公園」昭和28年10月）が、第三十回直木賞候補となる。山谷のドヤ（簡易宿泊所）街に生きる人々の姿を描いた「無縁仏」（「海」昭和52年3

月）が、五十六年に第九回平林たい子賞を受賞。その他、多数の小説と童話を執筆している。（中谷美紀）

池波正太郎　いけなみ・しょうたろう

大正十二年一月二十五日～平成二年五月三日（1923～1990）。小説家、劇作家。東京市浅草区聖天町（現・台東区浅草）に、父富治郎、母鈴の一人息子として生まれる。この年関東大震災のため埼玉県浦和（現・さいたま市）に転居。昭和三年、東京市下谷区上根岸（現・台東区根岸）に転居。翌年、両親の離婚に伴い母の実家浅草区永住町に移住。十年小学校卒業後、茅場町の現物取引所田崎商店に勤め、半年後、株式仲買店松島商店に入店。同僚と文集を作成し文学への興味を養う。十七年、看板書きを経て、国民勤労訓練所に入所。芝浦茅場製作所で旋盤機械工となる。十八年、岐阜で徴用工の旋盤指導。この年「婦人画報」へ盛んに投稿し、入選掲載もされる。十九年、横須賀海兵団入団。武山海兵隊を経て横浜磯子の八〇一空に転属。二十年、米子美保航空基地で敗戦を迎え帰京。二十一年、下谷区役所衛生課職員となる。九月第一回読売演劇文化賞に応募した「雪晴れ」が選外佳作。同作は新協劇団にて上演。二十二年、第二回演劇文化賞に「南風の吹く窓」が佳作入選、選考委員の長谷川伸に翌年から師事。二十六年、戯曲「鈍牛」が新国劇により初演。区職員と兼業で商業演劇脚本家となる。二十七年、目黒税務事務所に転勤。二十九年、商業的処女小説「厨房にて」（「大衆文芸」昭和29年10月）を執筆。三十年、専業作家となる。「恩田木工」（「大衆文芸」昭和31年11月～12月、のち「真田騒動」と改題）から「秘図」（「大衆文芸」昭和34年6月）まで、計五回直木賞候補となる。三十五年「錯乱」（「オール読物」昭和35年4月）にて第四十三回直木賞受賞。同年七月、京都旅行。以後ほぼ毎年京都を訪れる。三十七年「夜の戦士」（「宮崎日日新聞」昭和37年1月16日～38年1月29日）を初連載。その後「青空の街」（「夕刊東京タイムズ」昭和38年12月10日～39年8月7日）などの現代小説から次第に時代小説へ移行。四十三年、「鬼平犯科帳」（「オール読物」昭和42年12月～平成2年4月、未完）を発表。「剣客商売」（「小説新潮」昭和47年1月～平成元年7月）、「仕掛人・藤枝梅安」（「小説現代」昭和47年3月～平成2年4月、未完）と並び、三大人気シリーズとなる。また昭和四十九年から連載の「真田太平記」（「週刊朝日」昭和49年1月4・11日合併号～57年12月10日）ではデビュー以来のモチーフ信州真田家を描き切った。五十二年、三大シリーズを中心とした作家活動に対し第十一回吉川英治文学賞、戯曲での功績により第六回大谷竹次郎賞を受賞。六十一年、紫綬褒章受章。六十三年、第三十六回菊池寛賞受賞。平成二年五月、急性白血病にて永眠。十三年九月、台東区中央図書館内に池波正太郎記念文庫を開設。習作を重ね長編小説へと昇華させる着実な構成力と平明で歯切れの良い文章、確かな時代考証に定評がある。小説・エッセイに登場する食へのこだわりや映画、旅についての多彩な評論、滋味深い素描にもファンは多い。小説作品を網羅した『完本池波正太郎大成』（平成10年5月～13年3月、講談社）は全三十一巻。なお京都との関わりについては蔵田敏明著・宮武秀治写真『池波正太郎が歩いた京都』（平成14年7月、淡交社）に詳しい。

＊娼婦万里子の旅《しょうふまりこのたび》　短編小説。
〔初出〕「講談倶楽部」昭和三十六年十月。
〔初版〕『娼婦の眼』昭和四十年九月、青樹社。◇初期の現代小説。高級娼婦万里子が

祇園祭の夜、同じ道を選んだ妹八千代の幸せを目の当たりにし、人生を振り返る。

＊**鬼火**《おにび》　短編小説。〔初出〕「増刊推理ストーリー」昭和四十年五月。〔初収〕『忍者群像』昭和四十二年八月、東都書房。◇本能寺の変から三十年後、京での伊賀忍者、甲賀忍者の対決を描いた小品。

＊**近藤勇白書**《こんどういさみはくしょ》　長編小説。〔初出〕「新評」昭和四十二年十一月～四十四年三月。〔初版〕『近藤勇白書』昭和四十四年五月、講談社。◇京において幕臣となった近藤が〈成り上り者〉となっていく姿を描く。習作に永倉新八を描いた「幕末新選組」（「地上」昭和38年1月～39年3月）、京での土方歳三を描いた「色」（「オール読物」昭和36年8月）、原田佐之助を描いた「ごろんぼ佐之助」（「日本」昭和38年8月）など。

＊**鬼平犯科帳**《おにへいはんかちょう》　長編小説。〔初出〕「オール読物」昭和四十二年十二月～平成二年四月。〔初版〕『鬼平犯科帳』昭和四十三年十二月～四十九年十二月、『新鬼平犯科帳』昭和五十一年十一月～平成二年七月、文芸春秋。◇長谷川平蔵宣以は華光寺にある父親の墓所に参るため、部下の木村忠吾を連れて京を訪れる。そこで忠吾を籠絡した盗賊一味の女は、かつて平蔵が愛したお豊であった（「艶婦の毒」）。京から奈良見物へと足を伸ばした平蔵と忠吾は事件に巻き込まれる（「兇剣」）。亡父が京都奉行を務め、若き日の平蔵も京に暮らしていた。その頃の記憶を頼りに裏路地を歩く平蔵の姿が読める。

＊**その男**《そのおとこ》　長編小説。〔初出〕「週刊文春」昭和四十五年二月九日～四十六年九月二十日。〔初版〕『その男』昭和四十七年四月、文芸春秋。◇幕末動乱期、公儀隠密に育てられた杉虎之助と「幕末遊撃隊」（「週刊読売」昭和38年8月4日～12月29日）の主人公伊庭八郎、「人斬り半次郎」（「アサヒ芸能」昭和37年10月28日～39年1月26日）の主人公桐野利秋との友情を描き、歴史の揺籃期に犠牲になった人々に焦点をあてる。「もっとも愛着の深い長篇小説」（単行本「あとがき」、昭和47年4月、文芸春秋）。

＊**おれの足音―大石内蔵助**《おれのあしおと―おおいしくらのすけ》　長編小説。〔初出〕「北海道新聞」ほか三紙、昭和四十五年三月二十日～四十六年六月十四日。〔初版〕『おれの足音―大石内蔵助』昭和四十六年九月、文芸春秋。◇大石内蔵助の生涯を京で過ごした青春期から描く。京での浮気を願い求める姿は〈昼行灯〉そのもので、従来描かれてきた内蔵助像とは一線を画す。若き日の堀部安兵衛との出会い、服部小平次との青春など、人物交差の要所として京が登場。習作に「舞台うらの男」（「推理ストーリー」昭和41年12月）、「大石内蔵助」（「オール読物」昭和44年1月）。関連作品として「編笠十兵衛」（「週刊新潮」昭和44年5月31日～45年5月16日）、「堀部安兵衛」（「中国新聞」昭和40年5月14日～41年5月24日）など。

＊**仕掛人藤枝梅安**《しかけにんふじえだばいあん》　長編小説。〔初出〕「小説現代」昭和四十七年三月～平成二年四月。〔初版〕『仕掛人藤枝梅安』昭和四十八年三月～平成二年六月、講談社。◇〈仕掛人〉の鍼医者梅安と楊枝職人彦次郎は伊勢参りに出掛ける。その道中、妻を犯し自殺に至らしめた犯人を見かけた彦次郎は復讐を誓い、男を追って京へ入る（「秋風二人旅」）。かつて梅安は鍼医者津山悦堂に拾われ京に暮らしており、梅安が裏稼業に入る契機として京は大きな意味を持つ。

＊**剣の天地**《けんのてんち》　長編小説。〔初出〕「山陽新聞」ほか十三紙、昭和四十八年五月十五日～四十九年三月三十一日。〔初版〕『剣の天地』昭和五十年十月、新潮社。◇剣聖と謳われ、日本剣道の理論と形式を築き上げた新陰流創始者上泉伊勢守秀綱を描く。

い

隠居後、天下の動向をみながら京を愛する伊勢守の姿を描き、天下統一のため京を狙う信玄と信長についても記述。習作に「上泉伊勢守」(「週刊朝日」昭和42年4月28日〜6月16日)。

＊真田太平記《さなだたいへいき》　長編小説。〔初出〕「週刊朝日」昭和四十九年一月四日・十一日合併号〜五十七年十二月十日。〔初版〕『真田太平記』昭和四十九年十二月〜五十八年四月、朝日新聞社。◇戦国時代の武田家滅亡から松代藩移封にいたるまでの真田昌幸、伸之、幸村を、真田家の忍び〈草の者〉たちの暗躍とともに描く。京については聚楽第や伏見桃山城築城など秀吉の建築家としての一面を特筆し、街への関心を窺わせる。「忍者丹波大介」(「週刊新潮」昭和39年5月11日〜8月17日)、「戦国幻想曲」(「サンデー毎日」昭和44年4月27日〜45年3月1日)、「獅子」(「中央公論」昭和47年10月〜48年6月)などに連なる真田もの、および忍びものの集大成。

＊おとこの秘図《おとこのひず》　長編小説。〔初出〕「週刊新潮」昭和五十一年一月一日〜五十三年八月三十一日。〔初版〕『おとこの秘図』昭和五十二年七月〜五十三年十二月、新潮社。◇将軍吉宗の命を受け、初代火付盗賊改方の任についた徳山五兵衛秀栄の生涯を描く。堀部安兵衛も登場し「忠臣蔵」との繫がりをみせる。習作に「秘図」(「大衆文芸」昭和34年6月)、前駆的作品に「さむらい劇場」(「週刊サンケイ」昭和41年8月22日〜12月29日)。

＊食卓の情景《しょくたくのじょうけい》　エッセイ。〔初出〕「週刊朝日」昭和四十七年一月七日〜四十八年五月四日。〔初版〕『食卓の情景』昭和四十八年六月、朝日新聞社。◇京都での取材中、四季折々に楽しんだ味を書き留める。「散歩のとき何か食べたくなって」(「太陽」昭和51年1月〜52年6月)など、京の味を豊かに表現したエッセイは他にも多数ある。

(金岡直子)

池袋清風《いけぶくろ・きよかぜ》

弘化四年四月(日未詳)〜明治三十三年七月二十日(1847〜1900)。歌人。日向国都城(現・宮崎県都城市)に、父逸民、母八重袈裟の長男として生まれる。藩校で漢籍等を、祖父に就いて和歌を学ぶ。十歳代より病弱で、後年まで厚着が有名だった。明治五年〜十年、鹿児島の医学校に学ぶ。十一年、師範学校伝習生卒業。鎌田正夫と歌の上で交流。十二年、鹿児島女子師範学校教師に招聘される。十三年、上洛し、同志社英学校(現・同志社大学)普通科に入学。十四年、キリスト教の洗礼を受ける。十五年、神学生となり、十八年、卒業。十八年〜十九年、同志社女学校(現・同志社女子大学)教員を、二十一年〜二十七年、同志社の図書掛を勤める。「明治廿三年一月廿七日新島先生の柩を送りて時雨にあひければ」と題して〈さだめなき世をふりすてゝ行君の柩の上にふるしくれかな〉。同志社時代、大西祝・湯浅吉郎・磯貝雲峰はじめ多くの学生に和歌を教える。門下の作と自作とを選集した『浅瀬の波』上・下(明治21年5月、案山子廼屋)を編刊。「和歌概論」(「東京日日新聞」明治21年6月29日、7月6日、8日)、「和歌の略史」(「郵便報知新聞」明治21年8月23日〜28日)、「新体詩批評」(「国民之友」明治22年1月〜2月、4月)を発表。これは外山正一・矢田部良吉・井上哲次郎著『新体詩抄』に対する駁撃であり、原詩の改作を添えたもので、詩界に衝撃を与えた。全国から和歌指導の申し込みが来て、清風は通信や雑誌に依り批評した。社名を案山子廼舎《かかしのや》と呼ぶ。社中名簿が『浅瀬の波第二篇』上下(明治27年4月、巌本善治)に付いている。二十七年、樫内節子と結婚。大阪へ移住する。二十九年、妻子を携え都城へ帰郷。脳病を発し療養に努めた。三十三年、五十四歳で没（四十四歳説は誤り）。その伝記情報は、正宗敦夫「池袋清風大人」（「山陽新報」明治34年7月27日～8月22日）にくわしい。清風の日記のうち、明治十七年分が、同志社社史資料室編刊（昭和60年3月）で読める。同書に拠れば、清風の京都の住所は、明治十八年当時は上京区第十七組西日野殿町青山正義方、二十一年当時は上京区烏丸通一条上ル観三橋町奥田小三郎の借家であった。遺歌集『かゝしのや集』（明治36年7月、正宗敦夫）がある。清風の作品については、青山霞村『同志社五十年裏面史』（昭和6年7月、からすき社）は「歌に上手に筆跡もよく、ある点まではその自負も尤もだが要するに桂園派の圏外を出ない。歌に語格を誤ったものがあり、日記に九州の癖とみえ処々「見ふ」と記してをる」と指摘した。折口信夫「近代短歌」（『折口信夫全集』第十一巻）は、「マリヤ　クリストをはらむ」と題した清風歌〈ゆだや野の浅茅が露に、ひさかたの　月の光りの、やどりけるかな〉を引き、キリスト教文学の影響を受けた新派短歌の清新な作家として、理論家としての清風に着目する。小島吉雄「池袋清風のことども」（「能古」昭和5年8月）は周到な清風論で、清風が人丸歌の〈ながながし夜を〉を難じて〈ながながしき夜を〉というべしと論じたのを例に「学識は、深くはなかった」点も指摘する。京都を詠んだ歌は、明治十七年「夕落花」〈大井川千とりか淵の夕くれにまつかぜ寒くちるさくらかな〉。二十年「父君と共に天橋立にものしける時」〈はし立の千代の松蔭たらちねの親と共にもふむかうれしさ〉ほか。

（堀部功夫）

池辺義象　いけべ・よしかた

文久元年十月三日（新暦十一月五日）～大正十二年三月六日（1861～1923）。国文学者、歌人。肥後国（現・熊本県）に生まれる。号・藤園。石清水八幡宮の神職の出であった小中村清矩の養子となり、小中村義象を名乗るが、後に復姓。帝国大学（明治19年に東京帝国大学となる）古典講習科を卒業。明治三十一年から三十四年までパリ留学。帰国後、東京帝国大学講師、御歌所寄人を務める。中等唱歌「笠置山」（作曲・南能衛）、「醍醐の花見」（作曲・田村虎蔵）の作詞。『日本文学史』（明治35年12月、金港堂）、校注国文叢書『水鏡・大鏡・今鏡・増鏡』（大正3年3月、博文館）他著書、編著多数。

（野口裕子）

石井露月　いしい・ろげつ

明治六年五月十七日～昭和三年九月十八日（1873～1928）。俳人。秋田県河辺郡戸米川村（現・秋田市雄和）に生まれる。本名・祐治。明治二十六年、上京。正岡子規を知り、新聞記者となる。三十一年、東京医術開業試験に及第。三十二年四月十一日、小川煙村の伝手で入洛、五月十八日から九月三十日まで、東山病院の医員であった。折から京阪俳壇の盛況期で、五月～十月の満月会に出席する。この間の実生活は松本皎「文人国手露月石井祐治」（「俳星」平成20年9月）にくわしい。中川四明〈牛祭の近きに君は帰るのか〉に送られ、十月五日、帰郷。郷里で医師、俳人として活躍。三十三年創刊の、俳誌「俳星」に関係。小川煙村と共に京都・奈良の名所をたどり句作する「西京雑記」と八瀬大原・桃山宇治紀行とを金尾種次郎編『畿内行脚』（大正8年8月、金尾文淵堂）に載せる。昭和二年、入洛し、四明の墓で〈牛祭すぎて恋しき三十年〉、桃山御陵にて〈菊昔ながら畿内の

霞かな〉と詠む。三十五年、妙心寺内聖沢院に〈わうじきの調や鐘の幾時雨〉の句碑が建つ。（堀部功夫）

石川英輔 いしかわ・えいすけ

昭和八年九月三十日～（1933～）。小説家。京都市伏見区に生まれる。国際基督教大学中退、東京都立大学（現・首都大学東京）理学部中退。ミカ製版取締役。昭和五十一年、第一回日本印刷学会技術賞受賞。SF小説を執筆するほか、独自に江戸風俗を研究。著書に、『SF西遊記』（昭和51年6月、講談社）、『大江戸えねるぎー事情』（平成2年3月、講談社）、『大江戸テクノロジー事情』（平成4年5月、講談社）、京都見聞を含む『泉光院江戸旅日記 山伏が見た江戸庶民のくらし』（平成6年5月、講談社）など多数。（花﨑育代）

石川九楊 いしかわ・きゅうよう

昭和二十年一月十三日～（1945～）。書家、評論家。福井県今立町（現・越前市）に生まれ、武生市（現・越前市）で育つ。本名・巌。五歳から書を学び、京都大学法学部時代は学生書壇の中核リーダーとして活躍。京都精華大学教授の傍ら文字文明研究所所長を務め、「書は筆触の芸術」であることを解き明かし、書作、書の評論家としての活動を精力的に展開。平成二年、『書の終焉―近代書史論』（平成2年7月、同朋舎出版）でサントリー学芸賞受賞。『中国書史』（平成8年2月、京都大学出版会）、十四年『日本書史』（平成13年9月、名古屋大学出版会）で毎日出版文化賞を受賞。（細川正義）

石川淳 いしかわ・じゅん

明治三十二年三月七日～昭和六十二年十二月二十九日（1899～1987）。小説家、評論家、翻訳家。東京市浅草区寿町（現・台東区寿）に、斯波厚の次男として生まれる。号・夷斎。幼時より漢学者の祖父石川省斎の家で育ち、小学校入学の頃から論語の素読を受けた。大正三年、養子となり石川姓を継ぐ。五年、慶応義塾文科に入学したが半年で退学。翌年、東京外国語学校（現・東京外国語大学）仏語部に入学。九年、卒業後日本銀行に入行するがすぐに辞職し、文学者を志す。アナトール・フランス『赤い百合』（大正12年8月、春陽堂）の翻訳など語学で生計をたて、同人誌「現代文学」に参加（大正10年10月～13年11月）し習作を発表。十三年、福岡高等学校仏語講師として赴任。翌年、学生運動を扇動したとして辞職勧告を受け依願退職。この〈転向〉以後、東京で放浪生活を送り、アンドレ・ジード『法王庁の抜穴』（昭和3年10月、岩波書店）等翻訳を除いて沈黙。約十年を経て、処女作「佳人」（「作品」昭和10年5月）発表。次作「普賢」（「作品」昭和11年6月～9月）は第四回芥川賞を受賞するが、「マルスの歌」（「文学界」昭和13年1月）が反戦思想のかどで発禁となる。第二次世界大戦中は、「江戸に留学」（「乱世雑談」『夷斎俚言』昭和27年10月、文芸春秋新社）して時勢に抗し、戦後発表の「黄金伝説」（「中央公論」昭和21年3月）等では〈無頼派〉〈新戯作派〉と称された。以後、連載十年に及ぶ長編「狂風記」（「すばる」昭和46年2月～55年4月）をはじめ、古今和漢洋に通じた博識を礎に、世相や史実を虚構の中に巧緻に配した多数の長短編を残した。また、和漢古典取材の「おとしばなし」シリーズ、号夷斎を冠した随筆、読売文学賞受賞の『江戸文学掌記』（昭和55年6月、新潮社）、「朝日新聞」の文芸時評担当（昭和44年12月～46年11月）など広く活躍。第七回芸術選奨文部大臣賞受賞の「紫苑物語」

（「中央公論」昭和31年7月）は、平安末期と思しい京で歌の家に生まれた男を核に渾然一体となった芸術と武術、政治、宗教、恋を描く。京都に関わる作品は他に、応仁の乱渦中の山名の姫や一休を描く「修羅」（「中央公論」昭和33年7月）、「大徳寺」（「声」昭和35年1月）、大津事件を機に京都で自害する女の足取りを追う「ゆう女始末」（「世界」昭和38年9月）、伏見に幼き豊臣秀頼落胤国松を見る「鸚鵡石」（「新潮」昭和41年1月）、随筆「京都ぶらぶら」（「きょうと」昭和36年10月）等がある。

（硲　香文）

石子順《いしこ・じゅん》

昭和十年七月十日～（1935～）。漫画評論家、映画評論家。京都市に生まれる。本名・石河糺。京都の区役所に勤めていた父が、懸賞小説に入選したことを機に大連日日新聞の記者となり、昭和十五年に家族とともに大連へ渡る。父の死後、二十八年に舞鶴へ集団引き揚げを果たす。三十六年に東洋大学卒業後、映画評論の執筆を始め、中国映画の字幕翻訳を行う。軍国少年であった反省から、視覚的大衆文化を対象とした評論活動を行い、手塚治虫を中心とした漫画、児童文化への言及を行う。

（松枝　誠）

石田柊馬《いしだ・とうま》

昭和十六年（月日未詳）～（1941～）。川柳作家。京都市に生まれる。昭和三十二年、中学校卒業。洋菓子製造販売会社に就職。川柳を知る。渡辺隆夫に拠れば、「柊馬は、若いころ（二十代）から、川柳革新の中枢にいた」。四十七年、結婚。「川柳ジャーナル」編集を引き受ける。六十三年、川柳誌「ＣＩＲＣＵＳ」編集人。「川柳新京都」十周年大会で〈小町が行くぼくは一本の泡立つナイフ〉が特選になる。平成九年、退職。十年、川柳誌「ＫＯＮ—ＴＩＫＩ」編集人。十三年、妻逝く。十四年八月、句集『ポテトサラダ』（『ＫＯＮ—ＴＩＫＩ』）刊行。十五年、川柳誌「バックストローク」同人。十七年六月、『石田柊馬』（邑書林）刊行。京都を詠んだ句に〈笑われて逃げる醍醐の塔あたり〉がある。

（堀部功夫）

石原興《いしはら・しげる》

昭和十五年六月二十二日～（1940～）。映画監督。京都に生まれる。昭和三十七年、日本大学芸術学部映画学科を三年で中退。同年、京都映画撮影所（現・松竹京都映画）の撮影助手として入所、数々の現場につく。デビューは四十年の朝日放送制作のドラマ「かあちゃん結婚しろよ」。四十七年、「必殺仕掛人」で日本映画テレビ技術協会柴田賞を受賞。以後「必殺」シリーズのほとんどの撮影を手掛け、後に監督としても活躍。「忠臣蔵外伝・四谷怪談」で第十八回日本アカデミー賞最優秀撮影賞を受賞。

（松永直子）

井島勉《いじま・つとむ》

明治四十一年六月五日～昭和五十三年五月十二日（1908～1978）。美学者。京都市上京区室町通鞍馬口に生まれる。京都帝国大学、のち京都大学において榊莫山や田中韶一ら数多くの芸術家に美学を教える。五条大橋西詰にある「扇塚」の設計を担当した。兄の名付け親は森鷗外で、義父は岡倉天心の甥である。湯川秀樹・川端弥之助と共著の『京都　わが幼き日の…』（昭和35年2月、中外書房）では、幼少時代の京都についての思い出を綴った。京都大学名誉教授。京都府文化芸術会館理事長、日本美術教育学会（昭和25年設立）初代会長を務めた。

（箕野聡子）

伊集院静　いじゅういん・しずか

昭和二十五年二月九日～（1950～）。小説家、エッセイスト、演出家、作詞家。山口県防府市に生まれる。在日韓国人二世、帰化。本名・西山忠来《にしやまただき》。別名・伊達歩《だてあゆみ》。立教大学野球部に入部、文学部卒業。広告代理店勤務の後、CMディレクター、舞台演出家として活躍し、「皐月」（「小説現代」昭和56年6月）で文壇デビュー。『乳房』（平成2年10月、講談社）で吉川英治文学新人賞、『受け月』（平成4年5月、文芸春秋）で第一〇七回直木賞、『機関車先生』（平成6年6月、講談社）で柴田錬三郎賞、『ごろごろ』（平成13年3月、講談社）で吉川英治文学賞を受賞。短編集『三年坂』（昭和64年9月、講談社）、自伝的長編『海峡』三部作（平成3年10月、11年10月、12年10月、新潮社）など著書多数。エッセイ集『神様は風来坊』（平成2年7月、文芸春秋）には、京都に仕事場を置いていた時のことが描かれ、その経験が『受け月』中の作品などに生かされている。抒情的な場面を巧みに描く小説やエッセイは、人気が高い。

（永渕朋枝）

泉鏡花　いずみ・きょうか

明治六年十一月四日～昭和十四年九月七日（1873～1939）。小説家。石川県金沢町（現・金沢市）下新町に生まれる。本名・鏡太郎。「夜行巡査」（「文芸倶楽部」明治28年4月）、「外科室」（「文芸倶楽部」明治28年6月）など観念小説と評される作品から出発し、「婦系図」（「やまと新聞」明治40年1月1日～4月28日）、『日本橋』（大正3年9月、千章館）など花柳小説を書き継ぐとともに、芸道小説「歌行燈」（「新小説」明治43年1月）を著した。「高野聖」（「新小説」明治33年2月）、『草迷宮』（明治41年1月、春陽堂）、「天守物語」（「新小説」大正6年9月）をはじめ、日本近代幻想文学の代表作家としての名声は高い。第一作「冠弥左衛門」（「日出新聞」明治25年10月1日～11月20日）を京都の新聞に発表し、明治二十六年十月三十日には、当時の日出新聞社文学主任巌谷小波の寓居に滞在中の師尾崎紅葉に呼び寄せられて、一時帰郷中の金沢から上洛。翌日、東京に戻った。四十三年一月二十八日、南座に出演中の新派俳優喜多村緑郎の招きを受けて再訪。西石垣《さいせき》の料亭「千茂登《ちもと》」や畷《なわて》の揚屋「大可」でもてなされ、十一日間の京都滞在を楽しんだ。この旅から、世をはかなんだ芸妓を女形役者が優しく抱きしめる「楊柳歌」（「新小説」明治43年4月、6月）や、疏水の滝への美妓の投身を描いた「祇園物語」（原題「笹色紅」、「文芸倶楽部」明治44年7月）が生まれた。両作では、壬生寺、清水寺、円山公園など著名な観光地のみではなく、竹村橋、疏水鴨川運河、稚児ヶ池など、今日では忘れられた感のある京都の細部が舞台に選ばれている。大正七年三月十日、明治生命大阪支店に赴任中の作家水上瀧太郎を頼って、来阪。南地芸妓の案内で奈良、京都を回遊した。その旅の所産である「紫障子」（「新小説」大正8年3月～4月）には、深夜の京の宿で芸舞妓らが執り行う蛇神の秘儀が描かれた。

（田中励儀）

泉幸吉　いずみ・こうきち

明治四十二年二月二十日～平成五年六月十四日（1909～1993）。歌人。大阪市南区鰻谷東町（現・中央区）に生まれる。幼名・厚。本名・住友吉左右衛門友成。京都市左京区鹿ケ谷に本邸を構える住友家第十六代当主。京都帝国大学文学部史学科卒業。昭和三年、斎藤茂吉門下となる。アララギ派写生道に徹した真率にして着実明快な詠風。

六冊の歌集を刊行し、刊行後の作歌は「林泉」に掲載されている。『途上』（昭和16年12月、住友吉左右衛門・限定私家版）には京都を題材とした短歌が多い。『急雪』（昭和22年2月、創元社）と『岬』（昭和55年11月、住友吉左右衛門）に題詞「鹿ケ谷」、『樅木立』（昭和48年12月、住友吉左右衛門）に題詞「京都」「東山」とされた短歌がそれぞれ収められ、『泉幸吉選歌集』（平成6年6月、第17代住友吉左右衛門）の「岬以後」には小倉山を詠んだ短歌が収められている。また、平成十一年十月には、泉寿亭跡に建つ愛媛県新居浜市別子銅山記念図書館内に「泉幸吉文庫」が開設された。京都を詠んだ歌に〈東山に雨雲晴れて夕明りほのさす京《みやこ》に着きにけるかも〉がある。（森鼻香織）

伊勢暁史 いせ・あきふみ 昭和十九年十一月三日〜（1944〜）。放送ジャーナリスト、小説家。京都府天田郡（現・福知山市）に生まれる。本名・進藤康明。取材グループ・しぇるぱ舎を主宰。平成十四年十一月、「日本福祉医療新聞」を創刊、編集発行人。平成九年、第二十三回放送基金大賞ラジオ部門金賞（「有森裕子・アトランタの42・195キロ」の脚本）を受賞。著書には『経営者たちの神々』（平成2年3月、二期出版社）、『漫画シリーズ・規制緩和入門』（平成8年11月、講談社）などがある。（水野亜紀子）

磯貝雲峰 いそがい・うんぽう 慶応元年六月（日未詳）〜明治三十年十一月十一日（1865〜1897）。詩人。上野国九十九村（現・群馬県安中市）に生まれる。本名・由太郎。明治二十二年、同志社英学校（現・同志社大学）を卒業。「女学雑誌」「国民之友」「同志社文学」「六合雑誌」などに詩歌や訳詩、小説や評論を発表。二十八年、英文学研究のため渡米、三十年、病を得て帰国し没する。作品集に、内田忠之編『磯貝雲峰作品集―新体詩の先駆者』（平成元年7月、内田忠之）がある。（宮山昌治）

磯田啓二 いそだ・けいじ 昭和九年（月日未詳）〜（1934〜）。小説家、映画製作者。京都に生まれる。昭和二十七年、同志社大学文学部美学科入学。在学中に、松竹京都撮影所宣伝部に勤務する。三十一年、大学を中退。四十年、松竹大船撮影所へ転勤。四十五年には松竹株式会社を退社した。その後、フリーで企画、製作、宣伝活動を続け、五十六年、磯田事務所を設立。著作に、『偽小説・東洲斎写楽』（平成5年7月、三一書房）、『熱眼熱手の人―私説・映画監督伊藤大輔の青春』（平成10年8月、日本図書刊行会）がある。（畑　裕哉）

磯野莞人 いその・かんじん 明治四十三年九月十二日〜昭和五十八年十月三十一日（1910〜1983）。俳人。京都府相楽郡（現・木津川市）木津町梅谷に生まれる。本名・留吉。実習補習学校を卒業して、公務員に。高浜虚子に師事し、昭和二十五年、奈良でホトトギス系の俳誌「河鹿」を創刊。句集に『笹鳴』（昭和37年1月、河鹿俳句会）、『年輪』（昭和46年12月、河鹿俳句会）等がある。四十二年に奈良県文化賞を受賞。（森本智子）

伊丹十三 いたみ・じゅうぞう 昭和八年五月十五日〜平成九年十二月二十日（1933〜1997）。映画監督、俳優。京都市右京区鳴滝泉谷町に生まれる。本名・池内岳彦。京都師範学校附属国民学校の特別科学学級、京都府立第一中学校（現・府立洛北高等学校）で学ぶ。昭和三十五年、大映入社。嵯峨野や平安神宮の桜が冒頭を飾る「細雪」（昭和58年）では長女の夫役を好演。監督作「マルサの女」（昭和62年）などで、〈社会派コメディ〉のジャンルを確立した。（友田義行）

市川崑　いちかわ・こん

大正四年十一月二十日～平成二十年二月十四日（1915～2008）。映画監督。三重県宇治山田市（現・伊勢市）に生まれる。本名・儀一。昭和八年、J・Oスタジオ（東宝の前身）に入社。二十三年、新東宝に移籍し、「花ひらく」で監督デビュー。三十一年、「ビルマの竪琴」でヴェネツィア国際映画祭サン・ジョルジュ賞受賞。以降、多くの受賞歴を持つ。京都を舞台にした川端康成原作「古都」（昭和55年）、谷崎潤一郎原作「細雪」（昭和58年）で監督を務める。五十七年、紫綬褒章受章。平成六年、文化功労者。（山田哲久）

五木寛之　いつき・ひろゆき

昭和七年九月三十日～（1932～）。小説家、随筆家、評論家、作詞家。福岡県八女郡辺春村（現・八女市）に生まれる。旧姓・松延《まつのぶ》。筆名・のぶひろし、立原岬。教師をしていた両親の仕事の都合で、生後まもなく朝鮮半島に渡り、幼少期は父の転勤に伴って半島各地を転々とする。昭和二十年、ソ連軍進駐の混乱の中で母を失い、難民キャンプ生活を経て二十二年に帰郷。中学時代から小説や詩の創作をはじめる。福岡県立福島高等学校ではシナリオライターを志し、学校新聞を創刊する。二十七年、軍用毛布一枚で上京し、早稲田大学第一文学部ロシア文学科に入学。苦学しながら評論の執筆などをするが、窮境のなかで父親も死去。三十二年、授業料未納で大学から除籍される（後に未納分を支払って中退扱いとなる）。その後、「交通ジャーナル」などの業界誌編集長、CMソング作詞家、ルポライターなどの職を転々とし、三十九年からクラウン・レコードの専属作詞家となる。四十年四月、衆議院議員（後に金沢市長）岡良一の娘で、早大の同窓であった岡玲子と結婚。夫婦で夫人方の親族の姓である「五木」を継ぐ。六月から八月にかけて旧ソビエト連邦や北欧を旅行。帰国後は金沢に住む。四十一年、前年の旅行体験をもとにした「さらばモスクワ愚連隊」（「小説現代」昭和41年6月。昭和42年、東宝で映画化）により第六回小説現代新人賞を受賞。作家活動に入り、四十二年、「蒼ざめた馬を見よ」（「別冊文芸春秋」昭和41年12月）で第五十六回直木賞受賞。六月に渡欧。以後、しばしば海外を旅する。「朱鷺の墓―空笛の章」（「婦人画報」昭和43年4月～44年6月）、「青春の門―筑豊篇」（「週刊現代」昭和44年6月19日～45年4月30日）などの小説や、随筆「風に吹かれて」（「週刊読売」昭和42年4月14日～43年3月29日）で脚光を浴び、「鳩のいない村」（昭和44年、キングレコード。歌唱・藤野ひろ子、作曲・木下忠司）の作詞で、第三回日本作詩大賞作品賞を受賞。昭和四十二年十二月、同志社大学での講演（二部の学生のアッセンブリー・アワー）のために京都へ行き、演台で「自分の学生時代へのフィルムの逆回転のような想起と重なったその場の空気」（「風に吹かれて」）に感情が激して、絶句する。四十四年、横浜に転居。多忙な執筆活動の一方、小説現代新人賞などの選考委員を務めるようになる。四十七年四月、「目に見えない何かの力に、うしろからぽんと肩を押されたような形で」（都はるみと共著『長い旅の始まり』平成15年3月、東京書籍）休筆し、六月から京都市左京区聖護院円頓美町のマンションで暮らしはじめる。『日本人のこころ 1』（平成13年6月、講談社）によれば、「ほとんど自分が知らない」京都に移住したのは、そこに幼少期を過ごした朝鮮半島の古都「慶州や開城になんとなく似ている」なつかしさがあったためだという。さらに同書には、京都を「日本の中の異国」と実感しつつ「異邦人として」「下駄を履いて」あちこち歩き、仏教書専門の古書店があるのを「非常に面白」く思ったり、龍谷大学大宮学舎の正門前で一礼して出入りする学生にやや驚いたりしたという、後につながる体験が「本当に居心地のいい三年間」の記憶として語られている。四十九年二月、横浜に戻って執筆活動を再開。世界各地へ取材旅行に出かけたりする。リチャード・バック『かもめのジョナサン』（昭和49年6月、新潮社。昭和45年にアメリカで発表された小説）の翻訳に引き続き、「凍河」（「朝日新聞」昭和49年9月17日～50年7月26日）、「戒厳令の夜」（「小説新潮」昭和50年1月～12月）などの小説を精力的に発表する。五十一年、『青春の門』（続編も含む）で第十回吉川英治文学賞受賞。五十二年、「ぼくが京都を舞台に書いたたったひとつの小説」（『長い旅の始まり』）、「燃える秋」（「野性時代」昭和52年5月～53年1月）を発表。同題で映画化された作品（昭和53年、東宝。監督・小林正樹、主演・真野響子）の主題歌（昭和53年、東芝EMI。歌唱・ハイ・ファイ・セット、作曲・武満徹）の作詞も手がける。五十三年上半期（第79回）より直木賞選考委員。五十四年には、『五木寛之小説全集』全三十六巻・別巻（昭和54年8月～57年7月、講談社）、『五木寛之エッセイ全集』全十二巻（昭和54年8月～55年8月、講談社）の刊行が開始された。実弟の急逝や身体の変調などから精神的に不安定な状態に陥り、五十六年に再び休筆。迷いもなく京都の「前と同じ聖護院のマンション」（『日本人のこころ 1』）に移り、仏教を勉強するために龍谷大学の聴講生となる。以来三年間にわたって千葉乗隆《じょうりゅう》（後に龍谷大学学長）の講義を受けた体験は、『百寺巡礼』第三巻「京都Ⅰ」（平成15年12月、講談社）に「私の後半生を決定するくらい大きな出来事」として記され、これを契機に親鸞や蓮如に強い関心を抱きはじめる。また、京都に対する従来の認識を改め、「日本の中で最も先端的な国際都市であり、常に新しさを求めてやってきた町、つまり『前衛都市』」（『日本人のこころ 1』）として認識するようになる。五十九年、執筆活動を再開。小説「風の王国」（「小説新潮」昭和59年7月～9月）などのほか、評伝『蓮如 聖俗具有の人間像』（平成6年7月、岩波書店）、戯曲『蓮如 われ深き淵より』（平成7年4月、中央公論社）といった蓮如に関する作品や、『生きるヒント』シリーズ全五冊（平成5年4月～9年11月、文化出版局）、『大河の一滴』（平成10年4月、幻冬舎）、『他力』（平成10年11月、講談社）、『人間の関係』（平成19年11月、ポプラ社）といった、仏教に根ざした人生観を語る随筆を続々と発表。マスコミでも話題の人となる。平成十四年に第五十回菊池寛賞、十六年には第三十八回仏教伝道文化賞を受賞。そうした中、二十五年間にわたって取り組んできたという『歎異抄』の新訳、『私訳 歎異抄』（平成19年9月、東京書籍）を刊行。現在も著作などを通じた社会への提言で注目を集めている。

＊燃える秋《もえるあき》　中編小説。〔初出〕「野性時代」昭和五十二年五月～五十三年一月。〔初版〕『燃える秋』昭和五十三年一月、角川書店。◇金沢の美大を卒業し、東京でグ

ラフィック・デザイナーとして働く桐生亜希は、二十七歳の夏、ひとり京都に出かける。初老の愛人影山と別れる決心をつける目的で東京を離れ、岡崎に住む友人の留守宅を預かった亜希は、祇園祭の山鉾の東西文明が混交した装飾に「俗悪さ」と「豪壮な美意識のエネルギー」を感じ、圧倒される。そして、自分と同じように山鉾を見つめていた青年岸田と愛し合うようになり、ペルシャ絨毯が「一つの世界」「第二の自然」として織り上げられたものであることを知る。男女の愛のしがらみを超えたところに生きる支えを求めはじめた亜希は、絨毯に織り込まれた生の意味を問いにイランに旅立ってゆく。作中、京都に滞在する亜希が食事する「ヴァチュール」は五木が住んだ聖護院のマンションの一階にある喫茶店(LA VOITURE)、岸田と初めてペルシャ絨毯の話をする「YAMATOYA」も五木がよく出かけたジャズ喫茶店。実見に即して京都の町並みが描写されている。

(野田直恵)

伊藤左千夫 いとう・さちお

元治元年八月十八日(新暦九月十八日)~大正二年七月三十日(1864~1913)。歌人、小説家。上総国武射郡殿台村(現・千葉県山武市成東)に生まれる。本名・幸次郎(幸治郎・幸二郎)。上京後、搾乳業を営みながら、茶の湯や和歌の道に入る。正岡子規に師事。子規没後は、「馬酔木」の中心的存在として活躍する。明治三十六年十一月、浜松、名古屋、大垣、奈良を経て、京都を旅行。四十一年、「馬酔木」終刊。同年五月、信州から越後、京都、伊勢を旅行。後は、「アララギ」に協力し、後進の育成に努めた。

(飯田祐子)

伊東静雄 いとう・しずお

明治三十九年十二月十日~昭和二十八年三月十二日(1906~1953)。詩人。長崎県北高来郡諫早町(現・諫早市)に生まれる。大正十五年四月、京都帝国大学文学部国文科に入学、京都市上京区寺町今出川上ル阿弥陀寺前町の青木敬麿方に下宿。青木とはこの六年後に同人誌「呂」を創刊。また同志社高等商業学校生宮本新治と知り合う。昭和四年三月、京都帝大国文科卒業、卒業論文「子規の俳論」は最高点であった。のち「日本浪曼派」に加わる。『わがひとに與ふる哀歌』(昭和10年10月、コギト発行所)、『夏花』(昭和15年3月、子文書房)、『春のいそぎ』(昭和18年9月、弘文堂)、『反響』(昭和22年11月、創元社)の四冊の詩集がある。

(吉田永宏)

伊藤大輔 いとう・だいすけ

明治三十一年十月十二日~昭和五十六年七月十九日(1898~1981)。脚本家、映画監督。愛媛県宇和島市に生まれる。愛媛県立松山中学校(現・県立松山東高等学校)入学、伊丹万作、中村草田男らと親しく交わる。大正十三年、国木田独歩原作の「酒中日記」で映画監督デビュー。十五年、日活京都撮影所時代劇部にはいり、現在の時代劇の基礎を作る。監督作品としては「鞍馬天狗」(昭和17年)、「王将」(昭和23年)、「大江戸五人男」(昭和26年)、「幕末」(昭和45年)など。脚本に「雪乃丞七変化」(昭和10年)、「薄桜記」(昭和34年)ほか。

(渡辺順子)

伊藤雅子 いとう・まさこ

大正十五年十月二十八日~(1926~)。歌人。京都市に生まれる。山口県立女子専門学校(現・山口県立大学)卒業。昭和三十七年、松岡貞総の「醍醐」に入会。四十五年、第一回松岡貞総賞を受賞。五十年に

「渾」に参加。平成元年、歌集『ほしづき草』（昭和63年10月、短歌公論社）で第十六回日本歌人クラブ賞を受賞。その他に歌集『水脈』（平成17年9月、短歌新聞社）がある。京都を詠んだ歌に〈冬枯れの嵯峨野に天のひかり享け背を伸ばしゆく後姿《うしろで》のみゆ〉がある。（田中裕也）

伊藤遊　いとう・ゆう

昭和三十四年（月日未詳）～（1959～）。児童文学作家。京都市に生まれる。立命館大学史学科卒業。平成八年、「なるかみ」で第二回児童文学ファンタジー大賞佳作を受賞。その後、六道珍皇寺の伝説や『江談抄』『今昔物語』『篁物語』などを参考に、幼少期の小野篁を主人公にしたファンタジー『鬼の橋』（平成10年10月、福音館書店）を書き、第三回児童文学ファンタジー大賞を受賞する。「物語を書こうとすると、舞台は生まれ育った京都になり、記憶の中にあった伝承が一人歩き始めました」（『鬼の橋』あとがき）と述べており、以後も平安時代の京都を舞台にした『えんの松原』（平成13年5月、福音館書店）などを書いている。（西川貴子）

糸屋寿雄　いとや・としお

明治四十一年十月十八日～平成九年五月二十一日（1908～1997）。映画制作者、評論家。京都市に生まれる。昭和五年、早稲田大学専門部中退。大阪の産業労働調査所に勤務する。八年、治安維持法違反で検挙される。十三年、松竹京都撮影所に入社。戦後はプロデューサーとして溝口健二監督作品を担当する。二十五年、新藤兼人らと近代映画協会を設立し、「原爆の子」「第五福竜丸」「夜明け前」などの作品を手がける。大逆事件の研究家で『幸徳秋水研究』（昭和42年7月、青木書店）の著書がある。（永栄啓伸）

稲岡奴之助　いなおか・ぬのすけ

明治六年一月（日未詳）～没年月日未詳（1873～？）。小説家。京都に生まれる。「やっこのすけ」とも読む。本名・正文。別号・蓼花、桜庵。村上浪六の門下で、町奴を主人公にした撥鬢《ばちびん》小説を書き、『八十氏川』（明治29年2月、嵩山堂）が出世作となる。「やまと新聞」「二六新報」「講談倶楽部」などに多くの大衆小説を連載した。『獅子王』（明治35年10月、嵩山堂）、『海賊大王』（明治38年4月、隆文館）などが代表作。（笠井秋生）

稲垣足穂　いながき・たるほ

明治三十三年十二月二十六日～昭和五十二年十月二十五日（1900～1977）。小説家。大阪船場に、歯科医の父忠蔵、母はつの次男として生まれる。少年時代を兵庫県明石で過ごし、航海家を夢見る。また、光学器械に興味を抱き、飛行機にも憧れた。大正八年、関西学院普通部卒業後、複葉機の製作に携わる。器械や飛行機は、その後の足穂の主要なモティーフとなる。十年には佐藤春夫の知遇を得て上京。前衛芸術にも興味を持ち、未来派美術協会展、三科インディペンデント展に絵画を出品する。十一年、「チョコレート」（「婦人公論」3月）、「星を造る人」（「婦人公論」10月）を発表。十二年一月には『一千一秒物語』（金星堂）を刊行する。『一千一秒物語』は代表的な作品の一つであり、足穂に特徴的な天体嗜好が存分に発揮される掌編集。詩的小宇宙とも言えるファンタジックな世界でありながら、同時に闘争、逃走、窃盗、騙し合いなどに彩られる殺伐とした光景が展開する。足穂固有の自在なユーモアを縦横に織り交ぜながらも、そこからは自然との親和的な関係性を喪失した都市文明のいびつさや、相互に不信をつのらせる現代人の孤独な姿が浮かび上がる。同年には「星を売る店」（「中央公論」7月）を発表。その後も「新潮」「文芸春秋」「新青年」などに作品を精力的に発表、反リアリズムの姿勢を示す。新感覚派の活動拠点であった同人誌「文芸時代」には「WC―極美についての一考察」（大正14年1月）などの作品を発表、横光利一とも交流をもった。昭和三年五月には『天体嗜好症』（春陽堂）を刊行。六年に一時明石に帰る。アルコール、ニコチン中毒などにより創作が滞る。戦時下にも無頼の生活を送って発表作品は減少するが、戦後、文壇に復帰。二十一年八月、一部既出のものに加筆して『弥勒』（小山書店）を刊行。未来仏としての弥勒菩薩に自らを重ねようとする主人公江美留には、自己を再確認しながら、あらためて生を決意する足穂自身の覚悟と意志が読み取れる。二十三年には、少年、少女たちの淡い悲劇が回想形式のなかに浮かび上がる「彼等〔THEY〕」（「新潮」昭和21年7月発表の「モンパリー」は後半部。前半部を加えて昭和23年11月桜井書店刊『彼等』に収録）を発表。二十五年、五十歳にして京都移住。同年、看護士で児童福祉司でもあった篠原志代と結婚。足穂の京都移住はこの結婚による。京都では当初、志代が当時中学生の一人娘と暮らしていた京都市右京区中央仏教学院染香寮に住んだが、改築のため、翌年三月には宇治市黄檗山万福寺子院慈福院に一時転居。同年四月、宇治市朝日山恵心院に移ったが、府の児童福祉司として各施設を転々としていた妻志代が宇治にいることはまれであった。食事などは一人娘が賄った。三十五年には、娘の結婚などを契機に、京都市伏見区桃山婦人寮職員宿舎に転居。「東京遁走曲」（「新潮」昭和39年10月、原題「都のたつみしかぞ住む」）には、志代との結婚、及び京都生活にいたるまでの経緯の一端が明かされている。四十四年、娘夫婦の暮らす伏見区桃山養斎に転居。二十九年に発表された「A感覚とV感覚」（「群像」7月～9月）は特異なエッセイとなる。そこに自在に示される少年嗜好の原理は、『少年愛の美学』（昭和43年5月、徳間書店。第一回日本文学大賞受賞）において集大成をなす。その他、『第三半球物語』（昭和2年3月、金星堂）、『キタ・マキニカリス』（昭和23年5月、書肆ユリイカ）、『ヒコーキ野郎たち』（昭和44年10月、新潮社）、自作自注とも言える『タルホ・コスモロジー』（昭和46年4月、文芸春秋社）などがある。五十二年、結腸癌のため、京都第一赤十字病院にて逝去。墓所は京都市左京区法然院にある。全集類には『稲垣足穂大全』全六巻（昭和44年6月～45年9月、現代思潮社）、『多留保集』全八巻、別巻一（昭和49年9月～50年10月、潮出版社）、『稲垣足穂全集』全十三巻（平成12年10月～13年10月、筑摩書房）がある。

＊雙ヶ丘《ならびがおか》　エッセイ。〔初出〕「群像」昭和二十六年五月、原題は「ならびガ《ママ》丘」。昭和三十三年二月「作家」に発表の際「雙ヶ丘」に改題、改訂。〔初版〕『稲垣足穂大全』第五巻、昭和四十五年六月、現代思潮社。再改訂。◇「東京遁走曲」で足穂が自分で発見した最初の京都名所だったとされているのが、このエッセイに取り上げられる雙ヶ丘である。同エッセイではその他にも、京都の持つ先進性に触発されながら京都を幻想的に空想する足穂固有の感性の一端をかいま見ることができる。足穂は「京都は斬新なアイデアでは何時だって先輩株であった」（本文引用は筑摩書房版全集。ルビは省略。以下同じ）、「博覧会、動物園、電車、活動写真、軽気球、瓦斯燈、いずれ

も京都市によって先鞭が付けられた」とし、京都の夜景に「「銀河鉄道」のプラットフォーム」や「「アンデルセンの街」の現出」を空想する。あるいは太秦の川縁を歩きながら、「ならびヶ丘を基台にしたパークシティ」を思い浮かべたとも書いている。また同エッセイで足穂は、広隆寺弥勒菩薩を讃美し「本来的現在のエクスターゼにあって溢れる喜びを保ちながらも（略）彼の本源的存在可能の無気味さに打ち戦いているかのようだ！」と書いている。なお、広隆寺弥勒菩薩に触れた短いエッセイに「僕の弥勒浄土」（「作家」昭和33年6月、原題「ボクの弥勒浄土」）があり、釈迦入滅から五十六億七千万年後にこの世に下降するとされる弥勒菩薩が宇宙的時間のもとに捉えられる。

＊宇治桃山はわたしの里《うじももやまはわたしのさと》 エッセイ。〔初出〕三部からなる。「一 世尊と夜叉」（「作家」昭和27年7月、原題は「金色の亀」）。「二 紫の宮たちの墓所」（「群像」昭和26年6月、原題は「失はれし藤原氏の墓所」）。「三 桃山ものがたり」（「作家」昭和39年1月、原題は「伏見山物語」）。それぞれ改題、改訂をへて、昭和四十五年一月「文学界」に「宇治桃山はわたしの里」として合併発表。〔初版〕『稲垣足穂大全』第五巻、昭和四十五年六月、現代思潮社。◇このエッセイで足穂は、「三十年間に亘る東京生活に訣別して京都に移った当座、僕には、永い永い流謫から赦免されて、懐かしの山容に接した気がした」と書いている。また、京都の清澄な印象が、例えば「頭の上の木の間越しの星影の冴え。夜半に南方大峰山のうしろからのし上がってくる銀河の鮮やかさ。月夜ならば庭石や躑躅の片側に物怪めく濃い陰影が宿される」と書かれる他、恵心院や宇治、桃山にまつわる風物や事跡などが縦横にたどられ、生活のなかで捉えた宇治、桃山の日常的な小景が点綴される。

（石橋紀俊）

稲垣真美 いながき・まさみ

大正十五年二月八日～（1926～）。評論家、小説家。京都府綴喜郡八幡町（現・八幡市）に生まれる。東京大学文学部卒業、同大学院修了。事実の丹念な調査を元にした記録文学的著作で活躍。神戸に拠点を置いたキリスト教団体灯台社の活動を描いた『兵役を拒否した日本人―灯台社の戦時下抵抗―』（昭和44年6月、講談社）、また、稲垣自身の出身校でもある京都府立師範学校付属小学校の第二教室（大正7年創立、昭和18年閉鎖）における実験的な英才教育についてまとめた『ある英才教育の発見 実験教室六十年の追跡調査』（昭和55年10月、講談社）などがある。尾崎翠研究においては、『尾崎翠全集』（昭和54年12月、創樹社）および『定本尾崎翠全集』全二巻（平成10年9月～10月、筑摩書房）を編集。愛酒家としての著作も多数。

（飯田祐子）

戌井市郎 いぬい・いちろう

大正五年八月五日～平成二十二年十二月十五日（1916～2010）。演出家。京都市に生まれる。本名・市郎右衛門。京都市立第二商業学校（後の市立西陣商業高等学校。その後、廃校）卒業。祖父は俳優喜多村緑郎。築地座を経て、昭和十年、創作座の研究生となり、十二年、文学座創立に演出部員として参加。久保田万太郎、岸田國士、岩田豊雄らの舞台監督演出助手を続け、十六年から演出家となり、「女の一生」、「華岡青洲の妻」、「三人姉妹」等を演出。歌舞伎や新派の舞台にも参加。五十七年、紫綬褒章受章。俳優座会長、日本演出家協会理事長。

（岩見幸恵）

乾谷敦子　いぬいや・あつこ
大正十年年一月一日～（1921～）。童話作家。京都府相楽郡笠置村（現・笠置町）に生まれる。奈良女子高等師範学校（現・奈良女子大学）在学中より「水甕」に入り短歌に親しむ。戦後、池田小菊に師事、当時奈良県婦人協議会会長であった小菊が出していた機関誌「婦人奈良」にエッセイや童話を発表。後、児童文学に進み、坪田譲治に師事。日本児童文学者協会入会。病で教職を辞して後、日本童話会に参加。奈良を舞台とした『古都に燃ゆ』（昭和52年9月、ポプラ社）でジュニア・ノンフィクション賞受賞。「クモとハチ」（『京都の童話』平成11年10月、リブリオ出版）は藤原道長建立の法成寺（京都市上京区荒神口に跡を示す石標がある）を舞台とした短編童話。（吉川仁子）

井上梅次　いのうえ・うめつぐ
大正十二年五月三十一日～平成二十二年二月十五日（1923～2010）。映画監督。京都市に生まれる。昭和二十二年、慶応義塾大学経済学部卒業。新東宝の監督となり、二十七年に第一作「恋の応援団長」を発表。三十年、日活に転じ、多くの作品を制作。中でも、石原裕次郎主演の「嵐を呼ぶ男」は有名（この作品は近藤真彦主演でリメイクされてもいる）。その後フリーとなり、テレビドラマなどの作品でも活躍した。妻明子は宝塚音楽舞踊学校（現・宝塚音楽学校）出身の女優月丘夢路、また娘は料理研究家の井上絵美である。（三谷憲正）

井上清　いのうえ・きよし
大正二年十二月十九日～平成十三年十一月二十三日（1913～2001）。歴史家。高知県長岡郡稲生村（現・南国市稲生）に生まれる。昭和十一年、東京帝国大学文学部国史学科卒業。文部省維新史料編纂事務局嘱託、帝国学士院帝室制度史編纂嘱託を経て、二十一年、著作活動に入る。天皇制や部落問題を日本社会全体の階級構造の中でとらえ、論じた。二十四年、『日本女性史』（昭和24年1月、三一書房）で毎日出版文化賞受賞。二十九年、京都大学人文科学研究所助教授、のち、教授。五十二年、退職。『日本近代史』（昭和30年11月、合同出版社）、『部落の歴史と解放理論』（昭和44年12月、田畑書店）、『天皇の戦争責任』（昭和50年8月、現代評論社）ほか、著書多数。（吉川　望）

井上章一　いのうえ・しょういち
昭和三十年一月十三日～（1955～）。人文学者、評論家。京都市に生まれる。京都大学大学院工学研究科建築学専攻修士課程修了。現在、国際日本文化研究センター教授。専攻は文化史、建築史、意匠論。『つくられた桂離宮神話』（昭和61年8月、弘文堂）でサントリー学芸賞、『南蛮幻想　ユリシーズ伝説と安土城』（平成10年9月、文芸春秋）で芸術選奨文部大臣賞を受賞。主な著書に『霊柩車の誕生』（昭和59年12月、朝日新聞社）、『狂気と王権』（平成7年7月、紀伊國屋書店）などがある。（本多和彦）

井上多喜三郎　いのうえ・たきさぶろう
明治三十五年三月二十三日～昭和四十一年四月一日（1902～1966）。詩人。滋賀県蒲生郡老蘇《おいそ》村（現・近江八幡市）に生まれる。小学校卒業後は呉服業のかたわら詩作し、堀口大学に師事。昭和七年～十五年にモダニズム詩誌「月曜」を発行。二十年応召、シベリアでの強制労働を経て帰国。二十五年、京都のコルボウ詩話会に入会、同年、近江詩人会を結成。二十八年から京都の詩人と「骨」の会を結成し、土着性に清新な感覚を込めた詩風を示す。詩集に『栖《すみか》』

（昭和37年5月、「骨」編集室）等。『井上多喜三郎全集』全一巻（平成16年10月、井上多喜三郎全集刊行会）がある。（外村　彰）

井上剛 いのうえ・つよし

昭和三十九年（月日未詳）～（1964～）。SF作家。出身地非公表。京都大学文学部卒業。会社勤めの傍ら小説執筆を続ける。平成十三年、知能を持ちテレパシーで人間と交信する牛〈モー太郎〉が〈牛権〉と〈家畜解放〉を訴えることから始まる人間社会の騒動を描いた長編SF小説『マーブル騒動記』（平成14年6月、徳間書店）にて第三回日本SF新人賞を受賞。つづく長編二作目『死なないで』（平成15年6月、徳間書店）では母娘の愛憎を殺傷力のある超能力に絡めて描く。この他の単行本に『響ヶ丘ラジカルシスターズ』（平成16年3月、朝日ソノラマ）がある。単行本未収録作品などの情報は本人ホームページhttp://homepage1.nifty.com/paul/で確認できる。（金岡直子）

井上俊夫 いのうえ・としお

大正十一年五月十一日～平成二十年十月十六日（1922～2008）。詩人。大阪府友呂岐村（現・寝屋川市）に生まれる。本名・中村俊夫。昭和十七年、中国戦線での戦闘を経験。復員後、二十三年から寝屋川町（現・寝屋川市）役場に勤務。共産党の文化運動や農民運動の影響を受ける。三十二年、第七回H氏賞を受賞。朝日カルチャーセンター（大阪・京都）や大学等で講師を務めた。著書に、『井上俊夫詩集』（昭和50年2月、五月書房）、『従軍慰安婦だったあなたへ』（平成5年8月、かもがわ出版）などがある。（熊谷昭宏）

井上弘美 いのうえ・ひろみ

昭和二十八年五月二十六日～（1953～）。俳人。京都市に生まれる。昭和五十八年、関戸靖子に師事し、六十三年、「泉」に入会。平成三年、「泉」新人賞を受賞し、俳誌「泉」の同人となる。七年、「聲」に入会。京都市立紫野高等学校に在職中、平成四年九月、第一句集『風の事典』（牧羊社）を刊行。十五年第二句集『あをぞら』（富士見書房）で俳人協会新人賞、京都市立学校文化芸術賞を受賞した。現在、武蔵野大学講師。（荒井真理亜）

井上ふみ いのうえ・ふみ

明治四十三年九月二十八日～平成二十年十月十二日（1910～2008）。随筆家。京都市吉田（現・左京区）に生まれる。父は、後に解剖学の権威となる、京都帝国大学教授足立文太郎。同志社女学校専門学部（現・同志社女子大学）英文科に進むが、病気療養のため中退。昭和十年に、遠縁にあたる井上靖と極貧生活を覚悟のうえ結婚。五十六年間夫の作家活動を支え、靖没後、平成四年に設立された井上靖記念文化財団の理事長を務める。平成二年十一月、靖との生活を綴った『風のとおる道』（潮出版）を出版。（高橋博美）

井上靖 いのうえ・やすし

明治四十年五月六日～平成三年一月二十九日（1907～1991）。小説家、詩人。北海道石狩国上川郡旭川町（現・旭川市春光町）に、軍医隼雄、やゑの長男として生まれる。翌明治四十一年五月、隼雄の朝鮮半島への出動に伴い、静岡県田方郡上狩野村（現・伊豆市）湯ヶ島に移る。昭和五年四月、九州帝国大学法文学部英文科に入学するが、登校の興味を失い、同年十月に学籍抹消。七年四月、京都帝国大学文学部哲学科美学美術史専攻に入学、左京区吉田神楽岡町の橋本家に下宿する。井上の京都時代の始まりである。井上は「青春放浪」（「読売新聞」昭和37年4月17日）の中で「私のこれまでの生涯では、京都の大学時代が一番暗かったと思う」と述べているが、小説家としての井上の下地を育てたのは間違いなく京都の地であろう。井上の京大時代は、懸賞小説への応募によって幕を開ける。八年九月、「サンデー毎日」の第十三回大衆文芸に沢木信乃の筆名で応募した短編「三原山晴天」（「サンデー毎日」昭和8年11月1日）が選外佳作に選ばれ、続いて九年三月、同じく「サンデー毎日」の第十四回大衆文芸に沢木信乃の筆名で応募した短編「初恋物語」（「サンデー毎日」昭和9年4月1日）が入選する。四月、これらの功績により、新興キネマ社（のちの大映）にスカウトされ、大学に籍を置いたまま入社、太秦撮影所脚本部にも出社する。この頃、上京区（現・北区）等持院西町の等持院アパートに転居する。十年六月、足立文太郎の長女ふみと結納を交わし、十一月京都ホテルにて挙式（昭和十一年一月二十四日婚姻届出）、左京区吉田浄土寺に新居を構える。十年八月、京都帝大哲学科の高安敬義らと同人詩誌「聖餐」を創刊。井上は高安について「青春放浪」の中で、「私がこれまでに知った一番頭のいい、しかも純真な友達であった」と述べている。高安は十九年応召、翌二十年七月に戦場で病死するが、その死に際して、井上は「石庭―亡き高安敬義君に―」「友」（「学園新聞」昭和21年5月21日）の二編の詩を書いている。井上は「聖餐」に計九編の詩を書いているが、その内訳は以下の通りである。創刊号（昭和10年8月）には「梅ひらく」「裸梢圏」「二月」「落魄」「破倫」「無題」「小鳥死す」の七作、十二月号（昭和10年12月）には「夜霧」、翌年四月号（昭和11年4月）には「過失」を発表している。「聖餐」は三号をもって廃刊する。十一年三月、卒業論文「ヴァレリーの『純粋詩論』」を提出し、京都帝大哲学科を卒業。卒業論文の審査にあたったのは、植田寿蔵・九鬼周造・中井正一の三人であった。七月、「サンデー毎日」の長編大衆文芸に応募した「流転」（「サンデー毎日」昭和12年1月3日〜2月21日）が時代物第一席に選ばれ、第一回千葉亀雄賞を受賞（賞金千円）。これを機に新興キネマ社を退社する。八月、千葉賞を契機に大阪毎日新聞京都支局長岩井武俊の推薦を取り、大阪毎日新聞社に入社、学芸部サンデー毎日課に配属される。井上は「私の自己形成史」（「日本」昭和35年10月）の中で、「新聞記者生活で得たものは、文章を書く上に調べるという習慣を身につけたことである」と述べているが、後に「足で書く作家」（山本健吉）と称されるようになった井上の創作スタイルはこの新聞記者時代に醸成されたと言えるだろう。十月、兵庫県西宮市香櫨園川添町に転居。ここで、井上の京都在住時代は終わる。しかし、その後も大阪毎日新聞社の記者として、京都を取材することになる。十二年頃、京都五条坂の河井寛次郎邸を取材で訪れる。「その最初の訪問において、氏は私の心の中で特別な存在となった」（『忘れ得ぬ芸術家たち』昭和58年8月、新潮社）と述べているように、その交流は河井の死まで続いた。十七年六月、京都帝国大学大学院に籍を置く（翌18年12月除籍）。二十年八月、終戦記事「玉音ラジオに拝して」（「毎日新聞」昭和20年8月16日）を執筆。二十一年、この頃から新しい小説の構想をたて始める。二十三年一月、京都在住の上村松篁らと東京在住の福田豊四郎らによる日本画の新団体「創造美術」の発足をスクープする。四月、東京本社出版局書籍部副部長となり、東京へ単身転居。二十四年六月、「猟銃」を佐藤春夫に読んでもらい、その手直し原稿が大佛次郎を通して、「文学界」（昭和24年10月）に掲載される。十二月、「闘牛」を「文学界」（昭和24年12月）に発表。翌二十五年二月、「闘牛」により第二十二回芥川賞を受賞。三月、出版局付となり、本格的に創作活動に専念する。「美しい京の欠片」（「きょうと」昭和31年10月）の中で「京都という土地柄が私には書きにくい」と述べているように、井上が京都を作品の舞台に選ぶことは少ない。しかし、「仁和寺」（「朝日新聞」京都版、昭和33年4月21日）や「桂離宮庭園の作者」（『宮廷の庭Ⅱ 桂離宮』昭和43年6月、淡交社）、「龍安寺の石庭」（「産経新聞」昭和43年8月13日夕刊）など、庭園や寺社についての随筆は数多く残している。京都を舞台とした小説が少ないことは、井上文学と京都の関係が薄いことを意味するものではない。「漆胡樽」（「新潮」昭和25年4月）以来、井上はいわゆる〈西域小説〉を書き始めるが、その資料調査や取材のために京都を訪れているのである。例えば、「敦煌」（「群像」昭和34年1月～5月）執筆に際しては、京都大学人文科学研究所の藤枝晃に協力を仰いでいる。「敦煌」連載中の三十三年十二月三十一日には藤枝を訪ね資料の提供を受けているし、三十四年四月十九日には、連載を終えた「敦煌」についての意見を聞くために藤枝を訪ねている。このように、京都という土地は井上にとって、青春を過ごした場所であり、小説家として取材に訪れる場所でもあった。

＊石庭《せきてい》 短編小説。〔初出〕「サンデー毎日」昭和二十五年十月二十日。〔初版〕『死と恋と波と』昭和二十五年十二月、養徳社。◇魚見次郎は新妻の光子との新婚旅行で京都を訪れる。学生時代を京都で過ごした魚見にとって、京都は第二の故郷であり、青春時代の思い出の場所でもあった。魚見が見物に選んだ場所は、大原でも銀閣寺でもなく、龍安寺近辺であった。仁和寺を見物し、龍安寺への道を光子と懐かしく歩いた魚見だったが、龍安寺の境内へ入る頃から、二人の人物を思い出していた。一人は、学生時代の親友戸塚大助であり、一人は戸塚と争った末に、恋人になったカフェの女給ルミであった。龍安寺は、ルミをめぐって戸塚と魚見が訣別した場所であり、またそのルミに別れを告げた場所でもあったのである。

＊墓地とえび芋《ぼちとえびいも》 短編小説。〔初出〕「別冊文芸春秋」昭和三十九年十二月。〔初版〕『月の光』昭和四十四年十月、講談社。◇私は、京都の骨董屋の楢川花紅から、田黄の古印が手に入ったので、三十万円で譲っても良いとの連絡を受ける。私は一ヵ月後に京都を訪れるが、楢川は亡くなっていて、その日が葬儀だった。葬儀への出席を決めた私は、それまでの時間を使って紅葉を見るために永観堂・南禅寺を訪れ、最後に佐藤春夫の墓に参るために知恩院に向かう。そこで、生後七日で亡くなった次女の加代の遺骨が東本願寺の遠縁の墓地に納められていることを思い出す。私は親戚の墓を探そうとするが、葬儀の時間が迫ってきたことから断念する。葬儀に出席した私は、遺族から田黄の古印が所在不明であることを知らされ、購入を諦める。私は、その三十万円で妻の両親の墓がある法然院に、新しく加代の墓を造ることを決める。

（山田哲久）

井ノ本勇象 いのもと・ゆうしょう

明治二十九年三月十二日～平成三年九月六日（1896～1991）。歌人。京都市に生まれる。本名・井ノ本勇蔵。大正六年七月、中西松琴の「洛陽」発刊に参加。昭和六年、日比野道男らの「曼荼羅」創刊に参加。二十五年五月、木村捨録の「林間」に所属。四十八年から「群落」の編集発行に携わる。歌集に『屈折』（昭和41年4月、初音書房）、『現』（昭和46年9月、初音書房）、『黄なるすもも』（昭和58年11月、初音書房）、『微光』（平成7年3月、二瓶社）がある。

（黒田大河）

伊吹和子　いぶき・かずこ

昭和四年三月十九日～（1929～）。編集者、エッセイスト。京都市内の呉服屋に生まれる。女学校卒業後、京都大学国文学研究室に嘱託として勤務。昭和二十八年より、沢瀉久孝の推薦で谷崎潤一郎の助手となり『源氏物語』の改訳を手伝い、高血圧症でペンが持てなくなった谷崎のために口述記者として書簡の代筆を行う。三十三年から一年間光華女子学園の学園長秘書を務めた後、谷崎の許に戻り、三十四年、中央公論社の社員となって谷崎の助手を続ける。三十六年からは川端康成担当編集者となり、五十九年、定年退職後、谷崎の思い出を「東京新聞」に連載。これを『われよりほかに　谷崎潤一郎最期の十二年』として平成六年二月、講談社から上梓、日本エッセイスト・クラブ賞を受賞する。著書に『編集者作法』（昭和64年3月、日本エディタースクール出版部）、『川端康成・瞳の伝説』（平成9年4月、PHP研究所）がある。

（西本匡克）

伊吹武彦　いぶき・たけひこ

明治三十四年一月二十七日～昭和五十七年十月十二日（1901～1982）。仏文学者。大阪市に生まれる。大正十四年、東京帝国大学仏文科を卒業。昭和四年から六年にかけてフランス留学。帰国後、三十九年まで京都大学文学部で仏文学を講じる。他に、京都産業大学などでも教鞭をとった。評論集『近代仏蘭西文学の展望』（昭和11年8月、白水社）をはじめ、フローベール、ラクロの翻訳など、近現代の仏文学の紹介につとめた。京都を愛し、京都市が編纂した『京都』（昭和36年3月、淡交新社）に編集委員として参加、「京都を歩く」という文章を寄せている。

（笹尾佳代）

井伏鱒二　いぶせ・ますじ

明治三十一年二月十五日～平成五年七月十日（1898～1993）。小説家。広島県深安郡加茂村（現・福山市加茂町）に、富裕な農家の次男として生まれる。本名・井伏《いぶし》満寿二。広島県立福山中学校（現・県立福山誠之館高等学校）の修学旅行で初めて京都を訪れる。大正六年三月に福山中学校を卒業し、スケッチ旅行に出る。その途次、京都の旅館和泉屋に一ヵ月ほど滞在、橋本関雪に入門を乞うが断わられる。この京都滞在については、後に「自叙伝」（「早稲田文学」昭和11年5月～12月）、「京都について私の記憶」（「時世粧」昭和11年5月）、「京見物」（「オール読物」昭和27年2月）などで回想されている。同六年九月、小説家になるべく早稲田大学高等予科に編入学。十一年五月頃に早稲田大学文学部を退学し、以後、同人誌遍歴を重ねた。農村風物をユーモラスに描いた「谷間」（「文芸都市」昭和4年1月～4月）で一部に注目されるが、「鯉」（「三田文学」昭和3年2月）、「朽助のゐる谷間」（「創作月刊」昭和4年3月）、「山椒魚」（「文芸都市」昭和4年5月）などの初期作品を収めた『夜ふけと梅の花』（昭和5年4月、新潮社）、『なつかしき現実』（昭和5年7月、改造社）で、ようやく新進作家として認められる。昭和十三年二月、『ジョン万次郎漂流記』（昭和12年11月、河出書房）で第六回直木賞を受賞し、また、『多甚古村』（昭和14年7月、河出書房）が好評で広く知られるようになる。十六年十一月から一年間、陸軍宣伝班員として徴用され、シンガポールに十ヵ月間滞在。帰国後、甲府ついで郷里に疎開。戦争・疎開の体験は、「遥拝隊長」（「展望」昭和25年2月）や「乗合自動車」（「別冊文芸春秋」昭和27年4月）などに結実する。被爆者の姿を静かな筆致で描くことを通して理不尽な戦争への怒りを書いた「黒い雨」（「新潮」昭和40年1月～41年9月）は井伏の名を高め、四十一年に文化勲章受章。晩年まで筆力は衰えず、「徴用中のこと」（「海」昭和52年9月～55年1月）、「荻窪風土記」（「新潮」昭和56年1月～57年6月）などを発表。京都に関わるものに、本能寺の変を背景にした小説「安土セミナリオ」（「別冊文芸春秋」昭和28年12月～29年8月）があり、「伏見稲荷に参拝して」（「東京日日新聞」昭和17年12月23日）や、八木・園部・亀岡を訪ねた「篠山街道」（「別冊文芸春秋」昭和31年6月）、笠置から始まる「笠置・吉野」（「小説新潮」昭和34年11月）といった紀行文がある。時々の京都訪問については「京都のこと」（「きようと」昭和46年4月）に回想されている。

（前田貞昭）

今江祥智 いまえ・よしとも

昭和七年一月十五日～（1932～）。小説家、児童文学作家、評論家、翻訳家、編集者。大阪市南区（現・中央区）島之内に生まれる。三男一女の末っ子。父は料亭の仕入れ部長の後、事業を興す。昭和十一年、絵雑誌「キンダーブック」と出会う。十二年、塩町（現・中央区）に移り、大阪大空襲までを過ごす。十三年、渥美尋常小学校に入学。家には講談社の絵本や「小学生全集」が揃っていたが、『日の丸旗之助』や『冒険ダン吉』が記憶に残る。十六年、父が五十一歳で急逝、長兄がニューギニアで戦死、祖母死去。十九年、旧制今宮中学校に入学、海野十三、山中峯太郎などを乱読。和歌山県橋本で敗戦を迎える。二十三年、今宮高等学校二年に編入、大阪今里（現・東成区）に帰る。学校新聞に「松葉上人」を投稿、掲載される。鈴木三重吉の小説に凝る。幼少年期を作品化した自伝的四部作、『ぼんぼん』（昭和48年10月、理論社）、『兄貴』（昭和51年10月、理論社）、『おれたちのおふくろ』（昭和56年12月、理論社）、『牧歌』（昭和60年7月、理論社）で、六十三年に、第十回山本有三記念路傍の石文学賞受賞。なお、『ぼんぼん』は、第十四回日本児童文学者協会賞を受賞。『兄貴』は、第十五回野間児童文芸賞を受賞している。昭和二十五年、同志社大学文学部英文科に入学。ロマン・ロラン研究会を創設、新村猛を顧問に迎え、松居直の影響で堀辰雄と立原道造を読む。二十七年、明治三十六年発刊の伝統を持つ同志社英文学会機関誌、第二次「同志社文学」を復刊、短編小説「兄の死」「墜ちた偶像」を書く。ロバート・ネイサンのファンタジー小説に心惹かれる。二十八年、「同志社文学」に短編小説「夜と人と」「夢の中では瞳は空色になる」を発表、田宮虎彦に誉められる。二十九年、卒業。卒論は「ハーバード・リード」。名古屋で中学校英語教師となる。私家版詩集『四季』、ガリ版刷りで短編集『野の娘』『仔馬』を刊行。イブ・モンタンの熱烈なファンとなる。三十二年、「近代批評」に「鎮魂歌＝立原道造」を、「詩と批評」に「青空と神様＝谷川俊太郎論」を発表。「母の友」に童話「ネコのクロクロ」「トトンぎつね」を書き、以後同誌に幼年童話を発表。三十五年、上京。福音館書店に勤める。長編児童文学『山のむこうは青い海だった』（昭和35年10月、理論社）出版。三十五年、雑誌「ディズニーの国」の編集助手。童話集『ぽけっとにいっぱい』（昭和36年6月、理論社）出版。絵本「三びきのライオンのこ」（「こどものとも」昭和36年3月）発表。三十八年、私家版絵本『ちょうちょむすび』（昭和40年8月、実業之日本社）を和田誠の絵で制作。同年、長女冬子誕生。三十九年、理論社の編集嘱託となる。ジェームス・サーバー作『たくさんのお月さま』（昭和40年8月、学習研究社）翻訳。絵本『あのこ』（昭和41年12月、理論社）出版。長編児童文学『海の日曜日』（昭和41年12月、実業之日本社）で第十四回サンケイ児童出版文化賞、第九回児童福祉文化奨励賞受賞。四十三年、帰阪。聖母女学院短期大学専任講師。トミー・アンゲラーの絵本『すてきな三にんぐみ』（昭和44年12月、偕成社）翻訳。長編童話『きみとぼく』（昭和45年2月、福音館書店）、評論集『大人の時間子どもの時間』（昭和45年2月、理論社）出版。四十五年、『ひげのあるおやじたち』（昭和45年11月、福音館書店）の差別問題を受け止めて絶版回収。のち絶版問題を踏まえた『ひげがあろうがなかろうが』（平成20年1月、解放出版社）を出版。昭和四十六年、協議離婚、娘と二人暮らしとなる。四十七年、研究誌「児童文学一九七二」を創刊、五十六年まで十冊発行。評論集『子どもの国からの挨拶』（昭和47年12月、晶文社）出版。五十一年、上野瞭と二人誌「児童文学通信U&I」創刊。全集『今江祥智の本』全二十二巻（昭和55年1月～56年12月、理論社）刊行開始。離婚をさわやかに描いた『優しさごっこ』（昭和52年7月、理論社）がNHK銀河ドラマとなる。五十六年、聖母女学院退職。同年、季刊誌「飛ぶ教室」（光村図書）創刊をプロデュース。「写楽暗殺」（『今江祥智の本』第11巻所収、昭和56年11月、理論社）、絵本論の集大成『絵本の新世界』（昭和59年9月、大和書房）出版。六十三年、再婚。創作の手ほどき『今江祥智【童話】術・物語ができるまで』（昭和62年8月、晶文社）、小説『大きな魚の食べっぷり』（昭和63年7月、新潮社）、長編幼年童話『ズボンじるしのクマ』（昭和63年4月、理論社）出版。『今江祥智の本』第二期（全18巻、平成元年12月～3年4月、理論社）刊行開始。『マイ・ディア・シンサク』（平成6年3月、新潮社）出版。絵・片山健『でんでんだいこいのち』（平成7年6月、童心社）で小学館児童出版文化賞受賞。『幸福の擁護』（平成8年6月、みすず書房）、絵本紹介『はじまりはじまり』（平成10年12月、淡交社）出版。絵・長谷川義史『いろはにほへと』（平成16年9月、BL出版）で日本絵本賞受賞。平成十一年、紫綬褒章、十七年には、旭日小綬章を受章。多様なジャンルで新しい試みを実践し、豊かな成果を上げる活躍は、編集者として新人の発掘にまで及び、癌を克服した今日も続けられている。

＊ぼんぼん《ぼんぼん》　長編児童文学。〔初出〕「教育評論」昭和四十五年七月～四十八年五月。〔初版〕『ぼんぼん』昭和四十八年十月、理論社。◇物語は、昭和十六年五月のある日から始まる。小学校三年生の小松洋は、兄洋次郎と四つ橋の電気科学館で、北極星が十万年後には他の星にその位置を譲ることを知る。その一週間後、兄弟の父親が突然の怪我がもとでこの世を去り、八月には太平洋戦争が勃発し、洋次郎は愛国少年となり、洋との関係にも変化が生じる。確かだと信じていたものの崩壊が始まる。そんななかで、男衆として同居することになった佐脇老人は、家族の精神的支柱として、兄弟の成長を支え導く役割を担う。二十年三月十三日、大阪大空襲で家屋が全焼し、

家族は佐脇老人に先導され火の中を逃げ、疎開先の和歌山橋本で「玉音放送」を聞く。しかし、いち早く敗戦を口にした佐脇老人は行方不明となる。

> おはやしは明るくにぎやかで、夏の陽と暑さによく似あった。洋は近づくにつれて見上げていかねばならない鉾をじっと見据えながら、（ここでは何もかわらへんな。そやけどうちはみなかわった。かわった、かわってしもた……）と、心のすみっこで呪文のようにつぶやいていた。（略）
>
> 京の夏はまことに暑かった。昭和二十二年七月のことである……。

物語は、祇園祭のお囃子が流れる京都の町でおわる。『ぽんぽん』は、日常生活の中の戦争体験の形象化、少年時代の再生を意図した自伝的作品に留まらない、国家崩壊の普遍性を大阪弁のしなやかさで描ききった優れた戦争児童文学である。

（畠山兆子）

井村叡　いむら・えい

昭和四年（月日未詳）（1929～）。文筆家。京都市に生まれる。本名・猪田春生。立命館大学専門部国文科卒業。第四回小説新潮新人賞候補。昭和五十六年度第十六回北日本文学賞に「老人の朝」（『北日本文学賞入賞作品集』昭和59年4月、北日本新聞社出版部）が選ばれている。「八十才の母親もよく描けているし、主人公の母親への愛情も巧まずして、よく書けている」（井上靖）。北村君太郎一周忌遺稿集『恵風和暢』（昭和56年7月）を「文芸京都」同人の砂田満とまとめている。老人問題に取材した『老人十色』（昭和58年12月、国際情報社）もある。

（齋藤　勝）

伊良子清白　いらこ・せいはく

明治十年十月四日～昭和二十一年一月十日（1877～1946）。詩人。鳥取県八頭郡曳田村（現・鳥取市）に生まれる。本名・暉造《てるぞう》。明治二十七年、京都に出る。医学予備校を経て、京都府立医学校（現・京都府立医科大学）に学び、三十二年卒業。京都時代に「少年文庫」（のち「文庫」）への詩の投稿を始める。書きためた詩の中から十八編を選んで詩集『孔雀船』（明治39年5月、左久良書房）を刊行、発表当時、浪漫主義の象徴的作風は注目されなかったが、日夏耿之介の再評価をきっかけに、今日では近代を代表する文語詩集に位置づけられている。

（山口直孝）

伊良子正　いらこ・ただし

大正十年三月七日～平成二十年四月三十日（1921～2008）。詩人。京都市に生まれる。詩人伊良子清白の次男。国学院大学中退。「火牛」に所属。詩集に『十二月の蟬』（昭和61年3月、創樹社）、『猥雑なレトリック』（昭和63年10月、思潮社）、『補完される風景』（平成2年10月、思潮社）、『湾口と骨』（平成9年7月、思潮社）、『上機嫌な岬』（平成11年9月、思潮社）などがある。また、『伊良子清白全集』全二巻（平成15年6月、岩波書店）の編集に携わった。

（三重野由加）

入江隆則　いりえ・たかのり

昭和十年九月十九日～（1935～）。文学研究者、評論家。横浜市に生まれる。京都大学文学部英文科卒業、専攻はロレンス。都立大学（現・首都大学東京）大学院修了後、明治大学に赴任。昭和四十七年、第一評論集『幻想のかなたに』（昭和47年4月、新潮社）で第四回亀井勝一郎賞受賞。四十九年、文学の評価をめぐって中野孝次・桶谷秀昭と論争。平成二年、戦後処理を世界史的文脈で論じた『敗者の戦後』（12月、中央公論社）で注目され、以後は保守派の論

客として活躍、いじめや宗教など現代のさまざまな問題について議論を展開している。（三品理絵）

入江為守　いりえ・ためもり

慶応四年四月二日～昭和十一年三月十九日（1868～1936）。歌人。京都に生まれる。上冷泉家当主・冷泉為理の三男、のち冷泉家分家である入江為福の養子となる。子爵。幼少から父に歌学を学び、漢学は森槐南に師事。大正三年から昭和天皇即位まで東宮侍従長を務める。御歌所長、侍従次長、皇太后宮大夫を歴任。明治天皇・昭憲皇太后の御集を編纂した。十二年十二月二十七日、摂政宮裕仁親王が狙撃された虎ノ門事件の際、侍従長として車に同乗していた入江は顔に軽傷を負っている。永井荷風宅（断腸亭）の地所の半分を購入し、荷風と隣同士で暮らしたこともある。三男は昭和天皇の侍従長を務めた入江相政。（山本欣司）

岩井信実　いわい・のぶさね

明治二十六年三月四日～昭和二年八月十二日（1893～1927）。医師、詩人、童話作家。宮城県仙台市に生まれる。京都帝国大学医学部で医員をした後、大正十五年、京都市内で耳鼻咽喉科を開業。大正十年に雑誌「童謡童話」を主宰創刊し、十五年には詩誌「京都詩人」（京都詩人会）を創刊した。『蝙蝠の踊』（大正11年1月、春陽堂）の他に、京都に電車の玩具を買いに行く童話「電車」（『日本童話選集第一輯』童話作家協会編、大正15年12月、丸善）、「花弁《はなびら》と粟」（『日本童話選集第二輯』童話作家協会編、昭和2年12月、丸善）などがある。（中島加代子）

岩城久治　いわき・ひさじ

昭和十五年九月二十四日～（1940～）。俳人。京都に生まれる。水原秋桜子、桂樟蹊子に師事。「馬酔木」を出自とする。現在「参《さん》」を主宰。「晨」「紫薇」同人。句集に『春暉』（昭和62年10月、東京四季出版）、『秋謐』（平成7年10月、富士見書房）、『冬焉』（平成12年6月、角川書店）。京都新聞に連載したもので、子供を詠った俳句作品を季節の生活風景に即しながら解説した『子供のいる俳景』（平成2年4月、ふらんす堂）もある。各種の講座などでも活躍している。「洒落た俳句を作られる」などと評されることもある。〈はじめなかをはり一切大文字〉は、いかにも京都在住者の句である。（出原隆俊）

岩佐氏寿　いわさ・うじとし

明治四十四年十二月二日～昭和五十三年十一月二十二日（1911～1978）。脚本家、映画監督、児童文学作家。京都市に生まれる。東京外国語学校（現・東京外国語大学）中退。昭和三十年、第二回教育映画祭最高賞、第十回毎日映画コンクール教育文化映画賞を受賞した「ひとりの母の記録」の脚本を担当する。広く記録映画界で活躍。『超高層ビルのあけぼの』（昭和43年3月、鹿島研究所出版会）、『21世紀のもぐら』（昭和46年4月、文研出版）等、児童向け科学的読み物も多い。（越前谷宏）

岩溪裳川　いわたに・しょうせん

安政二年一月二十七日～昭和十八年三月二十七日（1855～1943）。漢詩人。丹波国福知山に生まれる。本名・晋。字・子譲。祖父の嵩臺及び父の達堂は福知山藩儒で、幼時、父に素読を習った。明治六年に上京。後、森春濤の門下となる。十三年刊行の『東京十才子詩』に森槐南らとともにその名が見られ、新進の詩人として注目されていたことがわかる。一時、「万朝報」漢詩欄の選者にもなっていた。晩年には芸文社の顧問となり、二松学舎教授として詩を講じた。私家版『裳川自選稿』全五巻（昭和11年3月）などがある。（西川貴子）

岩本敏男　いわもと・としお

昭和二年二月十七日〜（1927〜）。児童文学作家。京都市に生まれる。京都府師範学校（現・京都教育大学）卒業。立命館大学文学部国文科中退。上野瞭、片山悠らとともに馬車の会に参加し新しい文学を目指す。昭和四十一年、「馬車」に発表した連作四編を『赤い風船』（昭和46年4月、理論社）として刊行。五十五年、『からすがカアカアないている』（昭和55年12月、偕成社）で第十一回赤い鳥文学賞を受賞。（佐藤良太）

巌谷小波　いわや・さざなみ

明治三年六月六日〜昭和八年九月五日（1870〜1933）。小説家、児童文学作家。武蔵国麹町（現・東京都千代田区）に生まれる。本名・季雄《すえお》。漣山人《さざなみさんじん》・大江小波・楽天居・隔恋坊・恋川綾町などの号を使用した。巌谷家は近江水口藩の藩医の家柄。父の一六《いちろく》は書家として有名で、後に貴族院勅選議員となる。母八重は産後まもなくの十月一日に肺炎で死去した。小波は医業を継ぐようにと幼少期よりドイツ語を習い、独逸学協会学校に学んだが、周囲の期待に反して文学を志して進学を放棄、明治二十年、文学結社硯友社に参加した。当初は尾崎紅葉らと同様の大人向けの小説家を目指したが、二十四年一月に発表した『こがね丸』（少年文学第一編、博文館）が好評であったことから、専ら児童文学開拓者としての道を歩むことになった。小説「五月鯉」（「我楽多文庫」明治21年5月25日〜11月25日、翌年『初紅葉』と改題、春陽堂刊）、『日本昔噺』全二十四編（明治27年〜29年）、『日本お伽噺』全二十四編（明治29年〜32年）、『世界お伽噺』全百編（明治32年〜41年）、『桃太郎主義の教育』（大正4年）、自伝『我が五十年』（大正9年）、『金色夜叉の真相―所謂る間寛一の告白―』（昭和2年）、遺作となった東洋説話事典『大語園』全十巻（大正14年に着手、昭和10年〜11年、平凡社）などがある。雑誌「少年世界」（明治28年創刊、博文館）、「少女世界」（明治39年創刊、博文館）などの編集の仕事、各地に口演旅行を行って童話口演を確立したことも大きな業績である。京都との縁は、生家が京都で、御所奉公の経験がある祖母利子に可愛がられたことに始まる。小波の芸能、文学の素養の一端は祖母によるものである。明治二十年七月、『小波身上噺』（大正2年、芙蓉閣）に依れば、「初度《はじめて》」の「旅らしい旅」に出た小波は、同十五日、「京都へ隠居して、顔を見せないこと茲に六年」の祖母に再会、同二十三日、富森家に嫁した「姉を室町に訪」い、八月五日に嵐山、同十日に宇治を訪問、他日に「加茂、北野」「若王子、真如堂も見物した」。二十五年二月二十八日、祖母危篤の為、父と京都に向かう。同三月八日、祖母死去。京都には同二十九日まで滞在、二七の逮夜、京極にわか見物など。同年九月十八日、京都の「日出新聞」の雨森菊太郎に会い、同二十八日、尾崎紅葉より預かった泉鏡花の原稿を送付した。「漣山人閲」「泉鏡花著」の『冠弥左衛門』は十月一日から十一月二十日の「日出新聞」に連載。「日出新聞」社告には「十月一日より紙面に改良を加へ」「手初めとして漣山人の新著を近日より掲載すべし」とあった。十月三十一日に日出新聞社と契約、十一月十九日に京都着、祖母が住んでいた家の二階に寓した。十一月二十二日から「片時雨」（12月21日まで）、十二月二十二日から「一人娘」（明治26年

1月12日まで）を連載、文学主任として、小説、随筆、俳句など、多彩な活躍を示した。一方、紅葉らが二十六年十一月十九日、二十日に「読売新聞」に掲載した江ノ島への「観潮記」に呼応して、同二十七日、二十九日に嵐山への「観楓記」を「読売新聞」に掲載するなど、東京文壇との密接な関係は継続し、博文館の仕事も精力的にこなした。二十六年四月二十日、京都文学家懇親会を計画、同二十三日と十一月十八日に懇親会を開催した。京都文学会を組織したいとの考えからで、二十七年一月十三日には雨森や中川霞城（四明）、黒田天外などと瞳々会を創立した。第三土曜を原則として、二月二十七日、三月十八日、四月二十八日、五月二十七日、六月二十三日、七月二十九日、八月十九日、九月十五日、十月二十七日に開催、瞳々会で披露された作品は「日出新聞」紙面を飾った（瞳々会は小波離京後も存続）。同年十一月七日、博文館からの誘いに応じて退社を申し込む。同二十日、雨森と後任を相談、同三十日、黒田を後任に選定、十二月三日、退職して東京に帰った。三十一年、妹瑶芝子《よしこ》を埋葬するため、三月五日夕刻、京都着。紅葉が「ひらき封」其九（「読売新聞」明治31年3月14日）で紹介する「京都より」の小波書簡に依れば、六日夜は「旧知懇親会」で雨森や霞城に再会。「七日は祖母、母、妹の三仏の為に施餓鬼」、「八日は仏事にて霊山へ詣り」、九日は「文学同好会」に出席した。「日出新聞」との縁は切れず、断続的に小説、俳句を寄稿、「京都日出新聞」と改題後の三十六年三月には「あゝ京都」を掲載した。同年五月五日号の「少年世界」に「京都片信」、同六月五日号に「続京都片信」を発表、下京の生祥小学校での四月十七日のお伽噺口演、十八日午後の京都の文士会銀峰会の様子を紹介する。四十一年、雑誌「趣味」に「京都美人（附東京との比較）」を掲載。このころから口演依頼が増大、京都の地を踏む機会が以前にも増して多くなった。京都霊山護国神社に祖母、父（明治38年死去）、母、兄の立太郎（明治24年死去）、妹瑶芝子の墓がある。

＊あゝ京都《ああきょうと》　長編小説。〔初出〕「京都日出新聞」明治三十六年三月二十七日～六月十日、全七十五回。〔初版〕『小波叢書』明治四十三年九月、博文館。◇連載前日の「京都日出新聞」に「明日より掲載する新小説は小波山人が伯林《ベルリン》留学中幾度か劇場に臨み親しく観たる旧恋愛《アルテリーベー》なる新演劇を翻案したるもの、請ふ花咲く春の読物として愛読あらんことを、色気もあり真地目なる処もある喜劇にして、舞台自から新、宛《さな》がら別乾坤の趣あらんか」との予告がある。原作はマイアー・フェルスター『アルト・ハイデルベルグ』。「中国随一の大名華族」の「函入りの貴公子」で、「京都大学」法科大学の聴講生となった春海香留夫（原作ではカール・ハインリヒ）と、その下宿先の「お加代」（原作ではケティー）との淡い恋物語。二人とも許嫁があり、未成年である香留夫は後見人の叔父がある身であった。初出第一回の「皺枯れた声」を「皺枯れた京《きやう》訛《なまり》」とするなどの本文異同がある。

＊京都美人《きょうとびじん》**（附東京との比較）**《つけたりとうきょうとのひかく》　随筆。〔初出〕「趣味」第三巻第七号、明治四十一年七月。◇「美人と云ふのは絶対的ではない」「京都は美人地で、女のもてる処」「東京女は形から云へば、嚙み占めて味のある方、京都女は見て居て美しい方」「兎に角言葉を始め一切の点に於いて大阪よりも京都が遥かに優つて居る」「東京語は如何にも歯切が善い。京都の言葉は響きが美麗である」「物保《ものもち》の好いこと、此が男女を通じての京都人の特色である」「妻としては京都女が好い。東京女は友として面白い」「京都女は

利益《ため》になる人でさへあれば、従順《おとな》しく随《つ》いて居るが、東京女は身が詰ると知りながらも、好いた人に随く」「京都式美人は、洋服、ハイカラ頭、袴の似合ぬ顔立で、文金の高髷の似合ふ方である」。（青木稔弥）

【う】

植田寿蔵　うえだ・じゅぞう

明治十九年三月十一日～昭和四十八年十一月二十七日（1886～1973）。美学者。京都府綴喜郡普賢寺村（現・京田辺市）に生まれる。明治四十一年、京都帝国大学文科大学哲学科入学。西田幾多郎の思想に傾倒する。九州帝国大学教授、京都帝国大学教授を経て、昭和二十二年、京都大学名誉教授。著書に『芸術哲学』（大正13年11月、改造社）、『美の批判』（昭和23年4月、弘文堂）、『絵画における南欧と北欧』（昭和47年4月、創文社）などがある。（河村奈緒美）

上田聴秋　うえだ・ちょうしゅう

嘉永五年二月二十四日～昭和七年一月十七日（1852～1932）。俳人。美濃国大垣（現・岐阜県大垣市）に生まれる。本名・肇。別号不識庵。父は大垣藩士、小原鉄心は叔父。幕末に鉄心に連れられ京阪で暮らし、木戸孝允・大久保利通を知る。東京の大学南校（後に東京開成学校、現・東京大学）に学んだが病気のため中退。その後、京都俳壇の名門花《はな》の本芹舎《もときんしゃ》に入門。明治十七年、京都で梅黄社を結成し、「鴨東集」を創刊（のち「俳諧鴨東新誌」と改題）。二十三年、二条家より許され十一世花の本を継ぐ。京都における旧派の宗匠として、数千人の門人を有した。編著に『月瀬紀行』乾坤（明治21年2月、上田肇）、『みやこ十二勝』（明治29年10月、上田肇）、著書に『聴秋百吟』（大正3年4月、聴秋百吟刊行会）、『花本十一世聴秋翁 鶴鳴集』第一声（小杉咲也編、大正8年1月、香風会）など。得意の句に〈白雲の上も皇国ぞ富士の山〉。（須田千里）

上田敏　うえだ・びん

明治七年十月三十日～大正五年七月九日（1874～1916）。詩人。東京築地（現・中央区）に生まれる。号・柳村。祖父上田東作は外国奉行見配定役として福沢諭吉らとともに渡欧したことがあり、父絅二は幕末の儒学者乙骨耐軒の子で、慶応三年に渡欧した後、上田家に婿養子に入っている。明治二十年、神田の私立東京英語学校に入学し、二十一年、第一高等中学校（現・東京大学）に合格するが、父の死により翌年九月に改めて第一高等中学校に入学した。二十七年には東京帝国大学文科大学英文学科に入学し、「帝国文学」の発起人の一人となる。三十八年十月には、フランス象徴詩を日本にいちはやく紹介し、日本詩壇に大きな影響を与えた『海潮音』（本郷書院）を刊行した。四十年十一月、私費でアメリカやフランスに外遊。その途中に文部省留学生となり、翌年十月に帰国し、新設の京都帝国大学文科大学講師として招聘され、四十二年五月には教授に任命される。西洋文学第二講座（英文科）を担当した。上田が京都へ行くことを決心した理由は、高等師範学校や明治大学、東京帝国大学講師として時間を語学教授にとられていたので、「一つ京都へ行つて閑を得、文学に従事し、又専攻の学科を教授しても見たく」なったからだと森鷗外宛の書簡で述べている（明治43年2月1日）。ただし同書簡で「小生は長く京都に居る積無御座候、好機に乗じて再び東京へ舞ひ戻り、新しき活動に入らむと渇望致居候」とも綴っている。上田の京大勤務時代の教え子には、出野青煙、竹友藻風、菊池寛、石田憲次、矢野峰人、山内義雄などがいる。京都には九日会なる文学者の会があり、薄田泣菫、高安月郊、島華水、橋本青雨、厨川白村、茅野蕭々、成瀬無極らが相会していたが、上田はそこに入り、京都における文学意識の覚醒に努めた（安田保雄『上田敏研究』昭和52年12月、有精堂）。また京都美術工芸界を担う実業家たちが組織した柳桜会の顧問にもなっている（高梨章「京都における露伴の講演発掘そのほか」、「日本古書通信」平成17年11月）。在京中、上田は京阪講演壇上の花形となった。その演説は「談話の如き態度で縦容迫らず、特別な技巧や故意らしい激励の調子はなく、平易明晰の辞句の中に奇警な譬喩を交へ、趣味ある逸話を挿入して聞く者をして倦ましめない」ものであったという（桑木厳翼「上田君を偲ぶ」、「心の花」大正5年8月）。明治四十二年六月に家族一同東京を引き払い、幸田露伴の家近くの京都市岡崎広道入江（現・左京区）に居を構えた。同年、京都文学会の機関紙「芸文」の発刊の議にあずかり、翌四十三年四月に創刊された同誌の評議員となった。「村の歌」「別離」などを同誌上に発表。また同年一月一日から三月二日まで「国民新聞」に、自叙伝的小説「うづまき」を発表している。四十四年、与謝野寛が渡欧の途次京都に立ち寄った際には、厨川白村、茅野蕭々らとともに発起人となり、京都ホテルで送別会を開いており、与謝野の帰国時にも歓迎会を京都で開いている。大正四年の衆議院議員総選挙時には、与謝野のために伏見町の芝居小屋で応援演説も行った。明治四十五年、「大阪毎日新聞」「東京毎日新聞」に京阪見物記を連載するという約束で、京都にやってきていた谷崎も上田敏邸を訪ねている。谷崎は「先生のお宅は新建ちの品のいゝ住宅の並んでゐる、閑静な一区域にあつて、狭い路の奥の方へ這入つて行つた記憶がある」（「青春物語」、「中央公論」昭和7年9月～8年3月）と述べ、別の日に上田が長田幹彦と谷崎を招待し、南禅寺の瓢亭で夕食をとったことにも触れ、「大学教授たる先生」が売り出したばかりの谷崎や長田を「一流の旗亭に招き、特に一夕の時間を割いて下すつたと云ふことは、余程破格の御好意であつたと思はれる。」（前掲「青春物語」）と語っている。瓢亭を気に入っており、松井須磨子なども案内したという。また、西洋料理、特にフランス料理が好きで、萬養軒などを贔屓にしていた（谷本梨庵「故人の面影」、「心の花」大正5年9月）。大正四年四月、娘の瑠璃子を東京の聖心女学院に入れて教育するため、家族を東京市芝区白金（現・港区）に移し、自分は単身京都に残って下二宮町の小林邸に仮寓した。上田はかねてから「子供の教育の為、是非其内上京して再び東京の住人となりたく候」（森鷗外宛書簡、明治43年2月1日）と、子供の教育を受ける場として東京が適切であると考えていた。幸田露伴が京都に家族を同伴しなかった理由として「子供に京都語だけは覚えさせたくありませんからね」と言ったのを人伝に聞き、「全くですね」と言ったというエピソードもある（石田憲次「上田先生を懐ふ」、「英語青年」大正5年8月）。四年十二月に烏丸の下村別邸に移り、五年二月に知恩院内源光院の廣岡別邸に移った。そこの二階は北側の窓をあけると一帯に竹林が見え、竹林の向こうにある大きな建物が「尼衆学校」と呼ばれているのを知り、上田はさすがに京都らしいと喜んでいたという（山内義雄「晩年の上田敏先生」、「四季」昭和22年12月）。また、山内は上田との最後の散歩の思い出として、四条通りの萬養軒でフランス料理を食べた後、京極を抜けて上田の自宅まで歩いた時のことを語っている。上田はふとヴェルレーヌの詩句を口ずさみ、『松の葉』の「琉球組」「鳥組」の小唄を思わせるこの詩の調子を写してみようと着想を得ながら取り逃してしまったと笑いながら語ったという。なお、没後出版された『現代の芸術』（大正6年1月、実業之日本社）は、明治四十三年十月から四十四年二月までの京大の特別講演の速記録に修正を加えたものである。『定本上田敏全集』全十巻（昭和53年7月～56年10月、教育出版センター）がある。

（西川貴子）

上田穆《うえだ・ぼく》

明治三十五年五月十六日～昭和四十九年六月四日（1902～1974）。歌人。京都府に生まれる。本名・行夫（一説、行雄）。京都師範学校（現・京都教育大学）卒業。口語歌誌「からすき」に出詠。上京して、日本大学、アテネ・フランセで学ぶ。大正十五年、新歌人聯盟創立委員に加わる。「芸術と自由」（3月）に〈原っぱのひかりは春の触覚で、くすぐられてるあまいこころだ〉のような口語歌を発表。学習社編集部へ入社する。新短歌誌「新芸術派短歌」「短歌創造」「短歌と方法」「立像」「新短歌」「Poesie」に参加した由、山本三生ほか編『新万葉集第一巻』（昭和13年1月、改造社）所載の「作者略歴」に見える。大正十一年～昭和四年間の歌を集成して、『街の放射線』（昭和5年4月、紅玉堂書店）を著す。〈腹筋と腹筋と腹筋と腹筋と腹筋と腹筋と腹筋と腹筋と――さあ、哄へ！〉〈ピストルとルーデサツクと――チリリ・リリリ・リーンと銀貨をこぼす〉などを載せる。同集を石原純は「昭和の新浮世絵」と紹介し、花田謙二「跋」は「エロチシズム／モダニズム／シユル・レヤリズム」を特徴に挙げた。青山霞村は〈保津川を下る奇観と才をたたへみる丹波の人の歌の一巻〉と序歌を寄せる。〈こころ寂しく昼ねてをつた、ポウポウと御所で小鳩が遠く啼いてゐた〉など、京都を追慕する十二首を含む。

（堀部功夫）

上田三四二《うえだ・みよじ》

大正十二年七月二十一日～平成元年一月八日（1923～1989）。歌人、小説家。兵庫県加東郡市場村字樫山（現・小野市樫山町）に生まれる。父勇二は小学校に勤務。父の転勤に伴い、小学校、中学校時代は、県内の学校を転々とした。兵庫県立柏原中学（現・県立柏原高等学校）卒業後、昭和十六年、第三高等学校（現・京都大学）理科甲類、十九年、京都帝国大学医学部に入学。二十年、勤労動員で舞鶴港を訪れた。そこで斎藤茂吉の自選歌集『朝の蛍』を愛読、短歌に関心を抱く。二十二年、畑露子と結婚し、京都市下京区西七条比輪田町の畑家に同居した。二十三年、大学を卒業し、京大附属病院にて実地修練、翌年九月、第三内科に入局。医師国家試験にも合格。十一月より、病院勤務のかたわら、京都市立西京高等学校定時制の保健体育の教諭となった。十二月、山本牧彦に就いて歌誌「新月」に入会。この山本とのことは、「惜身命」（「文学界」昭和56年8月）をはじめとする自伝的小説に描かれている。二十七年、結核のため、丹後由良の保養所でひと夏を過ごす。小説「夏行」（「文芸」昭和56年4月）は、その間の出来事を舞台としている。また、〈うつしみはいのち養ふ吹く風も海こえてふく由良浜ここは〉（『黙契』昭和30年2月、新月短歌社）の歌もある。二十七年九月、京大病院と西京高校定時制を辞め、京都府久世郡城陽町字芦原（現・城陽市）にある国立京都療養所に赴任し、十年間勤めた。上田はこの時代のことを「自分の身もいたわりながら、結核に悩む人たちの相談相手とな」り、また「療養所の中には歌をつくる人も多く、その環境は、楽しかった」と回想している（「療養所にて」、「短歌読本」昭和56年7月）。二十九年十一月、「短歌研究」の新人評論に「異質への情熱」入選。三十年、第一歌集『黙契』を新月短歌社より刊行。九月より、京大病院内科研究室に通い、犬を用いた実験を行う。翌三十一年、青年歌人会議の結成に参加。十一月、歌論集『現代歌人論』（短歌新聞社）を刊行。三十五年二月、医学博士号を取得。三十六年五月、「斎藤茂吉論」が第四回群像新人文学賞（評論部門）を受賞、また、「逆縁」が小説部門の最優秀作となる（ともに成相夏男の筆名を用いた）。八月上京し、府中刑務所を経て、国立療養所東京病院に勤務。三十九年、清瀬町野塩（現・清瀬市梅園）に家を建てた。七月、評論集『斎藤茂吉』（筑摩書房）を刊行。四十一年五月、結腸癌を病み入院、手術を受けた。〈たすからぬ病と知りしひと夜経てわれよりも妻の十《と》年《とせ》老いたり〉〈死はそこに抗ひがたく立つゆゑに生きてゐる一日《ひとひ》一日はいづみ〉（『湧井』昭和50年3月、角川書店）など、死に直面した体験は、生と死、自然への思索をめぐらした作品を生み出すこととなった。翌四十二年八月、第二歌集『雉』（白玉書房）を刊行。四十三年九月、「佐渡玄冬」により第六回短歌研究賞受賞。四十四年四月、吉野に遊び、〈ちる花はかずかぎりなしことごとく光をひきて谷にゆくかも〉（『湧井』）の歌を生んだ。四十九年七月、清瀬上宮病院に移る。翌五十年、歌集『湧井』により、第九回迢空賞受賞。十一月、評論集『眩暈を鎮めるもの』（昭和49年11月、河出書房新社）で亀井勝一郎賞受賞。五十三年、宮中歌会始選者となった（～昭和59年、昭和62～63年）。翌五十四年六月、評論『うつしみ この内なる自然』（昭和53年11月、平凡社）により第七回平林たい子賞受賞。五十六年五月、小説集『深んど』（平凡社）を刊行。以後、『花衣』（昭和57年3月、講談社）、『夏行冬暦』（昭和59年5月、河出書房新社）、『惜身命』（昭和59年10月、文芸春秋）、『祝婚』（平成元年1月、新潮社）と、小説集を刊行した。『惜身命』は自伝的連作小説集で、京都が主な舞台となっている。また、『花衣』に収録された「橋姫」は、宇治市の橋寺を舞台に、中年の男女の、美を仲立ちとした精神的な愛を描いた作品。昭和五十八年、第四歌集『遊行』（昭和57年7月、短歌研究社）により第十回日本歌人クラブ賞を受賞。五十九年、前立腺腫瘍により大手術。翌六十年、評論『この世 この生』（昭和59年9月、新潮社）により、第三十六回読売文学賞（評論・伝記賞）受賞。三月、『惜身命』により、昭和五十九年度芸術選奨文部大臣賞（文学部門）受賞。九月、第五歌集『照徑』（短歌研究社）を刊行。「術後詠唱」の詞書をもつ〈みめぐみは密濃やかにうつしみに藍ふかき空ゆしたたるひかり〉などの歌を含む。同年十二月、再入院。以後、入退院を繰り返す。六十一年十二月、評論『島木赤彦』（昭和61年7月、角川書店）により第三十九回野間文芸賞受賞。翌六十二年、紫綬褒章受章、第四十三回日本芸術院賞受賞。また、同年一月、歌論書『短歌一生』（講談社）を刊行した。短歌を「日本語の底荷」とする考え方が反響を呼んだ。六十三年、小説「祝婚」（「新潮」昭和63年8月）により第十五回川端康成文学賞受賞。やはり自伝的小説で、妻を伴って出席した従弟の娘の結婚式を舞台に、自分たち夫婦のこと、学生時代のことや短歌の恩師（山本牧彦）などが、死に臨んだまなざしによって回顧される。翌年一月八日、永眠。四月、第六歌集『鎮守』（短歌研究社）が刊行された。

＊上田三四二全歌集《うえだみよじぜんかしゅう》　歌集。〔初版〕平成六年九月、短歌研究社。◇上田三四二の全六歌集を収める。京都で学生時代を送り、最初に勤めた場所も京都府内である。また、妻の実家が京都にあり、関東に居を移してからも何度か京都を訪れている。京都を題材にした作品としては、〈堂守が引きのこしたるみづひきかいづみの路にくれなゐ古りぬ〉（詩仙堂）、〈くれなゐのもみぢがなかに日暮れつつ燃えてしづけし常寂光寺〉〈去年の今日臓摘《と》るとゐきあかあかと大文字は燃ゆ大の字に燃ゆ〉などがある。また、昭和五十七年の宮中歌会始の詠進歌〈橋寺にいしぶみ見れば宇治川や大きいにしへは河越えかねき〉は、宇治市の橋寺の歌碑に刻まれている。

＊惜身命《しゃくしんみょう》　小説。〔初出〕「文学界」昭和五十六年八月。〔初版〕『惜身命』昭和五十九年十月、文芸春秋。◇単行本『惜身命』に収録された作品は、自らも大患を経験した主人公が、半生に出会った人々の生と死を描き、八編を連作として構成したもの。主人公「関屋」は上田三四二とほぼ等身大の人物であり、自伝的小説となっている。「惜身命」「著莪のひと」「遁れぬ客」が、京都を舞台とした作品。「惜身命」は、青年時代に歌の指導をうけた矢島宗規（山本牧彦がモデル）の米寿祝賀会に出席して、建仁寺の塔頭である久昌院にある矢島の歌碑に刻まれた歌〈おのずから惜身命の偈となりてひぐらしぞ啼く樟の木むらに〉の〈惜身命〉という言葉について思いをめぐらすといった内容で、大患以降の作者の死生観がうかがえる。　（田口道昭）

上野英信　うえの・ひでのぶ

大正十二年八月七日～昭和六十二年十一月二十一日（1923～1987）。小説家。山口県に生まれる。広島で兵役中に被爆。昭和二十一年、京都帝国大学文学部支那文学科に編入学するが、古都になじめず、翌年九月中退。福岡に行き、筑豊の炭鉱に入る。『追われゆく坑夫たち』（昭和35年8月、岩波新書）、『地の底の笑い話』（昭和42年5月、岩波新書）などのルポをはじめ、数々の著書を著す。また、自宅を「筑豊文庫」と名付け、さまざまの活動を支援する拠点とした。『上野英信集』全五巻（昭和60年2月～61年5月、径書房）があり、評伝に、川原一之『闇こそ砦 上野英信の軌跡』（平成20年4月、大月書店）がある。　（清水康次）

上野瞭　うえの・りょう

昭和三年八月十六日～平成十四年一月二十七日（1928～2002）。児童文学作家、評論家。京都市に生まれる。本名・瞭《あきら》。米穀商だった父親の詐欺被害による借金のため、少年時代から六人兄弟の長男として辛酸をなめるが、その中で映画や児童向けの読み物に親しむ。昭和二十一年、立命館大学専門部を経て同志社大学に編入。このころから童話を書きはじめ、卒業後は平安高等学校（現・龍谷大学付属平安高等学校）教諭となる。三十三年、擬似日本脳炎により死の淵に追い込まれるも生還。その後、評論『戦後児童文学論』（昭和42年2月、理論社）で注目され、実体験をふまえた『ちょっと変った人生論』（昭和42年7月、三一書房）などを精力的に刊行。四十九年から同志社女子大学に勤務。五十八年、児童向け長編『ひげよ、さらば』（昭和57年3月、理論社）で日本児童文学者協会賞受賞。この作品は五十九年から六十年にかけてNHKで放映された連続人形劇の原作となった。その他小説『砂の上のロビンソン』（昭和62年5

月、新潮社)、随筆『晴れ、ときどき苦もあり』(平成4年3月、PHP研究所)など、一般向けの作品もある。　（野田直恵）

上夢香　うえ・むこう

嘉永四年七月二日〜昭和十二年二月二十八日(1851〜1937)。雅楽家、洋楽家、音楽教育家、作曲家、漢詩人、書家。京都に生まれる。本名・真行《さねみち》。別号に善愁人。上家は雅楽の家系。明治二十三年、東京音楽学校(現・東京芸術大学)教諭となる。唱歌や軍歌も作曲。なかでも「一月一日」は有名である。漢詩では橋本蓉塘、神田香巌とともに「西京の三才子」と称され、森鷗外「雁」にも「槐南・夢香なんぞの香奩《こうれん》体の詩」が「最も気のきいたもの」として出てくる。　（越前谷宏）

上村松園　うえむら・しょうえん

明治八年四月二十三日〜昭和二十四年八月二十七日(1875〜1949)。日本画家。京都府四条通御幸町西入ル(現・京都市下京区)奈良物町に生まれる。本名・津禰《つね》。明治二十年、京都府画学校(現・京都市立芸術大学)に入学。鈴木松年《しょうねん》、幸野楳嶺《こうのばいれい》、竹内栖《せい》鳳《ほう》に師事した。流麗な筆線と動きのある人物表現によって、市中町方の女性の日常や、謡曲、王朝美人などに題材を求めた美人画など、多数の力作を発表。明治から昭和にかけて国内外で高い評価を受けた。昭和二十三年、女性初の文化勲章を受章。代表作「序の舞」(昭和11年)は、宮尾登美子による松園の伝記小説(昭和57年11月、朝日新聞社)の題名にもなった。　（西村将洋）

上村松篁　うえむら・しょうこう

明治三十五年十一月四日〜平成十三年三月十一日(1902〜2001)。日本画家。京都市中京区四条通御幸町西入ル(現・下京区)に上村松園の長男として生まれる。本名・信太郎。大正十年、京都市立絵画専門学校(現・京都市立芸術大学)に入学し、西山翠嶂《すいしょう》に師事。克明なリアリズムに基づく花鳥画の名作を多数発表した。戦後、昭和二十三年に創造美術協会を創設。新時代の日本画をめざす。二十八年、京都市立美術大学(現・京都市立芸術大学)教授に就任し、四十七年には京都市文化功労者として表彰された。五十九年、文化勲章を受章。井上靖の小説「額田女王」(「サンデー毎日」昭和43年1月〜44年2月)の挿絵も手がけた。　（西村将洋）

上村多恵子　うえむら・たえこ

昭和二十八年七月六日〜(1953〜)。詩人、エッセイスト、実業家。京都市に生まれる。甲南大学文学部卒業。在学中の昭和四十九年、亡父の後を継ぎ京南倉庫株式会社代表取締役に就任。五十七年、京南物流株式会社、六十三年、イベント企画会社ドラマモード株式会社を設立。六十二年、女性で初めて京都経済同友会会員となる。詩誌「サンゴジュ」同人。詩集に『無数の苛テーション』(平成元年11月、檸檬社)などがある。　（石橋紀俊）

上山春平　うえやま・しゅんぺい

大正十年一月十六日〜(1921〜)。哲学者。日本の植民地時代の台湾に生まれる。昭和十八年、京都帝国大学を卒業。京都大学教授、京都国立博物館館長、京都市立芸術大学学長を歴任。京都新聞文化賞(昭和62年)、紫綬褒章(昭和63年)、文化功労賞(平成6年)、勲二等旭日重光章(平成10年)、京都府文化賞(平成12年)などを受ける。昭和五十五年一月二十五日、「京都新聞」創刊百周年を記念したシンポジウム「京滋文化の創造と伝統」に「京滋の文化」というテーマで参加している。　（杉岡歩美）

浮田和民 うきた・かずたみ

安政六年十二月二十八日～昭和二十一年十月二十八日（1859～1946）。政治学者、歴史家。肥後国（現・熊本市）に生まれる。幼名・栗田亀雄。熊本洋学校を経て、明治九年九月、創立直後の同志社英学校（現・同志社大学）に入学、第一期卒業生（明治12年6月）となる。同校の講師在任中（明治19年～30年）、アメリカのイェール大学に留学（明治25年～27年）、歴史学・政治学等を学ぶ。明治三十年、外国人宣教師批判が原因で同志社を辞任、東京専門学校（現・早稲田大学）に招かれ、以後、長く早稲田大学で教鞭をとる。坪内逍遙は「早稲田の至宝」と称した。雑誌「太陽」で論陣を張り、大正デモクラシーを代表する吉野作造にも感化を与えた。徳冨蘆花『黒い目と茶色の目』（大正3年12月、新橋堂）の沈田先生のモデル。立憲主義的な自由主義に基づき、普通選挙・日露戦争捕虜事件にからむ平和論・幸徳裁判批判・女性解放論などを唱えた。晩年、「同志社新報」十一号（昭和14年11月）に「近代文明の大矛盾―新重農政策の提唱」と題する一文を寄せている。（浅野　洋）

臼井喜之介 うすい・きのすけ

大正二年四月十五日～昭和四十九年二月二十二日（1913～1974）。詩人。京都に生まれる。後、左京区北白川追分町に住む。本名・喜之助。京都市立第二商業学校（後、京都市立西陣商業高等学校。その後、廃校）卒業。昭和十年一月、詩誌「新生」創刊。後、金沢肇、平野威馬雄と共に「詩風土」「詩季」と改め、主宰。京都大学北門前で臼井書房を経営。『ともしび』（昭和16年5月、ウスヰ書房）、『童説』（昭和21年5月、臼井書房）刊行。後に白川書院を創設、二十五年、「月刊京都」を創刊。『カメラと詩歌 京都』（昭和36年7月、社会思想社）、詩集『京都叙情』（昭和47年1月、白川書院）がある。嵯峨大沢の池の東畔に嵯峨御所に取材した詩碑が建つ。文字は大覚寺住職味岡良戒。（野口裕子）

内田吐夢 うちだ・とむ

明治三十一年四月二十六日～昭和四十五年八月七日（1898～1970）。映画監督。岡山市に生まれる。本名・常次郎。大正十五年、日活京都大将軍撮影所入社。等持院西町や鳴滝に住む。堂々たる叙事詩的作風で知られ、撮影所内での愛称も〈巨匠〉。「宮本武蔵」五部作（昭和36年～40年、原作・吉川英治）では洛北蓮台寺野・三十三間堂・一乗寺下り松・延暦寺など京都各所が舞台になる。「恋や恋なすな恋」（昭和37年）は朱雀帝期の平安京を描く。島原・長岡天神ロケを含む「大菩薩峠」三部作（昭和32年～34年、原作・中里介山）に登場する石仏が、〈吐夢地蔵〉として化野《あだしの》念仏寺に安置されている。（友田義行）

内田百閒 うちだ・ひゃっけん

明治二十二年五月二十九日～昭和四十六年四月二十日（1889～1971）。随筆家、小説家。岡山市古京町に生まれる。本名・榮造。第六高等学校（現・岡山大学）を経て、東京帝国大学文科大学文学科独逸文学専攻卒業。大正十一年二月、創作集『冥途』（稲門堂書店）刊行。昭和八年十月、『百鬼園随筆』（三笠書房）により随筆家として世に知られる。ユーモラスな随筆や幻想的な味わいの小説を多く発表した。百閒が京都を初訪問したのは、明治四十年八月、朝日新聞社が延暦寺で開催した夏期大学に参加した際である。内田家の定宿の旅館亀屋に投宿し、帰りの汽車賃が二銭不足で岡山まで帰り着けない経験をする。これは「二銭記」（「中央公論」昭和11年5月）に描かれている。また、年月不詳ながら、債鬼から追われる生活をしていた時分に、旧友の同志社大学教授、中島重宅に二ヵ月にわたって居候したことが「松笠島」（「中央公論」昭和42年6月）に記されている。（本多和彦）

内村鑑三 うちむら・かんぞう
万延二年二月十三日（新暦三月二十三日）～昭和五年三月二十八日（1861～1930）。聖書学者、伝道者、文筆家。江戸にて、高崎藩士内村宜之《よしゆき》の長男として生まれる。明治十年、東京外国語学校（現・東京外国語大学）より札幌農学校（現・北海道大学）に入学。「イエスを信ずる者の誓約」に署名し、受洗。のち札幌基督教会（のち、札幌独立教会と改称）を設立。卒業後、開拓使として勤務。十七年、信者の浅田タケとの結婚に破れ、天職を求めて渡米。発達遅滞児施設で看護人となり、翌年、アマスト大学に編入学。シーリー総長の感化で贖罪信仰に回心。二十一年、帰国し新潟北越学館教頭となるが、辞職。翌年、横濱加壽子と結婚、第一高等中学校（現・東京大学）嘱託となる。二十四年、教育勅語不敬事件で依願解職。心労から妻死去。大阪、熊本、京都、名古屋に移り住む。京都の岡田透（判事・弓道家）の長女シズと四度目の結婚後、二十六年、『基督信徒の慰』（2月、警醒社）、『求安録』（8月、警醒社）を刊行し“How I became A Christian”（邦題余は如何《いか》にして基督信徒となりし乎）を脱稿するなど、文筆家として充実。「万朝報」の主筆を経て「東京独立雑誌」「聖書之研究」を発刊し、聖書研究会を主宰。日露戦争では非戦論、大正七年にはキリスト再臨運動を提唱。関東大震災は、天譴《てんけん》と受けとめ、芸術家・大衆に悔い改めを迫った。（大田正紀）

宇能鴻一郎 うの・こういちろう
→嵯峨島昭を見よ。

宇野浩二 うの・こうじ
明治二十四年七月二十六日～昭和三十六年九月二十一日（1891～1961）。小説家。福岡市南湊町（現・中央区荒戸町）に生まれる。本名・格次郎。三歳で父を失い、大阪市に移転、南区（現・中央区）宗右衛門町で少年時代を過ごした。大阪府立天王寺中学校（現・府立天王寺高等学校）時代から文学に志し、回覧雑誌を作ったり、校友会誌「桃陰」に度々小品を発表していた。明治四十三年、早稲田大学英文学科に入学。四十五年、天王寺中学同級の青木精一郎の父親の出資で、「しれえね」を発行し、戯曲や「宗右衛門町の小品」を発表する。大正二年、『清二郎 夢見る子』（4月、白羊社）を刊行。この頃京都黒谷に住んでいた画学生の友人宅に一週間ほど滞在し、毎日鎰屋で、菓子と紅茶で青春と詩を語り合ったという。四年、卒業を前に中退し、上京した母と同居、広津和郎の紹介による翻訳や、童話を書いて生計を立てた。「蔵の中」（「文章世界」大正8年4月）で注目を浴び、「苦の世界」（「解放」大正8年9月）で新進作家としての独自の地位を確立する。翌九年、植村宗一、菊池寛、芥川龍之介、久米正雄、田中純らと講演旅行の途中で鎰屋を訪ねた思い出などを、後年「秋都の京都の思出」（『随筆京都』昭和16年11月、ウスヰ書房）に発表している。『山恋ひ』（大正11年11月、新潮社）、『子を貸し屋』（大正12年7月、文興院）、『心つくし』（大正13年4月、プラトン社）などを刊行。昭和二年、神経衰弱をきたし、四年には一時危篤状態に陥るが、八年、小出楢重をモデルとした「枯木のある風景」（「改造」1月）で文壇に復帰。それまでの作風とは異なる驚くべき変貌を遂げた。以後「枯野の夢」（「中央公論」昭和8年3月）、「子の来歴」（「経済往来」昭和8年7月）と次々に発表。十月、川端康成、広津和郎、小林秀雄らと「文学界」創刊に参加。文芸評論、随筆、児童文学など多岐にわたり活躍。十四年、第二回菊池寛賞を受賞。『文章往来』（昭和16年10月、中央公論社）、『文学の三十年』（昭和17年8月、中央公論社）、など発表。他に宇野が「まったく知らない人を、（略）その人の絵と、その人の『追悼録』の記事と、それだけの『材料』で書いた」と述べる、山科生まれの画家長谷川利行が四十九歳で行路病者として死ぬまでの生涯を絵画や彼の文学をとおして描いた「水すまし」（「文芸」昭和18年4月）などがある。二十四年には芸術院会員に選ばれ、二十五年、「思ひ川」で第二回読売文学賞受賞。『芥川龍之介』（昭和28年5月、文芸春秋新社）など著書多数。文学の鬼と称され、生涯文学を愛し、語り続けた。『宇野浩二全集』全十二巻（昭和43年7月～44年8月、中央公論社）。

（増田周子）

海月ルイ うみずき・るい

昭和三十三年（月日未詳）～（1958～）。小説家。京都市に生まれる。本名・中川裕子。父中川平は京都の地主神社宮司。華頂短期大学幼児教育学科を卒業。山村正夫小説教室で文章修業をし、平成十年に「シガレット・ロマンス」（「別冊小説宝石」平成10年爽秋特別号）で第五回九州さが大衆文学賞、「逃げ水の見える日」で第三十七回オール読物推理小説新人賞を受賞。十三年に『子盗り』（平成14年5月、文芸春秋）で第十九回サントリーミステリー大賞と読者賞を受賞（邦人女性初の大賞受賞）。京都を舞台に繰り広げられるミステリーが多く、京都の旧家に嫁ぎ十三年間子供に恵まれない女性を描く『子盗り』をはじめ、祇園で起きる事件と謎をハンガー屋珠緒が解決する『鳥女』（平成15年12月、双葉社）、京都で起きた幼女誘拐事件を扱った『十四番目の月』（平成17年5月、文芸春秋）、祇園のお茶屋に住み込むフリーライター夏目潤子が様々な事件に挑む『京都祇園迷宮事件』（平成18年8月、徳間書店）、『京都迷宮事件簿薄い月』（平成19年2月、徳間書店）などがある。

（長原しのぶ）

梅棹忠夫 うめさお・ただお

大正九年六月十三日～平成二十二年七月三日（1920～2010）。生態学者、民族学者。京都市上京区千本通中立売上ル東石橋町に生まれる。昭和十八年、京都大学理学部動物学科を卒業。大阪市立大学理工学部助教授を経て、四十年、京都大学人文科学研究所助教授に。モンゴル遊牧民の研究から四十二年、画期的な「文明の生態史観」を発表。日本を代表する「知」の一人。人文研教授を経て四十九年、国立民族学博物館初代館長。平成五年、同館名誉教授。紫綬褒章（昭和63年）、文化勲章（平成6年）、勲一等瑞宝章（平成11年）、各受章。京都に纏わる著作に、いずれも角川選書で『梅棹忠夫の京都案内』（昭和62年5月）、『京都の精神』（昭和62年8月）、『日本三都論——東京・大阪・京都』（昭和62年11月）がある。

（水川布美子）

梅原猛 うめはら・たけし

大正十四年三月二十日～（1925～）。哲学者。梅原半二、石川千代を父母に生まれる。婚前であったため、戸籍は母方の宮城県仙台市肴町に置かれる。翌年母が死去、以後愛知県知多郡内海町の梅原家に引き取られ、半二の兄夫婦に育てられた。私立東海中学校（現・東海高等学校）では数学に力を入れるが、やがて川端康成の小説に出会って作家に憧れ、第八高等学校（現・名古屋大学）に進み哲学志望に転じた。京都学派の西田幾多郎・田辺元・和辻哲郎らの著作に惹かれ、昭和二十年、京都帝国大学文学部哲学科に入学するも直後に応召、従軍。終戦後に復学し卒業、文部省特別研究生（戦時中若い学者を徴兵から逃れさせるために作られた制度で、研究費が支給され、戦後もしばらくこの制度が残された）として大学に残った。京都とのつながりは大学入学に始まり今日に及ぶ。龍谷大学文学部講師、立命館大学文学部講師・助教授・教授、京都市立芸術大学美術学部教授・同大学学長を務め、さらに自ら創設に奔走した洛西の国際日本文化研究センター創設準備室長・初代所長を務めた（現在同顧問・名誉教授）。以後も日本ペンクラブ会長やものつくり大学総長を務め、九条の会や『源氏物語』千年紀の呼びかけ人となるなど、活発な活動を続ける。この間住居も左京区の浄土寺馬場町から、北白川西瀬ノ内町を経て、妻の血縁によって哲学の道の南端、若王子町の旧和辻哲郎邸に定める。「片足で西洋、片足で東洋の学問を学び、両足で行動するのが私の仕事の進め方」という発言の通り、ハイデッガーやニーチェへの傾倒に始まり、空海に赴き、藤原不比等や聖徳太子や柿本人麿にまで対象を拡げて〈梅原古代学〉〈梅原日本学〉と呼称されるなど、研究は広範な分野に及ぶ。関心はさらに日本の基層文化としての縄文文化や中国長江文明に向かい、また「ヤマトタケル」（歌舞伎）、「ムツゴロウ」（狂言）や『中世小説集』（小説、平成5年5月、新潮社）などの著作が示すように、表現は論考にとどまらない。欧米に起こった近代文明の行き詰まりを打開するものを、日本文化の中に発見することを軸に、既成の学問の領域を自在に越えた考究を続ける。『梅原猛著作集』二期各二十巻（昭和56年9月～58年4月、集英社。平成12年10月～15年12月、小学館）が主要な著作を収めるほか、京都の文化を考察したものに『京都発見』九巻（平成9年1月～19年4月、新潮社）がある。『隠された十字架―法隆寺論』（昭和47年5月、新潮社）で毎日出版文化賞、『水底の歌―柿本人麿論』（昭和48年11月、新潮社）で大佛次郎賞を受賞。平成四年、文化功労者顕彰、十年、京都市名誉市民顕彰、十一年、文化勲章受章など。

（中河督裕）

梅原龍三郎　うめはら・りゅうざぶろう

明治二十一年三月九日～昭和六十一年一月十六日（1888～1986）。洋画家。京都市下京区に生まれる。大正十三年までは良三郎を名乗る。京都府立第二中学校（現・府立鳥羽高等学校）中退後、浅井忠主宰の聖護院洋画研究所（後の関西美術院）で、安井曾太郎らと学ぶ。明治四十一年、渡仏しルノアールに傾倒、指導を受ける。大正二年帰国後、二科会の設立に参加。春陽会、国画会にかかわり、昭和三年、国画会主宰となり、以後安井曾太郎とともに昭和洋画壇の中心人物として活躍。油彩に金箔、銀箔などを取り入れ、桃山美術調の独自の絵画を確立し、東京美術学校（現・東京芸術大学）教授、芸術院会員となる。二十七年、文化勲章、三十二年、朝日文化賞、四十八年、フランス芸術文化勲章コマンドール章を受ける。昭和九年、はじめて鹿児島に旅行し、その雄大な風景にひかれ、何度も訪れては「桜島」連作（昭和9年～12年）、霧島（昭和13年）など繰り返し描いた。その他、「横臥裸婦」（明治41年）、「紫禁城」（昭和15年）、「北京秋天」（昭和17年）など

多数。「雲中天檀」（昭和14年）は京都国立近代美術館蔵。

（増田周子）

【え】

江口喜一　えぐち・きいち

明治二十八年八月五日〜昭和五十四年七月二十八日（1895〜1979）。俳人。京都市下京区五条（現・東山区）に生まれる。大正十三年、青木月斗《げっと》門に入る。俳誌「同人《どうにん》」に所属して月斗、菅裸馬《すがらば》に師事。「同人」選者を務める。月斗没後、湯室月村《ゆむろげっそん》が主宰する「うぐいす」の創刊（昭和28年3月、大阪市）にかかわる。月村没後の昭和四十四年には主宰となる。大阪文化祭俳句大会選者を務め、五十三年には大阪府知事表彰（芸術・文化）を受ける。没後『喜一句集』（昭和54年11月、湯川書房）が刊行された。京都を詠んだ句に〈遥かなる祇園囃子に簾巻く〉がある。

（村田好哉）

江坂彰　えさか・あきら

昭和十一年四月十七日〜（1936〜）。評論家、小説家。京都市に生まれる。本名・海老名彰一。昭和三十六年、京都大学を卒業。東急エージェンシーの関西、名古屋支社長を経て、『冬の花火』（昭和58年10月、文芸春秋）で作家デビュー、翌五十九年退職。昭和から平成にかけて、時代の変化に翻弄されるサラリーマンの人生をみつめる作品を多数発表。『超二流』（平成19年9月、プレジデント社）では、自身の京都大学時代から退職までの人生と社会を回顧しつつ、現役サラリーマンにエールを送る。ほかに『人殺しの時代』（昭和60年3月、文芸春秋）など。

（中田睦美）

海老名弾正　えびな・だんじょう

安政三年九月十八日〜昭和十二年五月二十二日（1856〜1937）。宗教家、思想家。筑後国柳河（現・福岡県柳川市）に生まれる。熊本洋学校卒業。在学中に熊本バンドを結成、ジェーンズより洗礼を受けてキリスト教徒となる。明治九年、同志社英学校（現・同志社大学）に入学。創立者新島襄の故郷に安中教会を作り、卒業後、伝道者として赴任する。二十三年、京都で日本組合派の日本基督伝道会社社長に就任。東京本郷教会赴任中の三十三年には雑誌「新人」を発行し、吉野作造・小山東助らを輩出した。大正九年から昭和三年まで、同志社第八代総長を務めた。

（田中励儀）

江馬天江　えま・てんこう

文政八年十一月三日〜明治三十四年三月八日（1825〜1901）。漢詩人、医師。近江国坂田郡（現・滋賀県長浜市）に生まれる。本名・聖欽、字・永弼、のち正人。通称は俊吉。本姓は下坂氏。江馬の姓は、仁和寺宮侍医江馬榴園の養子となったことによる。緒方洪庵について洋学を学び、梁川星巌に師事して詩名を上げる。明治元年、太政官に出仕したが、一年で辞めて京都に戻る。私塾立命館の賓師として迎えられ、多くの師弟に儒学を教授した。著書に『退享園詩鈔』二冊（明治34年3月、京都江馬達太郎）等がある。

（洪　明嬉）

円地文子　えんち・ふみこ

明治三十八年十月二日〜昭和六十一年十一月十四日（1905〜1986）。劇作家、小説家。東京市浅草区向柳原町（現・台東区）に、父上田万年（東京帝国大学文科大学国語学教授、38歳）と母鶴子（29歳）の次女として生まれる。本名・富美。家族に父方の祖母いね（65歳）、兄寿（8歳）、姉千代（4歳）がいた。大正七年、東京高等師範学校

（現・筑波大学）附属小学校を卒業、日本女子大学附属高等女学校に入学。十一年、同校の校風が合わず、四年を終え退学。その後、英語英文学、フランス語、漢文を英人宣教師、第一高等学校教授、日本大学教授、学習院教授からそれぞれ個人教授を受けた。十五年四月、演劇雑誌「歌舞伎」の一幕物懸賞脚本募集に時代喜劇「ふるさと」を応募、九月当選。昭和二年、小山内薫の演劇講座の聴講生になり、小山内主宰の「劇と評論」にたびたび投稿する。三年十月、戯曲「晩春騒夜」（「女人芸術」）を発表、十二月、築地小劇場で初演。二十五日の夜、上田家による招宴の席上、小山内薫が狭心症で急逝、衝撃を受ける。四年二月、戯曲「清少納言と大進生昌」（「女人芸術」）、戯曲「三角謎」（「新潮」）などを発表。五年三月、円地与四松（東京日日新聞調査課長、34歳）と結婚、鎌倉材木座に住む。後に小石川区表町（現・文京区伝通院裏）に転居。七年、長女素子を出産。中野区江古田に転居。十年四月、戯曲集『惜春』を岩波書店から刊行。片岡鉄兵の紹介で「日暦」の同人になり小説の勉強を志す。十一年三月、「人民文庫」創刊、同人となる。十二年、父上田万年死去。十三年、結核性乳腺炎のため、東大病院に入院、手術。その後、半年ほど健康が思わしくなかった。十四年夏、軽井沢の別荘で過ごし、後にその地で正宗白鳥、室生犀星を知る。同年、小説集『風の如き言葉』（2月、竹村書房）、随筆評論集『女坂』（2月、人文書院）、小説集『春寂寥』（4月、むらさき出版部）、小説戯曲集『女の冬』（9月、春陽堂）の四冊を刊行。十五年十二月、長編小説『日本の山』を中央公論社より刊行。十六年、海軍省派遣慰問団の一員として華南、海南島を旅行。十八年九月、長編小説『春秋』を博文館より刊行。同年十月、朝鮮総督府の招きにより、日本文学報国会の一員として北朝鮮の重工業を視察旅行。二十年、空襲で中野の家が全焼、一家で軽井沢の別荘に移り、そこで終戦。二十一年春、台東区谷中清水町（現・池之端）の母の家に移り住む。十一月、子宮癌のため東大病院に入院、手術。肺炎を併発して五ヵ月間の入院生活を送る。二十二年頃、病後ではあったが、経済的理由から少女小説を多数執筆。二十三年、小説を書き始めるが、雑誌社に断られ、なかなか掲載の機会が得られなかった。二十四年十一月、「紫陽花」（「女坂」の第一章の一）を「小説山脈」に発表。二十六年十月、「光明皇后の絵」が「小説新潮」に掲載され、ようやく本格的な発表の場を得た。二十九年三月、「ひもじい月日」（「中央公論」昭和28年12月）により第六回女流文学者賞を受賞。同年、日本文芸家協会の理事となる。三十二年一月、二十四年から書き継いで雑誌に発表してきた「女坂」が完結、その『女坂』（3月、角川小説新書）により第十回野間文芸賞を受賞。三十三年、女流文学者会会長に就任。「愛情の系譜」（「朝日新聞」昭和35年8月23日～36年3月16日）連載。作品集『円地文子文庫』全八巻（昭和40年4月～11月、講談社）を刊行。四十一年、『なまみこ物語』（昭和40年7月、中央公論社）により第五回女流文学賞を受賞。四十二年夏、『源氏物語』の現代語訳開始。四十四年、右眼網膜剝離で入院、手術。同年、三部作『朱を奪うもの』（昭和35年5月、新潮社）『傷ある翼』（昭和37年3月、中央公論社）『虹と修羅』（昭和43年10月、文芸春秋）によって第五回谷崎潤一郎賞受賞。四十五年十一月、日本芸術院会員に選ばれる。四十七年、三部作「遊魂」（「新潮」昭和45年1月）「狐火」（「群像」昭和44年1月）「蛇の声」（「海」昭和45年4月）で第四回日本文学大賞を受賞。円地文子訳『源氏物語』全十巻（昭和47年9月～48年6月、新潮社）刊行開始。同年、夫与四松、急性肺炎のため死去。七十七歳。四十八年、左眼網膜剥離のため入院、手術。佐多稲子と共に代表編集した『現代の女流文学』全八巻（昭和49年9月～50年4月、毎日新聞社）刊行。五十一年、四月に日本文学者協会理事を、年末に女流文学者会会長を辞任。円地文子監修『人物日本の女性史』全十二巻（昭和52年2月～53年2月、集英社）刊行。『円地文子全集』全十六巻（昭和52年9月～53年12月、新潮社）刊行。五十三年、「食卓のない家」（「日本経済新聞」昭和53年2月11日～12月6日）連載。翌年四月、新潮社より『食卓のない家』上・下を刊行。「私の履歴書」（「日本経済新聞」昭和58年5月22日～6月21日）連載、翌年二月、「私の履歴書」を収めた『うそ・まこと七十余年』を日本経済新聞社より刊行。六十年四月、左眼白内障のため入院、手術。同年六月、軽い脳梗塞のため入院。六十一年三月、退院。十一月十四日、急性心不全のため、台東区池之端の自宅で死去、享年八十一歳。「微笑みを浮かべてまるで生きているような安らかな死に顔だった」（富家素子『母・円地文子』平成元年3月、新潮社）。十二月二日、青山斎場で葬儀。

＊女の繭《おんなのまゆ》　長編小説。〔初出〕「日本経済新聞」昭和三十六年九月十六日～三十七年六月十八日。〔初版〕『女の繭』昭和四十五年十一月、講談社。◇祇園祭の宵山で、村瀬三千子は太平洋戦争で消息を絶ったかつての恋人菱川豊喜を見かける。生存を信じて一番後まで婚期を延ばし、後妻となっていた三千子は、異常な戦争体験をし、虚無につかれた豊喜の心に、生命の焔をかき立てようとする。が、豊喜は三千子にふりかかる危険を考え、自殺を選ぶ。三千子は「女はいろいろな糸を吐き出して自分の繭をつくっているけれども、私の繭は戦争という毒虫に食い破られてしまった」と言い「女の繭」という題を表している。この小説には、祇園祭だけでなく、貴船神社、西陣織、能衣裳など京都にまつわる日本の伝統美があでやかに描かれている。

＊都の女《みやこのおんな》　短編小説。〔初出〕「小説新潮」昭和四十年二月。〔初版〕『都の女』昭和五十年六月、集英社。◇京都の織物問屋の主人鶴菱新蔵が、ヨーロッパ旅行中に狭心症で亡くなった。新蔵の死をめぐる正妻香子と、東京で袋物屋を営む妾の町子を通して女の内面を鮮やかに描いている。終わり近く「京都の女って怖いわね」と香子を評する町子の言葉が印象に残る。

（野口裕子）

【お】

逢坂勉《おうさか・つとむ》

昭和十二年九月二十九日～（1937～）。劇作家、演出家、テレビディレクター。旧満洲チチハル（現・中国黒龍江省チチハル市）に生まれる。本名・山像信夫。昭和三十六年、同志社大学法学部卒業。同年、関西テレビに入社。「船場」「どてらい男」など花登筐作品をはじめ、「雪国」や「ぼんち」などのテレビドラマのディレクターを務める。五十三年、関西テレビを退社。五十四年、妻である女優の野川由美子とロマン舎を立ち上げ、劇作家、演出家として活躍している。

（田中裕也）

大石悦子《おおいし・えつこ》

昭和十三年四月三日～（1938～）。俳人。京都府舞鶴市に生まれる。昭和二十九年、作句開始。「鶴」に入会。和歌山大学学芸学部卒業。昭和四十二年に「鶴」に投句。

石田波郷、石塚友二に師事。五十五年度鶴俳句賞受賞。五十九年、「遊ぶ子の」により第三十回角川俳句賞受賞。六十一年十月、第一句集『群萌《ぐんみょう》―大石悦子句集』（富士見書房）を出版。「群萌」とは一切衆生の意。俳句によって日常の魂を鎮めつつ帰俗高悟世界を目指す作句姿勢が窺える。第十回俳人協会新人賞受賞。平成十六年には『聞香』『百花』に続く第四句集『耶々―大石悦子句集』（9月、富士見書房）を出版。虚実皮膜の諧謔、雅俗往還の情趣から高悟帰俗の高みへ飛翔せんとする句群にこの期の特徴がみられる。第五回俳句四季大賞受賞。十八年七月より句誌「俳句研究」（富士見書房）に「師資相承」を連載中。波郷、友二に師事してきた実体験の中から「弟子は師から何を学ぶのか」を語ったもの。「鶴」同人。俳人協会幹事。（細川正義）

大浦蟻王 おおうら・ぎおう

明治三十三年三月二十二日～昭和三十年九月十九日（1900～1955）。俳人。京都に生まれる。本名・義雄。神戸高等商業学校卒業後、野村證券京都支店長等を歴任。大正九年より田中王城に師事し、原石鼎に私淑する。「京鹿子」同人となり、昭和期に入り「ホトトギス」同人。句集に『鴨川』（昭和31年8月、大浦つる）がある。〈羽子をつく娘に坂ゆるく粟田口〉〈雨装ふ鉾の行手の東山〉（青木亮人）

大岡昇平 おおおか・しょうへい

明治四十二年三月六日～昭和六十三年十二月二十五日（1909～1988）。小説家、評論家、フランス文学者。東京市牛込区新小川町（現・新宿区）に生まれる。三歳より大学入学まで豊多摩郡渋谷（現・渋谷区）に住む。「昇平」は父貞三郎の母方の従妹の夫で、当時内務省書記官だった土岐嘉平の一字をもらって命名された。成城高等学校を経て昭和四年四月、京都帝国大学文学部西洋文学第三講座専攻（仏蘭西語仏蘭西文学）入学。太宰施門助教授（主任）、落合太郎助教授に学ぶ。大岡が最も長く京都にあったのは、四年から七年にかけてのこの京都帝大在学時代であり、小説「青春」はこの学生時代に取材したものである。四年三月の上洛に際し、東京で中原中也と長谷川泰子らの見送りを受けた大岡と、富永太郎の弟で成城高校からの同窓の次郎（美学専攻）は、京都では、まず当時京都市長になっていた土岐嘉平の市長官舎に宿泊。市長秘書の紹介で左京区岡崎東福ノ川町（黒谷前）の素人下宿「金王」に富永と共に下宿（他に成城からは、北白川に友人と新たに居を構えた経済専攻の加藤英倫らがいた）。一ヵ月後、単身、上京区塔ノ段今出川上るに転居。以降、左京区銀閣寺付近、左京区浄土寺西田町、南田町、左京区岡崎東福ノ川など頻繁に転居。四年四月一日、中原中也、河上徹太郎、富永次郎らと同人誌「白痴群」創刊。富永と三条河原町付近の本屋「そろばん屋」、京大、同志社大付近の本屋に配り歩く。しばしば上京したため、京都と東京と半分ずつの生活を送る。京都には中原中也と長谷川泰子が訪れたりした。京都では「裁かるゝジャンヌ」（監督・カール・ドライエル、主演・ファル・コネッティ）などを観たり、正宗ホール（新京極）などで三好達治とともにすごしたりする。五年、母つる看病のため東京に戻るも、母は四月十七日死去（46歳）。「横光先生の初期作品」（昭和56年10月）に拠れば、同年十一月より「大阪毎日新聞」夕刊に連載された横光利一「寝園」を京都で連日、立ち売りを酒場に持ち込んで読み、冒頭からの霧の描写に印象を受けたという。六年春、父上洛、大谷本廟（東山区五条橋東六丁目）に母の分骨を納める。七年一月十六日、卒業論文「アンドレ・ヂィド 純粋小説の問題」を提出。審査教官は前出の太宰、落合他。日本語で六百字詰原稿用紙十六枚、五日前後で執筆したもの。同年二月頃、都ホテル前のバー・アリゾナで矢田津世子を知る。また、アリゾナで店番中、フランスより帰国途中に店に立ち寄った林芙美子に会う（大岡、聴き手・池田純溢「インタビュー 京都時代と、その前後」、「早稲田文学」昭和58年2月に拠る、林年譜の「六月帰国」を否定）。三月、京都帝国大学卒業。京都に来た坂口安吾に加藤英倫を紹介、文学部言語学講座に編入（6月退学）。三月下旬、帰京。十二年八月十日、父貞三郎死去（62歳）。家督を相続、家産を整理し、十三年、神戸の帝国酸素株式会社勤務、のち十八年、川崎重工業勤務を経て、十九年六月、臨時召集、一兵卒としてフィリピンに赴き、暗号手としてミンドロ島勤務。二十年一月、米軍襲撃を受け、昏倒中を米兵に発見され俘虜となる。二十年十二月帰還、兵庫県明石の家族の疎開先で二十三年の上京まで疎開生活を送る。二十三年二月、のちの合本『俘虜記』（「文学界」「人間」他、昭和23年2月～昭和26年1月。刊行は昭和27年12月、創元社）の第一章となる「俘虜記」（改題「捉まるまで」）を「文学界」に発表。以後、『武蔵野夫人』（「群像」昭和25年1月～7月、9月。刊行は昭和25年11月、講談社）、『野火』（「文体」昭和23年12月、24年7月、「展望」昭和26年1月～8月。刊行は昭和27年2月、創元社）などで戦後文学者としての地歩を固める。中村稔が「創元社版全集編集のころ」（「中原中也研究」平成8年3月）でも言うように、この間、二十六年の主に二月頃、京都清水坂付近に滞在。以後、『酸素』（「文学界」昭和27年1月～28年7月。昭和28年5月は休載。刊行は昭和30年7月、新潮社）、『レイテ戦記』（「中央公論」昭和42年1月～昭和44年7月。刊行は昭和46年9月、中央公論社）、『堺港攘夷始末』（「中央公論文芸特集」昭和59年10月～昭和63年12月、未完。刊行は平成元年12月、中央公論社）などの小説のほか、『常識的文学論』、中原中也論や富永太郎伝、漱石鷗外論など、また『恋愛論』『パルムの僧院』といったスタンダールの翻訳や評論など、幅広く活躍した。

＊青春《せいしゅん》　小説。〔初出〕「作品」昭和九年五月～七月。〔初版〕『大岡昇平全集』第一巻、昭和四十八年十月、中央公論社。◇「昭和×年度S七年制高等学校の卒業生は過半京都帝大へ入学した」ではじまる、大岡の京都帝大時代に取材した青年群像小説。京都を散歩し「四条の盛り場」で遊ぶ大学生たち。「株式仲買人の息子、二十一歳」の岸本信雄という大岡を髣髴とさせる主人公を軸にしつつ「作者」を観察者として登場させ、ジード風の小説作法がうかがえる意欲作だが、主人公たちが西陣の織屋の、植物園近く鴨川に臨んだ自宅での舞踏会に出席。画家、経済学者、映画監督、美術商、千枚漬屋と、「社交界」の人々が集合したところで中絶、未完。

＊京都における二詩人―中原中也と富永太郎―《きょうとにおけるにしじん―なかはらちゅうやととみながたろう―》　評論。〔初出〕「風雪」昭和二十三年八月。〔初版〕『詩と小説の間』昭和二十七年七月、創元社。◇大正十三年、京都の「駅前にビルディングがなく、（略）古い消費都市の寂寥の裡」に若き日を育み「倦怠」を「成熟」させた、遊学中の富永太郎と立命館中学在学中の中原中也とをその交友のなかに点綴したもので、短文ながら、古都での交友と詩想の生成という観点は示唆に富む。この評論のための調査も含め大岡は復員後の昭和二十二

年十一月五日～七日、京都時代の富永、中原の下宿先を見て廻っている。

＊酸素《さんそ》　長編小説。〔初出〕「文学界」昭和二十七年一月～二十八年七月。〔初版〕『酸素』昭和三十年七月、新潮社。◇作品の主な舞台は昭和十五年の阪神間で、京都は祇園がわずかに出てくる程度だが、在関西のN大学卒業生の東京人を中心とした親睦会「ミモザの会」メンバーのうち、唯一、京都出身者が画家の藤井雅子である。雅子は、予定されながら書かれなかった第二部「創作ノート」をみるまでもなく、本作末尾で、京都のことばを用いて、排他的な「ミモザの会」のメンバーを痛烈に非難しつつ海軍中尉に接近しており、関西の東京人社会の「崩壊」を予兆させて鍵となる人物であることを示している。なおこの場面は深い霧が立ち込めており、大岡が京都で読んだ横光利一「寝園」冒頭を髣髴させる。

＊黒髪《くろかみ》　短編小説。〔初出〕「小説新潮」昭和三十六年十月。〔初版〕『逆杉』昭和三十七年一月、新潮社。◇初出誌末尾に「一九四八年四月稿　一九六一年八月加筆」とある。主人公久子は十八歳の時に、下京の小旅館経営者の叔母を頼って山陰の家を出、さらに叔母の家も出る。以後京都で日本画家の家に住み込んだり、京都大学に講座を持つ学者と関わって結局別れたりして、戦後の現在は闇屋の村井に養われて南禅寺裏の家に住んでいる。黒髪を梳いていると語る女性が書簡引用の形式で記され、同じく京都が舞台の「青春」を思わせる。久子の数々の遍歴が記されており、自殺未遂経験もある久子は、やがて村井とも別れ、惹かれていた疏水の水に促されて歩き、山門に入り、尼僧として生きようとする。同時期の代表作で女主人公が遍歴ののち自殺する『花影』が、難渋の末に三十六年五月刊行（中央公論社）されたことを鑑みるとき、本作の重要性はいっそう増すといえよう。

＊天誅組《てんちゅうぐみ》　長編小説。〔初出〕「産経新聞」昭和三十八年十一月十八日～三十九年九月二十五日。〔初版〕『天誅組』昭和四十九年五月、講談社。◇自らのフィリピン山中敗走から、同じく敗走する維新の志士に「同情と共感」をもって執筆した（「天誅組―作者のことば」、「産経新聞」昭和38年11月13日）という作品。「儲け」なき無償の行為に同情を寄せている。『俘虜記』やのちの『レイテ戦記』にみる、史実に基づいた多面性を重視する小説作法を顧慮しつつも、天誅組総裁吉村虎太郎に「わが主人公」と愛着を示しつつ焦点化し、しかし「英雄化しようとはしな」い姿勢で挙兵までを描く。「木屋町三条」の章には同地に下宿していた武市半平太と同宿している様子が描かれているが、他章にも土佐藩邸や志士の住居の集まる高瀬川沿い付近の幕末維新期における緊迫した京の様子などが描かれている。なお京が登場する歴史ものには、他に敗死後に首が京に送られた平将門の「将門記」（「展望」昭和40年1月）もあるが、幕末の京を舞台にした作品は、『天誅組』初出とほぼ同時期に集中している。すなわち京都木屋町二条下るで暗殺された島田左近などを記す「天誅」（「小説新潮」昭和38年10月）、朔平門外猿ヶ辻（内裏東北隅）で暗殺された少壮過激派の公卿を描く「姉小路暗殺」（「小説現代」昭和40年1月）、河原町蛸薬師の醬油屋二階で殺された土佐の海援隊長を記した「竜馬殺し」（「小説現代」昭和41年2月）などである。いずれも『天誅組』生成の中で醸成された作品であると考えられる。

（花﨑育代）

大釜菰堂《おおがま・こどう》

明治九年九月二十三日～昭和三十四年三月二十三日（1876～1959）。俳人。京都に生

まれる。本名・弥三郎。神職として京都の貴船神社、大原野神社、伊勢の北畠神社に奉仕。正岡子規に入門、京都における日本派の長老として知られた。同派第二句集『新俳句』（上原三川・直野碧玲瓏編、正岡子規閲、明治31年3月、民友社）に〈茶を飲んで山を見て居る日永かな〉などが入集。明治三十三年四月、中川四明らと俳句誌「種ふくべ」を創刊、正岡子規「俳句上の京と江戸」を掲載。のち「懸葵」（明治37年2月～昭和26年7月）と合流、その同人となる。竹田黙雷述『禅機』（明治41年3月、上宮教会出版部井冽堂）を編集、その中に「参禅余禄」を収録するなど、禅にも造詣が深い。ほかに都路華香『華香句集』（昭和9年9月、中野芸術院）を編集。〈冬の蜂押へつ仏思ふかな〉　（須田千里）

大倉崇裕　おおくら・たかひろ

昭和四十三年十一月六日～（1968～）。小説家、翻訳家。京都府に生まれる。学習院大学法学部を卒業後、出版社に勤務。平成九年、「三人目の幽霊」（『三人目の幽霊』平成13年5月、東京創元社）で第四回創元推理短編賞佳作を受賞。十年、「ツール＆ストール」（『ツール＆ストール』平成14年8月、双葉社）で第二十回小説推理新人賞を受賞後、筆名円谷夏樹を大倉崇裕と改める。「新・刑事コロンボ」シリーズの『殺しの序曲／The Bye-Bye High I.Q. Murder Case』（平成12年3月、二見書房）ほかを翻訳。怪獣や特撮物、フィギュアを素材とした『無法地帯』（平成15年12月、双葉社）や、山岳や落語を題材とするミステリー『オチケン!』（平成19年9月、理論社）など。　（中田睦美）

大鹿卓　おおしか・たく

明治三十一年八月二十五日～昭和三十四年二月一日（1898～1959）。詩人、小説家。愛知県海東郡津島町（現・津島市）に生まれる。詩人金子光晴の実弟。大正十年、秋田鉱山専門学校卒業、京都帝国大学経済学部入学、同年中退。詩集『兵隊』（大正15年8月、文芸社）刊行。昭和十年二月、短編小説「野蛮人」を「中央公論」に発表。『渡良瀬川』（昭和16年4月、中央公論社）で第五回新潮賞受賞。『谷中村事件』（昭和32年9月、講談社）刊行。　（中尾　務）

大島花王　おおしま・かおう

明治二十三年七月二日～昭和三十六年一月九日（1890～1961）。川柳作家。京都府北桑田郡に生まれる。本名・祐恵。別号・花水。庵号・紅蓮塔。大阪の浜寺小学校に勤務していた。また、終戦前後の一時期は京都市油小路三条下ル東で、ぜんざい屋を営み繁昌していたようで、衣料配給の仕入れのために京都に来た番傘の同人に銀シャリのライスカレーをご馳走したという。明治四十四年三月、渓花坊の「みづ鳥」に入り紅蓮坊と称していたが、のち花王と改め京都川柳社の「ぎおん」に加入。大正九年頃には番傘川柳社京都支部に入り、「番傘」に多数作品を発表した。　（西川貴子）

大島渚　おおしま・なぎさ

昭和七年三月三十一日～平成二十五年一月十五日（1932～2013）。映画監督。京都市左京区吉田本町の京都大学病院に生まれる。幼少時に父の転任によって瀬戸内海の各所を移る。六歳で父を亡くし、京都市下京区梅小路日影町の母の実家に移る。京都大学法学部卒業後、松竹大船に入社。昭和三十四年、「愛と希望の街」で監督デビュー。五十一年、「愛のコリーダ」で国際的な評価を得る。他に「愛の亡霊」（昭和53年、カンヌ国際映画祭監督賞受賞）、「戦場のメリークリスマス」（昭和58年）など。脚本やエッセイ等を収録した『大島渚著作集』全四巻（平成20年10月～21年3月、現代思想社）が刊行され、三島由紀夫ら同時代の文学者に関する文章もいくつか収録されている。（西山康一）

大田垣蓮月　おおたがき・れんげつ

寛政三年一月八日～明治八年十二月十日（1791～1875）。歌人、陶芸家、浄土宗僧。伊賀上野藩士藤堂金七郎の娘に生まれ、生後すぐ知恩院寺侍大田垣光古《てるひさ》の養女となる。本名・誠《のぶ》。八、九歳の頃、亀岡城に出仕し、茶の湯・生花・裁縫・薙刀・剣術・歌舞・鎖鎌など七芸に秀でる。最初の婿は養家から離縁され、再養子の夫彦根藩士古川重二郎も四年後に亡くなり、両者との子らすべてとも死別。文政六年（1823）三十三歳で出家し、蓮月（蓮月尼）となる。和歌を六《む》人部《とべ》是香《よしか》、千種有功《ありこと》に、国学を上田秋成に学ぶ。また、香川景樹の指導を受けたという。税所敦子と桂園派の双璧と並び称され、与謝野礼厳、梁川星巌、梅田雲浜らの他、勤皇の志士とも交わる。京都岡崎で粟田焼を焼き、自詠歌を釘で彫って生活の資とした蓮月焼は今に珍重される。転宅を重ね、「屋越の蓮月」の異名をとるが、晩年は西賀茂の神光院境内の草庵で暮らし、歌碑が残る。〈やどかさぬ人のつらさをなさけにておぼろ月夜の花の下ふし〉。辞世〈願はくはのちの蓮の花の上にくもらぬ月をみるよしもがな〉。墓所は舟形送り火で知られる京都市北区西賀茂の西方寺。大田垣蓮月・高畠式部共著『二女和歌集』（明治元年12月、題簽、扉は「蓮月式部二女和歌集」、綿屋三郎兵衛他）。『蓮月歌集』（明治30年8月、雲根堂）。村上素道編纂『蓮月尼全集』（昭和2年2月、京都・蓮月尼全集頒布会。なお、増補復刻版が、昭和55年11月、思文閣出版より刊行）。（石上　敏）

太田久佐太郎　おおた・くさたろう

明治二十四年（月日未詳）～昭和三十年七月一日（1891～1955）。冠句作者。神戸市に、神戸市法曹界の先駆者太田保太郎の長男として生まれる。本名・稠夫《しげお》。早稲田大学英文科卒業。文丘草太郎の名で、小説・戯曲・評論を発表。大正期に冠句に関わり、句誌「吾楽」を発刊、昭和二年に冠句の研究誌「文芸塔」を創刊、冠句の復興と改革、研究に力を尽くす。その成果は、『現代冠句大観』（久佐太郎編、昭和4年、素人社《シロウトシャ》書屋《ショオク》）、『正風冠句新講』（昭和11年4月、交蘭社）、『堀内雲鼓研究』（昭和28年6月、文芸塔社）、『近代冠句講話』（昭和29年6月、文芸塔社）に結実する。冠句界では、「冠句中興の祖」と呼ばれ、俳壇の正岡子規と並び称されている。京都とのかかわりは、戦後、左京区鹿ヶ谷に居をかまえてからである。円山公園の瓢箪池を東へ登った場所に次の句碑がある。〈忘れ傘また来る謎の春の酔〉（稲賀七代）

大田倭子　おおた・しずこ

昭和四年八月三十日～（1929～）。詩人、小説家。京都市に、津田傳之助の長女として生まれる。京都府立第二高等女学校（現・府立朱雀高等学校）卒業。昭和五十三年、第二十二回川崎文学賞受賞（神奈川健民新聞社）、平成六年には「東寺の霧」（「季刊・作家」7号）で第三回小谷剛文学賞を受賞。詩集に『大田倭子詩集』（昭和58年5月、芸風書院）、また小説には古都京都を舞台に次兄への情愛を描いた長編「小《こ》坊《ぼん》ちゃん」（平成8年8月、審美社）など。さらに合唱曲集「アジアの五つのスケッチ」（平成11年4月、音楽之友社）の作詞などがある。（三谷憲正）

大谷句仏 おおたに・くぶつ

明治八年二月二十七日～昭和十八年二月六日（1875～1943）。俳人。東本願寺二十三世法主。大谷光瑩（現如上人）の第二子として、京都市東六条に生まれる。本名・光演。明治十七年に得度。二十四年、十七歳の時に通っていた岡崎学館に清沢満之が主任として赴任。以後清沢に深く師事していくことになる。二十八年七月六日に三条実美の第四女、彰子と結婚。三十一年八月、次弟瑩亮と共に上京し、浅草別院で修学・教化につとめる。この頃雑誌「ホトトギス」を初めて読み、正岡子規の句風を志すようになる。その頃から、春坡、蕪孫の俳号から、「句をもって、仏事をなす」の義として、「句仏」の号を使い出した。子規が三十五年に亡くなった時は弔問にも訪れている。翌三十六年に高浜虚子や河東碧梧桐が京都にやってきたことを機会に交際が始まる。その時のことを虚子は随筆「東本願寺」（「ホトトギス」明治36年5月）の中で「ここで余は白状するが、私に新法主対面の場を脳裏に描いた時其左右には四五人の従者が並みゐて、新法主は若殿然と其中央に正座して、言葉少なに儀式的挨拶が二三あつて、すぐ幕が下りる位かとも想像して、さうして何となく不愉快を感じたこともあつた。よし其迄で無くとも多少厳格であらうと思ってゐたのだが、今墨の衣の一貧衲とも見える人が、私が大谷光演でと無造作に名乗るのを聴いた時には、一寸意外の感じを起こさずには居られなかつた。しかし其意外な感じは直ちに一種の快感に変じた」と述べている。三十七年二月、子規に学んだ京都在住の俳人、中川四明を中心とした俳句誌「懸葵」が廃刊寸前にいたったため、粟津水棹を編纂にあたらせ、以後同誌に句作を発表するようになる。四十一年十月に父光瑩が退隠し、東本願寺二十三世法主となる。当時の東本願寺は北海道開拓や禁門の変で焼失した本堂・御影堂の再建など多額の負債を抱えており、さらには宗祖親鸞聖人の六百五十回大遠忌を控えていたことから、就任早々日本全国を廻って寄付を募らなければならなかった。そうした句仏の努力の甲斐あって、東本願寺は借財を完済し、四十四年の御遠忌も無事行うこととなる。なお明治三十四年に東京巣鴨に一度移転した真宗大学を、十年後の四十四年に京都に残していた高倉学寮と併合して、真宗大谷大学と改称し、京都に置くことを決定した（大正二年に現在地に移転開設）のも句仏が法主の時である。またこの間に河東碧梧桐が句風に「新傾向」を唱道するが、句仏もその影響を受けた句を発表するようになる。碧梧桐と句仏の関係は『句仏句集』（昭和34年4月、読売新聞社）の「序」で高浜虚子が「碧梧桐は句仏さんを屢々訪問した。そのうち両者の交遊は厚くなつて、碧梧桐は句仏さんの出資の下に、各地の俳人を訪問す可く、所謂「三千里」の旅に出掛けることになつた。さうして遂に新傾向運動を唱へるやうになつた」と回想しているようにかなり近しいものであり、虚子が言う「三千里」とは明治三十九年八月から日本全国を俳行脚したことを指すが、これに対して句仏は多額の援助をしており、その金額は「毎月留守宅三十円、旅費六十円」程度であったと言われている。しかし「新傾向」の解釈を巡って碧梧桐と袂を分かった大須賀乙字が明治四十三年三月から「懸葵」に参加したことをきっかけに、句仏も「新傾向」の句風から離れていく（ただし、弟子の沼夜濤が書いた『句仏上人』（大正6年、法蔵館）によれば、「大正二年の頃ともなれば、新傾向句はます〳〵爛熟して、余弊をさへ伴うに至つたのは是非もない」と、大正二年頃までは句仏の句に「新傾向」

ははっきりと見られるとされている）。以後、大須賀と句仏の活躍によって「懸葵」は京都俳壇の中心となっていく。三年八月から「懸葵」誌上に「我は我」を発表するようになるが、〈入仏すまぬ堂仰ぐなど秋雨に〉のように「新傾向」の句の特色である〈暗喩〉的な作法ではなく、宗教性のある清新さが特色となっていく。九年に大須賀が亡くなってから、「懸葵」は句仏が事実上の主宰となり、「近詠欄」を設けて後進の指導に当たり、名和三幹竹、岩谷山梔子、沼夜濤などと共に〈懸葵派〉育成に尽力していく。十四年九月、大谷派管長職を長男光暢（闡如上人）に譲り、光暢が東本願寺二十四世となる。一度は東本願寺の莫大な借財を返済した句仏であったが、その後朝鮮半島での鉱山事業などに出資して失敗し、再び多額の負債を作ることになる。その財政上の責任を問われての引退であり、この間、句仏は東本願寺当局と対立状態に陥り、大谷派の僧籍を一時期失うこともあった。これらの一連の出来事は〈句仏事件〉と呼ばれることもある。その後は東京に住まいを移し、創作に励む。昭和十年四月に還暦祝賀の句会を京都枳殻邸で開き、記念句集『夢の跡』（昭和10年、政経書院）を刊行。他の著作として「懸葵」掲載の句をまとめた『我は我』（昭和13年5月、書物展望社）などがある。十八年二月六日、大森区堤方町（現・東京都大田区）の仮寓にて死去。

＊句仏句集《くぶつくしゅう》　句集。〔初版〕昭和三十四年四月、読売新聞社。◇句仏の没後に、句仏の俳弟子であり仏弟子でもあった名和三幹竹が編んだ句集。句仏は生涯に二万句以上を詠んだと言われているが、本句集にはそのうち約一万四千句を編年体で収録している。〈花に暮れて嵯峨に御室の鐘を聞く〉（明治33年）

（天野勝重）

大谷繞石　おおたに・じょうせき

明治八年三月二十二日～昭和八年十一月十七日（1875～1933）。俳人。島根県松江市に生まれる。本名・正信。第三高等学校（現・京都大学）在学中に、同級の虚子や碧梧桐の影響で句作を始める。小泉八雲より学費を支給され、明治三十二年、東京帝国大学文科大学英文科卒業。洲本中学校、真宗大学（現・大谷大学）講師、第四高等学校（現・金沢大学）教授を歴任後、四十二年、文部省の命で英国に留学、帰国後広島高等学校（現・広島大学）教授に就任。大学卒業後、京都の俳句雑誌「懸葵」などにも作品を発表していた。著作に句集『落椿』（大正7年5月、俳画堂）、随筆集『北の国より』（大正11年4月、敬文館）などがある。

（天野勝重）

大谷暢順　おおたに・ちょうじゅん

昭和四年三月十九日～（1929～）。フランス文学者、仏教学者。京都市下京区烏丸七条上ル常葉町に、真宗大谷派東本願寺門主大谷光暢の次男として生まれる。東京大学文学部、同大学院仏文学専攻修了後、ソルボンヌ高等学院を卒業し、パリ第七大学文学（東洋学）博士号を取得。昭和四十九年から京都外国語大学教授として勤め、平成二年より名古屋外国語大学教授、七年に同大学名誉教授。昭和四十七年十一月、すでに仏語訳も行っていた親鸞の「歎異抄」をやさしく注解した『歎異抄私解』（学習研究社）を刊行。六十一年十二月、『聖ジャンヌ・ダルク』（河出書房新社）を著し、平成八年三月には『ジャンヌ・ダルクと蓮如』（岩波新書）で、本願寺八世である蓮如とジャンヌ・ダルクの生涯を信心の観点から比較検討している。仏語訳として『親鸞聖人集』（１９６９年、Presses universitaires de France）、安部公房『他人の顔』（１９８７年、Paris：Stock）等がある。平成八年、財団運営をめぐっての対立から真宗大谷派を離脱し、教団本願寺を設立する。（松枝　誠）

大野新　おおの・しん

昭和三年一月一日～（1928～）。詩人。旧朝鮮全羅北道群山府（現・群山市）に生まれる。本名・新《あらた》。敗戦後、滋賀県野洲郡守山町（現・守山市）に転住。昭和二十四年、京都大学法学部に入学したが、結核に罹り中退。二十九年、近江詩人会に入会。三十二年、京都の双林プリントに就職し、三十七年から同人詩誌「ノッポとチビ」を発行。内臓感覚を通して生の実感を独特の暗喩によって表現した。詩集に『大野新詩集』（昭和47年4月、永井出版企画）、第二十八回H氏賞受賞の『家』（昭和52年10月、永井出版企画）など。慧眼の批評家でもあり、京都詩壇で後進詩人の育成に尽力した。（外村　彰）

大野哲郎　おおの・てつろう

昭和十年一月二十一日～（1935～）。児童文学作家、シナリオライター。京都市に生まれる。同志社大学文学部英文科卒業。毎日新聞記者を経て、昭和五十年から文筆活動に専念。ＮＨＫの教育テレビドラマ「さわやか3組」の脚本なども手がける。作品に「ノブさん」（昭和36年、ＮＨＫ物語最優秀作品賞）、『3組ものがたり いつまでも友だち』（平成4年12月、金の星社）などがある。（天野勝重）

大庭さち子　おおば・さちこ

明治三十七年七月十日～平成九年三月十五日（1904～1997）。小説家。京都市に生まれる。本名・片桐君子。大正十四年に同志社女子専門学校（現・同志社女子大学）英文科を卒業、その後華頂高等女学校（現・華頂女子高等学校）の英語教師を昭和二年まで勤めた。退職後は家庭に入る一方で、創作に取り組み、「サンデー毎日」に掲載された「妻と戦争」（昭和14年10月）が第二十五回サンデー毎日大衆文芸賞に入賞した。その後、「花開くグライダー」（「大衆文芸」昭和16年10月）が第十四回直木賞候補作となり、「女人哀歓」（「大衆文芸」昭和17年11月）が第十六回直木賞候補作となるなどして、小説家としての地歩を固めた。戦中から戦後にかけて流行作家として活躍。『みたみわれら』（昭和18年9月、春陽堂）、『李朝悲史』（昭和50年10月、集英社）のほか、トーレス著『女の兵舎』（昭和28年10月、鱒書房）などの翻訳や、シェイクスピア、ディケンズ、小デュマなどの原作を子供向けに翻訳した名作シリーズが多数ある。（水野　洋）

大橋健三郎　おおはし・けんざぶろう

大正八年十二月十八日～（1919～）。アメリカ文学者。京都市中京区六角通高倉西入る膝屋町に生まれる。東北帝国大学卒業。京都で発足した日本ウィリアム・フォークナー協会（平成10年設立）の初代会長、のち顧問を務める。『フォークナー研究』全三巻（昭和52年7月～57年7月、南雲堂）をはじめとするアメリカ文学研究を中心に、『「頭」と「心」 日米の文学と近代』（昭和62年3月、研究社出版）に代表されるアメリカ文学と近現代日本文学との類比、また夏目漱石や中上健次らの作品の文芸批評を行っている。文学の個別性を考える上では、その土着性にも注目しており、自身の故郷京都については、『心ここに―エッセイ集』（平成10年11月、松伯社）、『わが文学放浪の記』（平成16年7月、南雲堂）において言及している。スタインベック『怒りのぶどう』全三巻（昭和36年1月～4月、岩波書店）、フォークナー「行け、モーセ」（『フォークナー全集』第十六巻、昭和48年2月、冨山房）など、作品翻訳も多数刊行。（箕野聡子）

大日向葵　おおひなた・あおい

大正十二年六月四日～（1923～）。小説家、俳人。京都市に生まれる。本名・吉田旬《おさむ》。俳号・宇秋。昭和十八年、第七高等学校（現・鹿児島大学）在学中に第一次学徒動員を受け応召。サイパン戦に参加し、米軍捕虜となる。アメリカ本土における捕虜収容所での体験を「マッコイ病院」（「新潮」昭和21年8月）にまとめ発表。その後『玉砕の島サイパンから生きて還る』（昭和48年、婦人生活社）と改題し、本名で再刊。「ゲーテル物語」（昭和28年）がサンデー毎日大衆文芸に入選。その他句集『冬の虹』（平成7年、文芸出版社）などがある。（船井春奈）

大村しげ　おおむら・しげ

大正七年十一月六日～平成十一年三月十八日（1918～1999）。随筆家。京都市祇園に生まれる。本名・重子。昭和十二年、京都女子専門学校（現・京都女子大学）国文科中退。二十五年より文筆業。『京都 水と火と』（昭和59年3月、冬樹社）、『京のおばんざい』（平成8年1月、中央公論社）など、京都の暮らしにまつわる数多くのエッセイを書いた。平成六年、脳梗塞で倒れた後も、老い、障害、福祉のあり方をテーマに、『京都・バリ島車椅子往来』（平成11年9月、中央公論新社）などを出版。没後、家財道具が国立民族学博物館に寄贈された。（中原幸子）

岡井隆　おかい・たかし

昭和三年一月五日～（1928～）。歌人、文芸評論家、医師。名古屋市昭和区御器所町に、歌人の両親のもとに生まれる。学生時代に「アララギ」入会、土屋文明に師事。昭和二十六年、近藤芳美らと「未来」創刊に参画。三十年頃から塚本邦雄、寺山修司らと前衛短歌運動を起こす。平成元年、京都精華大学教授に就任。歌集『禁忌と好色』（平成6年2月、短歌新聞社）が第十七回迢空賞（昭和58年）、歌集『親和力』（平成元年10月、砂子屋書房）が第一回斎藤茂吉短歌文学賞（平成2年）ほか多数受賞。平成八年、紫綬褒章受章。京都を詠んだ歌に〈帰り来て時差の林をさまよへば京のしぐれにぬれつつぞ行く〉（『岡井隆全歌集第Ⅳ巻 神の仕事場』、平成19年10月、思潮社）がある。（船井春奈）

岡沢康司　おかざわ・こうし

大正十一年五月三十一日～平成十八年七月十五日（1922～2006）。俳人。北海道に生まれる。北海道大学農学部卒業。昭和二十八年、アカシヤ俳句会に入会、土岐錬太郎に師事。三十七年、「無監査」同人となる。四十年、北海道庁勤務。五十一年、北海道薬剤師会勤務。五十二年七月、錬太郎病没に伴いアカシヤ俳句会主宰となる。五十三年、薬剤師会公衆衛生センター所長。五十四年八月、句集『盆の月』（アカシヤ俳句会）、平成三年八月、句集『風の音』（本阿弥書店）、十三年五月、句集『春の山』（本阿弥書店）刊行。〈風ひかり青竹嵯峨の水とほす〉（昭和51年）、化野《あだしの》にて〈目鼻なき仏千態かぎろへり〉〈金柑のゆくりなき香や渡月橋〉（昭和58年）、大原寂光院にて〈尼寺や紅葉のからむ竹箒〉（昭和58年）。平成十八年七月、急性肺炎のため没する。（渡邊ルリ）

岡田平安堂 おかだ・へいあんどう

明治十九年十月二十日～昭和三十五年八月二十八日（1886～1960）。俳人。京都市に生まれる。本名・久次郎。旧号・葵雨城。明治三十三年から筆墨硯問屋大西大盛堂に勤め、筆匠となる。四十一年、平安堂を開き、龍眠筆を販売。中村不折や河東碧梧桐に師事し、四十五年、彼等と共に六朝の書道研究会龍眠会を起こした。昭和三十一年、黄綬褒章を受章。没後、日記や俳句が『平安堂日記』（昭和39年8月、平安堂）としてまとめられた。

（久保田恭子）

岡稲里 おか・とうり

明治十二年五月十九日～大正五年十一月十四日（1879～1916）。歌人。滋賀県蒲生郡鎌掛村（現・日野町）に生まれる。本名・忠太郎。『早春』刊行後より、号を橙里と改めた。日野町の高等小学校卒業。明治二十九年、金子薫園の門下生となる。「新声」の歌欄を主として、「明星」「日本」などにも歌を投じる。主な歌集に『朝夕』（明治43年11月、短歌研究会）、『早春』（大正2年4月、東雲堂）、『橙里全集』（大正6年6月、短歌研究会）がある。〈手をつなぎ春の八坂の石段を人形のごとき娘が下る〉（『早春』「京の日」）

（稲垣裕子）

岡野弘彦 おかの・ひろひこ

大正十三年七月七日～（1924～）。歌人、国文学者。三重県一志郡（現・津市）に生まれる。折口信夫に師事し、昭和二十二年から折口が没する（昭和28年）まで同居する。「地中海」を経て「人」を創刊。釈迢空賞（昭和48年）、芸術推奨文部科学大臣賞（昭和54年）、読売文学賞および紫綬褒章（昭和63年）などを受けている。著書に『賀茂社―上賀茂神社下鴨神社』（平成16年3月、淡交社）、歌集に『海のまほろば』（昭和53年9月、牧羊社）等がある。

（杉岡歩美）

丘乃れい おかの・れい

昭和二十二年三月九日～（1947～）。シナリオライター。京都市に生まれる。同志社高等学校時代に演劇に魅せられ、結婚後に新井一《はじめ》のもとでシナリオを学ぶ。昭和六十年、児童教育映画「ははたけ明日への瞳」でデビュー。翌六十一年の「ありがとうハーナ」とともに教育映画祭優秀作品賞を受賞。各種の人権問題と正面から向き合う作品に取り組む。平成十五年、京都市より教育功労者として表彰された。脚本、監督作品多数。日本シナリオ作家協会会員。

（有田和臣）

岡部伊都子 おかべ・いつこ

大正十二年三月六日～平成二十年四月二十九日（1923～2008）。随筆家。大阪市西区立売堀北通（現・西区）に生まれる。岡部商会タイル問屋を営む父次三郎、母ヨネの三女。昭和十年、相愛高等女学校（現・相愛高等学校）本科に入学するが、結核発症のため中退。帝塚山から尼崎、高師浜療院へと移り、五年間余にわたって転地療養を続ける。十七年一月、兄博が戦死し、当時これを「名誉なことと感謝し」たことを「自由な精神を全くもたない自分」であったと後に「魂色の青い羽根」（「毎日新聞」に連載の「賀茂川のほとりで」58年12月6日）に記している。二十年三月の大阪大空襲で自宅が全焼、五月には婚約者木村邦夫が戦死。二十一年七月、藤本某と結婚。二十五年十月、「暮しの手帖」に「ねまきの夢」を投稿し、初の原稿料を得る。二十八年、離婚し神戸へ移る。朝日放送ラジオ番組台本「四百字の言葉」をまとめた『おむすびの味』（昭和31年5月、創元社）刊行。三十三年九月に神戸市東灘区本山に家を建てるが、三十九年十月には双ケ岡の見える京都市右京区鳴滝、四十二年には左京区北白川、さらに五十年に北区出雲路へと移り住む。その中で、「芸術新潮」を中心に、京都とその近辺の古寺・風物から古典などの伝統的世界にまで素材をとり、それらに細やかに思いを馳せつつ、人間・男女間の心の不可思議、移ろいやすさを伝える随想を連載した。『古都ひとり』（初出「芸術新潮」昭和37年1月～12月。38年3月、新潮社）はその原型といえるもので、「呪」「虚」「艶」といった漢字一字に託して、人間の喜怒哀楽が綴られる。そこではしばしば個人的な体験も率直に語られるが、岡部にとって重要なのは事実自体よりも、それが今なお自分の中に何を響かせてくるかであって、自らの心のありかたにその目は常に鋭く向かう。『鳴滝日記』（初出「芸術新潮」昭和41年1月～42年12月。43年4月、新潮社）では、その傾向が更に研ぎ澄まされ、急須や藍染といった愛おしむべき身の回りの品から、京都の古刹、風景、歴史上の人物にまで話題を移していく自在な視点は、自身の外と内を往還する筆者の柔軟さと言葉の確かさを語るものであろう。北白川に移り住んでからの『女人の京』（昭和45年4月、新潮社）は表題の連載（「芸術新潮」昭和43年1月～12月）と「やまとの女人」（「芸術新潮」昭和44年1月～12月）を採録したものである。次いで、『北白川日誌』（初出「芸術新潮」昭和48年1月～12月。49年7月、新潮社）などが連載された。また、『京の川』（初出「ウーマン」昭和50年7月～51年6月。昭和51年7月、講談社）は木村恵一によるモノクロ写真が付せられた案内記的な随筆で、岡部の京都に対する愛着が窺える。歴史に対する知的関心もそれ自体を目的としてはおらず、現在への思いを語るための契機として出てくる。以下、このシリーズは「京の里」（昭和51年7月～52年6月）、「京の山」（昭和52年7月～53年6月）と続いた。『京の地蔵紳士録』（昭和59年3月、淡交社）は、京都市内に散在する地蔵を探訪したユニークな一冊である。昭和五十七年九月から六十三年十二月までの長期にわたり、「毎日新聞」に「賀茂川のほとりで」が週一回連載されたが（昭和60年2月～平成2年5月。毎日新聞社より刊行）、ここでは表題とは裏腹に、その視点はもはや京都を離れている。平成八年四月から八月にわたって、落合恵子・佐高信編集による『岡部伊都子集』全五巻（岩波書店）が刊行された。その後も各誌に掲載されたエッセイは『京色のなかで』（平成13年3月、藤原書店）、『賀茂川日記』（初出「家庭画報」平成12年2月～12月。平成14年1月、藤原書店）などにまとめられた。さらに平成十七年一月から四月にかけて、旧刊が『岡部伊都子作品選 美と巡礼』（藤原書店）と題して全五巻で復刊される。『遺言のつもりで』（平成17年1月、藤原書店）はタイトルどおり、社会への痛切な警告を未来へと託すべく語り下ろされたものであった。確かに、岡部は一貫して安保条約や沖縄基地問題、金大中事件、ハンセン病、原発、部落問題、その他諸々の国家的無策への心痛を率直に訴え続けてきたが、こうしたメッセージ性の強さだけを前後の文脈から切り離し、単に反権力の随筆家とばかり見なすことは、恐らく適切ではない。たやすく〈加害〉の側に転じてしまう人間の本質的な弱さ、無自覚を痛感し、それを意識し続けるありかたはむしろ、保守・革新を問わずあらゆる政治的立場に共通の排他的発想を相対化する視座を確保している。同時代の社会的規模の問題に限定することなく、より本質的な人間の姿をとらえようとするからこそ、古来綿々と継承されてきた物語や事物へと思考は跳躍し、同時代への思いを訴えることも可能になったのであろう。即ち、岡部にとっての京都とは、手垢のついた京都イメージとは全く別次元の価値を持つもので、その繊細にして率直な思考を育むべく現在と過去を結び合わせ、人間の向かうべき普遍的な指針をかいま見せるための場所として意味を持ちえたと言える。平成二十年四月二十九日、肝臓ガンによる呼吸不全で死去。五月三十一日に京都で行われた偲ぶ会には、約六百人が集まった。（木村小夜）

岡本綺堂 おかもと・きどう

明治五年十月十五日（新暦十一月十五日）～昭和十四年三月一日（1872～1939）。劇作家、小説家。東京芝高輪（現・東京都港区）に生まれる。本名・敬二。父敬之助は百二十石取りの元徳川家御家人で、維新後は英国公使館に勤務した。明治二十二年、東京府立第一中学校（現・都立日比谷高等学校）を卒業するが、家運が傾き進学を断念する。翌二十三年、東京日日新聞社に入社、編集校正の傍ら狂綺堂などの号で劇評も執筆する。二十九年、処女戯曲「紫宸殿」（「歌舞伎新報」明治29年8月）を発表。以降戯曲を中心に執筆を続け、『維新前後』（明治41年9月、古今堂書店）、「修禅寺物語」（「文芸倶楽部」明治44年1月）などによって歌舞伎界を代表する劇作家となる。明治三十五年一月の「黄金鯱噂高浪」（歌舞伎座上演台本、岡鬼太郎との合作）が自作上演の最初。東京新聞社、東京毎日新聞社など、新聞各社を転々とし、大正二年やまと新聞社退社。その後は翻訳ものや探偵もの、長編小説も増え始める。六年、江戸のシャーロック・ホームズを目指した日本で最初の捕物帳「半七捕物帳」シリーズの第一編「お文の魂」（「文芸倶楽部」大正6年1月）を発表する。このシリーズは最終作「二人女房」（「講談倶楽部」昭和12年2月）まで、およそ二十年にわたって、全六十九編が書き継がれた。歌舞伎脚本も人気を保ち続け、大正十三年に春陽堂から刊行され始めた『綺堂戯曲集』は昭和五年まで続き、十四巻に達した。十二年には劇界を代表して第一回帝国芸術院会員となる。京都が舞台となる作品としては、九尾の狐が安倍晴明の子孫泰親と戦う長編伝奇小説「玉藻前」（「婦人公論」大正6年11月～7年9月）などがある。（奈良﨑英穂）

岡本大夢 おかもと・たいむ

明治十年二月十七日～昭和三十八年七月二十二日（1877～1963）。歌人。京都府に生まれる。本名・経厚。別号に大無。明治三十六年、明治法律学校（現・明治大学）卒業。歌は父に桂園派を学び、正岡子規に傾倒して上京、根岸短歌会に参加。歌誌「馬酔木」「アカネ」を経て、大正十三年以降「あけび」に参加。一時「黒百合」を主宰。古風だが人生味のある歌風を提示。歌集に『深淵の魚』（昭和13年7月、あけび発行）、『断虹』（昭和23年、丁字屋書店）などがある。（池川敬司）

岡本好古 おかもと・よしふる

昭和六年十一月三日～（1931～）。小説家。京都市下京区四条小橋上ル西入真町に生まれる。同志社大学中退。米駐留軍勤め、塾経営など職を転々とした。昭和四十六年、「空母プロメテウス」で小説現代新人賞を受賞。以後、歴史小説・戦記小説などを執筆。著書に『革命卿―ピサロの生涯―』（昭和57年12月、集英社）、訳書に『一兵士の戦い―第二次大戦の記録―』（ジェームズ・ジョーンズ著、昭和51年12月、集英社）等多数ある。（浦西和彦）

小川煙村《おがわ・えんそん》

明治十年九月二十五日～没年月日未詳（1877～?）。小説家、戯曲家。京都市に生まれる。本名・本田多一郎。ギリシア教会で語学を学んだ。やまと新聞記者。「人間物語」（「新小説」明治34年11月）に続いて「死の女神」（「新小説」明治35年6月）を発表し、作家として登場する。脚本には、ユーゴーの『九十三年』を翻案した『王党民党』（明治37年2月、新声社）、「旅順」（「太陽」明治37年9月）などがある。京都祇園の勤王芸者である中西君尾と幕末の志士たちの艶聞という形式で、幕末裏面史を描いた史伝小説『勤王芸者』（明治43年6月、日高有倫堂。平成8年2月、マツノ書店から限定復刻）、幕末にあって、さまざまな方面で勤皇に尽くした十二人の女性を、勤皇運動、義烈、内助の三編に分けて描いた『勤皇烈女』（昭和18年7月、良国民社。平成10年1月、『幕末裏面史〈勤皇烈女伝〉』と改題して、新人物往来社から復刻）がある。（宮薗美佳）

小川顕太《おがわ・けんた》

昭和四十三年八月十六日～（1968～）。小説家。京都府に生まれる。別に園川銀灰色。大阪芸術大学映像学科在学中に、大阪を舞台に、ホルモン抑制剤を打っている西方蓮という少女の「僕」と、暴走族の頭（ヘッド）である桜（チェリー）が回線衛星に侵入し警備システムの混乱に乗じて天王寺の銀行支店を襲う「プラスチック高速桜（スピードチェリー）」で、第五十五回小説現代新人賞を受賞（「小説現代」平成2年11月に掲載）。（三谷憲正）

小川千甕《おがわ・せんよう》

明治十五年十月三日～昭和四十六年二月八日（1882～1971）。画家。京都市に生まれる。本名・多三郎。兄は小説家の小川煙村。高等小学校中退後、仏画師の徒弟をしながら浅井忠に洋画を学ぶ。その後、京都市立陶磁器試験場技手を経て、明治四十三年に上京、「ホトトギス」に挿絵を描く。大正二年に渡欧、帰国した翌三年に二科展で入選。後に南画を描いた。島木赤彦の教えを受け、「アララギ」に短歌を発表したこともある。（岡﨑昌宏）

小川隆太郎《おがわ・りゅうたろう》

明治四十三年（月日未詳）～（1910～）。詩人、児童文学研究家。京都府宮津市宮本に生まれる。大阪池田師範学校（現・大阪教育大学）卒業。府下の小学校に勤務し、生活綴方教育運動に尽力する。昭和三年から「赤い鳥」に童謡を投稿、「胡麻畠」はじめ入選作多数。第二次「新児童文学」同人として活躍する。小学校退職後、大阪文学学校で児童文学講座を担当。主著に『世界の昔話』（昭和29年、保育社）、『日本の昔話』（昭和29年、保育社）がある。（荻原桂子）

荻野由紀子《おぎの・ゆきこ》

昭和二年六月二十四日～（1927～）。歌人。京都府に生まれる。第一歌集『ルオーの部屋』（昭和51年7月、茱萸叢書）以後、『回転木馬』（昭和55年5月、沖積舎）、『ハナミズキの町』（平成3年11月、ながらみ書房）、『遅い夕日』（平成10年8月、ながらみ書房）、『赤い南京錠』（平成18年3月、砂子屋書房）を刊行。隔月刊「五〇番地」に平成六年の創刊時から参加。京都を詠んだ歌に〈紅茶がお好きな先生でした河原町三条みじかき会話に〉がある。（菅　紀子）

荻世いをら《おぎよ・いおら》

昭和五十八年（月日未詳）～（1983～）。

小説家。京都府長岡京市に生まれる。本名・平田啓介。平成十四年、早稲田大学第二文学部入学。十八年、「公園」（「文芸」平成18年10月）で第四十三回文芸賞受賞。他には「さようなら風景よ、サヨナラ」（「文芸」平成19年10月）や「不時着」（「群像」平成20年4月）などの作がある。また十八年七月、本名で映画「盲《めしい》の夢」をぴあフィルムフェスティバルに出品し、入選している。

（田中裕也）

荻原井泉水　おぎわら・せいせんすい

明治十七年六月十六日〜昭和五十一年五月二十日（1884〜1976）。俳人。東京市芝区神明町（現・港区）に生まれる。本名・藤吉。旧号・愛桜、愛桜子、晩年には随翁とも。俳句は中学校時代から穂積永機の『俳諧自在』を手引きに作句。明治三十四年、第一高等学校（現・東京大学）入学。三十六年、柴浅茅らと一高俳句会を興す。四十一年、東京帝国大学文科大学言語学科卒業。同大学院進学。当時の俳句界は新傾向運動が勃興し始めた頃で、大学時代から新傾向俳句を多作していた井泉水は、俳句革新の旗手になるべく、四十四年、河東碧梧桐と新傾向俳句機関紙「層雲」を創刊。俳句だけではなく、西欧文学の紹介をすることで、これからの俳句に応用させようとした。井泉水は、創刊号から「俳壇最近の傾向を論ず」を連載し、新傾向俳句の本質や形態を追求。大正二年には、季題趣味は俳句を真の詩から遠ざけるものとして季題無用論を提唱（「層雲」大正2年2月）。さらに句に「光と力」が必要であるとし、印象的な象徴をめざす自由律俳句を標榜。また、同誌連載中の「昇る日を待つ間」（大正2年1月〜4年3月）で新傾向俳句を批判。四年、碧梧桐派が同誌を離れ、以後井泉水が「層雲」を主宰、自由律俳句を進めていく。ここから野村朱鱗洞・秋山秋紅蓼・尾崎放哉・種田山頭火ら逸材を輩出した。実生活では、関東大震災前後に妻子と祖母を失い、京都へ移る。京都での暮らしは、友人である陶芸家内島北朗に支えられていた。十三年から十四年にかけて東福寺の塔頭天得院の一室を仮寓とする。この部屋は庭に面した六畳間で、庭にある石と対話する暮らしをしていた。十三年八月、井泉水は高野山に登り親王院で夏籠をする。その中で詠まれた俳句〈石のしたしさよしぐれけり〉（「層雲」第六句集『刧火の後』昭和2年6月、層雲社）は、天得院での暮らしが素地になっているという説を持つ。その後京都市今熊野剣宮町に家を持ち「橋畔亭」と名づけ、昭和三年に鎌倉へ移るまで住む。ここには、「層雲」の尾崎放哉や種田山頭火が訪ねてきた。放哉が小豆島の南郷庵へ行く手配をした。この頃から旅に多く出るようになる。その後、西欧風理想主義の思潮を受けていた井泉水は、旅や鎌倉円通寺などでの禅修行を通して東洋的な心境主義に変化していくこととなった。井泉水の著作は、翻訳『ゲーテ言行録』（明治43年7月、政教社）、句集『自然の扉』（大正3年8月、東雲堂書店）、『生命の木』（大正7年12月、層雲社）など、「層雲」創刊当時から関東大震災までの層雲史を綴った『此の道六十年』（昭和53年5月、春陽堂書店）ほか、およそ三百冊に及ぶ。

（船井春奈）

奥田百虎　おくだ・びゃっこ

大正五年十月三日〜平成元年一月十七日（1916〜1989）。川柳作家。京都市東山に生まれる。本名・裕。昭和七年、大阪工業大学在学中から作句をはじめ、岸本水府を中心に発足した「番傘」に投句する。のち、水府の直弟子として「番傘」の本格川柳を推進した。二十四年、うめだ番傘川柳会を起こして会長となる。その後、番傘川柳本社の「番傘」編集長を経験したあと、没年まで幹事長を務めた。『川柳歳時記』（昭和58年6月、創元社）は季語別に約三万句を用いて編まれた労作である。掲載句数は七七九一句。ほかに『句集・五風十雨』（昭和48年、発行月・出版社未詳）などがある。
（島村健司）

小郷穆子 おごう・しずこ

大正十五年三月二十五日〜平成十五年七月三十一日（1926〜2003）。小説家。京都市に生まれ、大分県に育つ。日本大学国文科卒業。別府の児童養護施設「栄光園」職員（のち園長）としての職務を全うする一方、九州を地盤に旺盛な創作活動を展開した。昭和四十九年、「遠い日の墓標」で第四回九州沖縄芸術祭文学賞を受賞。五十八年、「ガラスの階段」で第十五回九州文学賞受賞。平成八年、『敵主力見ユ―小説帆足正音』（平成4年8月、大分合同新聞社）で第七回龍谷特別賞を受賞した。（田村修一）

尾崎紅葉 おざき・こうよう

慶応三年十二月十六日（新暦明治元年一月十日）〜明治三十六年十月三十日（1868〜1903）。小説家。江戸芝仲門前町（現・港区芝大門）に生まれる。本名・徳太郎。明治十六年、大学予備門（のちの第一高等学校）に入学。二十三年、東京帝国大学文科大学和文科中退。十八年二月、山田美妙、石橋思案らと硯友社を結成、同年五月、筆写回覧本形式の機関誌「我楽多文庫」を創刊。同誌はのちに活版公売本となり、硯友社同人の文壇進出に貢献した。二十二年四月、「新著百種」シリーズの第一号として吉岡書籍店より『二人比丘尼色懺悔』を刊行、これが出世作となる。同年、大学在学中に読売新聞社に入社。三十五年、病気で退社するまで同紙に「金色夜叉」（明治30年1月1日〜35年5月11日、断続的に連載）はじめ多くの小説を発表した。二十六年四月の関西旅行の様子を「旅の記」（「読売新聞」明治26年5月2日〜8日）として発表、京都では祇園で牡丹を観賞した。同年十月には上京区柳馬場の巌谷小波宅に滞在し、琵琶湖方面へも出かけ俳諧を楽しむ。また三十四年暮れから年明けにかけての京阪旅行では、祇園で新年を迎えた。（杲　由美）

尾崎放哉 おざき・ほうさい

明治十八年一月二十日〜大正十五年四月七日（1885〜1926）。俳人。鳥取県邑美郡吉方町（現・鳥取市立川町）に生まれる。本名・秀雄。中学生の頃から俳句や短歌を作り始め、明治三十五年、第一高等学校（現・東京大学）文科に入学してからは、一級上の荻原愛桜（のちの井泉水）らが会員である一高俳句会に入会する。東京帝国大学法科大学政治学科在籍時は、芳哉の号で「日本」や「国民俳壇」に投句、「ホトトギス」（明治41年3月）他には放哉の号が見えるようになる。大学卒業後、結婚、東洋生命保険会社東京本社に入社。その後大阪支店次長になるが退社。朝鮮火災海上保険会社の創立とともに支配人として朝鮮へ赴任するも、禁酒の誓約を守れず退社させられる。満洲へ起業しに行ったが、肋膜炎を患い帰国、離婚。大正十二年十一月、西田天香が創始し当時京都市鹿ケ谷にあった一燈園に入り、懺悔・無所有奉仕の共同生活を始める。十三年、一燈園を出て同市内にある知恩院の塔頭常称院の寺男となるが、ここでも酒の失敗が原因で寺を出る。その後、兵庫県にある須磨寺大師堂の堂守になるが内紛が起きたため、一時期先の一燈園へ戻る。次に福井県小浜の名刹常高寺の寺男となるも同寺が破産し、今度は今は無き京都市八条坊門町の内三哲通北側の龍岸寺に寺男として赴く。同寺は、先に身を寄せていた知恩院に属す。だが、肉体労働に挫折し、当時京都市今熊野剣宮町に住んでいた荻原井泉水の橋畔亭に身を寄せる。井泉水の紹介によって、小豆島土庄町の王子山蓮華院西光寺奥ノ院南郷庵に庵主として赴く。同庵は放哉の終の栖となった。放哉の作品は小豆島でのものが最もよく知られており、井泉水主催の自由律俳句誌「層雲」へ「入庵雑記」を連載。放哉の著書は、没後、井泉水によって『放哉俳句集 大空』（大正15年6月、春秋社）他が出版された。この書の中には、京都で詠まれた句も入集されている。

（船井春奈）

小崎政房　おざき・まさふさ

明治四十一年四月二十七日〜昭和五十七年六月二十二日（1908〜1982）。脚本家、演出家、俳優、映画監督。京都市上京区に生まれる。大正十三年、帝国キネマに俳優として入社、以後マキノプロ、松竹などに所属。昭和八年、ムーラン・ルージュ新宿座の文芸部員となり、本名で舞台脚本を執筆。九年、大都映画に松山宗三郎の芸名で入社、時代劇映画に出演。十三年、本名で現代劇「級長」の監督・脚本を兼任。十七年、大都映画が大映に統合されて移籍。二十二年、田村泰次郎原作「肉体の門」を演出し大ヒットする。その後もラジオドラマや舞台脚本を多く執筆した。

（楠井清文）

大佛次郎　おさらぎ・じろう

明治三十年十月九日〜昭和四十八年四月三十日（1897〜1973）。小説家。横浜市英町（現・中区）に生まれる。本名・野尻清彦。兄二人、姉二人の末っ子として生まれた。長兄正英は、野尻抱影の筆名で文学者として活躍し末弟に影響を与えた。明治三十六年五月、当時の父の勤務先である四日市を一家で訪れ、京都木屋町に宿泊する。大佛にとってこれが最初の京都体験となるが、後年、「後半生に今日ほど親しんでいる京都について、清水も三十三間堂も土産に買って帰った銅版の粗悪な紙のアルバムでしか記憶にない」（「私の履歴書」、「日本経済新聞」昭和39年12月7日〜31日に連載）と述べている。大正四年三月、東京府立第一中学校（現・都立日比谷高等学校）卒業、同年九月、外交官を志望し第一高等学校（現・東京大学）に入学。寄宿寮に入り、初めて夏目漱石や白樺派を知る。寮生活を「中学世界」に連載し、大正六年七月に『一高ロマンス』（東亜堂書房）と題して刊行した。七年九月、東京帝国大学法科大学政治学科入学。在学中は浪人会事件で吉野作造教授を応援するなど大正デモクラシーの洗礼を受けた。友人に誘われ、有島武郎の主催する「草の葉会」にも出席し、クロポトキン、バクーニンなどの著作に親しむ。長兄正英が編集長の「中学生」（研究社）に外国作品の翻案などを連載した。文科の学生たちと劇団「テアトル・デ・ビジュウ」も組織する。九年二月、有楽座でのメーテルリンク「青い鳥」の民衆座第一回公演に協力し、その時光の精に扮した原田酉子と知り合う。十年初めに、両親や兄姉の反対にもかかわらず、井の頭公園近くで二人は同棲生活に入る。同年六月、ロマン・ロランの翻訳書『先駆者』（洛陽堂）刊行、同月大学を卒業。神奈川県鎌倉町に転居し、鎌倉高等女学校で国語、歴史担当の教師となる（大正12年3月退職）。十一年二月、外務省臨時調査部条約局第二課に嘱託として勤務。十二年夏前に転居した長谷大仏裏の仮住居で、九月一日、関東大震災に遭う。この被災体験から外務省も辞職し、生活に追われた大佛は娯楽小説を執筆することになる。十三年、編集長鈴木徳太郎の依頼により、大佛次郎の筆名で「隼の源次」（「ポケット」大正13年3月）、「魁傑鞍馬天狗 第一話 鬼面の老女」（「ポケット」大正13年5月）を発表。翌年には「鞍馬天狗」が映画化された。このシリーズは、昭和四十年まで四十年以上もつづき四十七作品を執筆している。そして、現在も日本人のヒーローの原型としてテレビドラマ化されるなど大衆に広く支持されている。シリーズの代表作は、「角兵衛獅子」（「少年倶楽部」昭和2年3月～5月）で杉作少年が登場する。これは、嵐長三郎（後、嵐寛寿郎）が主演しマキノ映画で映画化され、アラカンの名とともに「鞍馬天狗」は日本におけるシリーズ映画の代表作となる。また、忠臣蔵を題材とした「赤穂浪士」（「東京日日新聞」昭和2年5月14日～3年11月9日）を執筆。この作品は、四十七士《しじゅうしち》を義士ではなく浪士とし、昭和二年当時の金融恐慌の時代を念頭に置いて大石内蔵助を幕藩体制に対する批判者として描いている。こうした作品によって、心境小説中心の従来の日本的な文学のあり方を否定し、新たな文学としての大衆文学を大佛は確立したのである。昭和初年代に、『ごろつき船』上・下（昭和4年4月、10月、改造社）、『ドレフュス事件』（昭和5年10月、天人社）、『由比正雪』前中編（昭和5年9月、11月、改造社）、『鼠小僧次郎吉』（昭和7年5月、新潮社）刊行。これらの作品には作者の政治的社会的関心が顕著に認められる。『日本文学講座』（昭和8年11月、改造社）所収の評論「西洋小説と大衆文芸」で「純文学が人間の心の内部を掘り下げて行くのに対して、大衆文芸は人間の外部の世界を、人と人との交渉、ひいては一つの社会の構成なり動向を、伝統的な小説の形で書く」と自己の小説の方法を大佛は明言している。十年一月、文芸春秋社から芥川賞、直木賞の制定が発表され、直木賞の選考委員となり晩年まで務める。十六年六月、朝日新聞社からの戦地慰問として、佐多稲子、林芙美子らと満洲訪問。十七年十月、『阿片戦争』（モダン日本社）刊行。十八年十月、同盟通信社の嘱託として日本占領下のマレーシア、シンガポール、インドネシアといった東南アジア諸国を視察、十九年の元日をジャワ島で迎え二月に帰国。誤った日本的なものを異民族に強制する日本人の姿に衝撃を受け、日本人の原体質や国の文化の問題を扱う戦後の作品への契機となった。日本敗戦後の二十一年十一月、アメリカ崇拝の風潮に対して雑誌「苦楽」（昭和24年9月まで）創刊。この時期の代表作『帰郷』（昭和24年5月、苦楽社）では、京都が重要な役割を果たしている。昭和三十五年三月、日本芸術院会員となる。『パナマ事件』（昭和35年3月、朝日新聞社）刊行。三十六年四月から六月に、夫人と共にパリ・コミューンの資料収集のためヨーロッパを訪問。それを素材とした作品が、ノンフィクションの傑作である『パリ燃ゆ』上・下（昭和39年6月、12月、朝日新聞社）である。三十九年十一月、文化勲章受章。四十二年、幕末から明治、大正、昭和に至る三代の天皇の時代の日本人の精神史を描こうと試みた「天皇の世紀」（「朝日新聞」昭和44年1月1日～48年4月25日まで断続連載）の執筆を開始する。この作品には幕末に京都で起きた諸事件が数多く描出されている。「天皇の世紀」は、作者の死により北越戦争での河井継之助の死の箇所で中絶した。

＊角兵衛獅子《かくべえじし》 長編少年小説。〔初出〕「少年倶楽部」昭和二年三月～五月。〔初版〕『角兵衛獅子』昭和二年九月、渾大防書房（前編のみ）。〔収録〕『鞍馬天狗』第一巻、昭和三十五年四月、中央公論社。◇

鞍馬天狗シリーズの代表的作品である。幕末の京都を舞台に、宗十郎頭巾の鞍馬天狗（倉田典膳）が近藤勇をはじめとする新選組と対決する物語である。鞍馬天狗は、反幕府つまり反権力の立場を貫き、子供たちに愛情を注ぐ優しさに溢れた正義の人として造形されている。親方にいじめられる角兵衛獅子杉作たちを救い、西郷隆盛など維新の英傑と交際し近藤たちと戦う。杉作との最初の出会いの場所は東寺である。そして、幕府側の陰謀を探るため大坂城に乗り込むが捕らえられる。大阪に呼ばれた剣の達人近藤と戦うことになるが、鞍馬天狗が衰弱しているため、近藤は後日に勝負を期することとする。宿敵近藤も武士道精神をもつ情けある人物として描かれ、また杉作が鞍馬天狗を助けるために大活躍する。

＊帰郷《ききょう》 長編小説。〔初出〕「毎日新聞」昭和二十三年五月十七日～十一月二十一日。〔初版〕『帰郷』昭和二十四年五月、苦楽社。◇元海軍軍人守屋恭吾は、汚職の罪をきて日本を追放されシンガポールにいる。そこで美しいが残酷な高野左衛子との関係が生じ、裏切られる。敗戦後、故国に帰った恭吾は、再び左衛子と会い、その画策で別れた娘伴子と会う。この父子の出会いの場が、京都の〈金閣〉である。しかし、荒廃した戦後の風景もまた戦前と変わらない京都の光景も、帰郷した守屋の冷めたまなざしには「外国の街」のようにしか映らない。最後に守屋は再び日本を去る決意をする。多くの登場人物に託して敗戦直後の、変化した日本の様相を描いた作品であり、加茂川べりや清水寺など古都京都の描写が印象的である。 （西尾宣明）

小高根二郎《おだかね・じろう》

明治四十四年三月十日～平成二年四月十四日（1911～1990）。詩人、伝記作家。東京市に生まれる。昭和九年、東北帝国大学法文学部卒業。日本レイヨン勤務の傍ら「コギト」「四季」の同人となり、三十年、「果樹園」を創刊。二十六年から三十一年まで宇治市に在住した折、稲垣足穂に借家を世話したことがあり、その交際の記録から『足穂入道と女色』（昭和60年8月、雪華社）が生まれた。 （小谷口綾）

織田作之助《おだ・さくのすけ》

大正二年十月二十六日～昭和二十二年一月十日（1913～1947）。小説家。大阪市南区（現・天王寺区）生玉前町に生まれる。父鶴吉、母たかゑの長男。鶴吉はもと京都の人、祖父庄之助は禁裏御附武家に仕えた侍。織田家は信長の子孫だと鶴吉とその兄亀吉は信じていた。明治維新後没落する織田家を出た鶴吉は、大阪で鮮魚商を営む。母たかゑの実家鈴木家は二人の入籍を認めず、作之助の戸籍名は鈴木であった。大正十五年四月、大阪府立高津中学校（現・府立高津高等学校）に入学、五月、父母が婚姻届を出し織田姓となる。昭和五年十二月、母たかゑ没。六年四月、第三高等学校（現・京都大学）文科甲類に入学。入寮し京都で暮らすが、秋には退寮、京都市左京区吉田下大路町に下宿。同窓の詩人白崎礼三の影響から文学に傾倒。七年九月、父鶴吉没。義兄竹中国治郎に学資援助を受ける。この頃銀閣寺近くの、左京区浄土寺西田町へ移る。八年三月、三高文芸部「嶽水会雑誌」に「シング劇に関する雑考」を発表。文芸部に所属し青山光二を知る。七月、戯曲「落ちる」を同誌に発表、劇作家を志す。この頃左京区田中上柳町の玄人下宿の二階に白崎礼三と同宿。九年二月、卒業試験期間に喀血し落第、帰阪し静養する。九月、復学するも教室に出ず放浪。十一月、左京区東一条西入ル南側のカフェー、ハイデルベルヒに通い詰め、女給であった宮田一枝を知る。十二月、左京区吉田東通りの下宿で同棲を始める。一枝の家族と悶着があったものの、一枝は白川通今出川西入ルのリッチモンドに勤め、作之助はその北向かい左京区北白川久保田町の下宿で戯曲を書いた。十年三月、戯曲「饒舌」を「嶽水会雑誌」に発表。一枝の外泊に心乱れ二月の卒業試験をしくじるなど、自尊心と嫉妬に苦しむ姿が、戯曲や以後の小説に現れる。このころ左京区下鴨松ノ木町西村方に下宿、一枝は中京区四条寺町角のサロン菊水に通う。十二月、戯曲第三作の「朝」を青山、白崎らとの同人誌「海風」創刊号に発表、同月「嶽水会雑誌」に再録。十一年三月、卒業試験を受けながらも出席日数不足で三度目の落第、退学処分となる。一枝を実家に帰し、大阪市日本橋の竹中宅に寄寓、七月、大阪市住吉区住吉町に暮らす。十二年五月、上京。翌年、小説第一作「ひとりすまふ」（「海風」昭和13年6月）、第二作「雨」（「海風」昭和13年11月）を発表、武田麟太郎に注目される。十四年七月、一枝と結婚。十五年二月、「俗臭」（「海風」昭和14年9月）が第十回芥川賞候補となる。六月、「夫婦善哉」（「海風」昭和15年4月）が第一回文芸推薦作品として「文芸」に再録、八月、作品集『夫婦善哉』（昭和15年8月、創元社）を出版、文壇的地位を固める。三高時代を描いた作品に随筆「京都の想出」（「京都文学」昭和16年5月）、『青春の逆説』（昭和16年7月、万里閣）、「髪」（「オール読物」昭和20年11月）などがある。十九年八月六日、一枝を子宮ガンで失う。ヒロポンを常用、輪島昭子と同棲など生活は乱れる。京都を舞台とした「競馬」（「改造」昭和21年4月）にはその思いが描かれる。二十一年一月、笹田和子と結婚するが、三月には破局。昭子と縒りを戻し京都の旅館を転々とする。「それでも私は行く」（「京都日日新聞」昭和21年4月25日〜7月25日）、絶筆となった「土曜夫人」（「読売新聞」昭和21年8月30日〜12月6日）など、京都を舞台にした新聞連載小説は、「可能性の文学」（「改造」昭和21年12月）の実践でもあった。十二月五日大喀血し、翌日「土曜夫人」を中断、昭和二十二年一月十日、東京病院にて没する。

＊競馬《けいば》　短編小説。〔初出〕「改造」昭和二十一年四月。〔初版〕『世相』昭和二十一年十二月、八雲書店。◇三高から京都帝大と進み中学校の歴史の教師をしている寺田は、四条木屋町のカフェー交潤社の女給一代に惚れて通い詰める。寺田の一途さに惹かれた一代はその思いを受け入れ、二人は銀閣寺付近の西田町に所帯を持つ。しかし、寺田は勘当になった上に素行不良で免職となる。やがて一代がガンで亡くなり、寺田は競馬に溺れる。一代の過去の男が競馬場に彼女を呼び出していたことがきっかけである。一代にちなんで一番の馬券ばかりを買う寺田だが、同じように一の一点買いを続ける男に出会う。嫉妬に苦しむ寺田だが、最後に一の大穴を当て、男と抱き合って涙を流す。宮田一枝の看病と嫉妬をモチーフとした佳作である。

＊それでも私は行く《それでもわたしはゆく》　中編小説。〔初出〕「京都日日新聞」昭和二十一年四月二十五日〜七月二十五日。〔初版〕『それでも私は行く』昭和二十二年三月、大阪新聞社。◇先斗町のお茶屋「桔梗屋」から三高に通う美貌の学生梶鶴雄を主人公に、彼に思いを寄せる芸妓の君勇、掏摸の弓子とその姉でやとなの千枝子、闇成金の小郷と出戻りの宮子、様々な人間が偶然によって絡み合って行く。鶴雄が行動を決めるために用いるサイコロが偶然性を意味する。寺町通錦小路角の世界文学社、祇園のお茶屋備

前屋、河原町三条のキャバレー歌舞伎など実在の場所が登場する上に、山吹正彦（伊吹武彦）、桑山竹夫（桑原武夫）、吉井正太郎（吉村正一郎）など、実在の人物を変名で登場させる。さらに作家小田策之助が鶴雄の行動をモデルに「それでも私は行く」という作中作を書いているという設定。「かつて、京都は大阪の妾だといわれていた」という批評的な視線が、空襲で焼かれなかった京都の美しさと大阪の生命力を対比的にうかびあがらせている。

＊土曜夫人《どようふじん》 長編小説。〔初出〕「読売新聞」昭和二十一年八月三十日～十二月六日。〔初版〕『土曜夫人』昭和二十二年四月、鎌倉文庫。◇どこのホールでもチケットなしで踊れるダンスの天才京吉、彼と踊っていたダンサー茉莉の自殺を皮切りに、現場に居合わせたカメラマン木崎、彼のライカを盗んだ家出娘チマ子、その母親で待合「田村」のママ貴子、その客で侯爵の息子乗竹春隆、店の改装費を貸した青年実業家章三、彼が妻として狙う陽子、不良少年グループのキャッキャッ団の登場…。偶然性の文学が極まり京都から大阪、さらに東京へと舞台を移すところで中絶した作品。「今宵の京都の雨は、わが主人公たちをふと狂気めかせるために、降っていたのであろうか」と語られるように、京都から離れるところで作品が閉ざされるのも偶然なのだろうか。（黒田大河）

織田純一郎《おだ・じゅんいちろう》

嘉永四年五月二十二日～大正八年二月三日（1851～1919）。翻訳家、新聞記者。京都に生まれる。大塚家に生まれるも、若松家、丹羽家と親類間の各家を継ぎ、織田家を相続している。明治三年に英国に渡り、帰国、再渡英ののち、十年に帰国。英国人リットンの小説の翻訳『欧州奇事花柳春話』（明治11年10月～12年4月、坂上半七）は、政治論や社会事情を描出した点で好評を博す。『通俗 日本民権真論』（明治12年1月）、『欧州奇話寄想春史』（明治13年3月）など著作多数。朝日新聞社で健筆を揮っていたところ、二十一年日本の記者として初めて欧米に派遣された。共編で東京百科全書的な『東京明覧』（明治37年3月、集英堂）も刊行している。（齋藤　勝）

落合太郎《おちあい・たろう》

明治十九年八月十三日～昭和四十四年九月二十四日（1886～1969）。仏文学者。東京に生まれる。明治四十一年、東京帝国大学に入学するが、休学中に新渡戸稲造に勧められて京都帝国大学法科大学に転学、京都に移住。大正七年、渡仏し、十二年より京都帝大文学部講師、経済学部講師、昭和六年、助教授、十二年、教授、十七年、文学部長となる。後、奈良に移住。仏文・哲学関連の著書多数。エッセイ「ひとりごと」（「教育日本新聞」昭和40年10月11日）などに京都での活動が綴られる。（佐藤　淳）

小野俊一《おの・しゅんいち》

明治二十五年五月一日～昭和三十三年五月二十一日（1892～1958）。ロシア文学翻訳家、動物学者、社会運動家。京都市上京区室町通中立売下ルに生まれる。筆名・瀧田陽之助。父英二郎は明治十七年、内村鑑三らと渡米、帰国後、同志社政法学校（明治24年開校。現・同志社大学）初代教頭。俊一が四歳の時、日本銀行に入行し東京に転居。ニューヨーク、ロンドン勤務を経て、日本興業銀行に移り、のち、同行第四代総裁に就任。俊一は大正三年、東京帝国大学を中退し、動物学を学ぶため単身ドイツに向かう途中、第一次大戦が始まりロシアに留まる。ロシア革命で混乱のなか七年二月、帝政ロシア貴族の血を引くヴァイオリニストのアンナ・ドミートリエヴナ・ブブノワ（小野アンナ）と出会い結婚、二人で日本へ出奔。十二年、京都帝国大学理学部動物学教室の助教授として勤務、河上肇や山本宣治らと交わる。翌年、大学を去り「自然律研究所」建設に力を注ぐが、その時の心情を『子孫崇拝論』（大正13年6月、黎明社）の「小序」「子孫崇拝論補遺」「我等の祈願《いのり》（日本版・原本）」に語る。十五年、日露芸術協会設立と同時に会員になり、ロシアとの文化的交流に努める。昭和八年、長男俊太郎急逝ののち、アンナと協議離婚。浪子と再婚するが、俊一は没するまでアンナとその姉で画家ワルワラとの共同生活をする。翻訳にH・G・ウェルズ『生命の科学』第一～第十六巻（昭和5年10月～11年8月、平凡社）、リディア・アヴィーロワ『チェーホフとの恋』（昭和27年6月、角川書店）等がある。（二木晴美）

小野不由美 おの・ふゆみ

昭和三十五年十二月二十四日～（1960～）。小説家。大分県中津市に生まれる。昭和五十四年、大谷大学文学部仏教学科入学。在学中は京都大学推理小説研究会に在籍していた。六十三年、『バースデイ・イブは眠れない』（昭和63年9月、講談社X文庫ティーンズハート）でデビュー。ティーンズ向けのホラー小説『悪霊がいっぱい!?』（平成元年8月、講談社X文庫ティーンズハート）など〈悪霊シリーズ〉で人気を得る。また、『月の影 影の海』（平成4年6月、講談社X文庫ホワイトハート）などの異世界ファンタジー〈十二国記〉で読者の圧倒的な支持を得る。『東京異聞』（平成6年4月、新潮社）では第五回日本ファンタジーノベル大賞の最終候補作となり話題を呼んだ。大作のホラー『屍鬼』（平成10年9月、新潮社）は山本周五郎賞の候補作となり、『黒祠の島』（平成13年2月、詳伝社）、『くらのかみ』（平成15年7月、講談社）はともに本格ミステリ大賞の最終候補作。（水野亜紀子）

折目博子 おりめ・ひろこ

昭和二年三月一日～六十一年十一月十一日（1927～1986）。小説家。京都市に生まれる。本名・作田博子。夫は社会学者作田啓一。昭和二十二年、京都府立女子専門学校（現・京都府立大学）を卒業。二十五年から稲垣足穂に師事。足穂との交流の回想記が、のちに『虚空 稲垣足穂』（昭和55年4月、六興出版）として刊行された。「手のひらの星」（「婦人公論」昭和44年1月）、「燃える」（『講座 おんな おんなの性』昭和48年1月、筑摩書房）を発表し、『春のかぎり』（昭和49年9月、昭森社）、『女の呼吸』（昭和55年3月、集英社）、『菓子泥棒』（昭和55年3月、昭森社）、『二都ものがたり』（昭和60年10月、潮出版社）、『ムフタールの黒い犬』（昭和61年11月、人文書院）などを刊行した。また、十日会を主宰して「文学空間」を発行した。五十九年に、京都市芸術功労賞を受賞。（宮山昌治）

【か】

海音寺潮五郎 かいおんじ・ちょうごろう

明治三十四年十一月五日（戸籍上は三月十三日）～昭和五十二年十二月一日（1901～1977）。小説家。鹿児島県伊佐郡大口村（現・伊佐市）に生まれる。本名・末富東作。鹿児島県立加治木中学校卒業。神宮皇学館（現・皇学館大学）を中退。大正十五年、国学院大学高等師範部国漢科卒業、鹿児島県立指宿中学校の教師となる。昭和三

年、中学時代の恩師金田安の誘いで京都府立第二中学校（現・府立鳥羽高等学校）に転任。京都市下京区（現・南区）八条内田町に住まう。四年、京都府乙訓郡向日町（現・向日市）に転居。同年、「サンデー毎日」の小説募集に「うたかた草紙」が入選、筆名を海音寺潮五郎とする。七年三月、「サンデー毎日」創刊十周年記念長編小説に「風雲」が当選。七年八月七日号から八年二月五日号まで連載される。幕末期の京都を舞台として、禁門の変（蛤御門の変）へと至る人間模様を描く。後に繰り返し描く西郷隆盛が登場する他、久坂玄瑞、桂小五郎、佐久間象山、河上彦斎、沖田総司、近藤勇、中村半次郎らが京洛の地で活躍する。「風雲」の連載終了頃から原稿の注文を受けるようになり、翌九年三月、教員を退職し、鎌倉雪の下に転居、専業作家となる。十一年、「天正女合戦」（「オール読物」昭和11年4月～7月）、「武道伝来記」（「日の出」昭和11年3月）他で第三回直木賞を受賞、歴史小説家としての文名を得る。代表作に「平将門」（「産業経済新聞」昭和29年8月16日～30年8月16日、「産経時事」昭和31年4月16日～32年10月24日）、上杉謙信を描いた「天と地と」（「週刊朝日」昭和35年10月10日～37年3月23日）、史伝ものに「武将列伝」（「オール読物」昭和34年1月～35年12月）、「西郷隆盛」（「朝日新聞」昭和36年10月22日～38年3月20日夕刊）等がある。京都を舞台とした作品に前出の「風雲」、平安時代に材を取った『王朝』（昭和35年7月、雪華社）、『続王朝』（昭和36年3月、雪華社）、幕末の京都を舞台とした人間群像を描く「幕末動乱の男たち」（「小説新潮」昭和42年2月～43年2月）、「寺田屋騒動」（「歴史と旅」昭和50年4月～51年10月）などがある。

（黒田大河）

貝塚茂樹《かいづか・しげき》

明治三十七年五月一日～昭和六十二年二月九日（1904～1987）。東洋史学者。東京市麻布区霊南坂町（現・東京都港区赤坂）に生まれる。明治四十一年、京都市広小路上ル染殿町（現・京都市上京区）に転宅。四十四年、京都市京極尋常小学校（現・京都市立京極小学校）に入学し、京都府立第一中学校（現・府立洛北高等学校）、第三高等学校文化丙類（仏語）を経て、大正十四年、京都帝国大学文学部史学科に入学。昭和三年、京都帝国大学大学院に入学。七年、東方文化学院京都研究所研究員。二十四年、京都大学教授、二十八年には同大学評議員。二十九年、京都国立博物館評議員に任命される。四十三年、京都大学名誉教授となる。毎日出版文化賞を受けた『諸子百家』（昭和36年12月、岩波書店）、評論『日本と日本人』（昭和40年8月、文芸春秋新社）、『貝塚茂樹著作集』一～十（昭和51年5月～53年1月、中央公論社）などの著書がある。昭和五十九年十月、京都市名誉市民。同年十一月、甲骨文・金文などの出土資料に基づく中国古代史研究の功績により文化勲章受章。

（田中　葵）

加賀耿二《かが・こうじ》

→須井一を見よ。

景山筍吉《かげやま・じゅんきち》

明治三十二年三月十五日～昭和五十四年七月二十三日（1899～1979）。俳人。京都市上京区河原町に生まれる。本名・準吉。東京帝国大学経済学部卒業後、逓信省に入る。昭和四年、松藤夏山、富安風生に師事。翌年、東大俳句会入会、高浜虚子に師事する。「ホトトギス」「若葉」の同人。三十年、主宰誌「草紅葉」を創刊。誌名は、昭和二十年十一月、西山泊雲の墓参のため虚子が来丹、石像寺（兵庫県丹波市）における句会の兼題の一つ「草紅葉」にちなむ。敬虔なカトリック信者で、二十七年夏ごろより「カトリック新聞」の俳句の選者をつとめる。〈著ぶくれて真夜のミサの末席に〉（『カトリック俳句選集』昭和36年8月、中央出版社）、〈行年の壁炉の上の聖母像〉（『マリア讃歌』昭和51年6月、草紅葉会）といった作品を発表。没後に『キリスト教歳時記』（昭和55年3月、中央出版社）が刊行された。　（室　鈴香）

風見潤　かざみ・じゅん

昭和二十六年一月一日～（1951～）。小説家、翻訳家。埼玉県川越市に生まれる。本名・加藤正美《まさみ》。昭和四十九年、青山学院大学法学部卒業。海外の推理小説等の翻訳、若者向けのミステリーを数多く執筆。京都を扱った作品に『冬の京都幽霊事件』（平成元年11月、講談社X文庫）をはじめ多数。平成十三年より京都探偵局シリーズ（講談社X文庫）も刊行。楳図かずおの漫画『漂流教室』の原作者でもある。　（谷口慎次）

梶井基次郎　かじい・もとじろう

明治三十四年二月十七日～昭和七年三月二十四日（1901～1932）。小説家。大阪市西区土佐堀通に生まれる。父宗太郎、母ひさの次男。明治四十年四月、西区江戸堀尋常小学校に入学。四十一年十一月、一家は東京市芝区二本榎町（現・東京都港区）に転居。四十二年一月、芝区白金頌栄尋常小学校に転入。四十四年五月、一家は三重県志摩郡鳥羽町錦町に移り、梶井は鳥羽尋常高等小学校に転入。大正二年四月、三重県立第四中学校（現・県立宇治山田高等学校）に入学。三年四月、大阪市西区靭南通に移り、大阪府立北野中学校（現・府立北野高等学校）二年級に転入。四年、両親の反対を押し切り、退学してメリヤス問屋に奉公する。五年四月、北野中学校三年級に再入学。八年三月、同校卒業。この頃から夏目漱石を耽読。大阪高等工業学校電気科の入学試験に不合格。九月、第三高等学校（現・京都大学）理科甲類に入学、京都市上京区二条川東大文字町の中村方に寄寓。エンジニア志望であった。十月、寄宿舎に入り、同室に中谷孝雄、飯島正らがいた。学業よりも、漱石、谷崎をはじめとする文学や音楽、映画、美術などに熱中し、それらを通して西欧芸術にも興味を持つようになる。九年四月、寄宿舎を出て、上京区（現・左京区。以下の吉田、北白川、岡崎も現在は左京区）浄土寺町小山の赤井方に下宿。志賀直哉、白樺派、トルストイ等への傾倒を深める。五月、肋膜炎にかかり、大阪の実家に帰る。七月、落第、原級にとどまる。八月、療養のため三重県北牟婁郡船津村字上里（現・紀北町）に転地、この地で夏を過ごす。九月帰阪、回生病院にて肺尖カタルと診断される。十一月、京都へ戻る。十年、学制が改まり、この学年は二学期で終了、二年級に進む。この年、文科甲類へ外村繁、文科丙類へ丸山薫、浅見篤らが入学。春休み、和歌山県の湯崎温泉で静養、京都帝大医学部学生だった近藤直人を知る。初夏、習作を試みる。六月、上京区吉田中大路町に下宿を移す。十月ごろから退廃的傾向が強まる。十一月、上京区北白川西町沢田方に下宿。十一年三月、特別及第で三年級に進むが、ほとんど学校には出ず、十二月、秋以来甚だしくなっていた退廃生活を両親に告白、自宅謹慎する。このような生活の中で、文学を多読、習作を重ね、作家志望を固める。四月、三年に進級。この年、文科甲類に淀野隆三、丙類に桑原武夫、三好達治らが入学してきた。詩や詩論への意欲を見せ始める。三高劇研究会に入会し、中谷、外村らと活動を始め、盛んに創作するようになる。梶井は散歩の途上、しばしば丸善に立ち寄り、こうした体験が後の「檸檬」に反映されることになる。九月、二学期が始まるが、ほとんど登校せず、十二月の期末試験も受けなかった。「裸像を盗む男」や「彷徨」といった習作には、京都で狂乱じみた生活を送る自分自身をモデルにした主人公が登場する。十二年三月、卒業試験に落第。四月、御所の東側の下宿に移る。五月、劇研究会は回覧雑誌「真素木」を創刊、梶井はこれに瀬山極の筆名で「奎吉」という短編を発表する。十三年一月、岡崎西福之川町の下宿に移る。三月、三高卒業が決まり、中谷、外村とともに上京する。四月、東京帝国大学文学部英文科に入学、同人誌発刊に向けて動き出す。八月、三重県飯南郡松阪町（現・松阪市）の義兄宮田汎方でひと夏を送り、その時の経験が後に「城のある町にて」の材料となる。十四年一月、中谷、外村らと同人誌「青空」創刊、「檸檬」を発表。二月、「青空」に「城のある町にて」を発表。七月、「青空」に「泥濘」を発表。十月、十一月の「青空」に、それぞれ「路上」「橡の花」を発表。十五年一月、「青空」に「過古」を、六、八月の同誌にそれぞれ「雪後」「ある心の風景」を発表。この頃肺患の病状進む。十月、同誌に「Kの昇天」を発表する。十一月、健康状態悪化のため卒業論文の提出を断念、転地療養を思いつき、十二月三十一日、静岡県の湯ヶ島温泉に赴き年を越す。昭和二年一月、同地にいた川端康成とあい知り、伊豆の自然の中で一人静かに己を見つめ、生来の感受性を磨いて独自の文学を生んだ湯ヶ島時代が始まる。二月、四月、「青空」に「冬の日」を発表する。この頃プロレタリア文学に強い関心を抱く。六月、通巻二十八号をもって「青空」休刊。三年三月、「文芸都市」に「蒼穹」を、四月、「近代風景」に「筧の話」を発表。五月、「創作月刊」に「冬の蠅」を、「近代風景」に「器楽的幻覚」を発表。七月、「文芸都市」に「ある崖上の感情」を発表。同月下旬、和田堀町の中谷孝雄宅に寄寓するが、病状悪化、九月三日、大阪市住吉区阿部野町の両親のもとに帰る。十二月、「詩と詩論」に「桜の樹の下には」を発表。四年一月、父宗太郎死去。このころマルクスの資本論を読み、翌五年にかけて社会科学に関心を持つようになる。五年五月、兵庫県川辺郡伊丹町（現・伊丹市）の兄謙一宅に移る。六月、「詩・現実」に「愛撫」を発表。十月、「詩・現実」に「闇の絵巻」を発表。六年一月、「作品」に「交尾」を発表。この頃から臥床しがちとなる。五月、創作集『檸檬』を武蔵野書院から刊行。十月、母とともに大阪市住吉区王子町に初めて一戸を構える。七年一月、「中央公論」に「のんきな患者」を発表。三月中旬から病状悪化、三月二十四日永眠。昭和九年、淀野隆三・中谷孝雄編で『梶井基次郎全集』上下巻（六蜂書房）が刊行される。

＊檸檬《れもん》　短編小説。〔初出〕「青空」大正十四年一月。〔初版〕『檸檬』昭和六年五月、武蔵野書院。◇結核をわずらい、京都で何者かの圧迫感に脅かされながら、鬱屈した生活を送っている学生の私は、みすぼらしいものへの強い共感と、美しいものへの憧れをもっている。一夜、町に出た私は一個の檸檬を買い求め、それを丸善の本の上に置いて、それが爆弾となって店ごと吹き飛ばすさまを夢想する。戯画化された自画像のなかに梶井らしい特異な感受性の動きが巧みに描かれる。

＊ある心の風景《あるこころのふうけい》　短編小説。〔初出〕「青空」大正十五年八月。〔初版〕『檸檬』昭和六年五月、武蔵野書院。◇心身ともに

病み、自己嫌悪と憂鬱を抱えている喬は、京都の様々な風景に見入ることによって、微かな希望と自己解放への予感を感じる。自己が風景の中に溶解し、一体となってゆく感覚が詩的表現を通して語られる。

（梅本宣之）

梶山千鶴子 かじやま・ちずこ

大正十四年二月十二日～（1925～）。俳人。京都西陣に生まれる。京都府立京都第二高等女学校（現・府立朱雀高等学校）高等科を卒業。昭和三十七年、俳誌「京鹿子」に投句。四十年、多田裕計に師事し、「れもん」入会、浪漫主義俳句を学ぶ。四十七年一月、第一句集『国境』（れもん社）を上梓、その成果を示した。五十五年、多田の逝去による「れもん」解散後、五十六年、波多野爽波主宰「青」の同人となり、句風を一新、写生俳句を深めた。六十三年、「きりん」を創刊。平成十四年度京都芸術文化協会賞受賞。左京区下鴨在住。〈祇王寺の春の氷を割りし杓〉（『一の矢』昭和60年8月、四季出版）、〈寒紅や座敷の下は高瀬川〉（『鬼は外』平成2年7月、富士見書房）など、京都の風物を詠んだ句も多い。

（森本智子）

梶原緋佐子 かじわら・ひさこ

明治二十九年十二月二十二日～昭和六十三年一月三日（1896～1988）。歌人、日本画家。京都智恩院古門前町に生まれる。本名・久。京都府立第二高等女学校（現・府立朱雀高等学校）卒業。大正四年、菊池契月の門に入る。九年、第二回帝展に「古着市」が入選し、以後数回入選する。木谷千種・和気春光・梶原の三人で菊池三閨秀などと言われ、舞妓などをモティーフにした美人画を描き続けた。十三年四月には『歌集逢坂越江』（東山書房）を刊行。宇田荻邨の画塾白申社の創立に参加する。昭和二十二年の第三回日展にて「晩涼」が特選を受賞。その後、日展評議員、参与を務める。京都市文化功労賞受賞。京都を詠んだ歌に〈京極の午後のしづけさ物みなが立居ながらに疲れてぬむる〉がある。

（森本秀樹）

香住春吾 かすみ・しゅんご

明治四十二年八月二十五日～平成五年六月十六日（1909～1993）。放送作家、推理小説家。京都市に生まれる。本名・浦辻良三郎。昭和十二年五月、香住春作の名で「白粉とポマード」（「週刊朝日」昭和12年5月2日）を発表し、デビュー。二十二年十月、杉山平一、島久平らと共に関西探偵小説新人会を結成。二十三年二月、同会は山本禾太郎らの神戸探偵小説クラブと合流し、関西探偵作家クラブとなる。関西探偵作家クラブの幹事・書記長を務め、同クラブの会報である「KTSC」の編集に従事する。二十五年、筆名を春作から春吾に改名。「奇妙な事件」（「宝石」昭和26年10月）、「蔵を開く」（「宝石」昭和29年7月）などを発表する。また、放送作家としても、二十七年一月、NHKのラジオ番組「エンタツちょびひげ漫遊記」の脚本を担当。三十二年四月、大阪テレビ放送（現・朝日放送）のテレビドラマ「びっくり捕物帳」の脚本を担当する。

（山田哲久）

香住泰 かすみ・たい

昭和二十六年十二月十八日～（1951～）。小説家。京都府に生まれる。本名・菅沼幸治。同志社大学卒業。会社勤務を続けながら数々の公募制文学賞に応募し、「退屈解消アイテム」（「小説推理」平成9年8月）で第十九回小説推理新人賞を受賞。平成十三年三月、「水都《スイート》・乱出逢《ランデブー》」で大阪ミレニアムミステリー賞・大阪21世紀協会賞を受賞。また、『牙のある鳩のごとく』（平成13

年10月、角川春樹事務所）、および『錯覚都市』（平成13年12月、双葉社）を刊行する。（内藤由直）

片桐ユズル かたぎり・ゆずる

昭和六年一月一日～（1931～）。詩人。東京府北多摩郡三鷹町（現・東京都三鷹市）に生まれる。早稲田大学の大学院（修士）修了後、フルブライトの英語教育プログラムでサンフランシスコ州立大学に留学。革新的な若者の文化運動（ビート運動）に触れ、帰国後は高石友也、岡林信康ら関西フォーク運動の中心に身を置き、詩の朗読を行うなどした。京都の若者文化発信基地となる、ほんやら洞の創設、運営にも関わる。京都精華大学名誉教授。（中河督裕）

桂樟蹊子 かつら・しょうけいし

明治四十二年四月二十八日～平成五年十月二十四日（1909～1993）。俳人、植物病理学者。京都市に生まれる。本名・琦一。昭和六年、俳誌「馬酔木」に投句、後に同人となる。水原秋桜子に師事。十二年、京都帝国大学農林生物学科卒業。駐日満洲国大使館勤務、華北産業科学研究所研究員を経て、終戦後帰国。二十二年、俳誌「学苑」を創刊、主宰。二十六年、「霜林」と改称。俳人協会評議委員。京都府立大学農学部名誉教授。四十六年、植物疫病菌に関する研究で、日本植物病理学会賞受賞。（中谷美紀）

桂英澄 かつら・ひでずみ

大正七年六月二十六日～平成十三年一月二十八日（1918～2001）。小説家。東京に生まれる。京都帝国大学文学部哲学科卒業。太宰治に師事。日本放送協会勤務、八年間の療養生活を経て、文筆活動に入る。『古都の女』（昭和40年2月、審美社）、直木賞候補になった『寂光』（昭和47年4月、筑摩書房。幕末の長州が舞台）、『幕末の絵師』（昭和47年10月、新人物往来社）、『太宰治と津軽路』（昭和48年10月、平凡社）、『桜桃忌の三十三年』（昭和56年6月、未来工房）などがある。（永渕朋枝）

加藤克巳 かとう・かつみ

大正四年六月三十日～平成二十二年五月十六日（1915～2010）。歌人。京都府何鹿《いかるが》郡中筋村（現・綾部市）に父利平、母きょうの長男として生まれる。父の仕事の関係で福知山に転じ、同地のナダレン教会幼稚園、惇明《じゅんめい》小学校をはじめとして、小学校卒業までに八校を転校。昭和四年、青森県立青森中学校（現・県立青森高等学校）より埼玉県立浦和中学校（現・県立浦和高等学校）へ転入学、作歌を始める。八年、同中学時代から折口信夫、武田祐吉を慕い、国学院大学予科に入学。十年、同大学国文科に進学、同人誌「短歌精神」を創刊し、新芸術派運動を実践する。十二年、シュールレアリスムの手法を用いて近代の抒情を歌う第一歌集『螺旋階段』（10月）を民族社より刊行。十三年、国学院大学卒業、まもなく入営。復員後二十一年、近藤芳美、宮柊二らと新歌人集団を結成する。二十三年、父の創業したミシンの会社を継ぐ（のち専務、社長を経て会長となるも、平成四年に会社解散）。昭和二十八年、結社誌「近代」を創刊（38年、「個性」と改称）する。四十五年五月、第五歌集『球体』（昭和44年4月、短歌新聞社）により第四回迢空賞受賞。同年九月、綾部市で講演（「私の短歌」）。五十四年、産業振興の功績により藍綬褒章受章。六十一年、文化功労により勲四等瑞宝章受章。六十一年、『加藤克巳全歌集』（昭和60年11月、沖積舎）とこれまでの業績により第九回現代短歌大賞受賞。平成八年には宮中歌会始召人となる。出身地綾部市の駅北、天文館パオの庭に由良川を詠んだ第二の歌碑（昭和59年建立）が建てられている。

（三谷憲正）

加藤耕子《かとう・こうこ》

昭和六年八月十三日～（1931～）。俳人。京都市に生まれる。同志社大学文学部英文科卒業。名古屋市立中学校の英語教師時代、アメリカ留学で経験した日本文化に関する体験から一念発起し、俳人へ転身。「馬酔木」同人・「帯」主宰加藤晴彦に師事し、沢田緑生「鯱」、伊藤敬子「笹」、朝倉和江「馬酔木」を経て、昭和六十一年、耕の会を結成。「耕」、英文俳誌「Kō」主宰。『稜線』（昭和58年9月、牧羊社）、『加藤耕子集』（平成元年6月、牧羊社）、『春の雲』（平成4年11月、本阿弥書店）、『西も東も』（平成12年9月、本阿弥書店）、『牡丹』（平成18年4月、本阿弥書店）などがある。俳人協会評議員、国際俳句交流協会理事。国際俳句の意義について、日本からの発信だけでなく、異文化の国の作品から得るものも大きいと語り、大学の日本文化講座で留学生への俳句創作授業をおこなうなど、精力的に活動している。句会・俳句教室・研究・翻訳など幅広く活躍。文学博士。

（吉本弥生）

加藤周一《かとう・しゅういち》

大正八年九月十九日～平成二十年十二月五日（1919～2008）。文芸評論家、小説家。東京市渋谷区に生まれる。東京府立第一中学校（現・都立日比谷高等学校）、第一高等学校（現・東京大学）を経て、昭和十五年四月、東京帝国大学医学部に入学、血液学を専攻。医学博士。終戦直後、東大医学部と米軍医団共同の原子爆弾影響合同調査団に参加し、広島に赴いた経験を持つ。在学中から文学に関心を持ち、中村真一郎や福永武彦らと共にマチネ・ポエティクを結成、新定型詩運動を進める。二十二年五月、『１９４６ 文学的考察』（真善美社）が注目を集めたことを機に本格的な文筆活動を開始、同年「近代文学」「総合文化」へ同人加入。二十三年、原田義人、森有正、中村らと共に同人誌「方舟」を創刊。福永・中村との共著『マチネ・ポエティク詩集』（昭和23年7月、真善美社）、短編集『道化師の朝の歌』（昭和23年9月、河出書房）、長編「ある晴れた日に」（「人間」昭和24年1月～8月）等次々と発表し、作家としての地歩を固めていく。二十六年十月、フランス政府半給費留学生として渡仏（30年2月帰国）。医学研究に従事するかたわらヨーロッパ文化に対する見聞、理解を深めた経験が、後の日本文化を捉え直そうとする問題意識へと連繫している。三十三年より文筆業に専念し、三十五年、東大文学部講師着任、同年十月、ブリティッシュ・コロンビア大学の招聘に応じ、日本古典文学の講義を行う（講義内容は、筑摩書房より『日本文学史序説』としてまとめられ、55年に大佛次郎賞を受賞）。以後、ベルリン自由大学、イエール大学、上智大学、立命館大学など国内外の大学で教鞭をとりながら旺盛な執筆活動を続ける。京都に関わる言説は多数あり、修学院離宮や龍安寺、桂離宮など京都の古庭の比較から創造と表現の精神へと考察を進めた「日本の庭」（「文芸」昭和25年2月）、京都東山の詩仙堂に居を構えた江戸の詩人石山丈山の生涯に思いをめぐらせた「詩仙堂志」（「展望」昭和39年11月）、日本人の文化的アイデンティティを京都に求めつつ文化の革新性と持続性とを大きく論じた立命館大学最終講義「京都千年、または二分法の体系について」（平成12年1月13日）などがある。『三題噺』（昭和40年7月、筑摩書房）、『芸術論集』

（昭和42年9月、岩波書店）、自伝的回想録『羊の歌』（昭和43年8月、岩波新書）、『羊の歌・続』（昭和43年9月、岩波新書）、『中国往還』（昭和47年8月、中央公論社）をはじめ著書多数。『加藤周一著作集』全二十四巻（昭和53年10月～平成22年9月、平凡社）、『加藤周一セレクション』全五巻（平成11年8月～12年2月、平凡社ライブラリー）、『加藤周一対話集』全七巻（平成12年7月～20年2月、かもがわ出版）等がある。（松本陽子）

加堂秀三 かどう・しゅうぞう

昭和十五年四月十一日～平成十三年二月二日（1940～2001）。小説家。大阪府豊能郡に生まれる。高校中退後、研磨工、サンドイッチマン、印刷工、貿易会社社員、コピーライターなどの職を転々としながら詩作を続け、二十一歳で小説を書き始める。第八十七回直木賞候補になった『舞台女優』（昭和57年4月、講談社）や『嵯峨野の宿』（昭和51年、徳間書店）など、京都を舞台とした恋愛小説を書いている。後者は島宏監督によって映画化もされた。（久保明恵）

加藤順三 かとう・じゅんぞう

明治十八年九月二十九日～昭和三十六年十一月十日（1885～1961）。歌人、国文学者。大阪市に生まれる。明治三十三年、佐佐木信綱の勧めにより作歌を始め、四十年、大阪心の花歌会を結成。大正七年に京都帝国大学国文選科を卒業し、生涯教職にあった。昭和五年創刊の「帚木」に参加、二十九年吉沢義則の没後、同誌を主宰。歌集に『葦火』（昭和18年12月、四方木書房）、歌論に『春秋歌論』（昭和36年10月、初音書房）がある。（岡村知子）

金尾種次郎 かなお・たねじろう

明治十二年四月二十一日～昭和二十二年一月二十八日（1879～1947）。出版人。大阪の仏教書肆金尾文淵堂店主金尾為七の長男として生まれる。文芸を愛好し、俳号・思西。両親を失い乳母に育てられたが、店は番頭と乳母に任せ、店の二階を関西青年文学会の会合所にあて、自らも会員になっていたことが「よしあし草」（明治30年11月）の巻末に見える。明治三十二年一月、新たに出版社金尾文淵堂を設立して、俳諧誌「ふた葉」を刊行、のち文芸誌「小天地」に展開、編集を担当して、作家を世に出し良書美本を多く残した。薄田泣菫の処女詩集『暮笛集』（明治32年11年）、与謝野晶子の『小扇』（明治37年1月）など高レベルで画期的な本を刊行。東京に出たが、後、京都に移り『畿内見物 京都の巻』（明治44年3月）を出版する。色刷りの図版が多数用いられ、京都の名所旧跡を蒲原有明、泣菫、晶子らの執筆者が語って絢爛たる京絵巻を織り成している。（高橋和幸）

金子光晴 かねこ・みつはる

明治二十八年十二月二十五日～昭和五十年六月三十日（1895～1975）。詩人。愛知県海東郡津島町（現・津島市）に、大鹿和吉、里やうの三男として生まれる。本名・保和。明治三十年に金子荘太郎、須美の養子となる。三十三年、義父の転勤に伴って京都に移り、上京区（現・中京区）東竹屋町に住む。三十四年四月、中京区土手町の銅駝尋常高等小学校（のちの銅駝中学校、現在は跡地が銅駝美術工芸高等学校になっている）に入学。三十八年に転校のため上京。大正二年から五年にかけて早稲田大学英文科、東京美術学校（現・東京芸術大学）日本画科、慶応義塾大学英文科をいずれも中退。八年よりイギリス、ベルギーに滞在。

後の詩集『こがね虫』（大正12年7月、新潮社）の草稿ノートを携え、十年一月に帰国。同年三月から一ヵ月ほど推敲のため京都の等持院の茶室にこもった。十二年九月の関東大震災を期に東京を離れ、名古屋、京都、西宮を放浪。十三年七月に森三千代（小説家）と結婚。十五年三月、夫妻で上海に旅し、『鱶沈む』（昭和2年5月、有明社出版部）を共同出版した。昭和三年から七年にかけて森と東南アジアやヨーロッパを放浪し、その見聞が後に詩集『鮫』（昭和12年8月、人民社）の権力批判や、『マレー蘭印紀行』（昭和15年10月、山雅房）の植民地主義批判に結びついた。アジア太平洋戦争下の十八年十月、山梨県山中湖畔に疎開。反戦詩を書き続け、戦後『落下傘』（昭和23年4月、日本未来派発行所）、『蛾』（昭和23年9月、北斗書院）、『鬼の児の唄』（昭和24年12月、十字屋書店）の三部作となった。『人間の悲劇』（昭和27年12月、創元社）では戦後日本人の精神性に深く切り込み、第五回読売文学賞受賞。他の詩集に『水勢』（昭和31年5月、創元社）、『IL』（昭和40年5月、勁草書房）などがあり、口語訳に幕末京都における会津藩の動静を記録した山川浩著『京都守護職始末1』（昭和40年8月、平凡社）、同『京都守護職始末2』（昭和41年2月、平凡社）、小説に『どくろ杯』（昭和46年5月、中央公論社）、『ねむれ巴里』（昭和48年10月、中央公論社）など。『金子光晴全集』全十五巻（昭和50年10月～52年1月、中央公論社）がある。

（橋本正志）

加能作次郎　かのう・さくじろう

明治十八年一月十日～昭和十六年八月五日（1885～1941）。小説家。石川県羽咋郡西海村（現・志賀町）に生まれる。父は京都入江家の出で、母方の実家加能家の養子になるが、実子が生まれたために分家、漁師を家業とした。明治三十一年、足の関節炎を病み、富来高等小学校を四年で退学。夏、加能家を訪れた京都の伯父入江万次郎に、病気を治し中学校にも入れてやるといわれ、秋、能登を出奔。京都四条で宿屋と薬屋を営む伯父のもとで丁稚として働く。十二月、伯父が病気のため清水《きよみず》の産寧坂の別荘に移転、下男のように働く。三十二年、故郷で病んだ関節炎が再発、京都府立病院に入院。尾崎紅葉、徳冨蘆花の作品に親しむ。三十三年春、伯父が再び四条に出て洋食屋を開業、下足番や出前持ちとして働く。十一月、伯父が死去。代書人の書生となる。ついで弁護士の事務員となり、かたわら夜学校に通う。三十五年、大阪郵便電信局の臨時通信事務員となる。講義録を取り寄せ、図書館にも通ううち、文学への志を強める。三十六年、帰郷、村役場臨時雇書記となる。小学校教員の検定試験で准教員の資格を得て、羽咋郡の尋常小学校、尋常高等小学校に勤務。三十八年九月、文学への思い抑えがたく上京、本郷区曙町（現・文京区）に間借りして、国民英学会に通う。三十九年二月、加能北浪のペンネームで「文庫」に「回想日記」を発表。四十年、早稲田大学高等予科文科に入学。片上伸（天弦）の指導を受け、知遇を得る。自然主義文学の影響を受ける。四十一年七月、片上伸の世話で「ホトトギス」に「アルフォンス・ドォデェの作風」を発表、高浜虚子の知遇を得る。その後も外国文学者の評伝、作風紹介、作品論を同誌に発表、学資の足しにする。九月、大学部文学科英文科に進む。同級に、吉田絃二郎、大手拓次らがいた。四十三年七月、処女作「恭三の父」を「ホトトギス」に発表、小宮豊隆、志賀直哉に評価される。四十四年四月、「厄年」を「ホトトギス」に発表。七月、早稲田大学卒業。八月、島村抱月の推薦で早稲田大学出版部に入り、「早稲田講演」の編集に当たる。大正二年五月、早稲田大学出版部を辞し、片上伸、吉江孤雁らの推薦で、博文館に入社、西村渚山のもとで「文章世界」の編集に従事。六月、「文章世界」短文の選者になる。トルストイ『三つの死』（大正2年9月、海外文芸社）を重訳刊行。三年三月、羽咋郡稗造村の嶋田房野と結婚、牛込区新小川町（現・新宿区）に新居をかまえる。同年四月、「汽船」を「文章世界」に発表。四年一月、「気休め」を「新潮」に発表。九月、片上伸の渡露送別会に出席。六年四月、「創作難」を「文章世界」に発表、「この二三年来」「創作力が減退」していると記す。六月、「文章世界」の編集主任になる。七年一月、「文章世界」散文の選者になる。五月、「末流の悲しみ」を「早稲田文学」に発表。六月、「迷子―自叙伝の一節」を「早稲田文学」に発表、スランプ脱出の契機となる。八年二月、第一創作集『世の中へ』を新潮社から刊行。正宗白鳥が、表題作について「この頃私の読んだ新作の中でこれほどに感興をもつて読んだものは他に無かつた」（「加能君の『世の中へ』」、「文章世界」大正8年4月）と述べるなど、好評をもって迎えられる。三月十八日、麹町富士見軒で『世の中へ』出版記念会を開く。四月、広津和郎の紹介であずかっていた宇野浩二の原稿「蔵の中」を、「文章世界」に掲載。『霰の音』（大正8年12月、新潮社）刊行。九年四月、「新潮」で特集「加能作次郎の印象」を組み、中村星湖、田中純、小寺菊子、吉田絃二郎、小川未明、片上伸が執筆。『寂しき路』（大正9年6月、聚英閣）、『支那人の娘』（大正9年10月、学芸書院）、『若き日』（大正9年10月、新潮社）、『厄年』（大正9年12月、博文館）を刊行。十年四月、博文館を退社。『誘惑』（大正10年6月、金星堂）、『小夜子』（大正10年7月、新潮社）、『処女時代』（大正10年10月、天佑社）、『傷ける群』（大正10年12月、新潮社）、『恭三の父』（大正11年5月、金星堂）、『微光』（大正11年6月、愛文閣）、『祖母』（大正11年9月、金星堂）、『これから』（大正12年4月、近代名著刊行会）、『幸福へ』（大正12年5月、新潮社）、『一人の女』（大正12年12月、大阪毎日新聞社・東京日日新聞社）、『弱過ぎる』（大正14年5月、新潮社）を刊行。十四年六月、京都に赴く。昭和三年、旧文学退潮の流れの中、作品発表数が減少する。六年、創作活動不振をきわめる。十一年、「老いたるカナリヤ」を「東京朝日新聞」（3月6日～10日）に短期連載。十六年、作品集『乳の匂い』校正中に発病したクループ性肺炎のため死去。

＊乳の匂い《ちちのにおい》　短編小説。〔初出〕「中央公論」昭和十五年八月。〔初版〕『乳の匂い』昭和十六年八月、牧野書店。◇京都四条大橋の際で宿屋と薬屋を営む伯父のもとで働いていた私は、西洞院蛸薬師につかいに出され、そこで伯父の養女のお信さんに出会う。伯父の許しなく子供を産んだことで勘当同然になっていたお信さんは、清水に居を移していた伯父を訪ね、相手の男と上海に行くことになったと告げる。お信さんを見送りに出た私は砂塵をくらって目を開けられなくなるが、お信さんが機転をきかせて、乳汁で私の洗眼をする。作品は、のちに大学生になった私が帰省の途中、京都により、お信さんが七条新地で娼婦になっているという噂を聞き、その新地を逍遥するあたりで結ばれる。

（中尾　務）

鏑木蓮　かぶらぎ・れん

昭和三十六年十二月二十二日～（1961～）。推理小説家。京都市に生まれる。本名・石田和夫。京都府立洛南高等学校を経て、仏教大学国文学科卒業、卒業論文は「江戸川乱歩論」。平成十六年、「黒い鶴」で第一回立教・池袋ふくろう文芸賞受賞。十八年、戦後のシベリア抑留から時を経て、舞鶴港で起こった殺人事件の謎を解く『東京ダモイ』（平成18年8月、講談社）で第五十二回江戸川乱歩賞を受賞。また、北野天満宮近くの上七軒に育った新米刑事片岡真子が活躍する『エクステンド』（平成20年12月、講談社）などがある。京都市在住。

（三谷憲正）

神谷佳子 かみたに・よしこ

昭和五年九月十三日～（1930～）。歌人。京都市に生まれる。旧姓・山本。京都府立西京大学（現・京都府立大学）を卒業し、成蹊女子短期大学に勤務する。昭和四十五年、短歌結社、好日入社。五十一年、仕事で渡独する夫に同伴し、その折の見聞を合同歌集『萌』（昭和52年11月、短歌公論社）に発表。五十四年より「好日」編集委員。現代歌人集会会員、京都歌人協会会員。歌集に『游影』（昭和58年8月、短歌公論社）などがある。平成十二年、日独対訳歌集『Licht und Schatten』がドイツで刊行された。

（野田直恵）

加山又造 かやま・またぞう

昭和二年九月二十四日～平成十六年四月六日。（1927～2004）。画家。京都に生まれる。祖父は絵師、父は西陣織の図案家。京都市美術工芸学校（現・京都市立芸術大学）卒業。昭和二十四年、東京美術学校（現・東京芸術大学）日本画科卒業。その後山本丘人に師事し、新制作協会（現・創画会）を中心に活躍、常に日本画壇に新風を吹き込んだ。東京芸術大学名誉教授。四十八年、日本芸術大賞受賞。五十五年、芸術選奨文部大臣賞受賞。平成十五年、文化勲章受章。昭和四十九年から五十五年にかけて「中央公論」の表紙を製作した。平成十一年には井上靖文化賞を受賞。

（野口裕子）

唐木順三 からき・じゅんぞう

明治三十七年二月十三日～昭和五十五年五月二十七日（1904～1980）。評論家。哲学者。長野県上伊那郡宮田《みやだ》村に郵便局長の職にあった父辰太郎、母かまよの次男として生まれる。当時、「旅順口でロシアの軍艦三隻を轟沈したといふ因縁で順三といふ名をつけられた」（「私の履歴書」、『唐木順三全集（増補版）』第19巻、昭和57年12月、筑摩書房）。「唐木」は「小学校時代までは多くタウノキと言ってゐた」が、「中学へ入る頃から、いつとはなく、カラキと呼ぶやうになつた」（「私の履歴書」）。大正六年、宮田村尋常高等小学校を経て、長野県立松本中学校（現・県立松本深志高等学校）に入学。翌年、評論家となる臼井吉見や、筑摩書房を興す古田晁が入学してきた。当時、川島波速の養女芳子（粛親王の王女）が馬に乗り、長野県立松本高等女学校（現・県立蟻ヶ崎高等学校）へ通う姿を見ていたという。十年、松本中学を四年修了で松本高等学校（現・信州大学）の文科甲類（第一外国語が英語）に入学。一年下に中島健蔵、二年下に臼井吉見、古田晁が続いた。十三年三月、松本高校を卒業。京都が好きだったという理由から同年四月、京都帝国大学文学部哲学科に入学し、「神楽ヶ岡の翠松園といふかなり大きな家」に下宿した。講義では西田幾多郎に心酔する。「西田先生に接したことは私の生涯の決定的要素となつた。（中略）ここに人がゐる、ここにほんたうの人がゐると実感をもつてひしひしと感じた。先生の姿から、なにかが発射してくる思ひであつた」（「私の履歴書」）。在学中、古寺や庭を見ることはなかったが、嵯峨野だけはよくでかけたという。二年次は西田幾多郎の授業がなかったため、長野県に戻り教壇に立った。翌年、京都へ戻ると今度は真如堂内の三重の塔近くの尼寺に止宿する。昭和二年三月、京都帝大哲学科卒業。卒業論文は「ベルグソンに於ける時間と永遠」。翌月、長野県諏訪郡上諏訪高島実業学校の教師となる。赴任してから初めて西田幾多郎に挨拶の手紙を出し、便箋二枚の流麗な書体の返事をもらい、西田との個人的な接触が始まる。五年五月、三木清の斡旋で満州教育専門学校に教授として赴任。その途次、京都で西田の自宅を初めて訪問。七年十月、三木清の紹介で春陽堂から第一評論集『現代日本文学序説』を刊行。八年十月、遠縁の、長野市の開業医後藤自助の娘フサエと結婚。十年一月、かねて京大文学部事務室に斡旋を依頼していたところ、前任者の退職にともない、千葉県成田山新勝寺の経営する成田高等女学校に就職。十五年一月、古田晁と臼井吉見が成田に来訪し、古田の筑摩書房創業にあたって応援を求められる。「筑摩」とは古田の出身地信州東筑摩の筑摩村にちなんだ名であった。四月、法政大学予科の講師となる。十八年九月、『鴎外の精神』を筑摩書房より刊行。十九年六月、筑摩書房の竹之内静雄の出征壮行会を伊豆の古奈で行ったおり、そこの宿で、偶然、京都の西谷啓治、高坂正顕、鈴木成高らと逢う。二十一年一月、筑摩書房から総合雑誌「展望」が創刊。この雑誌は、終戦後、臼井吉見、中村光夫と相談し発刊を決めたものであり、「展望」の誌名は唐木の発案であった。六月、明治大学文芸科に、科長の豊島与志雄の意向により講師として出講。二十四年四月、明治大学文学部の教授となる。三十四年一月、『中世の文学』（昭和30年10月、筑摩書房）により第七回読売文学賞（評論賞）を受賞。三十二年、十月十日から十二月十二日まで京都に滞在し、寺社や庭園を見る。この旅は「二十年前の京都日記」（昭和54年4月、筑摩書房、『古いこと新しいこと』）の中に書かれ、またこの見聞がのち、『千利久』（昭和38年5月、筑摩書房）をまとめる契機となる。三十三年秋、京都大学哲学科で「日本思想史」の集中講義（十日間）を行う。三十五年二月、『無用者の系譜』（筑摩書房）を出版。四十年二月、「展望」に森侍者から見た一休宗純を描いた、順三初めての小説「しん女語りぐさ―私本応仁記―」を発表。六月、京都で西谷啓治を訪ね、その後関西学院大学へ行き「自然について」という講演をする。また十月には大谷大学で「言葉について」と題して講演。四十一年四月、『応仁四話』（後述）を筑摩書房から刊行（翌年、芸術選奨を受賞）。四十二年六月、筑摩書房から『唐木順三全集』（全12巻）の配本が開始される（翌43年6月完結）。四十三年一月の「展望」に「京都・飛騨みやげ話」を掲載。四十四年四月、京都にて「禅の歴史と現代」について西谷啓治と対談した。四十六年五月、「長い評論家としての業績」により日本芸術院から芸術院賞（評論）を贈られた。五十五年五月、肺癌で死去。葬儀は自宅にて浄土宗の法式によって行われた。葬儀委員長西谷啓治、弔事山本健吉・下村寅太郎・臼井吉見など。享年七十六歳。翌年五十六年四月、『唐木順三全集 増補版』全十九巻の配本が始まった（翌57年12月完結）。

（三谷憲正）

＊応仁四話《おうにんよわ》 小説。〔初版〕昭和四十一年四月、筑摩書房。◇「しん女語りぐさ」「体源抄由来」「宗祇私話」「慈照院義政」の小説四話と「あとがき 或いは、こぼれてしまった話」が収められている。「あとがき」には三条西実隆、蓮如など、歴史の中で唐木の心に留まった人物が挙げられ、しかし結果的には選ばなかった理由が説明されて

おり、彼の歴史観、人物観を示すところとなっている。四話はそれぞれ一人称で書かれ、独自の世界観を醸し出しているが、特に生涯を通じて関心の厚かった宗祇については、若くして京都に移り、相国寺から洛北へと移り住みながら様々な文人とかかわる彼の遍歴を描きながら、「活気はあったが秩序はなく、意見はあったが持続はなく」と乱世の兆候の色濃い洛内を映しだしている。

＊日本人の心の歴史　補遺《にほんじんのこころのれきし　ほい》　評論。〔初版〕昭和四十七年二月、筑摩書房。◇昭和四十五年に上下巻で刊行された『日本人の心の歴史』の後「もともと二巻でおさまる筈のものでなかった」（あとがき）ものの「おちこぼれ」（同）として刊行された。中に収められた「桂御所の問題点」は久恒秀治、森蘊両氏の論を起点として、「桂御所」の桂棚の作られ方から、歴史と美意識を考察している。「装飾過多」「何かに迎合する姿勢」を「文化の歴史の曲がり角」と感じ、迎合するもの、されるものが「自然の中の一員ではなく」「いわば政治的人間」である、として美意識の変遷の背景に迫った。「桂離宮」への関心としては、『飛花落葉』（昭和45年5月、筑摩書房）所収のエッセイ「京に寄せる」にも、和辻哲郎の『桂離宮』（昭和30年）への言及がある。この作品にはまた「利休から光悦時代の京大阪に身をおいてみたい」とし、観光としての京都には「どこか品位を保ってほしい」と書いているが、そこにも通底する歴史性と美意識の関係への意思がうかがわれる。

（小川直美）

狩場直史　かりば・ただし

昭和四十四年（月日未詳）（1969～）。劇作家、音響プランナー、俳優。京都に生まれる。関西を活動の拠点とする劇団、KTカムパニー、八時半、魚灯などで活躍。魚灯では第二回公演以降全公演の音響を担当。平成十七年に大阪で主宰するKMカムパニーのために、鈴木敏郎と共作した戯曲「零れる果実」で第二回シアターコクーン戯曲賞を受賞する。十八年三月に戯曲「ゆるやかな砦」（劇団京芸）がD・D・シアター（劇団京芸稽古場）で上演された。

（長原しのぶ）

河井寛次郎　かわい・かんじろう

明治二十三年八月二十四日～昭和四十一年十一月十八日（1890～1966）。陶芸家、随筆家。島根県能義郡安来町（現・安来市）に生まれる。東京高等工業学校（現・東京工業大学）卒業後、京都市立陶磁器試験場に技手として働く。辞職後、京都市東山区五条に鐘渓窯を設け、生涯ここで製作する。日本の民芸運動の展開に大きい役割を果たした。同人誌「工芸」（昭和6年）や「月刊民芸」（昭和14年）を発刊する。代表作に京都の西村書店より出版された『化粧陶器』（昭和23年）、『いのちの窓』（昭和23年）等がある。

（中野登志美）

河合隼雄　かわい・はやお

昭和三年六月二十三日～平成十九年七月十九日（1928～2007）。心理学者、心理療法家。兵庫県多紀郡篠山町（現・篠山市）に生まれる。京都大学卒業後、米国留学を経てスイスのユング研究所に留学し、日本人で初めてユング派分析家の資格を取得する。帰国後、日本心理臨床学会を設立。昭和四十七年より京都大学で教鞭をとる。国際日本文化研究センターの創設に携わり、第二代所長に就任（平成7年～13年）。平成十四年、文化庁長官に就任後、京都に同庁分室を設置した。評論『とりかへばや、男と女』（平成4年1月、岩波書店）では、トポスとしての京都に言及して

いる。（松枝　誠）

河合秀和　かわい・ひでかず

昭和八年四月二十八日～（1933～）。政治学者。京都市に生まれる。東京大学法学部卒業。学習院大学法学部名誉教授。主に西欧の近代政治に関する著書、訳書を多く刊行している。「週刊読売」（平成3年11月10日）の「さーくる 同窓生」で、京都時代の河合氏について「旧制の府立一中のときからのラグビー部仲間。学制改革で新制の鴨沂高校に三人一緒に移る」と回想されている。（水野　洋）

河上肇　かわかみ・はじめ

明治十二年十月二十日～昭和二十一年一月三十日（1879～1946）。経済学者。山口県玖珂郡岩国町（現・岩国市）に生まれる。明治三十五年、東京帝国大学法科大学政治科卒業。四十一年に京都帝国大学法科講師に就任。大正二年、ヨーロッパ留学。四年、帰国後、教授となる。五年、「大阪朝日新聞」に「貧乏物語」を連載（9月11日～12月26日）し、大きな反響を呼んだ。櫛田民蔵、福本和夫らとの論争の中で、唯物史観の哲学的理解への道に至る。昭和三年、京大総長により辞職勧告を受けて教授辞任。八年、治安維持法違反で小菅監獄に収監される。十二年、出獄。十六年、京都市に移住。（仙谷英紀）

河北倫明　かわきた・みちあき

大正三年十二月十四日～平成七年十月三十日（1914～1995）。美術評論家。福岡県浮羽郡山春村（現・うきは市）に生まれる。昭和十三年、京都帝国大学文学部哲学科美学美術史専攻卒業後、同大学院に進学。二十七年、国立近代美術館創設に当たり事業課長になる。四十四年、京都国立近代美術館館長。平成三年、文化功労者に選ばれる。京都を舞台にした作品としては、醍醐の寺の近くに住む友人との交流から高山寺の「明恵上人像」に思いを致す「明恵上人像に想う」（『東行西行』昭和45年12月、三彩社）がある。（宮薗美佳）

川口克己　かわぐち・かつみ

大正十一年七月四日～（1922～）。歌人。京都府福知山市に生まれる。日本国有鉄道（現・JR）在職中、大阪鉄道局の宮崎信義と知己となる。昭和二十四年、宮崎が主宰誌「新短歌」（平成元年「未来山脈」に合併）を創刊し、その時から同誌に所属。国語自由律短歌を提唱してきた宮崎の世界を『評釈宮崎信義の世界』（平成元年3月、短歌新聞社）として上梓し、関西短歌文学賞A賞受賞。「丹波歌人」の選者、編集委員。歌集に『アラヤ』（昭和47年3月、国鉄詩人連盟）がある。（澤田由紀子）

川口松太郎　かわぐち・まつたろう

明治三十二年十月一日～昭和六十年六月九日（1899～1985）。小説家、劇作家、演出家。東京市浅草区浅草今戸町（現・東京都台東区今戸町）に生まれる。本名・松田松一。山谷堀小学校卒業。「風流深川唄」（「オール読物」昭和10年1月～4月）や「明治一代女」（「オール読物」昭和10年9月～12月）など三作品で第一回直木賞受賞。また新派や映画の脚本、演出にも携わり活躍は多岐にわたる。関西へは大正十二年九月、関東大震災を機に来阪。大阪のプラトン社に入社し、雑誌「苦楽」の編集に携わる。十五年に東京に戻るが、その後も京都にはたびたび訪れている。戦時下から昭和三十年代まで祇園下河原町に別宅（現在は旅館玉半の所有）を所有していた。戦後、二十二年に大映の専務となり、二十六年には大映京都撮影所所長にも就任している。主に京都を舞台とした作品に「祇園囃子」（「オール読物」昭和28年8月）、「古都憂愁」（「小説新潮」昭和39年5月〜昭和40年5月）などがある。（田中裕也）

川島雄三　かわしま・ゆうぞう

大正七年二月四日〜昭和三十八年六月十一日（1918〜1963）。映画監督。青森県下北郡田名部町（現・むつ市）に生まれる。明治大学専門部文芸学科卒業後、松竹大船撮影所に入社。昭和十九年、監督に昇進。三十年、日活に、三十二年、東宝系に、その後大映に籍を置いた。ナンセンス映画や風刺喜劇映画を得意とし、「花咲く風」（松竹京都、昭和28年）、「純潔革命」（松竹京都、昭和28年）、「幕末太陽伝」（日活、昭和32年）、「雁の寺」（大映京都、昭和37年）などがある。（宮山昌治）

川路柳虹　かわじ・りゅうこう

明治二十一年七月九日〜昭和三十四年四月十七日（1888〜1959）。詩人、美術評論家。東京府芝三田四国町（現・東京都港区）に生まれる。本名・誠。明治三十六年に洲本中学校（現・県立洲本高等学校）を中退、画家を志し四月に京都市美術工芸学校（現・市立芸術大学）に入学、三十九年三月に卒業後、関西美術院に通う。のち、東京美術学校（現・東京芸術大学）に進学。京都在学時に河井酔茗の「文庫」同人の沢村胡夷にすすめられ、「文庫」や「詩人」に詩を投稿。「詩人」第四号（明治40年9月）に日本初の口語自由詩「新詩四章」を発表し、詩壇の注目を浴びた。これらの口語自由詩を第一詩集『路傍の花』（明治43年9月、東雲堂書店）に収める。大正六年設立の詩話会の中心人物として活躍し、十年に「日本詩人」を創刊、年間詩集『日本詩集』の育成に尽力する。大正七年に曙光詩社を創立、「伴奏」「炬火」などを創刊主宰する。昭和三十二年、詩集『波』（昭和32年2月、西東社）で日本芸術院賞を授与された。（永井敦子）

川田順　かわた・じゅん

明治十五年一月十五日〜昭和四十一年一月二十二日（1882〜1966）。歌人。東京下谷三味線堀（現・東京都台東区）に、宮中顧問官で文学博士川田剛の三男として生まれる。城北中学校（現・都立戸山高等学校）の在学中に、佐佐木信綱に入門、明治三十一年二月、「心の花」創刊に参加、同人となる。その年の夏、中学校の同級生土倉《どくら》六郎の故郷奈良県吉野郡大滝を訪れ、奈良や京都を見物する。三十二年、第一高等学校（現・東京大学）文科に入学、シェークスピアと近松を耽読する一方、島崎藤村や薄田泣菫の感化で新体詩をつくる。三十五年、東京帝国大学英文学科に入学、小泉八雲や夏目漱石の講義を受け、文学熱を高める。三十六年、小山内薫、武林無想庵らと同人誌「七人」を創刊する。しかし、文学は生活の糧にあらずという信念から「文科大学を去るも文学を捨てず」と声明して法科に転学する。この年の春、大阪で開催された勧業博覧会を参観、京阪、奈良を歴遊。四十年に大学を卒業、八月末に住友総本店に入社、大阪に移住。十月、京都府南部の笠置山に登る。この頃から「近畿歌鈔」の作がはじまる。四十三年三月、河原林和子と結婚。昭和十一年五月に退職するまで実業家として活躍するが、そのかたわら、奈良や京都を中心に関西各地の名所旧跡を訪ね古美術を鑑賞する。とくに奈良秋篠寺の伎芸天の魅力にとらわれる。大正五年四月初旬から六月上旬にかけて中国大陸、朝鮮半島を旅行、十四年から昭和四年まで毎年恒例の旅となる。大阪に移住して十年の歳月が過ぎても関西の風俗言語に馴染めず、〈横堀の柳芽を吹き春は来ぬ少しは我の大阪じみよ〉と歌う。大正七年三月、第一歌集『伎芸天』刊行。八年九月、窪田空穂や松村英一らを大阪の自宅に招き、ともに観心寺、二上山、当麻寺などに吟行。空穂の感化によって、浪漫的歌風から写実的歌風へと転換する。九年五月、京都の三千院、寂光院、鞍馬山、貴船神社に遊ぶ。六月、木津川に遊び、恭仁京址を訪ねる。八月、京都府宮津市の日本三景の一つである天橋立を見物。十一年二月、大阪歌壇各派の合同主催で第三歌集『山海経』出版記念会が催される。四月、大阪朝日新聞社主催の近松二百年祭記念講演会で「近松劇の特質」を講演。十二年八月、兵庫県御影町（現・神戸市東灘区）六甲山麓の新居に転居。十三年四月、反「アララギ」を標榜する「日光」の創刊に木下利玄らと参画、同人となる。七月、洛北の詩仙堂に遊ぶ。この頃から六朝および唐時代の土偶や朝鮮李王朝の陶器を蒐集。昭和二年十一月、日本歌人協会の結成に参加、常務委員となり、歌壇の交遊が深まる。三年三月、比叡山、寂光院に遊ぶ。五月、上賀茂、下鴨両神社の祭りである葵祭を見物。十一月、京都市左京区の鹿ヶ谷にあった住友別邸で秩父宮（大正天皇の第二皇子）殿下、妃殿下に拝謁。五年八月、住友合資会社の理事に就任。関西財界の中枢として多忙を極めるなかで、『青淵』（昭和5年5月、竹柏会）、『鵲』（昭和6年9月、改造社）、『立秋』（昭和8年2月、改造社）、『旅雁』（昭和10年1月、改造社）などの歌集の刊行がつづいた。十一年五月、常務理事であったが、突如として住友本社を退社。以後は古典研究を中心とした文筆活動に専念。『全註金槐和歌集』（昭和13年5月、冨山房）、『源実朝』（昭和13年6月、厚生閣）、『西行』（昭和14年11月、創元社）、『西行研究録』（昭和15年11月、創元社）、『藤原定家』（昭和16年10月、創元社）、『西行の伝と歌』（昭和19年11月、創元社）などの古典和歌研究に優れた業績を残した。昭和十四年十二月に病没した愛妻の和子への挽歌をまとめた『妻』（昭和17年2月、甲鳥書林）を刊行。十五年十一月、京都市左京区北白川に転居。十七年三月、第八歌集『鷲《わし》』（昭和15年6月、創元社）の雄大な自然詠が認められ、帝国学士院賞を受賞。同年四月には、『鷲』と、皇紀二六〇〇年にちなんで刊行した歌文集『国初聖蹟歌』（昭和16年3月、甲鳥書林）とによって第一回帝国芸術院賞を授与。十九年一月、『幕末愛国歌』（昭和14年6月、第一書房）、『定本吉野朝の悲歌』（昭和14年9月、第一書房）、『戦国時代和歌集』（昭和18年9月、甲鳥書林）の三部作によって朝日文化賞を受ける。順は斎藤茂吉とともに多くの戦時詠を歌った歌人として知られているが、歌集『吉野之落葉』（昭和20年8月、養徳社）を刊行した時点で京都北白川の自宅で終戦を迎えた。戦後、戦時中の愛国歌人であった態度が世間からきびしく批判されたが、二十二年四月に『寒林集』（創元社）、二十七年六月に『東帰《とうき》』（長谷川書房）などの歌集を意欲的に刊行した。二十一年二月から皇太子の作歌指導役を拝命、毎月一度上京する。二十三年、宮中歌会始《うたかいはじめ》選者。この頃、〈樫の実のひとり者にて終らむと思へるときに君現はれぬ〉〈相触れて帰りきたりし日のまひる天の怒りの春雷ふるふ〉と歌うように、元京都大学教授夫人で歌の弟子であった鈴鹿俊子との恋愛関係が深まり、二十三年十一月三十日、谷崎潤一郎、吉井勇らに遺書を送り、京都東山法然院の川田家墓所で自殺を図る。しかし未遂に終わり、「老いらくの恋」事件として大きな社会問題になる。二十四年三月二十三日、俊子と京都平野神社で結婚式を挙げ、翌二十四日、俊子とともに神奈川県小田原市国府津に帰住する。二十七年六月、『川田順全歌集』（中央公論社）を刊行し、その年の十一月に藤沢市辻堂に転居。三十三年三月、『定本川田順全歌集』（中央公論社）刊行。三十五年、『明治天皇昭憲皇太后御集』の編集委員をつとめ、三十八年二月、日本芸術院会員に推挙される。四十一年十二月二十日、自宅で転倒、翌四十一年一月二十二日、全身性動脈硬化症で満八十四歳の生涯を閉じる。関西在住時代は、東大で同級生であった上野精一との関係から「大阪朝日新聞」への寄稿も多く、住友時代については『住友回想記』（昭和26年10月、中央公論社）、『続住友回想記』（昭和28年2月、中央公論社）に詳しい。なお俊子は平成十八年二月二十日、九十六歳で死去。

＊伎芸天《ぎげいてん》　歌集。〔初版〕大正七年三月、竹柏会出版部。◇第一歌集。歌数二六一首。明治四十年八月、大阪に移り住んでから、上方の山水古美術等に好奇心をそそられて、「近畿百首何々百首といふ濫作」に耽ったという内容の詞書を持つ「洛中洛外」のなかには、京都を詠んだ〈月の秋を魚板の音か等持院かどの小家に蕈など打つか〉〈霜の朝の石だたみ道がらがらと俥《くるま》でぬける妙心寺かな〉などの歌がある。

＊山海経《さんかいきょう》　歌集。〔初版〕大正十一年一月、東雲堂書店。◇第三歌集。大正八、九、十の三年間、大和河内方面の社寺を巡礼し、古美術を鑑賞することが多くなり、近畿古寺巡礼の歌を多くあつめている。集中の「巻之一」に〈寂光院のうしろに登る道はあれど落椿くろくくされてゐたり〉、「巻之二」に〈木津川の川辺の道の隈もおちず照り光りつつはるけかりけり〉など、京都を詠んだ歌も多い。

（太田　登）

川田武　かわた・たけし

昭和十六年三月十六日～（1941～）。SF作家。京都市に生まれる。昭和三十八年、京都大学教育学部卒業後、NHK入局。番組取材を元に『二つの飛鳥』（昭和48年8月、新人物往来社）を刊行。四十九年九月、「クロマキー・ブルー」で、「SFマガジン」の第四回SF三大コンテスト小説部門に第一位入選。以降、兼業作家として作品を発表。日米合作のハリウッド映画「クライシス２０５０」（平成2年7月）は、原案（『太陽大爆発クライシス２０５０』平成2年3月、学習研究社より単行本化）兼エグゼクティブ・プロデューサーを担当。NHK退職後、国際メディア・コーポレーション、ミステリチャンネルに勤務。平成十九年、中部大学人文学部教授就任。著書に、『乱歩邸土蔵伝奇』（平成14年10月、光文社）などがある。

（室　鈴香）

川田瑞穂　かわだ・みずほ

明治十二年五月二十四日～昭和二十六年一月二十七日（1879～1951）。漢学者。高知に生まれる。号・雪山。同郷の山本梅崖《ばいがい》らに師事し、梅崖が明治十五年、大阪天神橋に開いた漢学塾の梅清処塾において、二十九年から四年間にわたり学ぶ。のちに京都で「近畿評論」の編集に携わる。移住していた上海から帰国したのち、京都に居を構えていた（京都市上京区西洞院丸太町上ル）長尾雨山から漢詩文を学ぶ。大正十二年、大東文化学院の創設につくし、幹事教授に就任。辞職後、昭和四年に早稲田大学教授に就任。のち司法省、内閣官房の嘱託となり、鈴木、平沼諸大臣に知遇をうけ、太平洋戦争時の詔書起草にかかわった。著書に、『詩語集成』（昭和6年10月、立命館出版部）、

『片岡健吉先生伝』（昭和15年1月、立命館出版部）がある。

（竹島千寿）

河野裕子　かわの・ゆうこ

昭和二十一年七月二十四日～平成二十二年八月十二日（1946～2010）。歌人。熊本県上益城郡御船町七滝に生まれる。父如矢《ゆきや》、母君江の長女。大牟田市、京都市と転居し、昭和二十七年、滋賀県石部町（現・湖南市）に居住。三十七年、京都女子高等学校に入学するが、三年生のとき、病気により一年間休学する。三十九年十月、短歌結社コスモスに入る。四十一年、京都女子大学文学部国文学科に入学する。四十二年、京都の学生を中心とした同人誌「幻想派」創刊に参加。その第一回の会合が京都大学の楽友会館で開催され、夫となる永田和宏と初めて出会った。四十四年、「桜花の記憶」により角川短歌賞を受賞。四十五年、大学を卒業、滋賀県蒲生郡日野東中学校に勤務。四十七年五月、第一歌集『森のやうに獣のやうに』を青磁社より刊行。〈逆立ちしておまへがおれを眺めてた　たつた一度きりのあの夏のこと〉〈たとへば君　ガサッと落葉すくふやうに私をさらつて行つてはくれぬか〉の歌のように、口語や破調を柔軟に使いこなしつつ、清新な恋の歌をうたいあげ、話題をよんだ。同年、永田和宏と結婚し、横浜市に転居。四十八年、長男淳《じゅん》誕生。四十九年、長女紅《こう》誕生。五十一年十一月、永田が京都大学結核胸部疾患研究所へ移ったのに伴い、京都市右京区龍安寺塔ノ下町へ転居。五十二年、第二歌集『ひるがほ』（昭和51年10月、短歌新聞社）により第二十一回現代歌人協会賞を受賞。〈まがなしくいのち二つとなりし身を泉のごとき夜の湯に浸す〉など、妊娠や出産、子育ての日々をうたった歌を収める。その後、左京区岩倉中町に転居。五十四年五月、評論「いのちを見つめる」（「短歌」）を発表、出産をテーマにうたった与謝野晶子以後の女性歌人の系譜をたどりながら、女の生を「汎母性」という視点から考察した。五十六年、第三歌集『桜森』（昭和55年8月、蒼土社）により、第五回現代女流短歌賞を受賞。〈たつぷりと真水を抱きてしづもれる昏き器を近江と言へり〉のように、母胎をイメージさせる歌や、〈君を打ち子を打ち灼けるごとき掌よざんざんばらんと髪とき眠る〉のように、子育てに体当たりでぶつかっていく生活をオノマトペや身体語の使用によってダイナミックに表現した歌を収める。同年三月、京都市芸術新人賞を受賞。五十八年四月、滋賀県石部町（現・湖南市）に転居。五月、名古屋でのシンポジウム「女・たんか・女」に参加。五十九年四月、京都で行われた「春のシンポジウム―歌うならば今」を道浦母都子ら女性歌人とともに企画、主宰。八月、永田の留学に伴い、渡米。この体験は〈母国語の母音ゆたかにあはれなり子らの音読を葱きざみつつ聴く〉（『紅』平成3年12月、ながらみ書房）の歌にみられるように、日本語への再認識をもたらした。六十一年五月、帰国。NHK学園全国短歌大会選者、芦屋と京都の朝日カルチャー短歌講座の講師となる。平成元年、京都市左京区岩倉上蔵町へ転居。近所をうたった〈人をらぬ実相院道のゆふつかた日本古代の菊の香ぞする〉（『体力』平成9年8月、本阿弥書店）がある。同年、コスモスを退会。二年三月、「塔」短歌会に入会。三年十月、評論集『体あたり現代短歌』（本阿弥書店）を刊行。また、十二月に刊行された歌集『紅』の〈良妻であること何で悪かろか日向の赤まま扱《しご》きて歩む〉の歌は、フェミニズムからの反発も含めて、話題となった。五年一月より「京都新聞」に「現代うた景色」を連載（～平成

6年3月まで)。「塔」の七月号より同誌の選者となる。六年、上賀茂神社の曲水の宴に参加。歌集『歳月』(平成7年2月、短歌新聞社)は、〈こゑ揃へユウコサーンとわれを呼ぶ二階の子らは宿題に飽き〉などの歌を収める。この歌をはじめ、以後も家族のことを自在な語法で読み継ぎ、ひとりの女性とその家族の軌跡を詠んでいる。九年十月、岩倉長谷町に転居。十年、第八回河野愛子賞を第七歌集『体力』により受賞。十二年、京都府文化功労賞受賞。九月、第九歌集『家』(短歌研究社)を刊行、また、乳癌の手術を受けた。十四年、第十歌集『歩く』(平成13年8月、青磁社)により第十二回紫式部文学賞、若山牧水賞を受賞。〈捨てばちになりてしまへず眸《め》のしづかな耳のよい木がわが庭にあり〉や、京都をうたった〈鳥獣の描線いくばくか濃くあらむ雨の高山寺石段《きざはし》のぼる〉〈賀茂神社夏の古書市で買うて来ぬ君がたいせつの『寒雲』樺いろ〉、また、近所の長谷八幡の大晦日をうたった〈暗きより影あらはれて火明かりに顔ひとつづつ見え氏子歩み来〉を含む。十七年、NHK教育テレビ「NHK短歌」を主宰する(〜平成18年まで)。十九年、「京都新聞」歌壇選者となる。二十年、「京都新聞」に永田和宏と交替で「京都歌枕」を連載(のち京都新聞出版センターより『京都うた紀行』の題で平成二十二年十月に刊行)。上賀茂神社主催「源氏物語と和歌」に参加。十一月、第十三歌集『母系』を青磁社より刊行、第四十三回迢空賞、斎藤茂吉短歌文学賞を受賞。〈オトウサン、オカアサンといふ人をこの世で見送り「それから」が来る〉などの歌を収めている。また、宮中歌会始詠進歌選者となった。二十一年、京都市文化功労章を受章。二十二年八月、乳がんのため死去。歌集は、ほかに『はやりを』(昭和59年4月、短歌新聞社)、『日付のある歌』(平成14年9月、本阿弥書店)、『季の栞』(平成16年11月、雁書館)、『庭』(平成16年11月、砂子屋書房)、『葦舟』(平成21年12月、角川書店)などがある。また、エッセイ集に『現代うた景色』(平成6年5月、京都新聞社)、『私の会った人々』(平成20年12月、本阿弥書店)がある。夫永田和宏、長男淳、長女紅、母君江も歌人。

＊家《いえ》 歌集。〔初出〕平成七年〜十一年、「短歌研究」「歌壇」など。〔初版〕『家』平成十二年九月、短歌研究社。◇平成元年に京都市左京区岩倉上蔵町へ転居していたが、九年十月に同じ岩倉の長谷八幡神社の鳥居の内側に住むこととなり、「こういう古い地に家を持ち、やっと定住の場を得た思いがする」とあとがきに書いている。「磐座—岩倉風土記—」と題された章をはじめ、〈大鳥居出で入る暮らしを同じうす鶴見俊輔鳥居道来る〉〈絵襖の広き余白に冬枝の楓映れり門跡実相院〉など、近隣の場所やその他京都を詠んだ作品が多い。

＊私の会った人々《わたしのあったひとびと》 エッセイ集。〔初出〕「歌壇」平成十八年四月〜二十年九月〔初版〕『歌人河野裕子が語る 私の会った人々』平成二十年十二月、本阿弥書店。◇池田はるみを聞き手として歌人を中心とする交流について語ったもの。京都の自宅に泊まりに来た友人や知人、近所に住む鶴見俊輔、冷泉家二十五代目の当主夫人である冷泉貴実子、寺町通の三月書房についての言及がある。上賀茂神社の曲水の宴にはじめて参加したときの感想として、装束師など行事をささえる京都独特の店や、飛び交う京都のことば、曲水の宴の舞台裏などについて語っている。「再現ではなくて、そのままなんです」、「千年前が今。現在進行形」という発言がある。

(田口道昭)

川端玉章　かわばた・ぎょくしょう

天保十三年三月八日〜大正二年二月十四日（1842〜1913）。日本画家。京都高倉二条（現・中京区）瓦町に生まれる。本名・瀧之助。別号に敬亭、璋翁。十一歳で中島来章に入門。慶応二年（1866）、江戸に移り、高橋由一門下となる。第一回、第二回内国絵画共進会で受賞、岡倉天心に認められた。明治二十三年、東京美術学校（現・東京芸術大学）の教授となる。二十九年、帝室技芸員、次いで日本美術院会員。四十二年に川端画学校を設立して後進の指導に尽力した。代表作は「墨堤桜花」など。長谷川武次郎が明治十八年から刊行を開始した『日本昔噺』シリーズの十三作目、『海月』（明治20年3月、長谷川武次郎）の挿絵を手がけている。（森本智子）

川端康成　かわばた・やすなり

明治三十二年六月十四日〜昭和四十七年四月十六日（1899〜1972）。小説家。大阪市北区此花町（現・北区天神橋）に生まれる。誕生日は「自作年譜」に「六月十一日」とあり、本人は終生この日だと思っていたという。明治四十五年四月、大阪府立茨木中学校（現・府立茨木高等学校）に入学。入試成績は一番だった。「文学的自叙伝」（「新潮」昭和9年5月）によると「竹久夢二氏装幀、長田幹彦氏作の、祇園や鴨川の花柳文学にかぶれて、中学の寄宿舎から京都に行き、一人で都踊を見物し、花見小路や木屋町や、先斗町や円山公園から東山へ夜中の二時過ぎまであくがれ歩いたこともあった」という。大正六年九月、第一高等学校（現・東京大学）入学。九年七月、東京帝国大学文学部英文学科入学。十一年六月、英文学科から国文学科に転科。十三年三月、東京帝大国文学科を卒業。卒業間もなく国文学科の藤村作教授から関西大学就職の勧誘があったが断った。十五年、サイレント映画「狂つた一頁」（監督・衣笠貞之助）撮影（松竹下加茂撮影所）中の五月上旬、十日間程京都に滞在して撮影を見た。「西国紀行」（「改造」昭和2年8月）には「菊水と云へば去年の五月、前田孤泉君と三階で飯を食つた時、東山の新緑が窓に映つてゐた。これは爽かな驚きであつた。『京都と云へば君、四条通りを歩いてゐてふと頭を上げると、目の前に山があるのだからね。』と、僕は東京の誰彼に云つたものだ。四条通りの東山と、去年下加茂の撮影所の窓から眺めた葵祭の行列と、ただすの森のただす園から見た青磁色の朝空と、これが僕の近頃の京都の印象の点睛である」と述べている。昭和二十四年十一月、広島市の招きによつて、小松清、豊島与志雄らと、ペンクラブを代表して原爆被災地を視察。帰途、京都へ寄る。翌二十五年の四月にも、広島、長崎を訪れた。「独影自命」（『川端康成全集』第十四巻、昭和45年10月、新潮社）に「私はその行き帰りに京都に寄つた。行きは花見時であり、帰りは四月の終りから五月の新緑のころであつた。殊に帰りは京都の宿に半月ゐた。（略）大徳寺へは三度行つた。孤篷庵《こほうあん》の井戸茶碗や高桐院《こうとういん》の古名画も見られた。桂離宮には大方半日ゐた。博物館へ東福寺文化展を見に行つて、佐佐木茂策氏らに出会ひ、やはり来合はせた小林秀雄氏や森暢氏らと、新緑の高尾へ誘はれて行つた」とある。三十二年九月二日、第二十九回国際ペンクラブ東京大会を開催、八日、京都での閉会式まで主催国の会長（昭和23年〜40年）としての大役を果たす。三十六年、取材のため下鴨神社近辺（左京区下鴨泉川町《しもがもいずみがわちょう》）に家を借り、「古都」や「美しさと哀しみと」を執筆した。この他、京都を舞台にした作品としては、本阿弥光悦を祀る光悦寺とそこでの茶会を描きこんだ「日も月も」（「婦人公論」昭和27年1月～28年5月）、またNHKテレビ小説の原作として、宮崎、鎌倉、京都を描く「たまゆら」（「小説新潮」昭和40年9月～41年3月）などがある。四十三年十月十七日、文学部門で日本人として初のノーベル文学賞受賞が決定。四十六年四月、ノーベル財団専務理事が来日し、共に京都へ行く。四十七年四月十六日夜、逗子マリーナ・マンションの仕事部屋でガス自殺を遂げた。

＊虹いくたび《にじいくたび》　中編小説。〔初出〕「婦人生活」昭和二十五年三月～二十六年四月。〔初版〕『川端康成全集』第十二巻、昭和二十六年四月、新潮社。◇作中時間は戦後の昭和二十四年の「年の暮れ」から翌二十五年の冬までのほぼ一年間である。舞台は京都を出た列車の中から始まり、熱海、箱根へと移るが、再び京都へと戻ってくる。建築家水原には三人の娘がいた。水原の元の恋人との間にできた子供で引き取られて来た百子《ももこ》は、「明日にも死にに行くかもしれぬ、航空兵」啓太との交情で深く傷つけられる。彼女には「火」「炎」という喩が多用され、戦争の被害を受けた戦中派世代の象徴として描かれている。また、「やさしい」という表現がよく使われるもう一人の娘麻子《あさこ》は啓太の弟夏二と交際し、彼らは、戦後の新しいジェネレーションを代表している。もう一つの恋物語は父水原の過去に関わるものであり、これは戦前の旧世代として登場してきている。その上に、「昔の女」菊子との間にうまれた若子との出会いの物語も準備されている。同じ「虹」であっても、戦中派の百子の「虹」は「廃王の恋」であり「切断された橋」でしかないが、「『完全な結婚』や『チヤタレイ夫人』なども読んでゐるかもしれない」戦後派の麻子の想う「虹」は「生の橋」であるという大きな相違がある。水原、百子、麻子の父娘三人が、夜汽車で京都へ赴く。大徳寺の聚光院、龍翔寺《りょうしょうじ》、高桐院を訪ね、また都踊を見に行き、異母妹若子と出会ったりしている。また麻子と夏二は桂離宮や神護寺を二人で回る。死者と生者との間に渡される「橋」を「心の橋」といい、「心の橋は虹の橋かもしれませんね」と夏二はいう。戦火で傷手を蒙った戦後の日本を、京都を舞台にして描いた作品である。

＊美しさと哀しみと《うつくしさとかなしみと》　長編小説。〔初出〕「婦人公論」昭和三十六年一月～三十八年十月。〔初版〕『日本の文学』第三十八巻、昭和三十九年三月、中央公論社。◇二十四年も前に妻子ある小説家大木年雄は十六歳の少女上野音子と関係があり、彼女は大木の子を死産させた過去を持っていた。その後音子は母に連れられて京都に住み、日本画家として自立するようになっていた。大木は過去の時間を飛び越え、年の暮れに京都の除夜の鐘を聞くという名目で、音子に連絡を付ける。そこで音子の内弟子である坂見けい子と出会うことになる。冬の嵐山、知恩院の除夜の鐘、鞍馬の五月の満月祭、西芳寺（苔寺）の石庭、あるいはまた小倉山や二尊院などを背景に愛憎の劇は繰り広げられる。最後は琵琶湖で坂見けい子と大木の息子太一郎の乗ったモーターボートが沈み、太一郎の死によって幕は閉じる。

＊古都《こと》　中編小説。〔初出〕「朝日新聞」昭和三十六年十月八日～三十七年一月二十三日。〔初版〕『古都』昭和三十七年六月、新潮社。◇千重子は双子として生まれたがゆえに、生後まもなく室町の呉服問屋の前に捨てられた娘であった。また北山杉の村（現・京都市北区中川）で育てられた苗子は、父親が杉から落ちて亡くなり、母にも先立たれて、苦労して大きくなった娘であった。この二人が、祇園祭の宵山（山鉾巡行の前

夜）でにぎわう四条通りの御旅所で偶然出会う。ここから千重子と苗子二人の人生が、四季折々の京都の風物詩を背景に交錯した軌跡を描くことになる。その大きな要因は、西陣にいる織物職人の秀男が、千重子の「幻」として苗子に結婚を求めるところにある。苗子は、その相談を兼ね、一度だけ千重子の育てられた室町の屋敷を訪れ、一夜泊まり、翌朝帰って行く。後にはただ正月まぢかの雪が降るばかりである。『竹取物語』『伊勢物語』さらには『源氏物語』を地下水脈とし、〈古都〉京都の〈哀微〉を描く。それは同時に古典的な世界、すなわち〈王朝〉の伝統の〈哀微〉でもあった。そうした〈哀微〉の哀しさは、千重子と苗子という、実の両親のいない孤児二人が離ればなれに育てられ、いったんは巡り会えたものの、しかし一緒には住むことができないという悲哀にも通じている。

（三谷憲正）

河原潤子　かわはら・じゅんこ

昭和三十三年七月三十一日～（1958～）。児童文学作家。京都市北区に生まれる。立命館大学文学部卒業。「ももたろう」同人。平成二年、『青い街』が、日本児童文芸家協会の創作コンクール優秀作となる。十二年、『蝶々、とんだ』（平成11年3月、講談社）で日本児童文学者協会新人賞、日本児童文芸家協会新人賞を受賞。主な作品に、『チロと秘密の男の子』（平成12年11月、あかね書房）、『図書室のルパン』（平成17年5月、あかね書房）などがある。

（日塔美代子）

河東碧梧桐　かわひがし・へきごとう

明治六年二月二十六日～昭和十二年二月一日（1873～1937）。俳人。松山市千舟町に、父坤と母せいの、六男三女の第八子五男に生まれる。三兄鍜（号・黄塔）、四兄銓（号・可全）は正岡子規の友人。本名・秉五郎。別号・青桐、女月、桐仙、海紅堂主人。伊予尋常中学校（のちの松山中学校）で高浜虚子と同級になる。明治二十六年、中学卒業後、第三高等中学校（現・京都大学）予科に入学、虚子と京都市吉田町に下宿。翌年、学制の変革に伴い仙台の第二高等学校（現・東北大学）に転学するが、虚子とともに退学、上京。二十八年、子規従軍中のため新聞「日本」俳句欄の代選をし、その翌年には雑誌「新声」（後の新潮）の俳句欄選者になる。三十年、松山創刊の「ホトトギス」に参加。上京後、日本新聞・京華日報社・太平新聞社を入退社、三十三年、ホトトギスに入社し編集の援助をする。同年、俳人青木月兎の妹繁枝と結婚。三十五年、子規が亡くなり、翌年、子規亡きあとの「日本及日本人」の俳句欄日本俳句欄の選者を受け継ぐ。同三十六年九月、「温泉百句」をめぐり虚子と論争。三十七年・三十八年と俳三昧を修し、大須賀乙字・荻原愛桜子（井泉水）らを輩出、碧派を形成した。三十九年、全国旅行開始、四十四年七月まで続く。東北地方の旅の中から新傾向俳句が興り、四十三年、岡山県玉島で無中心論を唱え、新傾向の一帰着点に到達。大正三年、井泉水との俳論の違いから、共に創刊した新傾向俳句機関誌「層雲」から訣別する。四年三月、中塚一碧楼・塩谷鵜平・大須賀乙字らと「海紅」を創刊するものの五月には乙字が去り、碧梧桐も同誌と無縁になる。その後、「碧」（大正12年2月～14年2月）、「三昧」（大正14年3月）を刊行。また、十三年には蕪村研究会を開き、その研究のための旅行をし、『蕪村新十一部集』（昭和4年1月、春秋社）や『蕪村名句評釈』（昭和9年12月、非凡閣）を刊行。昭和八年三月、還暦祝賀会で俳壇引退を表明。主な著書に『三千里』（明治43年

12月、金尾文淵堂）、『新傾向句の研究』（大正4年6月、俳書堂）、『子規の回想』（昭和19年6月、昭南書房）、編著に『日本俳句鈔』第一・二集（明治42年5月、大正2年3月、政教社）などがある。〈門跡に我も端居や大文字〉〈京住居飽き果てし程や茎菜漬〉（ともに『河東碧梧桐全集』第2巻、平成14年8月、文芸書房）（船井春奈）

川村芳久 かわむら・よしひさ

明治四十三年三月二十三日〜（1910〜）。舞台美術家。京都府に生まれる。本名・秀治。本郷美術研究所卒業。昭和六年、松竹歌劇の舞台装置を担当、以降軽演劇、新派舞台などを担当。二十五年、美術監督として松竹京都撮影所と契約。松竹京都では、「夏祭三度笠」（昭和26年8月）、「二等兵物語」（昭和30年11月）などで美術を担当。以降、多くの作品の美術を担当。三十八年、関西テレビデザイン室に入り、テレビ美術を担当。大阪芸術大学で講師を務める。（山田哲久）

河盛好蔵 かわもり・よしぞう

明治三十五年十月四日〜平成十二年三月二十七日（1902〜2000）。仏文学者、評論家。大阪府堺市に生まれる。大正十五年、京都帝国大学仏文科卒業。昭和三年、渡仏。五年に帰国後は、翻訳のほか、『フランス文壇史』（昭和36年3月、文芸春秋新社、第十三回読売文学賞受賞）など多くの作品を著す。平成九年、京都大学より文学博士号を受ける。第三高等学校（現・京都大学）在学中、勉学に励むとともに、京都の名所旧跡を訪ね歩いた。当時の生活については、エッセイ「私の青春時代」（『青春と人生』昭和31年8月、青春出版社）に詳しい。（馬場舞子）

神田千砂 かんだ・ちさ

昭和四十一年四月十三日〜（1966〜）。児童文学作家。京都市に生まれる。昭和六十二年度第四回ニッサン童話と絵本のグランプリで童話大賞を受賞。同賞は、大阪国際児童文学館（平成21年末に閉館）がニッサンとタイアップしておこなったもので、新人作家の登竜門とされている。受賞作は「月夜のバス」（未刊行）。受賞時は札幌市で歯科衛生師をしており、当時のインタビューで、童話は小学生のころから好きであったこと、書き始めたのは高校生の時であり、受賞作品も当時書いたものであると語った。（吉本弥生）

上林吾郎 かんばやし・ごろう

大正三年七月三十日〜平成十三年六月二十一日（1914〜2001）。編集者。京都市に生まれる。早稲田大学文学部在学中に菊池寛主宰の脚本研究会に参加、その縁で昭和十四年文芸春秋社に入社。その後「文学界」「文芸春秋」「週刊文春」の編集長、常務、専務、副社長を歴任。五十九年、社長に就任。六十三年に会長、平成五年、取締役相談役となる。編集長時代には名編集者、また新人作家発掘の名人として名を馳せた。（長沼光彦）

【き】

木々高太郎 きぎ・たかたろう

明治三十年五月六日〜昭和四十四年十月三十一日（1897〜1969）。小説家、生理学者。本名・林髞《たかし》。山梨県に生まれる。大正十三年、慶応義塾大学医学部卒業。昭和四年、医学部助教授となり、七年、ヨーロッパに留学し、パヴロフ教授に師事した。帰国後、精神分析を主題とした「網膜脈視症」（「新青年」昭和9年11月）を発表して推理作家として登場。「人生の阿呆」（「新青年」昭和11年1月～5月）により第四回直木賞を受賞した。二十一年、医学部教授となり、「新月」（「宝石」昭和21年5月）により探偵作家クラブ賞を受賞、二十九年、探偵作家クラブ第三代会長に就任。『木々高太郎全集』全六巻（昭和45年10月～46年3月、朝日新聞社）がある。京都を舞台にした小説はないが、「六条執念」（「別冊文芸春秋」昭和29年1月）は、登場人物の女性の恐るべき執念を『源氏物語』の六条御息所のそれになぞらえて描いた作品である。

（笠井秋生）

菊池寛 きくち・かん

明治二十一年十二月二十六日～昭和二十三年三月六日（1888～1948）。小説家、劇作家、出版人。高松市に生まれる。本名・寛《ひろし》。別号・比呂士、草田杜太郎。香川県立高松中学校（現・県立高松高等学校）を卒業し、東京高等師範学校（現・筑波大学）に推薦により無試験、授業料免除、学資給与で入学するも、志望と合わず退学。明治四十三年に第一高等学校（現・東京大学）に入学、同級生にはのちに第三次、第四次「新思潮」で同人となる、芥川龍之介、久米正雄、松岡譲、成瀬正一らがいた。卒業を間近にした大正二年、友人の窃盗の罪を自ら負って退学。京都帝国大学英文科の選科に入学した（翌年、本科生となる）。当時京大には上田敏、厨川白村らが在職しており、菊池は講義を受けている。なお、京都時代の菊池は「半自叙伝」（「文芸春秋」昭和3年5月～4年12月）の影響もあり不遇をかこつ印象が強いが、京都を中心にした文学運動を立ち上げようと呼びかけるなど、積極的な活動をしていたという指摘もある（片山宏行『菊池寛の航跡―初期文学精神の展開―』平成9年9月、和泉書院）。大正三年に第三次「新思潮」、五年には第四次「新思潮」に参加、同誌に「身投げ救助業」（大正5年9月）、「父帰る」（大正6年1月）などを発表。五年、卒業後に「時事新報」記者となり、翌六年には奥村包子《かねこ》と結婚。この頃「無名作家の日記」（「中央公論」大正7年7月）、「忠直卿行状記」（「中央公論」大正7年9月）などで新進作家として注目を集めた。その後「友と友の間」（「大阪毎日新聞」大正8年8月18日～10月14日夕刊）、「神の如く弱し」（「中央公論」大正9年1月）などを発表する一方、九年には自身初の通俗小説となる「真珠夫人」を「東京日日新聞」「大阪毎日新聞」（大正9年6月9日～12月22日）に連載し、圧倒的な読者の支持をえる。また八年ごろから「藤十郎の恋」「父帰る」などの上演が相次ぎ、劇作家としての評価も急激に高まった。小説家としての菊池は、大正末から昭和初期にかけて「火華」（「東京日日新聞」「大阪毎日新聞」大正11年3月26日～8月23日）、「東京行進曲」（「キング」昭和3年6月～4年10月）など大量の通俗小説を発表していく時代を迎える。一方、菊池は大正十二年に雑誌「文芸春秋」を創刊。目次に並ぶ多様な顔ぶれや、ゴシップ、情報欄などで編集者・経営者としても才覚を発揮し、同誌の斬新な機軸は当時その数を増していた新中間層の読者をしっかりと捕まえて大きく発展していく。文芸春秋社は、昭和に入り「演劇新潮」「映画時代」「婦人サロン」「モダン日本」「オール読物」「文学界」「話」「現地報告」など、多様な読者層に向けた雑誌を矢継ぎ早に創刊。他方、「文芸講座」（大正13年）、「文芸創作講座」（昭和3年）などのシリーズ物の講座や地方講演会などによって文芸の普及活動も行う。文学者、出版人として声望を高め、「大御所」とも呼ばれるようになった菊池は、文壇の枠を越えて要職を務めるようになっていく。もともと劇作家協会（大正9年）、小説家協会（大正10年。両協会が合併して大正15年に日本文芸家協会となる）を組織するなど文学者の地位と権利について自覚的であり、行動力もあった菊池だが、続けて日本文学振興会の設立や「芥川賞」「直木賞」「菊池寛賞」の創設を行い、また広く東京市会議員（昭和12年）、芸術院会員（昭和12年）、日本文学報国会創立総会議長（昭和17年）、大東亜文学者大会日本代表（昭和17年）、さらに大映社長（昭和18年）を務めるなど枢要なポストを歴任した。戦後は、こうした活動を理由に公職追放の処分を受け、解除を受けないうちに死去した。全集に『菊池寛全集』全二十四巻補巻五巻（平成5年11月～15年8月、高松市菊池寛記念館）がある。

＊身投げ救助業《みなげきゅうじょぎょう》　短編小説。〔初出〕「新思潮」大正五年九月。〔初版〕『恩を返す話』新興文芸叢書第十一編、大正七年八月、春陽堂。◇小説としては菊池寛の第一作となる。京都岡崎を流れる琵琶湖疏水のほとりに、ひとりの老婆が住んでいた。彼女は茶店を営むかたわら、疏水に身を投げる人々を救助し、そのことを誇りにしていた。彼女は褒賞としてもらう賞金を貯蓄し、将来の楽しみにしている。ある時、老婆の一人娘が旅役者と恋仲になり、老婆の貯金を引き出して逃げた。老婆は悲嘆し、疏水に身を投げるが、救助される。日ごろ助けた人々が自分にお礼を言わないことを不満に思っていた彼女は、そのときはじめて自分が救助した人々の心のうちを知った。短いながら、老婆の感情の振幅や視野の反転の様相がくっきりと描き出されている佳品である。また京都の近代を描いたという観点からも興味深い。岡崎は東京遷都後の京都の沈滞を払拭するために、疏水事業や第四回内国勧業博覧会の誘致、平安遷都千百年紀念祭の挙行の舞台となった、いわば近代京都の表舞台だった。「身投げ救助業」は、その疏水の傍《そば》で自死を選ぶという人々を描く。作品の用意したこの構図に注目するべきだろう。

＊無名作家の日記《むめいさっかのにっき》　短編小説。〔初出〕「中央公論」大正七年七月。〔初版〕『無名作家の日記』新進作家叢書十五、大正七年十一月、新潮社。◇東京にいる仲間から一人離れ、京都の大学に進学した「俺」の日記の体裁をとる。京都に住む作家志望の大学生富井（「俺」）は文壇へ打ち出していくことを望みつつも、なかなか思うようにならない。頼りにしていた教授（上田敏を想起させる）からの支援も得られず、創作の結果もはかばかしくない。自分が京都でまごつく間に東京の友人達はどんどん文壇に打って出ていく。野心を持った地方の文学志望者の苦闘が、実ることなく終わっていくようすを描いた短編である。登場人物の設定は、明らかに菊池とその友人である第四次「新思潮」同人たちの関係性をふまえており、とくに芥川龍之介と目される山野の造形は発表誌「中央公論」編集者の滝田樗陰が「芥川さんに悪くありませんか、大丈夫ですか」と念を押したというほどの過激さをもっていた（菊池「半自叙伝」、「文芸春秋」昭和4年6月）。ただし、ここには同作が芥川の「野呂松人形」（「人文」大正5年8月）、「あの頃の自分の事」（「中央公論」大正8年1月）との応答的な関係をもっていたという経緯がひそんでおり、作品の表現をそのまま菊池の当時の心情とすることには慎重であらねばならない。

（日比嘉高）

菊池三渓 きくち・さんけい

文政二年（月日未詳）～明治二十四年十月十七日（1819～1891）。漢学者、随筆家。紀伊国（現・和歌山県）に生まれる。本名・純。字・子顕。別号・晴雪楼主人。十四代将軍家茂の侍講となる。明治維新後は常総各地や東京に滞在後、五年六月に京都へ赴く。『西京伝新記』全四冊（明治7年12月、文石堂）を刊行。京都市の全国に先立つ小学校の設置や、当時の京都の風俗を記す。現在、自筆詩文稿四十六点は京都大学附属図書館に所蔵されている。（田中裕也）

菊地良江 きくち・よしえ

大正四年一月一日～（1915～）。歌人。京都府宇治市に生まれる。東京女子高等師範学校附属高等女学校専攻科（現・お茶の水女子大学附属高等学校）国語部卒業。農林省林業試験場勤務。在学中、国文学者で歌人の尾上柴舟に作歌を学び、昭和七年、短歌結社水甕に入会。松田常憲・加藤将之・熊谷武至に師事し、後年選者・編集委員となる。三十一年、水甕努力賞、四十七年、水甕賞受賞。平成十九年には水甕における永年の功績を称えられ特別功労賞を贈られる。歌集に『佳季』（昭和50年8月、新星書房）、『総帆展帆』（平成12年6月、短歌新聞社）など。合同歌集に『風の輪』（昭和40年4月、水甕社）等。郷里である京都を詠んだ歌に〈街中の四条河原に蛙鳴く夜を目覚めいつ京はふるさと〉（『佳季』）、〈わが知るは祖父母までなる故里に落花巻き込み宇治川早し〉（『総帆展帆』）等がある。現代歌人協会会員、日本歌人クラブ員。（佐藤良太）

生咲義郎 きざき・よしろう

明治四十年五月二十三日～平成十二年九月五日（1907～2000）。歌人。京都府に生まれる。本名・義雄《よしお》。大正十四年、岡山県岡山商業学校（現・県立岡山東高等学校）卒業。山陽新聞社に入社し、文化局次長、倉敷支社長などを経て、昭和三十七年、退社。流域短歌会を主宰。「国民文学」の同人、また岡山県歌人会の顧問も勤める。歌集に『虹の立つ川』（昭和35年10月、新星書房）、『早春挽歌』（昭和56年4月、新星書房）などがある。京都を詠んだ歌に〈まれに来てけふ新京極を歩みをり常住むごとき錯覚もちて〉がある。（三谷憲正）

木島始 きじま・はじめ

昭和三年二月四日～平成十六年八月十四日（1928～2004）。詩人。京都市中京区に生まれる。本名・小島昭三。地元の明倫小学校（平成5年、廃校。現・京都芸術センター）、京都府立第二中学校（現・府立鳥羽高等学校）を経て、昭和二十六年に東京大学文学部英米文学科を卒業。翌年、「列島」に参加。詩集に『木島始詩集』（昭和28年5月、未来社）、和英対訳の四行詩を収めた『われたまご』（平成6年11月、筑摩書房）など。童心と批評眼の同存した詩精神により、精力的な創作活動を展開した。英米詩の翻訳や児童小説、絵本の執筆も数多い。（外村　彰）

貴志祐介 きし・ゆうすけ

昭和三十四年一月三日～（1959～）。小説家。大阪市に生まれる。京都大学経済学部卒業。朝日生命で資産運用に携わり、その後執筆活動を開始。昭和六十一年、岸祐介の名でハヤカワSFコンテストに「凍った嘴」が佳作入選。平成八年、日本ホラー小説大賞長編部門佳作の『十三番目の人格《ペルソナ》―ISOLA』（平成8年4月、角川ホラー文庫）は、阪神・淡路大震災のボランティアで出会った多重人格者の物語。九年、同賞大賞受賞の『黒い家』（平成9年6月、角川書店）は、京都で保険会社のクレーム係が事件に巻き込まれる。『青の炎』（平成11年10月、角川書店）は、高校生が継父を殺す完全犯罪ミステリー。日本推理作家協会賞受賞の『硝子のハンマー』（平成17年4月、角川書店）は、介護サービス会社社長殺人で、いずれも犯罪者の視点で描く倒叙推理小説。『狐火の家』（平成20年3月、角川書店）は、後者の続編。平成二十年、第二十九回日本SF大賞受賞作『新世界より』（平成20年11月、講談社）。他に『天使の囀り』（平成10年6月、角川書店）、『クリムゾンの迷宮』（平成11年4月、角川ホラー文庫）等がある。「十三番目の人格」「黒い家」「青の炎」は映画化された。（岩見幸恵）

喜多内十三造　きたうち・とみぞう

昭和二年八月十八日～（1927～）。詩人、放送作家、イベントプロデューサー。京都市に生まれる。本名・冨造。昭和二十二年、神戸経済大学（現・神戸大学）卒業。三十八年にプランニング・サーティーンを創設し、社長に就任。大阪万博オープニングイベント、鳥取世界おもちゃ博覧会などのプロデュース活動を行う。この間、詩作活動なども行い、詩集に『太鼓叩いて人生行脚』（平成5年5月、朱鷺書房）他がある。（笠井秋生）

北大路魯山人　きたおおじ・ろさんじん

明治十六年三月二十三日～昭和三十四年十二月二十一日（1883～1959）。陶芸家、書家、料理研究家。京都府愛宕郡上賀茂村（現・京都市北区）に生まれる。本名・房次郎。上賀茂神社宮司、北大路清操の子として生まれるが、父の死により服部家に引き取られる。明治二十二年には木版師福田武造の養子となり福田房次郎となる。書に興味を持ち、三十六年に上京。岡本可亭に師事、福田可逸を名乗る。四十三年、朝鮮京城に渡る。翌年には朝鮮京龍印刷局書記となる。二年で帰国。このころより料理に関心を持ち、京都に転居する。大正五年、北大路姓に戻る。六年、鎌倉に移住。十年、大雅堂にて美食倶楽部をはじめ、翌年より美食倶楽部用の器を焼き始める。同年より魯山人と号す。十四年に星岡茶寮を開き、昭和二年には星岡窯を築く。五年、機関誌「星岡」を創刊。既成団体には所属せず個展での発表を数多く行う。三十年より没年まで毎年、京都美術倶楽部で作品展を開催している。（杉岡歩美）

北川荘平　きたがわ・そうへい

昭和五年八月十五日～平成十八年七月八日（1930～2006）。小説家。和歌山県伊都郡山田村（現・橋本市）に生まれる。旧制大阪高等学校卒業。昭和二十四年、京都大学経済学部入学。在学中、小松実（左京）、高橋和巳、三浦浩らと京大作家集団を形成、政治的文学活動をする。三十三年、大阪高校の同窓、開高健の芥川賞受賞に刺激される。同年六月、同人誌「状況」創刊、「水の壁」を発表。同作は、「文学界」八月号に全国同人雑誌優秀作として転載され、第三十九回芥川賞、直木賞に同時候補となる。『水の壁』（昭和33年10月、現代社）刊行。三十五年、「VIKING」同人となる。四十年七月、「企業の過去帳」を「VIKING」に発表、第五十四回直木賞候補となる。四十六年九月、「長編小説の鬼―小説高橋和巳」を「別冊文芸春秋」に発表。『青い墓標』（昭和56年9月、構想社）、『同人雑誌小説月評』（平成9年7月、葦書房）を刊行。（中尾　務）

北川冬彦　きたがわ・ふゆひこ

明治三十三年六月三日～平成二年四月十二日（1900～1990）。詩人、翻訳家、映画評論家。大津市に生まれる。本名・田畔《たくろ》忠彦。第三高等学校（現・京都大学）を経て、大正十四年、東京帝国大学法学部仏蘭西法科を卒業。翌年、梶井基次郎・淀野隆三ら三高グループの同人誌「青空」に参加。新散文詩運動を精力的に展開し、戦後もネオ・リアリズムを標榜して現代詩の確立に努めた。詩集『戦争』（昭和4年10月、厚生閣書店）などのほか、多くの詩論集、翻訳、映画論がある。

（関　肇）

北川桃雄　きたがわ・ももお

明治三十二年三月三日～昭和四十四年五月十九日（1899～1969）。美術史家。東京市芝区（現・東京都港区）三田に生まれる。大正十三年、京都帝国大学経済学部卒業。昭和十年、「リアル」を創刊。十二年まで京都市立第一工業学校（現・市立洛陽工業高等学校）に勤める。十六年、東京帝国大学文学部美学史科を卒業。のちに共立女子大学教授に就任。著作に『法隆寺』（昭和17年5月、アトリエ社）、京都の寺社や古美術を子供向けに紹介した『美しき古都・京都』（昭和26年5月、美術出版社）などがある。

（杉岡歩美）

北さとり　きた・さとり

大正十二年一月二十五日～（1923～）。俳人。京都に、北山河（本名・楢太郎）、しなの長女として生まれる。大阪府立大手前高等女学校（現・府立大手前高等学校）を病気中退。昭和二年、父山河は芦田秋窓を主幹として俳誌「大樹」を創刊。さとりも俳句を高女時代から始める。戦後、京都人文学園を卒業。エスペラント運動に従事。三十三年十二月五日に急逝した父の跡を継ぎ、「大樹」の主幹となる。編著として、父山河の死刑囚への俳句指導の結実である『処刑前夜―死刑囚のうたえる―』（昭和35年2月、光文社）があり、父の仕事を引き継ぎ、増補版（昭和45年10月、大樹社）、改訂版（昭和56年10月、大樹社）も出している。

（吉川仁子）

北山河　きた・さんが

明治二十六年七月二十八日～昭和三十三年十二月五日（1893～1958）。俳人。京都府相楽郡東和束村（現・和束町）に生まれる。本名・楢太郎。初期の俳号は北星。大正二年、大阪市北区で菓子卸業を始める。五年、関西英学塾卒業。昭和二年七月、芦田秋窓を主幹に〈生活俳句〉を標榜する「大樹」を創刊し、発行人となる。十一年七月より主幹を兼務。戦災のため一時大阪を離れたが、戦後に戻り、「大樹」を復刊。二十四年三月より大阪拘置所の死刑囚に俳句を指導、ひこばえ句会と称す。のち、一般受刑者や大阪刑務所においても指導。没するまで継続した。生前に個人句集を持たず、同人の句集『大樹作家句集』（昭和32年11月、大樹発行所）を編集。没後、娘さとりとの共編で、ひこばえ句会の記録『処刑前夜―死刑囚のうたえる―』（昭和35年2月、光文社）を刊行。映画化もされた。『句集山河』（昭和34年4月、大樹社）、『山河五百句抄』（昭和45年10月、私家版）がある。〈大文字消えてしもうて山ほのと〉等の京都を詠んだ句も見える。

（宮川　康）

北島瑠璃子　きたじま・るりこ

昭和四年一月二十二日～平成十三年七月三十日（1929～2001）。歌人。京都府宇治郡山科町大字北花山（現・山科区北花山中道町）に生まれる。京都市立堀川高等女学校（現・市立堀川高等学校）卒業。昭和二十

三年、「くさぶち」（後「ポトナム」）短歌会入会。小島清に師事。二十九年、京都蹴上浄水場内の与謝野晶子歌碑建立に尽力する。その歌碑を詠んだ歌に〈秋ふかむ華頂の山の東に晶子の歌碑の陽を受けて建つ〉がある。平成元年、「古今」に参加。歌集に『緑の椅子』（昭和32年10月、ポトナム短歌会）、『春の雪』（平成10年5月、短歌新聞社）等。　（宮川　康）

北洋　きた・ひろし

大正十年七月二十三日〜昭和二十六年九月十五日（1921〜1951）。推理小説家、原子物理学者。東京市王子区（現・北区）に生まれる。本名・鈴木坦《ひろし》。昭和十八年、京都帝国大学理学部卒業。二十一年十月、探偵小説誌「ロック」に第一作「写真解読者」が掲載される。モンゴル砂漠を舞台とし、新放射性物質をトリックに用いたもの。「新探偵小説」や「影」にも物理トリックを用いた短編を発表した。物理学者としては湯川秀樹門下で、横浜国立大学の助教授を務めた。　（吉川　望）

北山修　きたやま・おさむ

昭和二十一年六月十九日〜（1946〜）。作詞家、歌手、精神科医。兵庫県洲本市に生まれる。筆名・自切俳人《じきるはいど》、きたやまおさむ。生まれて半年後に京都市下京区西洞院七条下ルに移る。京都府立医科大学卒業。在学時にザ・フォーク・クルセイダーズを結成、自作詞のヒット曲多数。「戦争を知らない子供たち」で日本レコード大賞作詞賞受賞。エッセイ集に『戦争を知らない子供たち』（昭和46年3月、ブロンズ社）、『さすらいびとの子守唄』（昭和46年9月、角川書店）。詞集に『ピエロのサム』（昭和46年6月、ブロンズ社）等。精神科医として『他人のままで』（昭和61年1月、集英社）等著書多数。九州大学大学院教授。　（宮川　康）

紀二山　き・にざん

明治二十五年六月二十六日〜昭和四十二年七月二十二日（1892〜1967）。川柳作家。京都市下京区に生まれる。本名・豊三郎。明治末年、渓花坊らの「みづ鳥」、神戸乙鳥会の「つばめ」に参加。大正三年、後藤千枝、藤本蘭華らと京都川柳社を起こし「ぎをん」を創刊する。七年の「大文字」を経て、十四年、「京」創刊。昭和十六年、雑誌統合により「京」廃刊。二十七年、京都市文化功労表彰を受賞。三十二年、平安川柳社の「川柳平安」の同人となり、北川絢一郎らを育てた。三十九年、山科に隠棲。遺句集に『桐火鉢』（昭和48年3月、私家版）がある。　（越前谷宏）

衣笠貞之助　きぬがさ・ていのすけ

明治二十九年一月一日〜昭和五十七年二月二十六日（1896〜1982）。映画監督。三重県亀山市本町に生まれる。本名・小亀貞之助。新派劇団の女形を経て、大正七年、「生ける屍」などに出演。十二年、監督に転じる。サイレント時代の代表作に、川端康成らと新感覚派映画連盟を結成してつくった無字幕の現代劇「狂った一頁」（松竹下加茂撮影所、昭和2年）がある。戦後、「地獄門」（大映京都撮影所、昭和28年）で、カンヌ国際映画祭グランプリ、アカデミー賞名誉賞（最優秀外国語映画）を受賞。　（本多和彦）

木下杢太郎　きのした・もくたろう

明治十八年八月一日〜昭和二十年十月十五日（1885〜1945）。詩人、医学者。静岡県賀茂郡湯川村（現・伊東市湯川）の商家、米惣《こめそう》に生まれる。本名・太田正雄。長兄は地元の町長などを歴任し、次兄円三は東京帝国大学を卒業後、鉄道省に入る。明治三十一年、伊東の尋常高等小学校を修了し、東京神田の独逸学協会中学校（現・独協高等学校）に入学。学友にのち文学的に行動をともにする長田秀雄、また「津田左右吉氏はわたくしの中学の頃の歴史の先生で我々は敬服してゐました」（「湖国」、「帝国文学」大正7年1月）と後年回想する津田左右吉がいた。三十六年、独協中学を卒業し、七月第一高等学校（現・東京大学）第三部に入学。英語教授は夏目金之助（「満洲通信」、「アララギ」大正6年4月）。また、漱石『三四郎』に登場する「広田先生」のモデルと言われている岩元禎《いわもとてい》教授のゲーテの講義に強く影響される。三十九年七月、第一高等学校を卒業し、東京帝国大学医科大学に入学。翌四十年、夏休みの八月、与謝野寛（34歳）が引率する新詩社の九州旅行があり、北原白秋（22歳）、吉井勇（21歳）、平野万里（22歳）とともに参加。柳川、長崎、天草、島原などをめぐり、帰りに京都に立ち寄って、九月上旬に帰京。その間、五人で「五足の靴」（「東京二六新聞」明治40年8月7日〜9月10日）を分担して執筆。京都ではのち志賀直哉たち白樺派の人々の常宿になる東三本木の信楽《しがらき》に宿し、嵐山を訪れ、また薄田泣菫に会う。この頃より詩作をはじめ、「明星」に南蛮詩を発表。四十一年、北原白秋、吉井勇らと新詩社を脱退。のち、パンの会を興す。この年の秋、「僕は高橋教授の追試験の日を間違へて欠席と云ふことになり、先生を煩はせて請願運動をして貰つた」（「森鷗外先生に就いて」、「文芸春秋」昭和8年4月）。四十二年二月、「スバル」に戯曲「南蛮寺門前」を掲載。四十三年、「目の下に見える四条の橋を紹介しよう。『鴻台』といふ酒《さか》薦《こも》の銘が大形に向河岸の屋根を蔽うてゐる。そこに赤い旗があつて曰く『豊竹呂昇』と染め抜いてある。（四月三日、京都にて）」と「京阪見聞録」（「三田文学」明治43年10月）で述べ、また大学の友人である山崎春雄宛にも「大阪にもう二日ばかりぶらついて、すつかり暗記してしまふつもりだつたが、急に東京に用事が出来て帰らねばならぬ、今日の一日はだから尤も有用に京都で暮さうと思ふ。然しそれも午後は三十三間堂、博物館それから清水で暮してしまつた。今夜は有名な都踊でも見ようと思ふ」という葉書（消印京都五条、明治43年4月3日）を出している。これを受ける形の詩「該里《せいり》酒《しゅ》」を「スバル」（明治44年1月）に掲載、「ええ、ま……あ、なあ……にご……と／ぞい、な……あ……」と／さう言ふは呂昇《ろしょう》の声か、／此春聴いた京都の寄席の……／それをきいて人の泣いたる………。／乃至その酒の仕業か」。翌四十四年七月には、ドイツの東洋美術研究家グラザー夫妻の通訳兼案内者として京都などを回る。これは『木下杢太郎日記』に詳しい。同年卒業。大正元年、鷗外の助言もあり、皮膚科学教室（土肥慶蔵教授）に入る。三年七月、戯曲集『南蛮寺門前』を春陽堂より刊行。四年二月、『唐草表紙』（正確堂）刊行、鷗外と漱石から序文をもらう。五年、南満洲鉄道株式会社経営の南満医学堂教授として当時の奉天（現・瀋陽）へ赴任。斎藤茂吉に宛てた私信の形式をとった「満洲通信」を「アララギ」に寄稿する。八年には斎藤茂吉の力によって詩集『食後の唄』（12月、アララギ発行所）が刊行される。十年、アメリカを経てパリに留学。十三年には帰国し、愛知県の県立愛知医科大学（現・名古屋大学医学部）教授となる。八月には京都などを旅行。十五年、東北帝国大学医学部教授に転出する。昭和十二年、東京帝国大学医学部教授となる。十六年、フランス政府からレジオン・ドヌール勲章を受章。二十年十月、胃癌にて死去。他に、京都に関する著作や記述には「京都医科大学なる友人に与ふる書」（「読売新聞」明治40年3月12日）、「宝物拝観」（「新小説」大正4年9月）、「蘭人接待の古画」（「女子文壇」明治45年4月）などがある。

＊南蛮寺門前《なんばんじもんぜん》　戯曲。〔初出〕「スバル」明治四十二年二月。〔初版〕戯曲集『南蛮寺門前』大正三年七月、春陽堂。◇時は永禄の末年（1569）のある夕暮れ時、ところは京都四条坊（四条の通り）、南蛮寺の門前。第一景は童子たちの歌声から始まる。姉妹の巡礼が「髪の毛が鼠の毛で、手の爪が熊の爪ぢや」という南蛮寺の伴天連の恐ろしい噂を聞き、そうそうに立ち去った後に、やってきた年若い母千代とその子常丸。近くの最勝寺での法要からの帰り道、母が知り合いと話しているすきに常丸が南蛮寺の門内に入りこんでしまう。それをてっきりさらわれたと思い、母は気絶するが、そこにうかれ男と舞妓白萩たちの一行が通りかかる。またその後をつけるかのように、油売りの格好をした伊留満（バテレンの次に位する宣教師）の喜三郎が来て、門のすきまから中をのぞき「唐、天竺は愚か、羅《ろお》馬《ま》、以諳利亜《いげりや》にも見られぬ図ぢや。（略）見られい、翼の生えた可愛い稚子が舞ひながらおぢやったわ」と言う。そこに下手より学頭、所化（修行中の弟子）の長順や乗円らが登場する。仏教の教えに疑問を抱いてきた長順はここで数珠をはずしてなげうつ。そこで仏教と天主教との教義問答が行われる。乗円「諸法空相、不生不滅、不垢不浄、不増不減」と『般若心経』の一節で答えるが、喜三郎は「本来諸法が空相なら、何ぞ空を空ずるの相あらむや。誠や大神でいゆすは是れ天地創造の主、人類の起源」と応ずる。第二景に入り、長順はもと「源さま」と言われ、「全盛の歌ひ女」白萩（お鶴）と言い交わした仲であったことがわかる。門内の礼拝堂に見える「端麗美麗なる神女の姿」をとらえ、長順は「あの姿ぢや。白萩。あれは其方《そなた》の昔の姿ぢや」と門内に向かってひざまずいた。続く第三景では伊留満喜三郎が「不幸者」と言われて叔父に斬り殺され、長順も修行の友人だった乗円に杖で額を打たれ倒れてしまう。「この不可思議に酔はいで、何の妙、実相がおぢやらうものか、心の底に生まるる赤児《あかご》の声は、いつもこの不可思議にこがれて泣くのぢや」と言いつつ、やがて瞑目してしまうのだった。この作品は随筆「南蛮寺門前」（「冬柏」昭和5年4月）に「今でも残念に思つてゐるのだが、それは僕の戯曲の第一作の「南蛮寺門前」をば、森先生が校正の時添削して下さるといふのを、その時昴の第二号の編輯を引受けてゐた石川啄木の偏執からその機会を失したことである。（略）森先生は直ぐ僕の原稿を読み始められた。僕は傍から今どの辺が読まれてゐるかを眺めた。森先生はそれを読み了ると、ははははと笑つた。そしてだいぶいろいろなものが並べてあるねと揶揄せられた」という。また「南蛮寺の建築様式」（「大阪朝日新聞」大正15年2月18日）には「わたくしが『南蛮寺門前』といふ一小戯曲を作つたのは今より十数年前のことである。当時は誰に尋ねても、この教会堂に関して詳しい知識を得ることが出来なかつた。（略）わたくしは専ら昔の俗書によつて脳中に自己の南蛮寺を創造し、それをばすばらしいビザン《ママ》タン式の建物にしてしまつた。この戯曲は後年その荒唐を非難せられたが、著者においては始めから史実などは眼中になかつたのである」と述べている。なお、南蛮寺を舞台にした作品としては他に狂言仕立ての「柳屋」（「改造」昭和3年10月）があり、時は天正二年（1574）、南蛮寺の隣の柳屋という商家の長

男が吉利支丹になってしまったいきさつがユーモラスに描かれている。（三谷憲正）

金石範《きむ・そくぽむ》

大正十四年十月二日～（1925～）。小説家。大阪市に生まれる。両親は済州島の生まれ。少年時代からたびたび済州島に渡る。二十六年、京都大学文学部美学科を卒業。四十二年九月、第一作品集『鴉の死』（新興書房）を刊行。平成八年以後、頻繁に日韓を往復。昭和二十三年に起こった「済州島四・三事件」がその後の人生や『火山島』全七巻（昭和58年6月～平成9年9月、文芸春秋、第39回毎日芸術賞を受賞）などの作品に大きな影響を及ぼしている。また『民族・ことば・文学』（昭和51年11月、創樹社）などを著し、〈在日朝鮮人文学〉のあり方を常に問い続けている。（熊谷昭宏）

金晃《きむ・ふぁん》

昭和三十五年二月五日～（1960～）。童話作家。京都市に生まれる。在日朝鮮人三世。朝鮮大学校生物科卒業後、仏教大学教育学部（通信制）を経て、八年間民族学校の教壇に立った。のち童話作家として活躍。平成十年四月、「赤いてぶくろをしたカマキリ」が第十三回国民文化祭・おおいた記念つのむれ文庫創作童話賞優秀賞を受賞。十二年五月より京都朝鮮第三初級学校での読み聞かせ会のスタートに尽力する。（荒井真理亜）

金真須美《きむ・ますみ》

昭和三十六年（月日未詳）～（1961～）。小説家。京都市に生まれる。本名・梁真須美。昭和五十八年、ノートルダム女子大学英文科卒業。東京の桜会でシェイクスピア演劇を学び、結婚後、フリーライターの傍ら、自作自演の一人芝居の公演をする。民族のアイデンティティーをテーマとした執筆活動や、講演を広く行う。平成六年、「贋ダイヤを弔う」で第十二回大阪女性文芸賞受賞。七年、「メソッド」で河出書房主催、第三十二回文芸新人優秀作受賞。（高橋博美）

清岡純子《きよおか・すみこ》

大正十年六月二十二日～平成三年十月十七日（1921～1991）。写真家、小説家。子爵の清岡長言の次女として、京都市に生まれる。新日本新聞社などで報道写真を手掛け、昭和四十年からフリーの報道写真家として活躍。写真集『尼寺』（昭和42年4月、毎日新聞社）、小説『日蓮女優』（昭和48年5月、日本文華社）を出版する。五十年代に入り、『聖少女』（昭和52年10月、フジアート出版）をはじめ、少女ヌードの写真集を次々発表、ライフワークとなる。平成十一年の「児童買春、児童ポルノに係る行為等の処罰及び児童の保護等に関する法律」施行により、清岡の少女ヌードは猥褻写真として多くが絶版や閲覧不可となった。（明里千章）

清沢満之《きよざわ・まんし》

文久三年六月二十六日～明治三十六年六月六日（1863～1903）。思想家、宗教哲学者。尾張国名古屋黒門町（現・名古屋市東区黒門町）に、尾張藩士徳永永則の長男として生まれる。本名・貞太郎。明治十一年、東本願寺育英教校に入学。帝国大学（現・東京大学）哲学科を経て、二十一年、京都府尋常中学校（現・府立洛北高等学校）校長に就任。同年、清沢やすと結婚し、愛知県西方寺に入る。二十五年八月、『宗教哲学骸骨』（法蔵館）を著す。二十九年には京都白川村に籠居し、十月に「教界時言」を創刊、宗門真宗大谷派の改革を主唱するな

ど、仏教の近代化につとめた。（笹尾佳代）

桐山健一《きりやま・けんいち》

昭和十七年一月一日～（1942～）。詩人。京都府に生まれる。昭和四十五年、早稲田大学第一文学部卒業。各地を旅しながら、自然への関心と愛情を詩にしている。平成六年、コスモス文学出版文化賞受賞。詩集に『青い地球』（平成6年7月、多摩川新聞社）、『心の旅』（平成7年7月、近代文芸社）、『小さな旅』（平成8年4月、近代文芸社）などがある。『年輪』（平成11年7月、文芸社）に、加茂川の永遠性と人間の有限性をうたった詩「加茂川」が収められている。（足立匡敏）

【く】

久我なつみ《くが・なつみ》

昭和二十九年（月日未詳）～（1954～）。評論家、エッセイスト。京都市に生まれる。父は小説家邦光史郎、母は小説家田中阿里子。同志社大学文学部英文学科卒業。ＹＭＣＡに英語講師として勤務するかたわら、美術を学ぶ。新制作展入選三回。関西新制作展入選二回。平成十年、『フェノロサと魔女の町』（平成11年4月、河出書房新社）で第五回蓮如賞受賞。十七年、『日本を愛したティファニー』（平成16年10月、河出書房新社）で第五十三回日本エッセイスト・クラブ賞受賞。京都を描いた平安朝から江戸期までの絵画にまつわる歴史や美術史をつづった『名画のなかの京都』（平成18年3月、京都新聞出版センター）や、『銀閣寺』（梅原猛・有馬頼底と共著　平成19年7月、淡交社）など京都の伝統、美術に関するエッセーを多く執筆している。ほかに小説として『ニューヨーク・トラップ　奪われた浮世絵』（平成12年10月、河出書房新社）がある。（本多和彦）

九鬼周造《くき・しゅうぞう》

明治二十一年二月十五日～昭和十六年五月六日（1888～1941）。哲学者。東京市芝区芝公園（現・港区）に生まれる。父隆一は駐米公使、後に貴族院議員。幼少期に岡倉天心を知る。明治四十五年、東京帝国大学文科大学卒業。同級に岩下壮一、和辻哲郎。大正十年、東京帝国大学大学院を退学後、欧州留学。フッサール、ハイデッガーの講義を受け、ベルクソン、サルトルを知る。詩歌を「明星」にＳ・Ｋ、小森鹿三の筆名で発表。昭和四年、帰国後京都帝国大学文学部講師。左京区南禅寺草川町に住む。文学博士。十年、教授。十五年、山科に転居。哲学書『「いき」の構造』（昭和5年11月）、『偶然性の問題』（昭和10年12月）、『文芸論』（昭和16年9月）等、随筆集『をりにふれて』（昭和16年10月）を、いずれも岩波書店より刊行。京都に触れた随筆は多く、「祇園の枝垂桜」（「瓶史」昭和11年7月）、「東京と京都」（生前未発表）等。詩歌集『巴里心景』（昭和17年11月、甲鳥書林）に収められた〈ゆくりなく西行庵のかど過ぎぬ京に住む身に幸なしとせず〉等の短歌もある。（宮川　康）

日下圭介《くさか・けいすけ》

昭和十五年一月二十日～平成十八年二月十二日（1940～2006）。推理小説家。東京都に生まれる。本名・戸羽真一。昭和二十年、和歌山県に疎開。三十七年、早稲田大学第一商学部卒業。サラリーマンを経て、四十年、朝日新聞社に入社。青森など地方勤務ののち、東京本社整理部在籍中に執筆した長編推理小説『蝶たちは今…』（昭和50年8月、講談社）で第二回江戸川乱歩賞受賞。

五十七年には「鶯を呼ぶ少年」（「小説現代」昭和56年7月）、「木に登る犬」（「問題小説」昭和57年11月）両作で第三十五回日本推理作家協会賞短編賞を受賞。「緋色の記憶」（「オール讀物」昭和60年8月）など短編は五十三年から十七年間連続で『推理小説年鑑 推理小説代表作選集』（日本推理小説協会編、講談社）に収録される。五十九年以降は専業作家となる。『竹久夢二殺人事件』（昭和60年4月、徳間ノベルズ）では京都高台寺脇に滞在中の夢二、笠井彦乃と殺人事件の関係性を描く。『黄金機関車を狙え』（昭和63年10月、新潮ミステリー倶楽部）など昭和初期を舞台としたミステリーも多数。

（金岡直子）

日下部正治 くさかべ・まさはる

昭和六年八月十四日～（1931～）。俳人。京都府に生まれる。昭和二十二年、平安中学校（現・龍谷大学付属平安高等学校）在学中に松井千代吉より俳句を学び、「海紅」に投句しはじめる。以後、三十六年の終刊までほぼ毎号に投句。二十四年～二十七年には岡涓二主宰の「芦火」に参加。三十六年には、松井を顧問に、岡を編集代表として創刊された自由律俳句誌「青い地球」に編集委員として加わる。五十一年から同編集代表。句集に、『平成俳人集第4集 晩霜』（平成4年3月、近代文芸社）、『予後の灯』（平成12年2月、青い地球社）がある。

（笹尾佳代）

草川八重子 くさかわ・やえこ

昭和九年（月日未詳）～（1934～）。小説家。京都市に生まれる。京都市立西京商業高等学校卒業。昭和五十二年から六十二年まで、寿岳文章、章子の資料整理などを手伝う。日本民主主義文学同盟に加盟。『女の水脈』（昭和58年5月、毎日新聞社）、『風の伝言』（平成2年5月、かもがわ出版）、『海を抱く』（平成4年4月、新日本出版社）、『奔馬 河上肇の妻』（平成8年6月、角川書店）、『ある巨木 蔡東隆ものがたり』（平成13年3月、かもがわ出版）などの作品がある。

（三重野由加）

草野心平 くさの・しんぺい

明治三十六年五月十二日～昭和六十三年十一月十二日（1903～1988）。詩人。福島県石城郡上小川村（現・いわき市小川町）に、父馨、母トメヨの次男として生まれる。九歳上に姉綾子、四歳上に兄民平、四歳下に妹京子、七歳下に弟天平がいる。民平と天平も詩人。幼少年時代、心平は東京に住む両親や姉、兄と別れて、石城郡の祖父母の元で育つ。大正五年一月二十七日、兄民平が結核性脊椎カリエスのため死去（享年十七）。同年二月二十四日、母トメヨが肺結核のため死去（享年四十六）。同年八月十八日、姉綾子が腸チフスのため死去（享年二十二）。六年四月、福島県立磐城中学校（現・県立磐城高等学校）二年次に友人らと回覧雑誌「文林」を制作。八年十二月、中学四年次に長期欠席の末、上京して東京の家族と同居。翌年四月、慶応義塾普通部三年に編入。同年九月、父の家を出て継母な於（後、照子と改名）の知人茨広行の両国の家に寄宿する。慶応退学。十年一月、父の仕事仲間の並河栄治郎を京都に訪ね、並河の世話で中国に渡る。同年九月、広東のアメリカ系ミッションスクールの嶺南大学（現・国立中山大学）に入学。一人きりの日本人学生だった。大学の図書館でサンドバーグらアメリカの左翼系詩人の作品を愛読。翻訳も試み、のちに訳詩集『アメリカプロレタリヤ詩集』を出版（小野十三郎・萩原恭次郎との分担訳、昭和6年1月、弾道社）。十二年三月、「詩聖」に投稿した詩

「無題」が掲載される（初めての公的な作品発表）。七月、亡き兄民平との合本詩集『廃園の喇叭』を謄写印刷で刊行。十三年二月から四月にかけて三冊の詩集『空と電柱』Ⅰ～Ⅲを謄写印刷で刊行。七月に『月蝕と花火』、九月に『ＢＡＴＴＡ』、十二月に『踏青』（いずれも謄写印刷の詩集）刊行。三野混沌らの詩誌「播程者」に参加。茨城県磯浜に結核療養中の山村暮鳥を訪問。磐城中学の後輩から送られてきた『春と修羅』（大正13年4月、関根書店）により宮沢賢治を知る。十四年二月、詩集『９１９』刊行。四月、詩誌「銅鑼」創刊。同人は、黄瀛、原理充雄、劉遂元、富田彰、草野心平。その後、坂本遼、岡田刀水士、秋山登、高橋新吉、夢野艸一、宮沢賢治、三好十郎、岡本潤、小野十三郎、尾形亀之助、萩原恭次郎、壺井繁治らが加わり、アナーキズムを中心としつつ原理的にはリベラルなアバンギャルド、という詩誌の性格が確定。五月、中国の労働運動が排日運動に発展・激化したため帰国。東京への途次、京都に竹内勝太郎を訪う。八月、高村光太郎のモデルを務めていた黄瀛に同行して高村のアトリエを訪問。昭和三年六月、第十六号で「銅鑼」終刊。十一月、詩集『第百階級』（銅鑼社）刊行（初の活版印刷の著書）。十二月、詩誌「学校」創刊（翌年10月、第7号で終刊。寄稿者は35名に及ぶ）。四年二月、「学校」の編集作業中に行末に句点を付す効果に気づき、以後独自の表記法として活用。六月、村野四郎、春山行夫とそれぞれ論争。前橋の上毛新聞社に入社（翌年11月に退社）。前橋に帰省していた萩原朔太郎と交流。五年、小野十三郎と秋山清が創刊した「弾道」誌上で植村諦と詩の技巧を巡って論争。モダニズム詩の技巧は奇を衒っているとして批判した心平だが、読者の理解を深めるためにはプロレタリア詩にも周到な技巧が必要だと主張した。事実、アナーキズム、プロレタリア系統に属する詩人の中で心平ほど多種多様な詩技を駆使する者は稀である。九月、詩集『明日は天気だ』（渓文社）刊行。七年五月、実業之世界社に入社。九年一月、『宮沢賢治追悼』（次郎社）刊行。五月、実業之世界社と同系列の帝都日日新聞社に移る。十年五月、詩誌「歴程」創刊（現在も刊行）。同人は、岡崎清一郎、尾形亀之助、高橋新吉、中原中也、土方定一、逸見猶吉、菱山修三、草野心平。物故同人として八木重吉と宮沢賢治。十二月、詩集『母岩』（歴程社）刊行（昭和11年9月、装を改めて西東書林から刊行）。十三年二月、帝都日日新聞社社長野依秀市の秘書兼案内役として中国各地を視察。十二月、詩集『蛙』（三和書房）刊行。十四年十一月、帝都日日新聞社を退社。十二月、東亜解放社に入社。十五年八月、嶺南大学で同窓だった林伯生の慫慂により、汪兆銘が主席を務める南京政府宣伝部顧問に就任し、南京に赴く。九月、詩集『絶景』（八雲書林）刊行。十七年十一月、大東亜文学者大会に中国側代表として出席。十八年七月、詩集『富士山』（昭森社）刊行。十九年四月、詩集『大白道』（甲鳥書林）刊行。二十年七月、現地召集され陸軍二等兵となるが、間もなく終戦を迎え、二人の息子とともに南京日僑集中営に収容される。帰国は二十一年三月。同年十月、京都新聞会館で行われた第三回火の会講演会に出席。その折、河上徹太郎、亀井勝一郎、山本健吉と京都の旅館千切屋で「文学界」再刊の相談。五十三年三月、八坂安守、難波幸子、山田久代、長谷川渉とともに奈良・京都を旅行。二十四日、京都河原町の旅館八広に泊まり、翌日は円通寺、正伝寺、北野天満宮、聖護院御所を巡る。戦後の詩集に、『日本沙漠』（昭和23年5月、青磁社）、『牡丹圏』（昭和23年6月、鎌倉書房）、『定本蛙』（昭和23年11月、大地書房）、『天』（昭和26年9月、新潮社）、『亜細亜幻想』（昭和28年9月、創元社）、『第四の蛙』（昭和39年1月、政治公論社）、『マンモスの牙』（昭和41年6月、思潮社）、『こわれたオルガン』（昭和43年11月、昭森社）、『太陽は東からあがる』（昭和45年6月、弥生書房）、『侏羅紀の果ての昨今』（昭和46年11月、八坂書房）、『絲綢之路 シルクロード詩篇』（昭和60年12月、思潮社）がある。七十歳を機に事実上の全詩集『草野心平詩全景』（昭和48年5月、筑摩書房）が編まれる。最晩年には十二冊の年次詩集（いずれも筑摩書房）を出版した。なお、汪兆銘を主人公とする『運命の人』（昭和30年4月、新潮社）他、数編の小説も残している。

＊桂離宮竹林の夜《かつらりきゅうちくりんのよる》　詩。〔初出〕「素直」昭和二十二年十月。〔初版〕『定本蛙』昭和二十三年十一月、大地書房。

◇　こりらら　るびや　びるだあやあ
　　こりらら　るびや　びるだあやあ
　　こりらら　るびや　びるだあやあ
大竹林は青くけむり。
和讃をうたふ蛙たちには。
後光のやうな暈ができてる。

蛙の詩人・草野心平は、萩原朔太郎、宮沢賢治と並ぶオノマトペの名手である。和讃を模した「こりらら　るびや」のリフレインが、古雅な響きをしめやかに奏でるとともに、軽々と深遠な世界を開いていく。

＊龍安寺方丈の庭《りょうあんじほうじょうのにわ》　詩。〔初出〕未詳。昭和二十二年十二月作。〔初版〕『天』昭和二十六年九月、新潮社。

◇大椽にかける。／咳一つ。／／造型。／方丈に充満し。／空気ゆれゆれ。／せりあがる美の堂堂。

各行末を句点で括る技法が冴え、具象と抽象の筆法正しい止揚も見所である。「ゆれゆれ」「堂堂」といった語が、オノマトペイックな高揚感と作品空間の可塑性を保証している。

（國中　治）

九条武子　くじょう・たけこ

明治二十年十月二十日〜昭和三年二月七日（1887〜1928）。歌人、宗教家。京都西本願寺に二十一世法主明如上人大谷光尊の二女として生まれる。明治二十六年四月、京都師範学校（現・京都教育大学）附属小学校に入学、高等科の二学年で退学。以後は家庭にあって宗門教育や歌道、茶道、華道などを学ぶ。幼少期から父が催す旧派の歌会に出席し、九歳から和歌をつくりはじめる。三十三年、父の発病にともない、静養先の伏見桃山の別邸三夜荘で過ごす。三十六年一月、父光尊の死去によって、兄の大谷光瑞が二十二世法主となる。四十年六月、仏教婦人会連合本部の本部長に就任。四十二年九月十五日、義姉（光瑞法主の夫人）の実弟で男爵の九条良致《よしむね》と結婚、東京麹町三番町に住む。宮中に成婚の挨拶に参内。十二月、ロンドンに留学する夫とともに渡欧したが、翌四十三年十月に単身帰国、大谷本願寺で生母の藤子と住む。四十四年一月、仏教婦人会総裁の光瑞法主夫人の死去にともない、全国各地への巡回伝道の機会が多くなる。大正三年、本願寺疑獄事件によって兄の光瑞が法主を退隠。五年九月、佐佐木信綱の竹柏会に入会、同人となる。「心の花」十一月号に信綱が命名した「秋の夜」の雅号で〈緋のふさの襖はかたくとざされて今日もさびしく物おもへとや〉など十二首を初登載。九年三月、その設立に奔走していた宗門の京都女子専門学校（現・京都女子大学）の設置が認可される。六月、第一歌集『金鈴』（後出）を刊行、才色兼備の女性歌人として注目された。七月、おなじ「心の花」の歌人柳原白蓮にはじめて会う。同年十二月、夫の良致が帰国、十年ぶりに再会、築地の本願寺別院に住むために上京。十二年四月、兄の光瑞を訪ねて母、夫とともに中国上海に赴く。九月一日、関東大震災で築地の本願寺が罹災し、「生まれたままの裸同様」になって青山高樹町に仮寓、十二月、下落合に転居。この頃から社会奉仕活動を積極的に行う。十三年六月、京都の富岡鉄斎を訪れ、大田垣蓮月の逸事を聞く。十月、蓮月を主人公にした戯曲「洛北の秋」を発表。十四年、「洛北の秋」が十一月に帝国劇場で、十二月に京都南座でそれぞれ上演される。十五年五月、東京真宗婦人会の事業として保護少女教育感化施設「六華園」を設立し、初代園長となる。昭和二年七月、歌文集『無憂華《むゆうげ》』（後出）刊行。十一月、正倉院展を拝観、最後の奈良旅行となる。歳末の診療活動に奔走し、体調をくずす。三年一月十八日、入院。二十二日、舞踊詞「四季の曲」がラジオ放送される。二月七日、念仏を唱えながら四十二歳の生涯を閉じ、築地本願寺で葬儀が営まれた。歌集には、『金鈴』のほかに、没後に刊行された『薫染』『白孔雀』（ともに後出）などがあり、佐佐木信綱編『九条武子夫人書簡集』（昭和4年4月、実業之日本社）がある。なお、東京の築地本願寺に〈おほいなるもののちからにひかれゆくわがあしあとのおぼつかなしや〉、比叡山延暦寺西塔釈迦堂に〈山の院櫺子の端にせきれいの巣あり雛三つ母待ちて鳴く〉の歌碑がある。

＊金鈴《きんれい》　歌集。〔初版〕大正九年六月、竹柏会出版部。◇第一歌集。歌数二〇〇首をおさめる。「この金鈴一巻よ、世にうつくしき貴人の心のうつくしさ、物もひしづめる麗人の胸のそこひの響を、とこしへに伝ふるなるべし」という佐佐木信綱の序文がある。生母の円明院が住む東山の山荘で詠んだ〈ゆふがすみ西の山の端つつむ頃ひとりの吾は悲しかりけり〉を巻頭歌にし、〈もとゆひのしまらぬ朝は日ひと日わが髪さへもそむくかと思ふ〉〈十年をわびて人まつひとりゐにざれ言いはんすべも忘れし〉などの独居生活の悲哀を歌ったなかに、〈京言葉ふさはしこよひ宵宮の祇園ばやしのながれくる町〉〈木屋町の夏のゆふぐれうすもののたもとにえりにふきしゆふ風〉〈宇治川の瀬の音ききつつなげきけむ大ひめ君に似たる宿世か〉などの京都の風景を詠んだ歌も多い。

＊無憂華《むゆうげ》　歌文集。〔初版〕昭和二年七月、実業之日本社。◇著者武子自身の装幀で、「父が逝いてことしは二十五年になった。私のをさない日から、すでに指示してくれられた道を、私はつつましい気もちで今日まで、あやまらず進んで来たのであった。今この書を廟前にささげて、亡き父と語りたいと思ふ」という武子の序文がある。「読売新聞」の宗教欄に連載した法話と短歌や随想が主であるが、幕末の京都の晩秋を舞台に、勤王派の歌人蓮月尼と、会津藩の侍に恋い焦がれる遊女浮舟との交誼を描いた戯曲「洛北の秋」も興味深い。

＊薫染《くんぜん》　歌集。〔初版〕昭和三年十一月、実業之日本社。◇平福百穂の装幀で、武子の歌人としての生涯を述べた佐佐木信綱の序文があり、巻末に新村出らの追悼記を付した遺歌集である。〈独活《うど》のかましめすがほどをふりそそぐ雨あたたかき桃山の荘〉〈巡礼はもだして去にぬ鳥部野のおい杉の上にしろきひるの月〉〈あけぼののさ霧が袖にほのつつむ賀茂の河原の友禅の夢〉〈清水の音羽の滝をひきいれし水のおと聞きて母と夕餉す〉などの短歌のほかに、京の四季を織り込んだ舞踊詞「四季の曲」も収録されている。

＊白孔雀《しろくじゃく》　歌集。〔初版〕昭和四年

十二月、太白社。◇木村荘八の装幀で、与謝野晶子の〈光りつつ去りぬ真白き孔雀こそかの流星のたぐひなりけれ〉などの序歌五首があり、巻末に柳原白蓮の「『白孔雀』を読みて」、吉井勇の「『白孔雀』の巻後に」を付した、三回忌のための遺稿歌集。〈京に生れしこの身いく年念願のかなひけり日毎富士にまむかふ〉〈木屋町の春のゆふべをおともなく寺門とざしぬ雨なほやまで〉〈やるせなきおもひせまり来加茂川に千鳥が啼けば夕月させば〉〈大原女の頭の菊も緋たすきもみな朝露に濡れてあるらし〉など、京の歌が多い。（太田　登）

楠田敏郎 くすだ・としろう

明治二十三年四月二十六日～昭和二十六年一月二十日（1890～1951）。歌人。京都府宮津町（現・宮津市）に生まれる。本名・敏太郎。別名に檜山鳥夢、傷鳥。京都府立農林学校（現・京都府立大学）卒業。十代半ばから歌を作り始め、明治四十四年、前田夕暮が結成した白日社同人。以後、夕暮主宰の「詩歌」に短歌を発表。「秀才文壇」他、多くの新聞・雑誌の記者となる。昭和四年五月から十七年七月まで歌壇ジャーナル誌「短歌月刊」を編集・発行。歌誌「文珠蘭」を主宰。新興短歌運動の中で定型から口語自由律へとスタイルを転換させる一方、出口王仁三郎に傾倒し、大本教の影響も受ける。歌集に、『彩雲』（谷元知安・嵯峨秋子との共著、大正4年7月、青陽社）、『流離』（大正13年6月、芸術運動社）、『身辺雑唱』（昭和4年12月、白日社）、『風雲』（昭和24年10月、高嶺書房）など。戯曲集に『救世主の旗の下に』（昭和6年1月、白帝書房）など、批評鑑賞に『評釈 出口王仁三郎名歌選』（昭和23年5月、北国新聞事業会社）がある。子供向けの英雄譚やお伽噺なども制作した。（國中　治）

葛原妙子 くずはら・たえこ

明治四十年二月五日～昭和六十年九月二日（1907～1985）。歌人。東京市本郷区千駄木町（現・東京都文京区）に生まれる。大正十五年、東京府立第一高等女学校（現・都立白鷗高等学校）高等科国文科卒業。昭和二年、葛原輝と結婚。十四年、「潮音」に入り、太田水穂・四賀光子に師事。二十五年十二月、第一歌集『橙黄』（長谷川書房）を刊行。未刊歌集「縄文」（『葛原妙子歌集』昭和49年9月、三一書房）に〈漆黒に澄む湧水をおもひをり清水寺の梟の水〉、「をがたま」（『葛原妙子全歌集』昭和62年7月、短歌新聞社）に〈丹波の国黒谷に雲を吸ひ込める一往還のありとこそきけ〉と、詠まれている。（木村小夜）

国崎望久太郎 くにさき・もくたろう

明治四十三年四月二十一日～平成元年十一月一日（1910～1989）。国文学者、歌人。福岡県山門郡大和村（現・柳川市）の、母の実家で生まれる。昭和十一年三月、東洋大学文学部国文学科を卒業し、さらに九州帝国大学法文学部に学んだが、同年八月、京都の立命館大学文学部講師となり、十五年四月より教授。五十一年三月に定年退職の後、園田学園女子大学教授・同理事を歴任。立命館大学名誉教授。文学博士。専攻は短歌史と歌論史で、『近代短歌史研究』（昭和35年3月、桜楓社）、『啄木論序説』（昭和35年5月、法律文化社）など。短歌は第七高等学校（現・鹿児島大学）時代の昭和四年に小泉苳三の主宰する「ポトナム」に入会し、のち運営委員兼選者をつとめた。また「朝日新聞」京都版歌壇の選者をつとめた。主な歌集として『秋雪』（昭和61年12月、短歌新聞社）がある。（山本欣司）

邦光史郎　くにみつ・しろう

大正十一年二月十四日～平成八年八月十一日（1922～1996）。小説家。東京に生まれる。本名・田中美佐雄。昭和十四年に高輪学園を卒業。十代から「新作家」の同人となるが、戦争のために中断した。京都に移り住み、二十年、五味康祐らが参加した「文学地帯」を主宰し、十五日会に属した。他にも「文学者」「京都文学」の同人として創作活動を続けながら、民間放送の発足を機に、テレビ・ラジオに台本を執筆し活躍した。三十七年一月、『欲望の媒体』を書き下ろし、三一書房より刊行、これによって文壇に登場した。同年九月、同じく三一書房から刊行された書き下ろし長編小説『社外極秘』が第四十八回直木賞候補となる。以降、多方面に題材を求め、筆を振るった。平成四年、京都市文化功労者に選ばれる。八年八月十一日、心筋梗塞のため死去。九年、遺族により父祖の地、京都府京丹後市弥栄《やさか》町に全著作四四五点を寄贈した。

（荒井真理亜）

久保田金僊　くぼた・きんせん

明治八年九月十九日～昭和二十九年十月九日（1875～1954）。画家、舞台装置家。京都市東洞院（現・中京区）に、久保田米僊の次男として生まれる。本名・吉太郎、のち満昌。父米僊に学び、京都府画学校（現・京都市立芸術大学）を卒業。兄米斎とともに舞台装置に携わり、舞踊装置を担当する。『日本のをどり』（昭和12年12月、審美書院）では、京都の踊りとして「都踊」（祇園）、「八坂踊」（祇園）、「加茂川踊」（先斗町）を挙げて解説している。

（高橋和幸）

久保田米僊　くぼた・べいせん

嘉永五年二月二十五日～明治三十九年五月十九日（1852～1906）。日本画家。京都に生まれる。幼名・米吉、本名・満寛。家は割烹を営むが、鈴木百年に師事、明治十年代の京都博覧会で受賞して認められる。十三年開校の京都府画学校（現・京都市立芸術大学）設立に奔走、二十三年、京都美術協会を設立し京都画壇の体制刷新に尽力したが、徳富蘇峰に請われて上京、国民新聞社に入り新聞挿絵に才能を揮い新生面を示す。日清戦争では現地で画報記者として活躍。三十年の失明後は京都に戻り、没後河原町三条北の高田別院に葬られる。

（高橋和幸）

倉島竹二郎　くらしま・たけじろう

明治三十五年十一月九日～昭和六十一年九月二十七日（1902～1986）。小説家、将棋評論家。京都市に生まれる。「国民新聞」の将棋観戦記掲載をきっかけに、昭和十年、東京日日新聞社に嘱託として入社、名人戦・王将戦の将棋観戦記を執筆した。十三年応召、十八年に同社を退社。戦後は作家生活の傍ら、将棋観戦記も発表している。倉島の最初の小説『将棋太平記』（昭和24年5月、日東出版社）では、京都を舞台に幕末の棋士市川太郎松の姿を描いている。

（諸岡知徳）

倉田百三　くらた・ひゃくぞう

明治二十四年二月二十三日～昭和十八年二月十二日。（1981～1943）。劇作家、評論家。広島県三上郡庄原村（現・庄原市）に生まれる。倉田家唯一の男児として父母の寵愛をうけた。誕生之地石碑に採られた妹小西艶子の語を借りれば「兄の生涯の自由奔放な生活法はこの温床から始まる」。明治四十三年、三次中学校卒業。第一高等学校（現・東京大学）に入学。「三之助の手紙」（「校友会雑誌」明治45年2月）中に、「僕」の京都観光（知恩院拝観記事）を記した手紙を載せた。〈唯我〉の迷いから、西田幾多郎『善の研究』に依って脱出する。〈純粋経験〉〈主客同一〉を説いた著者を敬慕し、京都市吉田町近衛の西田宅へ、大正元年八月三十日、手紙を書き、九月八日、表敬訪問する。「上京の途中を京都に下車して先生を訪ねたといふことが、上京後の私の生活に大変力になり」、本と「京都で先生の口から聞き得た先生の思想の一部」とを材料に（大正元年9月27日、西田幾多郎宛書簡）、評論「生命の認識的努力」（「校友会雑誌」大正元年11月）を書く。そこに「私は共に坐して半日の秋を語りたる、京都の侘しき町端れなる氏の書斎の印象を胸に守つて居る」と記した。二年、恋人に去られ、結核発病。哲学的煩悶。四年十二月二日、京都へ行き、四日、西田天香の一燈園（鹿ケ谷桜谷町）に入る。天香から今まで「パンを父に頼つて、贅沢な生活をしてゐることを叱られ」（大正4年12月4日、久保正夫宛書簡）、「毎日畑へ出てはたらく。草を刈り、豆を蒔き、菜を植え、芋を掘り、肥槽もかついだ」（大正4年12月7日、宗藤重子宛書簡）。五年一月、一燈園西の下宿へ移る。二月、愛人の「お絹さん」こと高山晴子が来園、ともに修業した。美的欲求が強くなり、「天香さんの側に来るとまたその生活にも懐疑が出来て享楽的の生活にも真理のあることが認められ」（大正5年5月17日、久保譲宛書簡）、六月二十二日、一燈園を去る。自力より他力へ惹かれる。六年六月、戯曲『出家とその弟子』（岩波書店）を刊行。反響を呼び、ロマン・ローランの激賞を得た。七年、「平家物語」・謡曲「俊寛」等に取材した戯曲「俊寛」を、九年、一切持王子品第三に拠る戯曲「布施太子之入山」を書く。晴子と別れ、上京。十年三月、評論集『愛と認識との出発』（岩波書店）を刊行。十五年、文学誌「生活者」を創刊。強迫神経症で京都の済世病院に入院する。十二月二十二日、父臨終に神奈川県藤沢町へ帰宅すると、「煩悩即菩提」体験で、治癒した（昭和元年12月31日、寿岳文章宛書簡）。昭和三年、京都の谷川徹三宛書簡中に「京都といふところは確かに日本の浄めと平安の都であるやうに思ひます。幾度でも行きたくなるところです」と書き送る。六年二月、亀岡にて大本教の出口王仁三郎と会う。晩年は日本主義者となる。百三の名は、太宰治「虚構の春」（「文学界」昭和11年7月）第十三の吉田潔（山岸外史）の書簡に「倉田百三か。山本有三かね。『宗教』といはれて、その程度のことしか思ひ浮ばんのかね」とあるごとく宗教文学者の代名詞となった。十四年、大東塾顧問。没後の三十二年、郷里に文学碑が建つ。平成元年十月、郷里の庄原市田園文化センターに倉田百三文学館がオープンした。

＊出家とその弟子《しゅっけとそのでし》　戯曲。〔一部初出〕「生命の川」大正五年十一月～六年三月。〔初版〕『出家とその弟子』大正六年六月、岩波書店。◇六幕十三場。『親鸞上人一代記』（書誌事項未調査）を元に『歎異抄』『聖書』の引用を加え、倉田の内面を表白した。常陸国枕石伝説に基づく第一幕以外は、京都が舞台である。西洞院御坊において、若く優しい唯円が、念仏する親鸞に師事する。唯円は、三条木屋町に放蕩中の善鸞（親鸞の息子）を訪ね、そこで幼い遊女のかえでを知る。二人は、「無数の墓、石塔、地蔵尊など累々として並んでゐる。蔭深き樹立あり。ちよつとした草地、所々にばら、いちごなどの灌木の叢。路は叢の蔭から、草地を経て樹立の中に入つてゐる」黒谷墓地にて、恋をかたる。唯円の恋に、僧達が反発した。親鸞は僧達に宥恕を説き、唯円には排外的恋の超克をさとす。十五年後、善法

院御坊。唯円と勝信（出家したかえで）が、親鸞に仕えている。臨終を迎えた親鸞は、善鸞に信仰告白を求めるけれども、拒まれる。親鸞は、絶望の極から、一転平和な世界へと旅立って行く。この幕切れにおける親鸞の〈許し〉の世界と、『愛と認識との出発』における論理とのかかわりについては、槙林滉二「倉田百三と西田幾多郎」（「広島大学文学部紀要」平成10年12月）にくわしい。本作は、高坂正顕が第四高等学校の寮で「夜おそくまで蠟燭の光の下で、一気に読み通した。次の日の朝、私はその感激を同室の友人たちに話さずにはおけなかった」、感激は寮内に広がったと回想するように好評で、版を重ねる。大正八年、東京と京都で上演され、翻訳（大正11年、Glenn W. Shaw 英訳。その他、オランダ語訳、フランス語訳）もされて、ロマン・ローランが紹介文を書く。作品舞台となった「西洞院御坊」跡地は、下京区藪下町の光円寺および下京区月見町の大泉寺をふくむ地域である。「善法院御坊」跡地は、右京区山ノ内御堂殿町の西本願寺角坊別院、あるいは中京区東八幡町の京都柳池中学校の二説が存在する。鎌倉時代の歓楽街三条木屋町という設定は虚構。百三は、アナクロニズムを「気にしていられないほどあれを書いた時の私の心持が切迫していたため」と記すから、同事情によるのであろう（「『出家とその弟子』の上演について」、「中外日報」大正8年11月20日）。

（堀部功夫）

倉橋健一 くらはし・けんいち

昭和九年八月一日～（1934～）。詩人。京都市中京区三条通新町に生まれる。谷川雁の手法に傾斜しながら詩作活動をはじめ、昭和三十五年三月、「山河」同人となる。四十一年四月、『倉橋健一詩集』を国文社より刊行、「あとがき」で「今、私が一冊の詩集をつくるのは、この国で私が、兵役義務をもたない時代の憲法に支えられて、からくも二〇代を脱出しえたという悲しいうれし泪のせいによります」と記した。四十七年十一月、「白鯨」創立同人。詩集に、『凶絵日』（昭和51年8月、ぬ書房）、『寒い朝』（昭和58年3月、深夜叢書社）、『暗いエリナ』（昭和60年8月、白地社）、『化身』（平成18年7月、思潮社）などがあり、評論・エッセイ集に、『未了性としての人間』（昭和50年6月、椎の実書房）、『塵埃と埋火』（昭和56年5月、白地社）、『世阿弥の夢―美の自立の条件』（平成元年11月、白地社）、『辻潤への愛―小島キヨの生涯』（平成2年6月、創樹社）、『叙情の深層―宮沢賢治と中原中也』（平成4年7月、矢立出版）などがある。

（中尾　務）

倉橋由美子 くらはし・ゆみこ

昭和十年九月二十九日（戸籍上は十月十日）～平成十七年六月十日（1935～2005）。小説家。高知県香美郡土佐山田町（現・香美市）に生まれる。本名・熊谷由美子。父俊郎は歯科医。五人兄弟妹の長女。昭和二十九年、私立土佐高等学校卒業。京都女子大学国文学科入学。大学に近い今熊野阿弥陀ケ峰に下宿。古典講読に出席し週末に寺社巡りを楽しんだ。秋頃より医師を目指して予備校に通い始め、同郷の友人の下宿左京区岡崎東天王町に移る。この一年間を「黄金時代」（「略年譜」『われらの文学』二十一、昭和44年10月、講談社）と回想。三十年、上京して日本女子衛生短期大学別科歯科衛生士コース入学。翌年卒業し、明治大学文学部フランス文学科入学。三十四年、第三回明治大学学長賞に応募した「雑人撲滅週間」が佳作第二席。翌年には「パルタイ」で第四回学長賞を三年振りに受賞。選者平野謙が「毎日新聞」の文芸時評で取り上げ、「文学界」（昭和35年3月）に掲載されて文壇デビュー。この作品を巡り、平野謙・丹羽文雄の間で小説の面白さについての〈パルタイ論争〉が起こる。三月に卒業、四月より同大学大学院文学研究科に入学。短編をつぎつぎと発表し、「乱作時代」（前掲「略年譜」）と自称。『パルタイ』（昭和35年8月、文芸春秋新社）が刊行され、芥川賞候補作となる。三十六年、第十二回女流文学賞受賞。続いて「夏の終り」（「小説中央公論」昭和35年11月）も芥川賞候補作。十月には初の書き下ろし長編『暗い旅』を東都書房より刊行。三十七年、父の急逝により帰郷、大学院を中退。小説執筆に意欲を失い、京都などを旅行する。翌年「その作家活動に対して」第三回田村俊子賞を受賞。三十九年十二月、熊谷富裕と結婚、高知市昭和町に住む。四十年、フルブライト英語研修生となり、夫と共に上京。書き下ろしで『聖少女』（昭和40年9月、新潮社）刊行。翌年六月、渡米。アイオワ州立大学大学院Creative Wrightingコースに入学。四十二年九月、帰国。十一月より神奈川県中郡伊勢原町（現・伊勢原市）に居住。五月、長女まどか誕生。書き下ろし長編『スミヤキストQの冒険』（昭和44年4月、講談社）刊行。『ヴァージニア』（昭和45年3月、新潮社）は留学時の友人をモデルにした。四十六年三月、次女さやか誕生。翌四十七年十二月十七日、永住も考え約一年間の予定で妹と家族でポルトガルに出発。四十九年四月、クーデターが起き、六月帰国。『アマノン国往還記』（昭和61年8月、新潮社）で泉鏡花文学賞受賞。平成九年、静岡県田方郡中伊豆町（現・伊豆市）に転居。十七年六月十日、サン＝テグジュペリ『新訳 星の王子さま』の「あとがき」執筆直後、拡張型心筋症により永眠。没後の七月に同書（宝島社）と、書評集『偏愛文学館』（講談社）刊行。「いかに」書くかというスタイルへの明確な意識に支えられた、観念性の強い寓話小説が多く、ギリシャ悲劇に材を採った「反悲劇」（「文芸」昭和43年11月〜46年1月）をはじめ、先行作品を換骨奪胎する手法も好んで用いた。『大人のための残酷童話』（昭和59年4月、新潮社）は〈童話ブーム〉の火付け役となる。シェル・シルヴァスタイン『ぼくを探しに』（昭和52年4月、講談社）を皮切りに、「アメリカ・インディアンの民話」シリーズ（宝島社）など翻訳も手掛けた。所謂〈桂子さん〉シリーズに、『夢の浮橋』（昭和46年5月、中央公論社）、『城の中の城』（昭和55年11月、新潮社）、『シュンポシオン』（昭和60年11月、福武書店）、『交歓』（平成元年7月、講談社）があり、『夢の通ひ路』（平成元年11月、講談社）、『ポポイ』（昭和62年9月、福武書店）、『幻想絵画館』（平成3年9月、文芸春秋）、『よもつひらさか往還』（平成14年3月、講談社）はサイドストーリー。エッセイに『磁石のない旅』（昭和54年2月、講談社）、『最後から二番目の毒想』（昭和61年4月、講談社）、『夢幻の宴』（平成8年2月、講談社）、『あたりまえのこと』（平成13年11月、朝日新聞社）等。『倉橋由美子全作品』全八巻（昭和50年10月〜51年5月、新潮社）に収録作品自作解説「作品ノート 1〜8」が付されている。

＊暗《くら》い旅《たび》 長編小説。〔初版〕昭和三十六年十月、東都書房。◇初の書き下ろし長編小説。題名は「Sentimental Journey」の「Sentimental」を「Blue」に替えたもの（「作品ノート 3」参照）。失踪した「かれ」を求めて婚約者の「あなた」が、鎌倉の海岸を歩き、続いて東京から京都へと特急〈第一つばめ〉で向かう姿を追う。作中時間の進行につれ、「あなた」の回想は過去へと

遡行して行く。叙法についてミシェル・ビュトール『心変わり』の「模倣」だと江藤淳らから批判を受けたが、倉橋は「二人称の形式よりもむしろ」「意識の断片を並べて行くというやり方」を「借りた」と記す。倉橋作品で初めて固有名詞が用いられ、自身の見聞した情景や店名（四条大橋の東華菜館や四条小橋の不二家などは現存）が多数登場し、名刹の寺談義など、京都の風物も書き込まれている。なお、倉橋没後、「新潮」（平成17年8月）追悼特集に掲載された「未発表原稿（無題）」に、『暗い旅』の車中描写との共通点がある。

＊わたしのなかのかれへ《わたしのなかのかれへ》　エッセイ集。〔初版〕昭和四十五年三月、講談社。◇初めてのエッセイ集。「ロマンは可能か」（「文芸」昭和37年4月）、「愛と結婚に関する六つの手紙」（『結婚論』昭和37年8月、婦人画報社）、「京都からの手紙」（「新刊ニュース」昭和38年2月15日）に、京都で過ごした一年間への言及がある。「愛と結婚に関する六つの手紙」の第二から第四のK宛手紙の内容は、『暗い旅』（前項参照）と関わるものである。

＊夢の浮橋《ゆめのうきはし》　長編小説。〔初出〕「海」昭和四十五年七月～十月。〔初版〕『夢の浮橋』昭和四十六年五月、中央公論社。◇初の連載長編小説。〈桂子さん〉シリーズ第一作。嵯峨野で恋人と会う桂子が、偶然母を見かけたのを契機に、この地で年一回開かれる茶会で互いの両親が十年来続けてきた夫婦交換に二人は気づく。異母兄妹の可能性がある二人は両親達の反対もあって各々別の相手と結婚するが、彼らもまた交換を行おうとするところで物語は閉じられる。題名が示唆する通り『源氏物語』『新古今和歌集』などに依拠する一方、倉橋も書評したジョン・アプダイク『カップルズ』によって当時話題になっていた夫婦交換や、全共闘など同時代の問題も織り込む。「struggle」しない桂子を筆頭に優雅なクラスに属する人々が、川端康成「日も月も」を「お手本」にした「平静」な文体で描かれている（「作品ノート 8」参照）。なお『夢の通ひ路』（平成元年11月、講談社）で、〈桂子さん〉が冥界の西行、式子内親王、藤原定家らと出会うのも京都であり、〈桂子さん〉の恋人入江氏の孫〈慧君〉が同様の交流をする『幻想絵画館』（平成3年9月、文芸春秋）にも京都が舞台の「夜色楼臺雪萬家」がある。

＊私の小説と京都《わたしのしょうせつときょうと》　エッセイ。〔初出〕「中日新聞」昭和四十六年六月十五日。〔初版〕『迷路の旅人』昭和四十七年五月、講談社。◇自身の経験から、東京と違って京都は「人間らしい生活」のできる土地であるといい、そんな生活は「一見異常」な「Swapping（夫婦交換）をも含んで成り立つ」のではないかと考えて書いたのが『夢の浮橋』（前項参照）であるという。

（硲　香文）

栗田勇《くりた・いさむ》

昭和四年七月十八日～（1929～）。評論家、小説家。満洲（現・中国東北部）に生まれる。昭和二十八年、東京大学仏文科卒業。三十年、同大学院修士課程修了。駒沢女子大学教授。仏教、寺院建築、美術等に関する日本文化論の著書が多い。五十二年、『一遍上人―旅の思索者』（昭和52年1月、新潮社）で芸術選奨文部大臣賞受賞。平成十一年、紫綬褒章受章。著書に『古都往還京都―時の愁い』（昭和55年4月、筑摩書房）等多数。

（佐藤良太）

厨川白村《くりやがわ・はくそん》

明治十三年十一月（一説には六月とも）十九日～大正十二年九月二日（1880～1923）。

英文学者、文芸評論家。京都市上京区（現・中京区）柳馬場押小路上ル等持寺町に生まれる。本名・辰夫。別号に血城、泊村。父磊三、母セイの長男とされるが、親戚からの養子であったという説がある。父磊三は豊前中津藩の藩士、広瀬淡窓の門下で淡村と号し、蘭学を修めて官吏となり、伊藤博文、後藤象二郎らとの交遊が知られている。明治三十年四月、大阪府立第一番中学校（現・府立北野高等学校）から京都府立第一中学校（現・府立洛北高等学校）に転学し、三十一年四月、同校を卒業。同年九月、第三高等学校（現・京都大学）に入学。在学中、嶽水会雑誌の編集委員として記事を書く一方、英文学から日本の古典まで耽読し、文芸への関心を深める。三十四年七月、第三高等学校を卒業。同年九月、東京帝国大学文科大学英文学科に入り、小泉八雲、夏目漱石、上田敏について英文学を学ぶ。余暇に「英語中学」「帝国文学」「明星」などの雑誌に寄稿して英詩や英国の詩人を紹介し、学資の足しにする。詩人ではブラウニング、シェリー、キーツなどを愛好した。三十七年七月、大学を卒業する際に、優等生として恩賜の銀時計を受領。卒業後大学院に入り、「詩文に現われたる恋愛」を研究テーマとして漱石の指導を受けるが、九月、第五高等学校（現・熊本大学）教授となり、熊本に赴く。三十九年、遠縁にあたる福地蝶子（陸軍軍医福地達雄の次女）と結婚。翌年七月、長男文夫が生まれる。九月、母校の第三高等学校教授になり京都に移り住んだ。当時の教え子に矢野峰人、山本修二、深瀬基寛などがいる。四十二年十一月には次男次郎、四十四年十月には三男潔が誕生。この頃より晩年に至るまで「英語青年」に盛んに執筆するようになる。四十五年三月、初めての著書『近代文学十講』を大日本図書より刊行。三高の課外講義をまとめたもので、西欧の近代文芸思潮の推移とその社会的背景を「我が国現代の思潮や文芸に関係をつけて」説き、当時隆盛をきわめた自然主義の発展を中心に、印象主義、新浪漫主義、象徴主義などについて概説した。平明かつ啓蒙的な内容が時代の嗜好に合致して好評を博すとともに、同種の概論的な出版物の刊行を促す契機となり、当時の出版界に大きな影響を与えた。大正二年九月、上田敏の推輓により京都帝国大学文科大学講師となり、十九世紀のビクトリア朝時代ならびに世紀末の英文学を講じる。同年五月、四男守が誕生。四年二月、英語学英文学及び同教授法研究のため米国へ一年半の留学を命じられたが、三月末に左足のやけどがもとで黴菌に冒され患部が悪化したため、四月、京都医科大学病院で左脚を切断した。翌五年一月、隻脚のまま米国に留学。この年七月、上田敏と父磊三を相次いで失う。六年五月、京都帝国大学助教授となる。第一次世界大戦が激化したため、渡欧を断念して七月に帰国。米国の大学では日本のような詰め込み教育とは異なり、「自由な啓発誘導の方法」を用いて思い切って斬新な研究を試みるとともに、常に大学が「社会と密接なる関係」を保っていることに共鳴して、帰国後は本業に勤しむかたわら、文字どおり「象牙の塔を出て」旺盛な執筆活動に専心し、『印象記』（大正7年5月、積善館）、『小泉先生そのほか』（大正8年2月、積善館）、『象牙の塔を出て』（大正9年6月、福永書店）、『近代の恋愛観』（大正11年10月、改造社）などを陸続と発表。これにより、学者として、文明批評家として、エッセイストとして学内外に盛名を馳せた。七年七月、荒木京大総長の推輓により文学博士の学位を受ける。十年八月に五男幸一が生まれたが十月に死亡。翌年『英詩選釈』第一巻（大正

11年3月、アルス）を刊行する。同十一年七月、朝鮮協会の招きで渡朝後、大腸出血のため重態におちいり、帰国して療養に当たったが、以来ひどく健康を害し、友人で三高時代の同僚だった阪倉篤太郎によれば、当時「僕の余命も長くはないようだ」と口癖のように言っていたという。十二年八月、避暑のため鎌倉に新築したばかりの別荘、白日村舎に入る。同九月一日、関東大震災の激震に会い、義足をつけて屋外に逃れ出たが、滑川の海岸橋付近で津波に襲われ、泥水の中に倒れているところを出入りの植木屋によって救助された。翌二日に永眠。享年四十三歳。三日、付近の九品寺墓地に仮埋葬したが、十月二十日、黒谷山内永運院において埋骨式を行い、山内の厨川家の墓地に埋葬された。遺稿に『十字街頭を往く』（大正12年12月、福永書店）、『苦悶の象徴』（大正13年2月、改造社）、『英詩選釈』第二巻（大正13年3月、アルス）がある。他に文業を網羅した『厨川白村集』全六巻、別巻『文学論索引』（大正13年12月～15年4月、厨川白村集刊行会）と、『厨川白村全集』全六巻（昭和4年2月～8月、改造社）がある。

（一條孝夫）

栗山良八郎 くりやま・りょうはちろう

昭和四年（月日未詳）～（1929～）。小説家。京都府に生まれる。立命館大学中退後、広告代理店に勤務しながら書いた「短剣」（「別冊文芸春秋」昭和49年6月）が第七十二回直木賞候補となる。「山桜」（「別冊文芸春秋」昭和50年12月）、『宝塚海軍航空隊』（昭和55年5月、文芸春秋）も直木賞候補作。太平洋戦争中の海軍兵を描いた「短剣」は京都を、また葬儀社の社員を描いた「山桜」は京都と大阪をそれぞれ舞台にしている。

（木谷真紀子）

黒岩重吾 くろいわ・じゅうご

大正十三年二月二十五日～平成十五年三月七日（1924～2003）。小説家。大阪市此花区（現・西区）安治川通に生まれる。昭和十一年、大阪府立堺中学校（現・府立三国丘高等学校）の受験に失敗し、一年間の小学生浪人を経験する。十二年、奈良県立宇陀中学校（現・県立大宇陀高等学校）に入学。十六年、同志社大学予科に入学。十九年、和歌山県で徴兵検査を受け第二乙種合格、三月、同大予科を卒業し法科に入学するが、学徒出陣により大阪の信太山連隊から北満へ送られる。二十年一月、肺疾患で野戦病院に入院。八月、ソ連・満洲国境近くで国境警備をしているさなかに終戦を迎えるが、ソ連参戦によって北満を逃避行、朝鮮の釜山から密輸船で内地に帰還した。二十一年二月、復学。二十二年九月、同志社大学法経学部法科を卒業。二十三年、日本勧業証券会社調査部に入社。二十四年、「週刊朝日」の記録文学の募集に、野戦病院に入院した時の体験をもとにした「北満病棟記」（「週刊朝日別冊記録文学特集号」昭和24年9月15日）を書いて応募し佳作となる。二十六年、日本勧業証券会社を退社、株の特ダネを売る情報屋となる。二十八年八月に小児麻痺を発病、以後三年間の入院生活を送る。そのさなかに株で大損し家財一切を売り払う。三十一年退院、釜ヶ崎のドヤ街に移り、トランプ占いで生計を立てながら小説を書き続ける。その後、昼間は行商などの各種アルバイト、夜間はキャバレーなどの水商売、勤務後の時間を小説執筆に充てる生活を続ける。三十三年秋、水道産業新聞編集長となる。第五十四回サンデー毎日大衆文芸に「ネオンと三角帽子」が入選。三十四年、司馬遼太郎と知り合い「近代説話」同人となる。「週刊朝日」「宝石」共催の懸賞に「青い火花」（のち「宝石」昭和35年1月に掲載）が佳作入選。この入選者たちに、浪速書房が、中島河太郎を介して書き下ろしを依頼したことで、初めて長編推理小説を手がけ、三十五年、初出版となる『休日の断崖』（昭和35年5月、浪速書房）を刊行、直木賞候補となる。夏、『背徳のメス』（昭和35年11月、中央公論社）を書き下ろし、第四十四回直木賞を受賞。鋭い人間描写に基づいた社会派推理小説の書き手として注目された。水道産業新聞社を辞して文筆に専念。「脂のしたたり」（「週刊現代」昭和36年4月9日～37年3月25日）など社会派推理小説を続けて発表したほか、「飛田ホテル」（「別冊文芸春秋」昭和36年4月）などかつて住んだ西成界隈を舞台にした風俗を扱った作品、また、証券会社勤務の経験を生かした株相場にまつわる人間の悲喜劇や、企業内の人間の葛藤のドラマを描いた作品等を次々と発表、現代社会の影の部分にメスを入れ、現代人のもつエゴイズムを愛欲と金銭の両面から描いて多くの読者を得た。昭和四十年以降、北満への従軍体験にもとづいた「裸の背徳者」（「別冊文芸春秋」昭和40年7月）を皮切りに、学徒出陣を前にした青年たちの内面を描いた「人間の宿舎」（「別冊文芸春秋」昭和44年1月）、復員後の大阪での生活を描いた『カオスの星屑』（昭和49年7月、文芸春秋）を断続的に発表し、自伝的長編小説の三部作とする。「私がこれ等の作品に書かれた場所に居り、その時代を生き抜いたということである。（略）私にとっては最も身近な作品である」（「三部作の背景」『黒岩重吾全集』第十一巻、昭和57年11月、中央公論社所収）とする。殊に、同志社大学在学中から従軍に至る時期を扱った「人間の宿舎」は、自身の戦争批判と軍人に対する憎悪、将来に対する絶望感が底流をなしており、「私の魂に刻印された暗い青春時代の産物である」（同前）とする。初期短編「北満病棟記」以来の従軍体験と戦争前後の混乱期における人間の葛藤は、創作の重要なモチーフの一つである。四十二年九月から四十三年五月にかけて、『黒岩重吾全集』全十八巻（講談社）を刊行。四十六年三月二十九日から四月七日に、初めてのヨーロッパ旅行。以後、「シャンゼリゼ裏通り」（「オール読物」昭和48年8月）、「サンマルタン運河」（「小説サンデー毎日」昭和49年1月）、「モンパルナスの歌」（「小説新潮」昭和53年4月）など、西欧を舞台とした作品を書く。この前後には、自伝的長編小説「我が炎死なず」（「いんなあとりっぷ」昭和48年3月～50年5月）や随筆「どかんたれ人生」（「サンデー毎日」昭和49年1月6日～12月29日）など、自己の半生を振り返るような著作を断続的に発表した。また、この頃から、古代史の世界を素材とした作品を手がけるようになり、五十五年に第十四回吉川英治文学賞を受賞した「天の川の太陽」（「歴史と人物」昭和51年1月～54年6月）や、「落日の王子—蘇我入鹿」（「別冊文芸春秋」昭和55年7月～57年1月）などをはじめとする壮大な歴史ロマンを描いて新たな領域を拓く。その一方、「霧の鎖」（「サンデー毎日」昭和54年6月24日～56年7月12日）や「現代家族」（「中央公論」昭和56年1月～57年12月）といった作品で現代の家庭が抱える問題も扱った。平成三年、紫綬褒章受章。四年、『聖徳太子—日と影の王子』（昭和62年6月、文芸春秋）や『弓削道鏡』（平成4年6月、文芸春秋）などの一連の歴史小説が評価されて第四十回菊池寛賞を受賞。『黒岩重吾全集』全三十巻（昭和57年11月～60年3月、中央公論社）がある。

＊人間の宿舎《にんげんのしゅくしゃ》　長編小説。〔初出〕「別冊文芸春秋」昭和四十四年一月。〔初版〕

『人間の宿舎』昭和四十四年六月、文芸春秋。◇中学卒業後、束縛されることを嫌って、スマートさを誇る京都の私立A大学予科に入った花村だったが、太平洋戦争末期の戦局悪化に伴う軍部の強制により、ここでも学生の軍隊化が進んでいた。昭和十八年の学徒出陣で、学部学生たちはほとんど軍隊にとられ、予科三年も三分の二が入隊、十九年になると講義の時間はほとんどなく、勤労奉仕の日課がつづいた。九月下旬、大阪港近くへ勤労動員で出かけるが、そのうちの過半数は翌年の入隊が予定されていたし、四月に徴兵検査を終えた花村のように、入隊を待つばかりの者も少なくなかった。彼らは作業場近くの宿舎に寝泊まりして重労働に従事する。しかし、軍隊に行けば死が約束される状態では、残された日々を精一杯に生きる以外に、自らの青春を確かめるすべはなかった。特甲幹に合格し軍隊に入ることに情熱をたぎらせる鹿島や春海、女専の恋人との愛をあたためつづける追川、同級生のなぶり者にされる青田、愚連隊と関わったり動員先で女子作業員と情事を交わすなどふてぶてしくふるまう瀬川、その瀬川の情交を覗き見することに喜びを感じる村木。そうした青年たちの中にあって、花村は、憲兵や軍隊に対する激しい憎悪と反発を感じながら、ひとり孤独な自分をかみしめていた。戦争に積極的に参加するグループにも批判的だし、追川に紹介された菅野恵子との恋愛にも積極的になりきれず、むしろ、無頼な瀬川にある種の潔さを感じてひかれながら、結局は自己の内部に沈潜し、鬱屈した思いを娼婦の菊江との肉体交渉に向けることになる。やがて、仲間たちに続いて花村のもとにも入隊通知が届くのである。

（日高佳紀）

黒川創　くろかわ・そう

昭和三十六年六月十五日～（1961～）。小説家、評論家。京都市左京区吉田泉殿町に生まれる。本名・北沢恒。評論家北沢恒彦は父、小説家秦恒平は叔父、画家北川街子は妹。昭和五十九年、同志社大学文学部卒業。「思想の科学」編集員などを経て小説家・評論家となる。京都府との境界線に近い滋賀県還来《もどろき》神社を巡り、「祖父」から「私」の三代にわたる物語を描いた「もどろき」（「新潮」平成12年12月）が芥川賞候補、三島賞候補となる。平成十七年に三島賞候補となった「明るい夜」（「文学界」平成17年4月）も京都鴨川べりを作品の舞台とする。小説に、『若冲の目』（平成10年3月、講談社、野間文芸新人賞候補）、『イカロスの森』（平成14年9月、新潮社、芥川賞候補）、評論に、『リアリティ・カーブ』（平成6年8月、岩波書店）、『国境』（平成10年2月、メタローグ）、共編に『〈外地〉の日本語文学選』全三巻（平成8年1月～3月、新宿書房）他がある。二十一年、『かもめの日』（平成20年3月、新潮社）で、第六十回読売文学賞受賞。

（高橋博美）

黒川博行　くろかわ・ひろゆき

昭和二十四年三月四日～（1949～）。小説家。愛媛県今治市で生まれ、幼稚園のときから大阪在住。京都市立芸術大学美術学部彫刻学科卒業。スーパー勤務のあと大阪府立東淀川高等学校に美術教諭として勤める。夏休みに第一回サントリーミステリー大賞応募作として書いた『二度のお別れ』（昭和59年9月、文芸春秋）が第一作で、同賞佳作賞受賞。『雨に殺せば』（昭和60年6月、文芸春秋）が第二回の佳作賞受賞、『キャッツアイころがった』（昭和61年8月、文芸春秋）で第四回の同賞大賞を受賞した。この作品は、京都の美大生らが殺され、その謎解きに同窓の女子学生が活躍する話。

『暗闇のセレナーデ』（昭和60年8月、徳間書店）も京都の美大生が事件解明に乗り出す。京都を扱った作品では、京都の日本画壇の裏面を描く『蒼煌』（平成16年11月、文芸春秋）がある。短編「カウント・プラン」（「オール読物」平成7年4月）で第四回日本推理作家協会賞受賞。『カウント・プラン』（平成8年11月、文芸春秋）、『国境』（平成13年10月、講談社）、『悪果』（平成19年9月、角川書店）などが直木賞の候補になる。大阪弁の絶妙な会話を交えた警察小説、ハードボイルドに人気が高い。（佐藤秀明）

黒沢明 くろさわ・あきら

明治四十三年三月二十三日〜平成十年九月六日（1910〜1998）。映画監督。東京府荏原郡大井町（現・品川区東大井）に生まれる。日本を代表する映画監督の一人であり、その映画は国内外で高く評価された。「わが青春に悔なし」（昭和21年）は、昭和八年に京都帝国大学で発生した思想弾圧事件、いわゆる滝川事件をモデルにした作品である。芥川龍之介の「羅生門」「藪の中」に題材を借り、平安期の殺人事件を扱った映画「羅生門」（昭和25年）で、ヴェネツィア国際映画祭金獅子賞を受賞。五十一年、文化功労者に選ばれる。六十年、文化勲章受章。（木村　洋）

黒田重太郎 くろだ・じゅうたろう

明治二十年九月二十日〜昭和四十五年六月二十四日（1887〜1970）。画家。大津市に生まれ、京都で没する。明治三十六年、上京して慶応義塾普通部に入るが、絵画への関心が強まり、翌三十七年、京都の鹿子木孟郎に入門し、その後、聖護院洋画研究所（のち関西美術院）で浅井忠に学んだ。四十四、五年に黒猫会・仮面会を結成し、芸術運動を展開。大正七年に渡仏し、印象派のピサロの影響を受ける。十年に再渡仏、写実的キュービズムの影響を受ける。二科展で活躍を続け、昭和二十二年からは二紀会を中心に活動した。また、大正十三年に小出楢重、鍋井克之らと大阪に信濃橋洋画研究所を開設、昭和十二年には全関西洋画研究所を開設して関西洋画壇に貢献。二十二年から三十八年まで京都市立美術専門学校（現・京都市立芸術大学）の教授、関西洋画壇の指導者として後進の指導に尽力した。四十四年、日本芸術院恩賜賞受賞。体系的京都洋画史『京都洋画の黎明期』（昭和22年1月、高桐書院。改訂版、平成18年12月、山崎書店）をはじめ美術史などの著書多数。（明里千章）

桑原譲太郎 くわはら・じょうたろう

昭和二十七年二月十七日〜（1952〜）。小説家。長崎県佐世保市に生まれる。ただし公式ホームページにおいては、「どこで生まれようが、どんな学校を出ていようが、職をいくつ経験しようが、そんなものは桑原譲太郎とは一切関係はない」と書いている。『京都悲恋伝説』（昭和63年6月、講談社）、『炎の人信長』一〜六（平成7年2月〜8年4月、徳間書店）など、京都を舞台にした小説も多い。（真銅正宏）

桑原武夫 くわばら・たけお

明治三十七年五月十日〜昭和六十三年四月十日（1904〜1988）。仏文学者。福井県敦賀市に、桑原隲蔵《じつぞう》・打它《うだ》しんの長男として生まれる。明治四十二年、父の京都帝国大学教授就任とともに京都へ移住。京都第一中学校、第三高等学校、京都帝国大学で学び、良師良友に恵まれる。昭和三年、大学卒業後、大谷大学、第三高等学校、大阪高等学校で教える。八年より、スタンダール、アラン等の翻訳を発表。十二年、フランスへ二年間留学。十八年、東北帝国大学助教授。二十一年、「第二芸術」(「世界」11月)を発表、波紋を呼ぶ。その有様は神田秀夫「『第二芸術』論の影響」(「短歌」昭和31年11月)に詳しい。国際的な文化交流と平和運動に参加し、戦後日本のオピニオンリーダーの一人となる。二十三年、京都大学教授。人文科学研究所で共同研究を進める。二十五年、『文学入門』(5月、岩波書店)を著す。谷沢永一『鑑賞日本現代文学 第34巻 現代評論』(昭和58年3月、角川書店)はこれを「文学入門ブームの先駆け」と位置付ける。三十三年、チョゴリザ登頂。三十五年、日本学術会議副会長になる。四十三年、京都大学を退官。五十年、朝日賞を、フランス政府よりOrdre de la Legion d'Honneurを贈られる。五十二年、日本ユネスコ国内委員会副会長。日本芸術院会員。五十四年、文化功労者。五十五年より、『桑原武夫集』全十巻を岩波書店から刊行する。五十六年、京都市社会教育総合センター所長。六十二年、文化勲章を受章。

(堀部功夫)

【け】

敬天牧童 けいてん・ぼくどう

明治八年十一月十日～昭和四十三年六月二十三日(1875～1968)。詩人、翻訳家、南米研究家。丹波国何鹿《いかるが》郡佐賀村字報恩寺《ほうじ》(現・京都府福知山市)に、野田金右衛門、キヌの次男として生まれる。本名・野田良治。のち今村家の婿養子となる。明治二十七年頃から詩作を始め、二十九年、東京専門学校(現・早稲田大学)文学科に入学。三十年、外務省公使館書記生・領事館書記生の試験に合格。以後、釜山、マニラ、メキシコ、ペルーのリマ、チリ、ブラジルのリオデジャネイロなどに勤務し、昭和十年退官。二十年に帰郷し、数年を過ごした。著作に、旧約聖書を平易に敷衍した『予言者ダニエルの伝』(明治31年5月、日本聖公会出版社)、詩集『短笛長鞭』(黒田湖山編、明治34年12月、美育社)、中南米の詩を訳した『イスパノアメリカ名家詩集 舶来すみれ』(坪内逍遙序、明治36年3月、美育社)など。他に、野田良治名義で『日《にっ》葡《ぽ》辞典』(昭和38年4月～41年6月、有斐閣)があり、『世界之大宝庫南米』(大正元年10月、博文館)など、南米関係の著書も多い。

(須田千里)

【こ】

小泉苳三 こいずみ・とうぞう

明治二十七年四月四日～昭和三十一年十一月二十七日(1894～1956)。歌人、短歌研究者。横浜市に生まれる。本名・藤造。大正六年、東洋大学国文科卒業。昭和七年、立命館大学教授に着任。国文学科の基礎を作り、『明治大正短歌資料大成』全三巻(昭和15年6月～17年4月、立命館出版部)をはじめとする研究を残し、図書館に歌書・雑誌三千余点を寄贈する(「白楊荘文庫」)。一方で、歌人として大正十一年、「ポトナム」を創刊し、『夕潮』(大正11年8月、水甕社)、『くさふぢ』(昭和8年4月、立命館出版部)などの歌集を編んだ。戦後は関西学院大学教授などを歴任、『近代短歌史 明治篇』(昭和30年6月、白楊社)などを著した。

(清水康次)

小泉八雲 こいずみ・やくも

一八五〇年六月二十七日～一九〇四年九月

二十六日。小説家、随筆家、英文学者。前の名前はラフカディオ・ハーンLafcadio Hearn。ギリシャに生まれ、少年時代はアイルランドに育ち、後、渡米。明治二十三年、新聞社特派員として来日。島根県立松江中学校（現・島根県立松江北高等学校）の英語教師となり、小泉節子と結婚。二十四年、第五高等学校（現・熊本大学）に赴任。二十七年、「神戸クロニクル」の論説記者となる。二十九年から三十五年まで東京帝国大学で英文学を講ずる。『知られざる日本の面影』（明治27年9月、ホートン・ミフリン社）や『怪談』（明治37年4月、ホートン・ミフリン社）等で日本文化を紹介した。京都には、明治二十五年、二十八年、二十九年に訪れている。特に、内国勧業博覧会や奠都祭が行われた二十八年には三度訪れ、そのときの感想が「旅日記から」や「京都旅行記」に見える。造営されたばかりの平安神宮と、完成した東本願寺大師堂についての感想や、第一回時代祭や仙洞御所を訪れたときの感想から、八雲の日本論、日本人論が展開されている。（田口道昭）

高坂正堯《こうさか・まさたか》

昭和九年五月八日〜平成八年五月十五日(1934〜1996)。評論家、国際政治学者。京都市上京区（現・北区）小松原に生まれる。父は京都学派の哲学者、高坂正顕。昭和三十二年、京都大学法学部を卒業し、同法学部助手、助教授を経て、三十五年から二年間、アメリカ、ハーヴァード大学客員研究員。ケネディ政権下の国際政治に触れたことは、歴史への深い造詣とともに、知的基盤を築くものになった。三十八年一月、「現実主義者の平和論」を「中央公論」に発表。観念的な平和論が優勢だった当時の論壇に対して、現実的で具体的な平和構想の提唱は衝撃を与え、以後、国際政治学の第一人者として活躍する。（笹尾佳代）

上月章《こうずき・あきら》

大正十三年九月二十日〜（1924〜）。俳人。京都府福知山に生まれる。昭和二十年、和歌山高等商業学校（現・和歌山大学）卒業。終戦後、大阪窯業セメントに入社。学生時代から作句を始め、二十四年に「早蕨」に同人参加、二十八年、早蕨賞を受賞。二十六年に「青女」、三十二年に「十七音詩」に同人参加。また、三十七年、「海程」創刊と共に同人として参加。三十九年七月に句集『胎髪』（十七音詩の会）を刊行。四十一年、現代俳句協会賞を受賞。五十二年より「橋」に同人参加。『胎髪』以後の句集に『上月章句集』（昭和49年8月、海程社）、『蓬髪』（昭和56年8月、書肆季節社）がある。対象への自由な捉え方による無季自由律の句が多く、〈四隅ピンでとめられビラにもなれない僕ら〉〈銀行内部猛禽類的高貴さ満つ〉などの句がある。一方、家族詠も〈吾子の足だけ見え梅雨の傘歩けり〉などの我が子を詠んだもの、〈霊柩車内妻と二人きり母失う〉など、十八句の〈母失う〉の連作が特徴的。（三重野由加）

合田圭希《ごうだ・けいき》

昭和十四年一月二十六日〜（1939〜）。小説家。京都市に生まれる。本名・京子。京都府立桃山高等学校卒業。母・夫・父を見送り、昭和六十年、瀬戸内寂聴主宰の嵯峨野塾に入って文学を学ぶ。小説「にわとり翔んだ」を執筆。ストーリーは、主人公の女性が、ガス栓の消し忘れ以後、息子夫婦不在時を近くの入浴施設で過ごすよう命じられる。そこで湯治場友達もできたが、家では受験生の孫が自殺、嫁が不満を爆発させる。主人公はマンションの一室を購入して自立する、というもの。京言葉一人語りスタイルで綴った。平成元年、「家庭がはらんでいる深刻になりがちな問題を深刻ぶらずに仕上げた作者の力量が評価され」て第六回織田作之助賞を受ける。二年、短編小説集『にわとり翔んだ』（平成2年10月、かもがわ出版）刊行。（堀部功夫）

幸田露伴　こうだ・ろはん

慶応三年七月二十三日（新暦八月二十二日）～昭和二十二年七月三十日（1867～1947）。七月二十六日（新暦八月二十五日）生まれとの説もある。小説家、考証家。江戸下谷三枚橋横町（現・台東区下谷）、一説には、江戸神田の俗称新屋敷（現・千代田区外神田）に生まれる。本名・成行《しげゆき》。明治十四年、東京英学校（現・青山学院）に入学するが翌年中退。その後、電信修技学校の給費生となり、十八年、北海道余市の電信技手として赴任するが、義務年限一年を残し、二十年、職を捨てて北海道を脱出。小説「露団々」（「都の花」明治22年2月～8月）によって文壇に認められる。二十三年、第三回内国勧業博覧会の開催で上野が賑わう中、中西梅花、高橋太華らとあえて木曾に出かけ（「乗興記」、「大阪朝日新聞」明治23年5月～6月）、足をのばして京都まで行き都をどりを見物し、さらに京都から九州へ旅をしている（「まき筆日記」、『枕頭山水』明治26年9月、博文館）。厖大な知識に裏づけされた独特の世界観を持ち、「五重塔」（「国会」明治24年11月～25年3月）等の職人物や、史伝「蒲生氏郷」（「改造」大正14年9月）、都市論「一国の首都」（「新小説」明治32年11月～12月、34年2月）など、多岐にわたって多くの作品を発表し日本近代文学において異彩を放った。四十一年には京都帝国大学文科大学講師として招聘され、平安神宮裏手の岡崎町に居を構えた。露伴の後に京大に着任した上田敏の住居もこの近くで、露伴は井上敬道に上田を紹介している。四十二年三月十四日の倉本清太郎宛葉書には「京の春さすかによろしく　鶯の声に東西の別は無之候　呵々」と書いている。また「千年の旧都、山水秀麗の地たる京都は、京都の土地其自身が、美術家に対して好箇の学校たり、揺籃たるのであると信ずる」と述べる（「京都は画家揺籃の地に適す」、「国民新聞」明治41年12月13日）など、京都に関する見解も発表している。岡崎の万願寺近くにある富豪の別荘を借りて薄田泣菫や成瀬無極達が月に一度集まって開いていた懇談会に招かれたり、京都美術工芸界を担う実業家たちが組織し上田敏が顧問となって結成された柳桜会の賛助会員として、四十二年五月二十五日に講演を行ったりしている（高梨章「京都における露伴の講演発掘そのほか」、「日本古書通信」平成17年11月）。四十二年の夏休みに東京に帰り、そのまま辞職して京都には帰らなかった。京都を舞台とした小説として京都の陶工仁清や椀屋久兵衛、島原の遊女松山をモデルとした「椀久物語」（「文芸倶楽部」明治32年1月、33年1月）などがある。昭和十二年、第一回文化勲章受章。（西川貴子）

河野仁昭　こうの・ひとあき

昭和四年五月三日～平成二十四年二月二十日（1929～2012）。詩人、エッセイスト。愛媛県に生まれる。立命館大学卒業。昭和二十八年から同志社大学に勤務。詩集に『項事』（昭和44年3月、文童社）、『村』（昭和55年6月、文童社）、『風蘭』（平成2年7月、同朋舎）、詩論集に『四季派の軌跡』（昭和53年3月、白川書院）などがある。同志社大学社史資料編集所（現・社史資料センター）主任を務め、『新島襄全集』全十巻（昭和58年2月～60年5月、同朋舎出版）の編集委員となる。「同志社に関する文献目録」（「同志社談叢」昭和60年1月）や『新島襄への旅』（平成5年2月、京都新聞社）など、同志社関係の著作多数。また「まとまりのある京都近代文学史のようなものを書き」たいとの思いから、『京都文学紀行』（平成8年2月、京都新聞社）など京都の近代文学に関連したエッセイを多数発表。『京都の明治文学―伝統の継承と変革―』（平成19年1月、白川書院）の巻末にはその目録や、京都の明治文学年表が掲載されている。（木谷真紀子）

高野麻葱　こうの・まき

昭和三年～（1928～）。小説家。京都市上京区西陣に生まれる。本名・西村佳津。精華高等女学校（現・京都精華女子高等学校）卒業後、京都大学に勤務する。昭和三十九年頃から小説に取り組む。同人誌「くうかん」代表。平成十八年、同人誌「いかなご」を創刊する。滋賀県文学祭芸術祭賞（第一回、昭和46年・第八回、昭和54年）受賞。（浅見洋子）

国分綾子　こくぶ・あやこ

明治四十三年四月十六日～平成十九年九月十七日（1910～2007）。随筆家、評論家。仙台市に生まれる。同志社女学校専門部（現・同志社女子大学）家政科卒業。敗戦後、夕刊京都新聞社に入社。文化部長、学芸部長、論説委員などを歴任。京都の食文化を広く紹介。著書に『京のお飯菜』（昭和37年7月、婦人画報社）、『洛北四季』（昭和54年4月、鎌倉書房）などがある。平成七年、京都府あけぼの賞受賞。（石橋紀俊）

小島徳弥　こじま・とくや

明治三十一年七月二日～昭和二十五年（月日未詳）（1898～1950）。評論家。京都市に生まれる。早稲田大学政治経済科入学の後、文科に転じて中退。井伏鱒二は学友。博文館訪問記者をへて、大正期から昭和初期にかけて文学評論の分野で活躍。戦時中は右傾化。著書に『明治大正新文学史観』（大正14年6月、教文社）など。また、ツルゲーネフ『父親と息子』（大正11年6月、金星堂）などの翻訳がある。（石橋紀俊）

小谷剛　こたに・つよし

大正十三年九月十一日～平成三年八月二十九日（1924～1991）。小説家、医師。京都市上京区上御霊前町に井川桂一、小谷きくのの長男として生まれる。新聞販売店主任をしていた父の転勤に伴い、小学校六年間は京都、伊賀上野（現・伊賀市）、名古屋を転々とする。昭和十二年、名古屋市の私立東海中学校に入学し、国文法担当の服部義雄に師事。芥川龍之介の影響を受けた王朝ものの短編を書く。十七年、名古屋帝国大学附属医学専門部に入学。二十年三月に戦局逼迫のため繰上げ卒業となり、戸塚海軍衛生学校に入校。同年七月、土浦航空隊に入隊し敗戦を迎える。名古屋市内で産婦人科医院を開業するかたわら、二十一年、稲田学の奨めにより短編「こわい女」を「文化人」に発表する。二十二年、新生文化協会を組織し、機関誌「新生」を発行。翌年には同人誌「作家」を創刊する。二十四年六月、「確證」（「作家」昭和24年2月）が第二十一回（復活第一回）芥川賞を受賞。（岡村知子）

児玉花外　こだま・かがい

明治七年七月七日～昭和十八年九月二十日（1874～1943）。詩人。生地を山口とする年譜もあったが、京都に生まれる。本名・傳八。学生の頃、信雄を名乗る。父精斎、母絹枝の長男。父は、幕末に長門国（現・山口県長門市）へ妻（千勢）と子（貞）を残し出国、京都で医者となり、絹枝と再婚した。京都の住所は葛野郡花園村、のち京都市上京区蒔鳥屋町。花外には二姉二弟一妹がいた。異母姉貞は中原復亮と結婚。姉千代は、徳冨蘆花『黒い眼と茶色の眼』に登場する「矢間の百代」のモデルであり、異母弟傳作は図案家となる。異母弟精造はのちの社会主義詩人児玉星人であり、異母妹千鶴江は加藤家養女となる。裕福な子供時代だったようで、歌舞伎を「南座で何べんも観た」（随筆「南座と四条橋」、「新小説」大正4年2月）。「私は幼少い時から稗史小説が好きで（略）夙くから貸本屋の味を知つて、親から貰つた小使銭の多分は之れに投じた程耽読した」（随筆「二階の下」、「新小説」明治42年3月）。明治十二年、母が死去した。十三年、父は平野ひさと三度目の結婚生活に入る。十四年、初音小学校へ入学。自然児で「小学校の教師は自分を呼むで、粗暴活発の子と云つた」（随筆「幻影」、「新小説」明治43年5月）。十七年当時、下京区川端河原町東に居住。十九年、同志社予備校へ入学。『紅噴随筆』（明治45年1月、岡村盛花堂）に収められた「同志社の大時計」は「噫、京都同志社は、余が甫《はじ》めて英語を小雀の如《や》うに、習喋《なら》つた忘れられぬ母校だ」と記す。赤煉瓦の図書館の向手の高い老木に「霞と名ふ鳥網を張つて、能く簇来る小禽を捕へたものだ」。「屋根の尖つた礼拝堂に、男女学生が謳ふ神の讃美歌に和した時、何故か基督の有難味よりは、自分の胸には、其の哀切な調子と、現世以外になつかしい天に遥か率く褸の如な節に、窃に少年の涙を垂れた事もあつた」（随筆「入洛の記」、「新小説」明治42年9月）。当時の児玉家住所は上京区車屋町御池下る。二十年、同志社普通学校へ入学。本人住所は上京区第二十九組笹屋から同梅屋町へ移る。二十一年、継母ひさも死去した。二十三年、新島襄死去に逢い「西京洛東若王子の山（略）新島先生の霊柩を、各級学生が肩に担ぎ、山城の空より一面に、花粉が白くちらつく雪の日、涙と汗の学生隊の中に、吾少年姿も混交りき」（随筆「徳富蘇峰に与ふ」、「生活」大正5年12月）。同志社中退、京都を出る。姉千代が死去し、新島襄墓の近くに葬られた。〈若き蘆花氏の恋人も吾姉も、／西京の悲しき山上の土〉（詩「蘆花氏の作った芋」、「淑女画報」大正8年1月）。仙台の東華学校へ入学。二十五年、札幌農学校（現・北海道大学）予科に入学。二十六年、同校も中退して帰洛。二十七年、上京し、東京専門学校（現・早稲田大学）に入学、文学に目覚める。三十一年、東京専門学校を中退して帰洛。英雄・義人を期待した。〈革命をそれ鶏の／声になぞらへ歌はん乎〉に始まる詩「鶏の歌」（「東京独立雑誌」明治31年12月）を発表。三十二年、江村増栄と媒酌結婚、葛野郡花園村御室（現・京都市右京区御室）に家を持つ。児玉家の戸主となる。山田枯柳・山本露葉と共著の詩集『風月万象』（明治32年7月、文学同志会）に十三編を掲載。三十三年、高瀬川橋の袂の異邦人を見ての所感をもとに作った詩「支那パイプ売」（「東京独立雑誌」明治33年3月）を発表。長女光子が誕生する。上京。河井酔茗『明治代表詩人』（昭和12年4月、第一書房）が言うように、花外詩の「表現の手法は七五とか五七とか音数こそ調へてあるが、言葉の選択、句法の洗練などいふことには殆ど無関心であった」。三十四年、実家は室町一条西入る一松町へ移る。三十五年～三十六年、福井、山梨、大阪を漂泊する。妻増栄との結婚生活を解消。三十六年三月十八日、東山文庫における文士会に出席、詩を朗吟し、生田葵山・巌谷小波・岡本橘仙・島華水・鈴木鼓村・高安月郊たち京阪文士と交際する。妹千鶴江が養家先で自殺し、弟精造が渡米した。詩「本能寺の跡に立ちて」(「社会主義」明治36年8月)を発表。九月、〈いざや吾友、団結し/起ちて権利を主張せよ/正義、自由を圧すれば/嗚呼何物を敵とせん〉と謳う詩「労働軍歌」などを収録した『社会主義詩集』を刊行しようとして、発売を禁止される。岡野他家夫に拠れば「日本で新体詩集といった文学著述が発禁処分に附せられたのはこの書が最初のことだった」。秋、帰洛か。『花外詩集』(明治37年2月、金尾文淵堂・東京堂)に収められた詩「故園」に、京都を「さすらひの非運児」の「疲れし胸をいや」す「古郷」と書く。三十七年、前著発禁の「同情録」を付した『花外詩集』(明治37年2月、金尾文淵堂)を著す。聖護院に住み、娘光子を養女に出す。平尾不孤と、新ローマンチシズムの青年結社ほのほ会を起こすけれども、不孤の病気で挫折する。「西の京なる吉田の里、鳥も神楽岡の麓！ 天のほか何の頼みも、慰謝もなき孤寥の裡に病んだ君の愁容が、髣髴として今尚緑の蔭に現はれる」と、薄倖悲惨だった不孤を悼む(随筆「神楽岡の麓」、「新小説」明治38年7月)。三十八年、詩の稿料による東京生活に入る。「新声」等の新体詩選者となり、多くの青年を指導する。三十九年、代表的詩集となる『ゆく雲』(明治39年1月、隆文館)刊行、巻頭詩「馬上哀吟」が高評を得た。四十年、詩集『天風魔帆』(明治40年1月、平民書房)刊行。四十一年、弟傳作死去で入洛する。京都の「淋寂しい死人の都」面が映る(随筆「洛中雑感」、「太陽」明治41年9月)。四十二年、父死去で入洛、心境を詩「父の白骨を埋るの歌」(「太陽」明治42年9月)、随筆「入洛の記」に綴る。〈松多く、蟬多き、大雲院、/四歳母に別れて施餓鬼せし南無阿弥陀仏/本堂の甍に雀チ、と鳴き集ふ。/歩みも遅々と、墓所に入れば家の紋徑塋、/あはれ墓番、掘る鍬の手を軽くせよ、/母と四人の誰が骨の欠片ぞ、転び出づ泪かな。/父を埋めつ、水を濺げば、泣くよ石と葉も、/仰ぐ露けき昼の月〉と寺町四条下の墓所を謳う。四十三年、随筆「下京の女」(「女子文壇」8月)で「西京の市街は(略)陰気くさい」と触れる。大正二年、随筆「東山と英雄の色彩」(「中学世界」2月)で「維新の歴史とは離す可らざる」京都名所を紹介する。九年に作詞した明治大学校歌は今も有名である。十年、随筆「東山桜と頼山陽」(「国本」4月)が「熱血文豪」を想い、祇園公園の桜を「山陽桜」と名付けるなど、愛国的情熱を帯びた詩・随筆・史伝など多数著作。酒に浸った。世間から忘れられつつある十二年の花外の姿は、井伏鱒二の随筆「上脇進の口述」(「小説新潮」昭和40年7月)に活写される。十三年、山口県の父祖の地を訪ね、詩作。それらはのち桑原伸一『児玉花外詩集―在山口未公刊詩資料』(昭和57年7月、山口県文芸懇話会・白藤書店)にまとめられる。昭和九年、東京帝国大学附属病院へ入院。十一年、東京市養育院に収容される。十五年ごろより、日蓮宗に帰依。静岡県田方郡中伊豆町(現・伊豆市)の上行院渡辺信覚師の世話になる。十八年七月、日本文学報国会詩部会の依嘱で河井酔茗が『児玉花外詩集』(文松堂書店)を編刊した。同年、急性腸麻痺症のため、死去。戦後の二十四年十一月、『社会主義詩集』(日本評論社)が岡野他家夫の転写本に拠って刊行されたけれども、原本は未だ出現しない。谷林博『児玉花外その詩と人生』(昭和51年12月、白藤書店)、『近代文学研究叢書』第五十二巻(昭和56年5月、昭和女子大学近代文化研究所)の野々山三枝・吉田文子

「児玉花外」、野口存彌「社会主義詩人・児玉花外」（「初期社会主義研究」平成2年12月〜平成12年12月）、太田雅夫『不遇の放浪詩人』（平成19年8月、文芸社）等に詳しい。（堀部功夫）

後藤正治　ごとう・まさはる

昭和二十一年十二月十三日〜（1946〜）。ノンフィクション作家。京都市上京区に生まれる。昭和四十七年、京都大学農学部卒業。議員秘書、ミニコミ誌編集、会社員等を勤めたのち、ノンフィクション作家になる。『空白の軌跡』（昭和60年8月、潮出版社）、『遠いリング』（平成元年12月、講談社）、『リターンマッチ』（平成6年11月、文芸春秋）で、それぞれ、潮、講談社、大宅壮一ノンフィクション賞を受賞。他に「京大チームの挑戦」という副題を持つ『生体肝移植』（平成14年9月、岩波新書）がある。現在、神戸夙川学院大学観光文化学部教授。京都府八幡市在住。（越前谷宏）

小中英之　こなか・ひでゆき

昭和十二年九月十二日〜平成十三年十一月二十一日（1937〜2001）。歌人。京都市に生まれる。父の転勤（海上保安庁）で各地を転々とし、十九年、北海道稚内へ。江差高等学校在学中に詩人安東次男に出会う（昭和29年）。歌誌「短歌人」同人。新鋭歌人叢書（全八巻）の掉尾を飾った処女歌集『わがからんどりえ』（昭和54年3月、角川書店）の繊細な歌風で注目され、第二歌集『翼鏡』（昭和56年10月、砂子屋書房）所収〈光ふるげんげの田のうへ花の上ひとときうれひなく座りをり〉や〈蛍田てふ駅に降りたち一分の間にみたざる虹とあひたり〉などは「言葉だけに、重いものを賭けている」（岡井隆「淡さが不安誘う」、「読売新聞」昭和57年4月30日）と評される。没後、『過客』（平成15年3月、砂子屋書房）や上記二冊の歌集に「初期歌篇」を加えた『小中英之歌集〈現代短歌文庫56〉』（平成16年11月、砂子屋書房）が刊行された。（浅野　洋）

小林久三　こばやし・きゅうぞう

昭和十年十一月十五日〜平成十八年九月一日（1935〜2006）。小説家。茨城県古河市に生まれる。本名・久三《ひさみ》。茨城県立古河第一高等学校から東北大学文学部を卒業。松竹大船撮影所にて助監督をつとめた後、プロデューサーに。昭和四十四年からは「推理界」に推理小説論を連載。「零号試写室」（「推理界」昭和45年3月）で小説デビューし、翌年、「腐蝕色彩」（冬木鋭介名義）がサンデー毎日新人賞推理小説部門を受賞し、同誌に掲載される（昭和47年7月）。四十九年には『暗黒告知』（昭和49年9月、講談社）で第二十回江戸川乱歩賞を受賞、第七十二回直木賞候補にもなる。この小説で小林は、足尾銅山鉱毒事件を取り上げ、身を挺して闘う田中正造の不屈の情熱と時の権力の暗躍を背景に、突発した連続殺人の謎を追うという社会環境問題を推理小説に仕上げた腕が高く評価された。また、自衛隊の幻のクーデターを描いた『皇帝のいない八月』（昭和53年6月、講談社）は、山本薩夫監督により映画化され話題となった。京都近江屋での坂本龍馬暗殺の謎に挑んだ『龍馬暗殺　捜査報告書』（平成8年9月、光風社）や、信長の死に迫る『本能寺の変　捜査報告書』（平成10年10月、ＰＨＰ）など、歴史読物も多数。またオウム真理教事件などにも取り組み、犯罪研究家としても活躍。精力的な執筆活動を展開してきたが、脳梗塞により七十歳で死去。（山本欣司）

小林桂陰 こばやし・けいいん

明治二年十二月六日～没年月日未詳（1869～？）。実業家。京都府葛野郡嵯峨村（現・京都市右京区）に生まれる。本名・吉明。別号・雙湖庵桂陰。二十五歳で村会議員に、三十一歳で村長となる。嵯峨銀行頭取、清滝川水力電気監査役、嵯峨遊園社長、玉川織布取締役等を歴任。大正四年、勲七等藍綬褒章受章。著書に『都のいぬゐ』（明治29年3月、山鹿祭次郎）、『嵯峨名勝案内図会』（明治30年4月、小林吉明）、『洛西景勝記』（大正14年4月、小林吉明）等がある。

（水川布美子）

小林政治 こばやし・まさはる

明治十年七月二十七日～昭和三十一年九月十六日（1877～1956）。小説家、実業家。兵庫県加西郡（現・加西市）に生まれる。筆名・天眠。十五歳で大阪船場の丁稚となり二十三歳で毛布問屋を開業。その間「少年文集」に短編「難破船」（明治29年4月）初め、次々入選。生来の作家志望の夢断ちがたく、明治三十年、浪華青年文学会（のち関西青年文学会と改称）の結成に参加し、機関誌「よしあし草」創刊に尽力した。また与謝野鉄幹・晶子夫妻のパトロンとして援助をした。大正七年天佑社を起こし、出版事業を通して作家の支援をしたが、関東大震災で瓦解する。大阪変圧器（現・ダイヘン）を設立し事業も拡大、生涯文学の愛護者として、私費を投じて支援を続けた。著書に『四十とせ前』（昭和14年9月、私家版）、『毛布五十年』（昭和19年6月、小林産業株式会社）などがある。京都に居住した天眠は、京都府立図書館に、自筆原稿はじめ与謝野鉄幹・晶子夫妻や天佑社関連の資料を「天眠文庫」として寄贈している。

（増田周子）

小林泰三 こばやし・やすみ

昭和三十七年八月七日～（1962～）。SF作家。京都市伏見区に生まれる。大阪大学基礎工学部卒業、同大学院修了。三洋電機ニューマテリアル研究所主任研究員として、移動体通信用デバイスの開発に従事。平成七年、「玩具修理者」（「野性時代」平成7年4月）で第二回日本ホラー小説短編賞を、十年、「海を見る人」で第十回SFマガジン読者賞国内部門を受賞。また、十四年には「玩具修理者」が映画化されている。

（久保明恵）

小松左京 こまつ・さきょう

昭和六年一月二十八日～平成二十三年七月二十六日（1931～2011）。小説家。大阪市西区京町堀（西船場）に生まれる。本名・実。父は理化学機械商を営む。五男一女の次男。昭和十年、兵庫県西宮市に転居。十八年、兵庫県立第一神戸中学校（現・県立神戸高等学校）に入学。二十三年、第三高等学校（現・京都大学）に入学。翌年九月、新制京都大学文学部に入学。十一月、友人が印鑑を偽造して青年共産同盟に登録。十二月、学内の文芸同人誌「京大作家集団」に参加、高橋和巳らと知り合う。この頃、〝モリミノル〟の筆名で、大阪の不二書房より漫画『ぼくらの地球』（昭和25年）、『大地底海』（昭和26年）、『イワンの馬鹿』（昭和26年）、を発表する（『幻の小松左京モリミノル漫画全集』平成14年2月、小学館）。また、「土曜の会」「ARURU」などの同人誌に参加、二十七年十月、高橋和巳らと同人誌「現代文学」を創刊した。二十六年には共産党の山村工作隊の一員として、大原に出向いた。二十九年、専門課程（イタリア文学）を卒業。経済誌「アトム」に就職する。三十一年十月、高橋和巳らと同人誌「対話」を創刊。三十三年、「アトム」をやめ、父の工場を手伝い、翌年京都の工場の社宅に住む。三十六年八月、「地には平和を」が「ＳＦマガジン」の空想科学小説コンテストで努力賞を受賞した。その後、『日本アパッチ族』（昭和39年3月、光文社）、『復活の日』（昭和39年8月、早川書房）、『果しなき流れの果に』（昭和41年7月、早川書房）を刊行。四十八年三月、光文社より刊行した『日本沈没』（上・下）は、第二十七回日本推理作家協会賞を受賞、四百万部を売るベストセラーとなり、ＴＶやラジオで放送、映画化されるなどのブームを呼んだ。五十七年四月、『さよならジュピター』（サンケイ出版）を刊行、後、自ら総監督として映画化した。六十年三月、『首都消失』（徳間書店）を刊行、第六回日本ＳＦ大賞を受賞。京都を舞台にした作品としては、「哲学者の小径」（「オール読物」昭和40年4月）、「昔の女」（「別冊小説新潮」昭和46年1月）などがある。前者は、学生時代を過ごした京都で主人公たちが旧交を温め、南禅寺から北に向かい、哲学の道をたどっていくと、過去の自分たちと遭遇するという私小説風なＳＦ。後者は、北山杉の里を訪ねた主人公と、同じようにそこを訪ねていた女性に、かつて悲恋の末に清滝川に入水した女と後追いした男が憑依し、思いを遂げるという話。また、代表作『日本沈没』では、主人公で深海潜水艇の操縦者小野寺俊夫が八月十六日の送り火を鴨川の川床で旧友と眺めていた時に「京都大地震」に遭ったとされている。（三重野由加）

駒敏郎　こま・としお

大正十四年六月七日～平成十七年三月二十日（1925～2005）。評論家。京都市上京区の西陣に生まれる。京都府立医科大学中退。昭和二十四年から十年間、劇団「ペチカ」を主宰。二十六年からラジオ、三十四年からテレビの台本を執筆。三十八年からＮＨＫテレビ「日本の歴史」台本執筆。四十三年から毎日テレビ「真珠の小箱」演出担当。以後、日本史、特に京都文化史関係の著作多数。『川の日本史 流域を紀行する』（昭和49年3月、新人物往来社）、『日本魁物語』（昭和55年1月、平凡社）、『桃山の落日 京都名庭秘話』（昭和63年6月、学芸書林）、『諸国和菓子めぐり』（昭和63年12月、本阿弥書店）、『京洛ひとり歩き』（平成3年3月、本阿弥書店）、『京の味 老舗の味の文化史』（平成12年5月、向陽書房）など。平成六年、京都市芸術功労賞受賞。（重松恵美）

五味康祐　ごみ・やすすけ

大正十年十二月二十日～昭和五十五年四月一日（1921～1980）。小説家。大阪市南区（現・中央区）に生まれる。通称・康祐《こうすけ》。大阪府立第三中学校（現・府立八尾高等学校）を経て、第二早稲田高等学院中退、明治大学文学部文芸学科に入学したが、兵隊に召集され、中国大陸で従軍した後に復員。保田与重郎に師事し、昭和二十二年、亀井勝一郎を頼って上京。剣豪を扱った歴史・時代小説を始め数々の作品を発表。特に柳生十兵衛を扱った作品で知られており、「五味の柳生か、柳生の五味か」と評された。二十七年十二月、「新潮」の新人特集に掲載された「喪神」で、二十八年に第二十八回芥川賞を受賞。京の日吉神社での剣術合戦で父を失った青年が、多武峰山中に住む老剣客を敵として訪ねる。長年そこに留まり、敵としての記憶が薄れかけた頃に老剣客に切り込まれたが、討ち果たしたというものである。三十一年二月「週刊新潮」創刊から「柳生武芸帳」を連載して人気を得た。クラシック音楽やオーディオ、また、手相や観相学、麻雀など多趣味で知られた。

『五味康祐代表作集』全十巻（昭和56年2月～11月、新潮社）がある。（出原隆俊）

小室信介　こむろ・しんすけ

嘉永五年七月二十一日～明治十八年八月二十五日（1852～1885）。新聞記者、小説家。丹後国宮津（現・京都府宮津市）に、小笠原忠四郎長縄の次男として生まれる。幼名・鉾吉。筆名・案外堂など。明治三年、宮津藩の藩費生として京都の山口正養に師事。四年、京都府綴喜郡井出村小学校教員となり、長道と称す。八年、教員を辞し、宮津で天橋義塾開業。九年、小室幸と結婚、小室信介を名乗る。十年には西南戦争での政府の措置を訴えるため同志を募るが拘置され、翌年には禁錮三十日の刑をうける。その後、十二年に大坂日報社入社、同年社長となるが、十三年四月辞任、十一月同社に復帰し、同時に朝日新聞社の客員になった。十四年から十五年には立憲政党の活動に精力的に参加し、丹波・丹後・但馬から山陰地方で遊説を行っている。十六年に上京し、「自由新聞」（明治15年、板垣退助創刊）の客員となり、執筆活動に専念。十七年、外務省に入り朝鮮に渡るが、十八年六月帰国、八月二十五日に盲腸炎によって死去した。著作に「自由艶舌女文章」（「自由燈」明治17年5月～7月）などがある。（諸岡知徳）

今東光　こん・とうこう

明治三十一年三月二十六日～昭和五十二年九月十九日（1898～1977）。小説家。横浜市伊勢町に生まれる。弟に小説家の今日出海。父武平が日本郵船会社の船長だったため、函館、小樽、横浜、大阪、神戸と小学校を転々とした。関西学院中等部、兵庫県立豊岡中学校（現・県立豊岡高等学校）を中途退学し、上京。大正十二年一月、菊池寛の「文芸春秋」に加入、十三年十月、横光利一、川端康成らと「文芸時代」創刊、新感覚派の代表的作家となる。十四年、創作集『痩せた花嫁』（大正14年10月、金星堂）を刊行。昭和五年十月、浅草寺伝法院にて得度、天台宗僧侶となる。二十六年九月、大阪府八尾市の天台院住職を拝命。三十二年一月、「お吟さま」（「淡交」昭和31年1月～12月）で第三十六回直木賞を受賞。『辨慶』上・下（昭和41年5月、講談社）には、京都を舞台に弁慶の勇姿が描かれる。年譜は矢野隆司「今東光―関西学院と東光の生涯」（「関西学院史紀要」平成17年3月）に詳しい。（中谷元宣）

近藤富枝　こんどう・とみえ

大正十一年八月十九日～（1922～）。小説家、随筆家。東京市日本橋矢ノ倉（現・東京都中央区）に生まれる。昭和十八年九月、東京女子大学国語専攻部卒業（戦時のため繰り上げ卒業）、文部省教学局国語科勤務。十九年、日本放送協会にアナウンサーとして入局、敗戦を機に退職。二十一年、近藤信治と結婚、主婦生活の後、三十八年、「週刊朝日」のルポに特選入選、文筆活動に入る。西本願寺本三十六人家集に魅せられた近藤を中心として、五十四年に発足した王朝継ぎ紙研究会は「平安女房のごとく継ぎ紙にいそしむ」として作品を制作、京都でもしばしば展覧会、講演が行われた。『王朝《おうちょう》継ぎ紙《がみ》』（昭和60年2月、毎日新聞社）はその記録、作品集である。六十一年四月、武蔵野女子大学教授。平成五年三月、同大学退職。親族を取材した『文壇資料 本郷菊富士ホテル』（昭和49年10月、講談社）や『文壇資料 田端文士村』（昭和50年9月、講談社）、『花蔭の人 矢田津世子の生涯』（昭和53年5月、講談社）など、文学者の調査研究の他、『服装からみた源氏物語』

（昭和57年4月、文化出版局）など、着物や布についてのエッセイ多数。（小川直美）

【さ】

西園寺公望　さいおんじ・きんもち

嘉永二年十月二十三日～昭和十五年十一月二十四日（1849～1940）。政治家。京都今出川烏丸東入北側（現・京都市上京区）に、右大臣徳大寺公純の次男として生まれる。二歳で同じ清華家の西園寺師季の養子となる。御所で明治天皇の遊び相手を勤め、長じて明治四年から十年間、フランスに留学した経歴は、生涯、〈皇室の藩屏〉たりながら自由主義的な立憲政治、協調外交の立場を貫かせた。二度、組閣し（明治39年、44年）、史上最後の元老となる。従一位。明治二年、蛤御門内の邸内に『孟子』尽心編の「命を立つる所以なり」に因んで私塾立命館を開設。人気を博したのが太政官留守官の不興をかって差留令を食い、一年足らずで閉鎖したが、ともに京都帝国大学の創立（明治30年）に携わった元秘書官中川小十郎が設立した京都法政学校が、三十八年に名称を貰い受けて立命館と改称、今日の学校法人へ到る。四度にわたって寄贈した蔵書は西園寺文庫として残り、別邸に清風荘がある。（森本隆子）

税所敦子　さいしょ・あつこ

文政八年三月六日～明治三十三年二月四日（1825～1900）。歌人。京都鴨川の東錦織に生まれる。父は宮家の武士、林左馬大掾篤国。千種有功《ありこと》に歌を学ぶ。弘化元年（1844）、同門の薩摩藩士税所龍右衛門篤之の後妻となり、一女徳子を生んだ。一男もあったが早世したという。嘉永五年（1852）四月、夫に死別、亡骸を東福寺即宗院に葬る。鹿児島の姑のもとに赴き孝養を尽くした。安政四年（1857）、藩主島津斉彬の世子哲丸の守役に選ばれる。文久三年（1863）、島津久光の養女貞姫が近衛忠房に嫁した際に、老女に選ばれ上京、さらに明治六年、貞姫に従って東京に移り、明治八年、高崎正風の推挙で宮中に召されて明治天皇及び皇后に仕えた。『心つくし』（嘉永6年執筆。明治17年6月、石川真清）、『宮城御移転記』（明治30年4月、松井総兵衛）、歌集『御垣の下草』（明治21年12月、松井総兵衛）、『庭の摘草』（明治36年1月、博文館）、『内外詠史歌集』（明治28年6月、松井総兵衛）などがある。また屋代熊太郎編『税所敦子刀自』（大正5年7月、屋代熊太郎）という「伝記」「文集」「歌集」の三部からなる豪華本がある。（真銅正宏）

西東三鬼　さいとう・さんき

明治三十三年五月十五日～昭和三十七年四月一日（1900～1962）。俳人。岡山県苫田郡津山町に生まれる。本名・斎藤敬直。昭和八年、東京神田の歯科医時代に初めて句作、のち同人誌「走馬燈」に参加。十年、平畑静塔の要請により新興俳句の隆盛期にあった「京大俳句」に加わる。第一句集『旗』（昭和15年3月、三省堂）には〈水枕がばりと寒い海がある〉のほか、「京大俳句」にも掲載された代表作〈算術の少年しのび泣けり夏〉〈緑陰に三人の老婆わらへりき〉がある。同十五年、「京大俳句」が共産主義運動を疑われ、三鬼も検挙されて句作活動の中止を条件に、十一月起訴猶予となった。戦後は現代俳句協会の創設や、二十三年、山口誓子を擁して俳誌「天狼」創刊の中心メンバーとして活躍、編集長となる。同年自らも「激浪」を主宰した。関西とのゆかりも深く、戦後すぐに大阪枚方市や神戸市北野町にも居住した。『西東三鬼全句集』（昭和58年11月、沖積舎）がある。

（杉田智美）

三枝和子 さえぐさ・かずこ

昭和四年三月三十一日～平成十五年四月二十四日（1929～2003）。小説家。神戸市に生まれる。戦争中に学徒動員での工場勤務を経験する。昭和二十五年、関西学院大学哲学科卒業。卒業論文はニーチェを扱う。二十六年、京都に転居し、九月から京都市立朱雀第六小学校に勤務。十一月、森川達也（本名・三枝洸一）と結婚。二十七年から京都市立九条中学校に転勤、三十三年からは同中京中学校に勤務。三十八年に夫が兵庫県の寺（光明寺花蔵院）を継ぐまで、十二年の京都生活を送る。この間、創作活動を始め、各種の文学賞にも応募。三十八年、「葬送の朝」（のち改稿し、『八月の修羅』と改題して、昭和47年8月、角川書店より刊行）が第二回河出書房文芸賞長編部門で佳作に選ばれる。四十三年九月、第一作品集『鏡のなかの闇』（審美社）、四十四年十二月、第二作品集『処刑が行われている』（審美社）を刊行。後者は、田村俊子賞を受賞する。現代人の不安や不条理を見つめ、人間としての存在を問う作品を書き続ける。以後、『鬼どもの夜は深い』（昭和58年6月、新潮社）で泉鏡花文学賞、『薬子の京』上・下（平成11年1月、講談社）で紫式部文学賞を受賞。後期の著作には、『小説清少納言「諸子の恋」』（昭和63年6月、読売新聞社）、『小説和泉式部「許子の恋」』（平成2年10月、読売新聞社）ほか、京都を舞台とする歴史小説も多い。

（清水康次）

早乙女貢 さおとめ・みつぐ

大正十五年一月一日～平成二十年十二月二十三日（1926～2008）。小説家。旧満洲（現・中国東北部）ハルビン市ポレッツヤ街に生まれる。本名・鐘ケ江秀吉。昭和二十九年ごろから山本周五郎門下に入り、本格的に創作に専念しはじめる。三十一年、伊藤桂一、尾崎秀樹らと「小説会議」を創刊。四十四年に歴史小説『僑人の檻』（昭和43年11月、講談社）で第六十回直木賞を受賞。以後、実力派の歴史小説作家として活躍。主に戦国期から幕末をテーマにした作品を得意とするが、特に会津藩士を曾祖父に持つ関係から明治維新を敗残者側から描いた作品が多い。そのうち「会津士魂」（「歴史読本」昭和46年1月～平成13年10月）は、約三十一年にわたり連載される大河小説となり、平成元年、同作で吉川英治文学賞を受賞した。新撰組を題材とした作品など幕末期の京都を描いたものも多く、先の「会津士魂」では、会津藩主松平容保《かたもり》が京都守護職の任を受け京都へ上り、新撰組とともに治安維持に当たる場面から書き起こされている。

（木田隆文）

榊原紫峰 さかきばら・しほう

明治二十年八月八日～昭和四十六年一月七日（1887～1971）。日本画家。京都市新町四条上ル州浜鉾町（現・中京区小結棚町）に生まれる。本名・安造。大正二年、京都市立絵画専門学校（現・京都市立芸術大学）研究科修了。明治四十二年、「動物園の猿」で第三回文展初入選。大正六年、第十一回文展の無賞を機に文展を離脱、翌年、土田麦僊・村上華岳らと国画創作協会を結成。昭和三年の解散まで毎回国展に出品した。三十一年より宇治平等院などの壁画模写指導に従事。三十七年、日本画壇における業績により日本芸術院賞恩賜賞を受賞。関西時代の志賀直哉と親交があり、『矢島柳堂』（昭和21年8月、全国書房）、『蝕まれた友情』（昭和22年7月、全国書房）など、志賀の著作の装幀を手掛けた。『紫峰花鳥画

集』（昭和9年11月、芸艸堂）の序文は志賀が書いた。（杲　由美）

坂口安吾　さかぐち・あんご

明治三十九年十月二十日～昭和三十年二月十七日（1906～1955）。小説家。新潟市西大畑通（現・西大畑町）に生まれる。本名・炳五《へいご》。父仁一郎、母アサの五男、十三人兄弟の十二番目である。仁一郎は憲政本党に所属する衆議院議員であり、新潟新聞社の社長であった。また森春濤社中の漢詩人としても聞こえており、漢詩集に『北越詩話』がある。安吾は東洋大学在学中にアテネ・フランセに入学、東洋大を卒業した昭和五年にアテネで知り合った葛巻義敏、長嶋萃らと同人雑誌「言葉」を創刊。六年、「言葉」を廃刊して「青い馬」を創刊。この両誌にわたって「木枯の酒倉から」（「言葉」昭和6年1月）、「ふるさとに寄する讃歌」（「青い馬」昭和6年5月）、「風博士」（「青い馬」昭和6年6月）、「黒谷村」（「青い馬」昭和6年7月）などを発表する。これらが牧野信一に称賛され、牧野との交遊が始まった。七年、矢田津世子に出会う。矢田と別れたあとの十二年一月、京都に行き車折《くるまざき》神社にほど近い隠岐和一の別宅に住む。昼間は小説を書き、夜になると嵐電車折駅の北東にあった車折劇場に足を運んだ。また、このころ新京極にある小屋に出ていた森川信を見て、レビューに出演する男性を見直す。翌二月、伏見の計理士の家に間借りし、さらに上田食堂の二階に転居する。同年八月十六日の深夜、宇治の火薬庫が三回爆発を起こし七名が死亡、このときにあがった火柱は京都市内からも見えたという。河原義夫によれば二十年に「宇治の火薬庫」なるエッセイを河原宛に送ったそうだが、検閲をおそれ掲載が見送られた。当時、火薬庫の爆発は珍しいことではなく、安吾が東京に帰ったあとだが、昭和十四年三月一日には枚方の陸軍倉庫で大爆発を起こし、京都市内でも建物の窓ガラスが破損するほどだったと車折神社の社務所日誌に残されている。火薬庫のことは軍事機密なので、爆発はもちろん火薬庫についての報道は禁止されていた。京都時代の生活ぶりは「古都」（「現代文学」昭和17年1月）、「日本文化私観」（「現代文学」昭和17年3月）、「孤独閑談」（『真珠』昭和18年10月、大観堂、に書き下ろし収録）、「ヒンセザレバドンス」（「プロメテ」昭和21年10月）、「青い絨毯」（「中央公論」昭和30年4月）などに反映されている。「孤独閑談」に「当時JO撮影所の脚本部員だった三宅君」という一文があるが、J・O撮影所は昭和八年に大沢商会によって太秦に設立されたもので、十二年には写真科学研究所等と合併し、J・Oは東宝京都撮影所となった。十六年にこの撮影所は閉鎖されたが、この時期は市川崑が勤めていた。京都を去ったあと『吹雪物語』（昭和13年7月、竹村書房）、「閑山」（「文体」昭和13年12月）、「紫大納言」（「文体」昭和14年2月）といった作品を発表。十五年にはじめて歴史小説「イノチガケ」（「文学界」昭和15年7月、9月）を発表し、『島原の乱』の構想を立てる。十六年五月、長崎から島原、五島列島にかけて取材旅行をする。長崎ではイーグルホテルに五月四日から三泊し、長崎図書館で資料を探索する。『島原の乱』は完成を見なかったがこのときのノートは『二流の人』（昭和22年1月、九州書房）に生かされる。十七年には、京都での生活に基づいた「古都」や「日本文化私観」（「現代文学」昭和17年3月）、自分の計画性のない生活と真珠湾攻撃の特攻隊員とを対比して描いた「真珠」（「文芸」昭和17年6月）や、「青春論」（「文学界」昭和17年11月～12月）を発表していく。敗戦後には、混迷した状況に人間の本来の姿を見る「堕落論」（「新潮」昭和21年4月）、「白痴」（「新潮」昭和21年6月）を発表、一躍流行作家となる。また、戦時下に平野謙、埴谷雄高といった人々と探偵小説の犯人当てに熱中していたが、自分でも「不連続殺人事件」（「日本小説」昭和22年8月～23年8月）を戦後に発表、第二回探偵作家クラブ賞を受賞する。なお、「わが工夫せるオジヤ」（「暮しの手帖」昭和26年1月）に「京都のギボシという店の昆布が好きで、それを少しずつオジヤにのッけて食べる習慣である」と記されている「ギボシ」とは、下京区柳馬場通り四条上るにある塩昆布の老舗「ぎぼし」である。また、車折神社、嵐山劇場、上田食堂については若月忠信著『坂口安吾の旅』（平成6年7月、春秋社）に詳しく述べられている。（浅子逸男）

嵯峨島昭　さがしま・あきら

昭和九年七月二十五日～（1934～）。小説家。札幌市に生まれる。本名・鵜野《うの》広澄《ひろずみ》。福岡県修猷館高等学校を経て、昭和三十四年、東京大学文学部国文学科卒業、四十三年、同大学院博士課程中退。横浜市在住。同人誌「半世界」に加わり、宇能《うの》鴻一郎《こういちろう》の筆名で三十六年、「光りの飢え」が芥川賞候補作となり、三十七年、「鯨神《くじらがみ》」が第四十六回芥川賞を受賞。以後、性風俗もので流行作家となる。一方、嵯峨島昭の筆名で推理小説を発表。『踊り子殺人事件』（昭和47年9月、光文社）では京都市木屋町が、『グルメ刑事』（昭和62年4月、光文社）では双ヶ岡《ならびがおか》がそれぞれ作品の舞台となる。他に『軽井沢夫人』（昭和54年6月、光文社）や『デリシャス殺人事件』（昭和57年4月、光文社。のち『グルメ殺人事件』と改題）がある。（村田好哉）

阪田寛夫　さかた・ひろお

大正十四年十月十八日～平成十七年三月二十二日（1925～2005）。詩人、小説家。大阪市住吉区天王寺町（現・阿倍野区松崎町）に生まれる。十四歳で洗礼を受ける。昭和二十六年、東京大学国史学科を卒業し、朝日放送に入社。三十四年、はじめて「サッちゃん」などの童謡を作詞した。三十八年、朝日放送を退社。作家生活に入り、童謡、詩、小説、ＴＶドラマなどを執筆した。五十年、「土の器」（「文学界」昭和49年10月）で第七十二回芥川賞を受賞。同作品はクリスチャンの母の晩年を回顧した小説。短編「でんとんしゃん」（「群像」昭和62年1月）には、その母親の同志社女学校（現・同志社女子大学）時代や、阪田が新島襄の墓参をした時のこと、デントン先生のことが綴られている。同志社在学中の母に強い影響を与えたのがデントンで、母は「体の芯まで同志社精神に浸り」、生前は何度も「同志社ばなし」をした。阪田は「同志社なくてはおれもなし」と記している。（西村将洋）

坂根寛哉　さかね・かんや

昭和七年九月三十日～（1932～）。川柳作家。京都府に生まれる。本名・久雄。昭和三十年、京都簡保紅川柳会に入り、翌年「番傘」同人。三十二年、平安川柳社創立に参与し「川柳平安」の編集責任者となる。平安川柳社解散後は川柳新京都社創立に関わり「新京都」を創刊する。京都市電の全線営業廃止に際し、市電を「京都市民にとっては近代化への進取精神の象徴ともいえる存在であり、生活密着の度あいも、京都人の思考と肉体の一部分をなしていた」と捉え、京都市電への惜別の情をこめて川柳と市電のかかわりを述べた「さよなら京都市電」（「新京都」昭和53年11月）なる文章を載せている。市電を詠んだ句に、〈くらしの苦市電にのって眼をつむり〉がある。

（西川貴子）

阪本越郎 さかもと・えつろう

明治三十九年一月二十一日～昭和四十四年六月十日（1906～1969）。詩人。福井市に生まれる。本名・坂本。福井県知事坂本釤之助の次男。永井荷風の従兄弟。高見順は異母弟。山形高等学校（現・山形大学）でリルケなどのドイツ浪漫主義に親しむ。同級に亀井勝一郎。斎藤茂吉、百田宗治に師事。大正十五年、東京帝国大学農学部入学、翌昭和二年、文学部心理学科に転科。「椎の木」から伊藤整らの「信天翁《あほうどり》」同人。東京市社会局、文部省社会教育課に勤務。七年六月、評論集『今日の独逸文学』（金星堂）。十二年から「四季」に参加。お茶の水女子大学教授。詩集に『雲の衣裳』（昭和6年11月、厚生閣書店）。昭和七年九月、京都の詩人臼井喜之介の経営する臼井書房より、『海辺詩集』を刊行。『貝殻の墓』（昭和8年6月、ボン書店）、『暮春詩集』（昭和9年5月、金星堂）、『海泡集』（昭和11年2月、昭森社）、『益良夫《ますらお》』（昭和18年4月、湯川弘文社）など。詩風には変遷が多く、人生派の『益良夫』に「故園残花―嵯峨の奥、小倉山の麓にて」がある。没後、『定本阪本越郎全詩集』（昭和46年6月、弥生書房）刊行。

（大田正紀）

坂本四方太 さかもと・しほうだ

明治六年二月四日～大正六年五月十六日（1873～1917）。俳人、写生文作家。鳥取県岩井郡大谷村（現・岩美町大谷）に生まれる。本名・四方太《よもた》。別号に文泉子、角山人、虎穴生。明治二十一年九月、鳥取県尋常中学校三年から京都の第三高等中学校（現・京都大学）補充科に入学、ついで第三高等中学校大学予科に進級し、学制変更のため二十七年九月に仙台の第二高等学校（現・東北大学）大学予科へ転校。同校に在籍していた河東碧梧桐、高浜虚子を知り、句作を始める。二十九年七月に同校を卒業、同年に東京帝国大学文科大学入学。この時期、正岡子規の門を叩く。三十二年七月に同大学卒業。三十三年五月から東京帝国大学文科大学助手を勤め、四十一年七月、東京帝国大学助教授兼司法官に任ぜられる。子規に写生文を賞讃されて以来、写生文発展に心血を注いだ。〈木津川を蓆帆下る日永かな〉（明治28年作）、〈打ちつづく菜の花曇壬生祭〉（明治32年作）

（青木亮人）

佐岐えりぬ さき・えりぬ

昭和七年（月日未詳）～（1932～）。詩人。和歌山県伊都郡九度山町に生まれる。本名・中村佐紀子。同志社大学中退。昭和十七年九月から二十二年にかけて、清水寺の裏に当たる清閑寺霊山町の清閑寺アパートに住む。そこに住む少し風変わりな住人たちの敗戦前後を、少女の眼を通して描いた回想記に『京都清閑荘物語』（平成4年3月、白楽）がある。また、京都での青春時代から上京後の文学者たちとの交遊までを描いた作品として『軽井沢発・作家の行列《パレード》』（平成5年1月、マガジンハウス）がある。「山の樹」同人。昭和四十九年六月に中村真一郎と結婚。中村との共著に『滞欧日録―1995・夏』（平成8年1月、ふらんす堂）が、詩集に『れくいえむ／れくいえむ』（平成12年6月、書肆山田）等がある。

（越前谷宏）

笹川臨風 ささかわ・りんぷう

明治三年八月七日（新暦九月二日）～昭和二十四年四月十三日（1870～1949）。歴史家、俳人。東京神田末広町（現・千代田区

外神田）に生まれる。本名・種郎。明治二十一年、第三高等中学校（現・京都大学）入学。二十二年に学校が京都に移転、京都に暮らし、奈良・京都の史跡や美術に多く接する。在学中に大野洒竹、佐々醒雪、国府犀東らと共に同楽園を結成、小説や俳句を作る。二十六年、東京帝国大学文科大学史学科入学。二十七年、同楽園の流れを受け、田岡嶺雲らも加わり俳句結社筑波会発足。大学派、赤門派などと呼ばれた。卒業後「帝国文学」の編集に参加。四十二年、自然主義文学に対抗する文芸革新会の設立を主張。『支那小説戯曲小史』（明治30年6月、東華堂）を始めとして、著作には日本や中国の史論、史伝が多い。その他室町、江戸の文学美術研究、俳論、美術批評など、活躍は多岐にわたる。十寸見会を興し河東節の保存にも努めた。明治大学、東洋大学、駒沢大学などで教授職を務める。（杲　由美）

佐々木幹郎　ささき・みきろう

昭和二十二年十月二十日〜（1947〜）。詩人、評論家。奈良県天理市に生まれ、大阪河内で育つ。昭和四十五年、同志社大学文学部哲学科中退。在学中から「同志社詩人」に拠って詩作し、四十五年五月、詩集『死者の鞭』（講造社）を刊行。四十七年には藤井貞和、清水昶らと詩誌「白鯨」を創刊する。四十八年七月、詩集『水中火炎』（国文社）を刊行。若くして詩壇の中心的存在となる。五十九年にはミシガン州立オークランド大学に客員詩人として招かれる。ネパールに日本文学を紹介する活動にも従事。中原中也研究の第一人者としても知られ、『中原中也』（昭和63年4月、筑摩書房）でサントリー学芸賞を受賞。その他『百年戦争』（昭和53年6月、河出書房新社）、『蜂蜜採り』（平成3年10月、書肆山田。高見順賞受賞）などの詩集、『熱と理由』（昭和52年10月、国文社）、『アジア海道紀行』（平成14年6月、みすず書房。読売文学賞受賞）などの評論、エッセイがある。

（石橋紀俊）

佐佐木茂索　ささき・もさく

明治二十七年十一月十一日〜昭和四十一年十二月一日（1894〜1966）。小説家、編集者。京都市上京区下立売千本西入稲葉町に生まれる。父常右衛門、母ツテの三男。家業は種油製造業だったが石油におされて倒産したため、高等小学校卒業後、叔父のいる朝鮮に渡り養子になる。仁川の香港上海バンキング・コーポレーションで働きながら、和漢の文学や英語ドイツ語等を独学し、俳句や短歌にも親しむ。大正七年十二月、四度目の上京の折、歌人金子薫園の紹介で新潮社に入社し、「文章倶楽部」の編集に携わる。八年四月に田口掬汀の中央美術社に移り、「中央美術」の編集主幹として、専門外ながら美術評論なども書く。翌九年一月には、菊池寛の推輓により時事新報社に入社し、文芸部主任として十四年九月まで勤める。時事新報社では編集の仕事のほかに、雑誌や音楽、絵画、芝居などの批評を文芸欄に匿名で発表したりもした。作家としての歩みは、俳句を通してその名を知っていた久米正雄（俳号・三汀）が小説を発表し出したことに注目し、感想を綴り送ったことに始まる。久米にとって初めての読者からの反響だったこともあり喜ばれ、文通が始まる。この縁がもとで、芥川龍之介を知ることになる。佐佐木は小島政二郎、南部修太郎、滝井孝作とともに、いわゆる「龍門の四天王」と称されるが、そのなかでも芥川がもっとも親愛し信頼を寄せた。芥川の日曜会に参加し、小説に対して批評や指導を受け、その紹介で八年十一月、「新小説」に処女作「おぢいさんとおばあさんの話」を発表する。病床の妻とその看病をする夫の、養子をめぐる対話を中心に、老夫婦の心理を丁寧に描いた好短編で、以降、時事新報社に勤めながらの作家活動が本格的に始まる。十年五月「ある死、次の死」(「新潮」)、十一年三月「麗日」(「人間」)などを発表。十二年一月、菊池寛が「文芸春秋」を創刊するが、佐佐木は芥川や久米と一緒に同人となる。十三年は収穫の多い年で、一月「選挙立会人」(「新小説」)、六月「王城の従兄」(「文芸春秋」)、九月「夢ほどの話」(「文芸春秋」)などを発表。十月に横光利一、川端康成らとともに「文芸時代」を創刊し、その創刊号に発表した「曠日」が高い評価を得る。十一月には十五編を収録した第一創作集『春の外套』を金星社から刊行。「いづれもちゃんと仕上げを施した、たるみのない画面の美しさ」と評した芥川の序文も付され、文壇での地位がほぼ固まった。十四年も立て続けに作品を発表し旺盛な創作活動をみせ、六月には新潮社「新進作家叢書」の一冊として『夢ほどの話』を刊行。七月には中村武羅夫、尾崎士郎らが創刊した「不同調」の同人に名を連ねる。私生活では三月に作家の大橋房子と、芥川の媒酌で結婚。十五年は一月「ふるさとびと」(「中央公論」)他を発表。四月、「新潮」で特集「佐佐木茂索氏の印象」が組まれる。また、七月には第二短編集『天の魚』を文芸春秋出版部より刊行。昭和二年三月、文芸春秋社から創刊された「手帖」の同人となる。七月に芥川が自殺、漱石の死に会った芥川の言葉を引用しながら、「私も龍之介の死に逢つてはじめて死のために慟哭した。『やりきれなく悲しい目』にあつて涙がとまらなかった」と、後年その時のことを回想している(「『芥川龍之介遺墨』あとがき」昭和35年4月、中央公論美術出版)。同二年九月には「文芸春秋」「改造」の芥川追悼号に文章を寄せ、十一月、岩波版『芥川龍之介全集』の編集委員となる。三年四月に第三短編集『南京の皿』を改造社から刊行。書名は芥川の案になるもので、「芥川龍之介の霊前に献」じた。四年八月、作品のほぼすべてを収めた『新選佐佐木茂索集』を改造社から刊行。十月、文芸春秋社に入社し、総編集長となってからは創作活動を多少控え、五年、「困った人達」を「朝日新聞」夕刊に連載(9月9日~11月7日)後は、編集業・出版業に専念。七年、文芸春秋社専務取締役に就任。十年一月、菊池寛とともに芥川賞、直木賞を創設し、両賞の選考委員となる。十三年、日本文学振興会を設立、あらたに菊池寛賞を制定。終戦後の二十一年三月、文芸春秋社を解散。翌月、新たに文芸春秋新社(現・文芸春秋)を設立し、取締役社長に就任。二十二年十月、GHQの公職追放により、社長を辞任。二十三年五月、公職追放解除。六月、社長に復帰。四十一年十二月、七十二歳にて病没。

＊曠日《こうじつ》 短編小説。〔初出〕「文芸時代」大正十三年十月。〔初版〕『春の外套』大正十三年十一月、金星社。◇東京の礼助を訪ねてきた兄杏平は、弟の独り身を案じ結婚しろと迫る。好みの女性を問われた礼助は、従姉の娘実枝の名を気軽に挙げる。兄はすっかり乗り気で、一度京都へ来るように言い残して帰京する。大阪に用ができた礼助は、京都に立ち寄り従姉の時子宅で世話になる。時子の隣には実枝が住んでおり、滞在中は礼助、実枝、時子の三人で建仁寺から円山公園を歩いたり、大丸へ買物に行ったりして過ごす。実枝との間には、礼助の期待したようなことは何も起こらないが、礼助は自分同様、実枝が老けてきたことに気づく。ある日、兄と実枝と三人で円通寺まで行き、実枝が帰った後、兄は実枝が老

けすぎており、ひと頃ほど美しくないため嫁にもらうのは止めにした方がよいと言う。最後に二人は、京の町を一望できる京見台に上っていく。礼助は何故か、そこから帰り道の実枝の遠ざかってゆく姿が見えるような気がした。礼助の変化してゆく内面が、詳述されるのではなく、むしろ晩春の京の風景と重ね合わされる形で象徴的に、淡々と描き出される。身近な出来事をさりげない筆の進め方で描く作者の特徴が表れているといえよう。

＊秋果図《しゅうかず》　短編小説。〔初出〕「中央公論」昭和九年七月。〔初版〕『佐佐木茂索小説集』昭和四十二年十二月、文芸春秋。◇七年前に、悔いの残る死別を経験した先輩Aさんの甥、Y君が私を訪ねてくる。最後の訪問時にAさんから何か渡されなかったか尋ねられるが、私に心当たりはない。その夜、京都の兄から母が悪いのですぐ来いとの電報が届く。Aさんに対する悔いを繰り返したくないという思いと、母は死なないという考えが交錯する。翌日、京都へ赴くが、母の容態は回復に向かい、私は京都の町をのびのびと歩き、奈良の知人宅を訪ねたりもする。全快した母は一緒に東京へ帰ることになり、京都で父の墓参りをする。帰宅後にY君が司馬江漢の秋果図の掛軸を持ってくる。それはAさんが私に残したとされるものだった。Aさんの死後七年も経って、自分の手元に届いたことを訝りながらも、当時Aさんが自分宛てに何も書き残してくれず悲しんだことを思い出したりする。芥川龍之介を思わせる先輩Aとの悔やんでも悔やみきれない生前最後の面会や、母の危篤を描きながら、義姉や父の死も織り交ぜた短編。「私は歩き慣れた京の町を、五月の山山を眺めながら、ほんとにのびのびと歩いた」など、母の無事を確信した後の晴れやかな気持ちが京の町に託して描かれる。四年ぶりに発表した作品であるが、作者の特徴である淡々とした筆遣いは変わっていないといえよう。　（西山康一）

佐々醒雪　ささ・せいせつ

明治五年五月六日（新暦六月十一日）〜大正六年十一月二十五日（1872〜1917）。国文学者、俳人。京都吉田村字走矢倉（現・左京区吉田二本松町）に生まれる。本名・政一。少年時代から文学を好み、自宅書架の俳文「鶉衣」を読むなどして俳諧研究の素地を培った。第三高等中学校（現・京都大学）時代には笹川臨風ら同好の友人と雑誌「一点紅」を刊行。明治二十六年、東京帝国大学に入学、二十七年に笹川臨風らと俳句結社筑波会を結成した。在学中より「連歌小史」を「帝国文学」に連載し、これが『連俳小史』として三十年七月、大日本図書株式会社より刊行された。三十二年十月、『評釈うづら衣』刊行。明治二十九年、東京帝国大学文科大学国文科卒業。山口高等学校（現・山口大学）教授、東京帝国大学講師、東京高等師範学校（現・筑波大学）教授を経て、四十一年、早稲田大学文学部講師となり、かたわら近世の俗謡・俗曲の評釈も手がけた。巌谷小波と共に編纂した『俳諧叢書』（大正元年12月〜5年10月、博文館）では俳諧に関する主要な文献を整え、研究・鑑賞の両面から俳諧の普及に努めた。晩年には作文教授法・修辞法の研究も行った。　（杲　由美）

佐藤太清　さとう・たいせい

大正二年十一月十日〜平成十六年十一月六日（1913〜2004）。日本画家。京都府福知山市字岡ノ（現・福知山市岡ノ上町）に生まれる。本名・実。花鳥画と風景画の融合という独自の〈花鳥風景画〉を確立した日本画壇の重鎮。昭和二十年から三十年代までを過ごした東京板橋区谷口で、近所に住んでいた斎藤茂吉と交流を持つ。発表はしなかったが、スケッチの余白に、いくつか俳句や短歌等を残している。後年、宮尾登美子の『手とぼしの記』（昭和59年3月、朝日新聞社）に桜の絵を、『女のこよみ』（昭和62年1月、講談社）に蝶の絵を装訂として提供している。平成四年、文化勲章受章。福知山市名誉市民。（洪　明嬉）

佐藤春夫　さとう・はるお

明治二十五年四月九日～昭和三十九年五月六日（1892～1964）。詩人、小説家、評論家。和歌山県東牟婁郡新宮町（現・新宮市）船町に生まれる。明治三十七年、和歌山県立新宮中学校（現・県立新宮高等学校）入学、文学者への志望を持つ。四十二年八月二十一日、新宮で行われた文学講演会で、生田長江、与謝野寛、石井柏亭らを知り、二十六日早朝に新宮を出発、和歌山の名所を案内、生田長江とは奈良見物の後、京都で別れる。京都で春夫は、弟夏樹とともに初めて姪に会ったり、歯の治療などをして過ごし、九月上旬まで京都岡崎神楽坂の武友方に滞在した。四十三年三月、中学校を卒業、上京して生田長江、与謝野寛らに師事。新詩社で与謝野夫妻から終世の友となる堀口大学を紹介される。九月、慶応義塾大学予科に入学。大正二年一月、与謝野寛がフランスから帰国、京都瓢亭で行われた上田敏主催帰朝祝の宴に出席する。九月、慶応義塾大学退学。この頃油絵に親しみ、四年以後三年間、連続して二科展に二点ずつ入選。「西班牙《スペイン》犬の家」（「星座」大正6年1月）、「病める薔薇」（「黒潮」大正6年6月）、「田園の憂鬱」（「中外」大正7年9月）を発表。七年十一月、天佑社から第一創作集『病める薔薇』を刊行。新進作家として華やかに文壇に進出した。後に結婚する谷崎潤一郎夫人千代への慕情を刻んだ詩集『殉情詩集』（大正10年7月、新潮社）、伝記文学『晶子曼陀羅』（昭和29年9月、講談社）など、多分野で傑作を残す。京都の大聖人法然に関心を示し、『掬水譚』（昭和11年1月、大東出版社）、「上人遠流」（「世界」昭和30年7月）、『極楽から来た』（昭和36年2月、講談社）などを著した。また、嵯峨清涼寺所縁の奝然《ちょうねん》を主人公とした長編『釈迦堂物語』（昭和32年6月、平凡社）もある。昭和三十年九月、京都市の東山高等学校で「人類思想史に於ける法然上人の位置」と題して講演。三十五年十一月、文化勲章を受ける。三十九年四月三日から六日、新学社総裁推戴式出席（於・京都都ホテル）、三輪神社参拝、迎賓館や保田与重郎宅に泊まり、七日帰京。五月六日、心筋梗塞のため逝去。四十一年五月、三回忌にあたり京都知恩院に本墓建立。（中谷元宣）

里見勝蔵　さとみ・かつぞう

明治二十八年六月九日～昭和五十六年五月十三日（1895～1981）。洋画家。京都市に生まれる。関西美術院を経て、大正三年、東京美術学校（現・東京芸術大学）西洋画科に入学。在学中に二科展、院展に入選。十年渡仏、モーリス・ド・ヴラマンクに師事。十四年帰国、滞欧時の作品が二科展で樗牛賞を受賞。翌年、一九三〇年協会を結成。昭和二年に二科会会友となるが、五年に脱退して独立美術協会に参加。十二年、同協会を脱退。二十九年、国画会会員。日本におけるフォーヴィスム運動の担い手として活躍した。（北川扶生子）

里見弴　さとみ・とん

明治二十一年七月十四日～昭和五十八年一月二十一日（1888～1983）。小説家。横浜

市月岡町（現・西区老松町）に、父有島武、母幸《ゆき》の四男として横浜税関長官舎に生まれる。母方の実家の姓を継ぎ、本名・山内英夫。兄に小説家の有島武郎、画家の生馬がいる。学習院在学中、泉鏡花を耽読。生馬を通じ志賀直哉と親しくなる。明治四十一年三月二十六日〜四月九日、志賀、木下利玄と関西旅行、共同で旅行記を執筆（『旅中日記─寺の瓦』昭和46年2月、中央公論社）。別に『若き日の旅』（昭和15年5月、甲鳥書林）を記す。明治四十二年、東京帝国大学文学部英文学科に入学、すぐに退学。四十三年、「白樺」創刊に参加、里見弴の筆名を用いる。四十四年四月、京都岡崎の図書館で「白樺」の展覧会があり、半月ほど三本木通の旅館信楽に滞在。偶然出会った学習院の先輩と縄手新橋で御茶屋遊びや舞妓達と雑魚寝をしたと「青春回顧」（「中央公論」昭和11年9月〜11月）に記す。大正二年、関西旅行を描いた「君と私と」を「白樺」（4月〜7月）に連載、大阪で芸妓の山中まさと恋愛。四年、両親の反対を押し切り結婚。七月、長女夏絵が夭折。同月、志賀の『暗夜行路』と同旨の吉原での銀貨遊びを描く「善心悪心」を「中央公論」に掲載。作家として自立するが、激怒した志賀とは関東大震災後まで絶交。十二月、東京に転居。七年、丹毒で危篤。八年、吉井勇、久米正雄らと「人間」創刊。十年、逗子に移転。十一年、京都旅行で知り合った芸妓里奴が上京する。「多情仏心」を「時事新報」（大正11年12月26日〜12年12月31日）に掲載。十二年、武郎自殺。大震災後、麹町に移り、十三年、鎌倉に移転。『今年竹』（昭和2年10月、プラトン社）刊行。昭和四年、「多情仏心」（7月）、「今年竹」（10月）映画化。十二月、志賀と京都で落ち合い南満洲鉄道招待の中国旅行に参加。長女の死に始まり兄の死から大震災、比叡山登山を描く『安城家の兄弟』（昭和6年3月、中央公論社）刊行。七年頃から約六年間、明治大学文芸科教授。二十年、川端康成と鎌倉文庫創設。二十二年、日本芸術院会員。三十三年、四男静夫製作の映画（監督小津安二郎）のための書き下ろし作品として、娘の結婚問題を軸に第三高等学校同窓の男達と旧知の八坂神社近くの旅館の女将の群像劇「彼岸花」を「文芸春秋」（6月）に掲載。三十四年、文化勲章受章。四十八年、妻が交通事故で死去。五十二年、『里見弴全集』全十巻（筑摩書房）刊行。（岩見幸恵）

寒川鼠骨　さむかわ・そこつ

明治七年十月三十一日〜昭和二十九年八月十八日（1874〜1954）。俳人。愛媛県松山三番町に生まれる。本名・陽光《あきみつ》。松山中学校（現・県立松山東高等学校）から第三高等学校（現・京都大学）にかけて河東碧梧桐に兄事、その影響で句作を始める。三高中退後、一時京都新聞社に在職。新聞「日本」の記者や雑誌「日本及日本人」の編集をした。写生文集『寒川鼠骨集』（昭和5年5月、改造社）所収「冷たい旅」「愚庵和尚」等に京都が描かれている。（竹松良明）

皿井旭川　さらい・きょくせん

明治三年十月十一日〜昭和二十年十二月十八日（1870〜1945）。俳人、医師。岡山県に生まれる。本名・立三郎。明治二十八年、岡山医学専門学校卒業。同校に講師、続いて外科長として勤務後、ドイツに渡り、ロストック大学へ留学。帰国後、大阪にて開業。後に俳人として活躍、大正十三年、高浜虚子に師事し、昭和十二年、「ホトトギス」の同人となる。『旭川句集』（昭和18年11月、天理時報社）には、京都を素材とした句が多数収録されている。〈嵐山うつる大堰の濡れ燕〉（杣谷英紀）

猿橋統流子 さるはし・とうりゅうし

明治四十五年七月十五日〜平成八年三月十六日（1912〜1996）。俳人。京都府何鹿郡《いかるが》中上林村（現・綾部市）に生まれる。本名・逸治《いつじ》。病のため京都府師範学校（現・京都教育大学）を三年で中退。舞鶴海軍工廠に勤務するが、昭和十九年九月、臨時召集され、京都師団に入営。戦後は大阪・福知山などの税務署に勤め、四十五年、停年退職。舞鶴市文化財保護委員会会長、同文化協会会長でもあった。舞鶴に居を定めた昭和十二年四月から俳句会に参加、実兄が同人だった縁で星野麦人主宰「木太刀」の会員になる。十六年には大野林火に入門。林火主宰の「浜」には創刊（昭和21年1月）から参加し、晩年は筆頭同人であった。自らは俳誌「海門」（昭和62年7月〜）を主宰。句集に『丹波太郎』（昭和47年8月、浜発行所）、『浦西風』（昭和56年9月、浜発行所）、『鬼嶽』（昭和63年8月、富士見書房）、『舞鶴草』（平成4年9月、富士見書房）がある。昭和五十六年度「浜」同人賞受賞。

（前田貞昭）

沢田閏 さわだ・じゅん

昭和五年二月八日〜平成元年六月二十三日（1930〜1989）。フランス文学者、小説家。神戸市に生まれる。昭和十年から大阪市に移り、十七年四月、大阪府立天王寺中学校（現・府立天王寺高等学校）に入学。ラグビー部に所属。二十一年、同中学四年修了し、化学工業専門学校を経て、二十三年四月、大阪府立浪速高等学校（現・大阪大学）文科甲類に入学。一年修了後（学制改革により）京都大学文学部に入学。二十八年、同文学科フランス語学フランス文学専攻を卒業し、続いて研究科修士課程、博士課程へと進み、三十三年単位取得退学。三十一年十一月、「VIKING」の同人となる。三十四年、日本小説を読む会の会員となる。三十六年、同志社大学専任講師に就任、同助教授を経て四十五年教授に。その間、アンリ・ペリュショ『フランスの若者たち』（昭和36年9月、新潮社）を生島遼一と共訳出版。三十九年十一月、アンドレ・マルローの『征服者』（中央公論社）翻訳出版。他に創作集『別れ』（平成2年6月、編集工房ノア）がある。

（水川布美子）

沢田俊子 さわだ・としこ

昭和十八年（月日未詳）〜（1943〜）。童話作家。京都府に生まれる。四十八歳で童話を書き始め、五十三歳で作家デビューを果たす。『ぼく、がんばったんだよ』（平成17年12月、汐文社）は、京都のノートルダム学院小学校に通う少年和馬君が、筋ジストロフィーを患いながらも明るく逞しく生きる姿を描く。他に、空き地にやってきたサーカス団の心温まるエピソードを綴った『行こうぜ！サーカス』（平成16年9月、汐文社）や、平成十六年度産経児童出版文化賞受賞作『盲導犬不合格物語』（平成16年6月、学習研究社）など。日本児童文芸家協会理事。

（中田睦美）

沢田ふじ子 さわだ・ふじこ

昭和二十一年九月五日（1946）〜。時代小説作家。愛知県半田市に生まれる。京都市左京区在住。愛知県立女子大学（現・愛知県立大学）文学部卒業。手仕事をしたいと考え高校の国語科教諭から転じて、京都西陣で染織を学ぶ。その中で歴史や文化を物語化することへの関心を育て、歴史小説を書きはじめる。昭和五十年、不妊で離縁された江戸時代の女性の自立を描いた「石女」（「小説現代」6月）で、小説現代新人賞を受賞した。五十七年には「寂野」（「小説現代」昭和51年7月）と『陸奥甲冑記』（昭和56年1月、講談社）で吉川英治文学新人賞を受賞。以後、時代小説を中心として数々の作品を発表、特に京都を舞台にした時代小説を多く発表している。『七福盗奇伝』（昭和60年1月、角川書店）、『花僧』（昭和61年10月、中央公論社）、『冬のつばめ』（平成元年10月、実業之日本社）、『狐火の町』（平成7年9月、廣済堂出版）などや、京都の市井を舞台にしたシリーズものとして「足引き寺閻魔帳」「高瀬川女船歌」「禁裏御付武士事件簿」「公事宿事件書留帳」「祇園社神灯事件簿」「土御門家・陰陽事件簿」「京都市井図絵」がある。京都に関する随筆には『京都 知恵に生きる』（平成12年3月、中公文庫。初出「つれづれ草紙」「読売新聞」日曜版平成6年1月9日〜12月18日。初版『京都 知の情景』平成7年4月、読売新聞社）がある。沢田は時代物を書く理由について、「かつての時代は身分制社会。何かと不自由だからこそ、自由の大切さが見えてきて、人間のドラマが際立って輝く」からであると述べているが、沢田作品の登場人物には無名の武士や町人の人間ドラマが多い。「成功するかどうかが大事なのではなく、その努力のプロセスが大切。そこから、自然と物語が生まれる」（「土曜訪問」、「東京新聞」平成20年1月19日）というように、市井の人々の日々生きる姿勢を意識して描いている。その沢田は、出身地で日々をひたむきに生きる人々の姿や、地にしっかり足をつけた生活に接することで、自分の精神が形成されたと述べている（「ウィルあいちニュース」平成9年6月）。また作品に、時代の衣装を着せてはいるが、現代をテーマに描いているつもりであるとも述べる。沢田作品には、京都を舞台にした『虹の橋』（後出）や『もどり橋』（平成2年4月、中央公論社）をはじめとする「橋」シリーズがある。これについても沢田は、インタビューやブックトークの場で、橋は通行するだけでなく、人のさまざまな出会いや別れがあり、人生の寓意が凝縮されている。人の一生は理想や希望といった彼岸に、橋を架けることに擬してもよい。小説を書くのも人生の架橋の一つかもしれないと述べている。昭和五十五年に紺綬褒章受章、平成十七年には第二十三回京都府文化賞功労賞を受賞した。

＊寂野《さみしの》　短編小説。〔初出〕「小説現代」昭和五十一年七月。〔初版〕『寂野』昭和五十六年四月、講談社。◇憲法染めの名で知られる黒染屋吉岡憲法の娘のうは、父の没後、清十郎と伝七郎兄弟の庇護の下で生活していた。しかし吉岡家が兵法家としても名高かったため、剣客宮本武蔵から果たし合いを申し込まれた結果、二人の兄は次々に命を失うこととなった。のうの婚約者長野は、自分の欲得から吉岡家を利用して武蔵を倒そうとするが、敢え無く失敗し、門弟たちとともに道場から姿を消した。のうは自分を見捨てた婚約者と決別するとともに、吉岡道場の看板を燃やしてしまう。父憲法の興した黒染屋を守り、優れた黒染の商品をつくることで、自分から背いて行った世間に対して敵を討つ決心を固めたのである。家業を守ることを通して、女性が成長し自立を遂げる姿を描いている。なお、「黒染の剣」（初出「京都新聞」昭和57年1月4日〜12月28日。『墨染の剣』昭和59年2月、講談社）は、この作品を長編化したものである。

＊虹の橋《にじのはし》　中編小説。〔初出〕「別冊婦人公論」昭和六十二年春号。〔初版〕『虹の橋』昭和六十二年九月、中央公論社。◇建仁寺脇の長屋の住人である宗吉、弥市、千代、貴和の幼馴染の成長と恋愛を軸に、江戸時代の洛中の庶民生活が活き活きと描かれる。貧しいながらも平穏な長屋の暮ら

しを破ったのは、千代の父親が後妻を迎えてからであった。継子である千代と妹への虐待が原因で、長屋の住人との軋轢が生まれ、千代たちは父親を守るために思いを寄せる宗吉をはじめ、長屋の住人との付き合いを絶つ。奉公に出ていた千代の兄は、千代が十四歳の時に遊郭に身売りされる話を千代から聞き、激高の末父親と継母を殺害してしまう。身寄りの無くなった千代たちを引き取ったのは、姉妹の境遇に同情を寄せていた錦小路の魚屋魚惣の女主人糸絵だった。兄の犠牲はあったものの、魚惣の仲働きとして千代たちは幸せを噛みしめながら生活する。宮大工となった宗吉と千代は、互いの思いを確認し、将来を誓いあう仲となった。しかし、魚惣の若旦那が千代を嫁に迎えることを望み、千代は困惑する。そんな中弥市が、貴和が島原遊郭で遊女勤めをしていることを千代に告げる。千代は、幼馴染であり、兄が思いを寄せていた貴和を苦界から救い出すために、魚惣から身請け金と今後の生活費用を借り受け、身請けを果たす。そして宗吉に、魚惣に嫁ぐことを告げて、涙ながらに別れを告げるのである。それは、自分の幸せだけを考えるのではなく、長屋で育った仲間が同じ大きさくらいの幸せを得るための決断であった。互いに助け合うことを忘れず、身の丈にあった幸せを大切に抱いて生きていく、慎ましく堅実な人間像が描出されている。「虹の橋」は、平成五年に松山善三監督によって映画化された。出演は和久井映見、渡部篤郎ほか。配給東宝。

（木村　功）

沢田撫松　さわだ・ぶしょう

明治四年五月一日～昭和二年四月十三日（1871～1927）。小説家、新聞記者。京都に生まれる。本名・忠次郎。明治法律学校（現・明治大学）を卒業。「二六新報」「国民新聞」「読売新聞」など、二十余年間にわたって新聞記者、特に司法記者として活躍した。その活躍の傍ら、犯罪に関する実話物語を執筆。主な短編として「女の心・男の心」（大正9年、月および初出誌不明。初版は大正9年10月、星文館）、「春宵島原巷譚」（『読物文芸叢書』第13編、大正14年8月、春陽堂）、「足にさはつた女」（「週刊朝日」大正15年7月1日）などがある。このうち「足にさはつた女」は、大正十五年に阿部豊監督、岡田時彦主演により日活から、昭和二十七年に市川崑監督、越路吹雪主演により東宝から、三十五年に増村保造監督、京マチ子主演により大映東京からと、三度にわたって映画化されている。その他、『変態刑罰史』（『変態十二支』6、大正15年7月、文芸資料研究会）などの著書もある。

（久保明恵）

沢野久雄　さわの・ひさお

大正元年十二月三十日～平成四年十二月十七日（1912～1992）。小説家、エッセイスト。浦和市（現・さいたま市）に生まれる。昭和十年、早稲田大学文学部国文学科卒業、都新聞（現・東京新聞）に入社。十五年朝日新聞に移り、記者生活の傍ら小説を書く。二十五年「挽歌」（「文学雑誌」昭和24年5月）が芥川賞候補、川端康成に好意的批評を受ける。二十六年、「方舟追放」（「改造」昭和26年12月）、翌年「夜の河」（「文学界」昭和27年11月）が芥川賞候補となるが、落選。三十年、「未知の人」（「文芸」昭和30年2月）で四度目の候補となるが、受賞には至らなかった。しなやかな感性と抒情性にあふれる独自な世界を描き出す作風で知られる。三十一年、「夜の河」が山本富士子主演で映画化された。京都の老舗の娘と病身の妻のいる大学教授との恋を描き、女性の心の動きが共感を呼び、キネマ旬報第二位に輝いた。三十三年、「朝日新聞」夕刊に「火口湖」を連載（11月19日～34年3月25日）。翌年終了と同時に退社、作家業に専念。著書は、『愛と死の抱擁』（昭和52年3月、講談社）、『河の運命』（昭和55年9月、主婦の友社）、『還って来た男』（昭和61年9月、中央公論社）、『高原の聖母』（平成2年4月、主婦の友社）など多数。

（増田周子）

沢村胡夷 さわむら・こい

明治十七年一月一日～昭和五年五月二十三日（1884～1930）。詩人、美術史家。滋賀県犬上郡彦根京町（現・彦根市）に生まれる。本名・専太郎。明治三十六年、第三高等学校（現・京都大学）入学。投書雑誌「文庫」への投稿が始まり、「律文」欄には「京人形」（明治36年11月）、「大原女」（明治36年12月）などが掲載される。在学中、「紅《くれない》もゆる丘の花」と歌いだされる「逍遥之歌」を作り、のち同校の寮歌となる（作曲は同級生の小野秀雄と言われている）。三十九年、京都帝国大学哲学科に入学。四十二年、卒業（卒業論文は「日本詩律論」）。大正八年、京都帝大助教授に就任、美術史を講ずる。昭和五年、大阪の客舎で長逝。三高時代に下宿をしていた東山二条の仏光寺に葬られる。

（三谷憲正）

三条実美 さんじょう・さねとみ

天保八年二月八日～明治二十四年二月十八日（1837～1891）。歌人、政治家。京都梨木町広小路に生まれる。号・梨堂。右大臣実万《さねつむ》と紀子の第四子。尊皇攘夷派の中心的存在であったが、文久三年（1863）薩摩・会津藩等の公武合体派による八月十八日の政変により、尊皇攘夷派は長州藩とともに京都を追われる。実美は七卿落ちの一人として長州に下る。第一次長州征討の結果、実美ら五卿は筑前大宰府に移され幽居生活を送る。慶応三年（1867）の王政復古後は議定、副総裁（明治元年）、右大臣（明治2年）等新政府の要職を歴任し、明治四年には太政大臣に就任。十八年、内閣制度創設後は内大臣となり、二十二年、黒田内閣総辞職後は、一時臨時首相を兼任した。国葬の後、父実万とともに梨木神社に祀られる。歌集に『梨のかた枝』上下巻がある。下巻『西瀕遊草』は実美が長州、筑前大宰府時代に詠じた和歌集であり、上巻は明治以後の遺詠を高崎正風《まさかぜ》が編集して『難四之《なしの》可他延《かたえ》』と名付け二十六年二月に刊行。『続日本歌学全書』十二編（明治33年5月、博文館）に収録された。〈おおきみはいかにいますとあふぎみればたかまの原ぞかすみこめたる〉

（村田好哉）

三条西季知 さんじょうにし・すえとも

文化八年二月二十六日～明治十三年八月二十四日（1811～1880）。歌人。京都に生まれる。通称・榎木藤一郎。父は三条西実勲、母は三条実起の長女。幕末の公卿で尊皇攘夷を唱えたため、文久三年（1863）、公武合体派の宮中クーデターにより、三条実美らと長州へ下向（七卿落ち）、官位も剝奪された。慶応三年（1867）、王政復古の大号令により帰洛。維新後は新政府参与となり、明治天皇の和歌師範や御歌会始の題者・点者を務めた。正二位勲二等。

（西山康一）

【し】

塩田明彦 しおた・あきひこ

昭和三十六年九月十一日～（1961～）。映画監督、脚本家。京都府舞鶴市に生まれる。立教大学卒業。在学中から自主映画を制作。

昭和五十八年、「ファララ」がぴあフィルムフェスティバルに入選、注目される。平成十年、「月光の囁き」「どこまでもいこう」で、劇場映画監督としてデビュー。大ヒットした「黄泉がえり」（平成14年）に続く「カナリア」（平成16年）は、オウム事件から着想を得た監督自身によるオリジナル・シナリオの映画化。

（槌賀七代）

志賀直哉 しが・なおや

明治十六年二月二十日～昭和四十六年十月二十一日（1883～1971）。小説家。宮城県牡鹿郡石巻町（現・石巻市）に生まれる。父直温《なおはる》、母銀。直温は、当時第一銀行石巻支店に勤務していた。明治十八年、石巻を去り、東京市麹町区（現・東京都千代田区）内幸町の相馬家旧藩邸内の祖父志賀直道宅に移る。以後、直道・留女《るめ》の許で、おじいさん子、おばあさん子として育つ。二十二年、学習院初等科に入学。二十八年、母銀没、父は高橋浩《こう》と再婚。三十五年、中等科卒業時に落第して、下のクラスにいた、武者小路実篤、木下利玄、正親町公和らと知りあう。三十六年、学習院高等科進学。三十九年、東京帝国大学英文学科に進学したが、四十三年に退学。十代の頃より、足尾鉱毒事件の視察計画や女中との結婚の意思表明などを通じて、父と対立する。四十三年四月、かねてより作ってきた同人回覧雑誌を統合して「白樺」を発刊し、創刊号に「網走まで」を発表、創作活動を本格的に開始した。創刊当時の「白樺」の活動に深く関わり、「白樺」の西洋美術の紹介の一端として行われた、四十五年四月の京都での白樺第五回展覧会にも、準備や受付、片付に従事し、約二週間京都に滞在している。会場は、京都の近代化の先進地域であった岡崎に、四十二年に建てられたばかりの京都府立図書館であった。しかし、その後は「白樺」の活動から遠のき、同人たちとも一時疎遠になっていく。この四十五年秋、志賀は父と激しくぶつかり、家を出て放浪の時代が始まる。十一月、尾道到着。大正二年には城崎温泉に滞在し、三年には松江在住、伯耆大山にも滞在する。この間、旺盛な創作活動を展開し、「濁った頭」（「白樺」明治44年4月）、「大津順吉」（「中央公論」明治45年9月）、「范の犯罪」（「白樺」大正2年10月）など、自己内部の激しい苦闘の軌跡を作品化し続ける。大正三年九月、京都市上京区南禅寺町北の坊（現・左京区南禅寺北の坊町）に転居。初めての京都生活が始まり、この期間に、勘解由小路《かでのこうじ》康子《さだこ》と結婚する。東京の実篤宅で挙式し、京都に帰って、円山公園内の左阿弥で友人たちだけを招いて披露宴を行う。翌四年一月、京都一条御前通西五丁（現・北区北野西白梅町）衣笠園に転居、新居で新婚生活を営み、二月には衣笠村役場に婚姻届を出している。だが、両親の許可も得ずに結婚したこと、また、訪ねてきた父との面会を拒んだことで、父との関係はさらに険悪化し、間に立たされた新婦康子は神経衰弱に陥っていくという悪戦苦闘の日々が続く。この期間の体験は、のちに「暗夜行路」第三、および「和解」に描かれることとなる。志賀は京都生活を断念し、同年五月、鎌倉に転居、赤城山大洞《だいどう》を経て、千葉県我孫子に移住し、ようやく放浪生活が終わる。十二年までの約八年間の我孫子時代に、志賀は、大正三年以来続いていた休筆状況を脱し、「城の崎にて」（「白樺」大正6年5月）等を発表し、精神的にも安定を得る。さらに、父との和解が実現し、作品「和解」（「黒潮」大正6年10月）が発表された。十年一月には、長い間書きつづけてきた自伝的小説を、「暗夜行路」として連載し始める。「第一」「第二」の部分は順調に書きあげられ、翌十一年七月、『暗夜行路 前編』を新潮社より刊行。「第三」までを仕上げたのち、十二年三月、我孫子から京都市上京区（現・東山区）粟田口三条坊に転居し、二回目の京都生活が始まる。粟田口に住んでいた期間には、自身京都の社寺や博物館の訪問に明け暮れ、「白樺」以来の友人たちが暇なく訪ねてきている。前回の孤独で厳しく暗い生活とは異なり、今回の京都生活は活気に満ち、外交的で明るい。四月には、父が訪ねてきて、志賀は京都を案内し、彦根や琵琶湖にも同行している。「九年前の父上にしても自分にしてもこれ程になれるとは全くカク世の感で、実に望める以上の気さへして涙ぐむやうな感情になる」（大正12年4月23日、妹英子宛書簡）と書き送っている。一方で執筆活動は停滞し、十月、宇治郡山科村大字竹鼻小字立原（現・京都市山科区竹鼻立原町）に転居する。山科川の支流である四ノ宮川沿いの旧居の跡地には、現在、「山科の記憶」と刻まれた石碑と、旧居跡の説明の碑が建てられている。転居後も、社寺や博物館訪問による東洋美術への傾倒と、京都の遊郭通いはおさまらない。その浮気によって生じた妻との軋轢を描いた作品が、「山科の記憶」ほかのいわゆる「山科もの」である。十四年四月、志賀は京都を去って奈良に転居するが、なお関係は続き、さらに妻から断絶を要求されることになる。一方の東洋美術熱は、十五年六月、美術図録『座右宝』を編集刊行し、沈静化していく。昭和二年、「山科もの」の最後である「邦子」を発表。四年、奈良市上高畑に転居、これ以後、約十年の安定した上高畑の生活が続くが、執筆活動は停滞し、ふたたび休筆期間を迎える。十二年、改造社より『志賀直哉全集』刊行の企画が起こり、これを機に「暗夜行路」の完成に取り組み、同年四月、ついに完結を見る。翌年には奈良を引き上げ、東京に移転する。戦後は、「灰色の月」（「世界」昭和21年1月）、「蝕まれた友情」（「世界」昭和22年1月）などを執筆するほか、雑誌「世界」の編集にも参加するなど、当初は盛んな活動を展開したが、新しい文学の地平を開拓するには至らず、次第に活動は減速し、むしろ老成した、澄み切った心境の晩年を迎える。奈良時代と晩年を通じて、その謦咳に触れて鞭撻された人々の数は多い。多くの愛読者と敬慕者を得つつ、昭和四十六年十月二十一日、逝去。八十八歳であった。『志賀直哉全集』全二十二巻・補巻六巻（平成10年12月～14年3月、岩波書店）が最新の全集である。

＊暗夜行路《あんやこうろ》　長編小説。〔初出〕「改造」大正十年一月～昭和十二年四月、断続的に発表。〔初版〕前編は、『暗夜行路 前編』大正十一年七月、新潮社。全編は、『志賀直哉全集』第七巻～第八巻、昭和十二年九月～十月、改造社。◇志賀の唯一の長編小説。明治四十五年頃から書き始められた自伝的小説で、当初父との不和をモチーフとして書かれ、何度も執筆と断念を繰り返した。父との和解を経て、不和のモチーフは後退し、母の不義と祖父の子という虚構を軸として再構成される。大正十年一月に、「暗夜行路」と題して、「改造」に連載が始まる。それまでに書きためていた草稿を生かしつつ、自己の内面的な葛藤や矛盾をリアルに描き、ある種の悟りに至るまでの苦闘を綴った作品となっていく。大山での心的境地を描く「第四」のラストの部分にとりわけてこずり、昭和十二年の完成まで十七年を要した。最初の構想から含めると二十五年を費やした作品である。「第三」の部分は、大正三年～四年の、志賀の最初の京都生活を材料とし、主人公の結婚への過程を描いているが、父との不和が既にモチーフとし

ては消されているので、実際の京都生活とは異なり、むしろ向日的な日々として描かれている。実際の新婚生活は、「和解」に描かれた姿により近いものだったと考えられる。

＊邦子《くにこ》　短編小説。〔初出〕「文芸春秋」昭和二年十月〜十一月。〔初版〕『志賀直哉全集』昭和六年六月、改造社。◇「瑣事」（「改造」大正14年9月）、「山科の記憶」（「改造」大正15年1月）、「痴情」（「改造」大正15年4月）、「晩秋」（「文芸春秋」大正15年9月）と続く「山科もの」の最後の作品。虚構化された作品で、夫に裏切られて、淋しさから自殺を遂げてしまう邦子を仮構し、「私」が、妻の死後、出会いから結婚、浮気、妻の自殺へのプロセスを振り返る構成を取る。描かれる邦子の喪失感・絶望感は痛切で、志賀の、妻へのまなざしが読み取れ、理解の深まりを見ることができる。

＊早春の旅《そうしゅんのたび》　紀行文。〔初出〕「文芸春秋」昭和十六年一月〜二月、四月。〔初版〕『早春』昭和十七年七月、小山書店。◇長男直吉を連れて、かつて住んでいた京都・奈良の地を訪ね、大阪から北陸に足を延ばした旅の紀行文。志賀には、明治四十一年の春、木下利玄・里見弴との熱田・京都・奈良・大阪への旅行の合作の紀行文「旅中日記 寺の瓦」（自筆本、のち昭和46年1月、中央公論社より刊行）以来、多くの京都にかかわる紀行文がある。（清水康次）

芝木好子《しばき・よしこ》

大正三年五月七日〜平成三年八月二十五日（1914〜1991）。小説家。東京府北豊島郡王子村（現・東京都北区王子町）に生まれる。本名・大島好子。昭和七年、ＹＭＣＡが開設した駿河女学院に入学。ＹＭＣＡの文学講座では阿部知二、小林秀雄らの講義を受講。なお、青春時代に京都とは無縁ではなく、銀閣寺近くに文学好きの女友達がいた。「冬の旅」（「毎日新聞」昭和53年1月17日）には、後年、思い出の銀閣寺付近を再訪したことが記されている。寒椿の美しい銀閣寺から哲学の道、南禅寺へと歩む著者たちの後をついてくるのら犬と、その犬に哀感の情を抱く著者の感想が、冬の京都の景色と相俟って美しく描かれている。作家としての本格的な出発は、昭和十三年に保高徳蔵の「文芸首都」同人となった時に始まる。同誌に発表した「青果の市」（昭和16年10月）で第十四回芥川賞受賞。第二次世界大戦を経て、「洲崎パラダイス」（「中央公論」昭和29年10月）を初めとする〈洲崎もの〉の成功により作家としての地歩を固める。「湯葉」（「群像」昭和35年9月）で第十二回女流文学賞受賞。「湯葉」は、「隅田川」（「群像」昭和36年9月）、「丸の内八号館」（「群像」昭和37年8月）と合わせて、著者自身の系譜を扱った三部作としての体裁をもつ。東京の下町に生活する商家の女の生き様を描く作品の他に、「隅田川」にみられるように染織家や陶芸家などの道に生きる女性を描く作品群も注目すべきもので、『貝紫幻想』（昭和57年7月、河出書房新社）や「京の小袖」（「群像」昭和60年3月）などの作品は、いずれも京都がその舞台の一つに選ばれている。「京の小袖」では、南禅寺で公開される徳川家康着用の「辻ヶ花小袖」を見学に行く頼光一篁と、かつての弟子で染織を学ぶ知佐子との微妙な心の綾が描かれる。何代もの時を経てなお家康の体臭まで感じさせる小袖と、代々銀閣寺近くに居を構える旧家頼光家に伝わる由緒ある内掛や小紋の数々を目にして知佐子は圧倒される。京都という土地独特の歴史の重みを、鬢付油の汚れが「垂れた髪のかたちのまま」残る小袖の佇まいによって表現する筆致は圧巻である。古い着物に残る女の執着と、一篁に恋心を抱いた知佐子の複雑な心境は相似形を描くが、小説の結末部、落柿舎近くの自然の中で解放に至る。著者には京都を初めとした国内外の旅を綴った随筆も数多くある。

（権藤愛順）

芝田幸子 しばた・さちこ

昭和二十五年（月日未詳）～（1950～）。詩人。東京都に生まれる。京都府在住。二歳の時、眼底癌にかかり左眼を摘出。一命は取り留めたものの、右目も白内障となり、その視界はほぼ閉ざされてしまう。詩作は、島崎光正編集の『詩集 憩いのみぎわに』（平成元年9月、筑摩書房）に、「芝田幸子集」として掲載されている。「スズメ」「ハカリ」をはじめ、その障害ゆえに全てカタカナタイプで打たれた作品の数々は、読む者に力を与える。

（西村真由美）

芝田米三 しばた・よねぞう

大正十五年九月十二日～平成十八年五月十五日（1926～2006）。洋画家。京都市下京区（現・中京区）西ノ京北聖町に生まれる。兄は洋画家の芝田耕。京都商業学校（現・京都学園高等学校）在学中に油絵を始める。戦後、独立美術京都研究所で須田国太郎に師事。昭和二十五年、独立賞、三十八年、安井賞受賞。司馬遼太郎の「朝日新聞」連載小説「胡蝶の夢」（昭和51年11月11日～54年1月24日、787回連載）の挿絵、五十九年より四年間「婦人公論」（昭和59年1月～62年12月、臨時増刊号は除く）の表紙画も手がける。平成元年、京都府文化功労賞、六年、京都市文化功労賞受賞。

（椿井里子）

柴田錬三郎 しばた・れんざぶろう

大正六年三月二十六日～昭和五十三年六月三十日（1917～1978）。小説家。岡山県邑久郡鶴山村（現・備前市）鶴海に生まれる。父柴田知太は村の地主であり、鏑木清方と同門の日本画家でもあった。本名・斎藤錬三郎。斎藤姓は、妻エイ子の姓。昭和九年、慶応義塾大学医学部予科に入学したが、半年後、文学部予科に移り十五年卒業。日本出版協会に入るが、十七年応召。戦時中より「日本読書新聞」に執筆し、雑誌「書評」の編集長となる。二十四年から文筆生活に入る。『イエスの裔《すえ》』（昭和27年4月、文芸春秋社）で第二十六回直木賞受賞。三十一年二月創刊の「週刊新潮」に「眠狂四郎無頼控」（昭和31年5月8日～33年3月31日）を連載。ニヒルなハーフの主人公の魅力と、各回読みきり連載のスタイルが好評で絶大な支持を得、剣豪ブームを生んだ。眠狂四郎はシリーズ化され、「週刊新潮」の看板小説として「眠狂四郎無頼控 続三十話」（昭和34年1月5日～7月27日、初出時は「眠狂四郎無頼控―第〇話」と表記、昭和34年10月、新潮社からの刊行時に通しタイトルとなる）、「眠狂四郎独歩行」（昭和36年1月9日～12月18日）、「眠狂四郎殺法帖」（昭和38年4月1日～39年3月9日）、「眠狂四郎孤剣五十三次」（昭和41年1月15日～42年3月4日）、「眠狂四郎虚無日誌」（昭和43年7月13日～44年7月5日）、「眠狂四郎無情控」（昭和46年1月2日～12月25日）と続き、「眠狂四郎異端状」（昭和49年4月11日～12月26日）が最後のシリーズにあたる。眠狂四郎と京都といえば、シリーズ第五作目「眠狂四郎孤剣五十三次」がある。眠狂四郎は、幕府謀議を探るため江戸日本橋を発ち、宿駅ごとに事件と出くわしつつ東海道を西へ向かう。大津を経て京に入って間もなく、待ち受けていた刺客東閑と、安祥寺（山科区御陵平林町）境内で決闘。一刻以上の対戦の後、東閑を倒す。東閑遺族の苦境を救うことを東閑同行者と約束し、眠狂四郎は夜の三条大橋に向かう。五十三次最後の戦いは、三条大橋の上で、狂四郎の剣夢想正宗が円月を描く。また、シリーズの合間に、番外編ともいえる中・短編も書かれた。『眠狂四郎京洛勝負帖』（昭和44年3月、廣済堂出版）は、千本通りに面した羅城門跡の旅籠に逗留中の眠狂四郎に、京都町奉行が、御所から失踪した姫君の捜索を依頼。壬生寺の壬生狂言、妙心寺門前から双ヶ丘、衣笠山の別荘、北野の辻の夜明かし屋台、清水寺の三年坂と、事件を追いながら、狂四郎の「男が惚れたくなる男」っぷりと、スマートな探偵ぶりが描かれる。なお、映画の眠狂四郎は、東宝で鶴田浩二（昭和31～33年）、大映京都で市川雷蔵（昭和38～44年）、続いて松方弘樹（昭和44年）が演じた。テレビでの眠狂四郎は、江見渉（後に俊太郎と改名。昭和32年、36年、日本テレビ）、平幹二朗（昭和42年、フジテレビ）、田村正和（昭和47年～48年、関西テレビ・東映、全26話。平成に入ってスペシャルドラマ4作品）、片岡孝夫（現・十五世片岡仁左衛門。昭和52～53年）らが演じている。（椿井里子）

司馬遼太郎　しば・りょうたろう

大正十二年八月七日～平成八年二月十二日（1923～1996）。小説家。大阪市浪速区に生まれる。本名・福田定一《さだいち》。昭和十七年、大阪外国語学校（現・大阪大学外国語学部）蒙古語科に入学。十八年、徴兵検査を受け、幹部候補生として入営。十九年、大阪外事専門学校（同年3月に校名改称）を卒業。満洲の戦車連隊に配属される。二十一年、京阪神を中心とした地方紙の新日本新聞社（京都本社）に入社。二十三年、産業経済新聞社（現・サンケイ新聞社）に入社し、京都支局勤務を命じられ、主として大学と宗教（寺社）の担当となった。二十五年七月二日、国宝鹿苑寺金閣が徒弟僧の放火により炎上、焼失したが、折から宿直にあたっていた司馬は、即刻現場に駆けつけた。宗教担当の「寺マワリ」していたことが役立ち、村上慈海住職の談話を聞き出すことができ、他紙に先がけて放火の動機としての「宗門への不満」を報じた。二十七年、大阪本社への異動となり、ほどなく文化部で文学と美術とを担当する。三十一年、「ペルシャの幻術師」で作家としてスタートし、三十五年には『梟の城』（昭和34年9月、講談社）によって第四十二回直木賞を受賞。以降、旺盛な創作活動を展開する。『竜馬がゆく』（昭和38年7月～41年8月、文芸春秋新社）、『坂の上の雲』、『翔ぶが如く』、『空海の風景』などの長編小説、また、多くの中・短編小説、エッセイなど執筆。さらに、歴史紀行エッセイというべき「街道をゆく」シリーズ（全43冊、初出「週刊朝日」連載）などで国民的作家の地位を獲得した。平成五年、文化勲章受章。司馬の京都との関わりは深く、居を構えることはしなかったが七年に及ぶ京都での新聞記者時代の体験、日本文化の源流としての京都の文化・美術・宗教・文学・歴史・思想などへの親炙と造詣は、司馬文学の基層を形成する一要素と言えよう。京都（京）に関連する事柄、題材や舞台とした小説・エッセイは、枚挙にいとまのないほどである。中・短編小説では、まず、新選組の一隊士の行状を題材にした「壬生狂言の夜」（「別冊週刊朝日」昭和35年11月）が挙げられる。四月におこなわれる壬生狂言の稽古囃子の音曲を背景に、元は、「八百屋」であった一隊士の悲惨な死が語られている。作中に、「京は、何百年もむかしから、力のある者が来ては栄え、亡んでいった町でございましてな。京に住む者は、何百年もそれを見てきた血の老舗でございます」（傍点引用者、以下同じ）という一登場人物の言葉がある。司馬の京都観の一つがここに見られる。また、宮本武蔵との戦いで知られる吉岡一門の憲法吉岡直綱を中心に描いた「京の剣客」（「別冊週刊朝日」昭和37年1月）や、「幕末暗殺史」（「オール読物」昭和38年1月～12月）という題名で発表され、のちに『幕末』（昭和63年1月、文芸春秋新社）と改題された連作短編集の中にも、四編の京を舞台にした作品がある。長編小説では、「新選組血風録」（「小説中央公論」昭和37年5月～38年12月）、「竜馬がゆく」（「産経新聞」昭和37年6月21日～41年5月19日）、「燃えよ剣」（「週刊文春」昭和37年11月19日～39年3月9日）などがあり、主に幕末動乱期の京を舞台に生きた人物たちを活写した作品である。さらに、エッセイにおいても京都について触れることが多く、「京の亡霊」（「週刊文春」昭和36年11月20日）では、「京都というのは、妙な町だ」と書き出され、「大阪や東京とくらべてひどく異質なところがあるからだ」と述べていく。その理由について、自身の京都での新聞記者時代の「寺マワリ」の体験から、西本願寺に出入りする菓子屋の青年は、先祖は、「三百数十年前の天正年間から、れんめんと『お菓子のご用』をきいてきている」とさらりと語り、驚かされてしまう。つまり、「京には、歴史の亡霊が、いきいきといまも生活している」ことを目のあたりにし、その奥行の深さ、永さを「亡霊」と表現するのである。また、「『京都国』としての京都」（「太陽」昭和50年4月）においては、京都人は、自分たちの町を「日本の一般的文化感覚から独立した京都国」だと思っていて、「千年の伝統をもつ根づよい都市感覚―文化秩序の感覚」を有している。そして、それでもって明治以後の東京中心の権力構造に、いまも相対していると司馬は述べる。また、「都市国家の気分」が京都にはあり、京都は都会そのものであると言い、「中京」を中心に発展した商業こそ、日本の「商いの感覚」を形成しているとみる。この「商業の原点は京都・中京」という見方は、林屋辰三郎との対談集『歴史の夜咄』（昭和56年5月、小学館）においても繰り返されている。さらに、連載エッセイ「歴史を紀行する」（「文芸春秋」昭和43年1月～12月）の中の、「〝好いても惚れぬ〟権力の貸座敷」の章では、産業を興し、経済力を蓄え、治水事業や農業、「ハタオリ」などを推し進めた「帰化人」秦氏、また時代が下って幕末の志士を遇した祇園の芸者を取りあげ、「日本唯一の都会人」である京都人の特質を述べている。こうした小説やエッセイなどにおける京都と京都人への言及は、「街道をゆく」シリーズで、より磨きがかかり、精緻さを加えていくとみなせよう。『街道をゆく』第四巻（昭和49年1月、朝日新聞社）は、「洛北諸道ほか」と副題があり、七つの小見出しをもつ部分において、鞍馬街道、山国街道、周山街道と辿って京都市の北側を回るコースを取り上げている。第二十六巻（昭和60年11月）は、「嵯峨散歩、仙台・石巻」と副題があり、集中、十の小見出しをもつ「嵯峨散歩」は、司馬の古代史への関心が、日本と古代朝鮮との交渉にあることをよく表している。「古代の景観」の章に、「嵯峨野を歩いて古代の秦氏を考えないというのは、ローマの遺跡を歩いてローマ人たちを考えないのと同じくらいに鈍感なことかもしれない」と記し、「かれらは、何世紀のころか日本列島に渡来し、いまの京都市（山城国）や滋賀県（近江国）などに農業土木をほどこし、広大な田園をひらいた」と、本題へと導いていっている。つまり、秦氏は、漢民族伝来の「文明」を携えて渡来し、葛《かど》野《の》といわれていた嵯峨・山城の地に根を下ろし、保津川に大堰《い》を築き、農耕に適した沃野を拓いたのである。また、江戸期には角倉了以が出て、治水と灌漑とは飛躍的によくなる。また、芭蕉や漱石らの嵯峨の地への道行き、天龍寺への思いなども辿って、京都あるいは京都人の価値観や発想法を司馬は考える。「月雪花をよろこび、年中行事を神仏のおきてのようにおもい暮ら」す京都人の魂の来歴を探っている。ここには、司馬の捉えた京都像がエッセンスとして述べられていよう。

＊加茂の水《かものみず》　中編小説。〔初出〕「別冊文芸春秋」昭和四十年三月。〔初版〕『王城の護衛者』昭和四十三年五月、講談社。◇この小説は、幕末から維新期にかけて、岩倉具視のブレイン役をつとめた玉松操という一人の才能溢れる人物を主人公としている。下級公卿の次男として生まれた操は、伏見の醍醐寺に入り、僧となる。学問、識見ともに卓抜なものを身につけたが、生まれつきの「癇持ち」からくる狭隘な性格が人とあわず、還俗して諸国を流浪する。やがて、近江の国、琵琶湖西岸の真野の里で、隠君子風の生活を送る。佐幕派政事犯として洛北の岩倉村に退隠していた岩倉具視は、こんどは「討幕派の策士」としての活動を開始しようと目論む。その時、「度胸と謀才」にかけては天賦のものがあるが、学問と文章の力とに欠ける岩倉は、玉松を自らの「軍師」として迎える。玉松は、岩倉の期待に応え、討幕の密勅の起草や錦旗を作成し、薩長にこれを与える。歴史が、ここから動き出す。岩倉は、その死の前年、井上毅に向かって、「己れの初年の事業は、皆彼の力なり」と言い、この言葉の残ることを願った。だが玉松は、維新後からほどなく、世間から離れたところでその生を終えていた。天皇の住まう京を舞台にし、「錦旗」という日本の権力の象徴を考案した一奇才の姿を描いて余すところのない作品であり、京の公家たちの姿もよく描出されている。

（木村一信）

澁澤龍彦　しぶさわ・たつひこ

昭和三年五月八日～昭和六十二年八月五日（1928～1987）。仏文学者、文芸評論家、小説家。東京市芝区高輪車町（現・港区高輪）に生まれる。本名・龍雄《たつお》。マルキ・ド・サドや中世ヨーロッパの悪魔学の紹介など、翻訳、評論、エッセイ、小説と幅広く活動。

昭和二十年、旧制浦和高等学校（現・埼玉大学）理科甲類に入学。在学中に理科から文科甲類へ移り、アテネ・フランセにも通い始める。二十三年に卒業。大学受験には落ち、いわゆる浪人生となる。二十五年、三度目の受験で東京大学文学部フランス文学科に合格し入学。在学中にシュルレアリスムに熱中。サドを知る。二十八年、卒業。卒業論文のタイトルは「サドの現代性」であった。二十九年八月、ジャン・コクトオ『大股びらき』（白水社）の翻訳を刊行。以後、単行本の著者名にはすべて澁澤龍彦を使用する。三十年六月には、最初のサドの翻訳短編集『恋の駈引』（河出文庫）刊行。三十一年、『マルキ・ド・サド選集』（7月～12月、彰考書院）の序文を三島由紀夫に依頼、三島との交際がはじまる。三十四年、サド『悪徳の栄え』（6月、現代思潮社）、『悪徳の栄え（続）　ジュリエットの遍歴』（12月、現代思潮社）刊行。三十五年、『悪徳の栄え（続）』発禁処分、猥褻文書販売目的所持の容疑であった。いわゆる〈サド裁判〉となる。澁澤は、翻訳と並行してエッセイ、小説へと活動範囲を拡げていくが、そのエッセイには旅に材を採ったものも多い。京都へ足を運ぶことも度々で、「読書生活」(「すばる」昭和56年5月～9月)の連載には、京都からレンタカーで琵琶湖岸を北上して小浜・奥丹後へ長駆した思い出や、京都国立博物館を訪れたことが書かれている。『東西不思議物語』(昭和52年6月、毎日新聞社)等にみられるように、澁澤は次第に洋の東西を問わず素材を求めるようになる。『唐草物語』(昭和56年7月、河出書房新社)、『ねむり姫』(昭和58年11月、河出書房新社)等に収められた作品には平安京を描くものも多い。
(西尾元伸)

渋谷清視 しぶや・きよみ

昭和四年十一月二十一日～(1929～)。児童文化研究家、児童文学評論家。京都府綾部市に生まれる。立命館大学予科中退後、小学生の頃から育った兵庫県豊岡市で小学校に勤務。その時生活綴方運動に参加したことがきっかけで、児童文学に興味を持つ。昭和二十八年、東京へ出て、「教育」(教育科学研究会編、国土社)や「作文と教育」(日本作文の会編、百合出版)などの教育雑誌編集者を経て、三十二年に「文学教育の会」(現・日本文学教育連盟)の設立に参加。その後四十九年まで、常任委員・事務局長を務める。千葉大学教育学部などで講師も務めた。著書に『にっぽん子どもの詩―教師と父母のための児童詩研究あんない―』(昭和44年、鳩の森書房。のち増補改訂版上下二冊、昭和59年3月、あゆみ出版)など。
(天野勝重)

渋谷天外 しぶや・てんがい

二代目天外。明治三十九年六月七日～昭和五十八年三月十八日(1906～1983)。俳優、劇作家。初代天外の長男として、京都祇園に生まれる。本名・一雄。筆名・館直志《たてなおし》、河合新、詩賀里人、川竹五十郎。大正三年、東京明治座で初舞台を踏むが、楽天会は父の死後解散。十一年、志賀廼家淡海一座を経て、昭和三年十月、曾我廼家十吾と組んで松竹家庭劇を結成。戦後、曾我廼家五郎の死により、五郎劇の残党とともに、二十三年、松竹新喜劇を結成。五郎劇の人が去った後、十吾と喜劇に新生面を与え向上をはかる。後に十吾と別れ、若手を育てた。「わてらの年輪」(昭和39年8月、日生劇場)は、西陣の染物屋に押し寄せる化繊やプリントなどの時代の波や、染物屋の主人竹森栄吉と妻すみ、染工の三浦利弘の愛の行方、栄吉と大阪材木商の鈴木八重の過去が描かれている。「筋振り」と「伏線」が会話の中に張りめぐらされており、最後のドンデン返しは、人間の執念、人間の心の深淵をのぞかせる。三十二年、毎日演劇賞、三十九年、ＮＨＫ放送文化賞、四十三年紫綬褒章、菊池寛賞、五十二年勲四等旭日小綬章などを受ける。

三代目天外。昭和二十九年十二月一日～(1954～)。俳優、劇作家。二代目天外の次男として、大阪に生まれる。本名および筆名、喜作。昭和五十二年、京都産業大学経営学部情報処理学科を卒業。松竹新喜劇に入団。初名は渋谷天笑。平成三年、新生松竹新喜劇の代表に就任。四年五月、中座で三代目渋谷天外を襲名、披露公演を行う。十九年、ホノルル国際映画祭最優秀男優賞を受賞。
(竹内友美)

澁谷道 しぶや・みち

大正十五年十一月一日～(1926～)。医師、俳人。京都市に生まれる。昭和二十一年、大阪女子高等医学専門学校(現・関西医科大学)で、精神科医平畑富次郎(静塔《せいとう》)に俳句を師事。二十五年、西東三鬼の指導誌「雷光」「夜盗派」「縄」を経て、「夜盗派」復刊同人となる。四十一年、第一句集『嬰《えい》』(夜盗派)刊行。〈月に棄つ花瓶の水の青みどり〉〈炎昼の馬に向いて梳る〉。二歳、三十一歳、三十七歳のとき開腹手術を受ける。〈手術始まる死を朝虹に懸け忘れ〉。感傷を排した自己凝視の句境。四十三年、橋閒石《かんせき》に連句を師事。五十二年、金子兜太「海程」同人となり、五十七年第十八回海程賞受賞。平成四年、閒石死去にともない、翌五年、同人会紫《し》薇《び》の会発足。八年、俳句と連句の「紫薇」を創刊、代表となる。第三十一回現代俳句協会賞受賞。句集に『桜騒』（昭和54年6月、書肆季節社）、『紅一駄《べにいちだ》』（平成6年4月、卯辰山文庫）、随筆集として『あるいてきた』（私家版、平成17年5月、紫薇の会）。京都を詠んだ句に〈車 折《くるまざき》と駅の名読めて北時雨〉がある。

（大田正紀）

島岡剣石 しまおか・けんせき

明治四十年（月日未詳）～没年月日未詳。（1907～？）。詩人。奈良県天理市柳本に生まれる。京都帝国大学に学ぶ。「人間が究極に佇った時その叫びを記録する簡明な詩的表現」として一行詩を書く。戦後「奥の細道」を詩作巡歴。昭和二十五年、その道中の作品集『想雲』（日本甲子会）を刊行、一行詩の先覚宮崎鞆絵に捧げた。五十年、第二詩集『天の落胤』刊行。五十三年、京都市の京見峠に〈うつせみの寂しさゆゑにおく山の辛夷は白く鎮もりて咲く〉の歌碑が建立された。

（中原幸子）

島崎藤村 しまざき・とうそん

明治五年二月十七日（新暦三月二十五日）～昭和十八年八月二十二日（1872～1943）。詩人、小説家。筑摩県馬籠村（現・岐阜県中津川市馬籠）に生まれる。本名・春樹。藤村の名を一躍有名にしたのは、第一詩集『若菜集』（明治30年8月、春陽堂）である。その後、小説に移り、自然主義の幕開けを担った『破戒』（明治39年3月、自費出版）、二大家族が没落する様子を冷徹に凝視した自然主義文芸の最高傑作と評される『家』（明治44年11月、自費出版）、姪とのインセストを告白した『新生』（第1巻、大正8年1月、春陽堂。第2巻、大正8年12月、春陽堂）、幕末から明治維新へという時代のうねりに翻弄される父親の生涯を通じて、日本のあるべき姿を問うた『夜明け前』（第1部、昭和7年1月、新潮社。第2部、昭和10年11月、新潮社）等がある。藤村と京都との関わりは、まず明治二十六年関西漂泊の旅の際に、五月中旬から一週間、また大正五年七月、フランスの旅からの帰りに、神戸より京都に向かい一晩桝屋で宿泊したことが挙げられる。その際「鴨川の旅情と言へば、滑らかで静な上方言葉に私は一晩京都らしいものを感じた」（『海へ』大正7年7月、実業之日本社）と記している。また昭和七年六月十日から十三日まで、蛸薬師通りの千切屋に泊まり、和辻哲郎を訪問した。このときのことが「京都日記」（『桃の雫』昭和11年6月、岩波書店）に記されている。藤村はその中で「この都会における寺院よりも、むしろ民家や商家の方に心をひかれる」とした上で、その理由として「概して、簡素で、重厚」なことを挙げている。また京都に来て珍しく思ったこととして「衣、食、住、共に禅家の意匠から発したものの多く残つてゐる」ことも指摘している。更に言葉にも敏感で「やさしい京都言葉ですら、その実弱々しいものではない。よく聴いて見れば、一語々々張りのある抑揚の響きをもつてゐる。これほどのアクセントも東京言葉にはないもののやうだ」と記し、東京言葉と京都言葉の違いを指摘している。これ以降では、十七年五月佐々木旅館に投宿し、四日ほど京都や奈良旅行を行っている。

（出光公治）

島地黙雷 しまじ・もくらい
天保九年二月十五日～明治四十四年二月三日（1938～1911）。宗教家、評論家。周防国佐波郡徳地舛谷村（現・山口県周南市）に生まれる。明治元年、浄土真宗本願寺派（西本願寺）の改革を企て上洛。四年、「新聞雑誌」の発刊に助力。五年には欧米の宗教事情視察のため渡欧し、岩倉具視、木戸孝允、福地源一郎らと懇談。七年、「報四叢談」発刊に参画。二十一年には、三宅雪嶺、志賀重昂らと「日本人」を創刊、また、女子教育のため女子文芸学舎（現・千代田学園）を開設している。三十八年、盛岡の願教寺に移る。娘婿の島地大等の講演に感銘を受けた文学者に宮沢賢治がいる。『島地黙雷全集』全五巻（昭和48年4月～53年10月、本願寺出版部）がある。（越前谷宏）

島津忠夫 しまず・ただお
大正十五年九月十八日～（1926～）。国文学者、歌人。大阪市に生まれる。昭和二十五年、京都大学文学部国語学国文学専攻卒業。「言霊」「マグマ」等に入会。京都では、大学の同期に誘われて、しきなみ短歌会に出席、歌誌「しきなみ」に短歌や歌論を投稿。その後、国文学研究の傍ら短歌や連歌などを作る。歌集に『心鋭かりき』（平成10年4月、角川書店）など。『島津忠夫著作集』全十五巻（平成15年2月～21年3月、和泉書院）がある。（船井春奈）

島田一男 しまだ・かずお
明治四十年四月十三日～平成八年六月十六日（1907～1996）。小説家。京都市に生まれる。大正十五年三月、大連第一中学校を卒業。明治大学中退。昭和六年、満洲日報社に入社し、終戦まで従軍記者となる。二十一年十二月、「殺人演出」が雑誌「宝石」第一回短編懸賞入選。以後部長刑事・鉄道公安官・社会部記者などのシリーズ物の推理小説や時代小説を数多く手がける。京都の名刹の庵主が登場するものに『恋文泥棒』（昭和38年9月、桃源社）、新京都日報東京支社の記者による推理を描き、京都を事件の一舞台とするものに『「好色一代男」殺人事件』（平成7年8月、光文社）がある。（渡邊ルリ）

島田清次郎 しまだ・せいじろう
明治三十二年二月二十六日～昭和五年四月二十九日（1899～1930）。小説家。石川県石川郡美川町（現・白山市美川）で、回漕業を営む家に生まれる。五歳で母と金沢へ出、野町小学校を経て、石川県立第二中学校（現・県立金沢錦丘中学校・高等学校）に進学するが、明治四十五年、東京の明治学院普通部（現・明治学院大学）に転校。翌年再び第二中学校に復学後、大正三年、金沢商業学校（現・県立金沢商業高等学校）本科に転ずるが退学。六年、宗教家暁烏《あけがらす》敏《はや》の紹介で、京都の宗教新聞「中外日報」に、小説「死を超ゆる」（6月17日～11月13日。未完）を連載する。七年、「中外日報」記者となるが、二ヵ月ほどで退職。その後上京し、生田長江の紹介で、八年、『地上 第一部 地に潜むもの』（6月、新潮社）を出版。同作は、十一年一月にかけて第四部まで刊行され、ベストセラーとなる。同年四月から欧米各国を旅行し、帰国後、小説『我れ世に勝てり 改元 第一巻』（大正12年3月、新潮社）などを刊行。小説のほか、詩、戯曲、随筆等様々なジャンルにわたる作品を旺盛に発表したが、一方で奇矯な言動も多く、十三年、早発性痴呆症と診断され保養院に収容される。昭和五年、肺結核のため死去。（北川扶生子）

島田元　しまだ・はじめ

昭和三十四年四月十四日～（1959～）。映画監督、脚本家、作曲家。京都市右京区太秦安井北御所町に生まれる。昭和五十三年、私立洛星高等学校を卒業後、早稲田大学法学部に入学、シネマ研究会タコス班に所属する。五十六年、初の長編8ミリ「リトルウイング」を発表。同作は五十七年度のPFF（ぴあフィルムフェスティバル）に入選。平成十三年には「完全なる飼育　愛の四十日」（キネマ旬報社）の脚本を担当。

（山田哲久）

島村抱月　しまむら・ほうげつ

明治四年一月十日（新暦二月二十八日）～大正七年十一月五日（1871～1918）。評論家、演出家。島根県那賀郡久佐村（現・浜田市金城町）に、佐々山一平の長男として生まれる。本名・瀧太郎。明治二十四年、検事補嶋村文耕の養子となり、東京専門学校（現・早稲田大学）文学科に入学。三十五年、海外留学生として英独に渡り、五月に『新美辞学』（東京専門学校出版部）を上梓。三十八年に帰国。早稲田大学教授となり、文芸誌「早稲田文学」を主催。自然主義論を展開するも行き詰まり、新劇向上に努める。大正元年十一月、演劇研究所一期生松井須磨子との関係を心配した周囲の計らいで、京都へ。その時の見聞録を「京都より」として「読売新聞」（大正元年11月30日～12月17日、全10回）に発表。三年、抱月率いる芸術座の公演「復活」で須磨子が歌い流行した「カチューシャの歌」（作詞抱月・相馬御風、作曲中山晋平）は、京都巡業中に、オリエントレコードで録音。

（高橋博美）

清水昶　しみず・あきら

昭和十五年十一月三日～（1940～）。詩人。東京市鷺宮（現・中野区）に生まれ、山口県阿武郡高俣村（現・萩市）で少年期を過ごす。同志社大学法学部政治学科卒業。兄清水哲男も詩人。昭和三十九年三月に手刷りの第一詩集『暗視の中を疾走する朝』を刊行し、四十年に詩誌「首」に参加する。四十一年、第七回現代詩手帖賞を受賞。四十七年、藤井貞和、倉橋健一、佐々木幹郎らと詩誌「白鯨」を創刊。詩集に『少年』（昭和44年10月、永井出版企画）、『楽符の家族』（昭和60年8月、思潮社）などがある。

（渡邊浩史）

清水伊津代　しみず・いつよ

昭和十七年四月二十二日～（1942～）。文芸評論家、英文学者。京都府に生まれる。関西大学大学院文学研究科博士課程修了。英文学、文学理論を中心に、研究活動を行っている。近畿大学教授。文学博士。日本文芸家協会会員、日本ブロンテ協会評議員、日本ジョージ・エリオット協会理事、日本ヴィクトリア朝文化研究学会理事、日本英文学会関西支部理事等、学会の重鎮である。主要論文に「主体と表象―ブロンテ文学の研究」（京都女子大学博士学位論文）、「知と祝祭―イギリス近代文学のイコノロジー」（「渾沌」、近畿大学大学院文芸学研究科、平成16年2月）など。その他、共著、論文、翻訳、書評など多数。

（上總朋子）

清水貴久彦　しみず・きくひこ

昭和二十二年七月十七日～（1947～）。俳人、医師。京都府に生まれる。本名・弘之《ひろゆき》。昭和四十七年、岐阜大学医学部卒業。平成元年より岐阜大学医学部教授、十七年三月に退職後、さきはひ研究所所長。岐阜大学名誉教授。昭和四十九年から平成六年終刊まで「霜林」会員。平成二年から十六年終刊まで「木語」会員。「鼎座」同人。平成十二年より俳人協会会員。平成六年度木語新人賞受賞。句集『微苦笑』（平成12年6月、朝日新聞社）、『病窓歳時記』（平成13年11月、まつお出版）など。（有田和臣）

清水哲男 しみず・てつお

昭和十三年二月十五日～（1938～）。詩人。東京市中野区に生まれる。父武夫は職業軍人だった。昭和二十年、母敦恵《あつえ》の実家のある大阪府三島郡（現・茨木市）に転校。三十三年、京都大学文学部に入学、宇治市の平等院近くに下宿し、中村草田男の「万緑」に投句。三十四年、北区小山初音町に下宿、京都「現代詩」を読む会（大野新ら）に参加、詩作をはじめる。三十七年、同人誌「ノッポとチビ」（大野新、河野仁昭ら）創刊に参加。三十八年二月、第一詩集『喝采』を京都の文童社より出版。三十九年、京都大学哲学科を卒業。五十年、『水瓶座の水』（昭和49年6月、紫陽社）でH氏賞受賞。平成六年、『夕陽に赤い帆』（平成6年4月、思潮社）では、萩原朔太郎賞と土井晩翠賞受賞。また十八年には『黄燐と投げ縄』（平成17年11月、書肆山田）で三好達治賞と山本健吉文学賞を受賞している。（三谷憲正）

清水哲男 しみず・てつお

昭和二十九年九月二十四日～（1954～）。小説家、ルポライター。京都市南区吉祥院中島町に生まれる。昭和五十三年、同志社大学文学部文化学科哲学専攻卒業。広告制作プロダクション、企画会社などに勤務後フリーライターに。昭和三十年代の京都を舞台にした三部作として『少年ジェットたちの路地―京都・吉祥院中島町五七番地』（平成6年7月、風媒社）、『熱風共和国』（平成7年8月、かもがわ出版）、さらには『不良少年の頃』（平成10年3月、南方新社）がある。平成九年より鹿児島に移住し、鹿児島シティエフエムでパーソナリティーとしても活躍。（三谷憲正）

清水浩 しみず・ひろし

昭和三十九年五月二十六日～（1964～）。映画監督。京都府久世郡久御山町に生まれる。昭和六十年、横浜放送映画専門学院（現・日本映画学校）卒業。以後、フリーの助監督となり、六十一年には松田優作監督作品に加わる。平成五年からは北野武監督作品に参加し、六年、「みんな～やってるか！」からチーフ助監督を務める。十年、ダンカン脚本で主演の「生きない」で監督デビュー。本作により、ロカルノ国際映画祭全キリスト協会賞受賞。（足立直子）

清水良典 しみず・よしのり

昭和二十九年一月十七日～（1954～）。文芸評論家。奈良県に生まれる。名古屋市在住。昭和五十一年、立命館大学文学部卒業。愛知県立高等学校国語科教諭時代に「記述の国家―谷崎潤一郎原論」（「群像」昭和61年6月）により群像新人文学賞（評論部門）を受賞。現在、愛知淑徳大学文化創造学部教授。高校教諭時代の同僚と上梓した『高校生のための文章読本』（昭和61年3月、筑摩書房）シリーズや『新作文宣言』（平成元年7月、筑摩書房）等、高校生のための作文教育を意識した著作をはじめ、実践的な試行錯誤を重ねた日本語表現に対する独自の思索は、『海賊の唄がきこえる―カタログ時代の表現論』（平成2年6月、風琳堂）、『虚構の天体 谷崎潤一郎』（平成8年3月、講談社）等の、作家の表現に焦点を合わせた鋭意な評論活動に結実した。平成五年度名古屋市芸術賞奨励賞受賞。（杣谷英紀）

清水鱸江 しみず・ろこう

明治六年八月二十三日～昭和十九年三月二十三日（1873～1944）。俳人。松江に生まれ、京都に住む。本名・昌三郎。京都で株式売買業を営みつつ、俳句を正岡子規、高浜虚子に学ぶ。満月会の幹事を努め、「懸葵」編集にも従事する。（池川敬司）

志村ふくみ しむら・ふくみ

大正十三年九月三十日～（1924～）。染織家、随筆家。滋賀県蒲生郡武佐村（現・近江八幡市）に生まれる。昭和十七年、文化学院卒業。柳宗悦に勧められ、三十一歳頃、本格的に染織の道に進む。四十二年以降京都市右京区嵯峨釈迦堂に居を定め工房を開く。五十八年、京都府文化功労賞、同年『一色一生』（昭和57年9月、求龍堂）で第十回大佛次郎賞受賞。五十九年、衣服研究振興会衣服文化賞、六十一年、紫綬褒章を受ける。平成二年、重要無形文化財保持者に認定、五年、文化功労者に選ばれる。第四十一回日本エッセイスト・クラブ賞受賞の『語りかける花』（平成4年9月、人文書院）他。（奈良﨑英穂）

子母沢寛 しもざわ・かん

明治二十五年二月一日～昭和四十三年七月十九日（1892～1968）。小説家。北海道厚田郡厚田村（現・石狩市厚田区）に生まれる。本名・梅谷松太郎。大正三年に明治大学を卒業、弁護士志望であったが試験に失敗、法曹界入りを断念する。大川タマと結婚。四年に札幌に戻り、「釧路毎日新聞」に勤める。七年、妻子とともに上京、電気商勤務の後、読売新聞社社会部に所属した。新聞記者生活は以後十五年間にわたる。十二、三年頃から新選組に関心を抱き、京都通いを続けて関係史料を収集、旧幕時代の古老から実歴談を聞き書きする。十四年には国定忠治七十五年祭を記事にする。後年の侠客ものの端緒となる。十五年、東京日日新聞社社会部の遊軍記者となる。昭和三年、京都を舞台に聞き書き形式を採用した『新選組始末記』（昭和3年8月、万里閣書房）を出版。三十七年二月、『父子鷹』上・下（昭和31年9月・12月、文芸春秋新社）など幕末維新もので第十回菊池寛賞を受賞。（中谷元宣）

下母沢類 しもざわ・るい

昭和三十五年十二月十一日～（1960～）。小説家。石川県加賀市に生まれる。本名・糸谷由美子。金沢市に育つ。光華女子短期大学（現・京都光華女子大学短期大学部）を卒業後、東京の建築設計会社に勤務しながら小説を書く。ＳＦ作家の光瀬龍に師事。平成八年に雑誌「小説クラブ」で作家活動を開始、以後、官能小説を中心に発表する。京都に関するものに『祇園京舞師匠の情火』（平成10年11月、有楽出版社）がある。（岡﨑昌宏）

志茂田景樹 しもだ・かげき

昭和十五年三月二十五日～（1940～）。小説家。静岡県宇佐美村（現・伊東市）に生まれる。本名・下田忠男。東京都立国立高等学校を経て、中央大学法学部政治学科入学。大学卒業後、保険調査員、寿司屋、週刊誌記者など二十種以上の職に携わる。『やっとこ探偵』（昭和55年9月、講談社）で第二十七回小説現代新人賞を受賞、作家デビューを果たす。家族の絆や人間と動物との交流を描いた『黄色い牙』（昭和55年9月、講談社）で第八十三回直木賞を受賞、作家としての地歩を固める。その一方、奇抜な服装でテレビ等に出演、タレント活動も行う。エロティックな官能を絡めたユーモア推理小説をはじめ、歴史・伝奇・スペクタクル・ピカレスク小説のほか、「とまと」シリーズの絵本や童話など、ジャンルを問わず多彩な作品を送り出す。平成十一年より、全国の子供に絵本を読み聞かせる活動を精力的に行っている。京都の鳥羽伏見を舞台とした『大逆説！戊辰戦争』上・下（平成4年1月・4月、光文社）など。（中田睦美）

下村宏和《しもむら・ひろかず》

昭和十六年七月十三日～（1941～）。詩人。京都府に生まれる。昭和三十九年、同志社大学経済学部卒業。詩集に、『時流』（昭和58年7月、近代文芸社）、『時流　2』（平成元年7月、近代文芸社）、『俺の世界（日本詩人選集第七集）』（平成4年7月、近代文芸社）があり、旅行記に、『私のアメリカ旅日記―サンフランシスコ・ロサンゼルス・ラスベガス』（平成3年12月、近代文芸社）がある。（中尾　務）

寿岳文章《じゅがく・ぶんしょう》

明治三十三年三月二十八日～平成四年一月十六日（1900～1992）。英文学者、和紙研究家。兵庫県明石郡（現・神戸市）に生まれる。旧名・小林規矩王麻呂。父は真言宗高野派龍華院の住職。明治四十三年、長姉の婚家（寺）の養子となり、寿岳姓を名乗り、得度して名を文章と改める。大正十二年、関西学院高等学部英文科卒業後、友人の妹しづ（本名・静子）と結婚。結婚後は京都に暮らし、しづとのリレーエッセイ集『樫と菩提樹』（昭和41年10月、白凰社）などの中に、京都に関する幾つかの随筆を残している。十三年、京都帝国大学文学部選科入学。英文学専攻。昭和二年、大学卒業後、京都専門学校、龍谷大学、関西学院大学、甲南大学などで教鞭を執る。その間、ウィリアム・ブレイクの書誌や詩の翻訳を刊行。五十一年、ダンテ『神曲』完訳により読売文学賞受賞。昭和初期には民芸運動に参加し、十二年から十五年にかけて、しづと全国紙漉村調査に取り組むほか、正倉院古紙調査に携わるなど和紙研究家としても有名。二子は、国語学者の章子と、天文学者の潤。（西山康一）

笙野頼子《しょうの・よりこ》

昭和三十一年三月十六日～（1956～）。小説家。三重県伊勢市に生まれる。本名・市川頼子。昭和五十一年、立命館大学法学部に入学。以後京都に在住。五十六年、「極楽」（「群像」昭和56年6月）で群像新人文学賞を受賞。藤枝静男の高い評価を得て、作家生活に入る。六十年、不遇な状況を打開するためにもと上京。平成三年、第一作品集『何もしていない』（平成3年5月、講談社）で、野間文芸新人賞を受賞。接触性湿疹のため部屋を出られなくなった女性のドッペルゲンガー体験を書いたもの。六年、前年芥川賞候補になった「二百回忌」（「新潮」平成5年12月）で三島由紀夫賞を、「タイムスリップ・コンビナート」（「文学界」平成6年6月）で第一一一回芥川賞を受賞。この時期、文壇には純文学終焉論や無用論が幅を利かせ、メディアやマスコミの、作家の創作への介入も問題になっており、笙野は「売り上げ」に左右される文学評価に異を唱えるが無視される。それゆえに傷ついた時期もあったが、独特のユーモア感覚を基底にシュールで鋭い批判精神に支えられた、想像力に満ちた作家としての地位を獲得している。（槌賀七代）

白井喬二《しらい・きょうじ》

明治二十二年九月一日～昭和五十五年十一月九日（1889～1980）。小説家。横浜市に

生まれる。本名・井上義道。大正二年、日本大学政経科卒業。九年一月、「怪建築十二段返し」を「講談雑誌」に発表し、文壇にデビュー。十三年五月から十四年六月まで「サンデー毎日」に「新撰組」の連載を開始。同年七月からは「報知新聞」に「富士に立つ影」（大正14年7月20日～昭和2年4月5日）を連載し、大衆文学作家としての地位を不動のものとする。「新撰組」では幕末を舞台に、秘術の限りを尽くした独楽試合が描かれている。その中で、独楽師織之助の宿敵として「伏見流名人、闘吉」なる人物が登場しており、京都とのつながりが色濃い作品となっている。十四年、大衆文学作家の親睦団体二十一日会を結成。十五年、機関誌「大衆文芸」を刊行。昭和二年、『現代大衆文学全集』の刊行の折には率先協力し、大衆文学作家の社会的地位の向上に努めた。（西村真由美）

白岩玄 しらいわ・げん

昭和五十八年（月日未詳）～（1983～）。小説家。京都市に生まれる。京都府立朱雀高等学校卒業後、約一年間イギリスへ語学留学。大阪デザイナー専門学校グラフィックデザイン学科在学中の平成十六年、「高校生の学校生活を逃げずにちゃんと描いた学園小説」（斎藤美奈子）「野ブタ。をプロデュース」で第四十一回文芸賞を受賞。第一三二回芥川賞候補にも挙がるが「票数のうえでは惜しくも受賞を逸」（宮本輝）する。咲くやこの花賞も受賞。僧侶である義兄に触発され『空に唄う』（平成21年2月、河出書房新社）を刊行。（越前谷宏）

白川静 しらかわ・しずか

明治四十三年四月七日～平成十八年十月三十日（1910～2006）。漢字学者、漢文学者。福井市佐佳枝中町に生まれる。昭和十八年、立命館大学法文学部漢文学科卒業。立命館大学文学部教授をへて、立命館大学名誉教授、名誉館友。文学博士（京都大学）。『字統』（昭和59年8月、平凡社）で、毎日出版文化賞特別賞、平成三年、『字統』、『字訓』（昭和62年5月、平凡社）等の文字研究で菊池寛賞を受賞。他に『字通』（平成8年10月、平凡社）がある。八年、京都府文化特別功労賞。十六年、文化勲章受章。福井市、京都市の名誉市民。『白川静著作集』全十二巻、別巻（平成11年12月～18年7月、平凡社）がある。（荻原桂子）

白川淑 しらかわ・よし

昭和九年（月日未詳）～（1934～）。詩人。京都市に生まれる。大阪文学学校本科・研究科卒業。詩誌「地球」「ＲＡＶＩＮＥ」同人。京都府合唱連盟創立二十周年記念懸賞に作品「京おんな」が入選（昭和58年）。京言葉にこだわった詩を創作。詩集に『お火焚き』（平成6年11月、土曜美術社出版販売）、『白川淑詩集』（日本現代詩文庫・第2期、平成11年3月、土曜美術社出版販売）がある。（尾添陽平）

白洲正子 しらす・まさこ

明治四十三年一月七日～平成十年十二月二十六日（1910～1998）。随筆家。東京市麴町区（現・千代田区）に生まれる。父樺山愛輔、母常子の次女。父の愛輔は貴族院議員や枢密顧問官を務め、函館船渠、千代田火災保険、日本製鋼所の重役など実業界でも活躍した。また国際通信社（現・共同通信）の設立など文化事業にも貢献。大正二年四月、学習院女子部幼稚園に入園。五年四月、学習院女子部初等科入学、この年、梅若六郎（のちの二世梅若実）に入門、能を習い始める。十三年三月、学習院女子部初等科修了。夏、女人禁制の能の舞台に、史上初めて女性として立ち、「土蜘蛛」を舞う。九月、父親と渡米、ニュージャージー州のハートリッジ・スクールに入学。昭和二年、金融恐慌の煽りで、父の関係していた十五銀行が倒産、永田町の屋敷を売却。このような事情から、米国での大学進学をあきらめる。三年、ハートリッジ・スクールを卒業し、帰国。聖心女学校（現・聖心女子大学）の語学校に入学するが二ヵ月で退学。大磯の別邸で、毎日漢文と、鳥野幸次より『源氏物語』の講義を受ける。この年白洲次郎と知り合う。「忽然と現れたのが白洲次郎である。『ひとめ惚れ』というヤツで、二十五歳まで遊ぶことも、勉強も、目の前から吹っ飛んでしまった」（『白洲正子自伝』平成6年12月、新潮社）。白洲次郎は後、吉田茂と親交を深め、近衛文麿のブレーンとなり、戦中戦後を通して日本の外交に重要な役割を果たす。また東北電力会長など政財界両面で活躍する。昭和四年十一月、白洲次郎と結婚。七年春、和辻哲郎の『古寺巡礼』を頼りに奈良の聖林寺を訪ね、十一面観音と初めて出会う。十年夏、軽井沢の別荘の隣に住んでいた河上徹太郎を知る。十七年頃から、細川護立に古美術について教わり、壺中居・繭山龍線堂など骨董屋を歩くようになる。十八年五月、前年買った鶴川村能ヶ谷（現・東京都町田市）の茅葺き屋根の農家に引っ越す。十月、梅若実の家から先祖伝来の能面などを、鶴川の家に疎開させる。このことが後の『能面』（昭和38年8月、求龍堂）執筆につながる。十一月『お能』（昭和18年11月、昭和刊行会）を刊行。この年、能の稽古を基本からやり直す。二十年、東京大空襲の翌日、焼け出された河上徹太郎夫妻が白洲家に疎開し、その後二年間滞在する。二十一年、吉田満の『戦艦大和の最後』の出版許可が下りず、次郎に出版実現を頼むため、河上の紹介で小林秀雄が白洲家を訪ねる。以来小林秀雄との親交が深まった。また青山二郎と出会い、その影響で急速に骨董の世界に傾倒する。二十六年頃、秦秀雄が開き、小林秀雄、河上徹太郎、今日出海、大岡昇平など、文士の溜まり場となっていた「梅茶屋」を頻繁に訪れ、文士たちとの交流が深まる。二十八年頃から、能面を求めて各地を旅する。これが後の紀行文を生み出すきっかけとなる。三十一年、銀座の染織工芸店「こうげい」の直接経営者となる。以後、経営に携わった約十五年間で、柳悦博、古沢万千子、田島隆夫ら多くの工芸作家を見つけ、世に送り出す。三十五年頃、能の免許皆伝を授かるが、女に能は出来ないと悟る。三十九年六月、『能面』縮刷改訂版（求龍堂）を刊行、同書により第十五回読売文学賞（研究・翻訳部門）を受賞。十月、西国三十三ヵ所観音巡礼の旅に出る。この旅は『巡礼の旅—西国三十三ヵ所』（昭和40年3月、淡交新社）の取材旅行であったが、後の『明恵上人』（後述）、『かくれ里』（昭和46年12月、新潮社。昭和47年第二十四回読売文学賞（随筆・紀行部門）を受賞）、『近江山河抄』（昭和49年2月、駸々堂出版）の執筆活動に大きな影響を与えた。四十年三月、和歌山、奈良、京都、兵庫等に、西国三十三ヵ所の寺を訪ね歩いた紀行文『巡礼の旅—西国三十三ヵ所』（淡交新社）を刊行。四十二年、『栂尾高山寺 明恵上人』（昭和42年11月、講談社）を刊行。四十四年、紀行文「かくれ里」を「芸術新潮」一月号より連載。取材のため毎月、京都を拠点にして近畿地方の村里を訪ね歩く。京都を描いたものとしては「桜の寺」「山国の火祭」「西岩倉の金蔵寺」「田原の古道」などがある。四十五年十二月、『古典の細道』（新潮社）を刊行。五十三年十月、『魂の呼び声—能物語』（平凡社）を刊行、この本により児童福祉文化賞奨励賞を受賞。その他『きものの美―選ぶ眼・着る心』（昭和37年3月、徳間書店）など、能、工芸、骨董、古典文学等に関する多数の著書がある。平成十年十二月二十六日、肺炎のため日比谷病院にて死去。

＊巡礼の旅《じゅんれいのたび》―西国三十三ヵ所《さいごくさんじゅうさんかしょ》　紀行文。〔初版〕昭和四十年三月、淡交新社。書き下ろし。◇長い間あこがれであった巡礼ではあるが、特別の信仰のない者が取材のために試みてもよいものであろうか、という戸惑いを持ちながら、西国三十三ヵ所巡礼に出発する。「洛中洛外　第十六番　清水寺　音羽山清水寺」では、謡曲「田村」の一節を引用しながら、能「田村」と「熊野《ゆや》」が清水寺の雰囲気や歴史を、余すところなく伝えており、現在も清水寺にこれだけ人が集まるのも、お能の影響を受けていることは疑えない。夕暮れに清水寺を訪れたが、以前訪れた時見た月に受けた感動は、再び味わえなかった。月も花も紅葉も、ある日のある瞬間、一生に一度しか見られないものかも知れない、と述べている。巡礼の歩を進め、巡礼の最後、「湖東から美濃へ　第三十二番　観音正寺　繖山観音正寺」で、観音信仰には、「ただ巡礼すればいい」という寛大な教えがあるが、観音正寺の山中でその純粋な形を経験するに至る。この経験は一生忘れ得ぬ思い出となろう、と述べている。晩年この旅を自伝の最後で、「歩くことだけ集中していれば、おのずから無心になれる。信仰というものは、そういう無私な魂にしか宿らない。別の言葉でいえば、自我を滅するところに、仏ははじめて姿を現す。その仏とは、巡礼の場合はたとえば美しい風景であったり、疲労困憊のはてに恵まれた一個のおむすびであったりする。もともと大衆のためにできた信仰の形態であるから、そこには立派な仏像も、ありがたい経文も、猫に小判である。」（「西国三十三ヵ所観音巡礼」『白洲正子自伝』平成6年12月、新潮社）と、回想している。

＊明恵上人《みょうえしょうにん》　随筆。〔初出〕「学鐙」昭和四十一年一月～四十二年一月。〔初版〕『栂尾高山寺　明恵上人』昭和四十二年十一月、講談社。◇「春日竜神」という明恵上人が登場する能がある。その能を見たとき、浄土や涅槃という理想の世界を垣間見た感じがし、無心のうちにシテが現してしまう美しさに不思議の感を抱く。後に京都の博物館で「明恵上人樹上座禅像」という絵を見た時にも、同じ経験が蘇り、明恵上人に興味を抱くようになった。紀州有田郡に生まれ、後年、栂尾高山寺に移り住み、慕って集まった弟子たちと修行を共にし、夢の世界と現実を自由に行き来しながらも、常に人間の現実の姿を忘れなかった高僧、明恵上人の姿を、高山寺を始めとするゆかりの地の風景に溶け込ませるような筆致で印象的に描いている。

（宮薗美佳）

白鳥省吾　しろとり・せいご

明治二十三年二月二十七日～昭和四十八年八月二十七日（1890～1973）。詩人。宮城県栗原郡築館村（現・栗原市築館）に生まれる。大正六年頃から詩壇の一勢力となった民衆詩派の代表的詩人として活躍し、白鳥の詩集『大地の愛』（大正8年6月、抒情詩社）は、この派の代表的作品となった。他に評論集『現代詩の研究』（大正13年9月、新潮社）、ウォルト・ホイットマンの訳詩集、民謡に関する著書がある。『野茨の道』（大正15年5月、大地舎）には京都の景物を題材とした詩「西陣の織屋」が収録されている。童謡集『にっぽんの子供歌』（昭和24年2月）は、京都の東山書房より刊行。

（木村　洋）

神西清　じんざい・きよし

明治三十六年十一月十五日～昭和三十二年三月十一日（1903～1957）。小説家、翻訳家、評論家。東京市牛込区（現・東京都新宿区）袋町に生まれる。大正十四年、東京外国語学校（現・東京外国語大学）露語部文科入学。堀辰雄らと同人誌「箒（のち「虹」）」を創刊。卒業後、北海道大学図書館勤務などを経て、昭和七年から執筆生活に入る。小説や戯曲などの他に、ロシア・フランスの両国にわたる作品の名訳を多数残す。京都を題材とした小説に応仁の乱を扱った「雪の宿り」（「文芸」昭和21年3月・4月合併号）がある。「文明元年の二月なかば」の雪の夜、関白一条兼良に仕える連歌師貞阿は、東大寺の友人に、応仁の乱の有様と今は尼となっている鶴姫と松王丸の戦中の恋を語る。静かな雪の夜を背景に貞阿の静かな語り口を借りて、死体で埋め尽くされる京都の町や、「粟田口の花頂青蓮院、北は岡崎の元応寺までも延焼」した「この世ながらの畜生道、阿鼻大城」といった乱世の京都の姿が描かれている。

（権藤愛順）

新章文子　しんしょう・ふみこ

大正十一年一月六日～（1922～）。小説家。京都市五条近くの美術印刷業の家に生まれる。本名・中島光子。結婚後は安田光子。昭和十四年、京都府立第一高等女学校（現・府立鴨沂高等学校）卒。宝塚少女歌劇団に入り、淡島千景と同期になる。昭和十九年、京都市役所に勤務。宮沢賢治などに親しみ、少女小説家として出発。二十三年、童話集『こりすちゃんとあかいてぶくろ』（昭和23年8月）を京都の大翠書院より刊行。上京して少女小説等で生計を立てる。二十八年、シナリオ・ライターの安田重夫と結婚し、京都へ戻る。夫の影響でハヤカワ・ミステリを読み、三十四年、京都を舞台に遺産相続を巡る愛憎劇を描いた『危険な関係』（昭和34年10月、講談社）で、第五回江戸川乱歩賞を受賞。その後、『バック・ミラー』（昭和35年12月、桃源社）、『青子の周囲』（昭和36年11月、東都書房）等、長編小説を次々と発表。四十六年、『四柱推命入門』（昭和46年11月、青春出版社）がベストセラーとなり、テレビでも活躍した。

（青木京子）

神保光太郎　じんぼ・こうたろう

明治三十八年十一月二十九日～平成二年十月二十四日（1905～1990）。詩人、ドイツ文学者。山形市に生まれる。昭和五年、京都帝国大学独文科卒業後上京、新散文詩運動を推進した。十年代には「日本浪曼派」「四季」の同人となり、ロマンティシズム的傾向を強めた。十七年、徴用を受けシンガポールにわたり昭南日本学園の校長をつとめる。戦後は日本大学芸術学部教授。『神保光太郎全詩集』（昭和40年9月、審美社）などがある。

（田村修一）

新保博久　しんぽ・ひろひさ

昭和二十八年八月七日～（1953～）。ミステリー評論家。京都市に生まれる。昭和五十三年、早稲田大学文学部美術科卒業。大学在学中はワセダミステリクラブに所属。文芸・ミステリー評論家の権田万治に師事して、ミステリー評論家の道に入る。「ミステリマガジン」「日本経済新聞」、時事通信系各紙に日本ミステリ時評を連載。文庫解説多数。著書に『推理百貨店 本館』（平成元年8月、冬樹社）、『世紀末日本推理小説事情』（平成2年1月、筑摩書房）、『名探偵登場 日本篇』（平成7年8月、筑摩書房）など。山前譲と共に『幻影の蔵―江戸川乱歩探偵小説蔵書目録―』（平成14年10月、東京書籍）の編集、『江戸川乱歩全集』（平成16年7月～17年6月、光文社）の監修に携わる。権田万治との共同監修による『日本ミステリー事典』（平成12年2月、新潮社）で、第一回本格ミステリ大賞を受賞。

（長沼光彦）

新村出《しんむら・いずる》

明治九年十月四日～昭和四十二年八月十七日（1876～1967）。言語学者。山口県山口町（現・山口市）道場門前町に生まれる。明治二十五年、第一高等学校（現・東京大学）へ入学。史学を志していたが、上田万年の講演を聴き言語学に関心を持つ。二十九年、東京帝国大学文科大学博言学科入学。大学院で国語学を専攻し、ベルリン大学に留学。四十二年、帰国し京都帝国大学文科大学教授に着任。当初は鴨川西岸三本木の信楽に寄寓していたが、後に河原町丸太町近辺へ転居、さらに数回移転した。『広辞苑』（第一版、昭和30年5月、第二版、昭和44年5月、岩波書店）など辞典編纂の他、語源研究やキリシタン文学研究でも多くの業績がある。文学博士。随想「京住五十年」（「年刊文芸京都」昭和35年1月）では〈生粋の京都人〉となった感慨を込めて〈秋立つや東都を去って五十年〉と詠んでいる。昭和三十一年、文化勲章受章。『新村出全集』全十五巻（昭和46年4月～48年9月、筑摩書房）、『新村出全集索引』（昭和58年3月、新村出記念財団）がある。

（楠井清文）

【す】

須井一《すい・いち》

明治三十二年九月十八日（『つりのできぬ釣師』昭和47年4月、新日本出版社所収の「わが経歴」に拠る）～昭和四十九年六月八日（1899～1974）。政治家、小説家。石川県能美郡国造村字和気（現・能美市和気町）に生まれる。父八右衛門、母ふさの二男。小作農の家であった。本名・谷口善太郎。別筆名は、加賀耿二ほか。「須井一」のよみは通説「すい・はじめ」だが、『石川近代文学全集』第四巻（平成8年3月、石川近代文学館）の小林輝冶「加賀耿二・評伝」は、筆名の由来が電気のスイッチをひねれば世の中が明るくなるからきていると書いているのに従い、「すい・いち」とよむ。明治四十二年、村の陶器工場の徒弟となる。大正三年、和気尋常高等小学校を卒業。すでに一人前の轆轤工であった。青少年期の文学活動については、国崎望久太郎博士古稀記念論集刊行会編『日本文学の重層性』（昭和55年4月、桜楓社）の加藤則夫「『谷口善太郎年譜』補遺」にくわしい。九年、東京に出る。十年二月、京都へ移住。三年間、轆轤工として清水で働く。下京区（現・東山区）妙法院前側町に下宿。のち半年間、土谷菊次郎方に、十一年夏二ヵ月間、蛇ケ谷の古川増太郎方へ就職。後年須井は『日吉陶業誌』（昭和38年10月、京都日吉製陶協同組合）に寄せた「第二の故郷・日吉町」で「働いたという点では僅かの期間だが、しかし蛇ケ谷（今熊野日吉町）は、私にとっては、生涯の転機となった思い出ふかい土地である。大正十一年（一九二二年）春の「陶磁器従業員組合」の組織活動が、私の革命運動への出発点となったのである」と回想する。銀行破産のため貯金を失う。十二年、日本共産党へ入党。十三年、総同盟大会法規委員。京都労働学校に勤務。結核に罹る。十四年、総同盟分裂、左翼派の日本労働組合評議会の創立に参加。九月、徳野そのと結婚、今熊野宝蔵町に住む。昭和三年三月十五日、京都府下日本共産党事件に連座、投獄される。この日の京都の様子は、小説「三・一五事件挿話」（「戦旗」昭和6年7月）に、「K市でも、大学教授の邸宅から労働者街の裏長屋に至るまで、およそプロレタリア運動に関係あると見られる人間の住家、事務所は火事場のやうに荒し廻はされ、百人に近い労働者、農民、学生が検挙せられた。街の要所々々には××イが立ち、オートバイと警察自動車が頤紐かけた警官を乗せて駆け廻った」と描かれた。伏字「××イ」は「スパイ」だろう。獄中で肺患悪化し、十一月下獄、自宅監禁療養生活に入る。六年、貴司山治のすすめをうけ、プロレタリア作家となる。八月～九月、小説「綿」を「ナップ」に発表。宮本顕治「文芸時評」（「ナップ」9月）が「全プロレタリア文学の中で近来のすぐれた収穫の一つ」と激賞した。谷本清「芸術的方法についての感想」（「ナップ」10月）も「最近傑作の少いプロレタリア作品の中で優秀なものの一つ」と褒めながら、「作者が必要以上に読者のセンチメント（感傷）に訴へようとしてゐることもプロレタリア文学としてのこの作品の弱点」と指摘する。七年、『日本労働組合評議会史』刊行（初版未見）。十月、小説「幼き合唱」を「中央公論」に、小説「樹のない村」を「改造」に発表する。新人の有力誌掛け持ちデビューは当時の須井の勢いを示していよう。両作を、中条百合子が「右翼的逸脱」と批判するのは、林房雄の引力圏より須井を奪還したい意図であったか。第一創作集『清水焼風景』（改造社）刊行。八年、病気快方にむく。東山区清閑寺霊山町へ転居。第二創作集『源三』（10月、改造社）刊行。九年、筆名を須井一から加賀耿二へ変更する。十二月、分離公判で、懲役三年執行猶予五年と決まる。十一年、第三創作集『血の鶴嘴』（5月、文学案内社）刊行。十二年～十六年、「京都帝国大学新聞」に京都を舞台とする短編小説「或る正月」（昭和12年1月20日）、「清水のあたり」（昭和12年10月20日）、「柿の話」（昭和13年11月20日）、「枝から枝へ」（昭和15年10月20日）、「京の夏」（昭和16年8月5日）を発表。十二年十一月、人民戦線事件で検挙され、十二月、釈放。十三年、映画監督衣笠貞之助の協同一致プロに加盟。シナリオ「黒田誠忠録」を執筆。十五年、第四創作集『工場へ』（3月、東亜公論社）刊行。四月～七月、北シナへ旅行。十六年、「農村は戦ってゐる」（「週刊朝日」3月30日）は岐阜県下の戦時報国食料増産運動を報じ、「北支の農民」（「中央公論」8月～10月）は「北支農民が、事変下皇軍の保護の下にいかに甦生の道を進みつゝあるか」を報じ、国策協力の文章を綴る。新興キネマ京都撮影所を経て大映京都撮影所に入社。十七年、高杉晋作を扱った「海峡の風雲児」をシナリオ化。二十年三月、船井郡胡麻郷村（現・南丹市日吉町胡麻）で農民となる。農地開発営団二十一年度入植。二十四年、京都府第一区より衆議院議員選挙に日本共産党公認で立候補、当選。二十五年、共産党中央委員追放のあとをうけて、党臨時中央指導部員となり、朝鮮戦争勃発と同時に、単独追放される。その間、「人民文学」に作品発表。二十七年四月、追放解除され、共産党京都府委員。三十五年以後五回、京都府第一区より衆議院議員選挙に日本共産党公認で立候補、当選。三十六年以後五回、共産党中央委員。四十九年、病死。『たにぜん』（昭和47年10月、京都民報社）の住谷悦治「小説家・谷口善太郎さん」は、「谷口さんは戦後共産党の政治家になりきってしまった。私は惜しいと思うが、しかし政治家としての谷口さんの、思想や視野のするどさとひろさ、人間としての温かさという特性は、青年時代の創作家としての苦悩や訓練のつみかさねのおかげだと思う」と記す。

＊清水焼風景《きよみずやきふうけい》　中編小説。〔初版〕昭和七年十一月、改造社。発禁、未見。改訂版は昭和七年十二月、改造社。三訂版は昭和二十三年十二月、郷土書房。◇「日本中の陶器職工が、必ず最後の逃げ場所として意識する京都」清水辺は「陶器職工の掃きだめだつた。会津の者、加賀の者、瀬戸の者、名古屋、伊万里、万古―故郷を食ひつめたあらゆる地方の者が、血眼になつたり、むくれ上つたりして渦を巻いてゐた」と、語り手は京都を〈日本資本主義の矛盾〉集約箇所として捉える。「一九三〇年」秋、東海道線東山トンネルの真上、清水焼の窯が煙をあげる蛇ケ谷。産業革命と不況が襲い掛かる。窯持ち製造家は、政府資金をあてに生き残りを策謀。京都陶磁器職工組合は、工賃値下げ反対ストに入る。失業陶器工の妻が身体を売るしかない場面も「清水焼風景の一つ」か。佐賀から出て来た陶工村上信吉が戦闘分子へ成長する。全協の指導下に結束を固めた組合員は、府庁前デモを敢行し、警官と衝突する。本作も全協方針・理論の宣伝が主眼と見られる。作中「一九二三年」組合創立時に「川田」が労働者団結の理論を発言するところは、須井がしばしばその感銘とともに想起する、奥村甚之助の同趣旨挨拶（大正11年6月11日、岡崎公会堂）に基づく。本作が出版されると、昭和八年一月九日「帝国大学新聞」が小特集（林房雄「序文」、中村光夫「須井一のリリシズム」）を掲げたり、山川弥千代『薔薇は生きてる』（昭和22年9月、ヒマワリ社）のように十代少女にまで読者層を広げた。渡辺正彦が本作の魅力として「風景描写、街頭デモの群衆描写（略）個人に集団、社会、歴史の葛藤の軌跡を総体的に描くこと」を挙げ、伊豆利彦は、本作が資本家・労働者を一律に捕らえなかった点や「映画的手法」を評価する。田村栄「谷口善太郎の文学」（「民主文学」昭和49年10月）は「労働者の激発するエネルギー」の溢れる作と評価しながら、「今日の読者」には「清水焼産業そのものはどうやって全体として守られ得るのかという疑問を拭い難いだろう」と述べ、谷口作品の「運動者たちの結婚観」の問題も指摘した。（堀部功夫）

菅浩江《すが・ひろえ》　昭和三十八年四月二十一日～（1963～）。SF作家。京都市西京区に生まれる。京都府立桂高等学校在学中に短編「ブルー・フライト」を「SF宝石」（昭和56年4月）に発表。その後、電子オルガン講師、テレビ番組のテーマ曲作曲などを経て、平成元年、朝日ソノラマへ持ち込んだ長編『ゆらぎの森のシエラ』（平成元年1月、ソノラマ文庫）で再デビュー。四年には長編『メルサスの少年』（平成3年12月、新潮社）で、五年には短編『そばかすのフィギュア』（平成5年4月、早川書房）で、それぞれ星雲賞を受賞。公式サイトはhttp://www.gainax.co.jp/hills/suga/　（小谷口綾）

杉田博明《すぎた・ひろあき》　昭和十年一月九日（1935～）。小説家。京都市北区紫野北舟岡町に生まれる。同志社大学を卒業。京都新聞社に入社。文化部、美術部、社会部などを経て編集委員。平成七年一月、退社。著書に『京都町並散歩』（昭和60年11月、河出書房）、『源氏物語を歩く』（昭和62年4月、光風社書店〈現・光風社出版〉）、『祇園の女・文芸芸妓磯田多佳』（平成3年1月、新潮社）などがあ

る。日本文芸家協会、日本ペンクラブ会員。（佐藤和夫）

杉本苑子　すぎもと・そのこ
大正十四年六月二十六日～（1925～）。小説家。東京市牛込区（現・東京都新宿区）に生まれる。昭和二十四年、文化学院卒業。二十六年に「中楽新記」が「サンデー毎日」懸賞小説に入選。翌二十七年には「燐の譜」がサンデー毎日大衆文芸賞を受賞。選者である吉川英治に師事。その後、江戸時代の薩摩藩の苦難を描いた長編小説『孤愁の岸』（昭和37年10月、講談社）を発表し、第四十八回直木賞を受賞。また、五十二年発表の『滝沢馬琴』上・下（7月、文芸春秋）で第十二回吉川英治文学賞受賞。その他、受賞作品は数多い。『杉本苑子全集』全二十二巻（平成9年2月～10年11月、中央公論社）も刊行されている。古典文学や歴史の知識をもとに多数の時代小説を書き、苦難の歴史を生きる人々の生を描く。京都という土地や「源氏物語」など古典文学に関する著述も多く、『杉本苑子の京都』（昭和55年10月、冬樹社）では八瀬、紫野、北山などについて、その歴史をひも解きながら細やかな感性で記している。（天野知幸）

杉本秀太郎　すぎもと・ひでたろう
昭和六年一月二十一日～（1931～）。仏文学者、随筆家。父郁太郎、母み紀の長男として生まれる。生家は京都市下京区綾小路通新町西入矢田町、江戸中期より呉服商を営んだ大店の装いを今に遺す奈良屋。幼少期、祖母の感化で植物学者牧野富太郎に憧れ植物採集に夢中。昭和二十三年、金沢の第四高等学校（現・金沢大学）へ入学。小林秀雄の『ランボウ詩集』（創元選書）と出遭い、以後二十歳過ぎまで虜になる。二十四年七月、京都大学文学部に入学。二十七年、父が『奈良屋弐百年』（8月、奈良屋。改訂版、昭和37年12月）を刊行。二十八年、京都大学文学部仏文科卒業、卒業論文は「ポール・ヴァレリー」。この前後の数年、同人誌に梶井基次郎の作風に倣った散文などを発表。二十八年、『伊東静雄詩集』（創元選書、桑原武夫・富士正晴共編）を読む。三十年、祇園祭礼山鉾巡行矢田町の伯牙山に供奉、以後毎年の行事となった。三十三年、斎藤千代子と挙式。三十四年、高橋和巳も会員の日本小説をよむ会（世話人は多田道太郎、山田稔）に加わり、以後平成十一年最後の例会まで常連メンバー。三十七年、京都女子大学文学部専任講師。四十二年、パリへ一年在外研修員。四十五年、大槻鉄男と『新フランス文法』（2月、白水社。改定新版、昭和48年2月）、また大槻・イヴ＝マリー＝アリュと『最初のフランス語』（昭和55年3月、白水社）。四十六年四月、京都女子大学教授に就任。高橋和巳病死、弔辞を述べる。五十四年、大槻鉄男急死。五十六年、故大槻との共著『日本語の世界14』（2月、中央公論社）に「江戸の散文」。伯牙山保存会の会長に就く。六十三年、桑原武夫死去。桑原とは生前公私共の交際を持ち、三十五年、京都大学人文科学研究所共同研究「文学理論の研究」への参加や、『伊東静雄』（昭和60年10月、筑摩書房）にもつながる。アランを学んだ経緯から、共訳『人生語録』（昭和35年10月、弥生書房）、『文学論集』（昭和39年9月、白水社）、『彫刻家との対話』（昭和45年2月、弥生書房）、『音楽家訪問』（昭和55年1月、岩波文庫）、『文学折りにふれて』（昭和56年4月、白水社）を刊行。因に編著に『桑原武夫』（平成8年8月、淡交社）があり、杉本家一階洋間には遺品のピアノが置かれている。翻訳書は多数あるが、ボードレールに関しては五十年、京都大学人文科学研究所共同研究「『悪の花』注釈」班に参加、のち『悪の花』（平成10年9月、弥生書房）の抄訳刊。ランボーに関してはブルース・ゴフの絵画と組むビジュアルな構成で『酔どれ船』（昭和63年10月、京都書院）を刊行。平成二年、奈良屋は京都市指定有形文化財になる。三年三月、京都女子大学退職、四月、新設の国際日本文化研究センター教授に就任。四年二月、（財）奈良屋記念杉本家保存会の設立、理事長に就く。八年三月、国際日本文化研究センターを退職。富岡鉄斎を育てた幕末の女流歌人を描く『大田垣蓮月』（昭和50年5月、淡交社）を刊行。また自選集として『杉本秀太郎文粋』全五巻（1エロスの図柄、2京住記、3諸芸の論、4蔦の細道、5幻滅、平成8年3月～7月、筑摩書房）を刊行。八年十二月、日本芸術院会員に推挙される。共著『京都の散歩みち』（昭和40年6月、山と渓谷社）、『洛中生息』（昭和51年10月、みすず書房）、共著『古寺巡礼京都23』（昭和53年4月、淡交社）、『続洛中生息』（昭和54年3月、みすず書房）、共著『新京都案内』（昭和58年9月、岩波書店）、共著『京の町屋』（平成4年8月、淡交社）、『洛中通信』（平成5年10月、岩波書店）、『異郷の空』（平成6年9月、白水社）、共著『京洛詩集』（平成6年12月、ミサワホーム総合研究所）、『神遊び』（平成12年10月、展望社）、共著『冷泉家時の絵巻』（平成13年4月、書肆フローラ）、『京都夢幻記』（平成19年2月、新潮社）等々、エスプリに富んだ語りで、伝承などを照らし出している。夫人の杉本千代子、次女の杉本節子、三女の杉本歌子ともに随筆家である。奈良屋杉本家は年刊誌「綾小路」を発行し、季節の節目ごとには一般公開もしている。庭のマロニエ一樹一山のシンボリックな光景は路上からも眺められまた一興。（齋藤　勝）

椙本まさを　すぎもと・まさお

明治二十三年一月五日～昭和十四年三月二十四日（1890～1939）。小説家。大阪府摂津（現・高槻市）に生まれる。京都の高等家政女学校（現・京都文教学園高等学校）を卒業後、明治四十四年、京都在住の茅野雅子の紹介により、青鞜社員となる。宮下桂子の筆名で「京都日出新聞」に「流離」（8月18日～10月12日）を連載、翌年九月、「京都日出新聞」のスキャンダル記事を契機に長編「髪」を執筆（未完）、ほか多数の作品を発表。大正二年頃上京し、「婦人画報」記者として活躍。晩年は仏教研究に傾倒した。（佐藤　淳）

杉山二郎　すぎやま・じろう

昭和三年九月十四日～平成二十三年十一月三十日（1928～2011）。美術史家。東京府に生まれる。昭和二十九年、東京大学美学美術史学科卒。奈良国立文化財研究所で仏教彫刻を研究。三十五年、東京国立博物館に転じ、五十四年には東洋考古室長。また六十三年には仏教大学教授。平成八年、国際仏教学大学院大学教授。著作としては、昭和四十四年の毎日出版文化賞（第23回）を受賞した『大仏建立』（昭和43年11月、学生社）や、京都に関係の深い文人墨客を取り上げ「京洛の文学散歩」と銘打った『山紫水明綺譚』（平成22年7月、冨山房インターナショナル）などがある。（三谷憲正）

杉洋子　すぎ・ようこ

昭和十三年十一月十四日～（1938～）。小説家。京都市伏見区に生まれる。本名・神原弘子。松山文化学院卒業。詩作を十年続けた後、同人誌「九州作家」を経て、昭和六十二年から時代小説を発表し始める。平成三年十月に初の著作『粧刀《チャンドウ》』（白水社）を刊行。以後、中近世の日本を東アジア世界の中に見据え、歴史の中に生きた女性を力強く描く。その他、小説に『海潮音』（平成6年5月、講談社）、『海峡の蛍火』（平成12年7月、集英社）など、歴史紀行に『朝鮮通信使紀行』（平成14年8月、集英社）がある。

（日高佳紀）

鈴鹿俊子 すずか・としこ

明治四十二年九月十八日〜平成十八年二月二十日（1909〜2006）。歌人。京都市に生まれる。本名・川田俊子。同志社女子専門学校（現・同志社女子大学）を中退。昭和十七年「帚木」の会員となる。はじめ岡本大無に師事し、その後、のちに夫となる（昭和24年に結婚）川田順を師とする。「女人短歌」創刊より会員。他に現代歌人協会日本歌人クラブ、日本ペンクラブの会員。歌集に『蟲』（昭和31年5月、白玉書房）、『鈴鹿俊子歌集』（昭和62年3月、芸風書院）、『寒梅未明』（昭和50年1月、新星書房）、エッセイ集に『黄昏記 回想の川田順』（昭和58年10月、短歌新聞社）などがある。紺綬褒章受章。

（田中 葵）

鈴鹿野風呂 すずか・のぶろ

明治二十年四月五日〜昭和四十六年三月十日（1887〜1971）。俳人、国文学者。京都市上京区吉田中大路町（現・左京区）に生まれる。先祖は千二百年前から同地に居を構える神官の家系。本名・登。高浜虚子を師と仰ぎ、「ホトトギス」第一回同人（大正13年）、また俳誌「京鹿子」創刊者の一人。実作者にして俳諧研究者、蒐集家、また京都の「ホトトギス」系サロンの中心人物にして地元の名士であり、そして京の地を最も多く詠んだ俳人である。明治三十年に錦林小学校卒業後、岐阜県立斐太中学校に入学して後に京都府立第一中学校（現・府立洛北高等学校）へ転校。同校卒業後、四十一年九月に第七高等学校造士館（現・鹿児島大学）に進学し、四十五年七月に卒業する。大正元年九月、京都帝国大学文科大学国文科に入学。国語学・国文学担当の藤井乙男（紫影）教授と出会い、江戸俳諧等を学ぶかたわら句作を始める。三年十二月に歩兵第三十八連隊（京都）入隊。五年七月に京都帝国大学を卒業、十月に大阪私立上宮中学校へ赴任する。七年三月に任陸軍歩兵少尉、五月に鹿児島県立川内中学校（現・県立川内高等学校）教諭となり、同僚と鶯子鳴会を結成して「ホトトギス」（虚子主宰）に投句するようになった。俳号「野風呂」はこの時期に野辺のドラム缶風呂に入浴したのを印象深く感じたための命名という。九年に帰郷、四月に大日本武徳会武道専門学校国文学教諭となり、同年八月に藤井乙男の下で京都帝国大学文学新助手となる。翌九月に京都第三高等学校（現・京都大学）在学中の日野草城と知り合い、以後京大三高句会を二人で牽引。十一月、岩田紫雲郎、草城等と「京鹿子」を創刊。同人は第三高等学校及び京都帝国大学在学生から市井の俳人に至るまで多彩な人脈を誇り、また単独主宰でなく同人制であったために闊達な雰囲気が生まれ、後に「京大俳句」（昭和8年創刊）の中心となる平畑静塔や藤後左右等も同人となった。十三年三月、京都帝国大学助手を穎原《えばら》退蔵に託して退職し、以後は俳人としての活動が中心となる。十五年に『野風呂第一句集』（7月、京鹿子発行所）を上梓。昭和七年には「京鹿子」が同人制から野風呂単独主宰に変更となり、また同年より「俳諧日誌」（俳句関連の出来事を毎日記したもの）を付け始める。八年、「京大俳句」顧問に名を連ね、『蕪村俳句選釈』（昭和8年5月、日本文学社）を出版。加えてこの時期、西山専門学校（現・京都西山短期大学。大正

15年～昭和19年在職）教授等も歴任した。十九年に戦局悪化で「京鹿子」が終刊したため、高浜年尾（虚子の長男）と「比枝」を創刊する。終戦を挟んで二十三年に「京鹿子」が復刊、再び主宰となり、また大阪成蹊女子短期大学教授等も務めた。多作を旨とし、生涯句数は三十五万を超え、「速射砲」と称された。多作の逸話は多々遺っており、例えば大正十一年に田中王城宅（麩屋町三条上ル）で水原秋桜子歓迎句会が催された折、投句直前に到着した野風呂が即座に所定句数を詠んで投句したところ最高点を採った。句会には山口誓子も出席しており、彼は野風呂の速吟に畏怖を感じたという。戦後も井原西鶴の大矢数に倣った「俳諧大矢数」を挙行し、一昼夜に千三百句強を詠むなど晩年まで多作を誇っている。また人柄は温厚円満、多くの俳人に慕われ、「ホトトギス」系の京都在住俳人及び関東から入洛した俳人の多くが神麓居（野風呂宅）を訪ねており、京における「ホトトギス」の窓口としての役割を果たした。その人柄は晩年も一貫し、戦後に「京大俳句」を担った高木智、竹中宏等京都大学の学生とも隔てなく接したという。野風呂はこれらの社交でやりとりされた手紙、短冊、軸、寄書類を保存しており、多くは野風呂記念館（左京区吉田中大路町）に遺されている。約六千点の短冊（江戸期俳人も含む）、軸、色紙、手紙や句会礼状に至るまで膨大な自筆資料が所蔵されており、近現代俳句の第一級資料群として他に類を見ない。例えば神麓居来訪者は屏風に俳号を記しており、その千三百人強の名が記された二曲一双屏風が二架現存する。また「京鹿子」初期同人の草城の手紙約三十点、〈心太煙の如く沈みをり〉（大正11年に神麓居で揮毫）を含む短冊数十点や、紫雲郎、王城、誓子、五十嵐播水等の手紙及び短冊等が多数現存し、特に長谷川素逝の手紙類は二百点を超える。「ホトトギス」系列では虚子、阿波野青畝、飯田蛇笏、大橋桜坡子、水原秋桜子、渡辺水巴、杉田久女、星野立子等、「京大俳句」系では井上白文地、中村三山、藤後左右及び静塔等、他にも荻原井泉水、中村吉右衛門などの手紙、短冊、軸、色紙等が数多く遺り、さらに国文学者の藤井乙男、潁原退蔵、新村出、勝峯晋風等の手紙も保存されている。職の斡旋や生活面及び俳壇に対する不満等を記す手紙もあり、野風呂が生活面等でも頼りとされたことが窺えよう。また京大三高句会主催の虚子歓迎句会寄書、日野草城結婚祝賀句会寄書等の寄せ書きも現存するなど、俳人達の交流を知る上で貴重である。俳誌も「ホトトギス」、「馬酔木」（秋桜子主宰）、「石楠」（臼田亜浪主宰）、「天の川」（吉岡禅寺洞主宰）、「鹿火屋」（原石鼎主宰）、「青玄」（草城主宰）、「懸葵」（大谷句仏主宰）等があり、基本的に寄贈されたこれらの俳誌は野風呂が「ホトトギス」系及び新興俳句系双方に交流を持つ存在であったことを示す。また、句会等の出来事及び毎日の来往信を克明に記した「俳諧日誌」は昭和七年～十二年分が『俳諧日誌』（昭和38年12月、京鹿子文庫）、十三年～十七年分が『俳諧日誌』巻二（昭和39年12月、京鹿子文庫）として出版され、十八年～四十六年分が記念館に遺されている（未刊行）。これらの「俳諧日誌」や多数の肉筆資料が遺されている理由は、「国語国文の研究室に居た頃、私はもと作句よりも俳諧史殊に俳人研究に没頭して居たが、古俳人研究になか〳〵資料が見つからぬ。その頃のしばらくの日誌でもあると研究の糸口があり大に助かる曙光を見出したものである。私のこの日誌が百年の後それらの役にいさゝかでも立つことを自負して居た」（『俳諧日誌』

巻一序文）と述懐するように、学者でもあった野風呂が同時代俳壇資料を後世に遺そうと意識的であったことが大きいためである。野風呂自身も短冊類を大量に遺しており、筆蹟を窺うには『白露』（昭和28年5月、三余舎）が簡便である。また土地の名士であった野風呂は膨大な数の地元句会等の句選、句集序文を依頼され、そして行事に参加した。例えば京都府市会議員等を歴任した藤本白峰の句集『友鵆《ともちどり》』（昭和28年4月、私家版）序文や近衛中学校PTA委員会編集『近衛句集』（昭和40年前後、私家版）の句選、また錦林小学校校歌の作詞や、昭和三十五年四月の上賀茂神社の曲水の宴に歌人の吉井勇とともに列席するなど、社会的にも京都在住俳人の代表格として認知されていたことが窺える。句集に『鮎千句』（昭和40年9月、京鹿子社）、選集に『京鹿子第一句集』（大正14年7月、京鹿子発行所）、文集に『野風呂序文集』（昭和44年11月、京鹿子社）など。

＊**嵯峨野集**《さがのしゅう》　句集。〔初版〕昭和十四年四月、京鹿子発行所。◇嵯峨の祇王寺を詠んだ〈祇王寺の時雨明りに像拝す〉（冬）などを収める。

＊**百句百幅壱万句集**《ひゃっくひゃっぷくいちまんくしゅう》　句集。〔初版〕昭和二十七年二月、京鹿子発行所。◇京都に関する句を地名・行事等に分類した句集。今宮神社東門にある「一和」（創業約千年前）及び「かざりや」（創業約四百年前）のあぶり餅を詠んだ〈梅咲くや京に古りたるあぶり餅〉（春、「西陣」項）、祇園祭の鉾を詠んだ〈船鉾の軒すれ〳〵に通りけり〉（夏、「祇園会」項）などを収める。

＊**さすらひ**《さすらい》　句集。〔初版〕昭和四十二年八月、京鹿子文庫。◇修学院離宮周辺の鄙びた風情を詠んだ〈修学院離宮の四方に稲掛くる〉（秋）などが載る。（青木亮人）

鈴木あつみ　すずき・あつみ

明治三十五年一月二十五日～（1902～）。俳人。京都府葛野郡川岡村（現・京都市西京区）に生まれる。本名・敦躬。幼少より俳句に親しみ、十四歳の頃に歌作とともに句作を始める。大正八年、京都市立第一工業学校（現・市立洛陽工業高等学校）染色科卒業。句誌「海紅」「一合相」などを経て、昭和三十六年創刊の「青い地球」の選者となる。句集に『鈴木あつみ句集』（平成元年11月、青い地球社）など。京都を詠んだ歌に〈あゝ京都雨の鉄路に鳩がいてあるく秋〉がある。（谷口慎次）

鈴木鼓村　すずき・こそん

明治八年九月九日～昭和六年三月十二日（1875～1931）。箏曲家、画家。宮城県亘理《わたり》郡小堤村（現・亘理町）に生まれる。本名・映雄《てるお》。幼時より箏曲を学ぶが、陸軍教導団を経て入営し日清戦争に従軍。退役後は教職の傍ら邦楽を研究。明治三十四年、近代詩に箏のみで伴奏する京極流箏曲を創始。大正二年、『耳の趣味』（6月、左久良書房）、『日本音楽の話』（7月、画報社）を出版。晩年は京都に住み、那智俊宣と称して土佐絵の画家となった。（内藤由直）

薄田泣菫　すすきだ・きゅうきん

明治十年五月十九日～昭和二十年十月九日（1877～1945）。詩人、随筆家。岡山県浅口郡大江連島《つらじま》村（現・倉敷市連島町）に生まれる。本名・淳介《じゅんすけ》。明治二十六年、岡山県尋常中学校（現・県立岡山朝日高等学校）を二年生修了で退学。秋、同志社入学をめざして京都に赴き、同志社に近い室町上立売の伝道者竹内種太郎方に寄宿。津山藩士の娘で神戸女学院出身の文子夫人の人格に接し、姉のように敬慕する。翌二十七年、上京して漢学塾の助教として住み込みながら、上野図書館で和漢の古典、西洋の文学書を読破。とくにキーツ、ゲーテ、ワーズワースを愛読した。三十年五月、後藤宙外や島村抱月に認められ、「新著月刊」第二号に掲載の「花《はな》密《みつにして》蔵《かくれて》難見《みえがたし》」十三編のソネットによって新体詩人として詩壇に登場。徴兵検査で胸部疾患が発見されたため、郷里の実家で療養しながら詩作に励む。三十二年十一月、第一詩集『暮笛集』を大阪の金尾文淵堂から刊行、〈行方語れな、大原女、／歯朶の手籠に何盛れる、／京の旅人渇けるに、／桃か、さば君与へずや。〉という京の風物詩を題材にした「大原女」も収録。三十三年八月に与謝野鉄幹の知遇を得て「明星」を発表の舞台とし、十月金尾文淵堂から創刊された「小天地」の編集に専念。三十四年十月、七四調を基本とし、八六調の新しい試みを取り入れた第二詩集『ゆく春』（金尾文淵堂）を刊行。夫の死後に郷里の津山で教育と伝道に従事していた竹内文子を訪問、代表作「公孫《こうそん》樹下にたちて」の長詩と絶句「秋興」の着想を得た。三十五年の晩春に、嵐峡の水神に『ゆく春』を奉納すべく保津川の水底に沈めた。十月、京都の箏曲家鈴木鼓村が「大原女」の詩に京極流箏曲の曲を付ける。三十六年八月、静養のために京都に移住し岡崎満願寺裏に寄宿、高安月郊との親交によって洛中洛外に遊ぶ機会が多くなった。十月十七日、十八日、同志社文学会と四条基督教青年会との共催による講演会で自作の詩を朗吟する。三十八年五月に第三詩集『二十五絃』を春陽堂から、六月に詩文集『白玉姫』を金尾文淵堂からそれぞれ刊行。十一月に浪漫的古典詩の絶頂を示した「ああ大和にしあらましかば」を「中学世界」に発表。三十九年五月に第四詩集『白羊宮』（金尾文淵堂）刊行、蒲原有明とともに象徴詩人の双璧としての地位を確立した。十一月に市川修《しゅう》と結婚、京都での新婚生活後、四十二年に生活難のために妻子とともに帰郷、以後詩作と絶縁し、『茶話』（大正5年10月、洛陽堂）、『猫の微笑』（昭和2年5月、創元社）、『艸木虫魚』（昭和4年1月、創元社）などの随筆に活路を求める。大正元年八月、大阪毎日新聞社に入社、学芸部に配属される。四年十二月に学芸部副部長に昇格し、夕刊のコラム「茶話」の連載が好評を博す。学芸部長に就任した八年に芥川龍之介を同社の専属作家として迎えるにあたって尽力したが、次第にパーキンソン病の症状が悪化し休職する。十四年二月に『泣菫詩集』を、十五年五月に『泣菫文集』をそれぞれ大阪毎日新聞社から刊行。昭和三年、休職満期につき解雇の発令があり、学芸部嘱託となる。十三年十月、『薄田泣菫全集』（創元社）が刊行され、十四年七月に全八巻をもって完結。二十年四月、毎日新聞大阪本社社会部勤務の発令があったが、終戦後の十月九日に郷里の旧宅で死去。郷里の連島町の厄神社の境内に谷口吉郎の設計による詩碑「ああ大和にしあらましかば」が、津山市の長法寺境内の大銀杏の樹下に詩碑「公孫樹下にたちて」がそれぞれ建立されている。明治三十四年十一月頃に寄寓していた本長寺近辺の大阪市中央区上本町の東平北公園に「金剛山の歌」の詩碑がある。また平成十五年から生家が一般公開されている。

＊二十五絃《にじゅうごげん》　詩集。〔初版〕明治三十八年五月、春陽堂。◇岡田三郎助の装画装釘による豪華な仕立てで、長詩「公孫樹下にたちて」を巻頭に三十三編の詩を収録。日本の神話、伝説を素材とした古典的象徴詩のなかに京都、大阪に関連した作品も多い。「洛東若王子路のそゞろあるきに」という詞書のある「霜月の一日」や、「洛東岡崎神社の前にたゝずみて」という詞書のある「霜月の一夕」のほかに、〈ひととせ小野の草刈りに、／物憂がほなる白河女、／牧の

小路の真夏日ざかり、木かげに遇ひぬ萱野姫。〉ではじまる「花売女」などがある。

＊白羊宮《はくようきゅう》 詩集。〔初版〕明治三十九年五月、金尾文淵堂。◇詩人としての才能を見出してくれた後藤宙外への献辞があり、「わがゆく海」「ああ大和にしあらましかば」の巻頭の詩編をふくめた明治三十八年後半から三十九年春までの六十四編を収録し、文語定型詩による象徴詩の最高峰に位置する詩集である。上田敏に絶賛された「ああ大和にしあらましかば」が古代大和への憧憬をうたった傑作であるとすれば、「望郷の歌」（「太陽」明治39年1月）は現代京都への深い思慕を四季の自然美に仮託して四連の構成でうたった絶唱であるといえよう。ちなみに第一連は〈わが故郷は、日の光蟬の小河にうはぬるみ、／在木の枝に色鳥の咏《なが》め声する日ながさを、／物詣する都女の歩みものうき彼岸会や、／桂をとめは河しもに簗《やな》誇りする鮎汲みて、／小網《さで》の雫に清酒の香をか嗅ぐらむ春日なか、／櫂《かい》の音《と》ゆるに漕ぎかへる山桜会の若人が、／瑞木のかげの恋語り、壬生狂言の歌舞伎子が／技《わざ》の手振の戯《ざれ》ばみに、笑み広ごりて興じ合ふ。〉の七五七五調八行に〈かなたへ、君といざかへらまし。〉の七七のリフレインを添えた九行詩で構成されている。（太田　登）

鈴木三重吉 すずき・みえきち

明治十五年九月二十九日～昭和十一年六月二十七日（1882～1936）。小説家、童話作家。広島市猿楽町（現・中区大手町）に、父悦二、母ふさの三男として生まれる。父は市役所の学務課、後に太田電灯会社に勤める。明治二十二年、広島市鍛冶屋町の本川尋常小学校を経て、二十六年に真菰橋の第一高等小学校に入学。二十四年、母ふさ死去。二十九年、広島県広島尋常中学校（現・県立広島国泰寺高等学校）に入学。三十四年、第三高等学校（現・京都大学）大学予科第一部文科に入学。三重吉は、英語にすぐれ、祝賀会の余興でオセロを演じたり（二年）、テニスに熱中する一方で、三高俳句会（ともゑ会）に所属し、山崎楽堂（静太郎）らと句作に励む。三年の時には、のちに第十二代京大総長になった羽田《はねだ》亨《とおる》（東洋史学）らと校友会誌「嶽水会《がくすいかい》雑誌」の編集に携わり、文学会を組織し、京都帝国大学の教授を講師を招いて文学講演会を主催する。また臨時試験に反対して、ストライキにかかわり、停学処分を受けるなど多感な学生生活を送る。三十七年、東京帝国大学文科大学英文科に入学。三十八年、三高以来の胃病と神経衰弱のため一年間休学。処女作「千鳥」を書きあげ夏目漱石に送り、三十九年五月、「ホトトギス」に掲載され評判になる。四十一年、大学卒業後、父死去。千葉県成田中学校（現・成田高等学校）に教頭として赴任、英語を講じた。四十四年、成田中学校退職。京都時代からの知り合いであった料亭平野屋の仲居ふぢ（「つね」を改名）と結婚。日比谷の海城中学校に勤めながら作家生活に入った。大正二年、中央大学講師を兼任。長女すずの誕生等が契機となり童話に取り組む。五年、妻ふぢ死去。七年七月、児童雑誌「赤い鳥」を創刊。北原白秋、島崎藤村、泉鏡花、芥川龍之介等の作家が寄稿した。同年、海城中学校退職、中央大学休職。「赤い鳥」は昭和四年、経営難のため廃刊になったが、六年に復刊し、十一年十月「鈴木三重吉追悼号」（12巻3号）をもって終刊となる。『鈴木三重吉全集』全六巻別巻一（昭和57年1月～7月、岩波書店、第二刷）、『鈴木三重吉童話全集』全九巻別巻一（昭和50年9月、文泉堂書店）がある。京都関連の作品には、京娘の日記体を用いた「乙女ご〻ろ」（「嶽水会雑誌」明治37年5月。『鈴木三重吉全集』第五巻収録）や春宵の京の情景を詠んだ俳句十句（同前）があり、建礼門院徳子を寂光院の庵に訪う後白河法皇の御幸を描いた「しぐれ日記」（同前）もある。児童文学関連には、『竹取物語』を書き改めた「かぐや姫」（『世界童話第一集』昭和4年5月、春陽堂）があり、お伽噺に取材したものに「さづかり物」（『世界童話集第六編』大正7年1月、春陽堂）、「二人の蛙」（『世界童話第二集』昭和4年5月）、「大どろぼう」（『世界童話第三集』昭和4年8月）がある。また「祐宮《さちのみや》さま」（「赤い鳥」昭和10年1月）には明治天皇の、御所での幼少期の日々が描かれている。

（村田好哉）

須田国太郎 すだ・くにたろう

明治二十四年六月六日～昭和三十六年十二月十六日（1891～1961）。洋画家。京都市下京区（現・中京区）堺町に生まれる。京都帝国大学および大学院で美学美術史を、関西美術院でデッサンを学ぶ。大正八年～十二年、渡欧、スペインでバロック絵画の技法などを独学。帰国後、渡欧の成果を糧に独自の重厚な作風を確立した。昭和九年、独立美術協会会員、二十二年、日本芸術院会員。二十五年、京都市立美術大学（現・京都市立芸術大学）教授に就任した。昭和二年頃から三十年間にわたり京都や大阪で演じられた能や狂言のデッサンを五千枚あまり遺した。

（日高佳紀）

砂田明 すなだ・あきら

昭和三年三月七日～平成五年七月十六日（1928～1993）。劇作家、演出家、俳優。京都に生まれる。昭和二十二年、神戸高等商船学校（現・神戸大学海事科学部）卒業後上京、新劇俳優としての活動を始める。四十五年、石牟礼道子『苦海浄土』に触発されて水俣巡礼行脚。四十七年、一人芝居「天の魚」の全国勧進行脚を始める。平成四年、「天の魚」上演五五六回で病気となり、翌年死去。著書に『海よ母よ子どもよ 砂田明・夢勧進の世界』（昭和58年4月、樹心社）などがある。

（長濱拓磨）

住谷悦治 すみや・えつじ

明治二十八年十二月十八日～昭和六十二年十月四日（1895～1987）。経済学者、ジャーナリスト。群馬県群馬郡（現・高崎市）に生まれる。クリスチャン。東京帝国大学法学部卒業、吉野作造の門下生。同志社大学に就職したが治安維持法違反で検挙され辞職、執筆活動をする。戦後、京都新聞社論説部長、夕刊京都新聞社社長を経て、二十四年から同志社大学経済学部教授、三十八年から五十年まで同志社第十四代総長を務めた。『日本経済学史』（昭和33年1月、ミネルヴァ書房）、『河上肇』（昭和37年2月、吉川弘文館）など著書多数。

（永渕朋枝）

住谷一彦 すみや・かずひこ

大正十四年一月一日～（1925～）。社会思想史研究家。京都市に生まれる。昭和二十四年、東京大学文学部心理学科卒業。大塚久雄に師事し、方法をマックス・ウェーバーに拠りつつ資本主義の比較思想史的研究を進める。一方で、日本人の宗教観念の解明にも意欲的に取り組んだ。著書に『マックス・ウェーバー』（昭和45年5月、日本放送協会出版部）、『河上肇の思想』（昭和51年1月、未来社）、『日本の意識』（昭和57年8月、岩波書店）等がある。

（岡村知子）

【せ】

関沢新一　せきざわ・しんいち
大正九年六月二日～平成四年十一月十九日（1920～1992）。脚本家、作詞家、写真家。京都市に生まれる。京都市立第三高等小学校（現・市立洛東中学校）卒業。漫画映画の製作に携わったのち、清水宏から演出・脚本について学ぶ。昭和三十年、東宝と契約。「暗黒街の対決」（昭和35年）、「モスラ対ゴジラ」（昭和39年）、テレビドラマ等の脚本を手がけた。また、「柔」（昭和39年）や「涙の連絡船」（昭和40年）の作詞、SL機関車の写真でも知られる。（野田直恵）

関野嘉雄　せきの・よしお
明治三十五年三月二十二日～昭和三十七年十二月四日（1902～1962）。児童文化研究家、視聴覚教育研究家。京都市に生まれる。東京帝国大学美学科で映画学を専攻し、東京市社会教育課で映画教育行政を担当する。映画というメディアの、教育における重要性と有効性について先駆的な研究、提言を行う。主著として『映画教育の理論』（昭和17年11月、小学館）、『国民学校と家庭に於ける映画教育』（関猛と共著、昭和17年9月、照林堂書店）などの他、『世界名作読本』全六冊（昭和25年9月～26年11月、実業之日本社）がある。（梅本宣之）

関本郁夫　せきもと・いくお
昭和十七年七月十八日～（1942～）。映画監督、脚本家。京都市下京区に生まれる。京都市立伏見工業高等学校卒業。昭和三十六年、東映京都撮影所美術科入社。京都を舞台とした監督作に、伏見工業高等学校ラグビー部がモデルの「スクール・ウォーズ・HERO」（平成16年）など。同じく脚本には「姉妹坂」（昭和60年）がある。代表作「東雲楼・女の乱」（平成6年）の東雲楼は東映太秦映画村で設計された。（友田義行）

攝津よしこ　せっつ・よしこ
大正九年二月十五日～（1920～）。俳人。京都市に生まれる。本名・良子。昭和十二年、京都府立桃山高等女学校（現・府立桃山高等学校）卒業。三十一年より作句を始め、西宮市で行われた阿波野青畝の句会の指導を経て、三十七年に伊丹三樹彦主宰の「青玄」に入会。四十五年、「草苑」創刊に同人として参加、以来、桂信子に師事。五十年三月、第一句集『桜鯛』（草苑俳句会）を刊行した。五十三年に草苑賞を受賞。六十年三月に句集『夏鴨』（草苑俳句会）、平成十年五月に句集『珈琲館』（ふらんす堂）を刊行した。息子に俳人の攝津幸彦（平成9年死去）。作風は、昭和四十六年、「俳句研究」全国大会で秀逸に選ばれた〈夜の授乳秋嶺も抱く一つ灯を〉など、技巧を排し、現前の事物に即した句を基本とする一方で、〈げんげ田へ膝より降りる菩薩あり〉〈うしろより鏡に入る黒揚羽〉など、現実に即しつつも幻想へと羽ばたく句がある。六波羅蜜寺の空也像を題材にした〈空也上人口から蝶を生む日あり〉も後者の系統に属する。（田口道昭）

瀬戸内寂聴　せとうち・じゃくちょう
大正十一年五月十五日～（1922～）。小説家、宗教家。徳島市塀裏町に、指物師の父三谷豊吉、母ハルコの次女として生まれる。本名・晴美。昭和四年、神仏具店を営む父が、大伯母瀬戸内いとと養子縁組したため、瀬戸内姓となる。幼時から人形浄瑠璃に親しみ、先生から藤村、白秋の詩を教わり、小学校三年にして早くも小説家志望だった。十年、県立徳島高等女学校（現・県立城東高等学校）に入学、陸上部で練習しながら、『世界文学全集』や与謝野晶子訳の『源氏物語』を読みふけった。十五年、東京女子大学国語専攻部に入学、在学中に北京滞在の学究と結婚。翌十八年、戦時繰り上げ卒業すると、北京の夫の許にわたる。十九年、長女誕生、夫は現地召集で出征。子どもと二人、北京で敗戦を迎え、翌二十一年、夫と三人やっと徳島に引き揚げ、祖父と母が徳島の空襲で焼死したことを知る。二十二年、親子三人で上京するが、夫の教え子Oとの恋愛事件の末、二十三年二月、京都に出奔。Oは現れず、京都大学附属病院に勤務しながら、小説を書き始めた。二十五年二月、正式離婚。「青い花」を筆名三谷晴美で「少女世界」に投稿し、初めて稿料を得る。二十六年、「ひまわり」に懸賞小説が入選し、上京。少女小説を書いて生計を立てながら、丹羽文雄主宰の「文学者」同人となり、小説を発表する。三十一年、「文学者」休刊に伴い、小田仁二郎主宰の「Z」に所属。翌年「女子大生・曲愛玲」（「新潮」昭和31年12月）で第三回新潮社同人雑誌賞受賞。受賞後第一作の「花芯」（「新潮」昭和32年10月）がポルノグラフィーと酷評され、以後五年間文芸雑誌から締め出された。この苦難にもめげず、三十四年七月、「無名誌」に「田村俊子・東慶寺」を、次いで翌年再刊された「文学者」に連載された『田村俊子』（昭和36年4月、文芸春秋新社）で第一回田村俊子賞を受賞、再起の道を歩み、小説家としての天分を開花させた。三十七年、「かの子撩乱」を「婦人画報」（昭和37年7月～39年6月）に、「女徳」を「週刊新潮」（昭和37年10月29日～38年11月25日）に連載。小田仁二郎と再会したOとの顚末を書いた「夏の終り」を「新潮」（昭和37年10月）に発表、翌年「夏の終り」で第二回女流文学賞受賞。新聞、週刊誌、雑誌から依頼殺到、一躍流行作家になった。四十一年、京都市中京区西ノ京原町に転居。晴美の転居癖は有名だが、「一ヶ月のうち一度は京都を訪れなければ体の調子がおかしくなる」と言うほどの京都好きである。Oとの決別の意味もあったと思える。翌年、「いずこより」を「主婦の友」（昭和42年1月～44年6月）に連載。このころから「このまま中間小説を書き続けるとエンターテインメント作家として忘れ去られるのでは」と言う不安に駆られ始めた。純文学への道を進もうと決意し、苦労しながら文芸雑誌の仕事への転換を図り、純文学と伝記小説の道を歩み始める。四十三年、「お蝶夫人」を「宝石」（1月～12月）に、「遠い声」を「思想の科学」（4月～12月）に連載、日本初の女性革命家として処刑された管野須賀子（すが）の愛と生涯を描いて絶賛された。『女徳』（昭和38年12月、新潮社）、『かの子撩乱』（昭和40年5月、講談社）、『美は乱調にあり』（昭和41年3月、文芸春秋）から『余白の春』（昭和47年6月、中央公論社）へと続いた一連の伝記小説は著者自らが丹念に調査、検討して描かれ読者を魅了した。四十八年十一月十四日、「内的欲求の波のまま」奥州平泉中尊寺にて得度。法名・寂聴。周囲は驚いたが、自らは落ち着いた境地であった。翌年、比叡山延暦寺で加行を受け、京都嵯峨野に寂庵を結ぶ。五十年、クモ膜下出血で倒れるが、回復すると次々に小説、エッセイ、戯曲、などあらゆる分野で活動し、精力的に旅行を続けた。五十四年、小田仁二郎の訃報に接し慟哭するが、翌年、追悼誌「JIN」（1号～3号）を発行。初の書き下ろし『比叡』（昭和54年9月、新潮社）では、自分の得度式の手順が、千年前の浮舟の出家と全く同じだと気づき、『源氏物語』の宇治十帖は出家後の紫式部の手になると確信する。五十六年、「諧調は偽りなり」を「文芸春秋」（昭和56年1月～58年8月）に、「ここ過ぎて」を「新潮」（昭和56年1月～58年9月）に連載開始。郷里徳島の文化向上を図りたいと寂聴塾を開き、翌五十七年に徳島塾と改名、毎月続けた。五十八年、京都市文化功労賞、翌年、京都府文化功労賞受賞。六十二年、岩手県の天台寺住職として晋山。あおぞら説法を行い、十年間で天台寺を甦らせた（平成17年引退）。六十三年、敦賀女子短期大学学長に就任。平成元年、「花に問え」（「中央公論」文芸特集、平成元年6月～4年12月）で一遍上人を、「手毬」（「新潮」平成2年1月～2年12月）で良寛を、「白道」（「群像」平成2年3月～4年12月）で西行を描く仏教三部作をほぼ同時に連載。『花に問え』（平成4年6月、中央公論社）で第二十八回谷崎潤一郎賞、『白道』（平成7年9月、講談社）で芸術選奨文部大臣賞を受賞。京都府文化特別功労賞、徳島県文化功労者賞も受賞。また、湾岸戦争反対を唱え、犠牲者救済カンパと支援物資を携えバクダッドを訪問、雲仙普賢岳火砕流被災者へのカンパ、阪神・淡路大震災被災者慰問や救援物資を贈るなど、多くの人道的活動を続けた。準備に十年、執筆に六年の歳月をかけた『瀬戸内寂聴現代語訳 源氏物語』全十巻を刊行（平成8年12月～10年4月、講談社）。日本だけでなく世界的に反響を巻き起こし、世界各地で講演した。九年には文化功労者に選ばれた。十二年、『場所』（平成13年5月、新潮社）で第五十四回野間文芸賞受賞、批評家達に絶賛された。また新作歌舞伎「須磨・明石・京」で十四年には大谷竹次郎賞を受賞、オペラ台本「愛怨」（平成18年2月17日、新国立劇場初演）も手がけた。十八年、イタリアで国際ノニーノ賞受賞、十一月三日、文化勲章を受章する。『瀬戸内寂聴全集』全二十巻（平成13年3月～14年9月、新潮社）等著書多数。

＊女徳《じょとく》　長編小説。〔初出〕「週刊新潮」昭和三十七年十月二十九日～三十八年十一月二十五日。〔初版〕『女徳』昭和三十八年十二月、新潮社。◇京都祇王寺の庵主高岡智照尼が次々と男を魅了し、終に無一文になって出家。最後は寺男の奉仕のもとで生涯を終える。実話に基づいた数奇な話を小説にしたものである。

＊祇園女御《ぎおんにょうご》　長編小説。〔初出〕「東京新聞」他新聞三社連合、昭和四十二年四月十六日～四十三年五月三日。〔初版〕『祇園女御』昭和四十三年十月、講談社。◇藤原氏専横の世と武士台頭のはざまに院政をしく白河法皇。その愛妾の、絶世の美女祇園女御。男の権勢のままに翻弄される女の生き様をいろいろな登場人物を配して華麗に描く。晴美は「祇園女御の背景になる資料とつきあううち」、「白河法皇やその后道子のほうが魅力を持って」きたという。それで題は華やかなイメージの「祇園女御」としながら、ヒロインは道子を選んだと述べている。

＊京まんだら《きょうまんだら》　長編小説。〔初出〕「日本経済新聞」昭和四十六年八月十六日～四十七年九月十二日。〔初版〕『京まんだら』上・下、昭和四十七年十一月、講談社。◇十五歳から祇園の御茶屋で奉公し、二十六歳で御茶屋を開いた主人公雪村芙佐。彼女を取りまく常連客、店の仲居、舞妓や芸妓、三人の娘達のドラマが京都の美しい風景や伝統行事の中で描かれる。晴美はこの作品を連載中から出家願望が募ってきたといい、一年後に出家する。祇園「みの家」のおかみ吉村千万子さんをモデルに、「日本経済新聞」連載中から、新聞の部数を伸ばしたほ

どの人気であった。

＊**祇園の男**《ぎおんのおとこ》　短編小説。〔初出〕「別冊小説新潮」昭和四十八年冬期号。〔初版〕『祇園の男』昭和五十三年一月、文芸春秋。◇祇園では男が生まれても喜ばれない。出て行くか男衆になるしかない。男衆は、芸妓や舞妓の帯を締め、着付けをしたり、お茶屋と屋形の間を取り持ったり、芸妓の影となって決して目立たず、女に手をつけてはならない。そんな祇園の男になった「わて」が、女と祇園を飛び出したりした話を、祇園の風俗やしきたりの中で告白調に描く。

＊**幻花**《げんか》　長編小説。〔初出〕「北海道新聞」他新聞三社連合、昭和四十九年十月二十日～五十年九月二十日。〔初版〕『幻花』上・下、昭和五十一年一月、河出書房新社。◇応仁の乱の胎動が聞こえる京都。将軍義政をめぐる愛妾お今、正室日野富子を中心とした権力の構図のなかでいろいろな登場人物を配し、歴史の変転、人々の愛と運命を描く。世は乱れ、天変地異が起こり多くの人々は飢餓にあえぐ。それでも義政は孤独を癒すかのごとく銀閣の造営に命を傾ける。義政と室町幕府崩壊をめぐる歴史ロマン。著者出家後初めての新聞小説である。

＊**嵯峨野より**《さがのより》　エッセイ集。〔初出〕「婦人倶楽部」昭和五十年五月～五十一年十二月。〔初版〕『嵯峨野より』昭和五十二年三月、講談社。◇剃髪後、京都嵯峨野に住む著者が、身のまわりの自然を愛し、その変化をいとおしみ日々感謝して過ごす。その中で自分の人生、世の移ろいを流麗な文章で描き、共感や感動を与えるエッセイ集である。

（増田周子）

妹尾健　せのお・けん

昭和二十三年十月二十六日～（1948～）。俳人。兵庫県伊丹市に生まれる。龍谷大学文学部文学科卒業。学生時代より作句。戦後俳句史研究会や現代俳句協会青年部の活動に積極的に参加。桂信子主宰の「草苑」に所属し、平成十一年、草苑賞受賞。近代俳句史の研究や現代俳句の可能性を考究している。近代の京都俳壇を論じた「近代京都俳句史の一側面―『懸葵』・『日本』派の系譜」（『国文学論叢』平成14年3月）、他に評論集『詩美と魂魄』（平成7年8月、白地社）や句集『綴嬉野』（平成12年3月、天満書房）等がある。

（中野登志美）

【そ】

草野唯雄　そうの・ただお

大正四年十月二十一日～（1915～）。推理小説家。福岡県大牟田市に生まれる。本名・荘野忠雄。別のペンネームに三川中がある。法政大学中退。昭和三十六年、本名で投稿した「報酬は一割」が第二回宝石賞の佳作となる。三十七年、草野唯雄名義で発表した「交叉する線」で第一回宝石中編賞を受賞。四十二年、「失われた街」（のち「大東京午前二時」と改題、さらに「見知らぬ顔の女」として改稿）が第十三回江戸川乱歩賞の候補作となり、四十三年、「転石留まるを知らず」（のち「抹殺の意思」と改題）も第十四回江戸川乱歩賞の候補作となる。四十四年、第二十三回日本推理作家協会賞の候補になり、この年より日本推理作家協会書記局長を二年間務める。京都市を舞台とした作品に、『京都殺人風景』（昭和59年2月、徳間書店）、『京都大文字送り火殺人事件』（昭和60年6月、徳間書店）があり、また、京都府を舞台とした『丹後鳴き砂殺人事件』（平成2年5月、徳間書店）がある。

（川畑和成）

相馬大　そうま・だい

大正十五年八月二十八日～（1926～）。詩人。長野県上高井郡須坂町（現・須坂市）に生まれる。本名・出川光治。立命館大学文学部卒業。大学在学中、文芸クラブ回覧雑誌に筆名相馬大を使用。コルボウ詩話会同人となって詩作をつづける一方、『京のわらべ唄』（昭和42年6月、白川書院）、『京の古道』（昭和55年8月、サンブライト出版）など、京都の風俗文化に関する論考も多数。『相馬大詩集』（平成15年3月、土曜美術出版販売）がある。（水野　洋）

徐京植　そ・きょんしく

昭和二十六年二月十八日～（1951～）。評論家。京都市に生まれる。在日朝鮮人二世。昭和四十九年、早稲田大学第一文学部フランス文学科卒業。東京経済大学教員。韓国で政治犯として逮捕された兄たちの救援活動を通して、近代国民国家の持つ暴力性との闘いを生涯のテーマとして選び取り、その立場からさまざまなジャンルにわたっての執筆、講演活動を展開している。主な著書として『長くきびしい道のり 徐兄弟・獄中の生』（昭和63年1月、影書房）、『プリーモ・レーヴィへの旅』（平成10年8月、朝日新聞社）、『ディアスポラ紀行』（平成16年7月、岩波新書）などがある。（大橋毅彦）

園田恵子　そのだ・けいこ

昭和四十一年三月三日～（1966～）。詩人、エッセイスト。京都市に生まれる。帝塚山学院大学文学部卒業。幼い頃から種々の伝統芸能に親しむ。詩誌「火牛」に参加。昭和五十六年五月「文学館」に初出の「はないちもんめ あの子が欲しい」（『娘十八習いごと』平成3年7月新装版、思潮社）に「見てしまった鬼の眼／三年坂下り／二年坂下り／逃げて／逃げた／真葛ヶ原の／桜花散る踏んで／花散り敷いて／しずやしず／倭文《しつ》の被衣《かつらぎ》」（ルビ原文）とある。（宮薗美佳）

園基祥　その・もとさち

天保四年十一月十一日～明治三十八年十月三十日（1833～1905）。歌人。京都に生まれる。堂上公卿の出身で、万延元年（1860）、右近衛権中将に任命され、後の明治天皇の家司となる。長女の祥子は明治天皇に仕えて典侍となり、基祥は皇子女の養育もした。明治十七年、伯爵号を授かる。雅楽や和歌をたしなんだ。京都華族歌会所での歌を選んだ『菊の下葉』第一、第二集（明治19年7月、明治24年7月、向陽社）に「故郷虫」などの歌が収録されている。（西川貴子）

園頼三　その・らいぞう

明治二十四年三月三十日～昭和四十八年一月三日（1891～1973）。美学者。大津に生まれる。大正三年、京都帝国大学文科大学美学美術史卒業。八年、同志社大学の教授となる。心理学・現象学的な解釈から、ハルトマン、ハイデッガーの存在論的美学にまで研究を深めた。同志社大学名誉教授、帝塚山学院大学教授。著書に、『芸術創作の心理』（大正11年5月、警醒社）、『美の探究』（昭和36年4月、創文社）、詩画集に『自己陶酔』（大正8年8月、表現社）がある。（畑　裕哉）

ゾペティ（デビット・ゾペティ）

David Zoppetti

一九六二年二月二十六日～。小説家。スイスのジュネーブに生まれる。昭和六十一年、ジュネーブ大学日本語学科中退。その後、同志社大学文学部三年に編入し、平成二年卒業。三年にテレビ朝日に初の外国籍正社員として入社。報道番組のディレクター兼記者として活躍する一方、『いちげんさん』（平成9年1月、集英社）で第二十回すばる文学賞を受賞、芥川賞候補にもなる。この『いちげんさん』は後に映画化され、第一回京都シネメセナに選ばれる。十年、テレビ朝日を退社し、執筆活動に専念。二作目の『アレグリア』（平成12年6月、集英社）が三島賞候補に、三作目の初エッセイ集『旅日記』（平成13年8月、集英社）が、第五十回日本エッセイスト・クラブ賞を受賞する。また、十七年九月には『命の風』を幻冬舎から刊行している。執筆以外では、テレビやラジオ番組、企業PRビデオや講演会に出演するなどの活動を行っている。

（渡邊浩史）

征矢泰子　そや・やすこ

昭和九年六月十一日〜平成四年十一月二十八日（1934〜1992）。詩人、児童文学作家、小説家。京都市に生まれる。昭和三十二年京都大学文学部卒業後、みすず書房入社。三村章子名で、京都の恋人と東京での仕事に揺れる若い女性が主人公の小説「人形の歌」（「日本」昭和33年9月）を発表、伊藤整の賞讃を得る。翌年映画化。高村章子名の『さよなら 初恋』（昭和51年2月、実業之日本社）は、京都市内を舞台とした少女小説。六十年四月、第四詩集『すこしゆっくり』（昭和59年11月、思潮社）で、雑誌「ミセス」の第九回現代詩女流賞受賞。

（室　鈴香）

【た】

タウト（ブルーノ・タウト）

Bruno Taut

一八八〇年五月四日〜一九三八年十二月二十四日。建築家。東プロシア、ケーニヒスベルク（現・ロシア連邦カリーニングラード）に生まれる。高等建築専門学校卒業。表現派建築の代表作家として名声を得た。ナチスの圧迫を避け、昭和八年、日本に亡命。三年余りの滞在期間中に、伊勢神宮や桂離宮など各地の伝統建築を見学調査して、その簡素な構造美を絶賛。『日本美の再発見』（昭和14年6月、岩波書店）を著した。『画帖 桂離宮』（平成16年11月、岩波書店）には、「御殿と御庭！ ここでは眼が思惟する」と記されている。

（田中励儀）

高井有一　たかい・ゆういち

昭和七年四月二十七日〜（1932〜）。小説家。東京府北豊島郡長崎町（現・東京都豊島区）に、画家の田口省吾と信子の長男として生まれる。本名・哲郎。祖父は小説家の田口掬汀《きくてい》。早稲田大学文学部英文科卒業。昭和三十年に共同通信に入社し、文化部記者として勤務する傍ら、三十九年に「犀」同人となり、立原正秋、加賀乙彦らを知る。同年十一月には、大阪支社へ転勤となり、大阪府寝屋川市に居住する。四十年に「北の河」（「犀」昭和40年10月）を発表し、翌年第五十四回芥川賞を受賞。「内向の世代」の一人として、私小説的な作風と叙情的な文体で、人間の揺れ動く不安を精緻な筆致で描きつづける。京都を主要な舞台とする「蟲たちの棲家」（「文学界」昭和47年1月〜48年4月）でも、「北の河」のモチーフである喪失が、「私」を通して語られる。志を果たせず東京から関西に移った不如意を生きる三砂は、京都八幡町（現・八幡市）に住んでいたが、近鉄東寺駅付近で車にはねられて死亡した。三砂の妻である多津子と、三砂との青春を思いながら死後の整理をする「私」は、八幡町を離れることで三砂の死が完結するとの思いをもって青春と訣別していく。この「蟲たちの棲家」以降、五十二年に、田口掬汀の生涯を描いた『夢の碑』（昭和51年8月、新潮社）で芸術選奨文部大臣賞、五十九年に『この国の空』（昭和58年12月、新潮社）で谷崎潤一郎賞、平成二年、『夜の蟻』（平成元年5月、筑摩書房）で読売文学賞、四年に立原正秋の生涯を描いた『立原正秋』（平成3年11月、新潮社）で毎日芸術賞を受賞。八年に日本芸術院会員となる。十一年、『高らかな挽歌』（平成11年1月、新潮社）で大佛次郎賞受賞。十二年に日本文芸家協会理事長に就任し、十四年まで勤める。同年、「今日、昭和が終わった」という印象的な書き出しで始まる『時の潮』（平成14年8月、講談社）で野間文芸賞を受賞する。この作品では、京都への旅行をきっかけに始まる、元新聞記者の「私」と十歳年下の真子との生活が静かな筆致で描かれている。「夢か現か」（「ちくま」平成15年8月～18年7月）や「鯔の踊り」（「文学界」平成19年2月）などを発表し、現在も第一線で活躍を続ける作家である。

（東口昌央）

高木彬光　たかぎ・あきみつ

大正九年九月二十五日～平成七年九月九日（1920～1995）。小説家。青森市に医師の息子として生まれる。本名・誠一。叔父に方言詩人の高木恭造をもつ。昭和十五年、京都帝国大学医学部薬学科に入学、翌年、工学部冶金学科に転部。十八年、同大学を卒業し、中島飛行機株式会社に入社。技師として働くが、終戦により会社は倒産。貧窮した生活を送る中、易者に小説を書けば成功すると言われ、「探偵小説ぐらいなら書けるだろう」と思い『刺青殺人事件』を執筆。これが江戸川乱歩の推薦を受け、二十三年五月、岩谷書店から刊行されて好評を博した。二十五年、「能面殺人事件」（「宝石」昭和24年4月）で第三回探偵作家クラブ長編賞を受賞。本格派の代表として活躍。法医学者神津恭介、弁護士百谷泉一郎、検事霧島三郎等の名探偵を生み出し、歴史の謎に迫る「成吉思汗の秘密」（「宝石」昭和33年5月～9月）や、法廷を舞台にした『破戒裁判』（昭和36年5月、東都書房）等、作品は多岐にわたる。

（久保田恭子）

高木智　たかぎ・さとし

昭和十年六月十日～（1935～）。俳人。京都市に生まれる。大正九年に発足した京大三高俳句会の俳句誌として創刊された「京鹿子」の同人。現代俳句協会会員。京都大学ボート部時代の生活に材をとった句を含む第一句集『ベレー』（昭和63年5月、海青社）、平成元年以降の句を収めた第二句集『姫始』（平成11年11月、海青社）がある。

（山﨑義光）

タカクラ・テル　たかくら・てる

明治二十四年四月十四日～昭和六十一年四月二日（1891～1986）。小説家、劇作家、評論家、政治家。高知県高岡郡口神川（現・四万十町）に生まれる。本名・高倉輝豊（のち輝）。大正五年、京都帝国大学卒業後、京大の嘱託講師をしながら戯曲「砂丘」（「改造」大正8年10月）を発表し、文壇に認められる。十一年、信濃自由大学の講師となる。山本宣治のすすめで安田徳太郎の妹津宇と結婚し、長野県に移住。昭和二年、京都を舞台に愛欲、物欲等を抱いた人間の腐敗した生活を描いた「高瀬川」（昭和2年6月18日～12月31日）を「都新聞」に連載。八年、教員赤化事件にて検挙。その後、国語国字合理化運動を開始、十四年には革命的ローマ字運動事件で逮捕される。戦後、二十一年、共産党から衆議院議員に立候補、当選する。二十五年、参議院議員に当選するが、占領軍による共産党幹部追放令により追放される。翌年から国外へ亡命し、ソ連、中国他を転々とする。三十四年、プラハから帰国。晩年は共産党中央委員会顧問等を歴任。（越前谷宏）

高田宏 たかだ・ひろし

昭和七年八月二十四日～（1932～）。小説家、随筆家。京都市に生まれ、石川県江沼郡大聖寺町（現・加賀市）で育つ。昭和三十年、京都大学文学部仏文学科卒業。同年、光文社に入社、三十六年、アジア経済研究所で雑誌編集に携わり、三十八年からはエッソ石油広報室で、PR誌「エナジー」「エナジー対話」の編集長として活躍。その後、五十三年に、国語学者で『言海』の著者大槻文彦の生涯を描いた『言葉の海へ』（昭和53年7月、新潮社）で第五回大佛次郎賞、第十回亀井勝一郎賞を受賞。五十九年より文筆専業となる。『「吾輩は猫でもある」覚書き』（昭和60年11月、講談社）、『雪恋い』（昭和62年12月、新宿書房）、『木に会う』（平成元年四月、新潮社）の自然論三部作を始めとして、猫・雪・樹木・森・島などの自然をテーマに随筆、評論、紀行などの著書が多数ある。なお、『木に会う』は平成二年、第四十一回読売文学賞（随筆・紀行賞）を受賞。十五年から十七年には、平安女学院大学で学長を務めた。（足立直子）

高田公理 たかだ・まさとし

昭和十九年十月一日～（1944～）。評論家。京都市に生まれる。昭和四十三年に京都大学理学部を卒業後、酒場経営、シンクタンク主任研究員、武庫川女子大学教授などを経て、仏教大学教授となる。専門領域は、観光学、都市文明論、比較文明論。著書に『なぜ「ただの水」が売れるのか―嗜好品の文化論』（平成15年12月、PHP研究所）、編著に『嗜好品の文化人類学』（平成16年4月、講談社）等がある。（森本智子）

高野悦子 たかの・えつこ

昭和二十四年一月二日～昭和四十四年六月二十四日（1949～1969）。学生運動家。栃木県那須郡西那須野町（現・那須塩原市）に生まれる。父高野三郎、母アイの次女。栃木県立宇都宮女子高等学校卒業。在学中の修学旅行で、京都・奈良を訪れ、京都の風情に憧れる。昭和四十二年、立命館大学文学部史学科に入学。全共闘運動に参加するが、闘争の中で悩み、山陰本線で鉄道自殺。没後、父により日記が纏められ『二十歳の原点』（昭和46年5月、新潮社）として出版された。（飯田祐子）

高野澄 たかの・きよし

昭和十三年十月一日～（1938～）。歴史小説家、日本史研究家。埼玉県板戸市に生まれる。同志社大学文学部社会学科卒業後、立命館大学大学院史学科修士課程修了、同大学助手を経て作家、歴史研究家となる。代表作に『勝海舟』（昭和48年11月、文芸春秋）、『怒濤の時代』（昭和54年11月、徳間書店）、『安藤昌益と「ギャートルズ」』（平成8年10月、舞字社）、『徳川慶喜』（平成9年9月、NHKブックス）、『井伊直政』（平成11年12月、PHP研究所）などがある。（吉本弥生）

高野素十 たかの・すじゅう

明治二十六年三月三日～昭和五十一年十月四日（1893～1976）。俳人、法医学者。茨城県に生まれる。本名・与巳《よしみ》。東京帝国大学医学部卒業。医学博士。大正十一年に水原秋桜子、山口誓子らと興した東大俳句会は、関西の京大三高俳句会と並ぶ「ホトトギス」系の二大勢力となる。秋桜子、阿波野青畝、誓子とともに「ホトトギス」の四Sと呼ばれた。子規および虚子の客観写生を継承する作風は、叙情を重んずる秋桜子一派とは次第に対立した。昭和二十九年四月より京都山科に移住。三十二年、俳誌「芹」を創刊・主宰。三十五年に奈良県立医科大学退官後は俳句に専念した。〈方丈の大庇《ひさし》より春の蝶〉は昭和二年四月、京都龍安寺訪問時の作。京都市左京区鹿ヶ谷の疏水沿い（哲学の道）には〈大いなる春といふもの来るべし〉の句碑がある。『山科便り』（昭和44年3月、踏青会）は俳誌「踏青」に昭和二十七年より連載した身辺日記。「新潟便り」「大和便り」「山科便り」の三章から成り、大半が山科移住後の記事。

（有田和臣）

高橋和巳　たかはし・かずみ

昭和六年八月三十一日〜四十六年五月三日（1931〜1971）。小説家、中国文学者。大阪市浪速区貝柄町（現・戎本町）に生まれる。父秋光、母トミヱ（通称・慶《くに》子）の二男。高橋家は香川県三豊郡柞田村の農民であったが、祖父の代に大阪へ出て、父は建築金具をつくる零細家内工業を営んでいた。祖父母や母は信仰心が篤く、生後間もなく儀礼的に捨子とされた。昭和十三年四月、大阪市立恵美第三尋常高等小学校に入学。十九年四月、大阪府立今宮中学校（現・府立今宮高等学校）に進学。二十年三月、大阪第一回大空襲により家屋と工場が焼失し、一家は香川県三豊郡大野原村の母の郷里に疎開した。同年四月、香川県立三豊中学校（現・県立観音寺第一高等学校）に転校。この頃から文学書に親しむ。敗戦を疎開先で迎え、二十一年十月、大阪に戻り今宮中学三年に復学。文芸誌「近代文学」等を濫読する。二十三年四月、中学四年修了で旧制松江高等学校文科乙類に進学。翌年、学制改革のため再度受験し、七月に新制京都大学文学部に一期生として入学、京都市上京区荒神口に下宿する。北川荘平らと京大文芸同人会（のちに京大作家集団と改称）を結成し作品集の刊行を始めた。二十五年初めに中京区中町通竹屋町の片岡方に移る。五月、「片隅から」（「京大作家集団作品集」第3号）を発表。この時期、日本共産党への入党届を書くが、党の混乱期であったためか果たされなかった。二十六年四月、教養課程を終え文学科中国語学中国文学を専攻、指導教授は吉川幸次郎。京大文学研究会に加わり、機関誌「土曜の会」（後に「ＡＲＵＫＵ」）に習作を発表する。二十七年十月、小松実（左京）らと同人誌「現代文学」を発刊し、創刊号に「捨子物語」の発端三章を発表。二十八年、単位不足のため留年。四月、東山区大黒町通七条上ルの国政方に移る。十月二十九日、父秋光死去。二十九年三月、京都大学文学部を卒業し、四月、同大学院修士課程に進学、魏晋南北朝文学を専攻した。大阪府布施市立日新高等学校定時制講師となる。十一月三日、岡本和《たか》子（高橋たか子）と結婚し、布施市吉松蔦崎町のアパートに住む。三十年三月、日新高等学校講師を辞職。京都市上京区等持院の和子夫人の実家に寄寓する。三十一年三月、京都大学大学院修士課程修了、博士課程に進学。小松らと同人誌「対話」を創刊、翌年、「文学の責任」（第2号）を書く。この頃、埴谷雄高を初めて訪ねた。三十三年、大阪府吹田市大字垂水の豊津住宅協会アパートに転居。六月、『捨子物語』（足立書房）を自費出版。中国詩人選集『李商隠』の訳注を担当、八月に岩波書店より刊行。三十四年三月、京都大学大学院博士課程を単位取得退学。「ＶＩＫＩＮＧ」同人となり、「憂鬱なる党派《グルーム・パーティ》」（昭和34年8

月～35年10月）を連載する。三十五年四月、立命館大学文学部講師に就任。山田稔、多田道太郎主宰の日本小説をよむ会、京都大学人文科学研究所の桑原武夫を班長とする文学理論研究会、杉本秀太郎らの「視界」に参加、精力的に評論を発表する。三十七年九月、「悲の器」が第一回河出書房新社文芸賞長編部門に当選、「文芸」十一月号に第五章まで掲載された。十一月、『悲の器』を河出書房新社より刊行。三十八年、「散華」（「文芸」8月）、「孤立無援の思想」（「世代'63」11月）を発表。三十九年十二月、立命館大学文学部講師を辞職。「我が心は石にあらず」を「自由」十二月号より、翌四十年、「邪宗門」を「朝日ジャーナル」一月三日号より連載する。「堕落」（「文芸」6月）発表。九月、鎌倉市二階堂理智光寺谷に転居する。四十一年、「日本の悪霊」を「文芸」一月号より連載。四月、明治大学文学部助教授となる。十月、『邪宗門』上、十一月、『邪宗門』下を河出書房新社より刊行。四十二年三月、明治大学文学部助教授を辞職。四月十一日から二十六日まで「朝日ジャーナル」誌の特派員として文化大革命中の中国を視察旅行。「朝日ジャーナル」（昭和42年5月21日・28日・6月4日・11日）に「新しき長城」を発表する。六月、京都大学文学部助教授となり、京都市左京区北白川追分町の川島方の二階に下宿。四十三年、「黄昏の橋」を「現代の眼」十月号より連載。四十四年、一月より始まった京大闘争において学生側に根源的な問題意識を見出し、全共闘を支持する。二月、『堕落』（河出書房新社）刊行。「孤立の憂愁を甘受す」（「朝日ジャーナル」3月9日）、「わが解体」（「文芸」6月～8月、10月）を発表。十月、『高橋和巳作品集』全九巻別巻一（昭和44年10月～47年4月、河出書房新社）の刊行始まる。四十五年三月、京都大学文学部助教授を辞職。『日本の悪霊』（昭和44年10月、河出書房新社）が第二回日本文学大賞の最終選考に残る。同月、小田実、開高健らと季刊同人誌「人間として」を発刊、創刊号に「白く塗りたる墓」第一部を発表する。四十六年五月三日、上行結腸癌のため死去。戦後派の理念を継承し重厚な構成力と文体を持つ作家のあまりに早い死であった。九日に行われた青山葬儀場での葬儀告別式では数千人の若者が花を供えた。『高橋和巳全集』全二十巻（昭和52年4月～55年3月、河出書房新社）。文庫版『高橋和巳コレクション』全十巻十一冊（平成8年5月～9年2月、河出書房新社）。

＊邪宗門《じゃしゅうもん》　長編小説。〔初出〕「朝日ジャーナル」昭和四十年一月三日～四十一年五月二十九日。〔初版〕『邪宗門』上・下、昭和四十一年十月、十一月、河出書房新社。◇昭和初年の東北飢饉を母の肉を食べて生き延びた千葉潔は、京都府の山間の町「神部《かんべ》」に本拠を置く新興宗教教団ひのもと救霊会に拾われ、敗戦後に第三代教主となる。過激な〈世なおし〉運動を組織するが占領軍に弾圧され、やがて大阪釜ケ崎の貧民窟で餓死するという結末を迎える。魂の源郷としてのユートピアの成立と瓦解を通して、高橋自身が「あとがき」に記したように「日本の現代精神史」を俯瞰した、壮大な作品である。

＊黄昏の橋《たそがれのはし》　長編小説。〔初出〕「現代の眼」昭和四十三年十月～十二月、四十四年一月、三月、五月～七月、九月～十一月、四十五年一月、二月。〔初版〕『黄昏の橋』昭和四十六年六月、筑摩書房。◇京都の博物館の学芸員である時枝正和が、機動隊との衝突で亡くなった京都大学の学生の死の真相を追う。昭和四十二年十月に起きた羽田事件を素材にした作品だが、高橋の病没のため未完となった。

＊わが解体《わがかいたい》　エッセイ。〔初出〕「文芸」昭和四十四年六月〜八月、十月。〔初版〕『わが解体』昭和四十六年三月、河出書房新社。◇昭和四十四年一月から勃発した京大闘争において、教員でありながら学生側を支持した高橋による闘争の記録。京都帝国大学時代の大正九年、社会学者A博士の教授就任にからむ一挿話によって示された教授会の体質は、大学闘争という状況下でも変わらず、高橋はその腐敗や「傍観者的無力」ぶりを告発していく。そしてその矛先は、「文学はまず自己の省察に発する」という言葉どおり高橋自身にも向けられ、学問や知識人の存立そのものを深く問いかけている。（槙山朋子）

高橋京子　たかはし・きょうこ　昭和十四年（月日未詳）〜（1939〜）。小説家。京都市に生まれる。平成九年、小説「その橋をわたって」で第二十八回埼玉文学賞を受賞。著書には、受賞作を表題作とした短編小説集『その橋をわたって』（平成12年11月、菁柿堂）がある。（川畑和成）

高橋五山　たかはし・ござん　明治二十一年一月二十九日〜昭和四十年七月一日（1888〜1965）。紙芝居作者、出版社経営。京都市上京区油小路通下立売上ル（現・近衛町）に生まれる。本名・昇太郎。京都市立美術工芸学校（現・市立芸術大学）および東京美術学校（現・東京芸術大学）卒業。昭和六年四月、全甲社を創立し、月刊絵本を発行。十年、「幼稚園紙芝居」を刊行し、教育紙芝居を始める。折り紙や切り絵を用いた紙芝居に『けんかだま』（昭和24年1月、全甲社）などがある。三十七年、五山の業績を顕彰して高橋五山賞が制定された。（一條孝夫）

高橋新吉　たかはし・しんきち　明治三十四年一月二十八日〜昭和六十二年六月五日（1901〜1987）。詩人、小説家。愛媛県西宇和郡伊方町に生まれる。愛媛県立八幡浜商業学校（現・県立八幡浜高等学校）中退。大正九年八月、「焰をかかぐ」が「万朝報」懸賞短編小説に当選する。十二年二月、辻潤編『ダダイスト新吉の詩』を中央美術社より出版。ダダイスムの先駆者となる。小説『ダダ』（大正13年7月、内外書房）、佐藤春夫編『高橋新吉詩集』（昭和3年9月、南宋書院）等がある。昭和十六年に京都市左京区南禅寺前に部屋を借りて、一時京都に住んだことがある。『定本高橋新吉全詩集』（昭和47年10月、立風書房）で四十八年芸術選奨文部大臣賞を、『空洞』（昭和56年2月、立風書房）で日本詩人クラブ賞を、六十年、藤村記念歴程賞を受賞した。『高橋新吉全集』全四巻（昭和57年3月〜8月、青土社）。（浦西和彦）

高橋たか子　たかはし・たかこ　昭和七年三月二日〜（1932〜）。小説家。京都市下京区醒ヶ井通仏光寺下ル荒神町に、京都府警建築課に勤務していた父岡本正次郎、母達子の長女として生まれる。本名・和子《たかこ》。昭和十三年、京都市立格致尋常小学校入学、この年、上京区（現・北区）等持院北町に転居、翌十四年、京都市立第二衣笠尋常小学校（現・市立大将軍小学校）に転校した。十九年、京都府立嵯峨野高等女学校（現・府立鴨沂高等学校）入学、二十三年、学制改革により京都府立山城高等学校（旧・府立第三中学校）に編入した。「男と女の学力が格段に違うこと」（「運命の分れ目」）に驚かされた。二十五年京都大学文学部入学、ここでも男子五十人に女子が一人という環境のなかで青春期の自己形成をしたのは「じつに得がたい体験」

（「男の中の唯一人」）であったとのちに回想している。二十七年、専門課程の仏文科に入る。二十八年九月頃、就職願書の提出に訪れたＮＨＫ大阪で、京大文学部の一年先輩で中国文学科に在籍する高橋和巳に出会う。「一目惚れ」（「出会い」）であった二人は二十九年十一月に結婚した。大学院の傍ら、生活のため大阪布施市（現・東大阪市）の定時制高校に非常勤講師として勤めはじめた和巳とともに、父が見つけてくれた長瀬住宅協会団地に転居して新婚生活をスタートさせた。小説が書けない状況を厭う和巳は一年で職を辞し、三十年からたか子の実家に移り、三十三年に吹田に移るまでほぼ三年間を過ごす。この等持院北町の生家は、たか子の宮大工であった祖父と建築家の父によって建てられた「いろいろとぜいたくに出来」（「いっしょに住んだ、いろいろな住居」）た大きな日本家屋であった。和巳はここで処女作『捨子物語』の執筆に勤しみ、たか子は浄書の協力をした。三十一年にたか子は京大大学院に進学、三十三年に修士論文「モーリアック論」を仏語で提出した。それを日本語に直し「モーリアック論（1）」のタイトルで、京都大学仏文学研究室発行の学術研究誌「ＦＲＡＮＣＩＡ」に発表。四月に「二人の家庭を作りぞこなう危険」（同前）を感じ、たか子は大阪の吹田市にある機械製作所の秘書に就職して、また父が見つけてくれた職場に近い豊津アパートに引っ越した。この年の六月、和巳の『捨子物語』が足立書房から自費出版され、京大楽友会館で出版記念会が催された。三十四年に和巳は立命館大学の非常勤講師の職を得、たか子は退職して翻訳やフランス語ガイドの仕事で生計を支えた。三十五年には和巳も専任講師となりいくらか生活も安定してきた。三十六年頃から、和巳の死後に出版した『没落風景』（昭和49年4月、河出書房新社）のもとになる草稿を書き始めた。この舞台は「私のよく知っている京都郊外の、古い大きな家」（「私の夢の形」）で、たか子は散策の合間にこうした家々を観察していた。この頃に、京都在住の女性作家である田中阿里子や折目博子との交友が始まった。三十七年に和巳が『悲の器』で文芸賞を受賞して、生活は一変する。京都での受賞パーティにたか子は招待されず、和巳の母ともども会費を払って出席した。この女性差別の偏狭さに傷ついたたか子は、東京に出たいという気持ちを募らせていった。三十九年に和巳は執筆に専念するために大学を辞し、翌年九月に鎌倉市二階堂に古い和風住宅を購入して移った。前年からたか子は東京の同人誌「白描」に参加して、和巳の小説の清書をしながら自分でも小説を発表し始めた。四十一年春に「京都時代に環境から蒙った根深い男尊女卑による、生命力圧殺の症状が、ふいに昂じて、強度のノイローゼ」（「自筆年譜」、『高橋たか子自選小説集4』平成6年11月、講談社）となる。この年に、和巳は明治大学助教授となるが、翌四十二年に京都大学助教授赴任の話が持ち上がり、たか子は京都に戻ることを拒否する。鎌倉と京都の別居となるが、四月から九月まで、ノイローゼを克服する意味もあって単身ヨーロッパに赴いて生活した。このパリ行きがのちのたか子のキリスト教との深い関係を開始させた。大学紛争の季節のなか、和巳は全共闘運動を積極的に支持し、運動の偶像的な存在となって若者の支持を受けたが、四十四年から体調を崩し鎌倉に帰宅、以後四十六年五月三日に死去するまで、たか子は献身的に看護した。和巳の死後、たか子は本格的に作品を発表し始めるが、「彼方の水音」（「群像」昭和46年4月）など、以後四回芥川賞候補となった。代表作には『空の果てまで』（昭和48年2月、新潮社、田村俊子賞受賞）、『誘惑者』（昭和51年6月、講談社、泉鏡花文学賞受賞）、『ロンリー・ウーマン』（昭和52年6月、集英社、女流文学賞受賞）、『天の湖』（昭和52年12月、新潮社）、『荒野』（昭和55年3月、河出書房新社）、『装いせよ、わが魂よ』（昭和57年10月、新潮社）、「恋う」（「新潮」昭和59年1月、川端康成文学賞受賞）、『怒りの子』（昭和60年9月、講談社、読売文学賞受賞）などがある。特に『誘惑者』は昭和八年に実際にあった実践女子専門学校の学生による二度の三原山での自殺幇助事件を、昭和二十五年の京都に舞台を移し、京大生の鳥居哲代が、形而上的な理由で自殺を志願する同志社女子専門学校時代の同級生、織田薫、砂川宮子を三原山に誘って自殺させる経過が描かれている。人間の暗い観念的な内面世界をたか子は見事に書ききった。五十五年に渡仏してから各地の修道院に寄宿してキリスト教への接近を深めていったが、翌五十六年からパリに簡素な部屋を借り、観想の日々をおくった。五十九年七月に一時帰国、九月に父を見おくった。翌年九月にパリに戻り、観想のための「エルサレム修道会」に正式に入会、本格的な宗教生活にはいった。『怒りの子』以後小説を書かなくなっていたが、平成四年『土地の力』（平成4年3月、女子パウロ会）、五年『始まりへ』（平成5年4月、女子パウロ会）など、霊的著作とたか子が名づける新しい形式の作品へとのちに進んでいった。昭和六十三年に「会」の日本での創立のために帰国するが、「会」のさまざまな「不正の渦」に巻き込まれ退会する。この間の経緯については『私の通った路』（平成10年12月、講談社）に詳しい。平成元年に日本の「修道会」に入会、それにともなって一切の執筆をやめ、それまでの著作も絶版とした。鎌倉の家を売り、和巳の名義で北海道の女子修道会に寄付するなどした。翌平成二年に「修道会」の「日本的心性」（「自筆年譜」）に合わず退会して、独自の道を模索した。この頃に京都に移り部屋を探したが、結局生家で母とともに暮らすこととなる。以後、母の介護をしながら十一年八月にその死を看取り、十五年七月に神奈川県に転居するまでの十年余りを京都で過ごした。この間に六年には『高橋たか子自選小説集』全四巻（平成6年5月～11月）を講談社から出版し、七年十二月にはパリの体験を描いた『亡命者』（講談社）、十二年三月『君の中の見知らぬ女』（講談社）、そして十五年六月、『きれいな人』（講談社、毎日芸術賞受賞）と、日本には稀有な観念小説三部作を完成させた。たか子にとって京都は父祖の地としての身体的、精神的な深い繋がりを感受しながらも、若き日に蒙った女性を軽んじる関西の旧弊なしきたりへの深い絶望がない交ぜとなって、懐かしくも、忌避する土地として表象されている。それは京都を舞台とした『誘惑者』、『怒りの子』に顕著にあらわれて、たか子独特の文学世界を構築している。

（中川成美）

高浜虚子　たかはま・きょし

明治七年二月二十日（戸籍上は二月二十二日）～昭和三十四年四月八日（1874～1959）。俳人、小説家。松山市に生まれる。本名・清。近現代俳句を決定付けた俳人であり、明治・大正・昭和の三代に亘り俳句雑誌「ホトトギス」（明治30年創刊）を率い、特に大正期以後は俳壇に絶大な影響を及ぼし続けた。京都に強い愛着を持ち、「京都は第二の故郷といふ感じがして、今でも年に一度か二度は此地を訪はないことはない」（「ホトトギス」昭和3年2月、扉の小文）と述べるほど頻繁に訪れ、また鈴鹿野風呂等の地元の名士が多く虚子に師事したため その影響力は大きい。京都俳句史における 最重要俳人の一人である。明治二十五年四 月に伊予尋常中学校卒業後、九月に京都の 第三高等中学校（現・京都大学）予科一級 に入学。上京区聖護院に下宿する。十一月 に正岡子規が入洛、ともに南禅寺等を見物 し、清水産寧坂に天田愚庵を訪ねた。二十 六年には河東秉五郎（碧梧桐）が第三高等 中学校に入学し、同宿する。下宿を「虚桐 庵」と称して句会を重ね、また京極界隈や 大原寂光院等を訪ねた。この下宿時代は後 に小説『俳諧師』（明治42年1月、民友社） 等で活写されている。二十七年九月、学制 変更のため仙台の第二高等学校（現・東北 大学）に転校（同年に退学）。以後は基本 的に東京、鎌倉に住んだため、京都での生 活は実質二年半だったが、句作と遊興に浸 る青春時代を過ごした京都は終生忘れがた い地となった。二十八年四月～五月、吉田 神社前の下宿に寒川鼠骨と同居し、従軍中 の子規が神戸病院に入院した報を受け取る。 二十九年九月、子規派俳人による京阪満月 会第一回句会が知恩院山門下で開催され、 虚子も参加。三十一年に「ホトトギス」を 東京に移し、編集兼発行人となる。三十五 年九月、子規が病没。三十六年三月に子規 の母八重とともに京阪地方を訪れ、東本願 寺の大谷句仏（後の真宗大谷派第二十三世 管長）と初対面し、また三十七年十月には 松根東洋城等と深草元政庵、鞍馬寺、比叡 山等に遊ぶ。三十八年秋に句仏等と三尾、 妙心寺等を逍遥し、三十九年に再び句仏等 と城南離宮、醍醐寺等を馬車で見物した。 同年七月、金剛能楽堂で能を観る。四十年 三月に比叡山へ赴き、同月に斎藤知白や水 落露石等と祇園の一力茶屋を訪れ、また四 月に入洛した夏目漱石と会う。平八茶屋で 昼食をともにし、都をどりを鑑賞した後、 一力で舞妓達との遊興に耽ったが、金銭面 で逼迫して東京の籾山仁三郎（俳書堂社長） に書簡で送金を依頼した。この時の体験を もとに小説「風流懺法」（「ホトトギス」明 治40年4月）等を発表。虚子にとって明治 期の京都は実際に住んだ所、また帰省途中 等に立ち寄る観光地、そして句作と小説の 舞台でもあった。大正二年、遠ざかってい た俳壇への復帰を宣言し、京都にも再び足 繁く通い始める。三年一月、松山に帰省の 際京都を訪れ、田中王城、中川四明等と円 山公園の左阿彌で句会を催す。四年十月に 比叡山の慈鎧和尚（後の天台座主）と再会 し、また句仏主催の座敷能（於枳殻邸）に 金剛謹之助等と参加。六年十月に寺町御池 の京都倶楽部で虚子歓迎句会（王城等が中 心）が催される。七、八年には計四度訪れ、 日野草城（第三高等学校生）等と接した。 九年五月、円山公園のあけぼの楼で京都帝 国大学・第三高等学校生達が中心の句会に 出席する。十月、「ホトトギス」系の「鹿 笛」（池尾ながし編集、後に選者王城）創 刊。十一年三月に京大三高句会に参加し、 山口誓子（第三高等学校生）等も出席した。 九月には「ホトトギス」系の「京鹿子」 （鈴鹿野風呂・草城等の同人制）創刊。十 二月に岡崎美術倶楽部で句会、また嵯峨野 で「京鹿子」「鹿笛」合同句会にも参加し、 〈散紅葉こゝも掃きゐる二尊院〉（句碑あり） 等を詠む。十二年九月、関東大震災のため 家族を建仁寺塔頭に移す。十月に清水寺で 京阪連合俳句会（参加者約二百五十名）に 出席。十三年四月、小樽高等商業学校（現・ 小樽商科大学）を卒業した高浜年尾（長男） と嵯峨の清涼寺、嵐山の大悲閣等に遊ぶ。 虚子にとって大正期の京都は関西「ホトト ギス」派の牙城を意味し、王城等の市井俳 人や草城等の学生俳人、また句仏や水野白 川等の名士と句会をともにすることでその関係を強固にした。特に大正後期は「ホトトギス」雑詠欄（虚子選）上位に「京鹿子」勢が多数入選し、十一年一月号は野風呂が巻頭、草城が次位を占めるなど京都勢が席巻した時代でもある。昭和二年四月、北野天満宮の梅を見た後に高野素十等と善峯寺、十輪寺、大徳寺、光悦寺等に立ち寄り、〈一片の落花見送る静かな〉等を詠む。八月に大文字送り火を眺めて〈大文字を待ちつゝ歩く加茂堤〉等を詠み、十二月には嵯峨、大原等の時雨を求めて逍遥し、「時雨をたづねて」（「改造」昭和3年1月）を発表した。三年、四月に島原太夫道中、七月に祇園祭を見物し、十月に鳴滝、醍醐寺等に遊ぶ。四年、春に詩仙堂、金閣寺、黄檗山万福寺、西芳寺、修学院離宮、桂離宮等を巡り、五月には葵祭を見物した。みたらし団子は口に合わなかったが、〈しづ〳〵と馬の足掻や加茂祭〉等を詠む。六月に宇治の蛍狩に赴き、五年四月に再度宇治に立ち寄った。七月に上賀茂神社、下鴨神社を訪れ、祇園祭を見物し、鴨川の川床を愉しむ。六年四月、宇治の三室戸寺等に花見に赴く。七年四月には野村泊月等と糺の森、山科の勧修寺、円山公園の夜桜、平安神宮等を巡り、夕餉を真葛ヶ原の京饌寮、木屋町の中村家、南禅寺の瓢亭等で済ませる。八年四月に平野神社、円福寺等を訪ね、五月は大堰川の三船祭を見物し、〈牛飼の風折烏帽子やゝあみだ〉等を詠む。九年四月に岩倉実相院に赴き、また円山公園の左阿彌では還暦祝が催された。十年五月、東山の金福寺、宇治の花屋敷等で句会を行う。以降、最晩年までほぼ毎年京都を訪れたが、三十三年に比叡山、南禅寺、法然院等を巡ったのが最後となった。昭和期の京都は明治以来親しんだ懐旧の地で、また「花鳥諷詠」観に合致した風土であり、そして関西「ホトトギス」派の重要な拠点であったといえよう。宿泊は萬屋旅館（三条橋西）、石田旅館（下鴨）、柊屋旅館（中京）等を利用し、他に王城邸（中京）、ミューラー初子邸（鹿ヶ谷）等の門人宅に宿泊することも多々あった。かくも頻繁に訪れた京都関連の虚子の肉筆資料は豊富に遺されており、たとえば鈴鹿野風呂記念館（左京区吉田中大路町）には多数の軸、短冊類が伝わる。また中田余瓶（綿布業の傍ら「ホトトギス」に投句。烏丸一条下ル〔現・金剛能楽堂〕に宅を構え、虚子も宿泊した。現在、能楽堂内に虚子句碑〈自らの老好もしや菊に立つ〉が建つ）による尺牘帖《せきとく》（余瓶宛書簡六十六通を上下二帖に仕立てたもの）、「俳諧京」（京洛を詠んだ虚子の五十二句の短冊を一帖に仕立てたもの）等も現存するなど、虚子が公私ともに京都と縁の深かったことが窺える。なお、虚子の京都訪問に関しては西村和子『虚子の京都』（平成16年10月、角川書店）等に詳しい。

＊風流懺法《ふうりゅうせんぽう》　小説。〔初出〕「ホトトギス」明治四十年四月。〔初版〕『鶏頭』明治四十一年一月、春陽堂。◇前半は比叡山の横川中堂、後半は祇園の一力茶屋を舞台とした作品。夏目漱石が推賞した。続編に「続風流懺法」（「ホトトギス」明治41年5月）、後日譚に「風流懺法後日譚」（「ホトトギス」大正8年1月〜9年6月）、「来吉紙碑」（「ホトトギス」昭和11年3月）などがある。

＊五百句《ごひゃっく》　句集。〔初版〕昭和十二年六月、改造社。◇第七句集。明治期〜昭和十年の句を収める。〈やり羽子や油のやうな京言葉〉（昭和2年作）、〈東山静に羽子の舞ひ落ちぬ〉（昭和2年作）、〈凡そ天下に去来ほどの小さき墓に参りけり〉（明治41年作。句碑あり）などが載る。

＊虚子京遊句録《きょしきょうゆうくろく》　句集。〔初版〕昭和二十三年四月、富書店。◇中田余瓶編

集。京都を詠んだ七百七十句余りの虚子句を採録。季節順に例示すると、〈三条の橋を背中に傀儡師〉（大正10年作）、〈春雨の傘さしつれて金閣寺〉（昭和2年作）、〈この庭の遅日の石のいつまでも〉（龍安寺の石庭。昭和2年作）、〈島原の廓の裏に啼く蛙〉（明治28年作）、〈五月雨や水を見にゆく出町橋〉（明治29年作）、〈枝豆や舞子の顔に月上る〉（鴨川。昭和5年作）、〈禅寺の苔ついばむ小鳥かな〉（西芳寺。句碑あり。昭和4年作）、〈行年の松杉高し相国寺〉（明治27年作）、〈木像に若き面ざし冬日影〉（祇王寺。大正11年作）など。（青木亮人）

高松光代　たかまつ・みつよ

明治四十二年六月二十日～平成十八年七月二十七日（1909～2006）。歌人。京都府綾部市に生まれる。旧姓・牧。本名・光子。桜井女子英学塾卒業。昭和四年から前田夕暮に師事し自由律短歌を詠む。十五年「詩歌」同人。富山県、金沢市に住む。四十三年に第三期「詩歌」復帰、五十七年「港」主宰。感受性に優れた人道的歌風。歌集は『埋没林』（昭和45年7月、白日社）等六冊。随筆集に『港に灯《あかり》のともる頃』（平成13年5月、東京図書出版会）がある。故郷を詠んだ歌に〈父母のみ墓の樒《しきみ》昨宵の雨に濡れて青し愛しきふるさと〉がある。（外村　彰）

高谷伸　たかや・しん

明治二十九年五月十三日～昭和四十一年八月二十三日（1896～1966）。劇作家、演劇評論家。京都に生まれる。本名・伸吉。劇作は史劇、世話物、舞踊劇、現代劇、対話劇など多岐にわたるが「京阪を中心とした郷土芸術に属するものが多い」（成瀬無極「序」、高谷伸『狭斜日記』昭和8年10月、東枝書店）。祇園万寿小路に社をおく「技芸倶楽部」（発刊終刊年不明、技芸倶楽部社）に「鈴ケ森の研究」（大正13年3月～4月、9月）、「京阪戯場論語」（大正13年12月）、「所作事 春謡客戯画《はなみうたきやくもおはつゑ》一幕」（大正14年1月）など論文、劇評、劇作、舞踊評を掲載。また「文楽」（昭和21年12月～24年2月か、24年より「芝居手帳」と改題、古典芸能研究会編輯、誠光社）では、山口廣一の後を引き継ぎ「京阪劇信」を三巻二号（昭和23年2月）より担当（三巻八号より欄名を「関西劇信」と改題）。高谷とほぼ同時期に利倉幸一が「東京劇信」を担当。坪内士行・木谷蓬吟・食満《けま》南北との共編に『京阪百話』（昭和8年7月、日東書院）がある。また、関西演劇ペンクラブと「舞台展望」（舞台すがた社）誌の提携に伴い、昭和二十七年六月より同誌の編集委員を務める。（太田路枝）

高安国世　たかやす・くによ

大正二年八月十一日～昭和五十九年七月三十日（1913～1984）。歌人、ドイツ文学者。大阪市東区（現・中央区）に生まれる。母やす子は与謝野晶子、のち斎藤茂吉に師事した歌人。昭和九年三月、土屋文明に会い「アララギ」に入会、半年間文明の添削指導を受ける。同年四月、京都帝国大学文学部に入学。十年六月、「アララギ」に初めて作品が掲載される。十二年、京都帝大卒業、大学院に進学。第三高等学校（現・京都大学）教授に就任した十七年より亡くなるまで京都市左京区に居住。二十一年、「高槻」（のち「関西アララギ」）の創刊に参加。二十四年より京都大学で教鞭をとる。二十九年、「塔」を創刊、主宰。五十一年に京都大学を退職、以後、関西学院大学、梅花女子大学に勤務。『高安国世短歌作品集』（昭和52年1月、白玉書房）、『高安国世全歌集』（昭和62年10月、高安和子）がある。ドイツ文学研究でも知られ、リルケ、

ハイネなどの翻訳があるほか、著書多数。（岡﨑昌宏）

高安月郊　たかやす・げっこう

明治二年二月十六日～昭和十九年二月二十六日（1869～1944）。詩人、劇作家。大阪市東区（現・中央区）瓦町に生まれる。本名・三郎。別号・愁風吟客。生家は六代続いた医者の家系で、幼少の頃から芝居を鑑賞したり稗史を語り聞かせられたりするなど、上方の豊かな文化的土壌のなかで育つ。十三歳のときに医学の修業のために上京するが、折からの民権運動の高まりに感化されて政治家を志し、さらには文学者になることを希望する。明治二十二年に京都黒谷の金戒光明寺に仏道を求めた後、大阪に帰って初めて詩を作る。二十六年二月、私家版哀詩『犠牲』を出版。三月にイプセン『社会の敵』の抄訳を「同志社文学」に、四月に大阪の文芸誌「一点紅」にイプセン『人形の家』の抄訳を発表した。これらはイプセンの本邦最初の翻訳となった。文学への情熱が高まって医家を継ぐことを拒否したために翌二十七年十月に廃嫡され、京都に移る。二十九年に上京し、九月に史劇『重盛』を自費出版。三十年五月に「真田幸村」を「早稲田文学」に、同年十一月に「公暁」を「新著月刊」に発表した。三十一年、京都市中京区三本木町に転居。三十三年六月、私家版詩集『夜濤集』を出版。三十四年一月に詩「三樹三郎」を「明星」に発表。同年十月に東京専門学校（現・早稲田大学）出版部刊行の文学叢書の一冊として『イプセン作社会劇』を出版した。この書には『社会の敵』『人形の家』が完訳された。三十五年一月に「イプセン評話」を「明星」に発表、九月に改良演劇「月照」「闇と光」（「リア王」翻案物）を京都南座の福井茂兵衛一座のために執筆して上演された。三十六年五月に『江戸城明渡』を博文館から出版、三十七年六月に東京明治座で川上音二郎一座によって初演された。三十八年十二月、「桜時雨」（二幕四場）が京都南座の顔見世興行で片岡我当や中村芝雀によって初演された。三十九年五月、「嵯峨野の露」が大阪中座で中村鴈治郎や中村芝雀によって上演された。これらの新歌舞伎脚本はいずれも好評を博し、関西演劇改良の先駆者との評価を受けた。四十二年に再び東京に転居。関東大震災の際には、一時的に大阪に移住したが、まもなく東京に戻る。大正五年五月に『東西文学比較評論』を自費出版し、その増補改訂版を十五年二月に東光閣書店から出版。昭和十九年二月二十六日に文京区西片町の自宅で老衰のために死去。享年七十六歳。（尾西康充）

高山樗牛　たかやま・ちょぎゅう

明治四年一月十日（新暦二月二十八日）～三十五年十二月二十四日（1871～1902）。評論家。羽前国（現・山形県）に生まれる。本姓・斎藤、本名・林次郎。明治二十七年、帝国大学の学生時代に、「滝口入道」を書き、「読売新聞」（明治27年4月16日～5月30日）に連載された。平安時代の京都・高野山を舞台に、平家の武士斎藤時頼と建礼門院の雑仕横笛との恋を美文で綴る。大体を「平家物語」に拠った。後藤丹治は、その他に、「太平記」、村上浪六・幸田露伴の小説、「八犬伝」、「徒然草」、冷泉隆房「安元御賀記」、近松等を出典に加える。また樗牛が、姉崎嘲風に聞いて京都を描いたので、「峰岡寺の五輪の塔」など、実地に即さない記述を含むことを報じた。二十八年、「太陽」文学記者となる。二十九年、「めさまし草」時評欄と論争、鷗外の美学批評を終結させる。二十九年～三十年、第二高等学校（現・東北大学）教授。批評家活動を一時中断する。三十年六月十八日、京都帝国大学設置の勅令が出るとすぐ、時評「京都帝国大学に就て」（「太陽」明治30年7月20日）を発表。「歴史的、はた文学的文科」つまり文科大学の設置を希望した。理由は「文学、歴史及哲学に関し、東京に於て享受し難き幾多の便宜は、実に京都に於て容易に弁了し得べきものなり」。京都帝国大学は理工科大学が先行し、三十二年、法科大学と医科大学が、三十九年になってやっと文科大学開設に至る。樗牛は、京都帝国大学文科大学の美学担当教授に内定するも、病気のため、実現せず。明治三十四年一月、「文明批評家としての文学者」を発表、ニーチェを礼讃する。「太陽」編集主幹。八月、「美的生活を論ず」を発表、大きな反響を呼ぶ。晩年は日蓮に傾倒した。夏目漱石談話「時機が来てゐたんだ」に、以前「何の高山の林公抔と思つてゐた」とあり、石川啄木「時代閉塞の現状」は、「明治の青年が（略）自発的に自己を主張し始めたのは（略）樗牛の個人主義が即ち其第一声であつた。（略）其思想は魔語の如く（彼がニイチエを評した言葉を借りて言へば）当時の青年を動かしたに拘らず、彼が未来の一設計者たるニイチエから分れて其迷妄の偶像を日蓮といふ過去の人間に発見した時、『未来の権利』たる青年の心は、彼の永眠を待つまでもなく、早く既に彼を離れたのである」と書き、谷崎潤一郎は小説「羹」で主人公が「中学時代に愛読した樗牛全集」と記す。ほとんど埋没していた樗牛・鷗外論争を発掘報告したのは谷沢永一（昭和五十四年五月十九日・大阪樟蔭女子大学における日本近代文学会関西支部準備会において）である。

（堀部功夫）

滝井孝作　たきい・こうさく

明治二十七年四月四日～昭和五十九年十一月二十一日（1894～1984）。小説家、俳人。岐阜県大野郡高山町（現・高山市）に生まれる。俳号折柴《せっさい》。十二歳から高山の魚問屋店員。明治四十二年、河東碧梧桐に会い師事。四十五年、大阪に出て特許事務所で働きながら「層雲」に俳句、散文を投稿。大正三年、上京し、俳誌「海紅」、書雑誌「龍眠」の編集にたずさわる。八年、「時事新報」文芸部記者となり、芥川龍之介を識る。翌年「改造」に移り、志賀直哉を訪ね、生涯の師とする。十年、「改造」記者を辞め、『無限抱擁』の第一稿「竹内信一」（「新小説」大正10年8月）を発表。芥川龍之介に「手織木綿の如き、蒼老の味のある文章」といわせた力強い作品を書き続ける。十二年、志賀の引っ越しを追って、京都に移った。昭和二年九月、『無限抱擁』（改造社）刊行。小説集『野趣』（昭和43年8月、大和書房）で読売文学賞、長編小説『俳人仲間』（昭和48年10月、新潮社）で日本文学大賞を受賞。昭和十年から五十六年まで芥川賞選考委員。芸術院会員。四十九年、文化功労者。『滝井孝作全集』全十二巻、別巻一巻（昭和53年9月～54年12月、中央公論社）がある。

（荻原桂子）

田木繁　たき・しげる

明治四十年十一月十三日～平成七年九月九日（1907～1995）。詩人。和歌山県海草郡日方町（現・海南市）に生まれる。本名・笠松一夫。京都帝国大学文学部独文科卒業。在学中「拷問を耐える歌」（「戦旗」昭和4年4月）発表。『松ケ鼻渡しを渡る』（昭和9年2月、日本プロレタリア作家同盟関西地方委員会）、『機械詩集』（昭和12年1月、文学案内社）等。小説や評論、杜甫・リルケ研究も収めた『田木繁全集』全三巻（昭和57年9月～59年6月、青磁社）がある。元大阪府立大学教授。京都に関わる作品に、詩「風―同志田島善行に」(『松ケ鼻渡しを渡る』所収。初出「プロレタリア文学・関西地方版」昭和8年12月。原題は「夢」)、小説「私一人は別物だ」(『私一人は別物だ』昭和23年3月、真善美社)があり、共に京都での学生生活に触れている。（硲　香文）

高城修三　たき・しゅうぞう

昭和二十二年十月四日～（1947～）。小説家。高松市に生まれる。本名・若狭雅信。香川県立高松高等学校、京都大学文学部言語学科卒業。昭和五十二年、「榧《かや》の木祭り」で新潮新人賞受賞、同作で第七十八回芥川賞受賞。本作は翌年一月、新潮社より刊行される。小説のほか、古代史に関する著作を多数発表。著書に『闇を抱いて戦士たちよ』（昭和54年6月、新潮社）、『紀年を解読する―古事記・日本書紀の真実』（平成12年4月、ミネルヴァ書房）などがある。（尾添陽平）

滝本誠　たきもと・まこと

昭和二十四年一月十九日～（1949～）。美術評論家、映画評論家、編集者。京都府福知山市に生まれる。東京芸術大学芸術学科を卒業後、平凡出版（現・マガジンハウス）に入社し、「鳩よ!」「自由時間」「ブルータス」などの編集者を務める傍ら、映画、美術、音楽、ミステリーなどの評論を執筆する。著書に『映画の乳首、絵画の腓』（平成2年10月、ダゲレオ出版）、『美女と殺しとデイヴィッド』（平成10年10月、洋泉社）、『きれいな猟奇―映画のアウトサイド』（平成13年9月、平凡社）などがある。（関　肇）

田口竹男　たぐち・たけお

明治四十二年七月十一日～昭和二十三年六月十五日（1909～1948）。劇作家。東京市芝区高輪（現・港区）に生まれる。私立高輪中学校（現・高輪高等学校）卒業後、京都府庁に勤務。「京都三条通り」（「劇文学」昭和10年1月）を創作座が上演して好評を博し、劇作家としての地位を固めた。処女作以来、京ことばを駆使し、京都の商家を舞台にした「京都もの」とよばれる精緻な風俗喜劇に手腕をみせた。戦後は、第二次「劇作」の編集をしながら「賢女気質」（昭和22年5月）、「文化議員」（昭和23年4月）を発表。没後、『賢女気質―田口竹男戯曲集』（昭和24年3月、世界文学社）が刊行された。「賢女気質」は、昭和三十四年四月、脚色・新藤兼人、監督・中平康で「才女気質」（日活）として映画化された。（吉岡由紀彦）

竹内逸三　たけうち・いつぞう

明治二十四年一月一日～昭和五十五年三月十二日（1891～1980）。評論家。京都市に生まれる。筆名・逸《いつ》。父は京都画壇の巨匠、竹内栖鳳《せいほう》。早稲田大学文学部中退。ストリンドベリの翻訳などをしたのち、大正七年に京都で創刊された美術・文芸誌「制作」の中心メンバーとなる。十四年七月、『美術・音楽芸術時代』（中央美術社）を刊行。小説も書き、『短編集噴水』（大正14年10月、新田書店）を刊行、また教育論・童謡童話集に西洋絵画の挿絵をふんだんに挿入した『児童の愛育』（大正15年6月、明治図書）を刊行した。紀行に『支那印象記』（昭和2年4月、中央美術社）、栖鳳に関わるものとして『栖鳳閑話』（昭和11年12月、改造社）、『栖鳳』（昭和30年11月、講談社版アートブックス）など、評論集・随想集に「京阪俗語風俗」を収録した『浴室風景』（昭和10年10月、岡倉書房、以下二作も同じ）、「嵯峨野の猫」を収録した『浮世散見』（昭和14年5月）、『涼風地帯』（昭和16年8月）などがある。（田村修一）

た

竹内勝太郎　たけうち・かつたろう

明治二十七年十月二十日〜昭和十年六月二十五日（1894〜1935）。詩人。京都市下京区新町通五条下ル蛭子町に、父勝次郎、母ゑいの長子として生まれる。明治三十四年、京都市立尚徳小学校に入学、四十年に卒業。大阪に出て一時働いたが京都に戻り、四十一年に私立清和中学校（現・立命館中学校）に入学した。しかし四十二年七月に両親は離婚し、同年十月に勝太郎は中途退学。満洲大連でシンガーミシン経営の実習女学校の教師となった母ゑいに呼ばれ、四十四年の三月に勝太郎も大陸に渡るが、四十五年二月に京都に戻った。ゑいはその後新義州で再婚したが、大正二年七月、腸チフスにより死亡。同年八月、勝太郎は横須賀の公正新聞社に就職する。しかし十二月には辞職。東京に暫くいて三木露風との親交を深めたが生活に行き詰まり、三年の五月に再び京都に戻った。四年頃から京都の基督教青年会（ＹＭＣＡ）の夜学校でフランス語の勉強を始めた。小学校高学年より読書欲・知識欲の旺盛であった勝太郎は、日本また西洋の文学作品に親しむ一方、哲学書、民俗学、仏典などの文献も読み込むようになっていた。小説、詩、戯曲、評論の創作にも打ち込む。詩はマラルメの象徴詩に傾倒した。ＹＭＣＡで明石国助と懇意になり、共に郷土人文会寧楽社を起こし京都における文化運動に関わった。古代美術や古典芸能の造詣を深める。七年二月より上京区（現・中京区）柳馬場二条にあった京都日出新聞に勤務。これ以降、京都日出新聞と大正日日新聞の入退社を繰り返したのち、十一年九月に大阪時事新聞社に入社、渡欧前の昭和六年六月に退社するまで、新聞記者として生計を立てた。大正八年五月、明石国助・鶴巻恒松・竹内勝太郎の共著『素描』（発行者・野村信三）を刊行。「高台寺逍遥」「建仁寺夜半」など京都を舞台とする勝太郎の詩を含んでいる。大正八年三月頃から祇園の芸子置屋の妹吉川ヤスと懇意になり、十年九月に結婚。ヤスは道子と呼ばれるようになり、十一年の九月に長男光蔵が生まれた。十二年十一月、当時京都山科に住んでいた志賀直哉を訪ね、交遊が始まった。十三年七月に第一詩集『光の献詞』、同年九月に第二詩集『讃歌』、十四年三月に第三詩集『林のなか』を、いずれも大阪の鈴屋書店より刊行、当時京都帝国大学教授であった新村出に認められた。十五年七月、第四詩集『春の楽器』を京都弘文堂より刊行。昭和二年四月、左京区浄土寺南田町に洋館風の家を新築し、京都市内を転々としていた勝太郎の終の棲家となった。毎朝犬を連れて疏水べりを散歩するのが習慣となる。同年十二月に『京都詩集 昭和二年版』が京都詩人協会より刊行され（発売所は丸善株式会社）、勝太郎の詩「秋興篇」が収録された。三年一月、大阪の創元社から『室内』を刊行、この詩集はそれまでの詩作の集大成というべきものとなった。序文を新村出が書いている。その出版記念会には、志賀直哉、谷川徹三、明石国助、日本画家の福田平八郎、勝太郎と特に親交の深かった洋画家船川未乾、前京都市長安田耕之助らが出席した。同年七月、勝太郎は横浜より出帆し、欧米を外遊。アメリカ、イギリスを経由してフランスに滞在し、ソ連を経由して、翌四年の三月に帰国。パリ滞在中は当時ソルボンヌ大学に通っていた河盛好蔵と親交を結んだ。この外遊はのちに『現代仏蘭西の四つの顔』（昭和5年11月、アトリエ社）、『西欧芸術風物記 京都＝巴里』（昭和10年9月、芸艸堂）に結実する。四年十月、京都市より大礼記念京都美術館設計調査事務を嘱託される。八年十一月、美術館完成後はその事務を嘱託され、生計を立てた。昭和五年十二月、長く絶縁状態のままであった父勝次郎が死亡。さらに六年一月、妻の道子が糖尿病で死亡。その二ヵ月後の三月に石和わゐと見合い結婚をし、わゐは万千子と呼ばれるようになった。六年十一月、アトリエ社より詩集『明日』を刊行。野間宏はのちにこの詩集収載の「贋造の空」を象徴詩の到達点として高く評価している。しかし以前からの愛読者新村出は勝太郎から離れた。その頃、志賀直哉の紹介で第三高等学校（現・京都大学）の学生であった富士正晴と会う。七年五月に富士はやはり三高の学生であった野間宏と竹之内（当時は桑原姓）静雄を連れて訪問、この三人は勝太郎の指導の下、同人誌「三人」を創刊した。西欧外遊は勝太郎にとって大きなターニングポイントとなり、文化また人間存在の淵源に向き合う姿勢をさらに強めた。マラルメに代わってアラン、ヴァレリーへの傾倒を深め、西田哲学や道元など禅宗の思想にも深入りするようになる。彼の思索は『芸術民俗学研究』（昭和9年9月、立命館出版部）、『芸術論』（昭和9年11月、芸艸堂）、『詩論』（昭和18年3月、石書房）、『宗教論』（昭和23年12月、福村書店）などの著作を生み出した。思索の深まりは詩作にも反映され、生前に刊行されることはなかったが、『春の犠牲』（昭和16年1月、弘文堂書房）、詩集『黒豹』（昭和28年3月、創元社）は、勝太郎の限られた生涯の中で、最高の到達点を示すものとなった。昭和十年六月二十五日、黒部渓谷にて滑落し不慮の死を遂げた。『竹内勝太郎全集』全三巻（昭和42年5月～43年7月、思潮社）がある。

（田村修一）

竹内銈三　たけうち・けいぞう

明治四十四年一月二十五日～平成十六年七月八日（1911～2004）。歌人。京都市に生まれる。昭和十五年四月、「多磨」に入会。二十八年五月、「形成」創刊とともに同人として参加、爾後木俣修に師事。平成六年一月、「波濤」創刊に参加。選者もつとめる。歌集に『生の砦』（昭和42年7月、短歌研究社）、『見えざる糸』（昭和54年5月、短歌新聞社）、『愛宕嶺』（昭和62年9月、短歌新聞社）がある。家業の洋傘・呉服商を守る中で、養子の負債という苦難にも出会う。昭和三十九年の歌会始に〈反故紙《はぐがみ》の裏を使ひて墨にじむ父の帳簿を捨てがたく持つ〉が採られている。

（吉川仁子）

竹崎有斐　たけざき・ゆうひ

大正十二年八月一日～平成五年九月十七日（1923～1993）。児童文学作家。京都府に生まれる。早稲田大学高等師範部に入学後、早大童話会に入会、児童文学を志す。戦時下における自らの青春時代を描いた『石切り山の人びと』（昭和51年12月、偕成社）、『花吹雪のごとく』（昭和55年7月、福音館書店）、『にげだした兵隊』（昭和58年8月、岩崎書店）の三部作は高く評価され、昭和五十一年、「石切り山の人びと」でサンケイ児童出版文化賞、日本児童文学者協会賞、小学館文学賞の三賞を受賞。また五十九年、「にげだした兵隊」で野間児童文学賞受賞。

（仲谷知之）

武田麟太郎　たけだ・りんたろう

明治三十七年五月九日（戸籍上は五月十五日）～昭和二十一年三月三十一日（1904～1946）。小説家。大阪市南区（現・中央区）日本橋東に生まれる。南区平野小学校、大阪府立今宮中学校（現・府立今宮高等学校）卒業後、大正十二年に第三高等学校（現・京都大学）文科甲類へ入学。清水坂に下宿し、上級生に三好達治・梶井基次郎・中谷孝雄・外村繁がいた。この時期に田山花袋のエッセイがきっかけで井原西鶴を読む。また同級生の真下信一と交遊し、登校せず寺町二条の「かぎや」や「正宗ホール」、新京極の寄席「花月」や「松竹座」等の映画館を周遊する日々が続く。十四年、三高生の土井逸雄・清水真澄・浅見篤らと同人誌「真昼」（大正14年5月～昭和元年10月、通巻13号）を創刊。「掌理」「昼暖」（2号）、「CROSS WORD PUZZLE」（3号）、「ブウベンコツプ」（4号）、「古風な情景」（6号）、「人形がほしい」「ぐみうり」「をんなの角力」（8号）、「表では」「食ひかけの餅」（9号）、「歴史」（10号）、「人が住む」（11号）、「田舎と人形」（12号）、「第一章」（13号）とほぼ毎号に小品を発表した。十五年、三高卒業後、東京帝国大学仏文科に入学。「日本三文オペラ」（「中央公論」昭和7年6月）に代表される市井事もので作風を確立する。「人民文庫」（昭和11年3月～13年1月、全26冊）を創刊し、戦時下の時代の流れに逆った。昭和十六年から三年間、陸軍宣伝班員としてジャワ島へ派遣され、インドネシア独立運動に共感する。二十一年、戦後の活動を始めた矢先、肝硬変症のため急死。『武田麟太郎全集』全十六巻（昭和21年11月～25年5月、三冊未完で途絶、六興出版社）がある。

（楠井清文）

武智鉄二　たけち・てつじ

大正元年十二月十日～昭和六十三年七月二十六日（1912～1988）。演劇評論家、演出家、映画監督。大阪市に生まれる。本姓・川口。昭和十一年、京都帝国大学経済学部卒業。十四年、個人雑誌「劇評」で評論活動を開始。十九年、伝統芸能保護のため断絃会を創立。戦後、伝統演劇の中から新しい民族演劇を導くことを模索し、実験的な〈武智歌舞伎〉で注目を集める。以後、前衛的な演出家として能やオペラなど幅広い分野で活躍した。四十年、映画「黒い雪」でわいせつ裁判。四十九年、参議院選挙に自民党から立候補し、落選。毎日文芸賞（昭和29年）、大阪市民文化賞（昭和30年）受賞。『武智鉄二全集　定本・武智歌舞伎』全六巻（昭和53年11月～56年4月、三一書房）ほか、著書多数。

（吉川　望）

竹友藻風　たけとも・そうふう

明治二十四年九月二十四日～昭和二十九年十月七日（1891～1954）。英文学者、詩人。大阪市中之島に生まれる。本名・乕雄《とら》。別号・花笛。共にキリスト教を信仰し、漢学を好む父安治郎や和歌を詠む母楪代《さめよ》に、生涯深い敬愛の念を抱く。父の仕事のため、小中学校の頃は転校をくり返す。明治四十四年、同志社神学校（現・同志社大学）を経て、上田敏を慕い京都帝国大学英文科選科生となる。在学中刊行した第一詩集『祈禱』（大正2年7月、籾山書店）に上田の序文を掲げる。上田は藻風の詩を「しをらしい清教徒の少女を憶起させるニウ・イングランドの後園のやうだ」と評す。二年後、第二詩集『浮彫』（大正4年1月、山中嵒松堂）を刊行。大学卒業後の翌大正四年、渡米しイェール大学神学部、ブルックリン博物館助手を経て、コロンビア大学大学院で英文学を学ぶ。九年帰国、慶応義塾大学を経て、東京高等師範学校（現・筑波大学）教授。昭和九年、東京を離れ、関西学院大学や大阪帝国大学教授となる。同じ頃京都帝国大学にも出講し英文学を教える。学生に慕われ、この時期の教え子の一人中川龍一によって藻風の近作を集めた詩集『石庭』（昭和13年3月、非売品）刊行。宇治平等院鳳凰堂を詠んだ詩「剥落」や洛西龍安寺を詠んだ詩「石庭」など、九篇の詩が収録される。翻訳も多く手がけ、ハイヤーム『ルバイヤット』（大正10年5月、アルス版）、

J・バニヤン『天路歴程』（昭和22年8月～23年4月、西村書店）などの他に、師上田敏の遺業を継いでダンテの『神曲』三巻（昭和23年2月～25年6月、創元社）を完訳、また研究注釈、評論集など著書多数。『竹友藻風選集』全二巻（昭和57年10月、南雲堂）がある。（二木晴美）

竹中宏 たけなか・ひろし

昭和十五年九月六日～（1940～）。俳人。京都市伏見区讃岐町に生まれる。京都大学文学部卒業。京大俳句会会友。昭和三十三年、中村草田男の門に入る。四十年、万緑新人賞受賞。四十一年、「万緑」同人、六十二年脱会。六十三年、「翔臨」創刊、主宰。句集に『饕餮《とうてつ》』（昭和59年8月、牧羊社）がある。また、京都を詠んだ次のような句がある。〈うすぐもり瞰れば京都は鼾臥す〉（仲谷知之）

竹西寛子 たけにし・ひろこ

昭和四年四月十一日～（1929～）。評論家、小説家。広島市皆実《みなみ》町に生まれる。広島県立第一高等女学校（現・県立広島皆実高等学校）、広島女子専門学校（現・県立広島大学）国文科を経て上京。昭和二十七年、早稲田大学国文科を卒業、河出書房に入社。三十二年、同社が倒産後、筑摩書房に移り『現代日本文学全集』『古典日本文学全集』などの編集に携わる一方で、「現代叢書」にも参加、評論を書く。三十七年、筑摩書房退社後、「文学者」「思想の科学」などに精力的に評論を発表。古典と現代の連関を論じた『往還の記』（昭和39年9月、筑摩書房）で第四回田村俊子賞を受賞。卓越した評論に『源氏物語論』（昭和42年3月、筑摩書房）、『式子内親王・永福門院』（昭和47年7月、筑摩書房、平林たい子賞受賞）がある。春の古都、山桜咲く大原野神社周辺を舞台にベールに包まれた人の心を見事に映し出した小説「仮の宿」（「婦人之友」昭和46年11月）、京の「道の風情。道とともにある住民の生活の風情」を愛惜をもって綴った随筆「京都裏通り」（「新潮45＋」昭和59年11月）などがある。（佐藤和夫）

竹之内静雄 たけのうち・しずお

大正二年十一月二十五日～平成九年十二月十九日（1913～1997）。出版人、小説家。静岡市に生まれる。旧姓・桑原。昭和七年、第三高等学校（現・京都大学）文科甲類に入学後まもなく、富士正晴、野間宏を知り、彼らとともに詩人竹内勝太郎に師事。同年十月、富士、野間と同人誌「三人」を創刊。同誌は十五年まで刊行（全20号）。十五年、京都帝国大学文学部哲学科卒業後、河出書房に入社。翌年同社を退社し、創業八ヵ月の筑摩書房に入社。海軍従軍ののち二十年十月、同社に復帰。二十四年、短編小説「ロッダム号の船長」を「作品」第四号に発表するが、その後は出版業務に熱意をかたむけ、創作から遠ざかる。四十一年、創業者古田晁の後任として第二代社長に就任。四十七年退職、読書生活に入り、自身が関わった文人たちとの交流を綴り、文学的証言を多く残す。著書に『大司馬大将軍霍光』（昭和50年8月、中央公論社）、『先師先人』（昭和57年6月、新潮社）、『先知先哲』（平成4年6月、新潮社）がある。（金岡直子）

武林無想庵 たけばやし・むそうあん

明治十三年二月二十三日～昭和三十七年三月二十七日（1880～1962）。小説家、翻訳家。北海道札幌に生まれ、東京に育つ。本名・磐雄、のち盛一。明治三十九年、京都新聞社に入社、「無念無想」から筆名を「無想庵」とし、「東京は雑然たり。（略）大阪は擾然たり。（略）京都よ、汝は寂然

た

たり、湛然たり」（「京都に望む」「京都評論」明治41年）、「京に入りてより、二週日、ただ漠然たる日を暮らしぬ」（「山上」「京都新聞」明治41年）とその印象を記している。また知恩院山門について「これこそ真に日本の芸術だとかんじた。わたしはすっかり京都が気にいってしまった」（『むさうあん物語34』昭和40年10月、東京・無想庵の会）と述べるように、以来京都は縁故ある土地となった。明治四十三年、比叡山に籠り、以後各地を放浪。谷崎潤一郎、佐藤春夫、川田順、辻潤等多くの文人と交遊を持った。大正九年に渡欧、一度帰国したが、再び外遊、世界各国を旅行し小説や翻訳を多数残した。京都での生活は、失明後に波瀾の生涯を口述筆記した『むさうあん物語35』（昭和41年2月、東京・無想庵の会）に綴られる。

（佐藤　淳）

竹久夢二《たけひさ・ゆめじ》

明治十七年九月十六日〜昭和九年九月一日（1884〜1934）。画家、詩人。岡山県邑久郡（現・邑久町）に生まれる。本名・茂次郎。明治三十五年、早稲田実業学校入学。三十八年六月、夢二の筆名で「中学世界」定期増刊号にコマ絵「筒井筒」を投書、第一賞当選となる。四十年一月、岸たまきと結婚（婚姻届は9月）。四十二年五月、たまきと協議離婚に至ったものの、その後も同棲と別居を繰り返す。七月十八日、酒井勝軍が主宰していた讃美奨励会の、富士山頂での讃美礼拝に参加。そこで同志社高等普通学校在学中の堀内清と出会う。夢二と京都を結びつけたのが、この堀内であった。翌四十三年四月末、堀内の誘いで、京都市上京区出水通烏丸西入ルの堀内家に一ヵ月ばかり滞在。『夢二画集 花の巻』（明治43年5月、洛陽堂）の口絵を飾る、窓辺でマンドリンを弾く夢二の写真は、この時堀内が撮ったものである。『夢二画集 旅の巻』（明治43年7月、洛陽堂）には「能の面のよふ《ママ》な顔をした京都の市人は見るのもいやだつた」、「清《きよ》さんの家《うち》がなかつたら僕はとても京都に三日と居堪らなかつたらう」とある。夢二にとっての初の京都体験は、印象のいいものではなかったようだ。明治四十五年七月末、一ヵ月ばかり堀内家に滞在。滞在中に明治天皇の崩御があり、大正へと元号が変わる。十一月二十三日から十二月二日まで岡崎公園の京都府立図書館で、第一回夢二作品展覧会が開かれる。十一月二十日消印の渡辺英一・操子宛の葉書には「いよ〳〵今夜　八時に新橋をたちます。わたしの芸術の初陣です」とあり、初の個展を前にした夢二の昂揚感が見て取れる。当時の図書館長は湯浅吉郎（半月）、また東京美術学校（現・東京芸術大学）在学中の恩地孝四郎、田中未知草（恭吉）が準備を手伝う。個展は、京都市立絵画専門学校（現・京都市立芸術大学）で開催中の文展をしのぐ盛況ぶりで、有島生馬や山本宣治も来場、その後の親交へと続く。また当時、来日中のボストン博物館館長キユウリンが、夢二に渡米を勧める。二年一月二日、山本宣治の招きで、宇治の割烹旅館「花やしき」に五日ほど滞在、宇治から奈良へ十日ほどスケッチ旅行に出かける。この時のスケッチ数葉が、詩画集『昼夜帯』（大正2年12月、洛陽堂）に収められている。三年一月、岡山での個展の後、たまきと二人、大阪、京都、名古屋へ旅行。十月一日、東京市日本橋区呉服町（現・東京都中央区）に夢二グッズを扱う港屋絵草紙店を開店。四年五月、港屋に来ていた日本橋の紙商笠井宗重の長女彦乃と結ばれる。彦乃は、本郷菊坂にあった女子美術学校（現・女子美術大学）の学生であった。五年七月初旬、ロシアの詩人エロシェンコと京都へ、十日ほど滞在。

十一月、たまき・彦乃との三角関係の問題で京都に逃れた夢二は、堀内家に身を寄せる。十二月には次男不二彦も京都へ。六年一月五日付け守屋東宛の書簡には「この世でもうお目にかゝることもありません」「何故死ぬかとお聞きになるとちよつと困ります」と遺書めいた文言を記している。同年二月一日、清水二年坂に家を借り、不二彦と父子二人の生活が始まる。なお現在、当地には「竹久夢二寓居の跡」という碑が建つ。自伝的画文集『出帆』(昭和33年10月、龍星閣)に、「三太郎(夢二のこと)親子の京都の生活は、孤独で貧しくはあったが、自然の風物と季節の饗宴とのなかに悠々自適した長閑な生活であった」とある。三月下旬、高台寺南門鳥居わきに転居。五月、里見弴と平等院へ。京都帝国大学医学部生岡田道一(歌人)や野長瀬晩花と交遊。六月、彦乃が上洛。山本宣治、安田徳太郎が引っ越しを手伝う。『出帆』には、「この京都時代は、三太郎の生涯のうちで、最も光彩陸離なロマンチックな場面に富んでいる」ともある。秋には、彦乃、不二彦とともに石川県の粟津温泉、金沢、湯涌温泉を旅する。夢二にとっても、彦乃にとっても忘れられない旅行となる。七年三月、彦乃の父親が突如上洛し、彦乃は東京へ連れ戻される。失意と落胆のなか、四月十一日から二十日にかけて京都府立図書館で、第二回の個展、竹久夢二抒情画展覧会を開催。会場に備え付けられた「売価目録」には「この展覧会を限りに、かねて思立って思止めていた世界旅行をしたいと思っていまゝ。従ってこれがこの土地でのお別れの展覧会になることでしょう」との一節があったという(福井健夫)。この会期中に彦乃が再び京都へ。会場外の「FARE WELL」と描かれた大きな旗の下に立つ夢二、彦乃の写真が残っている。この展覧会も盛況であり、長田幹彦や小山内薫らが来場。また、同志社の福井健夫、当時中学生だった岩田準一らが手伝う。八月、夢二は九州旅行へ。追って彦乃も九州へ行くが別府にて入院。九月末、彦乃は父親によって京都の東山病院に転院させられ、面会謝絶となる。十月、同志社大学の英文科講師となった有島武郎が夢二宅を訪問。十一月、夢二は東京に戻る。年末、彦乃も順天堂医院に転院。彦乃、夢二が互いに「山」「川」と暗号名で呼び合っていたのにちなんだ『山へよする』が、八年二月、新潮社より刊行される。口絵には、二本の剣がクロスに突き刺さったハートの上で、涙を流す眼が描かれており、「千九百十八年十二月二十五日夜」との日付を持つ「後記」には、『山へよする』一篇は、千九百十四年十月より千九百十八年十二月まで五年間に渉るHEとSHEとの恋の記述である。また彼等の愛の祈りである」とある。ここに収められた「青き船」五首の詞書には「京にありし日、日記のはしに書きとめし歌反古なり高台寺畔のかりの住居に、思ふはおしの(彦乃のこと)がこと、おしのを待ちつゝ住みわびし三年がほどは、げに憂きことしげかりき」ともある。不二彦の後の回想によれば、夢二は「ゆめ35しの25」と刻まれた指輪を、左手の薬指から離さなかったという。この「千九百十八年」、つまり大正七年こそが夢二三十五歳の年であり、彦乃が永眠するのが翌々年の九年一月、二十五歳の若さであった。〈なつかしき娘とばかり思ひしをいつか哀しき恋人となる〉〈ひとりなる君を都へ残しおき何とて海へいそぐ心ぞ〉。八年三月八日付け、徳岡英・はつ子宛に送られた『山へよする』巻頭の白頁に、夢二は「京都の生活の記録をお送りいたします」と記している。

(越前谷宏)

嶽本野ばら　たけもと・のばら

昭和四十三年一月二十六日～（1968～）。小説家、エッセイスト。京都府宇治市に生まれる。本名・稔明。大阪芸術大学中退の後、美術、音楽、演劇関連の活動、雑貨店店長、フリーペーパー「花形文化通信」編集などを行う。平成四年から「花形文化通信」に連載したエッセイ「それいぬ―正しい乙女になるために」が注目を集め、十年に国書刊行会より出版、熱狂的なファンを獲得した。短編集『ミシン＝missin'』（平成12年11月、小学館）で小説家としてデビュー。他に『エミリー』（平成14年4月、集英社）、『ロリヰタ。』（平成16年1月、新潮社）、映画化もされた『下妻物語』（平成14年10月、小学館）などがある。京都に関わる作品としては実在のカフェ、みゅーず（平成18年に閉店）、フランソアなどを舞台にした『カフェー小品集』（平成13年8月、青山出版社）、美貌の兄妹の倒錯した関係を耽美的に描いた『鱗姫』（平成13年4月、小学館）等がある。（日比嘉高）

太宰治　だざい・おさむ

明治四十二年六月十九日～昭和二十三年六月十三日（1909～1948）。小説家。青森県北津軽郡金木村（現・五所川原市）に父源右衛門、母夕子《たね》の六男として生まれる。本名・津島修治。父は県内屈指の大地主。大正十二年、青森県立青森中学校（現・県立青森高等学校）入学。十四年、中学の校友会誌に習作「最後の太閤」掲載。同人誌「星座」発行。昭和二年、弘前高等学校（現・弘前大学）の文科甲類に入学。三年、「細胞文芸」を創刊。この頃井伏鱒二の作品を知る。五年、東京帝国大学文学部仏文学科に入学。同年、カフェの女給田部シメ子と鎌倉の小動岬《こゆるぎ》で心中未遂を起こす。六年、津島家から除籍され、小山初代と同棲。八年、「東奥日報」に「列車」を太宰治の筆名で発表。九年、檀一雄・山岸外史等と「青い花」創刊。十年、「逆行」が芥川賞候補となり次席。佐藤春夫に師事。十二年、小山初代と心中未遂を起こし、離別。十四年、石原美知子と結婚。山梨県甲府市三崎町に転居。十六年、長女園子、十九年、長男正樹誕生。二十年、青森に疎開。二十二年、次女里子（津島佑子）誕生。太田静子の許を訪れ、「斜陽」（「新潮」昭和22年7月～10月）を執筆。静子との間に太田治子誕生。二十三年、「人間失格」（「展望」昭和23年6月～8月）を発表。六月、山崎富栄と玉川上水で入水心中。「朝日新聞」連載中の「グッド・バイ」が絶筆となった。既成文壇に反発した「如是我聞」の最終回は死後に掲載（「新潮」昭和23年7月）された。京都関連作品には『新釈諸国噺』（昭和20年1月、生活社）所収の「破産」「女賊」、『右大臣実朝』（昭和18年9月、錦城出版社）、「盲人独笑」（「新風」昭和15年7月）、「浦島太郎といふ人は、丹後の水江とかいふところに実在してゐたやうである」という書き出しで始まる「浦島太郎」（『お伽草紙』昭和20年10月、筑摩書房）、「犯人」（「中央公論」昭和23年1月）がある。「破産」は、主人公が京大阪で豪遊し、破産するというもの。「女賊」は、山賊の統領が京育ちの美女を妻にし、統領亡き後、妻は雪深い山中で女賊となる。『右大臣実朝』では、和歌など京都の雅への親近感を示し、「都ハ、アカルクテヨイ」とされる。「葛原勾当日記」を素材にした「盲人独笑」は、日記に「京に、のぼる」との記述が見られる。「犯人」では、鶴が自殺する当日に、「京都」で「戦友」と「酒」を飲んで「大陽気」に過ごしている。また、同郷出身で京都市立絵画専門学校（現・京都市立芸術大学）日本画科に入学した友人阿部合成は「道化の華」「親友交歓」のモデルである。さらに、二十一年六月の貴司山治宛葉書には、「京都へ移住と言ふことになるかも知れません」と書き送り、醍醐寺周辺が永住予定地だったと推定されている。　（青木京子）

太宰施門　だざい・しもん

明治二十二年四月一日～昭和四十九年一月十一日（1889～1974）。仏文学者。岡山県倉敷市児島郡柳田村（現・児島柳田町）に生まれる。「せもん」「よしかど」とも読む。東京帝国大学仏文科卒業。大正九年二月から丸二年間フランスとスイスに留学。その間、十年に京都帝国大学文学部助教授となり、仏文科を創設。昭和六年九月、バルザック『人間喜劇』の研究により文学博士号取得。八年から京都帝大教授。日本人による初めてのフランス文学通史『仏蘭西文学史』（大正6年2月、玄黄社）、主著『バルザック』上・下（昭和24年1月～2月、甲文社）の他、フランス文学と歌舞伎などに関する多数の著書がある。　（國中　治）

田近憲三　たじか・けんぞう

明治三十六年十二月五日～平成元年十二月五日（1903～1989）。美術評論家。京都市に生まれる。父は南画家の田近竹邨《ちくそん》。京都府立第一中学校（現・府立洛北高等学校）を卒業後、パリに渡り、油彩画と美術史を学んだ。昭和十四年に帰国し、洋画を中心に美術評論を手がけた。また、拓本蒐集家としても知られている。著書に『三人の巨匠』（昭和25年7月、時事通信社）、『名碑と語る』（平成2年12月、二玄社）などがある。　（荒井真理亜）

田島征彦　たしま・ゆきひこ

昭和十五年一月九日～（1940～）。画家、絵本作家。大阪府堺市に生まれる。双子の弟は画家の田島征三《たしませいぞう》。幼少期、父の郷里高知県で過ごす。昭和三十八年、京都市立美術大学（現・京都市立芸術大学）染色図案科卒業。二年後、同大学専攻科修了。五十年、京都府洋画版画新人賞受賞。型染めによる絵本を作成し、『祇園祭』（昭和51年1月、童心社）で第六回世界絵本原画展金牌受賞。『じごくのそうべえ』（昭和53年3月、童心社）で第一回絵本にっぽん賞受賞。『龍馬の絵本　なかおかはどこぜよ』（平成19年3月、ブッキング）でボローニャ国際児童図書展グラフィック賞特別推薦受賞。　（明里千章）

多田道太郎　ただ・みちたろう

大正十三年十二月二日～平成十九年十二月二日（1924～2007）。フランス文学者、評論家。京都市に生まれる。昭和二十四年三月、京都大学文学部卒業。同年十二月、京都大学人文科学研究所助手、五十一年八月、同教授。六十三年三月、京都大学退官。同年四月、京都大学名誉教授、明治学院大学国際学部教授。平成二年十月、武庫川女子大学生活美学研究所所長。十一年、神戸山手大学環境文化研究所所長。著書としては『複製芸術論』（昭和37年6月、勁草書房）、『物くさ太郎の空想力』（昭和53年5月、冬樹社）。このほか平成十年に第十回伊藤整文学賞（評論部門）を受賞した『変身放火論』（平成10年10月、講談社）、『多田道太郎著作集』Ⅰ～Ⅵ（平成6年3月～9月、筑摩書房）などがある。訳書として『美学入門』（昭和43年2月、理論社）、編著として『流行の風俗学』（昭和62年1月、世界思想社）など。また、仏語辞書編集やボードレールの訳詩も手がけた。　（田中　葵）

立原正秋 たちはら・まさあき

大正十五年一月六日〜昭和五十五年八月十二日（1926〜1980）。小説家。朝鮮慶尚北道安東郡西後面耳開洞（現・韓国大邱）に生まれる。もとの名は金胤奎。旧姓米本。立原正秋は筆名であったが、死去二ヵ月前に立原姓が認められ本名となる。父母は朝鮮人。父の没後、渡日した母のもとへ身を寄せ、日本に落ち着く。二度の芥川賞候補、一度の直木賞候補を経て、「白い罌粟」（「別冊文芸春秋」昭和40年12月）で第五十五回直木賞を受賞、流行作家となる。昭和四十三年、「旅」への紀行連載のため京都を訪れているが、その十二月号に掲載された「嵯峨野・西山」には、昭和三十二年に大阿久良治と京都を訪れたときの印象が強く反映されている。五十年代に入ると、ほぼ毎年のように京都を訪れ、それらの体験は京都を舞台とする多くの小説に活かされている。『あだし野』（昭和45年3月、新潮社）や『帰路』（昭和55年2月、新潮社）では、主人公の内面に響く重要な場所として、京都がクライマックスの場に選ばれている。「流れのさなかで」（「ホーム・アイデア」昭和44年10月〜45年11月）の南禅寺、「紬の里」（「小説セブン」昭和45年5月、「小説新潮」昭和46年7月〜9月）の高雄、「きぬた」（「文学界」昭和47年1月〜12月）の醍醐、「残りの雪」（「日本経済新聞」昭和48年3月30日〜49年1月11日）の北白川や大原、「夢は枯野を」（「中央公論」昭和48年7月〜49年4月）の東福寺、「ただひと」（「文学界」昭和51年1月、7月、11月、52年1月）の紫野、「その年の冬」（「読売新聞」昭和54年10月18日〜55年4月18日）の亀岡など、京都のさまざまな場所が舞台とされている。それらは男女の旅先として設定され、必ず登場人物の内面に重要な場所として刻まれる。最後の小説となった「その年の冬」の主要な舞台も京都である。

（島村健司）

伊達得夫 だて・とくお

大正九年九月十日〜昭和三十六年一月十六日（1920〜1961）。編集者。釜山に生まれる。福岡高等学校（現・九州大学）を経て、京都帝国大学経済学部卒業。昭和二十三年に書肆ユリイカ設立。原口統三の『二十歳のエチュード』（昭和23年2月）、稲垣足穂の『キタ・マキニカリス』（昭和23年5月）等を出版した。三十一年十月に詩誌「ユリイカ」を創刊したが、三十六年二月号（通巻第五十三号）で、伊達の死により途絶した。遺稿集に『詩人たち ユリイカ抄』（昭和37年1月、二百部限定非売品）がある。

（木村 功）

建畠晢 たてはた・あきら

昭和二十二年八月一日〜（1947〜）。詩人、美術評論家。京都府に生まれる。早稲田大学文学部仏文科卒業。「芸術新潮」編集部、国立国際美術館主任研究官、多摩美術大学教授を経て、平成十七年に国立国際美術館館長となる。『余白のランナー』（平成3年4月、思潮社）で第二回歴程新鋭賞を、『零度の犬』（平成16年11月、書肆山田）で第三十五回高見順賞を受賞。京都に関するエッセイには、「三都物語」「遅まきながらの〝京都狂い〟」（『ダブリンの緑』平成17年5月、五柳書院所収）などがある。

（笹尾佳代）

田中阿里子 たなか・ありこ

大正十年七月二十九日〜（1921〜）。小説家、歌人。京都市に生まれる。本名・文子。京都高等女学校（現・京都女子大学）卒業。短歌を作る傍ら、放送作家を経て、昭和三十五年、「鱶」（「婦人公論」昭和35年11月）

で婦人公論第三回女流新人賞受賞。四十一年、『闇の中の対話』（昭和41年7月、講談社）が直木賞候補。小説に『終らない喜劇』（昭和45年11月、講談社）、『秋艶記』（昭和50年9月、河出書房新社）、随想集『花の京都』（昭和44年4月、淡交社）などがある。小説家の邦光史郎は夫。エッセイストの久我なつみは娘。（三品理絵）

田中王城 たなか・おうじょう
明治十八年五月三十日～昭和十四年十月二十六日（1885～1939）。俳人。京都に生まれる。本名・常太郎。初期は正岡子規の句風に親しみ、中川四明にも学ぶ。明治三十八年、高浜虚子に師事し、虚子の主宰する俳誌「ホトトギス」の同人となった。京都俳壇の第一人者であり、大正十年に俳誌「鹿笛」の選者となる。「虚子門の去来」と言われた。句集に『王城句集』（田中八重編、昭和15年10月）がある。（勝田真由子）

田中喜作 たなか・きさく
明治十八年二月七日～昭和二十年七月一日（1885～1945）。美術史家。京都市に生まれる。明治三十六年、京都市立美術工芸学校（現・京都市立芸術大学）に入学。三十八年に中退し、関西美術院に転学。四十一年から翌年まで梅原龍三郎らと共に渡仏、パリのアカデミー・ジュリアンに留学。帰国後、美術批評と近世日本絵画史研究に取り組み、また画廊田中屋を開業。大正三年、小冊子「卓上」発行。昭和十九年から東京美術学校（現・東京芸術大学）教授。主著に『浮世絵概説』（昭和4年12月、岩波書店）等。（木村小夜）

田中国男 たなか・くにお
昭和十八年五月五日～（1943～）。詩人。京都府北桑田郡京北町（現・京都市右京区京北）に生まれる。立命館大学文学部卒業。昭和五十二年、個人詩誌「はだしの街」を発行。五十五年、坂井信夫、石毛卓郎、新井豊美らと季刊「詩的現代」を創刊し、詩作品と詩論、エッセイを発表。詩集に、『どないするのえ 京ことば歳時詩』（平成3年9月、素人社）、『京の台所歳時詩』（平成7年12月、行路社）等多数。（佐藤良太）

田中成彦 たなか・しげひこ
昭和二十二年七月八日～（1947～）。歌人。京都市に生まれる。昭和四十一年、洛星高等学校卒業。四十四年、短歌誌「吻土《ふんど》」に入会、翌年編集委員となる。四十五年、京都大学文学部西洋史学科卒業。四十七年、洛星中学・高等学校社会科教諭となる（現在、副校長）。六十一年、「吻土」代表発行人になる。歌集に『前奏曲《プレリュード》』（昭和60年7月、吻土短歌社）、『喜　遊　曲《ディヴェルティメント》』（平成17年3月、吻土短歌社）、『ユーラシア短歌紀行』（平成19年11月、吻土短歌社）がある。京都歌人協会、現代歌人集会に所属。（竹島千寿）

田中順二 たなか・じゅんじ
明治四十五年二月十四日～平成九年一月十六日（1912～1997）。歌人。東京市深川区木場（現・東京都江東区）に生まれる。京都帝国大学国文学科卒業。中学校、高校の教員勤めの後、同志社女子大学教授を務めた。「短歌草原」「香蘭」を経て、昭和八年に「帚木《ははきぎ》」（後に「ハハキギ」）に入会。三十六年に亡くなった主宰加藤順三を継いで、会を預かる。『某日』（昭和32年6月、白楊社）から『青き山』（昭和57年4月、みぎわ書房）に至る五歌集と、『南の窓』（昭和63年1月、みぎわ書房）を併せた『田中順二歌集』（昭和63年1月、みぎわ書房）が刊行された。京都を詠んだ歌に〈正月のひと日のいとまをしむべく冬さびたる苔寺にをり〉がある。

（田中励儀）

田中澄江　たなか・すみえ

明治四十一年四月十一日～平成十二年三月一日（1908～2000）。脚本家、小説家。東京府北豊島郡（現・板橋区）に生まれる。旧姓・辻村。昭和七年、東京女子高等師範学校（現・お茶の水女子大学）国文科を卒業し、聖心女子学院の教師となる。九年、劇作家であり演出家であった田中千禾夫《ちかお》と結婚。十四年、戯曲「はる・あき」（「劇作」6月）で注目され始める。戦後すぐに、疎開先の鳥取から子どもの病気治療のために京都市に移住し、七年間暮らした。一時期、京都日日新聞（現・京都新聞）の芸能記者をする。これより京都に関わる作品は多く、二十五年に敗戦直後の京都を背景にした戯曲「京都の虹」（「劇作」4月）を発表。三十三年三月には「新劇」に京都堀川などを舞台にした戯曲「つづみの女」を発表するとともに、同年同じく堀川の京染屋を舞台にした映画「夜の河」の脚本（『年鑑代表シナリオ集』1956年版、シナリオ作家協会編、昭和32年8月、三笠書房）を担当する。住まいを京都から移して後も、当時の生活をもとに『虹は夜』（昭和44年6月、講談社）を描く。また葵祭、祇園会などの祭が美しく織り成す小説『京都のひと』（昭和47年11月、立川書房）では、「狭い入口から石だたみの通路が、玄関から台所を通り、庭先に抜ける。部屋は入口から奥へゆく程数を増す」京都風の民家から、「京都のひとたちは一般に見かけの柔和さのかげに、しっかりした現実的な生き方を身につけている様である」と気質にも触れている。さらに、若くして亡くなった一条天皇皇后定子に想いを馳せた、総本山泉涌寺長老小松道円との共著『古寺巡礼 京都28 泉涌寺』（昭和53年9月、淡交社）がある。多くの登山の経験から執筆した随筆『花の百名山』（昭和55年7月、文芸春秋）では、愛宕山を月輪《つきのわ》寺から清滝へ行く途中で見たオタカラコウの大群落と取り上げ、「京の奥に、こんなにも原始の自然が残っているかとうれしかった」と述べている。この作により読売文学賞を受賞。京都時代を含めて夫との生活を著した『夫の始末』（平成7年10月、講談社）では、女流文学賞、紫式部文学賞を受賞した。

（中島加代子）

田中千禾夫　たなか・ちかお

明治三十八年十月十日～平成七年十一月二十五日（1905～1995）。劇作家、演出家。長崎市に生まれる。慶応義塾大学フランス文学科を卒業。在学中から岸田國士の新劇研究所に入り、昭和七年、岸田主宰の「劇作」創刊に参加、八年、戯曲「おふくろ」で注目される。二十三年十一月、疎開先の鳥取より京都市左京区下鴨宮崎町に転居。二十八年四月、東京都中野区野方の新居に移るまでの間を過ごす。この期間において、千田是也ら俳優座幹部と親交を深め、自身も俳優座に参加する。京都時代は未定稿二作品を合わせて十作品あり、代表作としては「どろ」、「京時雨濡れ羽双鳥」がある。いずれの作品も田中にとって珍しい商業劇場用台本であった。また、京都時代の末年に脱稿した「教育」（「新劇」昭和29年7月）は、第六回読売文学賞を受賞するなど高く評価された。

（仲谷知之）

田中常憲　たなか・つねのり

明治六年（月日未詳）～昭和三十五年（月日未詳）（1873～1960）。歌人、教育者。鹿児島県阿久根邑（現・阿久根市）に生まれる。明治二十一年、阿久根小学校卒業後、

各地の小学校、中学校教員を経、大正十二年、京都府立福知山中学校（現・府立福知山高等学校）校長、昭和二年、京都府立桃山中学校（現・府立桃山高等学校）校長となった。その傍ら、山口利雄・川畑梓に短歌の添削を乞い、明治三十三年の上京後、落合直文に師事。昭和七年、万造寺斉主宰「街道」に参加、後、万造寺と別れ、「山櫻」創刊。終戦後「山櫻」を「新月」と改称、多くの短歌を発表した。著書に『歌集 告天子』（昭和27年9月、新月社）など。〈ふかくさの野辺の雲雀よ春たたばわが墳の上の雲にきてなけ〉（諸岡知徳）

田中博造 たなか・ひろぞう

昭和十六年十月二十四日〜（1941〜）。川柳作家。京都市中京区壬生辻町に生まれる。昭和三十六年頃、川柳を通じて石田柊馬、岩村憲治らと知り合う。「川柳平安」同人。四十一年、柊馬、憲治らと「川柳ノート」を創刊する。川柳平安の第十五回平安賞受賞。五十三年一月に川柳平安が解散、九月、北川絢一朗を代表として川柳新京都を設立する。平成十二年、森本夷一郎らと「川柳黎明」を創刊。十四年、京都川柳作家協会理事に就任。十五年、「バックストローク」を創刊。十八年、兵庫県芸術文化協会賞受賞。『田中博造集』（平成17年12月、邑書林）がある。（越前谷宏）

田中泰高 たなか・やすたか

大正十五年十二月八日〜平成七年三月十四日（1926〜1995）。小説家。京都市に生まれる。京都市立美術専門学校（現・京都市立芸術大学）卒業後、中学校美術教諭。「文学者」同人として昭和三十八年一月、「泥彩」を発表する。四十五年十二月、武田泰淳の強い推しもあり「鯉の病院」で第三十一回文学界新人賞を受賞。『鯉の病院』（昭和51年1月、三交社）に収められた〈鯉〉シリーズともいうべき「水ごころ」（昭和41年12月）、「うろこ」（昭和43年2月）、「墨の衣裳」（昭和45年5月）も「文学者」に発表されたものである。他に『銀色の持ち時間』（平成6年1月、日本図書刊行会）がある。（越前谷宏）

田辺聖子 たなべ・せいこ

昭和三年三月二十七日〜（1928〜）。小説家。大阪市此花区上福島に生まれる。父貫一、母勝世の長女。父は写真館を経営。曾祖母、祖父母、弟、妹、叔父、叔母たちの大家族に囲まれて育つ。昭和十五年四月、淀之水高等女学校（現・昇陽高等学校）に入学。三年生頃、吉屋信子、佐藤紅緑、吉川英治らの少年少女小説を愛読し、クラス回覧雑誌「少女草《おとめぐさ》」を出す。十九年四月、樟蔭女子専門学校（現・大阪樟蔭女子大学）国文科に入学。二十年六月一日、空襲で自宅焼失。敗戦四ヵ月後、十二月二十三日に父貫一が死去。二十二年三月、樟蔭女子専門学校を卒業。四月、大阪の金物問屋KK大同商店に入社。二十四年頃より小説の習作をはじめ、懸賞小説に応募する。二十六年、「文芸首都」の会員になる。二十七年一月、相馬八郎の筆名で「診療室にて」（読者文芸小説入選第一席）を「文章倶楽部」に発表。二十九年、大同商店を退職。「日本書紀」「古事記」を読むことに没頭する。三十年秋、大阪文学学校に通い、足立巻一の指導で生活記録を書く。三十一年十一月、大阪都市協会の市民文化祭協賛第二回新人創作文芸懸賞に「虹」「夕日野」を木下桃子の筆名で応募。「虹」が第一席に入選し、「大阪人」（昭和32年1月）に掲載された。「花狩」を「婦人生活」の懸賞小説に応募し、佳作に入選、三十三年三月〜十二月、「婦人生活」に「花狩」を連載。

三十四年頃、ラジオドラマ「初恋」「誇りと傲慢」などを書く。三十五年八月、同人誌「航路」を創刊し、三十八年八月、「感傷旅行《センチメンタル・ジャーニィ》」を同誌に発表、第五十回芥川賞を受賞。『感傷旅行《センチメンタル・ジャーニィ》』（昭和39年3月）、『私の大阪八景』（昭和40年11月）を文芸春秋新社から刊行。四十一年二月、神戸市の開業医川野純夫と結婚。翌年五月、神戸市兵庫区荒田町に移り、夫の家族と同居。家族は十一人で、家事と仕事に多忙をきわめる。以後、平易な大阪弁でOLや若い女性たちの恋愛を描いた『言い寄る』（昭和49年11月、文芸春秋）『猫も杓子も』（昭和44年9月、文芸春秋）等の現代小説、『しんこ細工の猿や雉』（昭和59年4月、文芸春秋）等の自伝的小説、『すべってころんで』（昭和48年1月、朝日新聞社）等の中年を主人公とした新聞小説、『隼別王子の叛乱』（昭和52年1月、中央公論社）等の古代歴史小説、古典文学に新しい息吹きを吹き込んだ『新源氏物語』等の口語訳、『文車日記』（昭和49年11月、新潮社）や『田辺聖子の小倉百人一首』（昭和61年10月、角川書店）『「源氏物語」男の世界』（平成3年6月、岩波書店）等の古典文学の評論や案内書、与謝野晶子、杉田久女、小林一茶、岸本水府たちの魅力を浮き彫りにした評伝小説、齢八十にして益々輝く歌子サンを主人公に描いた「姥《うば》ざかり」シリーズ、昭和四十六年十月から十五年間「週刊文春」に連載した『女の長風呂』『ああカモカのおっちゃん』等のエッセイなど、精力的に多彩な創作活動を続ける。六十二年、『花衣ぬぐやまつわる…わが愛の杉田久女』（昭和62年2月、集英社）で第二十六回女流文学賞を、平成二年、『ひねくれ一茶』（平成4年9月、講談社）で第二十七回吉川英治文学賞を、六年、第四十二回菊池寛賞を、七年、春の紫綬褒章を、十年、『道頓堀の雨に別れて以来なり―川柳作家岸本水府とその時代』（平成10年3月、中央公論社）で第二十六回泉鏡花文学賞を、十一年、第五十回読売文学賞（評論・伝記賞）を、十二年、文化功労者に、十五年、『姥ざかりの花の旅笠』で第八回蓮如賞を、十八年、朝日賞を、二十年、文化勲章を受けた。昭和六十二年から平成十九年まで直木賞選考委員を務めた。『田辺聖子全集』全二十四巻・別巻一（平成16年5月〜18年8月、集英社）。

＊新源氏物語《しんげんじものがたり》　現代語訳。〔初出〕「週刊朝日」昭和四十九年十一月八日〜五十三年一月二十七日。〔初版〕『新源氏物語』一〜五、昭和五十三年十二月〜五十四年四月、新潮社。◇桐壺、帚木の二帖を簡略化して、空蝉から物語は展開する。光源氏を中心に、愛の遍歴と彼が出家を決意するところまでを三十八帖で構成する。中田耕治は「田辺聖子がめざしたのは『源氏物語』の再話ではなく、源氏各帖のノベラィゼーションで、むしろ脚色といったほうが適切だろう」（「サンデー毎日」昭和54年4月22日）という。

＊舞え舞え蝸牛《まえまえかたつぶり》―新・落窪物語《しん・おちくぼものがたり》―　現代語訳。〔初出〕「大阪新聞」他五紙、昭和五十年十二月〜五十一年七月。〔初版〕『舞え舞え蝸牛―新・落窪物語―』昭和五十二年九月、文芸春秋。◇「あとがき」に「後半は、しかし、潤色というより換骨奪胎して大団円とした。原作の主人公の無意味な悪どい迫害ぶりは、近代人の我々の感性ではちょっとついていけないので、私の好きなように書きあらためた」という。「平凡社の名作文庫」として、小学校上級から中学生むきに書かれた『おちくぼ姫―落窪物語―』（昭和54年11月、平凡社）がある。

＊霧ふかき宇治の恋《きりふかきうじのこい》　現代語訳。〔初出〕「DAME」昭和六十年十月〜六十

二年七月。〔初版〕『新源氏物語 霧ふかき宇治の恋』上下、平成二年五月、新潮社。◇『新源氏物語』の続編、宇治十帖の部分。筆者は「『宇治十帖』では、人間の不思議な運命と人生というようなものが正篇以上にたっぷり盛られているように思われます」（「波」平成2年5月）と語る。 （浦西和彦）

谷川俊太郎 たにかわ・しゅんたろう

昭和六年十二月十五日～（1931～）。詩人。東京府豊多摩郡杉並町田端（現・東京都杉並区）に生まれる。父は哲学者谷川徹三、母は多喜子（旧姓長田《おさだ》）。徹三は大正七年、京都帝国大学哲学科に入学。西田幾多郎、田辺元のもとで学ぶ。また三木清、林達夫とも親密な交際があった。その後、大学卒業の十一年から法政大学に移る昭和三年まで、同志社大学予科の講師を勤める。多喜子は明治三十年、久世郡淀町（現・京都市伏見区）に長田桃蔵の次女に生まれる。桃蔵は宮津藩出身の政治家であり、立憲政友会の大物でもあった。桃蔵は奈良電気鉄道（現・近鉄奈良線）の専務を務め、京都南部から奈良に至る交通の開発に尽力した傍ら、京都府淀町長、衆議院議員等を歴任した。多喜子は大正四年に同志社女学校普通学部を、七年には専門学部英文科を卒業する。俊太郎自身は昭和二十年七月、空襲の激しくなるのにともなって淀に疎開、その年の九月から翌年春まで京都府立桃山中学校（現・府立桃山高等学校）に在籍した。帰京後、高校で友人の影響をうけ詩作を始めるが、学校生活に馴染めず、定時制に転校。父に見せた詩を三好達治が激賞し、「ネロその他五編」（「文学界」昭和25年12月）が発表される。その後、第一詩集『二十億光年の孤独』（昭和27年6月、創元社）を刊行。以後詩の世界にとどまらず、作詞、絵本制作、絵本や漫画の翻訳、映画制作など幅広い活動を続けている。多数の作品があるが、直接京都に関係した作品は少ない。詩では『二十億光年の孤独』収録の「ネロ」に「メゾンラフィットの夏／淀の夏」という一節が出てくる。作品自体は東京帰郷後に作られた作品だが、ここに「淀」が出てくるのは彼の記憶に京都が強く残っていたからであろう。他に『ことばあそびうた』（昭和48年10月、福音館書店）収録の「十ぴきのねずみ」に「ふしみ」、『ことばあそびうた また』（昭和56年1月、福音館書店）収録の「このへん」に「ひゃくまんべん」などの京都の地名が含まれている。映画では市川崑監督の記録映画「京」（昭和44年）に脚本作成で参加をしている。父徹三と母多喜子の京都時代の交際については両親の死後に谷川が二人が交わした手紙をまとめた『母の恋文』（平成6年11月、新潮社）に詳しい。また、多喜子が同志社女学校卒業の縁から、平成十八年に開校した同志社小学校の校歌を作詞している。 （谷口慎次）

谷川義雄 たにがわ・よしお

大正八年十一月一日～平成十七年五月二十四日（1919～2005）。記録映画監督、映画評論家。京都市下京区土手町通に生まれる。日本大学文学部中退。京都の皆山小学校で先駆的な映画教育を体験。昭和十四年、「雪国」（監督・石本統吉）に感動して映画芸術社（四年後に朝日映画社へ統合）に入社、二十四年の解散でフリーに。『ドキュメンタリー映画の原点』（昭和49年12月、日本保育新聞社）、『たたかう映画』（編集、平成元年8月、岩波書店）など、記録映画史研究の著書も多数。 （森本隆子）

谷口謙 たにぐち・けん

大正十四年五月二十八日～（1925～）。詩人。京都府中郡口大野村（現・京丹後市大

宮町口大野）に生まれる。昭和二十三年、京都帝国大学医学部卒業。二十六年より大宮町で内科小児科医院を開き、同年、第一詩集『風信旗』（昭和26年4月、臼井書房）を刊行。その後、『奥丹後』（昭和47年7月、木犀書房）等を刊行。平成四年、「暖冬」で第二回現代詩人アンソロジー賞受賞。大宮町名誉町民。

（佐藤良太）

谷口善太郎《たにぐち・ぜんたろう》

→須井一を見よ。

谷崎潤一郎《たにざき・じゅんいちろう》

明治十九年七月二十四日〜昭和四十年七月三十日（1886〜1965）。小説家。東京市日本橋蠣殻町（現・東京都中央区）に、父倉五郎、母関の事実上の長男として生まれる。谷崎と京都とのかかわりは大きく分けて三度ある。まず明治四十五年の京都旅行。彼にとっての初めての京都である。次に大正十二年の関東大震災で関西に逃れ「仮住まい」したときの京都。最後に昭和二十年から三十一年、第二次大戦のあとの「定住」の京都である。明治・大正・昭和と三つの時代にそれぞれ京都を経験し、青春、壮年、老年と人生の各時代の象徴的な作品を残しているから面白い。母関の父（潤一郎の祖父）は一代にして財をなし、三女にあたる関に、店の番頭であった倉五郎を養子にとって分家させた。長男を除いて男子はことごとく養子に出し、女子にはそれぞれ養子を取って分家させたが、その理由には男子の徴兵逃れという意味合い以上に、女子をかわいがるフェミニスト的傾向があったと、後年谷崎は述懐している（「幼少時代」、「文芸春秋」昭和30年4月〜31年3月）。だが、祖父の死後、商才のない父の代になると財を失って経済的に逼迫、中学、高校と学費もままならなくなるが、恩師や周りの援助で明治四十一年九月、東京帝国大学国文科に入学する。四十二年、戯曲「誕生」を「帝国文学」に、「一日」を「早稲田文学」に送るが、時はまさに自然主義全盛時代で無視された。が、欧米から帰国した永井荷風に近づいて認められ、四十四年十一月、荷風の絶賛（「三田文学」）で華々しく文壇デビューを果たした。四十四年七月学費未納のため大学を退学処分されていた。四十五年四月、「大阪毎日新聞」「東京日日新聞」の京阪見物記を書くために京都に赴いた。先に来ていた長田幹彦と京都で合流。ともに連日連夜遊蕩したため、原稿料の前借だけでは済まず、茶屋をはじめ方々に作った借金を踏み倒し、徴兵検査を受けるという口実で長田を置いて去った。東大の学生であるために徴兵免除されていたが、授業料が払えず諭旨退学になり、検査を受けなければならなくなったのである。この頃の新聞社の依頼原稿は「朱雀日記」（「東京日日新聞」「大阪毎日新聞」明治45年4月27日〜5月28日）となり、京都での放蕩三昧は「青春物語」（「中央公論」昭和7年9月〜昭和8年3月）の「京阪流連時代のこと」に活写されている。大正四年、三十歳で石川千代と結婚。翌年、長女鮎子が誕生する。十二年九月一日、箱根の山中をバスで移動中に関東大震災に遭う。妻子とともに関西へ逃れ、京都で生活を始めた。等持院中町（等持院の南に東西に通っているバス道の南あたり）に、大正七年から十四年頃にかけて借家が出来、マキノキネマゆかりの映画人たちが住んでいた。映画人との親交のあった谷崎はここに住居を構えた。しかし狸の出るほどの閑散とした寂しさに閉口した谷崎は、左京区東山三条の要法寺に転居した。ここでの一ヵ月あまりの滞在中に当時プラトン社の社員だった川口松太郎が訪ねている。三十八歳の才気ばしった精力的な谷崎ではあったが、晩秋から初冬にかけての京都の底冷え、のみならず寺の寒さにこらえかね、喘息気味の鮎子の健康を気遣って阪神間に転居し、二十一年間の居住中に、十三回転居することになる。昭和十八年一月と三月「細雪」（「中央公論」）の連載が始まるが、掲載禁止となる。十九年、戦争が激しくなって熱海に、やがて二十年五月、岡山県の津山、勝山に疎開して終戦。しかし最後に阪神間に住んでいた借家は戦火で全焼して帰ることが出来なくなっていた。京都居住は松子夫人の願いでもあったが、それ以上に「醜いもの」を避けようとする谷崎が、戦争の爪あとのない京都に惹かれたのである。谷崎は疎開先からまず上京区寺町今出川上ル鶴山町の中塚宅に仮寓。その後、左京区南禅寺下河原町に家を求めて移り住んだ。いわゆる「前の潺《せん》湲《かん》亭」である。南禅寺に近く、前に白川の流れがあった。吉井勇の歌で有名な祇園のお茶屋「大友」を思わせ、その上流に沿う家でおおいに京都を満喫。「南禅寺村の住人」の仲間に入っていることをよしとした。「月と狂言師」（後出）を読むと、南禅寺の金地院境内の上田邸で開催された月見の宴での楽しさが彷彿と浮かぶ。戦後の京都在住は、功なり名遂げた熟年の谷崎が、京都在住の伝統芸能の旗手や、京都の老舗の茶屋に関わる「京都的つきあい」を大いに楽しんだ時代である。二十四年四月、左京区下鴨泉川町に家を購入して転居。いわゆる「後の潺湲亭」である。第三の京都時代を反映した作品には「少将滋幹の母」（後出）、「鍵」（「中央公論」昭和31年1月～12月）などあるが、もっとも大きな仕事は『源氏物語』の再訳であろう。戦前の現代語訳の時、軍部への配慮からさまざまな「削除」を飲んできた谷崎は、戦後『源氏物語』の原文の正確な現代語訳に取り組みたいと思っていた。紆余曲折の末、京都大学の新進気鋭の助手玉上琢彌の校閲を得て、昭和二十六年～二十九年足掛け四年をかけて待望の完訳を世に出す。このように京都の環境とそこでの生活を満喫した谷崎であったが、老齢による身体の衰えには勝てなかった。昭和二十二年頃から悩まされた高血圧症が悪化、寒い京都を去らざるを得なくなり、三十一年、「後の潺湲亭」を売却して、温暖な熱海へ転居し、三十九年、この地で永眠する。

＊朱雀日記《すざくにっき》　随筆。〔初出〕「東京日日新聞」「大阪毎日新聞」明治四十五年四月二十七日～五月二十八日。〔初版〕『悪魔』大正二年一月、籾山書店。◇初めての京都見物記。

＊蘆刈《あしかり》　小説。〔初出〕「改造」昭和七年十一月～十二月。〔初版〕『春琴抄』昭和八年十二月、創元社。◇語り手「私」は水無瀬神宮の跡を訪ねようと、京都山崎に出かけ、淀川の中洲の蘆原で月見をしている不思議な男に出会う。その男は父慎之助とお遊さまと呼ばれる女人との不思議な話をするのだった。

＊月と狂言師《つきときょうげんし》　随筆。〔初出〕「中央公論」昭和二十四年一月。〔初版〕『月と狂言師』昭和二十四年七月、梅田書房。◇昭和二十三年九月十七日の十五夜に、南禅寺境内の金地院の寺中で、いわゆる「南禅寺村の住人」が集まって狂言と小舞の芸比べ。狂言師茂山千作初め茂山一家総出の贅沢な演目と大合唱の声に釣り出され、しずしずと月が出てくる。

＊少将滋幹の母《しょうしょうしげもとのはは》　小説。〔初出〕「毎日新聞」昭和二十四年十一月二十六日～二十五年二月九日。〔初版〕『少将滋幹の母』昭和二十五年八月、毎日新聞社。◇時の左大臣藤原時平は、伯父である藤原国経の北の方の若く美しいことを聞き、急

速接近。宴席にて北の方を奪取してしまう。八十翁の国経は北の方に対する愛執断ちがたく、懊悩から逃れようと不浄観まで試みるが、果たしえぬまま死ぬ。息子の滋幹は幼くして連れ去られた母の面影を慕って成人し、四十余歳になって図らずも六十を越した尼僧の母に再会し、墨染めの衣に顔をうずめるのだった。

＊夢の浮橋《ゆめのうきはし》 小説。〔初出〕「中央公論」昭和三十四年十月。〔初版〕『夢の浮橋』昭和三十五年二月、中央公論社。◇乙訓糺は、数え年六つの秋に生母茅渟《ちぬ》を失う。二年後、後妻経子を迎えた父は、生母と継母の差がないように仕向け、名も茅渟と呼び習わせた。やがて糺は、生母を慕うがごとく継母になつく。しかし三高（第三高等学校）の学生となったころ、継母は妊娠。生まれた子供の武は里子にやられる。離れ座敷で搾乳する母の姿に昔日の母を思いだして乳を吸う糺。腎臓を患って死期の近づいた父は糺に母のことを託す。父の遺言どおりに植木屋の娘と結婚するものの、世間が自分と継母の仲を噂していることを知るが意に介さない。そんなある日、心臓の弱った母は百足に刺されたショックで死ぬ。妻への疑惑をぬぐえない糺は妻を離縁して、母の忘れ形見武を引き取るのだった。この作品の舞台である五位庵は、谷崎が住んだ京都市左京区下鴨泉川町の「後の潺湲亭」。昭和三十一年から日新電機所有の迎賓館・石村亭である。

（たつみ都志）

谷崎松子 たにざき・まつこ

明治三十六年八月二十四日～平成元年二月一日（1903～1991）。歌人、随筆家。大阪市西区に生まれる。実家の森田家は大阪の藤永田造船所の一族。四人姉妹の次女。大阪府立清水谷高等女学校（現・府立清水谷高等学校）中退。十九歳のとき船場の老舗の根津清太郎と結婚、一男一女を儲ける。昭和二年、芥川龍之介が仕事で大阪に来たとき会いに来て、同席の谷崎潤一郎と初対面。谷崎の憧れの女人となる。この年、芥川は自殺し、松子は谷崎一家と家族ぐるみの付き合いをする。谷崎は五年に最初の妻千代と別れ、二番目の妻丁未《とみ》子とは二年足らずの結婚生活のあと離婚し、十年、根津と離婚した松子と結婚する。夫婦は阪神間を転々としたあと、戦争中は岡山に疎開。阪神間の居宅が戦火に焼かれたため、松子の望みもあって戦後は京都に住む。京都時代は狂言の茂山千作をはじめ、伝統芸能の役者や作家たちと交流し、三十一年、高血圧症が悪化した谷崎とともに熱海に移住した。著書に『倚松庵の夢』（昭和42年7月、中央公論社）、『湘竹居随想』（昭和58年6月、中央公論社）など。

（たつみ都志）

種村直樹 たねむら・なおき

昭和十一年三月七日～（1936～）。レイルウエイライター、推理小説家。大津市に生まれる。昭和三十四年に京都大学法学部卒業後、三十六年、毎日新聞社入社、一時期京都市山科区に居住。四十八年退社。赤字ローカル線や中小民間鉄道にも興味を持ち、五十八年三月、京都加悦鉄道加悦駅で日本国有鉄道（現・JR）および民間鉄道を完乗した。レイルウエイライターと自称。『鉄道を書く 種村直樹自選作品集』一～六（平成10年6月～15年8月、中央書院）、『駅を旅する』（平成19年12月、SiGnal）ほか多数。日本文芸家協会、日本推理作家協会所属。

（杉田智美）

田畑比古 たばた・ひこ

明治三十一年四月六日～平成四年十月五日（1898～1992）。俳人。京都市に生まれる。本名・彦一。大正五年、京都東山真葛原にて鰊料理の料亭「京饌寮」を開く。高浜虚子の初期小説を代表する「風流懺法」（「ホトトギス」明治40年4月）のヒロイン三千歳のモデルであった三千女と結婚した頃から俳句を始め、三千女とともに虚子に句を学ぶ。「京饌寮」は、虚子ほか多くの俳人が訪れるなど、俳人の社交場として賑わった。「緋蕪」「裏日本」「大毎俳句」の選者を経て昭和三十一年二月に「東山」創刊主宰（平成4年8月終刊）、「京洛探勝会」や「京洛歳時記」等の記事で地域色を出した。虚子から「京の俳諧奉行」と称され、客観写生の理念を貫いた。句集に『遍路』（昭和36年11月、東山発行所）がある。

（日高佳紀）

田畑三千女《たばた・みちじょ》

明治二十八年十一月十日～昭和三十三年一月二十二日（1895～1958）。俳人。滋賀県永原村（現・長浜市）に生まれる。本名・愛。三歳の頃、京都祇園町の小島家の養女となる。十二歳で千賀菊という名の、茶屋「一力」専属の舞妓となる。座敷に出たばかりの頃、高浜虚子に会う。虚子は、その印象を「づけづけものを云つて、客を客とも思はぬやうなのが面白かつた」と述べている。虚子はその後、小説『風流懺法』（「ホトトギス」明治40年4月）を書く際、彼女をモデルに舞妓三千歳を書いた。また、同小説が単行本『鶏頭』（明治41年1月、春陽堂）に所収される際、三千女に京言葉を正させたという（『定本高浜虚子全集』第五巻、解題）。三千女は、十五歳で舞妓をやめ、二十六歳で真葛ヶ原の京饌寮の主人田畑彦一（俳号比古）と結婚。作句を始めた。俳号は、三千歳にちなみ自ら三千とした。昭和二十四年、「ホトトギス」同人。追善句集『三千・三千夫遺句集』（昭和61年4月、田畑比古）がある。

（足立匡敏）

玉木正之《たまき・まさゆき》

昭和二十二年四月六日～（1947～）。スポーツライター、音楽評論家。京都の祇園（京都市東山区）に生まれる。京都を出て進学した東京大学教養学部を中退するが、在学中から音楽、演劇、スポーツなどの記事の執筆を始める。その後ミニコミ出版の編集者やフリーの雑誌記者を経て、ライターとしての活動を本格化させた。また、小説や放送台本も執筆し、ラジオ、テレビの番組でディスクジョッキーやコメンテーターをつとめるなど、次第に活動の場を広げた。国士舘大学体育学部非常勤講師。祇園出身ゆえに京都への言及を求められることも多い。『スポーツとは何か』（平成11年8月、講談社現代新書）、『スポーツ解体新書』（平成15年1月、日本放送出版協会）など多数の著書があるが、小説『京都祇園遁走曲』（平成6年9月、文芸春秋）で京都への愛憎を半ば自伝的に描き、『わたしが京都を棄てた理由』（平成8年5月、アリアドネ企画）には京都に関する文章を集めた。

（中河督裕）

玉田玉秀斎（二代目）《たまだ・ぎょくしゅうさい》

安政三年（月日未詳）～大正八年（月日未詳）（1856～1919）。講談作家。京都の神職の家に生まれる。本名・加藤万次郎。筆名・雪花山人。初代玉秀斎に弟子入りし、玉麟と号した。コレラで妻子を失い、西国巡礼の旅に出て、山田敬と出会う。玉秀斎を襲名し、講談の速記本を出版。敬の子供たちの協力を得て、立川文明堂より「立川文庫」を刊行する。敬の孫の池田蘭子は『女紋』（昭和35年1月、河出書房）で、大正十年に亡くなったとしている。

（河村奈緒美）

田宮虎彦 たみや・とらひこ

明治四十四年八月五日～昭和六十三年四月九日（1911～1988）。小説家。母親の上京中に東京の病院で生まれる。父親が船員であったため高知市の祖父の家、下関市、姫路市を経て、大正二年からは主に神戸市に居住。兵庫県立第一神戸中学校（現・県立神戸高等学校）時代から小説の習作を始め、昭和五年に第三高等学校（現・京都大学）文科甲類に入学、同級に森本薫がいた。フランス語を桑原武夫に教わりスタンダールに親しむ。他に伊吹武彦、高山岩男、深瀬基寛、土井虎賀壽らの指導を受けたが、特に級担任であった山本修二からは人間として教わるものが多く、森本薫や小西克己と共によく訪ねた。八年、東京帝国大学国文科に入学と共に帝国大学新聞の編集部に入る。編集部では小学校が一緒だった花森安治や、また扇谷正造、岡倉古志郎、杉浦明平を知る。九年、森本薫、小西克己と共に同人誌「部屋」を創刊し「醜聞」を発表、武田麟太郎の指導を受ける。十年、「日暦」同人となり「無花果」（5月）を発表。十一年、卒業して都新聞社に入るが、「人民文庫」の無届集会事件で検挙されて退社し、以後何度か職を変える。その間に作品集『早春の女たち』（昭和16年5月、赤門書房）、長編『萌える草木』（昭和16年9月、通文閣）を刊行。二十年の敗戦直後に文明社を興して「文明」を発行し、歴史小説「霧の中」（「世界文化」昭和22年11月）が出世作となる。主要作品として歴史ものでは「物語の中」（「文学会議」昭和24年4月）、「落城」（「新小説」昭和23年11月）、「末期の水」（「世界」昭和24年9月）、「前夜」（「新潮」昭和25年1月）、「鷺」（「展望」昭和25年7月）、学生時代の半自伝的な素材による「足摺岬」（「人間」昭和24年10月）、「琵琶湖疏水」（「女性改造」昭和24年12月）、「絵本」（「世界」昭和25年6月）、「菊坂」（「中央公論」昭和25年6月）、「比叡おろし」（「新潮」昭和28年11月）、社会のひずみが生み出す不幸な境涯を描いた「幼女の声」（「文芸」昭和25年8月）、「朝鮮ダリア」（「群像」昭和26年10月）、「異端の子」（「中央公論」昭和27年2月）、哀切な女性の生き方を描いた「江上の一族」（「風雪」昭和22年7月）、「土佐日記」（「新小説」昭和24年9月）、「銀心中」（「小説公園」昭和27年2月）、「ある女の生涯」（「改造」昭和27年3月）などがあり、他に夫人の死を契機に夫婦の書簡を集めた『愛のかたみ』（昭和32年4月、光文社）や長編『沖縄の手記から』（昭和47年11月、新潮社）がある。京都を描いた作品としては、第三高等学校時代を扱った前出「琵琶湖疏水」、「鹿ケ谷」（「文芸」昭和26年7月）、「卯の花くたし」（「改造」昭和26年7月）、前出「比叡おろし」の四作品にほぼ集約される。東京大学時代を扱ったものも含めてこれら一連の半自伝的作品では、その基底に幼少期からの長年にわたる父親との確執の問題があり、それは作品の成立動機に根源的に深く関わっている。幼い頃から兄だけを可愛がり、虎彦には一片の愛情を示すことなく冷遇あるいは虐待を続けてきた父親への複雑な思いは、とくに「顔の印象」（「新潮」昭和26年8月）、「暗い坂」（「文芸」昭和27年1月）、「父といふ観念」（「新潮」昭和27年7月）、「憬れといふ心理」（「文学界」昭和27年9月）などに余すことなく綴られているが、これらを所収した『卯の花くたし』（昭和29年2月、筑摩書房）の「あとがき」にはそのような心事について「考へてみれば、私は、今まで、このことばかりを、くりかへしくりかへし書きつゞけて来たやうで、私の作品から、この関係をのぞいてしまったら、何も残らないやうな気持さへするほどである」と述べている。三高時代を描いた四作品にはそれぞれ多分に創作的結構が施され自伝小説でないことは明らかだが、回想記「若き心のさすらい」(「婦人朝日」昭和33年8月〜10月)に「私が京都の旧制高校に入学したのは昭和五年四月であったが、それから間もなく私の父は失業してしまった。父が失業したことなど、私は誰にも話しはしなかった」とあり、経済的に逼迫した京都時代を送ったことは事実であろう。そうした貧しさが生み出す若い心のうそ寒さ、父親に愛されず心弱い母親にも頼れぬ身の愛情への飢渇、そして思いがけず他人から示される暖かい心に対する渇仰などが、この四作品の核を形成している。アルバイトに奔走する「比叡おろし」の主人公にとってその苦学の真意は「その頃の私は、とにかく、大学へすゝみたかつた。高等学校だけで終るのならば、何も、高等学校を出る必要も、その頃はなかつた。その頃の高等学校は、たゞ高等学校を卒業するだけでは何の資格も与へられなかつた。高等学校は、たゞ大学へすゝむもののためにだけ、存在してゐたのだ」と語られる。「岡崎の黒谷光明寺の苔むした石垣のかげにあつた古びた寂しい下宿」に住む主人公が、かつて同様に苦学して大学を目指し遂に果たせなかった隣室の妻子持ちの男に覚える心温まる感慨がこの作品の眼目である。「卯の花くたし」と「鹿ケ谷」とは連作風の関係にあり、共に鹿ケ谷の琵琶湖疏水近くの下宿を舞台としている。主人公の極端に切り詰めた生活を彷彿とさせる話材として、陽の当たらない納戸のような部屋の間代だけを払って、下宿の賄いは食べない主人公が、うどんの玉をそのまま何もつけずに食べることがどちらの作品にも書き込まれている。「咲いてゐる卯の花を咲きながらにくさらせるといふ、卯の花くたしの雨」が降る下宿で、「うどんの玉は私には思ひがけず美味でさへあつた。月末が近づいて来ると、私は朝に晩にそれを食べる日がつゞいた」とある。それを訳あって今は夫と別居して暮らしている下宿の奥さんに見つかってしまう。主人公は「してはならぬといはれてゐたことをみつけられた少年のやうにうろたへてゐたが、ふと眼をあげると、私をじつと見つめてゐる奥さんの両方の眼から、涙が頬をつたはつてゐるのである。私は不意に私の胸にこみあげてくるものを感じた」という堰切る思いの流出が両作品の主たるモティーフになっている。一方、「琵琶湖疏水」のトーンはやや異質であり、既に左翼思想が下火となりつつあり「学生の間にも無為と頽廃とが濁ったよどみをなげかけはじめていた」時代の曇天にも似た閉塞感覚を見事に捉えている。授業にもろくに出席せず、親元から送ってきた授業料を夜の巷に蕩尽してしまうような友人の、傍目には暢気そうな表情の蔭に隠された背を灼くような焦燥と不安。そのような学生三人が「鹿ケ谷の疏水べりにあって」「日本画家の従姉と、みたところのんきそうな暮しを」しているもう一人の学生の家に入り浸る話である。前述の「若き心のさすらい」に田宮が友人のSとTとの「三人でいっしょにいた時の記憶といえば、Hという同じクラスにいた友人の家に入りびたるようにしていた時の記憶ばかり」であり、「Hは従姉の日本画家と一軒の家を借りていて「琵琶湖疏水にそった道にあった」とあるから、実体験を元にしたものと推測される。この作品では、「卯の花くたし」「鹿ケ谷」にも増してこの疏水べりの風景美が際立ち、それは頽落に牽引される鬱屈した青春の眼に一層の鮮烈さをもって、次のように映じている。「疏水は春は桜の花びらにうずもれるのだった。その花びらの上に、また花びらが舞いおち、二重にも三重にも重なりあって、ゆるやかに流れていった。十二、三町の長い流れが、その頃には桜の花びらにおおいつくされて、水の面をひとところもみせなかった」。

（竹松良明）

田村喜子 たむら・よしこ

昭和七年十月二十五日〜平成二十四年三月二十四日（1932〜2012）。ノンフィクション作家。京都市に生まれる。京都府立西京大学（現・京都府立大学）文学部卒業。都新聞記者を経て文筆活動に入る。京都の活性化のために計画された琵琶湖疏水の工事に携わった、田辺朔郎の活躍を描いた『京都インクライン物語』（昭和57年9月、新潮社）をきっかけに土木と関わるようになり、以後〈土木の応援者〉として十冊以上の土木関係の著書を刊行している。『京都インクライン物語』で第一回土木学会著作賞を受賞。平成十五年には同作品を原作とした長編アニメ映画「明日をつくった男―田辺朔郎と琵琶湖疏水」（文部科学省選定、第3回世界水フォーラム参加作品、土木学会第21回映画・ビデオコンクール最優秀賞受賞作品）が製作された。他に京都を舞台とした小説としては、『むろまち』（昭和46年9月、修道社）、『京そだち』（昭和50年7月、新潮社）、『海底の機』（昭和53年7月、文化出版局）、『京都フランス物語』（昭和59年6月、新潮社）、『五条坂陶芸のまち今昔』（昭和63年9月、新潮社）、『疏水誕生』（平成2年3月、京都新聞社）などがある。

（長濱拓磨）

田山花袋 たやま・かたい

明治四年十二月十三日（新暦明治五年一月二十二日）〜昭和五年五月十三日（1872〜1930）。小説家、紀行文家。栃木県邑楽郡（明治9年より群馬県に編入）館林町に、父鍋十郎、母てつの次男として生まれる。本名・録弥。別号・汲古。明治二十三年、日本法律学校（現・日本大学）中退。二十四年、尾崎紅葉を訪問、小説を発表し始める。三十二年、博文館に入社し編集員となる。三十七年、日露戦争に私設写真班記者として従軍。この頃から、写実を追求し、代表作「蒲団」（「新小説」明治40年9月）は邦国自然主義の記念碑となる。「蒲団」内で「事件」として描かれた女弟子の恋人との密会は京都嵯峨を場所とする。恋人は「事件」当初、「同志社の学生」であった。公私にわたり、複数回来京、京都を舞台とする作品・旅行記を多く残す。踏査に基づく案内記に『日本新漫遊案内』（明治39年8月、集英社）、『日本一周 前編』（大正3年4月、博文館）、『京阪一日の行楽』（大正12年2月、博文館）他。小説に、愛妓を伴った京都旅行に材を取る「芍薬」（「早稲田文学」大正7年1月）や、保元の乱に材を取る「流矢」（「苦楽」大正14年7月〜9月）などがある。

（高橋博美）

【ち】

近松秋江 ちかまつ・しゅうこう

明治九年五月四日〜昭和十九年四月二十三日（1876〜1944）。小説家。岡山県和気郡藤野村（現・和気町）に生まれる。本名・徳田浩司。筆名は、近松門左衛門に対する敬愛に由来する。正宗白鳥とは同郷である。東京専門学校（現・早稲田大学）英文科卒業。在学中に島村抱月と知り合ったことがきっかけで「読売新聞」に月評を執筆する。明治三十六年、貸席清風亭で働いていた大貫ますと同棲を始める。新聞社や雑誌社に勤めるが、長続きせず、家計は常に苦しかった。四十年には小間物店をますに経営させるが、うまくいかず、無為に過ごす秋江にますの不満はつのった。四十一年、「読売新聞」に「文壇無駄話」を書き始める。気楽な構えで文壇の時事的な話題を自由に論じていく「無駄話」は、西欧の文芸理論を下敷きにした生硬な批評が多い中で、異彩を放つものであった。自然主義全盛の中で秋江は独自の印象批評を展開し、自己を語ることへの関心を深めていった。四十二年、ますは秋江に愛想を尽かし、失踪する。秋江は、ますに呼びかける書簡体小説「別れたる妻に送る手紙」(「早稲田文学」明治43年4月~7月)を発表、文壇の注目を集めた。私信の公開という体裁は、スキャンダラスであるものの、秋江が自身を正面から取り上げ、内面の空虚を再現的に提示しえた達成は見逃せない。ますが下宿の学生と通じていたことを知った秋江は、さらに「執着」(「早稲田文学」大正2年4月)、「疑惑」(「新小説」大正2年10月)を書き継ぎ、嫉妬と憤怒とに駆られた主人公の姿を重層的な回想の中で描いた。特定女性への過度の執着が生活を疎かにさせ、関係の破綻を招くこと、捨てられた女への未練を捨てられず相手につきまとうことは、以後の「大阪の遊女」ものや「黒髪」連作でも繰り返される型である。理想的な男女関係を求めて得られず、彷徨する男を描いた秋江作品は、教養主義の批評家からは全否定されたが、愚行の詳細な記述は他に例を見ない。批評家の平野謙は、私小説の源の一つを秋江の「疑惑」に求めている。大正十一年に猪瀬イチと結婚、二人の子をもうけた。晩年には「水野越前守」(「時事新報」昭和6年1月6日~10月16日夕刊)など歴史小説にも挑んだ。代表作には他に「子の愛の為に」(「中央公論」大正13年12月)がある。秋江は、大正元年八月に京阪地方を放浪し、長田幹彦・宇野浩二と知り合った。その時のことは、「その頃」(「早稲田文学」大正7年4月)で回想されている。以来、十二年まで毎年のように京都を訪れるようになる。大正四年三月に長田幹彦と滞在した際には、「黒髪」のモデル金山太夫こと前田志うと出会っている。七年四月から九年五月までは、京都で暮らした。当地での見聞は、多くの小説や随筆を生み出している。「舞鶴心中」(「中央公論」大正4年1月)は、実際の事件に取材したもので、旅館の若旦那と小間使いとが結婚を許されなかったために心中を決行するまでの経緯を客観的な筆致で描く。晩秋の保津川や京都の細い路地の描写には、秋江の体験が生かされている。「女」(「新潮」大正4年8月)、「京都へ」(「文章世界」大正4年8月)、「葛城太夫」(「中央公論」大正5年4月~5月)、「四条河原」(「中央公論」大正5年8月)は、金山太夫との交際から生まれた作品群。「葛城太夫」ではヒロインのお園が暮らす祇園の路地裏から知恩院にかけての春の様子が実感的に書かれており、「四条河原」では、竹村屋橋が心中の舞台に選ばれている。「初しぐれ」(「文章世界」大正8年12月)、「借家人」(「解放」大正9年6月)、「天国へ」(「人間」大正10年9月)は、安井神社北門通りの長屋に間借りしていた時の体験に基づく。「借家人」には、「路地の内外では絶えず三味線の音が聞えたり、ぞろりと錦紗お召なぞを曳擦つた女がそこらを出入りしたりしてゐる」と周囲の雰囲気が綴られている。紀行文では、「山吹の咲く頃」(「文芸雑誌」大正5年12月)が宇治、「京の夏」(「サンデー毎日」大正11年8月20日)が比叡山から見た京都の夜景、「大文字のともる夜」(「改造」大正11年9月)が大文字の送り火、「四月の京都」(「新演芸」大正12年5月)が都をどり、「伊勢から京都へ」(「改造」大正12年

6月）が大原の様子をそれぞれ伝えている。「わが仮寓の記」（「改造」大正9年1月）で「京都にゐるのは京都の人間が造つた趣味を愛でてゐるのではない。今日の京都の現実とは遠く懸隔してゐる古い京都、古典文学に表はれてゐる京都を、わづかにその遺物によつて偲ぶことの出来るやうな頽廃した過去の世界に空想を駆つてみるところに興味をもつことが出来るのである。そのほかには京都の自然《ネーチユア》そのものが最も私の眼に美しく、肌に快い」と述べられているように、秋江における京都は、理想を投影させる空間として意義づけられているところに特徴がある。そのため、近代化していく京都には否定的である。「春雨日記」（初出不明）では、「京阪の現況は最もこれを好まざるなり。その人間の多くが下品にして無作法なる、趣味の低劣にして俗欲のみ盛なるは実に彼地の人間の概して東京人と比べて異なる特色なり」と辛辣な意見が語られている。「京都の冬を懐しむ」（「人間」大正10年2月）に典型的に現れているように、京都に関する言及の多くが回顧の形を取るのも、理想化の志向と関係していよう。

＊**黒髪**《くろかみ》　中編小説。〔初出〕「改造」大正十一年一月。〔初版〕『黒髪』大正十三年七月、新潮社。単行本収録の際、「狂乱」（「改造」大正11年4月）、「霜凍る宵」（「新小説」大正11年5月、7月）の二編と併せて、「黒髪」と総称された。◇祇園のある遊女に「私」はこれまでで最も気に入った女と惚れ込み、四年にわたって関係を続けている。一ヵ月ほど「女」と同棲していた「私」は、夏の間山に行っている間に彼女が転居したことを知る（以上「黒髪」）。同棲中に「女」を引く費用のことで口論となっていた「私」は、下山してから積極的に彼女と会おうとしない。ある日、祇園を訪れた「私」は、彼女が精神に異常を来たし、店を辞めたことを知る。「女」の転居先を突き止めた「私」は、田舎で静養しているという彼女の母親の話を信じて、探し歩くが空振りに終わる（以上「狂乱」）。母親を尾行して、「女」が転居先にいることを知った「私」は、毎日のように張り込み、機会をうかがう。ある日そこに乗り込んだ「私」は、母親と激しい口論となる。隣家の主人の仲裁で「私」は、「女」の病状が回復するまで待つことにする。後日、「私」は、「女」の勤めていた店の主人から「女」が惚れていた男に関する詳細を聞かされ、自身をみじめに思う（以上「霜凍る宵」）。「女」に翻弄される「私」の不安と執着とを鮮烈に描いた「黒髪」連作は、秋江文芸の中でも最高傑作と評されている。「私」が「女」の居場所を求めて、京の路地裏を彷徨したり、家の前で連日張り込んだりする場面は、とりわけ印象に残る。同じ題材を客観的な立場で書いた作品に「二人の独り者」（「国民新聞」大正11年1月5日〜4月19日夕刊）、「旧恋」（「新小説」大正12年3月、4月、6月）がある。

（山口直孝）

遅塚麗水　ちずか・れいすい

慶応二年十二月二十七日〜昭和十七年八月二十三日（1866〜1942）。小説家、紀行文家。駿河国沼津町（現・静岡県沼津市）に生まれる。本名・金太郎。明治七年に上京。少年時代は漢文の書物を読み漁った。二十三年、幸田露伴との合作として「冷于氷《れいうひよう》」を「読売新聞」に発表（明治23年2月20日〜3月19日）し、作家デビュー。この年、郵便報知新聞社に入社。二十六年八月十三日発行の「国民之友」に発表した紀行文「不二の高根」が好評を博し、一流の紀行文家として認められる。二十七年、真宗東本願寺門主の葬儀を取材し、「京都通信」（1月30日〜2月2日）として連載。日清戦争を取材した後、都新聞に移る。京都での博覧会の模様を「京都博覧会」（明治28年4月3日～4月19日）によって伝えた。漢文調の紀行文も数多く紙上に発表。京都に関するものに、「京の一日《いちじつ》」（「都新聞」明治39年11月13日～11月21日）などがある。それらは、『ふところ硯』（明治39年6月、左久良書房）や『露分衣《つゆわけころも》』（明治41年6月、文禄堂書店）などにまとめられた。

（熊谷昭宏）

茅野蕭々 ちの・しょうしょう

明治十六年三月十八日～昭和二十一年八月二十九日（1883～1946）。ドイツ文学者、詩人、歌人。長野県上諏訪（現・諏訪市）に生まれる。本名・儀太郎、初号・暮雨。長野県立諏訪中学校（現・県立諏訪清陵高等学校）、第一高等学校（現・東京大学）を経て、明治四十一年、東京帝国大学独文学科卒業。中学時代より詩歌を作って盛んに投稿、高校一年時与謝野鉄幹の主宰する「明星」（明治36年3月）に短歌が掲載され、以後、内面を繊細に謳う明星派の新進歌人として注目され、詩歌や評論を数多く寄稿する。高校の同期には安倍能成・小宮豊隆・斎藤茂吉らがいた。大学在学中に新詩社の閨秀歌人増田まさ（のちの茅野雅子）と相知り、熱烈な恋愛のすえに結婚。大学卒業後、第三高等学校（現・京都大学）講師として赴任、のち教授となって京都文壇の有力メンバーとなる。「明星」廃刊後は、北原白秋・吉井勇・石川啄木らと「スバル」を主な舞台とし、詩歌・小説・翻訳などを精力的に発表した。大正六年、安倍の斡旋で慶応義塾大学に移り、のち日本女子大学教授を兼務。十三年、ドイツに留学、翌年に帰国。以後、ドイツロマン主義文学の研究および翻訳に優れた業績を残した。著作として、『ファウスト物語』（大正15年1月、岩波書店）、『リルケ詩抄』（昭和2年3月、第一書房）、その他、岩波文庫の翻訳に『令嬢ユリエ』（昭和2年）、『若きヴェルテルの悩み』（昭和3年）などがある。昭和十一年、『ゲヨエテ研究』（昭和7年7月、第一書房）によって文学博士を授与され、『独逸浪漫主義』（昭和11年9月、三省堂）を上梓した。十九年、慶応大学を辞して名誉教授となり、日本ゲーテ賞を受賞。アンデルセン・エッセンバッハ・ブランデス・シラー・ストリンドベルクらの翻訳やシェイクスピア研究など、その幅広い翻訳および研究活動は当時の日本における欧州文学への道標となった。二十年、東京大空襲で被災、顔面に火傷を負う。戦後、日本女子大学国文科科長を務めるが、翌二十一年に脳溢血で急逝。雅子との共著に随筆集『朝の果実』（昭和13年11月、岩波書店）や『蕭々雅子遺稿抄』（昭和31年11月、岩波書店）などもある。

（中田睦美）

茅野雅子 ちの・まさこ

明治十三年五月六日～昭和二十一年九月二日（1880～1946）。歌人。大阪市東区（現・中央区）道修町に生まれる。旧姓・増田。本名・まさ。号・しら梅。大店で知られた薬種問屋の次女として育つ。五歳で、母さと病死。集英尋常小学校および同高等科、大阪府立堂島女学校（現・府立大手前高等学校）を経て、相愛女学校へ転校。十二歳の頃、継母ふじを迎える。ふじの考えもあり、明治二十八年、相愛女学校を退学、家事を手伝いながら琴や生け花の稽古に通った。三十一年、当時の文学青年子女の投稿誌「文庫」に短歌が掲載され、三十三年には与謝野鉄幹が主宰する「新詩社」に入社。同年十一月の「明星」（第8号）より短歌を発表し始め、たちまち頭角を現す。三十七年、両親を説得して上京、日本女子大学国文科に入学。ほどなく与謝野晶子、山川登美子との合著歌集『恋衣』（明治38年1月、本郷書院）を刊行、「みをつくし」一一四首を収める。晶子は「白萩の君」、登美子は「白百合の君」、雅子は「白梅の君」として、「明星派の三才媛」とも「新詩社三女史」とも呼ばれ、女流歌人増田雅子の名を世に広めた。四十年、大学卒業後、明星派の同人茅野蕭々から熱烈な求愛を受け結婚。当時、蕭々が東京帝国大学の学生で三歳年下等の理由から、父親や親族に猛反対された結婚であった。四十一年、長女晴子を出産、蕭々が東京帝大独逸文学科を卒業、第三高等学校（現・京都大学）赴任に伴い、夫と共に京都に移住する。「明星」廃刊後、「スバル」や「青鞜」「婦人之友」などを拠点に詩歌、小説、随筆と次々に発表し意欲的な創作活動を展開する。大正二年、次女多緒子を出産。六年一月、初めての歌集『金沙集』（岩波書店）を出版。同年、蕭々の慶応義塾大学転勤で東京に戻る。十年より日本女子大学国文学科の教授となり、晩年まで勤める。十四年、ドイツ留学中の夫と共に、欧州各地を歴訪する。大学で教鞭を執る傍ら、大正八年より春草会、昭和十二年より茅花会の短歌会を主宰、『茅野雅子集』（『現代短歌全集』第17巻、昭和4年12月、改造社）を出版、新聞や雑誌にも短歌、随筆を多く寄稿、精力的な創作活動をみせた。二十年、東京大空襲で自宅が被災、蕭々が顔面に火傷を負い、雅子も喘息の悪化で健康を損なうなど心身共に痛手を受ける。翌二十一年三月、蕭々が脳溢血で倒れ病床に就き、同年八月二十九日に急逝、その四日後、雅子も逝去する。〈しら梅の衣にかをると見しまでよ君とは云はじ春の夜の夢〉（『恋衣』「みおつくし」冒頭歌）

（中田睦美）

【つ】

つかこうへい　つか・こうへい

昭和二十三年四月二十四日～平成二十二年七月十日（1948～2010）。劇作家、演出家、小説家。福岡県嘉穂郡（現・嘉麻《かま》市）に生まれる。在日韓国人二世。本名・金峰雄《キムボンウン》。慶応義塾大学文学部中退。在学中から学生劇団に加わり、昭和四十九年、戯曲『熱海殺人事件』で岸田戯曲賞を当時最年少で受賞、「劇団つかこうへい事務所」を設立し、人気劇作家となる。五十一年、ゴールデンアロー演劇賞受賞（舞台「ストリッパー物語」「熱海殺人事件」）。脚本を小説化して第八十六回直木賞を受賞した『蒲田行進曲』（昭和56年11月、角川書店）、『青春かけおち篇』（昭和58年7月、角川書店）、『幕末純情伝』（昭和63年9月、角川書店）、『龍馬伝』（平成3年1月～5年5月、角川書店）などは、京都が舞台。学生運動の時代を描く戯曲『飛龍伝'90』（平成2年11月、白水社）で読売文学賞、平成十九年紫綬褒章受章。被虐的な三角関係や歴史の中に新しい愛を描く。「★☆北区つかこうへい劇団」を主宰し、役者・演出家の育成、公演を行った。

（永渕朋枝）

塚本邦雄　つかもと・くにお

大正九年八月七日～平成十七年六月九日（1920～2005）。歌人、小説家、評論家。滋賀県神崎郡五個荘村（現・東近江市五個荘）に生まれる。滋賀県立神崎商業学校を卒業。昭和十三年、総合商社又一株式会社に就職、四十九年まで勤める。平成元年～十一年、近畿大学文芸学部教授。昭和二十四年、「メトード」創刊。二十六年八月に第一歌集『水葬物語』（メトード社）を刊行。歌、評論を積極的に発表し、戦後の前衛短歌運動の中心人物となった。非写実的な描写、独特の律を用い、虚構を重視しながらも、ときに時代批評、社会批評的な視角を織り込んで作歌した。歌集に『日本人霊歌』（昭和33年10月、四季書房）、『緑色研究』（昭和40年5月、白玉書房）、『感幻楽』（昭和44年9月、白玉書房）、『天變の書』（昭和54年7月、書肆季節社）等。また『塚本邦雄全集』全十五巻別巻一巻（平成10年11月～13年6月、ゆまに書房）がある。現代歌人協会賞、迢空賞、斎藤茂吉短歌文学賞、現代短歌賞、紫綬褒章、勲四等旭日小綬章等を受ける。京都の地名を詠みこんだ、〈なぐはしき京見て死ねとあかねさす天使突抜春のあけぼの〉（『新歌枕東西百景』昭和53年9月、毎日新聞社）がある。王朝歌人を論じた著作も多い。（日比嘉高）

辻嘉一 つじ・かいち

明治四十年一月二日～昭和六十三年十一月十七日（1907～1988）。日本料理研究家、随筆家。京都市に生まれる。大正八年、京都市立商業実修学校中退。家業であった裏千家専門茶懐石料理「辻留」を継ぎ、二代目主人。昭和二十九年には東京に進出し、銀座・赤坂などで経営にあたる。また、日本料理研究家として、テレビ・ラジオにも出演する。著書は『辻留・現代豆腐百珍』（昭和37年6月、婦人画報社）、『献立帳』（昭和42年12月、三月書房）など多数。（西尾元伸）

辻邦生 つじ・くにお

大正十四年九月二十四日～平成十一年七月二十九日（1925～1999）。小説家。東京市本郷区駒込西片町（現・文京区）に生まれる。東京大学文学部仏蘭西文学科卒業後、同大学院へ進学。昭和三十二年、パリへ留学。帰国後「廻廊にて」（「近代文学」昭和37年7月～38年1月）で近代文学賞を受賞。学習院大学などで教鞭をとるかたわら多数の作品を発表。『安土往還記』（昭和43年8月、筑摩書房、芸術選奨新人賞受賞）、『背教者ユリアヌス』（昭和47年10月、中央公論社、毎日芸術賞受賞）、連作長編の『ある生涯の七つの場所』一～八（昭和50年2月～63年11月、中央公論社）、『西行花伝』（平成7年4月、新潮社、谷崎潤一郎賞受賞）、『辻邦生全集』全二十巻（平成16年6月～平成18年2月、新潮社）などがある。『嵯峨野明月記』（昭和46年9月、新潮社）では、慶長末、本阿弥光悦、俵屋宗達、角倉素庵（了以の子）の三人が協同して嵯峨本を制作するまでの時代と内面の遍歴を、それぞれの独白を交差させて描いた。（日比嘉高）

辻田克巳 つじた・かつみ

昭和六年三月二十八日～（1931～）。俳人。京都市伏見に生まれる。京都大学文学部英文科卒業。京都大学大学院修士課程修了。平成元年まで京都市立高等学校の教諭。昭和三十一年、秋元不死男の「天狼」に入会。三十五年、第九回氷海賞受賞、同人となる。四十年、俳人協会員。四十三年、氷海第二回星恋賞（同人賞）受賞。四十七年、胆石症手術のため二十日間入院、その記録「オペ記」五十句にて天狼コロナ賞受賞。四十八年九月、第一句集『明眸』（氷海俳句会）刊行。夏の祇園会の町中の風情をおだやかに詠んだ句に〈祇園囃子ゆるやかにまた初めより〉。四十九年、「天狼」同人。五十五年、句集『オペ記』（昭和55年8月、東京美術）で第四回俳人協会新人賞受賞。平成二年、「幡」創刊、主宰。『幡』（平成2年6月、富士見書房）がある。三年、宇治市紫式部市民文化賞受賞。宇治市在住。俳人協会常務理事、日本文芸家協会

会員。（花﨑育代）

津田青楓 つだ・せいふう

明治十三年九月十二日～昭和五十三年八月三十一日（1880～1978）。画家。京都府上京区押小路通（現・京都市中京区）橘町に生まれる。本名・亀次郎。谷口香嶠に日本画を、浅井忠に洋画を学ぶ。明治四十年、フランスに留学。帰国後の四十四年から夏目漱石と交流。大正四年に漱石が京都を訪れた際には、兄で華道家の西川一草《いっそう》亭《てい》と世話をした。昭和四年、津田洋画塾を開き、京都画壇の一勢力を形成した。後に左翼運動に傾倒。晩年は新文人画と呼ばれる独自の画境を示した。（西村将洋）

土田杏村 つちだ・きょうそん

明治二十四年一月十五日～昭和九年四月二十五日（1891～1934）。思想家。新潟県佐渡郡新穂村（現・佐渡市新穂）に生まれる。本名・茂《つとむ》。画家の土田麦僊は実兄。新潟師範学校（現・新潟大学）、東京高等師範学校（現・筑波大学）を経て、大正四年、京都帝国大学文科大学哲学科入学、西田幾多郎に師事。早くから同時代の文明批評に関心を持ち、九年、雑誌「文化」を創刊。文化主義を提唱し、政治、経済、社会、芸術、教育、国文学など、あらゆる領域にわたって旺盛な評論活動を展開する一方、信州などにおいて自由大学運動を起こすなど、終生在野にあって具体的現実に立脚しつつ、アカデミズムとジャーナリズムを結びつけるなど、理論と実践の両面で活躍した。また、晩年は特に京都を中心とする桃山時代の絵画研究に没頭し、智積院の障壁画の作者の決定に関する研究などに成果を残した。「桃山時代末期襖絵論」（「東洋美術」昭和6年12月）、「桃山時代の障屏画」（「セルパン」昭和9年6月）、その他の論考がある。（梅本宣之）

筒井菫坡 つつい・きんぱ

明治十一年十一月四日～四十一年八月六日（1878～1908）。詩人、歌人。丹後国何鹿郡広瀬村（現・綾部市広瀬町）に生まれ、舞鶴で育つ。本名・西村齊。薄田泣菫に傾倒し、「小天地」「文庫」等に詩を投稿した。結核で亡くなる直前に詩集『東天紅』（明治41年7月、石塚書舗）を上梓。〈姐さんかむり草履がけ／若狭少女は裾褰《かか》げ／吉阪峠足ばやに／浜へ出てゆく一筋道を〉（「春の風」）（青木亮人）

筒井康隆 つつい・やすたか

昭和九年九月二十四日～（1934～）。小説家、劇作家、俳優。大阪市住吉区に生まれる。同志社大学文学部卒業。昭和三十五年、会社勤務の傍らＳＦ同人誌「NULL」を創刊。同誌に発表した短編小説「お助け」（昭和35年6月）が江戸川乱歩の目に留まって、推理小説誌「宝石」（昭和35年8月）に転載され、一躍注目を集める。四十年、上京し専業作家となって『東海道戦争』（昭和40年10月、早川書房）を出版。以後、既存小説の言語、形式、メディアのスキームを解体する画時代的作品を数多く発表し続けている。中でも「朝のガスパール」（「朝日新聞」平成3年10月18日～4年3月31日、全161回、日本ＳＦ大賞受賞）は、パソコン通信を駆使して読者の投稿を創作に取り入れた実験的作品であり、読者参加型小説の金字塔である。平成二年、永山則夫の入会を拒否した日本文芸家協会の対応に抗議して同協会を脱退。五年には、高校の国語教科書に採録された「無人警察」（「科学朝日」昭和40年6月）の表現が癲癇差別を助長するとして日本てんかん協会からクレームを付けられたことに抗議して断筆を宣言。この断筆宣言は、表現の自由と自主規制を巡る大論争を引き起こした。八年、出版社と覚書を交わし、一方的な用語の規制を行わないことを確約させ執筆を再開。以降、復帰第一作目となった『邪眼鳥』（平成9年4月、新潮社）、読売文学賞受賞作『わたしのグランパ』（平成11年8月、文芸春秋）などを発表し、現在ではライトノベル「ビアンカ・オーバースタディ」（「ファウスト」平成20年8月）に挑戦するなど旺盛な創作活動を継続している。執筆活動の一方で早くから俳優としても活躍しており、昭和五十七年には劇団「筒井康隆大一座」を立ち上げ「ジーザス・クライスト・トリックスター」（初演昭和57年3月31日、ラフォーレ原宿）等に主演。他にも数多くの映画・テレビドラマ・舞台・CMに出演した。平成七年の阪神・淡路大震災では神戸市垂水区の自宅が被災。「震源地に一番近かった作家」（『筒井康隆かく語りき』平成7年6月、文芸社）の中では「テレビの報道ではまったく伝わらない」恐怖や被災状況について語りながら、「五千五百人近くの人が死んで、自分がその中の一人でなかったことが不思議に思えるような経験をして、もう小説なんでどうでもよくなった」と述べている。十四年秋、紫綬褒章受章。

（内藤由直）

恒藤恭 つねとう・きょう

明治二十一年十二月三日～昭和四十二年十一月二日（1888～1967）。法学者。松江市に生まれ、京都に没する。旧姓井川。京都帝国大学教授、大阪商科大学（現・大阪市立大学）初代学長。法学博士。国際法・法哲学（法理学）に目覚しい業績を収める。日本学士院会員、文化功労者。島根県立第一中学校（現・県立松江北高等学校）在学中に文芸に傾倒し、随筆・短歌・俳句等の投稿を始める。第一高等学校（現・東京大学）時代以来の芥川龍之介の親友。芥川の書簡に「一高時代の記憶はすべて掃滅しても君と一緒にゐた事を忘却することは決してないだらうと思ふ」とある。卒業後、郷里での療養中に「都新聞」の懸賞に小説「海の花」で一等入選し、快癒後に上京して都新聞社文芸部の記者見習となる。平和主義にもとづく憲法擁護の立場を崩さず、反骨の自由主義法学者と呼ばれる。『法の基本問題』（昭和11年10月、岩波書店）、『法の精神』（昭和44年6月、岩波書店）、『法的人格者の理論』（昭和11年11月、弘文堂書房、法学博士論文）などの専門書の他に、『復活祭のころ』（昭和23年5月、朝日新聞社）、『旧友芥川龍之介』（昭和24年8月、朝日新聞社）など著書多数。山崎時彦編『若き日の恒藤恭』（昭和47年1月、世界思想社）に詩文がまとめられている。芥川に「恒藤恭は一高時代の親友なり」と始まる「恒藤恭氏」の一文があり、その生活の極めて規則的な事、論客であり、詩人であり、謹厳居士である事を記す。芥川の三男也寸志の名は恒藤に因む。

（石上　敏）

角田竹冷 つのだ・ちくれい

安政三年五月二日～大正八年三月二十日（1856～1919）。俳人、政治家。駿河国富士郡加島村柚ノ木（現・静岡県富士市柚木）に生まれる。本名・真平。別号・聴雨窓。明治五年に上京し、沼間守一の門に入る。十三年に代言人の免状を取得後、沼津で開業。十五年に立憲改進党の評議員となり、東京府会議員に選出され、その後二十四年三月、衆議院議員に当選し、通算七選を果たす。二十七年二月、尾崎紅葉と共に「読売新聞」の懸賞応募句の選に当たり、俳句の普及につとめる。二十八年十月には、竹冷を盟主として秋声会が結成され、これに尾崎紅葉、巌谷小波らが合流する。翌年十一月、機関紙「秋の声」を発刊し、三十六年一月「卯杖」、四十二年四月「木太刀」と改題する。三十一年三月、京都へ旅行し、嵐山、宇治等を訪れている。その旅の行程は「俳諧草枕」（「太陽」明治31年9月〜10月）で示され、芭蕉、蕪村等の俳句を引用し、東寺、銀閣寺、智積院等を楽しむ様子が描かれている。

（松枝　誠）

角田文衞　つのだ・ぶんえい

大正二年四月九日〜平成二十年五月十四日（1913〜2008）。古代史・古代文学研究者。福島県伊達郡桑折町北町に生まれる。京都帝国大学文学部史学科考古学専攻を卒業。昭和二十八年七月、大阪市立大学教授に就任。四十二年四月、自らが創設に関わった古代学協会による平安博物館（現・京都文化博物館）の設立と共に、初代館長兼教授に就任する。『紫式部とその時代』（昭和41年5月、角川書店）、『王朝の映像』（昭和45年8月、東京堂出版）など著書多数。

（山田哲久）

坪内稔典　つぼうち・としのり

昭和十九年四月二十二日〜（1944〜）。近代文学研究者、俳人、歌人。愛媛県西宇和郡伊方村（現・伊方町）に生まれる。周囲からはネンテンとも呼ばれ、受け入れている。京都教育大学名誉教授、仏教大学文学部教授。俳句グループ船団の会代表をつとめ、歌誌「心の花」にも所属する。俳句との関わりは高校時代の伊丹三樹彦「青玄」への投句に始まり、立命館大学進学後に本格化した。九冊の句集とその集成『坪内稔典句集〈全〉』（平成15年11月、沖積舎）、歌集『豆ごはんまで』（平成12年8月、ながらみ書房）。他にも『俳人漱石』（平成15年5月、岩波書店）、『季語集』（平成18年4月、岩波書店）など多数の著書がある中、『京の季語』（季別五冊、平成10年3月〜11年1月、光村推古書院）、『俳句で歩く京都』（平成18年3月、淡交社）で京都の俳句を取り上げた。宇治市の紫式部市民文化賞選考委員をつとめ、平成十二年、府の文化賞功労賞を受賞、十六年、京都市文化功労者の表彰を受けた。

（中河督裕）

津村秀介　つむら・しゅうすけ

昭和八年十二月七日〜平成十二年九月二十八日（1933〜2000）。小説家。横浜市に生まれる。本名・飯倉良。編集者、ルポライターなどを経て、『偽りの時間』（昭和47年6月、光風社書店）で推理小説家としてデビュー。アリバイトリックを得意とし、横浜在住のルポライター浦上伸介を主人公としたシリーズが知られる。京都を舞台にした作品に『保津峡殺人事件』（平成元年8月、天山社）、『京都　銀閣寺の死線』（平成12年2月、光文社）などがある。

（前田貞昭）

鶴見和子　つるみ・かずこ

大正七年六月十日〜平成十八年七月三十一日（1918〜2006）。評論家、社会学者。東京に生まれる。上智大学名誉教授。専攻は比較社会学だが、南方熊楠や柳田國男の研究・地域住民の手による発展を論じた〈内発的発展論〉などでもその名は知られている。哲学者の鶴見俊輔は弟である。敗戦後間もない昭和二十一年、都留重人、鶴見俊輔、丸山真男らとともに雑誌「思想の科学」を創刊。五十四年に『南方熊楠』（昭和53年9月、講談社）で毎日出版文化賞、平成七年に南方熊楠賞、十一年に朝日賞をそれぞれ受賞。主著に『コレクション鶴見和子曼荼羅』全九巻（平成9年10月〜11年1月、藤原書店）、『漂泊と定住と―柳田國男の社会変動論』（昭和52年6月、筑摩書房）等がある。石牟礼道子や佐佐木幸綱など、多くの作家、研究家との共著がある。京都府宇治市にて逝去。

（松永直子）

鶴見俊輔 つるみ・しゅんすけ

大正十一年六月二十五日〜（1922〜）。哲学者、政治運動家。東京に生まれる。比較社会学者の鶴見和子は姉。アメリカのプラグマティズムの日本への紹介者のひとりで、都留重人、丸山真男らとともに戦後言論界の中心的人物とされている。ベトナム戦争期には、ベトナム反戦平和運動団体「ベトナムに平和を！市民連合」（通称・ベ平連）の設立者として活躍した。憲法第九条を護る立場で結成された「九条の会」の呼びかけ人の一人でもある。昭和三十六年、同志社大学の文学部社会学科教授となるも、四十五年、大学紛争で同大学教授を退任。主著に『プラグマティズム』（昭和30年1月、河出書房）、『戦時期日本の精神史　1931〜1945年』（昭和57年5月、岩波書店、大佛次郎賞受賞）等がある。平成二年、『夢野久作』（平成元年6月、リブロポート）で日本推理作家協会賞を、六年に朝日賞、十九年に『鶴見俊輔書評集成』全三巻（平成19年7月〜11月、みすず書房）で毎日書評賞をそれぞれ受賞。

（松永直子）

て

【て】

出口王仁三郎 でぐち・おにさぶろう

明治四年七月十二日（新暦八月二十七日）〜昭和二十三年一月十九日（1871〜1948）。宗教家（大本教聖師）、歌人。京都府南桑田郡曾我部村穴太（現・亀岡市）に生まれる。幼名・上田喜三郎。別号に、瑞月他。大本教開祖の出口ナオの女婿となり後を継ぐが、二回にわたり政府の弾圧を受けた。その間『霊界物語』全八十一巻八十三冊（大正10年12月〜昭和9年12月、大本出版部、天声社）を書き、教義を確立。戦後「愛善苑」として教団を再建した。「宗教と芸術とは姉妹」の信念のもと、陶芸作品や多くの短歌を遺した。歌集に『花明山』（昭和6年5月、明光社）『彗星』（昭和6年7月、明光社）等。

（水川布美子）

勅使河原宏 てしがはら・ひろし

昭和二年一月二十八日〜平成十三年四月十四日（1927〜2001）。映画監督、草月流第三代家元。東京市青山高樹町（現・東京都港区南青山）に生まれる。東京美術学校（現・東京芸術大学）卒業後、前衛芸術運動〈世紀〉に参加。記録映画制作を経て、一九六〇年代（昭和35年〜45年）に安部公房脚本の劇映画を発表。安土桃山時代の京都を描いた「利休」（平成元年、原作・野上弥生子）・「豪姫」（平成4年、原作・富士正晴）では京都映画と提携して山崎の待庵を再現、糺《ただす》の森・東福寺・亀岡など各所でロケを行った。

（友田義行）

寺岡峰夫 てらおか・みねお

明治四十二年十二月十三日〜昭和十八年一月十五日（1909〜1943）。評論家。京都市中京区堺町通に生まれる。本名・寺尾博。同志社中学校、第一早稲田高等学院を経て、昭和十三年、早稲田大学英文科卒業。在学中より「早稲田文科」の中心人物として活躍、小説、評論を書いた。卒業後改造社に勤め、第三次「早稲田文学」に関わり、稲門出身の気鋭の評論家として注目された。評論集は『文学求真』（昭和15年7月、砂子屋書房）一冊のみで、十八年一月に急逝した。

（久保明恵）

典厩五郎 てんきゅう・ごろう

昭和十四年九月十六日〜（1939〜）。小説家。東京市中野区に生まれる。立命館大学哲学科卒業。在学中には、林屋辰三郎の講義に感銘を受けた。新聞記者を経て、シナリオライターとなる。昭和六十二年、ゾルゲ事件を折り込んだ『土壇場でハリー・ライム』（昭和62年8月、文芸春秋）で、第五回サントリー・ミステリー大賞と同読者賞をダブル受賞。開高健・田辺聖子ら、選考委員に認められた。徳川家と京の町衆をテーマとした「城」三部作、『まほろばの城』（平成6年7月、新人物往来社）、『王家の城』（平成13年8月、PHP研究所）、『町衆の城』（平成13年10月、新人物往来社）は、「足が地についた歴史解釈」と「はち切れんばかりの伝奇性に富んだ心ゆたかな物語」を両立させたいとする、作者の「歴史伝奇小説宣言」（『まほろばの城』）が反映された作品である。日本と中国を股にかけて展開する『故宮深秘録』（平成9年1月、新人物往来社）でも、博覧会や市電など、明治の京都が活写されている。

（田中励儀）

【と】

土井逸雄　どい・いつお

明治三十七年十月十四日～昭和五十一年二月六日（1904～1976）。翻訳家、映画プロデューサー。京都府美山町（現・南丹市）に生まれる。第三高等学校（現・京都大学）時代には、武田麟太郎、清水真澄らと同人誌「真昼」の創刊に参加。東京帝国大学仏文科に入学するが中退し、世界文学全集の編集や翻訳に携わる。翻訳にアンリ・ファーブルの『昆虫記』第十巻（昭和6年10月、叢文閣）、『ジイド全集』第十一巻（昭和9年10月、金星堂）、レエモン・ラディゲの『肉体の悪魔』（昭和5年5月、アルス）が発禁、のちに昭和十二年五月、改造社より刊行。他にモリエールの『守銭奴』（昭和11年6月、学芸社）などがある。その後京都大映の企画部長となり、「殺すが如く」（昭和23年）、「忍びの者」（昭和37年～41年）、「第三の影武者」（昭和38年）などの企画監修にあたった。

（増田周子）

戸板康二　といた・やすじ

大正四年十二月十四日～平成五年一月二十三日（1915～1993）。演劇評論家、小説家。東京市芝区三田（現・東京都港区）に生まれる。慶応義塾大学国文科卒業。折口信夫に師事。明治製菓菓子部宣伝部、私立山水高等女学校（現・桐朋学園）勤務を経て、久保田万太郎のすすめで日本演劇社に入社（昭和50年退社）、雑誌「日本演劇」の編集長を務めた。演劇評論のほか、江戸川乱歩のすすめで推理小説を執筆。「車引殺人事件」（「宝石」昭和33年7月）を皮切りに多数発表し、「團十郎切腹事件」（「宝石」昭和34年12月）で第四十二回直木賞を受賞。その他、文学賞受賞作は数多い。京都については、『回想の戦中戦後』（昭和54年6月、青蛙房）で「戦後に最も大きなぼくの第二の町になった」と述べ、雑誌「幕間」の企画で戦後初めて京都を訪れた際の感想や、白川の上田家で淡交社、駸々堂出版から刊行する書物を執筆した思い出などが叙述されている。

（天野知幸）

東儀鉄笛　とうぎ・てってき

明治二年六月十六日～大正十四年二月四日（1869～1925）。俳優、音楽家。山城国愛宕郡小川中立売（現・京都市上京区下立売小川）に生まれる。本名・季治《すえはる》。明治十二年

より宮内省雅楽部に勤める傍ら、二十五年東京専門学校（現・早稲田大学）に学ぶが中退。三十九年、坪内逍遙の文芸協会設立に参画し、新劇俳優として活躍。協会解散後は無名会を結成。早稲田大学講師を務める。著書に『音楽通解』（明治40年8月、博文館）、「日本音楽史考」（未完）がある。歌劇『常闇《とこやみ》』（作詞坪内逍遙、明治39年10月、修文館）や早大校歌「都の西北」（作詞相馬御風《ぎょふう》、明治40年10月）の作曲者としても知られる。（村田好哉）

堂本印象 どうもと・いんしょう

明治二十四年十二月二十五日～昭和五十年九月五日（1891～1975）。日本画家。京都市上京区有春町（現・北区平野上柳町）に生まれる。本名・三之助。大正十三年、京都市立絵画専門学校（現・京都市立芸術大学）研究科修了。大正八年、「深草」で第一回帝展初入賞。第六回帝展出品作「華厳」が帝国美術院賞に選ばれ、仏画家としての名が高まる。大徳寺、仁和寺、東福寺など多くの社寺の襖絵・天井画・壁画も手掛けた。伝統的な日本画の枠を超えた洋画風の表現を特色とするが、昭和二十七年の渡欧以後は抽象的な作風へ変貌。三十六年、文化勲章受章。四十年、堂本印象美術館を衣笠に設立。随筆集に『美の跫音』（昭和30年4月、人文書院）などがある。吉川英治「檜山兄弟」（「東京日日新聞」「大阪毎日新聞」昭和6年10月20日～7年11月13日）など、新聞小説の挿絵も手掛けた。（杲　由美）

堂本尚郎 どうもと・ひさお

昭和三年三月二日～（1928～）。洋画家。京都市下京区（現・東山区）下河原町に生まれる。昭和二十七年、京都市立美術専門学校（現・京都市立芸術大学）研究科修了。昭和二十六年、「蔦のある白い家」が第七回日展の特選となるが、翌年、叔父堂本印象に随行して渡欧の後、日本画壇を離れる。三十年より四十二年まで欧米に暮らし、アンフォルメル運動にも参加。同運動とはしだいに距離を取り始め、以後日本人としての画風を模索し始める。三十九年、第三十二回ベネチア・ビエンナーレで「連続の溶解」シリーズがアルチュール・レイワ賞を受賞。四十二年帰国後は、東京世田谷に居住。画風を開拓し続け、円から波形へとモチーフも変化する。平成十五年頃からは蓮の葉をイメージした作品に取り組む。（杲　由美）

徳田戯二 とくだ・じょうじ

明治三十一年二月十九日～昭和四十九年八月十六日（1898～1974）。小説家。京都市中京区に生まれる。本名・徳次郎。幸田露伴の兄成常に師事し、のち幸田邸に寄寓。専修大学政経科修了。新演劇研究科で戯曲を研究。「文芸耽美」を主宰し、大正末期のアバンギャルデスム運動の一翼を担う。昭和期には「文芸都市」「文芸首都」等に関わる。戦後、文戦作家クラブを結成し、「文戦」（昭和26年5月～27年8月、全3冊）を編集。著書に徳田秋声、横光利一が序文を寄せた『一番美しく』（昭和5年2月、塩田書房）、『徳田戯二選集』（昭和25年1月、エリゼ文学社）等がある。（洪　明嬉）

徳富蘇峰 とくとみ・そほう

文久三年一月二十五日（新暦三月十四日）～昭和三十二年十一月二日（1863～1957）。思想家、新聞記者、政論家、歴史家。肥後国上益城郡津森村（現・熊本県上益城郡益城町）に生まれる。本名・猪一郎。明治五年、熊本洋学校に入学するが年少のため退学。八年、再入学。ここで洋学校教諭のジェーンズ（蘇峰は「ゼンス」と記している）と出会い、キリスト教に開眼。九年、洋学校閉鎖にともない、一時、東京に遊学したが、同年十月、同志社英学校（現・同志社大学）に入学。以後、明治十三年五月に退学するまで同校にて新島襄、デビス、ラーネッドらから教えを受けた。蘇峰の文筆活動は十六年十月「東京毎週新報」に四回にわたって連載された「官民の自由を論ず」に始まるが、その地位を不動のものにしたには、やはり『将来之日本』であろう。同書は十九年十月、経済雑誌社から刊行された。この評論では、将来の日本のあるべき姿が論じられており、国際情勢や社会の発展に関する蘇峰の知見を立脚点として、日本の進むべき道は平民主義に立脚した生産国家であると提示されている。二十年二月、民友社を設立して、「国民之友」を創刊、二十三年二月、「国民新聞」創刊。初期の蘇峰は平民主義に立脚した政論を展開していたが、日清戦争勃発から三国干渉に至る国際情勢を目の前にして、徐々に国家主義的な政論を主張するようになっていった。以後、晩年まで蘇峰の批評のほとんどが、国家主義的立場から構想されたものであると言ってよい。大正期に発表された『世界の変局』（大正4年3月、民友社）では、内政では皇国中心主義、外交ではアジアの盟主たるべきことを主張し、『大正の青年と帝国の前途』（大正5年10月、民友社）では、青年たちが西洋風の個人主義の感化を受けつつある時代の風潮に対して警告を発している。アジア太平洋戦争の勃発をきっかけとして、昭和十七年五月には大日本文学報国会、十二月には大日本言論報国会が創立されるが、蘇峰は双方の会長を務めている。終戦後の二十年十二月、極東国際軍事裁判（いわゆる東京裁判）開廷に伴い検事局からA級戦犯容疑者に指命されたが、高齢のため自宅軟禁となった。蘇峰の生涯にあってとくに京都と深い関わりを持ったのは、やはり、その青年時代、同志社英学校に在学し新島襄らの教えを受けた頃であろう。この時期の思い出を蘇峰は後年、『蘇峰自伝』（昭和10年9月、中央公論社）で詳細に語っている。 （野村幸一郎）

徳冨蘆花 とくとみ・ろか

明治元年十月二十五日（新暦十二月八日）～昭和二年九月十八日（1868～1927）。小説家。肥後国葦北郡水俣手永（現・熊本県水俣市）に生まれる。本名・健次郎。生家は代々藩主細川家の郷士格で、蘆花は四女三男の次男、兄にジャーナリストの徳富蘇峰（猪一郎）がいる。明治十一年七月、兄猪一郎に連れられて京都にのぼり、同志社英学校に入学。二年上級組に学んでいた十三年四月、下級組とのクラス合併問題から起こった校長新島襄の自責事件を契機に、同年六月、同志社を退学して熊本に帰る。父一敬らが設立した共立学舎、兄が開いた大江義塾に学び、十八年三月、メソジスト教会で受洗、四国の今治に赴いて伝道に従事した。十九年九月、同志社に再入学、山本久栄（新島襄の義姪）との恋愛に陥り、周囲の反対にあって追いつめられ、翌二十年末に出奔して鹿児島に走る。その後、熊本英学校の教師をしながら、それまでの一年半の顚末を記し、自序に「誤《あやまり》に始まり、誤に成り、誤に破る」（『冨士』第1巻）と書いたが、ほどなく破棄した。二十二年五月に上京、兄が設立して二年目になる民友社に入り、「国民之友」や「国民新聞」に翻訳、翻案、評論、紀行文などを発表。二十五年夏には、久栄との恋愛の思い出を「春夢の記」と題して綴ったが、翌年七月、久栄が病死したことを知り、余白に「此等の事の終《をはり》は是なり」（同前）と書いて、長らく筐底に秘した。二十七年五月、原田愛子と結婚。三十一年十一月から翌年五月にかけて「国民新聞」に「不如帰」を連載、その結末近くには、結核を病むヒロインの浪子が、父片岡中将と一緒に京阪を遊覧し、山科停車場で別れた夫の川島武男と遭遇する場面を設定している。後に大幅に加筆訂正のうえ『小説不如帰』（明治33年1月、民友社）として刊行、新派劇に脚色されるなどして幅広く享受され、九年後には百版をかぞえるベストセラーとなった。さらに、湘南の自然を精細に写生した小品や短編小説をまとめた『自然と人生』（明治33年8月、民友社）で声価が高まり、作家としての経済的自立を果たした。また、艱難に立ち向かって前向きに生きる青年の精神形成をたどった「おもひ出の記」（「国民新聞」明治33年3月23日～34年3月21日、のち『思出の記』と改題、明治34年5月、民友社）も好評を博した。この小説には、関西学院の苦学生となった主人公の菊池慎太郎が、比叡山に避暑に出かけて親友を落雷で亡くす事件が描かれている。三十六年一月、兄との疎隔が深まり、民友社と決別して黒潮社を設立。やがて社会主義への関心を深め、現実社会の矛盾を直視する一方、精神的な再生を希求するようになり、三十八年十二月頃には日記感想類とともに旧稿「春夢の記」を焼却した。翌三十九年四月から八月にかけて、パレスチナを巡り、ロシアのトルストイを訪問、その報告である『順礼紀行』（明治39年12月、警醒社）を刊行。四十年二月、東京府北多摩郡千歳村字粕谷（現・東京都世田谷区粕谷）を永住の地として転居、「美的百姓」と自称する半農生活を始めた。そこでの記録に『みゝずのたはこと』（大正2年3月、警醒社）がある。大正二年九月から十一月には、九州・満洲・朝鮮・山陰を旅行の帰途、京阪に立ち寄り、天橋立・保津川・桃山・宇治・嵐山・大原などに遊んだ。その模様は、旅行記『死の蔭に』（大正6年3月、大江書房）に詳しく描かれている。大正三年十二月、過去の久栄との恋愛を懺悔した『黒い眼と茶色の目』（新橋堂）を刊行、それによって久栄に対する思いを清算した。その後、次第に独自の信仰的境地を開くようになり、夫妻で第二のアダム（日子）とイブ（日女）を自覚し、八年一月から新紀元第一年を宣言して世界一周の旅にのぼる。翌九年三月に帰国。その経験を『日本から日本へ』（大正10年3月、金尾文淵堂）として刊行。十年四月、夫妻で京阪旅行の途次、京都東山の若王子山上にある山本久栄および新島襄らの墓を詣でた。晩年には、自伝的長編『冨士』全四巻（大正14年5月～昭和3年2月、福永書店）を執筆、死の直前に、長年不和となっていた兄と静養先の伊香保で和解した。

＊黒い眼と茶色の目《くろいめとちゃいろのめ》 中編小説。〔初版〕大正三年十二月、新橋堂。◇蘆花が二度目の同志社在学中に生じた、山本久栄との恋愛の経緯を描いたもの。同書発売当時の広告には、「十九の夏から二十の冬まで著者青春の生活を如実に現出す。夢の如く起り而して著者の半生に大打撃を与へた初恋の挿話が大部分を占む」とある。伊予から京都に出た主人公・得能敬二（蘆花。以下、括弧内はモデル）は、協志社（同志社）三年に編入学し、「底ひなき大悲の淵を湛へた一双の黒い眼」をした飯島先生（新島襄）の夫人の姪にあたる山下寿代（久栄）に心ひかれる。「目尻の下つた鋭い茶色の目」の印象的な彼女と親密になった末、敬二は「将来偕老ノ約ヲ結バンコトヲ誓」うが、周囲の人々に諭されて約束破棄を宣言する。思い屈した敬二は、清滝の旅宿にこもり、学校に帰っても借金や孤独感で学業に専念できず、突貫して京都を出て西へ向けて旅立つ。南禅寺境内での敬二と寿代の逢い引

き、寄宿舎生活、教師や学生たちの風貌など、明治半ばの京都を舞台に、青年男女のつたない恋愛と新島襄の率いる草創期の同志社の雰囲気を活き活きと描き出している。

（関　肇）

徳光衣城《とくみつ・いじょう》

明治十七年七月二十八日～昭和二十八年十一月四日（1884～1953）。俳人。大阪北浜に天保年間から続く料亭花外楼の長男として生まれる。本名・伊助。早稲田大学中退。やまと・東京毎日・報知・大正日日・東京毎夕の各新聞社を経て、大正十三年から東方通信社北京支社長。昭和四年から大阪毎日新聞社会部長。昭和十四年から北京の東亜新報社社長。二十一年に帰国後は京都市上京区に在住。

（竹松良明）

利倉幸一《としくら・こういち》

明治三十八年六月七日～昭和六十年十月二十六日（1905～1985）。演劇評論家。京都市に生まれる。同志社大学中退。武者小路実篤の「新しき村」に参加し、演劇部を手伝ううち演劇にめざめた。大正末期から演劇雑誌に寄稿し、昭和二十五年には演劇出版社を設立して、復刊「演劇界」を発行した。長谷川伸賞を受賞。『続々歌舞伎年代記』（昭和54年12月、演劇出版社）の刊行は貴重であり、『残滴集』（昭和57年11月、演劇出版社）には「南座の改築」が収められている。

（田中励儀）

外村繁《とのむら・しげる》

明治三十五年十二月二十三日～昭和三十六年七月二十八日（1902～1961）。小説家。滋賀県神崎郡南五個荘村大字金堂（現・東近江市五個荘金堂町）に生まれる。本名・茂。父吉太郎、母みわの三男。実家は呉服木綿問屋の分家で浄土真宗を信仰。明治四十年、父が東京日本橋に外村商店を設立。大正四年に金堂小学校を卒業し、滋賀県立膳所中学校（現・県立膳所高等学校）に入学。七年に次兄が病没し外村家の相続人になる。一年の浪人生活を経て十年四月、京都の第三高等学校（現・京都大学）文科甲類に入学。三年間、市内の三条大宮に下宿し、自由な校風になじむ。翌十一年から三高劇研究会に入会、「歎異鈔」を読み親鸞に傾倒。会員の梶井基次郎や中谷孝雄の知遇を得、のち公演などを企画した。同年四月、生徒会議委員として校長排斥ストライキに関わった。十二年には文芸部委員となり、七月の「嶽水会雑誌」に戯曲「煉獄」を発表、翌年六月には理事となって編集をし、小説「有情」を発表した。後年外村は京都在住期を、以下の随筆で回想。まず「壬生の辺」（『随筆京都』昭和16年11月、ウスヰ書房）では、西京の街の印象、下宿から近かった二条駅や壬生狂言、琵琶の女師匠の記憶を述べる。次の「くれない燃ゆる」（「東京新聞」昭和28年6月9日）には、大正十二年に三高文芸部や有志が招いた谷崎潤一郎にダンスホールへ連れて行かれたことや、在学していた三好達治や梶井基次郎の思い出等を「京都での青春」だったと記す。さらに「吉田界隈から祇園石段下へ」（「東京新聞」昭和35年6月12日夕刊）によれば三高時代よく利用した「食堂はタゴール、シャンホール、青竜軒、理髪店はビリケン」で、劇研の仲間と円山公園の汁粉屋「あけぼの」で本読みをし、よく飲みに出かけたこと、五月一日の記念祭で自作の劇「三井の鐘」の上演、卒業年度に「祇園石段下」のカフェ「レーヴン」に通ったことが知られる。続く「東の空の春の月」（「京都新聞」昭和35年7月27日）には、京極に遊び、八瀬から比叡山に登ったり、鞍馬、高雄、嵐山でも遊んだとある。外村は十三年四月に東京帝国大学経済学部経済学科入学のため京都から上京、同年、女給の八木下とくと恋愛して同居した。十四年一月、梶井らと「青空」を創刊（～昭和2年6月）。編集・執筆にも携わった。同年、滝井孝作「無限抱擁」に感動。昭和二年三月、大学を卒業したが十一月に父の死去に遭い、翌三年、外村商店を継ぐ。のち妻子を入籍。八年、阿佐ケ谷に転居し「麒麟」同人となる。翌年九月に商業小説「鵜の物語」を発表。九年四月から「世紀」連載の「草筏」が翌十年の第一回芥川賞候補となる。短編集『鵜の物語』（昭和11年2月、砂子屋書房）に続いた長編『草筏』（昭和13年11月、砂子屋書房）が第五回池谷信三郎賞を受賞。そのため第八回芥川賞は逸したが、この頃から私小説を主とする作風に推移し、わが〈家〉をめぐる業縁の凝視と〈性〉に対する罪業意識の宗教的浄化が、外村文学のゆるぎないテーマとして定着してゆく。戦前は「木靴」「文学生活」「日本浪曼派」同人であった。戦時中は東京に留まり、二十年末に帰省し京都市へ。短編「枇杷の花」（「暁鐘」昭和21年7月）には、この旅行が『梶井基次郎全集』刊行の相談のため浅見淵と京都の淀野三吉（隆三）を訪ねたものだったと記されている。戦後は「素直」「文芸日本」に同人参加。二十三年に夫人が脳軟化症で倒れ死去し「夢幻泡影」（「文芸春秋」昭和24年4月）等に亡妻を哀悼する短編を書く。二十五年、金子ていと再婚、「最上川」（「文芸」昭和25年2月）等にその経緯を描いた。二十七年、日本文芸家協会常任理事。のち税対策実行委員長となって尽力した。三十一年、『筏』（昭和31年5月、三笠書房）が第九回野間文芸賞を受賞。三十二年四月八日、招待を受け京都市の東本願寺で講演をする。「現代人と信仰」（「青年と宗教」昭和32年6月）はその記録である。三十二年、上顎腫瘍が発見され癌と診断される。やはり癌に罹ったていと夫婦で闘病。その心境を綴った「落日の光景」（「新潮」昭和35年8月）、「日を愛しむ」（「群像」昭和36年1月）は私小説の極北と評される。三十六年一月、自らの性欲史を記す「澪標《みおつくし》」（「群像」昭和35年7月）により読売文学賞受賞。同作には三高入学後に住んだ下宿に近い神泉苑、生まれて初めての飲酒、青春の寂寥感と女性観、劇研で読んだ「出家とその弟子」で親鸞に出会ったこと、信州旅行や梶井、中谷らとの交友などが描出されている。なお「地獄は一定すみかぞかし」（「信濃毎日新聞」昭和36年2月28日）は京都で晩年を過ごした親鸞についての随想である。同年、日本医科歯科大学病院に入院後も、三高時代を回想する「行春哀歌」から「さらば京都」の章を含む自伝的長編『濡れにぞ濡れし』（昭和36年10月、講談社）の口述筆記を続けたが、享年五十八歳で永眠。準文芸家協会葬のうえ、郷里の石馬寺にある外村家墓所に納骨された。同年、ていも死去。平成二年には生家が公開され、九年、外村繁文学館が開館。刊行書では他に「筏」三部作の一つ『花筏』（昭和33年11月、三笠書房）や短編集『春秋』（昭和14年2月、赤塚書房）、『紅葉明り』（昭和22年6月、世界社）、『早春日記』（昭和24年2月、河出書房）、『岩のある庭の風景』（昭和32年6月、講談社）、『落日の光景』（昭和36年4月、新潮社）、『夕映え』（昭和36年11月、角川書店）等。随筆集に『日本の土』（昭和18年5月、大観堂）、『春・夏・秋・冬』（昭和34年7月、新創社）など。『入門しんらん』（昭和34年12月、普通社）、『阿佐ヶ谷日記』（昭和36年12月、新潮社）も刊行された。『外村繁全集』全六巻（昭和37年3月～8月、講談社）がある。

（外村　彰）

富岡多恵子　とみおか・たえこ

昭和十年七月二十八日～（1935～）。詩人、小説家。大阪市西淀川区伝法町（現・此花区）に、父寅男、母小うたの長女として生まれる。幼い頃から、母の兄が働いていた京都南座で、歌舞伎・文楽・新派・新国劇などに親しむ。昭和二十九年四月、大阪女子大学（現・大阪府立大学）英文学科に入学。この頃、友人から譲り受けた小野十三郎『現代詩入門』（昭和30年5月、創元社）を読んで詩に興味を持つ。詩を書き始めたきっかけについて、「略歴」（『現代詩文庫15 富岡多恵子』昭和43年11月、思潮社）の中で、「京都へゆく途中」の「阪急電車の窓から」眺めた「景色」を「抽象的に感じ」、「帰ってからわたしはそれを紙に書き、はじめて詩を書いた」と語っている。三十三年五月、詩集『辺禮』（昭和32年10月、山河出版社）で第八回H氏賞を受賞。その後、小説・シナリオ・評論・エッセイなど広いジャンルに活動の幅を広げ、四十九年四月、『植物祭』（昭和48年11月、中央公論社）で第十四回田村俊子賞を、同年十月、『冥途の家族』（昭和49年6月、講談社）で、第十三回女流文学賞を受賞する。五十二年六月、『当世凡人伝』（昭和52年4月、講談社）所収の「立切れ」により、第四回川端康成文学賞を受賞。この頃、雑誌で大本教の教祖出口なおの書いた文字を見て興味を持つ。安丸良夫『出口なお』（昭和52年1月、朝日新聞社）を読み、なおの文字を直接見るために、大本教発祥の地である綾部市や、なおの出生地である福知山市などを訪れる。この旅でなおの文字を直接見ることはできなかったが、「無学文盲のおばあちゃんが声をあげるという、その発語状態みたいなものに興味」（「凡人・言葉・境界領域」、『富岡多恵子集』第三巻月報4、平成11年1月、筑摩書房）を持ち、なおをモデルにした「三千世界に梅の花」（「新潮」昭和53年12月）、なおの女婿王仁三郎をモデルにした「この世が花」（「新潮」昭和55年6月）を発表する。上野千鶴子・小倉千加子との共著である『男流文学論』（平成4年1月、筑摩書房）や、『釋迢空ノート』（平成12年10月、岩波書店）など、評論も多い。

（山田哲久）

富岡冬野　とみおか・ふゆの

明治三十七年十二月二十八日～昭和十五年四月二十五日（1904～1940）。歌人。本名・青木ふゆの。富岡鉄斎を祖父として、京都市上京区室町通一条下ル薬屋町に生まれ育つ。京都府立第一高等女学校（現・府立鴨沂高等学校）高等科卒業。父謙蔵の指導の下に早くから国文や漢文に親しんだが、やがて佐佐木信綱に師事し、歌集『微風』（大正13年12月、竹柏会）を刊行した。結婚後は東京砧村に移り住み、「心の花」や「短歌人」を舞台に活躍したが、夫の赴任地上海で病没。「心の花」昭和十五年七月号は追悼号の形をとり、十六年五月には歌文集『空は青し』が第一書房より刊行された。〈故さとは今日も雨なり木せいの香のこちたさに窓鎖して居る〉（「京都にて」）

（大橋毅彦）

富永一朗　とみなが・いちろう

大正14年4月25日～（1925～）。漫画家。京都市に生まれ、五歳から大分県佐伯市に育つ。昭和二十年、台南師範学校卒業。佐伯市での教員生活を経て、二十六年、上京、貸本漫画などを多数執筆。杉浦幸雄に師事。その出発時、吉行淳之介に評価される。代表作に、『チンコロ姐ちゃん1』（昭和54年1月、立風書房）など。六十一年、『一朗忍者考』（昭和60年10月、日本芸術出版社）で日本漫画家協会大賞を受賞。

（中尾　務）

富永太郎 とみなが・たろう

明治三十四年五月四日～大正十四年十一月十二日（1901～1925）。詩人。東京市本郷区湯島新花町（現・東京都文京区）に生まれる。第二高等学校（現・東北大学）理科乙類退学後、大正十一年、東京外国語学校（現・東京外国語大学）に入学するが、落第、休学状態となる。十二年十一月、上海行、十三年二月、帰国。六月、京都帝国大学に入学した正岡忠三郎の浄土寺の下宿に滞在し、のち、下鴨宮崎町に移る。七月、立命館中学校（現・立命館高等学校）在学中の中原中也を知る。十一月、初めての喀血。十二月、「山繭」創刊号に「橋の上の自画像」「秋の悲歎」を発表。『定本富永太郎詩集』（昭和46年1月、中央公論社）がある。（越前谷宏）

富永星 とみなが・ほし

生年月日未詳～。翻訳家。京都に生まれる。京都大学理学部数理学科卒業。国立国会図書館司書、イタリア大使館のイタリア東方学研究所図書館司書等を五年間勤め、その後、自由の森学園の数学教師を十年勤め、その後、児童文学の翻訳家となる。数学教師であったことを生かし『ゲルファント先生の学校に行かずにわかる数学』（平成11年10月、岩波書店）で翻訳家デビュー。他に『数学する本能』（平成18年9月、日本評論社）等多数ある。「言語による表現と数学を教える」という二つの興味を一体化したものの翻訳に対しての興味があるという。（槌賀七代）

富本憲吉 とみもと・けんきち

明治十九年六月五日～昭和三十八年六月八日（1886～1963）。工芸家。大阪府平群郡東安堵村（現・奈良県生駒郡安堵町）に生まれる。東京美術学校（現・東京芸術大学）で建築、室内装飾を学び、ロンドンに留学。帰国後、バーナード・リーチと親交を深め、陶芸の道に入る。もと「青鞜」同人の尾竹一枝（紅吉）と結婚、大正四年、安堵村の自宅に窯を築き創作。十五年、東京千歳村に移り、白磁、色絵磁器を制作。戦後、京都で、金銀彩の技法を完成。昭和二十四年、京都市立美術専門学校（翌年から京都市立美術大学。現・京都市立芸術大学）に招かれ、三十年、重要無形文化財指定保持者（人間国宝）に認定。三十六年、文化勲章受章。三十八年五月、病床にありながら京都市立美術大学学長に選任され、翌月八日、死去。生家は四十九年、富本憲吉記念館として開館。（椿井里子）

富安風生 とみやす・ふうせい

明治十八年四月十六日～昭和五十四年二月二十二日（1885～1979）。俳人。愛知県八名郡金沢村（現・豊川市）に生まれる。本名・謙次。明治四十三年、東京帝国大学卒業後、逓信省に入る。福岡貯金支局長時代、吉岡禅寺洞を知り、本格的に俳句を開始。偶然出会った高浜虚子の「進むべき俳句の道」（「ホトトギス」大正4年4月～6年8月）に影響を受け、「ホトトギス」に投句。大正十一年に結成された東大俳句会にこの年から参加。昭和三年、逓信部内有志による俳誌「若葉」を主宰。京都へは、この「若葉」を通しての俳友の案内でよく訪ね、友人の小川義章が当時住職をしていた高山寺で宿泊していた。句集に『草の花』（昭和8年11月、龍星閣）ほか多数。（船井春奈）

友松賢 ともまつ・けん

大正九年一月十六日～（1920～）。歌人。海を眼前に臨む京都府熊野郡久美浜町（現・京丹後市）の如意寺に生まれる。如意寺住職を務めながら但丹歌人会結成、機関誌「雪線」の編集を行い、『歌集 碧身〈短歌世代シリーズ第29集〉』（昭和55年1月、短歌新聞社）、『友松賢歌集〈日本現代歌人叢書第14集〉』（昭和60年1月、芸風書院）を著す。『歌集 碧身』の「後記」には「水辺に生を享けたこと」への感謝が綴られ、水辺の風景が詠まれている。（天野知幸）

豊田四郎 とよだ・しろう

明治三十八年十二月二十五日～昭和五十二年十一月十三日（1905～1977）。映画監督。京都市上京区に生まれる。大正十三年、松竹蒲田撮影所に入社。昭和十一年に東京発声へ移籍し、十二年、「若い人」（原作・石坂洋次郎）を大ヒットさせた。十五年にはハンセン病医療に従事する女医を描いた「小島の春」を発表。戦後は、東宝の文芸映画路線を担い、三十年に「夫婦善哉」（原作・織田作之助）を発表した。三十一年の「猫と庄造と二人のをんな」では、人間の喜劇性を演出して評価を得た。（木村 功）

豊田都峰 とよだ・とほう

昭和六年一月十三日～（1931～）。俳人。京都中京区に生まれる。本名・充男。昭和二十七年、立命館大学文学部卒業後、京都府立高校の教員を勤める。大学時代に松井利彦を知り、「京鹿子」に入門。鈴鹿野風呂、丸山海道に師事する。四十八年より「京鹿子」編集長、平成十一年より主宰。句集に『野の唄』（昭和60年4月、四季出版）、『自解100句選 豊田都峰集』（平成14年4月、牧羊新社）、『風の唄』（平成18年7月、角川書店）などがある。京都を詠んだ句に〈きさらぎの京人形のひと引き目〉がある。（田口道昭）

【な】

内藤湖南 ないとう・こなん

慶応二年八月七日～昭和九年六月二十六日（1866～1934）。東洋史研究者。羽後国鹿角郡（現・秋田県鹿角市）に生まれる。本名・虎次郎。明治二十年上京、「日本人」「亜細亜」を編集。二十九年、大阪朝日新聞記者となり、三十五年、満洲視察。四十年、京都帝国大学文科大学史学科教授に就任、四十二年、東洋史学第一講座担当。大正三年三月、『支那論』（文会堂書店）、八年より『満蒙叢書』（満蒙叢書刊行会）を刊行。十五年定年退官。昭和二年八月、京都府相楽郡瓶原村（現・木津川市）の恭仁山荘に隠棲、七年、郭沫若来訪。恭仁山荘にての作歌〈浄瑠璃寺海住山寺鐘の音ひゞきかはしけむそのかみしのばゆ〉（渡邊ルリ）

内藤鳴雪 ないとう・めいせつ

弘化四年四月十五日～大正十五年二月二十日（1847～1926）。俳人。江戸三田（現・港区）の松山藩邸に生まれる。幼名・助之進。本名・素行《もとゆき》。別号に南塘、破蕉、老梅居主人など。十一歳で松山帰住、藩校明教館で漢学を修める。明治元年に京都遊学。俳句は二十五年、四十六歳の時に、常盤会寄宿舎生の正岡子規の感化で学んだもの。著書に『鳴雪俳話』（明治40年11月、博文館）、『鳴雪句集』（明治42年1月、俳書堂）などがある。（渡邊浩史）

直木三十五 なおき・さんじゅうご

明治二十四年二月十二日～昭和九年二月二十四日（1891～1934）。小説家。大阪市南区内安堂町（現・中央区安堂町）に生まれる。本名・植村宗一。筆名は、大正十一年、植の字を二分して直木、三十一歳であったので三十一とし、以後、年ごとに三十二、三十三と改名し、十五年一月、「改名披露」（「文芸春秋」）を出して三十五に定着した。他に、植村宋一・北川長三・竹林賢七、等。明治四十三年、大阪府立市岡中学校（現・府立市岡高等学校）卒業。四十四年、早稲田大学英文科予科入学。同級に青野季吉・鷲尾雨工・西条八十、上級に宇野浩二・広津和郎らがいた。大正二年、高等師範科へ転籍。月謝未納のため学籍を失うが、四年の同級生の卒業まで大学に通った。在学中に友人の叔母佛子寿満と同棲。六年、美術誌「新興美術」の編集に携わる。七年、春秋社・冬夏社を興し、『トルストイ全集』等を邦訳出版。八年、文芸誌「主潮」を発刊し、翻訳・評論等を執筆。寿満入籍。芥川龍之介・菊池寛を知る。十年、久米正雄・吉井勇らが同人の文芸誌「人間」の経営を引き継ぐ。すべての事業は不調に終わり、妻と二児を抱えて生活は窮迫した。十一年、愛人となる香西織恵を知る。十二年、菊池の「文芸春秋」創刊とともに毎号評論・雑文等を発表。関東大震災後、大阪に戻り、プラトン社に勤務。「苦楽」を編集。川口松太郎を知る。「槍の権三重帷子」（「苦楽」昭和13年1月）等、「仇討もの」の小説を発表。以後、大衆文学作家としての活動が始まる。十四年、映画製作に乗り出し、牧野省三らと奈良を本拠に連合映画芸術家協会を設立。十五年、京都の御室《おむろ》スタジオも撮影に使用した。十五年、大衆文学の同人誌「大衆文芸」を白井喬二らと創刊。昭和二年、映画製作から退き、上京して文筆に専念。四年、菊池との共同所有である文芸春秋倶楽部を仕事部屋とし、織恵を住まわせる。五年、「南国太平記」（「東京日日新聞」「大阪毎日新聞」昭和5年6月12日～6年10月16日）が大好評を得て、一躍流行作家となる。昼下がりに起床して倶楽部で知己と応対しつつ明け方まで執筆し、一日数十枚を書くという生活を倒れるまで続けた。八年、離婚。織恵とも離別。死因は結核性の脊椎カリエスと脳膜炎。京都を舞台にした小説は、「楠木正成」（「文芸春秋」昭和6年1月～6月）、「足利尊氏」（「改造」昭和6年8月～8年4月）等枚挙に暇がない。代表作『南国太平記』（昭和6年4月、11月、誠文堂、番町書房）においても、洛中や比叡山が物語の要となっている。（宮川　康）

永井荷風　ながい・かふう

明治十二年十二月三日～昭和三十四年四月三十日（1879～1959）。小説家。東京市小石川金富町（現・東京都文京区）に生まれる。本名・壮吉。明治三十六年から四十一年までアメリカ・フランスに留学。帰国後は、その耽美的な作風で文壇に新風を吹き込む。京都には、八十年の生涯で五度訪れる。明治四十二年九月中旬の京都行きは、「冷笑」（「東京朝日新聞」明治42年12月3日～43年2月28日）の「八 京都だより」の章に影を落とす。大正二年八月、慶応義塾講演会のため滞在し、上田敏を訪れるも不在。帰路、知恩院の襖絵を見て感激する。祇園祭見学。「大窪だより」（「三田文学」大正2年9月～3年7月）には、「一度此都に来れば小生は深く日本を愛し日本に感謝する熱情の転《うた》た切なるを覚え候」とある。十一年九月、十年ぶりに京都を訪れ、随筆「十年振」（「中央公論」大正11年9月）を草する。十二年三月にも京都を訪れている。（権藤愛順）

中井宗太郎　なかい・そうたろう

明治十二年九月十九日～昭和四十一年三月十六日（1879～1966）。美術史家。京都市下京区柳馬場通綾小路下ルに生まれる。東京帝国大学哲学科卒業。明治四十二年、京都絵画専門学校（後に市立美術専門学校、

現・市立芸術大学）講師から、大正八年に同教授となり、国画創作協会創立とともに顧問に就任、近代日本画運動に参加、「制作」の編集に従事する。昭和十七年から二十四年まで京都市立美術専門学校校長、二十二年に立命館大学講師、二十九年から三十五年まで同教授を勤める。退職後の四十年に日本共産党入党。『近代芸術概論』（大正11年10月、二松堂書店）、『司馬江漢』（昭和17年6月、アトリエ社）、『浮世絵』（昭和28年10月、岩波新書）などがある。

（東口昌央）

永井瓢斎 ながい・ひょうさい

明治十四年九月二十六日〜昭和二十年八月六日（1881〜1945）。俳人、ジャーナリスト。島根県安来（現・安来市）に生まれる。本名・栄蔵。東京帝国大学卒業後、大阪朝日新聞社に入社。長く論説委員を務め、「天声人語」を担当する。京都支局長時代に禅学を修め、居士の印可を受ける。俳誌「趣味」を主宰。著作は『瓢斎随筆』（昭和10年9月、人文書院）、『禅を説く』（昭和16年9月、趣味発行所）をはじめ多岐にわたる。晩年は落柿舎に住し、復興に尽力した。

（松本陽子）

中井正一 なかい・まさかず

明治三十三年二月十四日〜昭和二十七年五月十八日（1900〜1952）。美学者。大阪市東区（現・中央区）の緒方病院で日本初の帝王切開によって生まれる。大正十一年、京都帝国大学文学部哲学科美学専攻に入学。十四年、同大学院に進学。昭和五年、徳永郁介らと「美・批評」を創刊。九年、京都帝国大学文学部哲学科講師となる。十年、「美・批評」を拡大し、「世界文化」を創刊。十一年、「委員会の論理」（「世界文化」昭和11年1月〜3月）を発表。二十三年、国立国会図書館副館長に就任。

（山田哲久）

永井路子 ながい・みちこ

大正十四年三月三十一日〜（1925〜）。小説家。東京市本郷区（現・文京区）に生まれる。本名・黒板擴子。昭和十九年、東京女子大学国文科卒業。小学館に入社。二十七年、「三条院記」（「サンデー毎日」新春特別号、昭和27年1月）が「サンデー毎日」創刊三十周年懸賞小説に入選してデビュー。三十九年、『炎環』（昭和39年10月、光風社）で第五十二回直木賞受賞。油小路の自邸に室町幕府将軍足利義教を招き、将軍の殺害を計画し実行した、赤松彦二郎とその一族を描いた「下克上」（「オール読物」昭和29年3月、オール読物新人杯次席）と、大内裏応天門が炎上した際、女を抱いていた検非違使火長秦豊根が、功績を立てようと放火犯を仕立てたことから政争に巻き込まれ、西の京で何者かに殺害されるまでを描いた「応天門始末」（「オール読物」昭和35年1月）は、共に『長崎犯科帳』（昭和40年5月、講談社）に所収。見知らぬ男の指示により、白玉の碗を盗もうと住み込んだ藤原重範の屋敷で、天女のような女に出会ってしまった浮浪者イタチの顚末を描いた「貧しき男天女に逢える事 第一」を始めとする、京の都とその周辺を舞台にした短編七編を収めた『新今昔物語』（昭和46年10月、朝日新聞社）、平安期を舞台にした王朝三部作、『この世をば』（昭和59年3月、新潮社）、『王朝序曲』（平成5年12月、角川書店）、「望みしは何ぞ」（『永井路子歴史小説全集』第六巻、平成7年2月、中央公論社）がある。

（宮薗美佳）

中江俊夫 なかえ・としお

昭和八年二月一日〜（1933〜）。詩人。福岡県久留米市に生まれる。本名・安田勤。昭和三十年、関西大学文学部国文学科卒業。

大学在学中『魚のなかの時間』（昭和27年10月、第一芸文社）を自費出版。のち、「荒地」「櫂」の同人となる。久留米、倉敷、大阪、京都、一宮、東京、名古屋の各地を転々として過ごした。『語彙集』（昭和47年6月、思潮社）で第三回高見順賞を、『梨のつぶての』（平成7年8月、星雲社）で第三回丸山薫賞を受賞。（足立直子）

中江裕司　なかえ・ゆうじ

昭和三十五年十一月十六日～（1960～）。映画監督。京都市に生まれる。近江商人の血を引く。京都府立洛北高等学校から琉球大学へ入学、以後沖縄在住。同大学映画研究会での自主映画制作やテレビドキュメンタリー制作を経て、オムニバス映画「パイナップル・ツアーズ」（平成4年）で監督デビュー。中宗根みいこ原作の「ホテル・ハイビスカス」（平成14年）など、沖縄の風土・文化に根ざした作品を発表している。（友田義行）

長尾幹也　ながお・みきや

昭和三十二年五月一日～（1957～）。歌人。京都市に生まれる。滋賀大学経済短期大学部卒業。十八歳頃から短歌を詠み、「朝日新聞」（朝日歌壇）に入選。広告代理店に勤務のかたわら詠み続ける。歌集に『月曜の朝』（平成5年3月、六法出版社）、『解雇告ぐる日—リストラ時代を詠む』（平成12年5月、かもがわ出版）。第十回朝日歌壇賞（平成6年）、第二十四回全国短歌大会賞（平成13年）を受賞。（浦西和彦）

中川四明　なかがわ・しめい

嘉永三年二月二日（新暦三月十五日）～大正六年五月十六日（1850～1917）。翻訳家、編集者、新聞記者、俳人、美学者。幼名・勇三、のち登代蔵。諱は重麗《ちょうれい》。別号・紫明、霞城（二条城の異名）など。京都の二条城近くの城番屋敷で、与力下田耕助の二男として生まれる。一説には嘉永二年生まれともされるが、葬られた高山寺（後述）の墓碑銘（大正7年5月建立）、あるいは懸葵同人（粟津水棹）の手になる大正九年十二月発行の『四明句集』（懸葵発行所）所載の「略伝」、いずれも「嘉永三年」となっている。生後まもなく、撃剣の達人と言われた与力中川重興の養子となる。弟時福も養子として草間家へ（のち、松山中学校初代校長）。一時、安井息軒塾で学ぶも、明治四年より七年にわたり京都府中学校欧学舎でドイツ語を修得する。早くも十年三月には「独乙国シウトレル氏原本 中川重麗摘訳 出版人福井源次郎」で『日月地球渾転儀《こんてんぎ》用法』を、また「フリードリヒ・シュドレル著 中川重麗訳」として『万有七科 理学』全五冊（明治10年8月～12年6月、京都府）を、さらには『砂漠旅行 亜拉比亜奇譚』（明治20年2月）を「独乙国学士ハオフ氏原著 日本霞城山人訳」で大阪の浜本伊三郎より出版している。十七年四月、「京都府御用掛中川重麗氏が経《ママ》画して興されたる京都私立独逸学校」が開校（29日「大阪朝日新聞」朝刊）、校主となる（京都私立独逸学校はのち京都薬科大学へと発展）。同年九月には東京大学予備門（翌年、第一高等中学校、現・東京大学）教員となる（19年には非職）。二十年、陸羯南の日本新聞社入社。二十三年には京都へ戻り、京都中外電報社（のち日出新聞社）に入り、巌谷小波の奨めもあって俳句を作り始める。小波に見せた句は〈知事殿の帽子撫でたる柳かな〉だったという。二十九年、大阪の水落露石らと知恩院三門下の茶店で第一回の京阪満月会を開く。ちょうど上京の途次であった高浜虚子も参加し、新しい子規派の俳句を京都に広めた。「当時子規派の俳句を作るものは頗る少いので京阪の合併としたのである。永田青嵐即ち今の警保局長も其時分は三高の書生で其仲間であつた。朝日の杉村楚人冠も鮟骨と号して其仲間であつた」（「京都日出新聞」大正6年5月18日）。三十二年、大阪朝日新聞社編集局文芸課員となり、連載小説を発表。のち三十七年、加茂の祭から命名した俳誌「懸葵」を大谷句仏（真宗大谷派管長）の援助のもと、創刊する。四明の俳句は、還暦を自ら祝って四十三年九月、京都の寸紅堂から刊行された『四明句集』と、それ以後に詠まれた句も録して大正九年十二月に発刊された『四明句集』に収められている。〈白朮火《おけらび》を輪に振る中に人の顔〉。また美学者としても活躍。明治三十三年には京都市美術工芸学校（現・市立銅駝《どうだ》美術工芸高等学校）教員嘱託となり、美学を俳句の観点から説いた『平言俗語 俳諧美学』（明治39年3月、博文館）や日本近代の最初の映画美学と言われる『形似神韻 触背《しょくはい》美学 一名新俳諧美学』（明治44年4月、博文館）などを著した。「触背美学」とは同書の凡例にあるように、「不離不即といふを芸術美の本体として諸般の美的現象に説明を下さんと欲するに在る」という。大正六年五月十六日午前零時半、死去。十八日、四条大宮近くにある累代の菩提寺光林寺にて葬儀ののち、さほど遠くない西大路四条北東角の高山寺に葬られる。墓碑銘は同じドイツ語で交流のあった京都帝国大学の藤代禎輔（素人）が記している。なお、葬儀の営まれた光林寺にはのち「懸葵」同人によって句碑が建立された。〈同じ寺の土になる身と萩折て〉

（三谷憲正）

中川正文 なかがわ・まさふみ

大正十年一月十一日～（1921～）。児童文化研究家、児童文学作家。奈良県に生まれる。龍谷大学卒業。京都女子大学で児童文化等を講じる。京都女子大こどもの劇場を主宰。大阪府立国際児童文学館名誉館長を務めた。京都に関する著書として、『京わらべうた』（共著、採譜・高橋美智子、昭和47年5月、駸々堂出版）、『日本の伝説1 京都の伝説』（駒敏郎と共著、昭和51年2月、角川書店）等がある。関西の語り口の児童文学作品に「ごろはちだいみょうじん」（画・梶山俊夫、月刊絵本「こどものとも」昭和44年1月、福音館書店）、「おんごろもちのやさぶろう」（画・田島征彦、「母の友」昭和45年10月、福音館書店）等がある。

（太田路枝）

中河与一 なかがわ・よいち

明治三十年二月二十八日～平成六年十二月十二日（1897～1994）。小説家。東京市上野（現・台東区）に生まれるが、戸籍上は香川県坂出町生まれ。坂出病院を経営する父与吉郎と母多美の長男。早稲田大学文学部中退。大正十一年四月、歌集『光る波』（上田屋書店）を出版。十三年十月、横光利一、川端康成、片岡鉄兵、今東光などとともに「文芸時代」を創刊し、新感覚派の代表的作家としてモダニズム的な作品を多く発表した。また、評論活動も活発に行い、『形式主義芸術論』（昭和5年1月、新潮社）や『フォルマリズム芸術論』（昭和5年5月、天人社）、『偶然と文学』（昭和10年11月、第一書房）、『偶然の問題』（昭和18年1月、人文書院）など、さまざまな主張を展開した。『文芸不断帖』（昭和11年7月、人文書院）などの随筆も多い。戦時中には民族主義に近づく。代表的な小説に、「鏡に這入る女」（「文芸春秋」昭和6年10月、後に『ゴルフ』と改題、昭和9年10月、昭和書房）、「藕たき花」（「東京朝日新聞」「大阪朝日新聞」昭和8年5月8日～6月

22日夕刊)、「愛恋無限」(「東京朝日新聞」「大阪朝日新聞」昭和10年12月10日～11年4月20日)などがある。「愛恋無限」は第一回透谷記念文学賞を受賞した。他に『失楽の庭』(昭和25年10月、中央公論社)、『悲劇の季節』(昭和27年12月、河出書房)があり、これらは『天の夕顔』とともに、長編三部作と呼ばれている。「求道女」(「いのち」昭和12年10月、初題「漣子と男達」)は、ヒロインの漣子が、京都の一燈園という修養団体と紫野の大徳寺を舞台に、信仰と愛欲の間で狂信的な求道の日々を送り、やがて悟りに近づく中編小説である。全集に『中河与一全集』全十二巻(昭和41年10月～42年9月、角川書店)がある。また、京都市東山区下河原町の霊山観音の境内にある韓国人供養塔の前に、記念碑〈とつくにの人なりながらこの国の柱となりて散りし君はも〉(昭和四十三年十一月の日付)がある。

＊天の夕顔《てんのゆうがお》　中編小説。〔初出〕「日本評論」昭和十三年一月。〔初版〕『天の夕顔』昭和十三年九月、三和書房。◇主人公の「わたくし」こと龍口が京都帝国大学の学生であった時、下宿していた家の娘あき子には、既に夫がいたが、洋行中であった。以後、二人の長い禁欲的な恋愛の人生が始まる。京都の地名としては、吉田山の別名である「神楽ヶ丘」、熊野神社などが登場する。主人公のモデルである不二樹浩三郎は同志社大学出身。一時住んだ飛騨市神岡に記念碑がある。

＊探美の夜《たんびのよる》　長編小説。〔初出〕「主婦と生活」昭和三十一年十月～三十四年二月。〔初版〕『探美の夜』昭和三十二年十二月～三十四年十二月、大日本雄弁会講談社。◇谷崎潤一郎をモデルとする長編小説。谷崎は谷口潤一郎として登場する。この他、佐藤春夫は佐川春夫、千代子がお千恵、古川丁未子が登志子と、実にわかりやすい命名法が採られている。冒頭は下鴨の「潺湲亭」の紹介から始まる。「屋敷の前には路をへだてて鬱蒼とした下加《ママ》茂神社の糺の森が広がり、その境内にそって「栖の小川」と呼ばれる小さい川が流れてゐた」。主人公たちは、関東大震災に被災し、関西に移住したのであるが、まず、「京都の洛北、等持院の「マキノ・スタジオ」の近くの粗末な二階建」「衣笠山の麓で竹藪の多い淋しいところ」に住み、やがて「東山線三条の要法寺の境内」に引っ越す。そうして阪神間を転々とした後、再び京都に戻った。また、熱海の伊豆山鳴沢に移ってからも、平安神宮の枝垂桜を毎年のように見に行き、また「蛸薬師の丹熊の野菜料理」も食べに出かけている。

(真銅正宏)

中勘助《なか・かんすけ》

明治十八年五月二十二日～昭和四十年五月三日(1885～1965)。小説家。東京市神田区東松下町(現・千代田区)の今尾藩邸に、中勘弥の五男として生まれる。東京帝国大学英文科に入学し、国文科へ転じて明治四十二年に卒業。幼少期の回想小説『銀の匙』(大正10年12月、岩波書店)は恩師、夏目漱石が激賞した代表作。「後編」(原題「つむじまがり」)は、原型を「前編」分へ切り詰めて発表した残りを大正三年夏、比叡山横川の恵心堂に籠って書き直したもの。恵心堂の閑寂さに魅せられ、京都へ下りる計画を取りやめた心残りが、間に胆嚢、肺炎、肝臓の大病を挟んだ晩年五度(昭和28、33、34、36、38年)の京都奈良旅行へ結実。一連の旅の随想は、角川版全集(昭和35年12月～昭和40年11月)・岩波版全集(平成元年9月～3年3月)で表題「古国の詩」へ一括される。『銀の匙』時代に慕った姉の女友達と逝去直前の宮津で再会した哀話に「天の橋立」（「心」昭和35年6月、7月）。文壇から離れた孤高の作家だった。

（森本隆子）

長崎謙二郎　ながさき・けんじろう

明治三十六年十一月十九日～昭和四十三年六月十四日（1903～1968）。小説家、弁士。京都府舞鶴に生まれる。本名・謙二。幼稚園、小学校と京都で過ごし、小学校退学後給仕となる。明治四十五年、家族とともに大阪に移り、足袋屋の小僧、裁判所や弁護士会の給仕、製帽会社仕上工などを経て、活動写真の弁士となった。松竹直営の映画館朝日座に勤務し〈道頓堀の寵児〉となる。以後、東京、大阪、京都などで活躍し、活弁界に新風をもたらした。その後、「新文学派」などの同人誌を出し、小説や邦枝完二の代作を書くようになる。代表作に、維新の志士達の姿を描いた『元治元年』（昭和17年9月、二見書房）や、京の都を舞台に繰り広げられる貴族の娘の恋愛模様を著した『平安情歌』（昭和31年9月、妙義出版）などの時代小説がある。また、病のため絶筆となった「風化の貌」（「碑」昭和43年9月）には、病みあがりの老人周助が、故郷京都の風景を懐かしむ場面が描かれている。

（西川貴子）

中島貞夫　なかじま・さだお

昭和九年八月八日～（1934～）。映画監督。千葉県東金市に生まれる。昭和三十四年、東映京都撮影所入社。〈現代実録路線〉の先駆作「８９３《はちきゅうさん》愚連隊」（昭和41年）では京都市南部でロケを行い、生活感溢れる経済都市・京都の姿を描き出した。「制覇」（昭和57年）は化野《あだしの》念仏寺や天龍寺で撮影。中京の商家を舞台に上村松園を描いた「序の舞」（昭和59年、原作・宮尾登美子）では黒谷・金戒光明寺が、「女帝・春日局」（平成2年）では相国寺が登場するなど、自作の多くに京都の地を取り込んでいる。平成九年の京都映画祭設立時から総合プロデューサー、同実行委員会副会長を務める。十七年、牧野省三賞受賞。十八年、ＮＰＯ法人京都映画倶楽部理事長就任。ＫＢＳ京都で映画番組の案内役も務める。共著に『京都シネマップ　映画ロマン紀行』（平成6年9月、人文書院）がある。

（友田義行）

中島湘烟　なかじま・しょうえん

文久三年十二月五日（新暦一月十三日）～明治三十四年五月二十五日（1863～1901）。民権家。京都に生まれる。本名・俊子。幼年時より学問に秀でており、明治十年、京都府女子師範学校に入学したが、病気のため間もなく退学。十二年、文事御用掛として宮中に出仕し皇后に漢学を進講する。十四年、職を辞して各地を歴遊し、土佐で自由党員の坂崎紫瀾・宮崎夢柳らと知り合い、民権運動に入る。翌年四月一日、大阪政談演説会で、最初の演説「婦女の道」が評判となる。以後、西日本を中心として、各地で遊説活動を展開する。十六年、大津での演説「函入娘」により、官吏侮辱罪の嫌疑で入獄する。十七年に上京し、星亨主宰の「自由燈」に、女性最初の女権論「同胞姉妹に告ぐ」を寄稿する。この頃、自由党副総理中島信行と結婚。その後は、夫を援けつつ、新栄女学校（現・女子学院）やフェリス和英女学校（現・フェリス女学院）で教鞭をとる。晩年は、「女学雑誌」に啓蒙的な評論を書いた。作品に、『善悪の岐』（明治20年11月、女学雑誌社）、「山間の名花」（「都の花」明治22年2月～5月）、『湘烟日記』（明治36年3月、育成会）がある。

（畑　裕哉）

中島みち《なかじま・みち》

昭和六年二月十日～（1931～）。ノンフィクション作家。京都に生まれる。本名・道。昭和二十八年、東京女子大学卒業、TBSアナウンサーを経て、四十五年、中央大学大学院（刑事法専攻）修士課程修了。同年乳癌手術。以来患者側から医療と法律が接する問題に肉薄し続ける。『誰も知らないあした—ガン病棟の手記』（昭和47年4月、時事通信社）など著書多数。平成六年、第四十二回菊池寛賞受賞。その他、翻訳書も手掛ける。

（菅　紀子）

中條孝子《なかじょう・たかこ》

昭和十三年五月三十一日～（1938～）。小説家。大阪府堺市泉ヶ丘町に生まれる。関西外国語短期大学英文科英米語科卒業。「おたやんの赤ちょうちん」（昭和54年度「小説宝石」第2回エンタテインメント小説大賞佳作）でデビュー。昭和六十年、「どれあい」で第二回織田作之助賞受賞。「手づくり葬式」（『手づくり葬式』平成3年9月、関西書院）では、末期癌を患い、京大病院と覚しき「京都病院」に入院した夫の葬儀を葬儀屋に依頼せず手作りで行うさまを描いた。

（尾添陽平）

永田和宏《ながた・かずひろ》

昭和二十二年五月十二日～（1947～）。歌人、細胞生物学者。滋賀県高島郡饗庭村（現・高島市新旭町）に生まれる。昭和四十六年、京都大学理学部物理学科卒業後、森永乳業に入社。五十一年、再び京都大学に戻り、細胞生物学を専門とする。学生時代に京大短歌会に入会し、「塔」の会員となる。現在「塔」主宰。昭和五十年、第一歌集『メビウスの地平』（昭和50年12月、茱萸叢書）で第二回現代歌人集会賞、平成九年、『華氏』（平成8年10月、雁書館）で第二回寺山修司短歌賞、十一年、『饗庭』（平成10年9月、砂子屋書房）で第三回若山牧水賞、及び第五十回読売文学賞詩歌俳句賞、十八年、京都府文化賞功労賞などを受賞している。〈川端通りの桜並木はなかんずく電話局のあたりが見ごろとなりぬ〉（『百万遍界隈』平成17年12月、青磁社）

（奈良﨑英穂）

中谷孝雄《なかたに・たかお》

明治三十四年十月一日～平成七年九月七日（1901～1995）。小説家。三重県一志郡七栗村（現・津市森町）に生まれる。大正三年四月、三重県立第一中学校（現・県立津高等学校）に入学、五年間寄宿舎で過ごす。大町桂月主幹の「学生」や、校友会誌などに葭舟の号で短歌、俳句、小品を投稿する。八年九月、第三高等学校（現・京都大学）文科乙類入学。同クラスに大宅壮一、山口誓子らが、寄宿舎に飯島正、梶井基次郎らがいた。九年一月、室長との争いのなか寄宿舎を出る。四月、嵐山花見の帰途、終生の妻となる平林英子と会う。七月、最初の落第。十年三月、学制改革により、二学期で学年修了。四月、二年生進級。十一年三月、再び落第。この頃、梶井基次郎や外村繁らと三高劇研究会を主宰。十二年四月、三年進級。劇研回覧誌「真素木」創刊（3号まで）。十三年三月、三高卒業。四月、東京帝国大学文学部独文科入学（梶井は英文科）。十四年一月、梶井基次郎、外村繁、稲森宗太郎らと「青空」を創刊、本格的に作家活動に入る。創刊号に「初歩」を発表し、以後十編あまりの作品を発表。四月には、浅沼喜実、淀野隆三が同人になる。十五年、飯島正、三好達治、北川冬彦が同人となる。昭和二年三月、卒業試験に落第。四月、大学に籍を置いたまま、プラトン社に入社したが二ヵ月で退社する。六月に「青空」が通巻二十八号で廃刊となる。以後、定職をもたない生活で作家活動を続け、「文芸都市」「文芸レビュー」「詩・現実」「雄鶏」（6年9月に同人となる。7年8月に「麒麟」と誌名変更）などの諸誌に寄稿。八年五月、「麒麟」に京都での落第生の青春を描いた「春」を発表。これを読んだ川端康成が「この『春』などを読んでみても、中谷氏が黙々として不抜の境地に達したことは、明らかにうかがへるのである」（「新潮」昭和8年6月）と高く評価し、新進作家としての地位をきずく契機となった。作者は後にこの「春」について、「怠惰な生徒」であった自身の学生生活を回顧した際に生まれた作品であると位置づけている。ついで七月に「くろ土」（「新潮」）、九年二月「三十歳」（「改造」）を発表。四月には、「春」と同様、京都を舞台にした学生の青春を描く「春の絵巻」（「行動」）を書いて好評を得る。十年三月、保田与重郎、亀井勝一郎、神保光太郎らと「日本浪曼派」を創刊。十二年七月、初の作品集『春の絵巻』を赤塚書房より刊行。「春」「三十歳」「春の絵巻」を含む六編が収録される。十五年一月、短編集『春』を人文書院から刊行。十六年八月、初のエッセイ集『時代祭』を文明社から刊行。十八年九月、応召。二十一年五月、帰還。三十六年六月、『梶井基次郎』を筑摩書房から刊行。『京は人を賤す』（昭和44年7月、皆美社）など、京都に関わる作品を数多く残す。平成七年九月七日、永眠。九十三歳であった。

＊春《はる》　短編小説。〔初出〕「麒麟」昭和八年五月。〔初版〕『春の絵巻』昭和十二年七月、赤塚書房。◇高等学校で怠惰な生活を送っていた須山啓一は、二度目の落第をした時に遁走することを決意する。理由は一度目の落第の時に見せた父の狂態と、それに堪える母の忍従の姿を見たくないためであった。須山は書置きを残し、京都へ。四条から祇園にかけて夜の世界に流れ込みたいという誘惑から、祇園行きの電車に飛び乗る。祇園へ降り立った須山は、花見をしようと思い、花見客の多い公園に向かう。そこで同じく退学になった久慈と遭遇し、カフェーでお互いの心の内を話し合い、久慈の頼みで遊郭に出かける。翌日、素面に戻った久慈は、遊郭へ出向いたことを後悔し、それを須山の責任であると批難する。そのような態度をとる久慈に腹を立てる須山だが、そこから須山と久慈はお互いを憎み合いながらも奇妙な共同生活のような行動を続けていく。二人の生活は些細な喧嘩で終わりを迎え、独りになった須山だが、怠惰な日々は続き、やがて一文無しに。そのような時、以前から届いていた父の手紙を読み、その内容に感動する。

＊春の絵巻《はるのえまき》　短編小説。〔初出〕「行動」昭和九年四月。〔初版〕『春の絵巻』昭和十二年七月、赤塚書房。◇鬱屈とした日常に嫌気がさしていた高校生の石田は、同じような気持ちを抱えていたクラスの丹羽、保科と一緒に嵐山へ花見に出かける。嵐山に着いた三人は、渡月橋からひらけた嵐山の春の光景に感動する。やがて、三人の前に同じクラスの岡村が現れる。岡村は青春の悩みを三人に語り出し、三人もその話に引き込まれていく。岡村と別れた三人は、京極のレストランで偶然居合わせた三人連れの娘たち、葉子、菊枝、民子と一緒に食事をし、夜桜見物へ行く。四条通りを円山公園へと向かい、そこから知恩院、岡崎の動物園へと抜けていく彼らの足取りからは、美しい春の夜の京都の景観が伝わってくる。その夜の景観のなかに映し出された民子に、石田は強い恋心を抱いていく。翌日、嵐山で出会った岡村が自殺したという報告を受け、感傷的な気分に陥る石田であったが、一方で、民子への想いは一層強いものとな

る。石田は、既に三人娘の一人、葉子との交際を発展していた丹羽に頼みこみ、民子との再会を果たし、自己の心境を告白する。その気持ちに民子も応え、物語の幕は閉じる。観光と自殺と恋愛が交錯した青春物語の典型とも言える作品である。（渡邊浩史）

長田幹彦　ながた・みきひこ

明治二十年三月一日〜昭和三十九年五月六日（1887〜1964）。小説家。東京市麹町区飯田町（現・千代田区九段北）に生まれる。祖父穂積は、菊池神社（熊本県菊池市隈府）の神官で国学者、『菊池俗言考』の著がある。父足穂は医師で、開業医のかたわら警視庁の警察医も勤めた。二歳年長の兄は、詩人・劇作家の長田秀雄。明治三十七年、東京高等師範学校（現・筑波大学）附属中学校卒業。四十年、早稲田大学英文科に入学（明治45年卒業）、兄の影響を受け新詩社に加わるも、四十一年、北原白秋、木下杢太郎、吉井勇、兄の秀雄らとともに連袂脱退し、翌四十二年に創刊された「スバル」に参加、パンの会の活動にも加わる。放蕩を繰り返し、作家としての将来への不安を抱きつつ、北海道を流浪、旅役者の一座に加わったり、鉄道工夫、石炭運送船の帳方などの体験をする。四十四年に帰京、旅役者一座での体験を素材とした「澪」（「スバル」明治44年11月〜45年3月）が好評を博し、続いて、同じく流浪体験を素材とした「零落」（「中央公論」明治45年4月）で、実質的な文壇デビューを果たし注目を浴びる。四月号が出た後、中央公論社から前借七十円を得て、四十五年四月八日、京都へと向かう。幹彦と京都のかかわりは此処から始まる。京都での幹彦を知る手がかりとしては、谷崎潤一郎の「朱雀日記」（「大阪毎日新聞」「東京日日新聞」明治45年4月27日〜5月28日）と『青春物語』（昭和8年8月、中央公論社）、幹彦の回想記「京都時代の谷崎君—『青春物語』を読んで—」（「中央公論」昭和8年8月）、『青春時代』（昭和27年11月、出版東京）などがある。京都に到着後、三本木の信楽に投宿。信楽には、四月中旬、白樺同人たちも白樺主催の第五回美術展覧会のため投宿していた。四月十七日には都をどりの会場で志賀直哉と一緒になる。四月二十二日頃、「大阪毎日新聞」「東京日日新聞」の紙上へ京阪見物記を連載する取材をかねて谷崎潤一郎が京都を訪れる。その後、谷崎が帰京するまでは多く彼と行動を共にし、木屋町の席貸しで芸妓・舞妓と遊び、祇園の風物に親しむ生活を送る。その間、三条萬屋の金子竹次郎、その叔父岡本橘仙と親交し、谷崎と共にあちこちを案内してもらう。まず、谷崎上洛直後には、祇園の「長谷なか」へ。そして、〈文学芸妓〉として名高かった大友の磯田多佳女にも引き合わせてもらい、五月初旬には、金子・岡本・多佳・谷崎・幹彦で宇治を訪れ、花やしき浮舟園の女将のはからいで特別に鳳凰堂の中を拝観させてもらう。五月十二日には、やはり金子・岡本の案内で、島原の角屋へ行き、建物の結構や太夫の振る舞いを通して「古昔の物語にある凄艶な美感の極致を偸み〻たやうな恐れ」（「島原」、「読売新聞」大正2年5月4日、のち『祇園』大正2年10月、浜口書店）を感じ、感銘を受けている。五月十五日には、葵祭を見るために東京から来た石井柏亭・長野草風・平出修らとともに祭りを見物、「行列は想像してゐたよりもはるかに古風」（「葵まつり」、『祇園夜話』大正4年4月、千章館）という印象を抱く。また、谷崎上洛後間もなくと思われるが、当時京都帝国大学講師の上田敏の岡崎の家を訪ねてもいる。その後、二人は敏から瓢亭に招待されるが、大先輩を前に緊張する様子は谷崎の『青春物語』に詳しい。ほかに、岩野泡鳴が京都にやって来て、集まった仲間を宝塚へ連れて行ってくれる時、幹彦は金がないため谷崎より一日遅れてたどり着くという出来事があった（5月26日）。その時、幹彦は泡鳴の率直な人柄に好感を持っている。このように、谷崎と連れ立っての二ヵ月は盛り沢山に京の情趣を堪能するものであった。四十五年六月末に谷崎が帰京したあとについては、幹彦の回想にのみ従うが、一旦幹彦も帰京、八月にまた京都に戻ったものの、借金がかさみ、東山蹴上の甚五楼という安宿に逼塞した。この宿の料金未払いを理由に刑事に脅され、金子竹次郎の世話になるという事件も起こった。吉井勇が訪ねたのは大正元年の大晦日（吉井勇『洛北随筆』昭和15年4月、甲鳥書林）のことだろう。大正二年の初め東京に戻り、神田錦町に下宿し仕事に専念しようとするが、同年二月二十日の神田大火で焼け出され、再び京都に戻る。こうした生活の中で、「母の手」（「中央公論」明治45年6月）、「尼僧」（「中央公論」大正元年9月）、「雛勇」（「中央公論」大正2年2月）などが発表され、二年十月には単行本『祇園』が出る。同年十一月には「霧」を「東京朝日新聞」に連載するなど活躍するようになる。遊蕩し借金がかさんだ時は奈良の樽井町の宿か、旧知の宇治の花やしきにこもって仕事をし、金ができると祇園に舞い戻るという生活パターンであったようだが、仕事の注文も相次ぎ印税収入等も入るようになると、祇園で遊びと仕事のバランスをとるようになる。木屋町の「西村家」や祇園の「吉うた」には、一旦行くと四、五ヵ月は滞在し、「もう旅のものの待遇はしない。いつでも『お帰りやす』と家族どうように迎えてくれ」（『青春時代』）たという。大正三年、四年と多作で、『祇園夜話』（大正4年4月、千章館）、『鴨川情話』（大正4年10月、新潮社）など祇園の風物や舞妓等に取材した短編集が相次いで出され、徳田秋声に「多能多作」「若い西鶴」と言わしめた。一方、赤木桁平「『遊蕩文学』の撲滅」（「読売新聞」大正5年8月6日〜8日）によって、激しく批判される。確かに、幹彦の作品には、京独特の風物の非日常性と、その美への耽溺、滅び行くもの、あえかなものへの愛惜といった感傷性が強く窺える。そうした性質は、同じ島原の角屋に足を踏み入れた体験を記した谷崎と幹彦のそれぞれの文を読み比べてもよく分かり、赤木の指摘する「通俗小説家」の面が窺える。幹彦と京都で必ず触れるべきは歌謡「祇園小唄」（昭和5年）である。昭和四年に日本ビクター蓄音機株式会社の顧問となり、「島の娘」（昭和8年）など、歌謡の歌詞を量産する。「月はおぼろに東山」で有名な「祇園小唄」は、幹彦の『絵日傘』全五巻（大正8年1月〜9月、玄文社）を原作とするマキノ映画「祇園小唄 絵日傘 第一話 舞ひの袖」の主題歌（作曲佐々紅華）であるが、京舞の振り付けもなされ、現在では、祇園のお座敷の定番だという。「祇園小唄」の幹彦自筆歌詞が、よく滞在していた「吉うた」で発見され、「吉うた」二代目女将の奔走で、昭和三十六年、円山公園に歌碑が建てられた。そこで毎年十一月二十三日に「祇園小唄」を顕彰する催しがあり、舞妓の献花などが行われている。「京都駅へ降りると」「故郷へ帰ったような気分」（『青春時代』）と述べ、京都に惚れ込んだ幹彦の作った歌は、京都を代表する歌として認知されている。戦後は心霊研究などに関心を持ち、『私の心霊術』（昭和30年8月、福書房）などの著作がある。

＊**祇園**《ぎおん》　短編集。〔初版〕大正二年十月、浜口書店。◇収録作品は、「祇園」「都

踊の夜」「春の宵」「島原」「宇治」「夕すゞみ」「送り火」「蜘蛛」「浮名」「鐘」「雛勇」「薄雪」。幹彦の祇園ものの単行本は何種かあるが、この集に収められたものが基本となっていると言える。後の『祇園夜話』（大正4年4月、千章館）には、『祇園』に収められたもののほか、「葵まつり」「鴨川」「無言詣」「野の宮」「鳥辺山」「千鳥」が加わり、「鐘」は「清水寺」に改題される。春に初めて京を訪れた日の夕暮れ、祇園に赴き、町の風情、舞妓の姿、京言葉など、見聞きするもの毎に、陶然と心奪われる「私」が描かれる「祇園」をはじめ、京の風物や、舞妓の物語を季節配列で並べており、風物の描写、舞妓の京言葉などが、祇園という別世界を浮かび上がらせている。幹彦の祇園ものは同題で収録作品、順番、出版社がちがうなどの問題がある。短編集の構成の意味を論じたものに沢豊彦「一九一〇年代の長田幹彦―短篇集『祇園夜話』のもつ意味―」（『日本文学』平成元年9月）がある。（吉川仁子）

永田萌《ながた・もえ》

昭和二十四年一月一日～（1949～）。イラストレーター、絵本作家。兵庫県加西市に生まれる。成安女子短期大学卒業後、京都に居住。エッセイ画集『花街月に』（昭和61年3月、偕成社）が一九八七年度ボローニャ国際児童図書展青少年部門グラフィック賞を受賞。以降目覚しい活躍を続け、著作は百数十冊にのぼる。「京都新聞」に「花風景」（平成16年4月29日～18年3月30日）、「花ときどき風」（平成18年4月6日～20年3月29日）、「ポップ君の空とぶ日記がやってきた」（平成20年4月6日～21年3月29日）、「クリコさんと笑わないクマ」（平成21年4月5日～22年3月28日）を連載。平成十九年より成安造形大学客員教授。（田村修一）

中津昌子《なかつ・まさこ》

昭和三十年九月二十一日～（1955～）。歌人。京都市に生まれる。東京女子大学文理学部英米文学科卒業。昭和六十二年、歌林の会入会、馬場あき子に師事するかたわら、平成七年より「鱧と水仙」にも参加。平成三年、「風を残せり」三十首で第六回短歌現代新人賞受賞。五年、第一歌集『風を残せり』（9月、短歌新聞社）を上梓、六年、同歌集により第二十回現代歌人集会賞受賞。九年、第二歌集『遊園』（9月、雁書館）、十七年、第三歌集『夏は終はった』（3月、桐葉書房）、二十一年、第四歌集『芝の雨』（11月、角川書店）上梓。京都を詠った歌に、〈葵祭り三船祭りに嵯峨祭り惚けて京の青葉は揺れる〉（『風を残せり』）など。（坂井二三絵）

中西伊之助《なかにし・いのすけ》

明治二十年二月八日～昭和三十三年九月一日（1887～1958）。小説家。京都府久世郡槇島村（現・宇治市槇島町）に生まれる。その後、宇治郡宇治村（現・宇治市）に転居。明治四十四年頃、朝鮮にわたり新聞記者となる。総督を批判、鉱山労働者の虐待を新聞に暴露し投獄される。帰国後、日本交通労働組合理事長として東京市電争議などを指導、大正九年二月、治安警察法で投獄される。日本統治下の朝鮮に生きる農夫らを描いた長編小説『赭土に芽ぐむもの』（大正11年2月、改造社）を刊行。十二年四月、「種蒔く人」同人となり、続いて「文芸戦線」の同人ともなった。敗戦とともに日本共産党を再建し、衆議院議員を二期つとめたが、二十七年には離党している。平成二十年八月、没後五十年を記念して、『農夫喜兵衛の死』（大正12年5月、改造社）

の舞台でもあり、伊之助も住んだことのある宇治市五ヶ庄に、顕彰プレートが設置された。（室　鈴香）

中西卓郎　なかにし・たくろう

昭和五年（月日未詳）～（1930～）。小説家、画家。京都府中郡峰山町（現・京丹後市）に生まれる。京都府立宮津高等学校を経て、同志社大学英文科卒業。京都市の中学校、高等学校に教員として勤め、平成八年から執筆活動に入る。『消えゆく時間』（平成9年8月、MBC21京都支局すばる出版）は、京都、東京、上高地を舞台とした推理小説。絵筆も執り、二度の個展を開いている。京都在住。（権藤愛順）

中西二月堂　なかにし・にがつどう

明治四十二年八月十二日～昭和六十一年十二月十一日（1909～1986）。俳人。京都市に生まれる。本名・幸造。中学校（旧制）には、叔父が門跡を務める京都岩倉の実相院から通った。十六歳頃から作句を始め、昭和二年、篠崎水青の手びきにより青木月斗に師事。十一年、俳誌「同人」選者。月斗没後の二十八年、湯室月村を主宰とする俳誌「うぐいす」創刊、その編集発行人となる。五十四年、同誌主宰。京都を詠んだ句に〈酒運んで大文字待つ火の見哉〉がある。（足立匡敏）

中野菊夫　なかの・きくお

明治四十四年十一月三日～平成十三年十月十日（1911～2001）。歌人。東京渋谷に生まれる。国士舘中学校（現・国士舘高等学校）在学中から啄木に触れ作歌を志す。昭和七年、「短歌街」を、九年、「七葉樹」を友人と創刊。多摩帝国美術学校（現・多摩美術大学）卒業後、教師を務める。十八年、第一歌集『丹青』（9月、救護会出版部）刊行、二十一年、新日本歌人協会「人民短歌」に参加。二十二年、新歌人集団結成に尽力。療養者や被爆者に関心を持ち幅広い活動を行う。歌集『幼子』（昭和24年1月、興論社）に「宇治にて」等、関西を旅行した折の京都を詠った和歌を残している。「宇治にて〈ひとところ萌ゆるかなめが墓地かこみここに山本宣治はをり〉」（佐藤　淳）

中野重治　なかの・しげはる

明治三十五年一月二十五日～昭和五十四年八月二十四日（1902～1979）。詩人、小説家。福井県坂井郡高椋村（現・坂井市丸岡町）に生まれる。大正八年に第四高等学校（現・金沢大学）に入学後、創作活動を始める。十二年、関東大震災により金沢に転じた室生犀星を訪ね、以後師事する。十三年、東京帝国大学独逸文学科に入学。翌年、大間知篤三、深田久弥らと「裸像」を創刊、詩を発表するとともに、大間知や林房雄の紹介で新人会に入会し、林、鹿地亘らと社会文芸研究会（後のマルクス主義芸術研究会）をつくる。十五年には、堀辰雄や窪川鶴次郎らと「驢馬」を創刊し、「機関車」（「驢馬」大正15年9月）などの詩を発表するとともに、日本プロレタリア芸術連盟へ入り中央委員となる。昭和二年のプロ芸分裂後に「プロレタリア芸術」を創刊。翌年には、全日本無産者芸術連盟（ナップ）を結成し、「芸術に関する走り書き的覚え書」（「プロレタリア芸術」昭和2年10月）などの評論により芸術大衆化論争を蔵原惟人らと展開、さらに「芸術に政治的価値なんてものはない」（「新潮」昭和4年10月）において政治的価値論争にも参入する。六年に日本共産党に入党、日本プロレタリア文化連盟（コップ）結成に協力するも、七年に逮捕され九年に転向出獄。「村の家」（「経済往来」昭和10年5月）などの転向小説を発表し、旺盛に活動していたが、十二年に宮本百合子や戸坂潤らとともに執筆を禁止される。戦時下には『斎藤茂吉ノオト』（昭和17年6月、筑摩書房）などの作品を書き、時流に流されない活動を続けるものの、二十年に召集される。長野県で敗戦を迎えた後、宮本や蔵原らと新日本文学会を創立、日本共産党に再入党する。二十一年には、「批評の人間性」（「新日本文学」昭和21年7月）に始まる評論によって、「近代文学」の平野謙や荒正人らと戦後「政治と文学」論争を展開するが、後に政治的であったと自己批評している。「五勺の酒」（「展望」昭和22年1月）などによって、政治的発想に縛られない作品を残しながら、評論においてはそれとは異なる方向性を持っていたことが、当時の中野の苦しい立場を象徴していたとも言えるが、二十二年五月から三年間全国区選出の参議院議員として政治活動も活発であった。二十五年の参議院選落選後の六月二十七日、京都大学同学会主催の「平和・自由擁護講演会」での講演の筆記に手を入れた「空想と現実とのつながりについて」（「新京都文学」昭和25年8月）では、「夢想から現実的な確信が生まれる」ことを訴え、朝鮮戦争に対する日本人のあるべき姿を述べている。この講演録を発表した三ヵ月後には、日本共産党の「五〇年問題」によって、中野自身も除名されるなど、政治に振り回されることも多く、「人民文学」との対立から「新日本文学」を守り通すことを余儀なくされた。その後、毎日出版文化賞を受賞した「むらぎも」（「群像」昭和29年1月～7月）や、読売文学賞を受賞した「梨の花」（「新潮」昭和32年1月～33年1月）などの自伝的小説を書く。二十七年に再入党し、三十三年には党の中央委員に選出されるが、党中央と政治理論で対立していく花田清輝や武井昭夫たちを支持する。三十九年の日本共産党によるスト破り、部分的核実験停止条約の批准をめぐる意見対立から志賀義雄と鈴木市蔵が除名されたことなどを批判した中野は、指導部の官僚主義を克服しようとしたが、党の決定に背いたとして再び除名され、十月に志賀、鈴木、神山茂夫と「日本のこえ」派を立ち上げる。日本共産党内の立場が苦しいものになるなか、同年六月十二日、河上肇を追悼する河上祭で講演するために京都に来訪している。この時、松尾尊兊の案内で河上の墓所である法然院を訪れ、松尾の発見した中野正剛から後藤新平にあてられた手紙に書かれるレーニン像から「日本訳レーニン」を検討し、共産主義運動の理論が過去のロシアで書かれたものであることを自覚しながらも、少数意見も取り上げて討議を重ねていくことを求めるレーニンの言葉が日本共産党でも実現されることを暗に求める「眺め」（「群像」昭和39年8月）を発表する。その後、野間文芸賞を受賞する「甲乙丙丁」（「群像」昭和40年1月～44年9月）により、自身と党との関係を凝視した作品を生み出すとともに、神山と編著『日本共産党批判』（昭和44年12月、三一書房）を出版、「レーニン・素人の読み方」（「展望」昭和46年7月～48年1月）を連載するなど、一貫して政治と文学の一致を追求した。その独自の姿勢は行政と生活へと変奏された形で、「土面積、水面積、空面積の件」（「文芸」昭和44年10月）においても表れている。ここで中野は、東尋坊における土産物屋の乱立、福井市での「水面積」の減少といった景観の変貌を前に、「住民生活の実際」を踏まえて「水面積」を確保する都市整備を求め、平屋の多い大覚寺周辺の「空面積」の広さを維持するべきだと主張し、合理性の追求以上に景観が人にもたらす「楽しさ」を重視している。五十二年に、「多年にわたる文学上の業績」により、朝日賞を受賞。五十四年七月に東京女子医科大学病院に入院、八月二十四日、胆のう癌のために死去した。『中野重治全集』全二十九巻（定本版、平成8年4月~10年9月、筑摩書房）がある。

（東口昌央）

中原中也　なかはら・ちゅうや

明治四十年四月二十九日～昭和十二年十月二十二日（1907~1937）。詩人。山口県吉敷郡山口町（現・山口市湯田温泉）に、柏村謙助とフクの長男として生まれる。母フクは、カトリック信者で中原医院を営む政熊、コマの養女。のち、父謙助も養子縁組して中原家に入籍。中也は生後半年経った頃から小学校入学までの期間、陸軍軍医であった父の任地に従って旅順、柳樹屯、広島、金沢等に移り住む。大正三年四月、下宇野令尋常高等小学校入学、まもなく周囲から「神童」と呼ばれる。四年一月、弟亜郎死去。この時初めて歌を詠む（「詩的履歴書」）。母の影響で短歌を作り、のち地方紙「防長新聞」の歌壇欄を中心に投稿、うち八十三首入選。七年五月、山口師範学校附属小学校へ転校。九年四月、山口県立山口中学校（現・県立山口高等学校）に優秀な成績で入学。十一年四月、吉田緒佐夢（理）、宇佐川紅萩（正明）との合同歌集『末《す》黒野《ぐろの》』（私家版）出版、うち中也の作は「温泉集」として二十八首収録。十二年四月、文学に耽って山口中学校を落第、京都の私立立命館中学校第三学年に転校。「生れて始めて両親を離れ、飛び立つ思ひなり」（「詩的履歴書」）。上京区（現・左京区）岡崎西福ノ川に下宿。以降、二年間の京都時代に計八回の転居を繰り返す。だが当初、親しい友も特になく両親さえも訪ねてこないという孤独感を味わい、小学校時代の恩師などに寂しいという内容の書簡を送る。秋の暮、丸太町橋際の古本屋で高橋新吉の『ダダイスト新吉の詩』を読み感激（「詩的履歴書」）、ダダ風の詩を書き始める。冬、関東大震災の影響で上洛した永井叔、長谷川泰子と知り合い、翌十三年四月から泰子と同棲。一方、京都帝国大学の学生でかつ立命館中学の国語講師、冨倉徳次郎の紹介により正岡忠三郎、富永太郎を知り、「仏国詩人等の存在を学ぶ」（「詩的履歴書」）。夏から秋にかけ、頻繁に往来し交友関係が深まる。秋、詩の宣言を執筆。十四年三月、第四学年の学年末進級試験終了直後、泰子とともに上京。富永を介して小林秀雄や永井龍男、河上徹太郎、諸井三郎、大岡昇平、高田博厚、青山二郎らと知り合い交流を深める。八月、この頃「詩を専心しよう」（「詩的履歴書」）と決意。十一月、小林との絶交、富永の死去、泰子との離別が重なり、一時精神の危機的状況に陥る（随筆「我が生活（私はほんとに）」）。十五年七月、小林に詩「朝の歌」を見せ、これにて「ほゞ方針立つ」（「詩的履歴書」）。昭和二年、音楽集団スルヤに近づき、翌三年五月、発表演奏会で諸井作曲の歌曲「朝の歌」「臨終」が初演される。同年父死去、中也は参列せず。四年四月から一年間、同人誌「白痴群」発行、詩、翻訳、評論等を発表。五月、京都帝国大学に入学した同人の大岡、富永次郎、安原喜弘たちとの打合わせを兼ねて、泰子と京都を訪れる。この頃、雑誌「生活者」「社会及国家」等にも断続的に詩や翻訳を発表。五年四月、再度京都に安原を訪ね、比叡山に登ったり母校立命館中学を訪れたりする。六年四月、東京外国語学校（現・東京外国語大学）専修科仏語に入学。七年三月、帰郷の途次、京都に立ち寄り安原に会う。その後、五月と七月にも再三京都を訪れ、中学時代の友人に会う。六月、『山羊の歌』編集終了、予約を募る。八年、文芸誌「紀元」「半仙戯」「四季」等の同人となる。十二月、上野孝子と結婚。同月、翻訳詩集『ランボオ詩集《学校時代の詩》』（三笠書房）刊行。翌九年十月、長男文也誕生。十一月、「歴程」主催の詩の朗読会にて「サーカス」を朗読、草野心平を知る。十二月、第一詩集『山羊の歌』（文圃堂書店）刊行。十一年六月、翻訳詩集『ランボオ詩抄』（山本書店）刊行。九月、散文詩「ゆきてかえらぬ」制作か（推定）。十一月、文也死去。翌月、次男愛雅誕生。だが、文也の死の悲痛甚だしく、神経衰弱が高じる。十二年一月、千葉市千葉寺の中村古峡療養所に入院。二月、退院後、鎌倉の寿福寺境内へ転居。九月、翻訳詩集『ランボオ詩集』（野田書房）刊行。暫しの帰郷を決意し、小林に『在りし日の歌』の清書原稿を託す。十月五日、発病。二十二日、結核性脳膜炎により死去。翌十三年一月、愛雅死去。四月、第二詩集『在りし日の歌』（創元社）が友人らの手によって刊行された。

＊ゆきてかえらぬ―京都―《ゆきてかえらぬ―きょうと―》　散文詩。〔初出〕「四季」昭和十一年十一月。〔初版〕『在りし日の歌』昭和十三年四月、創元社。◇本篇は『在りし日の歌』の第二章「永訣の秋」の冒頭に収録。初出時には、題名の下に「（未定稿）」と付されているが、試作、実験作の意味合いが強いと考えられている。中原には珍しい散文詩で書かれ、『山羊の歌』『在りし日の歌』に収められた唯一のもの。中原の散文詩で最も時期の早いものは、未発表詩篇「或る心の一季節」（推定大正14年4月制作）であり、それ以降、本篇まで散文詩の制作は未発表詩篇「地獄の天使」（推定昭和2年春制作）、「（とにもかくにも春である）」（推定昭和8年4月制作）の二篇のみである。「昭和一一年後期になって、中原が意欲的に始めた詩の新しい試みであった」（『新編中原中也全集』第1巻・解題篇、平成12年3月、角川書店）。大岡昇平は次のように記す。「「在りし日」はやがて「ゆきてかえらぬ」でこの世の果の書割となって定着される。これは、中原の既刊詩篇でただ一つの散文詩という特性を持ち「在りし日」が一層はっきりと客体として姿を現わしたことを意味する」（「在りし日の歌」、『大岡昇平集』13、昭和58年4月、岩波書店所収）。一方、サブタイトルに「京都」とあるが、いわゆる京都的なものを歌っているわけではなく、二年間の京都時代の自画像であり、かつそこでの心的経験を回想しイメージ化された心象風景である。この数え十七歳から十九歳にかけて過ごした京都時代は、中原にとってまさに詩人として出発するための、精神的自由を手にし謳歌しえた時期である。と同時に、これまで経験したことのない深い孤独から生じる悲しみを知ることになった時期でもあったのだ。〈十七―十九／私の上に降る雪は／霰のやうに散りました〉（「生ひ立ちの歌」）

（二木晴美）

中村うさぎ　なかむら・うさぎ

昭和三十三年二月二十七日～（1958～）。小説家。福岡県北九州市に生まれる。本名・典子。同志社大学英文科卒業。『極道くん漫遊記』全十三巻（平成3年6月～11年9月、角川スニーカー文庫）でライトノベル作家としてデビュー。後にエッセイも発表。著作に『ショッピングの女王』（平成9年4月、角川書店）、『私という病』（平成18年3月、新潮社）、『プロポーズはいらない』（平成19年2月、中央公論新社）などがある。

（増田明日香）

中本紫公　なかもと・しこう

明治四十二年一月六日～昭和四十八年十一月二日（1909～1973）。俳人。京都市に生まれる。本名・研一。滋賀師範学校（現・滋賀大学教育学部）在学中に俳句を始め、「灯」を発行。教員を経て戦後、滋賀県主事となる。昭和二十一年四月、大津市で「花藻」を創刊し、没するまで主宰。句集に『日本の眉』（昭和31年5月、花藻社）、文集『作品と人間像』（昭和37年6月、花藻社）、評論集『俳句の眼』（昭和45年9月、花藻社）などがある。なお、昭和四十年五月に比叡山延暦寺東塔の文殊楼の前に、〈落し文あらむか月の比叡泊り〉の句碑が建立されている。（田中　葵）

中山華泉　なかやま・かせん

昭和二年十二月二十四日～（1927～）。俳人。京都府に生まれる。本名・幸枝。京都府師範学校専攻科卒業。昭和四十年「双壁」に入り、山崎布丈に師事、四十三年同人。五十五年、主宰死去により発行に携わり、五十七年主宰継承。関西俳誌連盟常任委員。現代俳画紅華会主宰。四十八年、双璧努力賞受賞。（竹島千寿）

中山義秀　なかやま・ぎしゅう

明治三十三年十月五日～昭和四十四年八月十九日（1900～1969）。小説家。福島県岩瀬郡大家村（現・白河市）に、父竹蔵と母スヱの三男として生まれる。本名・議秀（昭和9年から義秀を用いる）。父は村から十町離れた一軒家で水車業を営む。大正七年、福島県立安積中学校（現・県立安積高等学校）を卒業し、早稲田大学高等予科に入学。まもなく横光利一と知り合い、生涯の師友と仰ぐ。九年、学部英文科に進学。在籍中横光らと同人誌「塔」を発刊し、「穴」（大正11年5月）、「啞々」（大正11年8月）を発表。十二年、早大卒業後、三重県立津中学校（現・県立津高等学校）に英語教師として赴任、十四年二月退職。十五年四月、千葉県成田町の私立成田中学校に就職し、昭和八年三月まで勤める。十三年、「厚物咲」（「文学界」昭和13年4月）で第七回芥川賞受賞。三十九年、『咲庵《しょうあん》』（昭和39年8月、講談社）で第十七回野間文芸賞受賞。同作品で四十年、第二十二回日本芸術院賞受賞。「咲庵」は明智光秀の号で、織田信長との関係を本能寺を始めとして京都の妙覚寺、天龍寺などを舞台にして描き出す。（森本秀樹）

長与善郎　ながよ・よしろう

明治二十一年八月六日～昭和三十六年十月二十九日（1888～1961）。小説家、劇作家。東京市麻布区（現・港区）に生まれる。学習院中等科高等科時代に、トルストイや徳冨蘆花、ニーチェや内村鑑三の書を愛読する。明治四十四年四月から「白樺」同人に加わり、平沢仲次の名で作品を発表。この頃まで一年半ほど日曜毎に通っていた内村鑑三の訪問をやめる。同年九月、東京帝国大学文学部英文科に入学するが、大正二年に退学、同じ頃、筆名をやめて本名を用いるようになる。小説に、自伝小説「盲目の川」（「白樺」大正3年4月～9月）、「青銅の基督」（「改造」大正12年1月）、「竹沢先生と云ふ人」（「不二」大正13年4月～14年9月）、自伝小説「わが心の遍歴」（「大法輪」昭和32年1月～34年7月、第十一回読売文学賞受賞）、戯曲に「項羽と劉邦」（「白樺」大正5年9月～6年5月）などがある。昭和五年十一月、天橋立に旅行した「橋立遊記」（『自然とともに』昭和9年7月、小山書店）は、奈良の志賀直哉宅を立ち、京都で東福寺を拝観、山陰線で城崎温泉へ、翌日、豊岡を経由して天橋立を訪れるまでの紀行文である。（山﨑義光）

半井桃水 なからい・とうすい

万延元年十二月二日〜大正十五年十一月二十一日（1860〜1926）。小説家。対馬国下県郡厳原天道茂町（現・長崎県対馬市厳原町中村）に生まれる。厳原藩宗家の典医の家の長男で、幼名・泉太郎、本名・冽（れつ、きよし）。別号に桃水痴史、菊阿弥。父の仕事の関係で少年時代を釜山倭館で過ごし、十一歳で上京して英学塾の共立学舎に入学。「読売新聞」等への投書を始める。退塾後、三菱に勤務するも、上役と意見が合わず退社。西下して京都を放浪する間は、悲惨な生活を送る。明治十二年、京都の「西京新聞」記者となり、翌年には大阪の「魁新聞」創設にあたり入社。雑報記者として活躍するも廃刊となり、再渡韓する。甲申事変などのスクープ記事をものにし、帰国後の二十一年、東京朝日新聞社に入社。翌年の「啞聾子」（「東京朝日新聞」明治22年3月12日〜4月17日）が好評を博し、その後も多数の小説を掲載。二十四年の長編「胡沙吹く風」（「東京朝日新聞」明治24年10月2日〜25年4月8日、朝鮮を舞台とする伝奇小説）が代表作。明治二十年〜三十年代には大衆的小説家として活躍し、日露戦争にも記者として従軍。晩年は長唄の作詞も手がける。樋口一葉の師として、そのデビューを後押しした。大正八年、朝日新聞社を退いた後も客員として小説を執筆し、六十五歳で脳溢血のため死去。墓所は文京区本駒込の養昌寺。平成十八年七月、長崎県対馬市厳原町中村地区の半井桃水生家跡に、対馬市まちづくりコミュニティー支援交流館「半井桃水館」がオープンした。

（山本欣司）

名古きよえ なこ・きよえ

昭和十年（月日未詳）〜（1935〜）。詩人、画家。京都府北桑田郡知井村（現・南丹市美山町）に生まれる。本名・樋口きよえ。京都女子大学文学部卒業。会社勤務の傍ら京都勤労者学園で詩を学び、昭和五十七年四月に第一詩集『てんとう虫の日曜日』（あかんたれ詩団）を刊行する。詩作に励む一方で日本画の勉強も始め、平成十七年七月には『名古きよえ詩画集』（編集工房ノア）を発表した。現在、個人詩誌「知井」（平成17年創刊）を主宰。

（内藤由直）

名越国三郎 なごし・くにさぶろう

明治十八年（月日未詳）〜昭和三十二年（月日未詳）（1885〜1957）。挿絵画家。京都に生まれる。京都市立美術工芸学校（現・市立芸術大学）卒業後、大阪毎日新聞社に入社。「大阪毎日新聞」日曜附録（大正11年4月から「サンデー毎日」）に、学芸部部員として挿絵を担当。代表作は、江戸川乱歩作「湖畔亭殺人事件」（「サンデー毎日」大正15年1月3日〜15年5月2日）、小鹿進作「双龍」（「サンデー毎日」大正15年7月1日）。唯一の画集に『初夏の夢』（大正5年11月、洛陽堂）がある。大正期から昭和初期にかけ、ユーモア小説、探偵小説などの挿絵で広く活躍した。

（中谷美紀）

名古屋哲夫 なごや・てつお

昭和三年（月日未詳）〜（1928〜）。詩人。京都市に生まれる。昭和十七年、京城（現・韓国ソウル）の竜山小学校卒業。二十年、京城から引き揚げる。二十九年、同志社大学大学院哲学科一年中退。同年、京都新聞社入社。五十二年より詩誌「歳月」を発行し、地元の京都を中心に活躍する。日本詩人クラブ、関西詩人協会、現代京都詩話会同人。詩集には『日本現代詩人叢書第67集 名古屋哲夫詩集—異端—』（昭和58年2月、芸風書院）、『詩集 呼ぶ』（平成12年2月、行路社）などがある。

（長濵拓磨）

梨木香歩 なしき・かほ

昭和三十四年（月日未詳）〜（1959〜）。児童文学作家、絵本作家、小説家。鹿児島県に生まれる。同志社大学在学中に英国に留学し、児童文学者のベティ・モーガン・ボーエンに師事する。『ガルシア＝マルケス全小説「百年の孤独」』（平成18年12月、新潮社）の解説を担当。主人公が周囲の人物や自然とふれあうことで成長する過程を描いた作品が多くみられる。大学時代の古都京都の心象風景が影響を与えたのかもしれない。どの作品にも〈生命〉というテーマがしっかりと存在している。『西の魔女が死んだ』（平成6年4月、楡出版）で日本児童文学者協会新人賞ほかを、『裏庭』（平成8年11月、理論社）で児童文学ファンタジー大賞を、『沼地のある森を抜けて』（平成17年8月、新潮社）で紫式部文学賞ほかを、それぞれ受賞。その他、多数の作品がある。（西本匡克）

夏目漱石 なつめ・そうせき

慶応三年一月五日（新暦二月九日）〜大正五年十二月九日（1867〜1916）。俳人、英文学者、小説家。江戸牛込馬場下横町（現・東京都新宿区喜久井町）に生まれる。本名・金之助。俳号・愚陀仏。漱石は生涯に四回京都に来ている、しかも大事な時期にである。明治二十五年七月、東京帝国大学文科大学在学中の夏期休暇に、松山に帰る子規と共に来たのが最初である。三十九年七月、京都帝国大学文科大学学長に任ぜられた狩野亨吉から、その京都帝国大学文科大学新設に際し、招聘を受ける。しかし漱石は即座に断る。「京都大学件は（略）見合せる事に可致候」（7月30日付狩野宛書簡）。後日にはその内容を具さに説明している。「僕は世の中を一大修羅場と心得てゐる。さうして其内に立って花々しく打死をするか敵を降参させるかどつちにかして見たいと思ってゐる。（略）京都へ行きたいといふのは此仕事をやる骨休めの為めに行きたいので、京都へ隠居したいと云ふ意味ではない」（39年10月23日付狩野宛）。四十年三月二十八日から四月十一日までの二回目の上洛は重要である。同年三月は、漱石の朝日新聞入社が決まった年である。漱石は東京帝国大学文科大学講師（ほか一切の教職）を辞し、職業作家に転身する。「京都には狩野といふ友人有之候。あれは学長なれども学長や教授や博士抔よりも種類の違ふたエライ人に候。あの人に逢ふために候。わざ〳〵京へ参り候。（略）大坂へも参りて新聞社の人々と近付になる積りに候」（3月23日付野上豊一郎宛）。三月二十八日夜、京都着。予てからの約束通り滞在中は狩野の家に宿泊する。二十九日は京都帝国大学、祇園、知恩院、清水寺他を訪。三十日は詩仙堂、銀閣寺、真如堂他を訪。三十一日は永観堂、南禅寺他を訪。四月一日は相国寺、京都御所、寺町通、建仁寺他を訪。二日は北野天神、金閣寺、大徳寺他を訪。三日は高台寺、三十三間堂他を訪。四日は東本願寺、西本願寺他を訪ねる。その後、七条（京都）停車場から大阪に向かい、大阪朝日新聞社主の村山龍平と面会。大阪ホテルの晩餐会に出席、鳥居素川らと会食、大阪泊。五日は万福寺、平等院他を訪。七日は嵐山、渡月橋、天龍寺他を訪。八日は保津川下り。九日は狩野亨吉、菅虎雄と共に比叡山に登り、根本中堂を見て坂本に降りる。十日は高浜虚子と都踊を観、一力に上がる。十二日帰京。四十二年十月・満韓旅行の帰途にも、二日間だけ立ち寄る（三回目の上洛）。大悲閣へ登り、「ゐり善」で鏡子夫人へ土産に半襟を買う。大正四年三月、最後の上洛は最も重要である（漱石晩年への土壌が益々に用意されたという意味において）。前年八月、「こゝろ」が完結、四年二月二十三日、「硝子戸の中」終章が掲載（「東京朝日新聞」）された後、「道草」起稿の前である。次作は四月から書き始めればよい。月末には帰る予定で三月十九日に上洛する。しかし持病（胃病）が起こり、四月十六日まで一ヵ月の逗留となる。この間は、京都在住の西川一草亭（花道去風流七世家元）、津田青楓（画家、一草亭の実弟）、磯田多佳（祇園の茶屋大友の元女将、姉は一力の女将。絵は浅井忠に学ぶ。谷崎潤一郎、吉井勇ら文士との交流が多い。当時36歳）との関係を抜きには語れない。一草亭の回想がある。「京都の庭を案内した（略）京都の寺は何処も暗くて陰気でいけないが、黄檗（万福寺）だけは明るくて好い（略）茶室めいた建物も無論好かれなかつた」（落花帚記）。病勢も手伝って外出することも少なく、書画帖に絵を描くことを専らとする。『守拙帖』（大正3年秋に東京で制作。帰京の翌日の大正四年四月十八日に送る。この原『守拙帖』はのち漱石・一草亭・青楓三人の合作［現『守拙帖』］として一草亭が仕立て直す）は一草亭に、『観自在帖』（大正4年京都滞在期に書き上げる）は多佳に贈った書画帖である。〈牡丹剪って一草亭を待つ日哉〉は、「牡丹図」への自画賛。宿は北大嘉。〈木屋町に宿をとりて川向の御多佳さんに　春の川を隔てゝ男女哉〉の句碑が、御池通木屋町にある。多佳との次の一件は、晩年の漱石を考える上で重要な試金石である。帰京後、書簡の往復がある。「御前は僕を北野の天神様へ連れて行くと云つて其日断りなしに宇治へ遊びに行つてしまつたぢやないか。（略）うそをつかないやうになさい」（5月2日付多佳宛）。「そんな約束をした覚がないといふに至ってはどうも空とぼけてごま化してゐるやうで心持が好くありません。（略）私はあなたもやつぱり黒人だといふ感じが胸のうちに出て来ました」（5月16日付多佳宛）。評論「素人と黒人」（「東京朝日新聞」大正3年1月7日〜12日）に、玄人の俗物性と素人の〈素直さ〉をいう、その漱石の真面目が窺える。「自分の今の考、無我になるべき覚悟を話す」（日記）のは、三月二十一日である。三月二十五日、姉・ふさ危篤の電報が来る。里子に出されて「四谷の大通りの夜店の笊」の中に曝されていた漱石を実家に連れ帰った姉である（『硝子戸の中』第29章）。「姉は気の毒をしました、帰れないでわるかつた」（3月28日付鏡子宛）。姉の死は、『道草』（多くの係累が登場する自伝小説）執筆動機の一つになる。『道草』は「遠い所から帰つて来て」という、大きな認識から始まる。形而上学的にして宗教的・一視同仁（裁きと赦しの眼から）の濁りのない作家の水位が、この京都逗留間に用意された。遅れること二ヵ月、六月三日から「道草」の連載開始。初収『道草』の装幀は津田青楓である。

＊京に着ける《きょうにつける》夕《ゆうべ》　随筆。〔初出〕「大阪朝日新聞」明治四十年四月九日〜十一日。◇「大阪朝日新聞」の主筆鳥居素川の注文原稿。三月二十八日夜着。友人の狩野亨吉宅に宿泊する。子規と来た昔を回想し、京の町に感じる想いを語る。「寒い町」「寒い所」「寒い京都」「人を寒がらせる所」と、「寒い」と「京都」がセットになって必要以上に繰り返される。言うところ「寒さ」は、気温に加えて「京都」に根源的に感じている漱石の精神的〈寒さ〉の何かである。文章の最後には、〈春寒の社頭に鶴を夢みけり〉の句が置かれている。

＊虞美人《ぐびじん》草《そう》　小説。〔初出〕「東京・大阪朝日新聞」明治四十年六月二十三日〜十月二十九日（「大阪朝日」は十月二十八日まで）。〔初版〕『虞美人草』明治四十一年一

月、春陽堂。◇朝日新聞入社の第一作。第一章の冒頭、哲学専攻の甲野と法学専攻の宗近が、比叡山に登るところから始まる。連載二日目（6月24日）は、「春はものゝ句になり易き京の町を」と始まる。二章、舞台は東京に、六章までは京都と東京とが交互になる。五章まで春の〈京〉が、ふんだんに美文で描写される。七章は東京に向かう夜汽車の中。以後、終章まで東京。小夜子（京都）の琴が象徴する古い京都、小野のヴァイオリンが象徴する進歩を肯い変容する東京（近代を体現）との対比が鮮やか。宗近は外交官志望、文学者の小野は博士論文執筆中。「紫の濃き如き女」藤尾（東京）を中心に、甲野、宗近、小夜子、小野の織りなす連続活劇的展開が妙。最後、藤尾は「虚栄の毒を仰いで」死し、作者の〈哲学〉が付与される。（鳥井正晴）

奈良本辰也 ならもと・たつや

大正二年十二月十一日～平成三年三月二十二日（1913～2001）。歴史家。山口県大島郡大島町に生まれる。山口県立岩国中学校（現・県立岩国高等学校）、松山高等学校（現・愛媛大学文理学部）を経て、京都帝国大学文学部国史学科卒業。昭和十三年、兵庫県立豊岡中学校教諭。二十年、立命館大学文学部専任講師、二十二年、教授に昇任。四十四年、大学紛争の折、立命館大学を退職。同年から京都イングリッシュセンター（現・京都外国語センター）の学院長を務めた。在野の京都知識人として活躍。『京都の庭』（昭和30年10月、河出新書）、『女人哀歓　奈良・京都古寺巡礼』（昭和38年5月、河出書房新社）、『維新と京都　明治百年京都の史跡めぐり』（昭和42年3月、光村推古書院）他、著書多数。（野口裕子）

成瀬無極 なるせ・むきょく

明治十七年一月一日～昭和三十三年一月四日（1884～1958）。ドイツ文学者、随筆家。東京に生まれる。本名・清。明治四十年、東京帝国大学文科大学独逸文学科卒業。第三高等学校（現・京都大学）教授、京都帝国大学教授を経て、戦後は東京で慶応義塾大学文学部教授などをつとめる。京都大学名誉教授。日本ゲーテ協会会長。歌舞伎役者の後援（昭和5年2月に二世市川左団次の弥生興行歓迎座談会を四条菊水で開催など）や、長谷川泰子の属した劇団表現座の後援をしたり、漱石や安倍能成らの小品を集めた『文学京都』（昭和17年7月、京都市役所文化課発行）を編集したりしている。（花﨑育代）

南江二郎 なんえ・じろう

明治三十五年四月三日～昭和五十七年五月二十六日（1902～1982）。詩人、人形劇研究家、演劇評論家、劇作家。京都府亀岡町（現・亀岡市）に生まれる。本名・治郎。大正十年から、詩集『乳房』（大正11年5月、民友社）などを出版。十一年、詩誌「新詩潮」を民文社から編集発行する。十三年、『原始と文明の中間に怯える者』を出版。十五年、雑誌「文人」を創刊。昭和二十五年五月に創設された日本詩人クラブで放送業務担当となる。のちに日本放送協会勤務。二十六年十月、京都府立亀岡高等学校校歌を作詞（作曲は山田耕筰）。近代人形劇の研究と発展に従事するとともに多くの詩を発表する。詩集に『乳房』（大正11年5月、民文社）、『壺』（昭和38年6月、東北書院）、『詩集遥かなる地球』（昭和42年12月、春秋社）などがある。（長原しのぶ）

【に】

新島襄　にいじま・じょう

天保十四年一月十四日（新暦二月十二日）～明治二十三年一月二十三日（1843～1890）。宗教家、教育者。江戸神田（現・東京都千代田区）に生まれる。本名・七五三太《しめた》。元治元年（1864）六月、国禁を侵して函館から出国、翌年七月、アメリカ着。アーモスト大学入学。明治三年に日本人で初めての〈学士〉となった。同年、アンドーヴァー神学校に入学。五年から岩倉使節団に参加。翌年、アンドーヴァー神学校を卒業、副宣教師として十一月に帰国。八年十一月二十九日、上京区寺町通丸太町上ルに官許同志社英学校を開校し、翌年、山本覚馬が寄付した薩摩藩邸跡地の相国寺二本松（現・今出川校地）に移転。二十一年十一月、「同志社大学設立の旨意」を教え子である徳富蘇峰の尽力で全国の主要新聞に掲載する。大学設立に奔走する中、病に倒れ、二十三年に神奈川県で死去。書簡、紀行文や日記のほか、和歌や漢詩を約五十首ずつ残している。京都在住中の作品は極めて少ないが、渡欧中に詠んだ漢詩では、学生を「相国寺の人」と表現している。漢詩「庭上一寒梅」は、大中寅二が作曲し、同志社系列校の式典の際には必ず歌われる。

（木谷真紀子）

西内ミナミ　にしうち・みなみ

昭和十三年九月二十四日～（1938～）。児童文学作家。京都市に生まれる。本名・南。別名・西内みなみ。東京女子大学卒業。在学中より児童文学サークル月曜児童文学や、いそぎんちゃくに所属し、児童文学創作を志す。広告会社にコピーライターとして勤務した後、家庭子ども文庫を開きながら創作に専念する。デザイナー堀内誠一のすすめで、絵本『ぐるんぱのようちえん』（堀内誠一画、昭和40年5月、福音館書店）を出版した。

（松枝　誠）

西川一草亭　にしかわ・いっそうてい

明治十一年一月十二日～昭和十三年三月二十日（1878～1938）。華道家、随筆家。京都市上京区（現・中京区）押小路麩屋町に生まれる。本名・源次郎。筆名・大字村舎主人。西川源兵衛（華道去風流六世一葉）の長男。華道去風流七世家元。明治三十七年四月、図案雑誌「小美術」を芸艸堂から発刊。この頃から華道教授をつとめる。四十四年、弟の津田青楓の紹介で夏目漱石と知り合い、大正五年に漱石が没するまで交流を持った。主著に『風流生活』（昭和7年1月、第一書房）などがある。

（松永直子）

西川久子　にしかわ・ひさこ

昭和七年（月日未詳）～（1932～）。小説家。京都市に生まれる。京都大学大学院文学研究科フランス文学専攻修了。滋賀女子短期大学非常勤講師。著書に、自身の小学三年生時の開戦の日から四ヵ月間の絵日記に解説を付した、戦時下の京都の生活を著した『絵日記 少女の日米開戦』（平成4年2月、草思社）や、自身の父と叔母である乗戸祭泰・浪江兄妹の日記を元に、その頃の暮らしぶりや季節の行事、遺品の分析などの解説を加えて宮津の明治末期の暮らしを著した『明治末期の暮らし―丹後の宮津にのこされた資料より―』（平成8年10月、あまのはしだて出版）、その日記と同時に明治期の音楽関係の数字譜を発見したことを機に著した『「むすんでひらいて」とジャン・ジャック・ルソー』（平成16年10月、かもがわ出版）がある。

（森鼻香織）

西川百子　にしかわ・ももこ

明治二十年一月（日未詳）～昭和十九年一月十一日（1887～1944）。歌人。京都市に生まれる。本名・正治郎。別号・輝《ひかる》。新詩社京都支部の社友となるが退社。大阪毎日新聞社京都支局に勤め、大正八年十一月に処女歌集『無産者』を出版するが、発禁となり数首削除して改訂版（大正9年2月、弘文堂）を出版した。『無産者』「恋愛篇」には祇園祭を詠んだ歌〈宵宮や祇園の鉾の万燈の脈うつ如く瞬けるよし〉がある。また大正五年に京都府立病院入院中の岸田春雨に会い、十三年四月に岸田の遺稿集『黎明の光の床に』（内外出版）を出版。その後、特派員として和歌山通信部に勤務するが、昭和二年、故郷の京都深草に戻り、〈うれしくも幾年ぶりにきくことぞ故里の空に鳴る除夜の鐘〉と詠んでいる（『婦女身』昭和3年5月、更生閣書店）。京都の日本赤十字病院へ入院し、死去する。（西川貴子）

西口克己　にしぐち・かつみ

大正二年四月六日～昭和六十一年三月十五日（1913～1986）。小説家。京都伏見中書島の娼家に、父広吉、母ステの長男として生まれる。第三高等学校（現・京都大学）を経て昭和十一年、東京帝国大学文学部西洋哲学科卒業。同年、日本労働科学研究所へ入所。二十一年、日本共産党に入党。二十五年の党分裂の際に除名される。三十年、党へ復帰。同年十二月、『文殊九助』を三一書房より刊行。自伝的小説『廓』第一部～第三部（昭和31年1月～33年1月、三一新書）が三十一年に直木賞候補となり、小説家として認められる。三十四年に京都市議会議員に当選（四期）。山本宣治の伝記小説『山宣』（昭和34年4月、中央公論社）、『祇園祭』（昭和36年3月、中央公論社）などを発表。歴史や住民自治に題材をとった作品が多い。四十年、日本民主主義文学同盟の結成に参加し、四十二年から五十年は幹事も務めた。五十年に京都府議会議員となり蜷川虎三革新府政を支えた。三期目の任期中に病に倒れ、逝去。（諏訪彩子）

西田幾多郎　にしだ・きたろう

明治三年五月十九日～昭和二十年六月七日（1870～1945）。哲学者。石川県河北郡（現・かほく市）に生まれる。明治十六年、金沢の石川県師範学校に入学したが、病気で中途退学。十九年、石川県専門学校（翌年第四高等中学校と改称）に補欠入学。二十三年退学。二十四年、東京帝国大学文科大学哲学専科に入学。井上哲次郎、ブッセ、ケーベルらに学ぶ。二十七年、卒業して郷里に帰り、第四高等学校（現・金沢大学）講師、山口高等学校教授を経て、三十二年、四高教授となった。四高在職十年間を通して参禅修行に没頭し、孤独な思索と読書に励む。その成果が、処女作『善の研究』（明治44年1月、弘道館）である。四十二年、上京して学習院教授となった。翌年、京都帝国大学文科大学助教授に任ぜられ、京都に移住した。京都帝大文学部は西田の人生にとって決定的な意味をもつ。哲学の主任教授だったカント学者の桑木厳翼がドイツに留学した間、担当の倫理学講座の他に哲学の授業も授けるのが最初の役目だった。大正二年、教授に進み文学博士の学位を受ける。翌年帰国した桑木が東京帝国大学に転任し、西田が哲学哲学史第一講座を担任する事になった。以後、京都帝大文学部哲学科の中心となり、同科に活発な気運が起こってくる。同年に早稲田から波多野精一（宗教学講座担任）を迎えるが、以前からの同僚で近世哲学史の朝永三十郎、美学の深田康算、中国哲学の狩野直喜、そして、少し後になるが、西田が特に努力して招いた田辺元（大正8年着任）や和辻哲郎（大正14年着任）などが加わり、同科の歴史的な一時代が築かれた。いわゆる「京都学派」が形成されてゆく。西田の京都帝大在職中に育った弟子も、務台理作・三宅剛一・三木清・木村素衛・西谷啓治・高坂正顕・鈴木成高・下村寅太郎・柳田謙十郎・鹿野治助・片岡仁志・唐木順三・高山岩男・沢瀉久敬・下程勇吉と数多い。その間の西田の著作には『自覚に於ける直観と反省』（大正6年10月、岩波書店）、『意識の問題』（大正9年1月、岩波書店）、『芸術と道徳』（大正12年7月、岩波書店）、『働くものから見るものへ』（昭和2年10月、岩波書店）などがある。大正十五年、左右田喜一郎が論文で西田の学説を「『西田哲学』と称するに値する程其の体系を整えたるもの」と述べ、その頃から次第に「西田哲学」という呼称が流布するようになった。昭和三年、定年退官。退官後も独自の哲学体系構築の試みは弛む事なく続けられた。退官後の著作には、『一般者の自覚的体系』（昭和5年1月、岩波書店）、『無の自覚的限定』（昭和7年12月、岩波書店）、『哲学の根本問題』（昭和8年12月、岩波書店）などがあり、種々の特殊問題についての論究は『哲学論文集』（昭和10年12月～21年2月、岩波書店）として纏められた。なお、銀閣寺から若王子に至る約一・五キロの琵琶湖疏水分流沿いの小径は、もともと「思索の小径」と呼ばれていたが、西田が好んで散策し思索にふけった事などから「哲学の道」「哲学の小径」と呼ばれるようになった。法然院近くに西田が詠んだ歌〈人は人吾はわれ也　とにかくに吾行く道を吾は行くなり〉の石碑が建つ。

（吉岡由紀彦）

西田純　にしだ・じゅん

昭和三十一年（月日未詳）～（1956～）。詩人。京都市に生まれる。京都教育大学卒業。大学在学中より詩作を始め、中断を経て現在に至る。作品集に『空にむかって』（平成4年5月、椋の木社）、『石笛』（平成4年12月、土曜美術社出版）、『鏡の底へ』（平成7年5月、土曜美術社出版）、『楽器のように』（平成11年3月、土曜美術社出版）、『木の声水の声』（平成14年9月、銀の鈴社）がある。平成十八年から詩誌「朱雀」を発行。

（宮山昌治）

西田天香　にしだ・てんこう

明治五年二月十日～昭和四十三年二月二十九日（1872～1968）。宗教家。滋賀県坂田郡長浜町（現・長浜市）に生まれる。本名・市太郎。開智学校（現・長浜市立長浜小学校）卒業。明治三十六年、京都でトルストイの「我宗教」を読んで啓発され、禁欲・奉仕・内省の信仰生活に入る。三十九年、京都の新橋に一燈園を開き、大正二年には洛東鹿ヶ谷、昭和五年には山科御陵《みささぎ》に移転、同志と共同生活を送った。大正期には倉田百三・尾崎放哉も入園している。教話集『懺悔の生活』（大正10年7月、春秋社）がベストセラーとなった。

（田中励儀）

西野信明　にしの・のぶあき

明治四十一年六月（日未詳）～昭和六十一年三月十二日（1908～1986）。歌人、俳人。京都市に生まれる。俳号・風信子。京都府師範学校（現・京都教育大学）本科第一部卒業後、市内の小学校に勤務。昭和十六年三月、京都府立舞鶴中学校（現・府立西舞鶴高等学校）に転任。「丹後歌人」「吻土」に入会、俳誌「京鹿子」の同人、鈴鹿野風呂に師事する。四十五年、退職。「吻土」の編集代表を引き受け、この頃、久世郡城陽町（現・城陽市久世）に移住。一歩短歌会を主宰、独楽の会の講師。著書に、歌集『季節の音』（昭和41年2月、吻土短歌社）、句集『雪花抄』（昭和51年8月、初音書房）など。『京の文学碑』（昭和46年11月、白川書院）は、市内周辺だけでなく、丹波や丹後の文学碑も紹介している。（室　鈴香）

西野文代　にしの・ふみよ

大正十二年五月十七日～（1923～）。俳人。京都に生まれる。昭和十八年、京都府立女子専門学校（現・京都府立大学）文科卒業。俳句誌「紫薇」「童子」「晨」の同人。句集に『沙羅』（昭和60年8月、四季出版）、『ほんたうに』（平成2年8月、牧羊社）、『そのひとの』（平成5年8月、夭夭房）など。他に『俳句・俳景〈17〉おはいりやして』（平成10年4月、蝸牛社）などがある。現代俳句協会所属。大阪府吹田市に居住。（森本秀樹）

西村京太郎　にしむら・きょうたろう

昭和五年九月六日～（1930～）。小説家。東京市荏原区小山町（現・東京都品川区小山）に生まれる。本名・矢島喜八郎。「西村」は先輩の名前から、「京太郎」は東京生まれの長男という意味で付けたペンネーム。東京府立電機工業学校（現・都立工業高等専門学校）に入学するが、翌年、陸軍幼年学校に転校する。終戦で陸軍幼年学校が消滅したため、再び東京府立電機工業学校に戻り、昭和二十三年、卒業。発足間もない臨時人事委員会（後の人事院）の第一回職員採用試験に合格し、十一年間にわたって国家公務員として勤務するが、三十四年、作家になる決心をし、退職。長谷川伸門下生の団体新鷹会に所属していた。三十六年二月、「宝石」増刊号に「黒の記憶」が掲載され、三十七年には「病める心」が双葉新人賞二席に選ばれるが、退職金が底を突き、トラック運転手、保険外交員、私立探偵、競馬場の警備員など、職を転々とする。三十八年、「歪んだ朝」で第二回オール讀物推理小説新人賞を受賞、三十九年、初の長編『四つの終止符』（昭和39年3月、文芸春秋新社）を上梓。翌年、『天使の傷痕』（昭和40年8月、講談社）で第十一回江戸川乱歩賞を受賞、四十二年には『太陽と砂』（昭和42年8月、講談社）で総理府が募集した「二十一世紀の日本」という課題小説に応募し、文部大臣賞を受賞する。初期には『天使の傷痕』などの社会派小説、『D機関情報』（昭和41年6月、講談社）などのスパイ小説、『太陽と砂』などの近未来小説など多彩なジャンルの作品を発表するが、やがて『汚染海域』（昭和46年9月、毎日新聞社）、『ハイビスカス殺人事件』（昭和47年4月、サンケイノベルス）などの海洋ミステリーや『おれたちはブルースしか歌わない』（昭和50年3月、講談社）などの青春ミステリー、『盗まれた都市』（昭和53年4月、トクマノベルズ）などのハードボイルドタッチの作品などに移行する。五十三年、トラベルミステリーの第一作『寝台特急《ブルートレイン》殺人事件』（10月、光文社）を発表、折からの旅行ブームに乗って、西村京太郎ブームが起こった。五十六年、『終着駅《ターミナル》殺人事件』（昭和55年7月、光文社）で第三十四回日本推理作家協会賞（長編部門賞）を受賞。これらの作品には十津川と亀井という二人の刑事が登場するが、以後、この十津川警部シリーズは西村の代表作となり、ベストセラー作家への道を歩み始めることとなる。十津川警部が登場する作品だけでも刊行点数は二百五十冊を超える。平成六年、鉄道功労者として運輸大臣より表彰される。九年には第六回日本文芸家クラブ大賞特別賞、十六年には第二十八回エランドール賞特別賞、第八回日本ミステリー文学大賞を受賞。現在、著作点数は四百冊を超え、累計発行部数は二億冊を超えるとも言われる。平成十三年には神奈川県湯河原町に西村京太郎記念館がオープンしている。京都を舞台にした作品としては、『京都駅殺人事件』（平成12年2月、光文社カッパノベルス）、『京都感情旅行殺人事件』（昭和59年9月、光文社）、『京都　恋と裏切りの嵯峨野』（平成11年3月、新潮社）などがある。京都在住時代には山村美紗と共同で旅館を購入、西村は本館に、山村は別館に住んでいたという。従って京都になじみの深い西村ならば、当然京都を舞台としたミステリーも多数あるかと思われるのだが、京都ものは前出の他意外と少ない。その原因を香山二三郎は「著者のトラベルものと山村の京都ものと、ふたりが互いに研鑽し合って創作活動に励んできた」「いわばトラベルものと京都ものは両輪状態にあったわけで、これまで著者があえて京都ものに手を染めなかったのも当然というべきか」（『京都　恋と裏切りの嵯峨野』「解説」平成13年4月、新潮文庫）と述べている。

＊京都　恋と裏切りの嵯峨野《きょうと　こいと　うらぎりのさがの》　長編小説。〔初出〕「小説新潮」平成十年六月～十二月。〔初版〕『京都　恋と裏切りの嵯峨野』平成十一年三月、新潮社。◇十津川警部ものの一編。京都を訪れた十津川は祇園の旅館で美しい女の客を見る。その後、愛宕念仏寺や尼寺でもその姿を見かけるが、女は姿を消し、寺に備え付けのノートには「神さま、許して下さい。私は、彼を殺します」という言葉が書き付けられていた。やがて女の死体が発見されるが、事件を追う十津川はまるで京都の観光名所を辿るように、祇園、嵐山、嵯峨野、鞍馬、亀岡、鴨川、東山と足を伸ばしていく。ラストは祇園祭の最中、関西空港で犯人が逮捕される。作品の背後にはオウム真理教事件などの宗教犯罪に対する作者の批判意識も見て取れる。（奈良﨑英穂）

西村孝次　にしむら・こうじ

明治四十年一月十七日～平成十六年六月（1907～2004）。英米文学者。京都市下京区下珠数屋町に生まれる。東北帝国大学で英文学を学び、昭和十四年八月、吉田健一、山本健吉、中村光夫らと同人誌「批評」を創刊、翻訳や評論で活躍する。戦後には『オスカー・ワイルド全集』（昭和55年11月～56年3月、青土社）を個人完訳している。小林秀雄は従兄で、西村家と小林との伝記的な関係を記した『わが従兄・小林秀雄』（平成7年7月、筑摩書房）がある。同書の「京の四季（西村家の人々）」は、京都の四季と生活体験を織り交ぜて記したエッセイである。（山﨑義光）

西村尚　にしむら・ひさし

昭和十年十月二十九日～（1935～）。歌人。京都府舞鶴市朝代に生まれる。国学院大学及び同大学院に学ぶ。昭和三十二年、「古今」に入会、福田栄一に師事。のち同人誌編集に携わり、平成六年十二月、退会。七年一月に飛聲短歌会を創設。思索的叙情に立脚し、生活の場を直視した歌を詠む。歌集に『少し近き風』（昭和45年3月、短歌新聞社）、『故園断簡』（昭和52年7月、角川書店）、『帯香』（平成9年8月、角川書店）など。京都創成大学教授（平成15年退職）、白峯神宮宮司。（諏訪彩子）

西山英雄　にしやま・ひでお

明治四十四年五月七日～平成元年一月二十一日（1911～1989）。画家。京都市に生まれる。昭和十一年、京都市立絵画専門学校（現・京都市立芸術大学）卒業。在学中、

帝展に初入選する。卒業後は、叔父の西山翠嶂《すいしょう》に師事し、青甲社に入社。以後、新文展や新日展等での受賞を経て、山岳画家としての位置を獲得。三十三年、青甲社解散後は、朴土社などを新たに結成。五十五年、日本芸術院会員となる。JR京都駅の陶板レリーフ「京洛東山三十六峰四季」（昭和52年2月）の原画も手掛けている。著書に『日本画入門』（昭和43年12月、保育社）がある。（馬場舞子）

二条左近　にじょう・さこん

大正五年六月一日～平成十年八月二十二日（1916～1998）。俳人。京都府舞鶴市に生まれる。本名・武内昭。昭和三十八年から俳句を作り始め、「霜林」「鶴」「風土」「河」を経て、四十八年に俳人協会会員となり、五十四年には角川源義に師事し、「人」創刊に参加、同人となる。「アスナロ」主宰の後、「人」顧問。『無冠』（昭和60年4月、百出版）がある。青葉山の松尾寺境内には〈大瑠璃の声に晴れゆく峰の雲〉の句碑がある。（吉本弥生）

丹羽文雄　にわ・ふみお

明治三十七年十一月二十二日～平成十七年四月二十日（1904～2005）。小説家。三重県四日市市北浜田町に生まれる。浄土真宗高田派の末寺、崇顕寺住職の長男。早稲田大学国文科卒業。昭和十年一月に刊行した第一創作集『鮎』（文体社）には、家出した母への愛憎の念を綴った〈生母もの〉、酒場のマダムと男との愛欲を描いた〈マダムもの〉の諸短編が収録されている。旺盛な創作力で流行作家となるが、戦時下には徴用を受けてソロモン海戦で負傷。『海戦』（昭和17年12月、中央公論社）がベストセラーとなった。同じ時期に刊行された『勤王届出』（昭和17年3月、大観堂）には、鳥羽伏見の戦が描かれる。戦後、簇出した新興宗教を取り上げた『蛇と鳩』（昭和28年3月、朝日新聞社）でも、箔付けのお山として伏見の稲荷山が持ち出される。人間親鸞を追求したライフワーク『親鸞』全五巻（昭和44年5月～9月、新潮社）は、叡山時代から説き起こされるが、京都六角堂参籠時の夢告を否定したところに特徴がある。五十二年、文化勲章受章。（田中励儀）

【ぬ】

布部幸男　ぬのべ・ゆきお

明治三十四年二月十八日～昭和四十三年十月一日（1901～1968）。川柳作家。京都市に生まれる。本名・幸三郎。大正七年、藤本蘭華とともに鼎川柳社の「擬宝珠」同人。「擬宝珠」時代は「布部さちを」と表記する。昭和五年、「紙魚」改題の「川柳街」を創刊し、編集発行人となる。三十二年、「川柳平安」創刊号より「句箋の裏」（全91回）を連載する。四十年八月、同人辞退。冠句青泉社主幹、寸刀と号する。（越前谷宏）

【の】

野上豊一郎　のがみ・とよいちろう

明治十六年九月十四日～昭和二十五年二月二十三日（1883～1950）。英文学者、小説家、能楽研究家。大分県北海部郡臼杵町（現・臼杵市）に生まれる。号・臼川。大分県立臼杵中学校（現・県立臼杵高等学校）から第一高等学校（現・東京大学）、東京帝国大学英文科、同大学院を経て、明治四

十二年、法政大学講師になる。以後、同校教授、予科長、学監、学長を経て、昭和二十二年三月、総長に就任した。文学に関しては、一高時代に出会った夏目漱石に師事し、句作や小説執筆に励む。『巣鴨の女』（明治45年1月、春陽堂）はこの時期の代表的な著作である。豊一郎の文学熱は明治三十九年に結婚した妻弥生子の創作活動にもつながっていく。英文学者として多数の翻訳を行っている。また、近代的な知見を取り入れることで、能楽研究に新生面を開き、能楽協会の顧問にもなっている。能の理論書として『能 研究と発見』（昭和5年2月、岩波書店）など、能作家の研究として『世阿弥元清』（昭和13年12月、創元社）、『観阿弥清次』（昭和24年5月、要書房）など、その他多数の校注書がある。京都についても「桂離宮」（『草衣集』昭和13年6月、相模書房）などの文章を残している。

（諸岡知徳）

野上弥生子 のがみ・やえこ

明治十八年五月六日〜昭和六十年三月三十日（1885〜1985）。小説家。大分県北海部郡臼杵町（現・臼杵市）に生まれる。本名・ヤヱ。明治三十九年、明治女学校（明治41年廃校）高等科卒業。英文学者野上豊一郎と結婚。夏目漱石の推薦を受け写生文的短編「縁」（「ホトトギス」明治40年2月）を発表後、実際の遭難事件を素材とする『海神丸』（大正13年9月、改造社）、歴史小説「大石良雄」（「中央公論」大正15年9月）、社会主義運動に関わった青年たちの戦時中の模索を描く長編『迷路』（昭和23年10月、12月、27年6月、7月、29年9月、31年11月、岩波書店）を発表。昭和三十七年〜三十八年発表の歴史小説『秀吉と利休』（昭和39年2月、中央公論社）では、利休賜死の主要因として、秀吉の「唐御陣」に対する利休の批判が創作され、その重大な影響力故に、石田三成による糾弾は、臨済宗大徳寺三門に利休寿像を安置した件に絞られたと描かれる。応仁の乱で消失した大徳寺三門修築に利休が自ら寄進する理由を、弥生子は、空間に造形の新たな美を創造することにあったとしている。この作品により三十八年第三回女流文学賞受賞。四十六年、文化勲章受章。明治女学校を舞台とする長編『森』（昭和60年11月、新潮社）執筆中に没する。

（渡邊ルリ）

野口雨情 のぐち・うじょう

明治十五年五月二十九日〜昭和二十年一月二十七日（1882〜1945）。民謡・童謡詩人。茨城県多賀郡北中郷村（現・北茨城市）に、父量平、母てるの長男として生まれる。本名・英吉。明治三十年四月に上京し、東京数学院中学校に入学。三十二年四月、順天中学校第三学年に編入を経て、三十四年四月、東京専門学校（現・早稲田大学）高等予科文学科に入学。三十五年五月、中退。在学中に小川未明、坪内逍遙らに出逢い、詩や小説等を雑誌に発表し、詩壇に出る。三十八年三月、詩集『枯草』を高木知新堂より自費出版し、日本初の創作民謡集として注目を浴びる。また、四十年一月から三月にかけて月刊民謡集『朝花夜花』（明文社）制作。その後、北海道や東京などの新聞社等に関わり、しばらく詩作から離れるが、詩集『都会と田園』（大正8年6月、銀座書房）で詩壇に復帰する。北海道では、石川啄木を知り、親交を結んでいく。さらに、童謡集『十五夜お月さん』（大正10年6月、尚文堂）、『青い眼の人形』（大正13年6月、金の星社）等を刊行し、童謡を追究した評論『童謡十講』（大正12年3月、金の星社）で、童謡というジャンルに規範を与える。また、雨情は地方各地を巡歴し、講演や、地方民謡の創作に多忙を極める。京都に関しては、自筆歌稿で「宮津おけさ」「亀岡小唄」等がある。『雨情民謡百篇』（大正13年7月、新潮社）には、京都の風情を唄った「祇園町」が収録されている。雨情は「民謡（童謡）は読んで味はうべきものでなく、どこまでも唄つて味はうべきものでありますから、調子に重きを置かなくてはなりません」「民謡は土の自然詩である」と言及し、その心は全国各地に建てられた詩碑に刻まれている。（渡邊浩史）

野田宇太郎　のだ・うたろう

明治四十二年十月二十八日～昭和五十九年七月二十日（1909～1984）。詩人、評論家。福岡県三井郡立石村（現・小郡市）に生まれる。昭和四年、早稲田大学第一高等学院に入学するも、病気のため九州に帰り、久留米で生活。六年に上京するが、七年に再度久留米に戻る。十三年に久留米市役所に職を得るまでは、義母の出奔と文具店経営の失敗による破産のため、経済的に不安定な生活を送りながら詩作を続ける。久留米では丸山豊らとの親交が生まれた。昭和八年二月に第一詩集『北の部屋』（金文堂）を刊行。そのほか十一年から十五年にかけて詩誌「糧」（後に「抒情詩」と誌名変更）を編集発行。その作風は決して尖鋭的なものではないが、近代日本抒情詩の雰囲気を受け継ぐものといえる。十五年に再度上京し、小山書店に入社。その後戦中戦後にかけて第一書房、河出書房、東京出版と渡り歩いて文芸誌の編集に関わった。二十三年からは詩作と近代文学研究に専念。木下杢太郎に私淑。その死後、杢太郎個人の再評価にとどまらず、耽美派の活動にも注目。この研究の成果として、『パンの会』（昭和24年7月、六興出版社）、『日本耽美派の誕生』（昭和26年1月、河出書房）、『青春の季節』（昭和28年11月、河出書房）、『瓦斯灯文芸考』（昭和36年6月、東峰書院）などがあり、五十一年三月には、『日本耽美派文学の誕生』（昭和50年11月、河出書房新社）で昭和五十年度芸術選奨文部大臣賞を受賞。また、近代文学の実証的研究の一つの方法として、「文学散歩」の実践を開始。昭和二十六年一月一日より「日本読書新聞」で「新東京文学散歩」の連載を開始。三十一年五月二十八日には「大阪読売新聞」で「関西文学散歩」の連載を開始。『関西文学散歩』中巻「京都・近江」（昭和32年7月、小山書店新社）では、洛中を中心とした京都のさまざまな場所に足を運び、それぞれの場所から想起される夏目漱石、森鷗外、吉井勇、長田幹彦、近松秋江、芥川龍之介、宇野浩二、幸田露伴、上田敏、梶井基次郎、谷崎潤一郎、木下杢太郎、薄田泣菫、与謝野晶子、与謝野鉄幹、徳冨蘆花らのエピソードを、豊富な写真と共に紀行文風の文体で紹介している。これら一連の「文学散歩」は、『野田宇太郎文学散歩』全二十六冊（昭和52年7月～60年5月、文一総合出版）にまとめられている。没後、福岡県小郡市の野田宇太郎文学資料館で多数の資料が公開されている。（熊谷昭宏）

野田節子　のだ・せつこ

昭和三年二月二十二日～平成二年十二月十五日（1928～1990）。俳人。京都市に生まれる。昭和二十二年、同志社女子専門学校（現・同志社女子大学）家政科卒業。四十四年、桂樟蹊子に師事し、「霜林」に入門。四十七年、新人賞を受賞。四十八年、新雪賞を受賞し、「霜林」同人に推される。五十年、霜林賞を受賞。五十三年より、京都家庭裁判所調停委員をつとめる。五十五年、俳人協会会員となる。句集には『糸車』

（昭和55年6月、霜林発行所）、『折紙』（平成元年12月、牧羊社）がある。〈つゆけしやナホトカのみの方位盤〉（『折紙』）などの、新しい題材を取り込んだ俳句をよむ一方で、〈京菓子を買ひしおぼろの戻り橋〉（『糸車』）や、相国寺で詠んだ〈今出川のなごり余寒の坐禅石〉、宇治においての〈ゆく人をとめて露けし浮舟碑〉〈寺ふたつ綴る虫野の仏たち〉（以上三句『折紙』）などの、出身地である京都の風物を題材にした作品もよんでいる。（馬場舞子）

野間宏 のま・ひろし

大正四年二月二十三日～平成三年一月二日（1915～1991）。小説家。神戸市長田区東尻池の発電所社宅に生まれる。父卯一、母まつゑの次男。父は親鸞の教えを奉ずる在家仏教の一派実源派を開き、その教祖として自宅に説教所を設け貧困層を中心に多くの信者に布教した人であり、その影響で幼時より仏を信じ、後には仏教と格闘するに至った。昭和七年三月、大阪府立北野中学校（現・府立北野高等学校。西宮の自宅から汽車通学）卒業、同四月、京都の第三高等学校（現・京都大学）文科丙類に入学。フランス語の文丙を選んだのはボードレールの「悪の華」を読みたいと考えたことによる。三高の寮に入って最初に友達になったのが同学年の桑原（竹之内）静雄であり、「互いのなかにあるものが、文学であることを、互いに嗅ぎつけ、そして互いのなかにあるその文学をばひそかに互いに認め合った」（「同人雑誌『三人』の頃」、『鏡に挟まれて—青春自伝—』昭和47年12月、創樹社）という。間もなく理科一年の富士正晴を知る。「私と竹之内は三高の自由寮にはいっていたが、富士は鹿ヵ谷の方に下宿していて、私がたずねて行くと、机の引出しから紫色にかがやく小蛇を取りだしてきてみせてくれたり、山づたいの道をわけて露のたまった自然のにおいをかぐことをおしえてくれた」。「詩人富士正晴は自然に対する私の態度を京都の山や野原を通じて、少しく能動的なものにかえてくれたのである。私は富士正晴からいろんなことをおしえられた」。文学に対する感覚が「はっきりと眼をひらかれるようになったのは、富士正晴との出会いによっている」（「象徴詩と革命運動の間」、『鏡に挟まれて』）と回想するように富士との繋りは殊に強く、十九年二月に、その妹光子と結婚するに至る。相識った富士に誘われ、桑原と三人で詩人竹内勝太郎を訪問、以後、マラルメ、ヴァレリー、西田幾多郎、道元他、芸術全般や生き方を学ぶなど深甚な影響を受けた。昭和七年十月、竹内の指導の下に富士、桑原と同人誌「三人」を創刊（昭和17年6月、第28号で終刊）、詩・エッセイ・小説を同誌に発表した。三百部のガリ版雑誌を作るのに一ヵ月を要し、夜遅くまで北白川の富士の部屋で作業し、吉田山を越えて寮まで帰る途次の俄か雨でずぶ濡れとなり発熱、肺尖カタルを病み、遂に休学の破目となったりもした。三高時代から既に河上肇『第二貧乏物語』やマルクス、エンゲルス、野呂栄太郎『日本資本主義発達史』等を読み、次第に唯物論と唯物史観の方向に向かってはいたが、社会感覚とも呼ぶべきものをまだ自分の中に作り出すには至っていなかったという（「象徴詩と革命運動の間」）。十年三月、三高卒業、四月、京都帝国大学文学部仏文科に入学。六月、竹内勝太郎が黒部渓谷に墜死し、大きな衝撃を受ける。「俺には、俺の上には、先生の力が余りに強すぎた」（「六月二十六日日記」、『作家の戦中日記 一九三二—四五 上』平成13年6月、藤原書店）と動揺する一方で、解放感を覚えたことも事実で、ジイド（「コンゴ紀行」等）との格闘を経て芸術至上主義からマルクス主義に近づいた。大学に入学して間もなく小学校の同窓生小野義彦（左翼活動により一高を中退後、検定入学）と再会。その秋頃、永島孝雄・小野義彦・村上尚治らにより従来の党活動の失敗を踏まえ、柔軟な組織活動を方針とする学生活動家グループ、京大ケルンが結成され、布施杜夫と共にこれに接近。他方、小学校時代からの友人で旋盤工の羽山善治を通じ文学を愛好するミーリング工の矢野笹雄を知り、神戸の労働者の活動家たち（反戦を旨とする、人民戦線組織）と交流を結び、野間を媒介に羽山・矢野たちと京大ケルングループが連絡を取り合うようになる。十三年三月、京大を卒業（卒業論文は「マダム・ボヴァリー論」）。大阪市役所に就職、社会部福利課福利係に勤務し、融和事業を担当。被差別部落の実態を知ると共に水平社創立以来の部落解放運動家松田喜一・朝田善之助らと交流を持つに至り、その経験がのち長編「青年の環」（「近代文学」昭和22年6月～23年5月、「文芸」23年8月、「新文学」23年10月～11月、「丹頂」23年11月、「序曲」23年12月創刊号等の既発表分に、大幅な加筆、改訂を加え、昭和46年1月に第5巻を河出書房新社より刊行して完結）として結実した。兵士となるも昭和十八年、治安維持法違反容疑で逮捕、十九年、軍需会社に徴用され、保護観察を受けつつ敗戦まで勤めた。敗戦後直ちに「暗い絵」執筆に着手、翌年一月末に完成。

＊暗い《くらい》絵《え》　中編小説。〔初出〕「黄蜂《きばち》」昭和二十一年四月、八月、九月。〔初版〕〝アプレ・ゲール・クレアトリス叢書〟第一冊『暗い絵』昭和二十二年十月、真善美社。◇「草もなく木もなく実りもなく吹きすさぶ雪風が荒涼として吹き過ぎる」。ブリューゲルのこの画集を深見進介に貸し与えた友も、共にこれを繰り返し眺めた友も、若くしてその殆どが獄死しなければならなかった。京大事件の後、学内の左翼勢力は次第に追い詰められていたが、深見はブリューゲルの絵の暗い世界から人びとの魂を救わねばと思いつつ、そのためにも敢て「エゴイズムに基づく自己保存と我執の臭いのする道」を選び、「仕方のない正しさをもう一度真直ぐに、しゃんと直さなければならない。それが俺の役割だ。そしてこれは誰かがやらなければならないのだ」と強く思った。――第七回コミンテルン大会の決定、ディミトロフの人民戦線の報告が日本に入って来たのは昭和十年十月であり、翌十一年三月、阪神の人民戦線が提唱されている。早くから野間と親交のあった神戸の労働者羽山・矢野の二人はこの人民戦線の日本に於ける最も早い組織者であった。「羽山・矢野によって、漸次芸術主義の詩人・文学者からぬけ出て、労働者のなかへ、大衆の中へという方向に近づいていったのであるが、学生生活に於いて、この役割をしてくれたのは、小野義彦であった」（「『暗い絵』の背景」、『鏡に挟まれて』昭和47年12月、創樹社）。小野を通じて学生運動の中心のグループと親しくなるが、京大の核は永島（永杉英作のモデル）で、永島の組織した京大ケルンは日本共産主義者団（12年12月に成立）と結び付いて行く。主人公に最も近い木山省吾のモデル布施も中心部にいた。「そして私は、この中心グループと、神戸の人民戦線グループとを結合させるという役目を、自然とになうことになった」（「同前」）。人民戦線の再建は成らず、十三年六月に永島が検挙（17年獄死）、同年九月に布施も逮捕（18年獄死）。「理論による観念的自己正当化が逆に現実からの孤立と焦躁感を招き、行為の正しさにおのれを追い込み、殉じてゆく。その『仕方のない正しさ』は、すなわ

ち絶対化された非転向的立場にほかならない」（飛鳥井雅道『暗い絵』作品鑑賞」）が、深見は自身が間違っていたとも考えなかった。自らに最も近い京大ケルンとも最後の一点に於いて相対峙せざるを得なかったような「野間の特異な全体験が『暗い絵』を書かせた根本のモティーフにほかならない」とする平野謙（新潮文庫『暗い絵・崩解感覚』解説、昭30・4）は、その上で、「もっとも親しい友人が戦争反対を叫んで獄死してゆく、その運命の苛烈に慟哭しながら、彼らがまちがっていたのではない、しかし、おれがまちがっていたのでもない、と考えざるを得ない深見進介の確信は、また作者自身のものでもあった。いや、それが作者自身のぬきさしならぬ確信であればこそ、『暗い絵』を書くこともできたのである。そこにはかつてのインテリ的なコンプレックスはない。獄死した僚友の行動を『仕方のない正しさ』だったと観じ、みずからの心を『日本の心の尖端』であると感ずる主人公をよく造型し得たのは、（略）野間宏の全体験がそこに賭けられてあったからだ」と指摘している。

（吉田永宏）

野溝七生子　のみぞ・なおこ

明治三十年一月二日～昭和六十二年二月十二日（1897～1987）。小説家、比較文学研究家。兵庫県姫路市に生まれる。大正二年に大分県立大分高等女学校（現・県立上野丘高等学校）を卒業。同志社女学校文学部英文科専門部予科に在学中、辻潤や宮島資夫と出会う。十年に東洋大学専門学部文化学科に入学。十三年、「福岡日日新聞」懸賞小説に応募した「山梔《くちなし》」が島崎藤村や田山花袋、徳田秋声の評価を得て特選に入る。『山梔』は十五年九月、春秋社から出版。昭和三年に長谷川時雨の「女人芸術」に参加。「女獣心理」が「都新聞」懸賞小説に入賞する。十五年七月に『女獣心理』を八雲書林から出版。二十一年三月に短編集『南天屋敷』を角川書店から、二十三年六月に短編集『月影』を青磁社から出版。二十六年に成瀬正勝の推薦で東洋大学文学部国文学科専任講師に就く。以後、近代文学および比較文学を担当し同教授となる。森鷗外とヨーロッパ文学の比較研究に優れた業績を残した。

（尾西康充）

野村吉哉　のむら・きちや

明治三十四年十一月十五日～昭和五年八月二十九日（1901～1930）。詩人、童話作家。京都市上京区に生まれる。叔父の義弟は評論家の千葉亀雄。大正七年、上京。林芙美子と同棲もした労働生活の中で「ダムダム」等に詩などを寄稿。晩年「童話時代」主宰。詩集に『星の音楽』（大正13年10月、さめらう書店）等。童話集に『柿の木のある家』（昭和16年4月、文昭社）。岩田宏編『野村吉哉作品集 星の配達』（昭和58年9月、草思社）がある。

（硲　香文）

能村登四郎　のむら・としろう

明治四十四年一月五日～平成十三年五月二十四日（1911～2001）。俳人。東京市下谷区（現・東京都台東区）谷中清水町に生まれる。昭和十一年、国学院大学を卒業。在学中に折口信夫の講義を受ける。十四年より俳誌「馬酔木」に投句するようになり、二十三年、馬酔木新人賞を受賞し同人となる。四十五年、主宰誌「沖」を創刊。句集『枯野の沖』（昭和45年6月、牧羊社）に三千院と龍安寺に取材した句があり、龍安寺の句は『有為の山』（昭和53年9月、永田書房）にもある。また、神護寺の句もこの句集と『天上華』（昭和59年9月、角川書店、第十九回蛇笏賞受賞）

にある。
（川畑和成）

野村芳太郎　のむら・よしたろう
大正八年四月二十三日～平成十七年四月八日（1919～2005）。映画監督、プロダクション役員。京都市中京区寺町通錦小路上ル西側（現・円福寺前町）に生まれる。昭和十六年、慶応義塾大学文学部を卒業し、松竹大船撮影所に入社。十七年応召し、二十一年復員。川島雄三、黒沢明らの助監督を経て、二十七年「鳩」で監督デビュー。三十三年、松本清張原作「張込み」を映画化して高い評価を得る。四十九年の「砂の器」は清張作品の集大成。ほかに三十八年の「拝啓天皇陛下様」などの喜劇作品がある。
（一條孝夫）

法月綸太郎　のりずき・りんたろう
昭和三十九年十月十五日～（1964～）。小説家、評論家。松江市に生まれる。本名・山田純也。島根県立松江北高等学校から京都大学法学部に入学。在学中は、京都大学推理小説研究会に所属し、綾辻行人や我孫子武丸らと交流する。大学卒業後、一時、協和銀行（現・りそな銀行）に勤務するが、法月林太郎名義で第三十三回江戸川乱歩賞に応募した「ア・デイ・イン・ザ・スクール・ライフ」が注目され、島田荘司の推薦を得てデビューすることとなった。デビュー作は、応募作品を改稿した『密閉教室』（昭和63年10月、講談社）である。エラリー・クイーンの影響が強く、第二長編『雪密室』（平成元年4月、講談社）からは、作者と同名のミステリ作家法月綸太郎を探偵役に起用した作品を書き始めた。『誰彼《たそがれ》』（平成元年10月、講談社）以降、しだいに作者自身の本格ミステリに対する懐疑、苦悩が作品に反映されるようになり、「悩める作家」の異名がつく。『頼子のために』（平成2年6月、講談社）、『一の悲劇』（平成3年4月、祥伝社）、『ふたたび赤い悪夢』（平成4年4月、講談社）刊行後、京都を舞台にした『二の悲劇』（平成6年7月、祥伝社）を書いてから、「生首に聞いてみろ」（「KADOKAWAミステリ」平成13年4月～15年1月）まで長編を書かなくなってしまった。その間、実験的な作品を集めたノン・シリーズの短編集『パズル崩壊』（平成8年6月、集英社）や評論集『謎解きが終ったら』（平成10年9月、講談社）を出すなど、主に短編と評論を中心に活動する。とくに評論では「初期クイーン論」（「現代思想」平成7年2月）で提唱した後期クイーン問題が物議を醸した。また、平成六年から十五年まで創元推理評論賞の選考委員を務め、受賞者を中心に結成した探偵小説研究会に参加し、評論家の発掘と育成にも力を注ぐ。短編集『法月綸太郎の新冒険』（平成11年5月、講談社）以降の作品では、謎解きを中心とした本格ミステリに回帰したとされる。十八年三月には児童向けの『怪盗グリフィン、絶体絶命』を講談社の〈ミステリーランド〉に書いている。「都市伝説パズル」（「メフィスト」平成13年9月）で第五十五回日本推理作家協会賞短編部門を、『生首に聞いてみろ』（平成16年9月、角川書店）で第五回本格ミステリ大賞小説部門を受賞した。小説作品で京都を舞台にしたものは少ないが、『二の悲劇』では蹴上水力発電所で事件の重要参考人の死体が発見され、探偵役の綸太郎も京都入りする。
（浦谷一弘）

【は】

萩本阿以子　はぎもと・あいこ
大正五年三月二十三日～（1916～）。歌人。

京都府福知山市寺に生まれる。本名・あい子。昭和十年、「橄欖《かんらん》」入社。戦前は養護訓導として勤務し結婚、戦後は大阪市に居住。「女人短歌」会員。家庭生活の折節に揺曳する情念を詠出する歌風。歌集に『雲耀へば』（昭和39年9月、初音書房）、『雨は藺たき』（昭和50年5月、初音書房）、『廻雪』（平成元年2月、短歌新聞社）がある。京都を詠んだ歌に〈丹後の浜／母の忌を終へて連れ立つ渚べに兄・姉と戻しゆく血の部分〉がある。（外村　彰）

萩原健次郎 はぎわら・けんじろう

昭和二十七年一月八日〜（1952〜）。詩人。大阪市に生まれる。昭和五十年、龍谷大学経済学部卒業。五十八年、詩誌「ガルシア」を創刊。京都で広告事務所を経営しつつ新聞雑誌等に寄稿多数。詩の朗読と音楽の共演など多角的芸術活動を展開。詩集『求愛』（平成7年10月、彼方社）と『絵桜』（平成10年12月、彼方社）は、第一回・第四回中原中也賞候補作。「gui」「紙子」同人。（佐藤良太）

萩原朔太郎 はぎわら・さくたろう

明治十九年十一月一日〜昭和十七年五月十一日（1886〜1942）。詩人。群馬県東群馬郡前橋北曲輪町（現・前橋市千代田町）に、医師の父密藏・母ケイの長子として生まれる。群馬県立前橋中学校（現・県立前橋高等学校）四年生で「明星」に短歌掲載、「新詩社」社友となる。中学校卒業後、第五高等学校（現・熊本大学）、第六高等学校（現・岡山大学）ともに落第、退学。明治四十四年には慶応義塾大学予科も父の病気故に退学、翌年九月、京都帝国大学文学部（選科）を受験するが不合格で大学進学を断念。翌大正二年四月、北原白秋主宰誌「朱欒《ざんぼあ》」掲載の室生犀星の作品に感動し詩友となる。同年五月「朱欒」に短歌・抒情小曲が掲載される。四年、犀星、山村暮鳥と詩誌「卓上噴水」創刊。五年には犀星と詩誌「感情」創刊。六年二月、第一詩集『月に吠える』（感情詩社）を自費出版、その作品は口語詩を完成させたと評される。詩壇への発言も活発となり「三木露風一派の詩を放追せよ」（「文章世界」大正6年5月）等の文章で詩壇論争を起こした。十二年、第二詩集『青猫』（1月、新潮社）、詩集『蝶を夢む』（7月、新潮社）刊行。十四年、東京へ転居、文語の詩集『純情小曲集』（8月、新潮社）刊行。昭和三年十二月、長年の成果である詩論『詩の原理』（第一書房）発表。八年六月、個人雑誌「生理」創刊。九年六月、文語による詩集『氷島』（第一書房）発表。その他、アフォリズム集『虚妄の正義』（昭和4年10月、第一書房）、散文詩集『宿命』（昭和14年9月、創元社）、短編小説『猫町』（昭和10年11月、版画荘）、詩論や評論・エッセイ等著作多数。十六年に体調を崩し、十七年五月十一日、肺炎にて逝去。朔太郎の京都訪問は、明治三十六年、大阪の第五回内国博覧会見物の際、大正元年、京都大学受験の際、十三年五月末、萩原榮次・妹津久井ユキとの京都見物の際、昭和八年秋頃の長期旅行の際、十一年十一月、瀬戸内海佐美島からの帰途に桑原武夫・淀野隆三・保田与重郎と苔寺・大徳寺・民家の庭見学等がある。京都を舞台とする作品としては、大正二年四月の自選自筆歌集『ソライロノハナ』での短歌〈絵日傘は桃につづきて清水院の／御堂十二に昼の鐘なる〉〈雨細う情に春ゆく伏見途／京へ三里の傘おもからぬ〉〈はらからが朝院参の西の院／比叡やや寒き梅に参でびと〉、『純情小曲集』所収詩編「夜汽車」（初出「みちゆき」「朱欒」大正2年4月）で〈まだ山科は過ぎずや／空気まくらの口金をゆるめて／そっと息をぬいてみる女ごころ／ふと二人かなしさに身をすりよせ／しののめちかき汽車の窓より外をながむれば〉との表現がある。その晩年に京に居を定めた俳人蕪村に「魂の郷愁」を感じた『郷愁の詩人 与謝蕪村』（昭和11年3月、第一書房）では、蕪村の平安朝文化への懐古的憧憬と郷愁を句に読み取っている。（澤田由紀子）

橋爪さち子 はしずめ・さちこ

昭和十九年七日二十一日～（1944～）。詩人。京都市に生まれる。高校時代から詩を書き始める。立命館大学文学部を卒業後、三年間の小学校教員生活を経て結婚し、詩作から離れた。昭和五十七年頃から再び詩を書くようになり、六十二年、第二十二回関西文学賞（詩部門）受賞。平成十九年、第十六回詩と思想新人賞受賞。詩集に『時はたつ時はたたない』（昭和61年1月、朝日カルチャーセンター）、『光る骨』（平成14年6月、書肆青樹社）がある。（関 肇）

橋本関雪 はしもと・かんせつ

明治十六年十一月十日～昭和二十年二月二十六日（1883～1945）。日本画家。神戸坂本村（現・中央区楠町）に生まれる。明治二十八年、片岡公曠に入門。四条派の画法を学ぶ。三十六年、竹内栖鳳竹杖会に入門。詩文を嗜み、漢詩集『関雪詩稿』（明治43年5月、私家版）、『並南船集』（昭和3年8月、私家版）、『関雪詩存』（昭和14年12月、私家版）の他、『南画への道程』（大正13年5月、中央美術社）、没後刊行の『白沙村人随筆』（昭和32年3月、中央公論社）などがある。関雪は三十年の歳月をかけ、自宅兼アトリエとして「白沙村荘」（現・橋本関雪記念館）を造営し、大正五年に完成した。銀閣寺の参道へ向かう大文字山の麓、哲学の道の入口に位置し、東山を借景として望む約二千二百坪の庭園は四季折々の自然に溢れる。一部の建造物とともに、ギャラリーでは年間二回の特別展・企画展示で所蔵作品やコレクション等を随時公開している。哲学の道の桜並木は夫人が寄贈し「関雪桜」と呼ばれている。（吉岡由紀彦）

蓮田善明 はすだ・ぜんめい

明治三十七年七月二十八日～昭和二十年八月十九日（1904～1945）。国文学者。熊本県鹿本郡植木町の金蓮寺（浄土真宗）に、住職の三男として生まれる。広島文理科大学（現・広島大学）国語国文学科卒業。昭和十三年、清水文雄らと「文芸文化」を創刊。古風を尊ぶ立場で精力的に古典の研究を展開。十八年十月二十六日、二度目の応召による戦地への途次、京都駅頭で一条書房主臼井喜之介から、伊東静雄の序文を持つ完成したばかりの自著『神韻の文学』（昭和18年10月、一条書房）二冊を受け取る。大阪駅頭で、見送りに来た伊東にその一冊を渡し、伊東からは、彼の詩集『春のいそぎ』（昭和18年9月、弘文堂）と黄菊を受け取り、別れを告げる。二十年八月十九日、ジョホールバルでピストル自殺。（吉川仁子）

長谷川慶太郎 はせがわ・けいたろう

昭和二年十一月二十九日～（1927～）。経済評論家、国際エコノミスト。京都市に生まれる。昭和二十八年、大阪大学工学部を卒業。産経新聞記者、雑誌編集者、証券アナリストを経て、三十八年に独立。平成四年、「世界が日本を見倣う日」（「文芸春秋」平成3年11月）で第三回石橋湛山賞を受賞。『日本はこう変わる―デフレ時代の開幕と経営戦略』（昭和61年5月、徳間書店）がベストセラーとなる。『世界を日本がリードする！最後に勝つのはメイド・イン・ジャパン』（平成19年11月、徳間書店）、『長谷川慶太郎の大局を読む２００８年』（平成19年10月、ビジネス社）など、日本経済を鋭く分析した多くの著書がある。（長原しのぶ）

長谷川素逝 はせがわ・そせい

明治四十年二月二日〜昭和二十一年十月十日（1907〜1946）。俳人。大阪に生まれるが、本籍は三重県津市。本名・直次郎。三重県立津中学校（現・県立津高等学校）、第三高等学校（現・京都大学）を経て、京都帝国大学を卒業。昭和二年頃、田中王城、鈴鹿野風呂（ともに京都市出身）に導かれる。四年六月より「京鹿子」（野風呂主宰）の同人。また八年一月、研究会員として「京大俳句」創刊に参加。のち、高浜虚子に師事。句集に『三十三才』（昭和15年3月、三省堂）などがある。〈あるときは尾を引きみだれ夜光虫〉（「京大俳句」昭和8年7月）（三谷憲正）

長谷川利行 はせがわ・としゆき

明治二十四年七月九日〜昭和十五年十月十二日（1891〜1940）。画家、詩人、歌人。京都市淀下津町（現・伏見区）で生まれる。明治四十年、和歌山県の私立耐久中学校（現・県立耐久高等学校）で学び、同人誌を発行、詩歌に親しんだが、中退。大正八年七月、歌集『木葦集』を自費出版。十年、画家をめざし、上京。帝展や二科展に出品するが、落選が続く。十二年、「田端変電所」が新光洋画会展に初入選。ようやく画業が軌道に乗り、昭和二年には、「麦酒室」「鉄管のある工場」「酒売場」を第十四回二科展に出品し、樗牛賞を受賞。三年、四年作の「瓦斯会社」「地下鉄道」「停留所」「田端機関車庫」などで一九三〇年協会賞を受賞。逞しい線の動きと強い色彩を駆使し、日本のフォービズムの代表的画家といわれた。前田夕暮、岸田國士などの知己を得、「ポートレエ（前田夕暮像）」（昭和5年）、「岸田國士像」（昭和6年）等を発表。カフェや街角などどこでも画を描き、それを売っては飲み代とし、浅草のドヤ街に住み、千住、荒川放水路、浅草を泥酔徘徊する生活であった。画を出品しながら個展を開くなどしていたが、十四年には胃を病み、十五年、行路病者として東京市養育院に収容され、孤独の死を遂げる。前田夕暮の『青天祭』等の装幀を手がける。（増田周子）

秦恒平 はた・こうへい

昭和十年十二月二十一日〜（1935〜）。小説家、評論家。京都市右京区に生まれる。父吉岡恒は未婚、母深田ふくは寡婦で四人の子供があった。京都府相楽郡当尾村（現・木津川市加茂町）にある父方の祖父吉岡家に兄恒彦と一緒に預けられる。三歳のとき、京都市東山区の秦家に移る。宏一と名前が変えられていた。やがて貰い子と知る。初期作品群で〈当尾宏〉という登場人物に仮託して語られるのは、こうした背景による。京都市立弥栄《やさか》中学校に入学、このころ叔母から茶の湯を習い、父を介して観世流謡曲に親しむ。短歌を多く詠み、また『源氏物語』を耽読する。京都市立日吉ケ丘高等学校に入学。谷崎潤一郎を愛読する。歌舞伎、能、文楽にも親しむ。昭和二十九年、同志社大学文学部に入学、美学芸術学を専攻する。三十三年、同志社大学大学院哲学科に入学。翌年、東京の医学書院に就職がきまり、中退して上京、結婚。医学雑誌の編集に従事しながら小説を書く。意欲的に私家版の小説集や歌集を出すうち、四十四年、「清経入水」（「展望」昭和44年8月）が中村光夫の強い推挙をうけて第五回太宰治文学賞を受ける。複雑な生い立ちを背負って、

「畜生塚」(「新潮」昭和45年2月)で展開された独自の身内観は、自筆年譜(『四度の滝』昭和60年1月、珠心書肆)で、中学生のころ「肉親や家族とは別次元の、真の身内と、他人、世間という区別で人間を認識しはじめた」と記される。身内観はその後、「或る『雲隠』考」(「新潮」昭和45年6月)や、書き下ろし長編小説『慈子《あつこ》』(昭和47年4月、筑摩書房)で深化してゆく。息子の無邪気な振る舞いを見て、身内は他人の中から探すことを自らに強いたように(「隠水の」)、父母に対して愛情を抱いたことがない自分への罪意識があり、その根底には、肉親や家族の暖かさを求める孤独感があった。やがて「廬山」(「展望」昭和46年12月)が第六十六回芥川賞候補となり、文壇の評価も高まる。また、古典芸能を通じて、被差別に対する憤りは、「梁塵秘抄」などを題材にした「雲居寺跡」(「あるとき」昭和53年10月、のち「初恋」と改題)ではっきり表明されることになるが、この身内観と差別意識は秦恒平の文学の根源に関わるものである。これらの文学的課題は、「私の作家生活に大きなターニングポイントを成した」(湖の本「通巻60巻の弁」)と記されるように、ちくま少年図書館『日本史との出会い』(昭和54年8月、筑摩書房)の執筆によって強く自覚された。秦文学は、時間的な重層構造をもち、古典を題材として現在と巧みに交錯させる構成や、夢を多用して時間を超えて至純の愛を求める作品が多い。能や謡曲などの古典芸能、美術、茶道、古典文学、宗教などに深い造詣を示し、題材の難解さを含みもちながら、評論やエッセイなど、多岐にわたる活動を続けている。さらに独特の死生観がある。人生とは、「生まれた」という受身から、人に「死なれる」という絶対の「受身」まで「この二様の根源的な受苦のはざまを埋めること」だとする『罪はわが前に』(昭和50年9月、筑摩書房)に見られる発想は、出自に始まる生の苦境を受容し乗り越えようとする強い覚悟に基づくものである。『平家物語』と京都丹波地方に伝わる伝説を取り込んだ「清経入水」はじめ、初期の短編・中編には京都を舞台にした作品が多い。京都を舞台に村上華岳を描いた『墨牡丹』(昭和49年12月、集英社)や、のち東京に移り住んだことにより、〈帰郷する場としての京都〉が設定される。上村松園を描いた『閨秀』(昭和48年12月、中央公論社)に収録された「隠沼」「青井戸」「隠水の」や、長編小説では、「生まれ」「死なれ」という発見を取り込んだ『慈子』、死なれる悲しみを描いた『みごもりの湖』(昭和49年9月、新潮社)など、故郷京都を中心に展開される。故郷としての京都は、拒絶に近い深い痛みを伴って自省的に回顧されると同時に、傷ついた心を回復させる磁場としての機能をもつ。特に、「死なれた」という受苦を「死なせた」という加害者側に立って考えたのが『死なれて・死なせて』(平成4年3月、弘文堂)である。死なれて生き残った者の苦しみを、『源氏物語』をはじめ、漱石、谷崎の名作、さらに多くの作家の死を論じながら、自ら出自の秘密を詳しく述べて、身内観の内実を披瀝した。「死なせた」とは、自己への反省と批判を加えた内発的な思考であった。それは『冬祭り』(昭和56年5月、講談社)から『親指のマリア』(平成2年12月、筑摩書房)へと大きく発展されたテーマをまとめる意味があった。評論では、夏目漱石や谷崎潤一郎の作品に鋭い読みを展開した『名作の戯れ』(平成5年4月、三省堂)のほか、『花と風』(昭和47年9月、筑摩書房)、『谷崎潤一郎―〈源氏物語体験〉』(昭和51年11月、筑摩書房)、『神と玩具との間―昭和初期の谷崎潤一郎』（昭和52年4月、六興出版）などがあり、また古典文学や茶の湯、美術、言語に関する著書も多く、京都に関するエッセイ集も『洛東巷談・京とあした』（昭和60年2月、朝日新聞社）、『京とはんなり』（昭和60年9月、創知社）、『京のわる口』（昭和61年9月、平凡社）など多数。少年時代から詠み始めた歌は『少年』（昭和49年10月、湯川書房）に収められ、私家版個人全集とも言うべき『湖の本』は平成二十一年、通巻百冊に達して、なお継続中である。

＊清経入水《きよつねじゅすい》　中編小説。〔初出〕「展望」昭和四十四年八月、筑摩書房。〔初版〕『秘色』昭和四十五年五月、筑摩書房。◇『平家物語』に描かれる清経の入水に疑念を抱く〈僕〉は、京都丹波が山深い鬼のいる異境であり、その母の名前が白拍子丹波であるところから、清経は鬼を使い逃走したと考えている。亀山市から転校してきた鬼山和子と会い幻惑される。戦時中、丹波へ疎開したとき怖れつつ恋した妖気漂う姉の紀子に京都の大学で再会。修学旅行に引率して上京した時、会うが、誘惑を拒絶する。広島へ出張し、厳島神社で『平家納経』を見て、波打ち際で幻覚を見る。幻想のなかで〈僕〉は清経であり、和子は〈僕〉が紀子に生ませた子であった。鬼や蛇の化身のイメージを基底に差別問題を孕ませた幻想譚。

＊畜生塚《ちくしょうずか》　中編小説。〔初出〕「新潮」昭和四十五年二月。〔初版〕『秘色』昭和四十五年五月、筑摩書房。◇東京に住む主人公は、東山区泉涌寺付近の高校時代の恋人讃岐町子から結婚するという手紙を受け取る。京都に戻る車中から、翌朝、町子との別れまでを、京都を舞台に時間を遡行する構成で語られる。妻との生活と、愛する町子との夢の時空を、世間の約束ごとを超えた別次元（父母未生以前の本来）で成立させようとする身内の発想が語られる。その願望は現実世界で成し遂げられない愛の孤独に裏打ちされている。

＊慈子《あつこ》　長編小説。〔初版〕『慈子』昭和四十七年四月、筑摩書房。◇高校の近くに泉涌寺来迎院があり、朱雀光之先生と娘慈子、お利根さんが住んでいた。十年前ふと立ち寄った当尾宏は、そこに「生まれる以前からの家」のような安らぎを感じた。朱雀先生の、兼好はなぜ『徒然草』を書いたのか、という問いを、宏が受け継ぐ形で調べていく。造詣の深い古典を題材にして、鋭い解釈を披露する作者の真骨頂を示す作品。権力者堀川具守の愛人、延政門院一条の死が兼好に出家を決意させ、『徒然草』を執筆させたのではないかと推測し、またその叙述には青春時代に体験した物語を絵空事として描き出す〈韜晦〉の手法を察知する。一方、東京に妻子をもつ宏と慈子との関係は、二尊院、常寂光寺、落柿舎、嵐山をめぐり、保津川の嵐峡館で愛を交わしてから、世間に秘すべき危うい愛になっている。しかし「絵空事にしかない不壊の値がある」と純粋な愛に生きようとする。やがて来迎院の秘密がお利根によって明かされる。複雑な家系で、朱雀謙之の養子に迎えられた光之は、利根の叔母にあたる妻麟子の娘の肇子（光之の妹）と恋に落ち、生まれたのが慈子であった。事実を知った肇子は自死し、利根は「遠い、深いはからい」を感じて、従兄弟である朱雀先生に添いながら慈子を育ててきたが、最後に自殺してしまう。流産した慈子は、それでも世間と隔絶した世界で愛を貫こうとするが、年の暮れにデパートで、家族と一緒の宏に遭遇して青ざめるという末尾は、「絵空事」に対する厳しいしっぺ返しを思わせる。

＊初恋《はつこい》　中編小説。〔初出〕「あるとき」昭和五十三年十月。原題は、「雲居寺《うんごじ》跡《あと》」。

〔初版〕『初恋』昭和五十四年十月、北洋社編・講談社。◇京都の高校の同級生の木地雪子との恋と破局を　作家の〈私〉が回顧する形で描かれる。高台寺の裏山を歩いて禁忌の場所へ潜入した二人は、古典舞楽の時空で、現実とも幻想ともつかない祝言をおこなう。〈私〉は貰い子としての蔑みをうけ、雪子は古典芸能の被差別の境遇で生きてきた。世間に対し「真の身内とは何か」を問いかけ、愛する人に何もできなかった悔恨を罪意識にまで発展させた。（永栄啓伸）

畑裕子 はた・ゆうこ

昭和二十三年五月十三日～（1948～）。小説家。京都府中郡（現・京丹後市）大宮町に生まれる。本名・裕子《ひろこ》。奈良女子大学文学部国文学科卒業後、公立中学校で十一年間国語科の教員として勤務。昭和五十八年、滋賀県蒲生郡竜王町に転居し、「奇蹟」、「くうかん」の同人として創作活動を行う。平成五年、「面《おもて》・変幻」（「月刊Asahi」平成5年11月）で第五回朝日新人文学賞を受賞。著書には『面《おもて》・変幻』（平成6年6月、朝日新聞社）、『椰子の家』（平成7年8月、素人社）などがある。（熊谷昭宏）

花岡大学 はなおか・だいがく

明治四十二年二月六日～昭和六十三年一月二十九日（1909～1988）。児童文学作家、小説家。本名・大岳。別号・如是。奈良県宇智郡大阿太村佐名伝（現・吉野郡大淀町佐名伝）の、浄土真宗本願寺派浄迎寺に生まれる。龍谷大学文学部史学科に在学中から短歌や小説、児童文学の創作をする。浄迎寺住職および奈良県立吉野高等女学校（現・県立大淀高等学校）の教師を務めながら創作活動をおこなった。昭和十三年には岡本良雄たちと同人誌「新童話集団」を創刊し、仏教説話を童話にした「仏典童話」というジャンルを確立した。三十六年に『かたすみの満月』（昭和35年7月、百華苑）で小川未明文学奨励賞、三十七年に『ゆうやけ学校』（昭和36年9月、理論社）で小学館文学賞を受賞する。四十六年に京都女子大学教授に就任。その後同大学名誉教授。四十八年三月から個人誌「まゆーら」（まゆーら社）を発行。『花岡大学仏典童話全集』（昭和50年5月、法蔵館）。司馬遼太郎とは、司馬が産経新聞記者時代から交友があった。（尾西康充）

花田明子 はなだ・あきこ

生年月日未詳～。劇作家。京都府長岡京市に生まれる。平成五年、京都女子大学卒業。大学一年生の時、演劇部の新入生歓迎公演に出演して演劇に開眼。三年生の時、劇団「三角フラスコ」を旗揚げし、以後、主宰者、座付き作者、演出家、役者として同劇団で活躍。大学卒業後、一度は就職するが一年で退職。以後演劇活動に専念する。七年、初めて自主公演を行う。八年、「鉄虫のこえ、宵のホタル」を上演。同作で翌年、扇町ミュージアムスクエア主宰のＯＭＳ戯曲賞を受賞。（國中　治）

花田清輝 はなだ・きよてる

明治四十二年三月二十九日～昭和四十九年九月二十三日（1909～1974）。評論家、劇作家、小説家。福岡市東公園（現・博多区東公園）に生まれる。第七高等学校（現・鹿児島大学）文科甲類に入るが、ほとんど出席せず退学。昭和四年、京都帝国大学文学部英文科選科に入学。マルクス、西田哲学をはじめリベラル・アーツを乱読、映画にも没頭する。父親の経営する会社の倒産にともない、極貧生活をよぎなくされ、大学も除籍される。「プラーグの大学生のように、ひとりぽっちで、貧乏で、自分の影さえ手ばなさねばならないような窮境にあったわたしは、（略）一篇の読物をでっちあげ、前途を打開したいと考えたのである」（「読書的自叙伝」）。この「一篇の読物」とは、「サンデー毎日」の大衆文芸賞（賞金三百円）に入選した「七」をさす。また、銀閣寺界隈を舞台にした芸術と狂気と友情をめぐる思想小説に「悲劇について」（「文化組織」昭和16年1月）などがある。

（田口律男）

花登筺　はなと・こばこ

昭和三年三月十二日〜昭和五十八年十月三日（1928〜1983）。放送作家、劇作家、小説家。滋賀県大津市上北国町（現・長等《ながら》）に生まれる。本名・善之助。旧姓川崎。同志社大学商学部卒業。昭和三十三年「やりくりアパート」（テレビ朝日放映）、三十四年「番頭はんと丁稚どん」（毎日放送放映）で好評を博し、放送作家として活躍した。京都が舞台の作品に『おくどはん』（全4巻、昭和52年10月〜54年11月、潮出版社）、『あまくちからくち―伏見御家訓物語―』（全4巻、昭和46年8月〜47年3月、徳間書店）などがある。墓所は京都市左京区の妙満寺。

（荒井真理亜）

花の本芹舎　はなのもと・きんしゃ

文化二年（月日未詳）〜明治二十三年一月二十三日（1805〜1890）。俳人。山城国八条村（現・京都市下京区）に生まれる。本名・八木与一右衛門。号・泮水園。成田蒼虬に学ぶ。二条家より花の本宗匠（七世）を授けられ、京都俳壇の権威。『泮水園句集』（元治元年〈1864〉、陶隣居）、『明治新撰俳諧季寄鑑』（明治13年7月、文開堂）、『明治類題発句集』（明治23年1月、陶隣居）などの編著がある。高台寺月真院右門前の句碑には〈見あかぬよ見ぬ日も無くて東山〉とある。

（黒田大河）

花村萬月　はなむら・まんげつ

昭和三十年二月五日〜（1955〜）。小説家。東京都に生まれる。本名・吉川一郎。小平サレジオ中学校卒業。平成十年、「ゲルマニウムの夜」（「文学界」平成10年9月）で第一一九回芥川賞を受賞。近作『百万遍』は、第一部『百万遍 青の時代』（平成15年11月、新潮社）より始められた自伝小説である。その第二部『百万遍 古都恋情』上・下（平成18年10月、新潮社）は、自身が十七歳の頃京都にいた経験を題材とし、濃密な心理描写によって、主人公惟朔の愛と性を描いている。

（久保明恵）

馬場あき子　ばば・あきこ

昭和三年一月二十八日〜（1928〜）。歌人、国文学研究者。東京府豊多摩郡井荻町（現・杉並区）に生まれる。本名・暁子。六歳で母を喪って以後、丹波の旧家の出である母方の祖母に大江山の鬼の昔話を聞かされて育ち、八歳より自らの意志で継母と暮らす。昭和十五年の昭和高等女学校入学の頃より短歌を作る。二十年、日本女子高等学院（現・昭和女子大学）入学。二十二年、まひる野に入会（昭和52年まで）、窪田章一郎に師事。能楽喜多流宗家に入門。二十三年、岩佐高等女学校（現・岩成学園女子中学校・高等学校）に就職、以後文京区立第五中学校教諭、都立赤羽商業高等学校定時制等で、五十二年まで教職につく。昭和二十七年、歌人の岩田正と結婚。三十年五月、第一歌集『早笛』（新星書房）上梓、この年より毎年「短歌」に作品を発表する。三十七年九月より荻窪に住む。四十四年、三月『式子内親王』（紀伊國屋書店）刊行、五月に第三歌集『無限花序』（新星書房）

刊行。四十六年六月、『鬼の研究』（三一書房）刊行。同年丹波訪問。四十七年十月刊行の第四歌集『飛花抄』（新星書房）では、「母のくに」である丹波「秦氏」の「気骨あるもの」は「山野にまじわってオニとなったという」とする。〈むかし丹波の――おにもいまなし鄙びうた夕べは澄みて無韻なる空〉（『飛花抄』）、〈母を知らねば母がくにやま見にゆかんほのけき痣も身にうかぶまで〉（『桜花伝承』）、〈大江山桔梗刈萱吾亦紅 君がわか死われを老いしむ〉（『桜花伝承』）。五十年、七月に大江山を探訪、八月、欣浄寺・随心院をめぐる「恋の伝説路をゆく―小町・葛の葉・道成寺」（「芸術生活」）、十月、「大江山の鬼」（俳誌「沖」）、十一月、「転落者の孤独―鬼の系譜」（「京都」）を発表。五十一年一月より「淡交」に「歌枕をたずねて」を連載、「そのかみ山の賀茂の里」「桂の人を思ふとや」に、京の歌枕に託された平安歌人の思いを辿る。同年八月、「鬼伝説のふるさとを訪ねて―大江山」（「民話と伝説」）発表。五十二年、第五歌集『桜花伝承』（3月、牧羊社）刊行、迢空賞選考委員となり、現代歌人協会理事に就任。五十三年、現代短歌女流賞受賞、四月より「朝日新聞」歌壇選者となる。同年五月、歌誌「かりん」を創刊。五十七年九月、『和泉式部』（美術公論社）刊行。五十九年十一月、『風姿花伝』（岩波書店）刊行。〈母の亡き春の満月いまもあるその暗谷《くらだに》の故郷おそるる〉（『葡萄唐草』60年11月、立風書房。この書で、61年第20回迢空賞受賞）。〈丹波栗大き実照りの豊かなる古国に還り坐さむかははよ〉（『南島』平成3年11月、雁書館）。『馬場あき子全集』（平成7年9月～平成10年5月、三一書房）刊行。平成十二年朝日賞受賞、十四年日本芸術院賞、第二十五回現代短歌大賞。十五年十二月、日本芸術院会員となる。十九年紫式部文学賞受賞。

（渡邊ルリ）

浜明史　はま・あけし

昭和三年十二月五日～平成二十年四月四日（1928～2008）。俳人。京都府舞鶴市に生まれる。本名・神社良明。句誌「風土」竹間集同人、句誌「龍」を主催。句集に『ちぎり紙』（昭和58年8月、近代文芸社）、『水平線』（昭和59年1月、牧羊社）、『烏瓜』（平成元年12月、風土発行所）、『游』（平成2年3月、出版センターまひづる）、『人日』（平成12年12月、本阿弥書店）がある。平成十二年、舞鶴ユネスコ賞受賞。

（佐藤秀明）

浜田青陵　はまだ・せいりょう

明治十四年二月二十二日～昭和十三年七月二十五日（1881～1938）。考古学者。大阪府古市郡古市村（現・羽曳野市）に生まれる。本名・耕作。東京帝国大学史学科を卒業。明治四十二年、京都帝国大学文科大学講師として京都に移る。後、ヨーロッパに留学し、考古学を学ぶ。帰国後の大正五年、京都帝国大学に日本で初めての考古学講座を開講する。昭和十二年に京都帝国大学総長に就任したが、翌年に病没。考古学に科学的方法を根づかせ、日本の考古学の発展への貢献は多大。主な著作として『通論考古学』（大正11年7月、大鐙閣）、『百済観音』（大正15年5月、イデア書院）等がある。

（木村　洋）

濱本浩　はまもと・ひろし

明治二十三年八月十四日（戸籍上は明治二十四年四月二十日）～昭和三十四年三月十二日（1890～1959）。小説家、新聞記者。松山市萱町に生まれる。父の転任に伴い、明治三十年、高知市に転居。四十年、同志社中学部を中退、上京して博文館「中学世界」の訪問記者となる。その後、南信日々新聞、信濃毎日新聞、土陽新聞、高知新聞の記者を経て、大正八年、改造社京都支局長となる。十年、「京都大学の人々」「洛陽閑話」を「改造」に発表。翌年改造社を退社、上京して作家生活に入った。短編集『十二階下の少年達』（昭和9年9月、竹村書房）など、関東大震災前の浅草を素材とした風俗小説で注目される。昭和十三年、『浅草の灯』（昭和13年2月、新潮社）により新潮社文芸賞第一回大衆文学賞を受賞。十七年、海軍報道班員としてラバウルへ従軍。戦後は、『浅草の肌』（昭和24年10月、毎日新聞社）、『浅草の鬼』（昭和30年8月、北辰堂）などで、大正中期の十二階周辺の風俗を再現した。

（一條孝夫）

早川亮　はやかわ・りょう

明治四十三年八月十二日～平成二年一月十三日（1910～1990）。歌人。京都府天田郡曾我井村（現・福知山市）に生まれる。本名・須原康一。早稲田大学高等師範部国語漢文科卒業。兵庫県立柏原高等学校などで教師をしながら、短歌作りを続ける。昭和三十三年に丹波歌人社を結成し、「丹波歌人」を創刊、代表を務めた。歌集に『荏苒』（昭和45年6月、初音書房）、歌文集に『短歌の眼』（昭和46年10月、丹波歌人発行所）がある。早川の業績を顕彰し、丹波歌人社では早川賞を設けている。

（山口直孝）

林海象　はやし・かいぞう

昭和三十二年七月十五日～（1957～）。映画監督、脚本家。京都市に生まれる。十九歳で立命館大学を中退。一時劇団天井桟敷に在籍するも、映画製作を志し脚本の執筆を重ねる。昭和六十年、初監督作品「夢みるように眠りたい」でベナルマデナ国際映画祭グランプリ、ヨコハマ映画祭新人監督賞など多数受賞。以後「二十世紀少年読本」（平成元年）など、多くの作品で監督、脚本を担当。現在、京都造形芸術大学映画学科教授。

（木田隆文）

林達夫　はやし・たつお

明治二十九年十一月二十日～昭和五十九年四月二十五日（1896～1984）。評論家、翻訳家。東京に生まれる。父曾登吉は外交官。子供時代をアメリカで過ごし、帰国後京都に住む。京都府立第一中学校（現・府立洛北高等学校）へ進み、歌舞伎や哲学書に没頭。父と仲違いし、大正五年秋、第一高等学校（現・東京大学）に入学。京都帝国大学文学部哲学科で、美学および美術史を専攻。法政大学、立教大学、明治大学講師、のち、明大教授。大学では、哲学、美学、宗教学など、広範な知識に裏打ちされた西洋文化史を講じる。西洋思想を精神史として研究し、どの学派にも属さない評論家、歴史家で、多角的にアンチテーゼを書く姿勢を貫いた。自ら「反語が私の思想と行動の法則であり、同時に生態だった」と述べ、戦前戦後の知識人への「絶望」を語った。昭和二十六年、平凡社に入社。編集長として『世界大百科事典』全三十三巻の完成に力を注ぐ。また翻訳家として、ベルグソン『笑』（昭和13年2月、岩波書店）や、ファーブルの『昆虫記』（山田吉彦との共訳、昭和5年2月～9年12月、岩波書店）などが著名である。主な業績は久野収・花田清輝編『林達夫著作集』全六巻（昭和46年3月～47年1月、平凡社）にまとめられた。久野収との対談『思想のドラマトゥルギー』（昭和49年11月、平凡社）は、生い立ちから語りおこし、思索の原点がうかがえる。

（永栄啓伸）

林芙美子　はやし・ふみこ

明治三十六年十二月三十一日（戸籍上）～昭和二十六年六月二十八日（1903～1951）。

小説家。福岡県門司市（現・北九州市門司区）に生まれる（山口県下関市説もある）。本名・フミコ。鹿児島市中町の漢方薬屋の長女林キクの婚外子。明治四十三年、実父のもとを出、母と養父沢井喜三郎とともに行商と木賃宿暮らしという厳しい生活を経験する。大正五年、尾道に落ち着き、尾道市立第二尾道尋常小学校、尾道市立高等女学校（現・広島県立尾道東高等学校）に通う。出会った教師たちの指導で、文学への志を持つ。十一年に上京、様々な職業を転々としながら執筆するという放浪生活が続いた。文壇に場所を得たのは、『放浪記』（昭和5年7月、改造社）、『続放浪記』（昭和5年11月、改造社）がベストセラーになってからである。『放浪記』には京都の友人を訪ねる箇所があるが、芙美子はその後もしばしば京都に赴いている。昭和六年二月、義父の母、母を連れて、奈良・京都・伊勢に旅行。七年九月十四日、S社主催の京都、奈良講演に出席。八年四月、改造社主催の『直木三十五全集』刊行記念講演会のため関西へ。「直木さんの思ひ出」（『文学的断章』昭和11年4月、河出書房）に、その折の様子が記されている。九年五月、京阪から尾道へ。十一年には、「女の日記」（後出）執筆のため京都を廻っている。「田舎がへり」（「改造」昭和11年6月）には、京都から尾道、因島への旅が描かれている。「幸福」（『愛情』昭和11年11月、改造社）、「愛情伝」（『愛情伝』昭和11年11月、美和書房）には、いかにも京都らしい特徴が取り入れられる。「幸福」の満江の母は裏千家の師匠、「愛情伝」の春恵は大徳寺に身を預けられるという設定。このあたりから、京都は、東京との対比とともに描かれるようになる。喧噪と刺激に溢れた東京に対して、京都は静かで懐かしい場となる。「女性神髄」（「現代」昭和12年9月～13年5月）の主人公は、京都から東京へ養女に来た杉子。京都は、失われた幸福な女学校時代を象徴している。十三年五月、鯖江、京都へ旅行。「幼いころ華やかな少女期を持たなかったので、色彩であふれたやうな美しい物語を書きたかつた」（「創作ノート（遠い湖に就いて）」）という「遠い湖」（『林芙美子長篇小説集』第3巻、昭和13年9月、中央公論社）は、茶室のある八坂の家で育った隆吉を挟んで、許嫁の梅代と女中のかつの可憐な想いを描く。「一人の生涯」「石鹸」（『蜜蜂』昭和14年11月、創元社）では、芙美子を思わせる一人称の主人公が、京都に住処を求めている。十四年十二月、下落合四丁目に土地を購入、芙美子の京都に対する想いを込めた家づくりに入る。十五年は、五月十二日より二十日、京都へ旅行。十六年一月、大工、設計者山口文象を連れて京都の家々を見学に行く。数寄屋造りの家が完成するのは八月、ここが芙美子の終の棲家となる。「風媒」（『歴世』昭和16年2月、甲鳥書店）も京都を舞台にした短編。十七年六月、川端康成夫婦と京都祇園祭見物。十八年は七月二十八日から三十一日まで、京都旅行。翌年は、いよいよ戦局が悪化し長野へ疎開、京都を訪ねる機会もなくなる。二十年十月に下落合へ帰宅。二十一年、執筆再開直後の「雨」（「新潮」昭和21年4月）は、京都育ちの興一と結婚して古い家風に苦しむ道子の物語。興一の召集で閉じられる。「毎日新聞」戦後初の朝刊連載「うず潮」（昭和22年8月1日～11月24日）では、京都は変わらぬ場所として示され、主人公たちが戦後の虚無感と闘いながら生きてゆこうとする場は東京である。戦後、京都が書き込まれたものは少なく、「クロイツェル・ソナタ」（「婦人公論」昭和24年8月～11月）、「上田秋成」（『野猿』昭和25年10月、新潮社）、随筆「御室の桜樹」など。

＊女の日記《おんなのにっき》　長編小説。〔初出〕「婦人公論」昭和十一年一月～十二月。〔初版〕『女の日記』昭和十二年一月、第一書房。◇語り手伊乃が、「二月＊日」から「十二月＊日」までを語る日記体小説。東京から京都を訪ねた二十三歳の伊乃は、下鴨の水石愛好家小柴の元で女中となり、不本意にも小柴と関係を持つことになってしまう。小柴の愛を受け入れられない伊乃は、小柴宅で出会った柘植に思いを残しながら、東京へ帰る。伊乃には小柴の子供の妊娠と流産、柘植には小柴の末娘久美子との結婚話という障害が生じながらも、結婚を考える二人だったが、久美子と柘植の結婚を許すよう小柴に頼まれた伊乃は、柘植との別れと小柴との結婚を思いつつ「世の常の道徳を蹴飛ばしてしまつて、わたしはわたしの生活をきりひらいてゆきたい」と記す。芙美子は、「暫く京都に住んでゐましたので、京都の自然風物を描いてみたくおもつてゐ」たという（「序」『女の日記』昭和21年4月、八雲書店）。疏水のほとり、百万遍、円光大師、清水の二年坂三年坂、八坂神社などに通い（「創作ノート（女の日記に就いて）」『林芙美子長篇小説集』第5巻、昭和13年8月、中央公論社）、作品に京都を取り込んだ。「どのやうな苦しみにもめげずに闘つてゆく美しさ」（「あとがき」『薔薇』昭和16年2月、利根書房）を書こうとしたという。後に、「私の自伝的な「放浪記」の、あの血へどを吐くやうなごたごたから訣別したい気持ちがあつたのはたしか」（「あとがき」『女の日記』昭和23年6月、永晃社）とも記しており、変化の激しい東京との対比のうちに、長い時をかけて醸し出された京都のたたずまいが、美しさや強さの背景として選ばれている。

＊京都《きょうと》　随筆。〔初版〕『田舎がへり』昭和十二年四月、改造社。◇「雪が降るかとおもへばすぐ陽のあたつて来る京都の町は、心温められて何となく居心地がよい」と始まり、紫竹桃の本町に住む女性と知り合ったことが語られる。「私も、庭などを造るのは、まだ／＼先のことでいゝけれども、愛らしい借家でおなみさんの家のやうなのは世間にはないものか（略）東京の借家としたら、トタン屋根で、掘りかへしたやうな赤土の庭ときてゐるのだからみじめだ」と閉じられ、後に下落合の住まいに込めた想いがうかがわれる。

＊一人の生涯《ひとりのしょうがい》　長編小説。〔初出〕「婦人の友」昭和十四年一月～五月、七月～十二月。〔初版〕『一人の生涯』昭和十五年一月、創元社。◇厳しい貧しさを経験しつつ作家になった「私」が、処女出版の成功後、二度目の北京旅行から戻って京都に住処を得、来し方を振り返る。東京での生活を「疲れて乾いて、まるで乾草のやうな女の生活」と語り、北京の静かな町並みと京都には「何んだかよく似てゐるやうな古めかしさ」があり「自分の生涯の半分を埋めて惜しくはない」という想いを抱く。かなりの虚構化を施しつつ自伝的な出来事を語った作品で、ここでの京都は、苦しい闘いを経た私が過去を振り返るための、「郷愁のやうな気持ち」とも記される穏やかさをもたらす場となっている。前年には中国へ従軍、『戦線』（昭和13年12月、朝日新聞社）、『北岸部隊』（昭和14年1月、中央公論社）を執筆しており、心境の落差が興味深い。

＊御室の桜樹《おむろのおうじゅ》　随筆。〔初出〕「別冊文芸春秋」昭和二十六年五月。〔初版〕『林芙美子全集』第十七巻、昭和二十七年六月、新潮社。◇戦後に語られた京都の風景に、戦前のイメージはない。宿泊先の紫竹桃の本町の友人が営む旅館では、小学校教師でありながらパンパンをしている女性と出会

い、仁和寺の桜樹園では、「人生のすべてをかなぐり捨てた放胆さ」で酒宴を愉しむ老婆たちを見る。「人間の鰻の穴場」と形容された底辺に生きる女性たちを、皮肉に浮かび上がらせている。（飯田祐子）

林真理子　はやし・まりこ

昭和二十九年四月一日～（1954～）。小説家、エッセイスト。山梨市に生まれる。昭和五十二年、日本大学芸術学部卒業。コピーライターとして才能を発揮し、エッセイ集『ルンルンを買っておうちに帰ろう』（昭和57年9月、主婦の友社）により人気を博す。小説家としても『星に願いを』（昭和59年1月、講談社）、『最終便に間に合えば』（昭和60年11月、文芸春秋）の好評から旺盛な活躍を続けている。都会で暮らす現代女性の仕事と恋愛の様相を活写する作風で、社会時評も多い。日本舞踊、ダンスが趣味。六十一年の第九十四回直木賞受賞作の一つ「京都まで」（「オール読物」昭和59年10月）は、三十歳を過ぎた編集者佐野久仁子が、東京から年下の恋人高志の住む京都まで逢いに通うという内容で、「ハイミス」女性の昂揚する恋愛と幻滅までを共感をもって語っている。ほかに歌人の柳原燁子の評伝的長編『白蓮れんれん』（平成10年10月、中央公論新社）にも、京都での恋人との逢瀬が描かれている。（外村　彰）

林屋辰三郎　はやしや・たつさぶろう

大正三年四月十四日～平成十年二月十一日（1914～1998）。歴史学者、文化史家。金沢市に生まれる。生家は江戸時代より続く茶商。生まれてすぐ伯父林屋次三郎の養子となり、十四歳まで東京在住。昭和三年、実父の居た宇治木幡に移住し、京都府立第一中学校（現・府立洛北高等学校）に編入学する。七年、第三高等学校（現・京都大学）文科甲類に進学し、中村直勝教授に師事。十年、京都帝国大学文学部史学科に入学し、この頃から中世芸能史を志す。十三年、京都帝大文学部卒業。十八年、同大学院退学。二十年、日本史研究会を創立し代表委員。二十三年～四十四年、立命館大学文学部教授。四十五年～五十三年、京都大学人文科学研究所教授（49年から所長）。この間京都市史編纂所所長も兼務。五十三年～六十年、京都国立博物館館長。五十四年、紫綬褒章受章。『中世芸能史の研究』（昭和35年6月、岩波書店）で第十一回芸術選奨を受賞。その他著書多数。平成元年、京都府文化賞特別功労賞受賞。（佐藤良太）

原石鼎　はら・せきてい

明治十九年三月十九日（戸籍上は六月一日）～昭和二十六年十二月二十日（1886～1951）。俳人。島根県簸川《ひかわ》郡塩冶村下塩冶（現・出雲市塩冶町）に生まれる。本名・鼎《かなえ》。別号に鉄鼎、ひぐらし。大正初期の「ホトトギス」（高浜虚子主宰）で一躍脚光を浴び、後に俳誌「鹿火屋《かびや》」の主宰となった。幼少時、呉服屋の名代である義兄から京都の話を耳にする。義兄は商用で京阪に頻繁に赴き、出雲に戻るたび石鼎家に寄って京阪地方の話をしたが、ある時、京で求めた蒼《そう》虬《きゆう》と梅室（ともに江戸後期の京都在宗匠）の短冊を石鼎の家族に見せて天下の大宗匠の名吟であることを話したところ、石鼎は子供心に発句を面白く感じたという。明治三十八年三月に島根県立第三中学校（現・県立大社高等学校）卒業後、同年七月に京都の第三高等学校（現・京都大学）三部を受験するが不合格。帰郷を勧める父に従わず京都に留まり、京都朝報に一時勤める。同年十月に下京区大和大路通松原通の医師である浅井貞吉宅の書生となり、三十九年に三条の道者宿伏見屋に宿りながら京都医学専門学校（現・京都府立医科大学）を受験するも不合格。同年、中学時代の教諭松本福太郎と出会い、その勧めで法然院の神居琳応師の説教を聴講した。またこの時期、柔道と剣道で体を鍛え、御苑を散歩する。四十一年、京都医学専門学校に合格。下宿を烏丸一条（京都御苑近辺）の山本子爵邸隣家の八百屋二階へ移り、子爵令嬢に想いを寄せた。校内の句会春蟬会に参加する傍ら絵画部や運動部に顔を出し、近くに住む尚徳尋常小学校（下京区）校長の真下《ましも》飛泉と親交を結んだ。第三高等学校ドイツ語教諭茅野蕭々宅の短歌会に参加し、この短歌会で茅野雅子や吉井朽琴（勇）を知る（短歌では「ひぐらし」号を使用）。この頃から「京都日出新聞」に新体詩、短歌を発表、また「ホトトギス」「懸葵」には春蟬会での句及び仁和寺や清水寺等の挿画を発表した。四十二年、学年試験に落第。吉井朽琴（勇）等と短歌会沛蕃社を結ぶ。四十三年、学年試験に再び落第、放校処分を受けて京を離れる。吉野、東京と居を移したが、その後も大阪毎日新聞社主宰句会等のため京阪を頻繁に訪れた。京都学生時代の石鼎の動静は寺本喜徳「原石鼎作品年譜稿」一～二（「文教国文学」平成13年3月、9月）に詳しい。〈蝸牛や竹の林の相国寺〉（大正7年作）

（青木亮人）

原田千美　はらだ・ちはる

大正三年八月六日～昭和二十九年七月五日（1914～1954）。歌人。京都市左京区に生まれる。同志社女子専門学校（現・同志社女子大学）英文科に学び、在学中から短歌に親しむ。昭和十五年十月、水甕京都支社に参加し、「水甕」に短歌を発表し始める。のち、一艸舎が発行する「艸」に加わる。父の病気、相次ぐ兄の死に見舞われ、家計を支えるために妹千章とともに京都レディス洋裁学院を経営した。夫憲雄が編集した、全五巻の遺文集『幻の葡萄』（昭和57年3月、くんい社）がある。

（笹尾佳代）

原田禹雄　はらだ・のぶお

昭和二年九月十二日～（1927～）。歌人。京都市上京区の西陣に生まれる。昭和二十六年、京都大学附属医学専門部卒業。皮膚科医としてハンセン病医療に尽力し、平成四年まで診療と研究、教育に従事。現在、国立療養所邑久光明園名誉園長。昭和三十四年、医学博士（京都大学）。三十五年、塚本邦雄らと同人誌「極」創刊。第一歌集『瘢痕』（昭和32年7月、自画像短歌会）に続く『錐体外路』（昭和35年3月、方向社）は、『現代短歌全集』第十四巻（昭和56年6月、筑摩書房）所収。四十二年以降、沖縄各地で診療したのを契機に、琉球に関する書物の訳注・現代語訳を開始。『陳侃使琉球録』（平成7年7月、榕樹書林）をはじめとする冊封琉球使録十一点の訳注は刊行中。琉球に関する随筆に『この世の外』（平成4年7月、榕樹書林）、『琉球と中国』（平成15年4月、吉川弘文館）等、また医師としての思いを『麻痺した顔』（昭和54年8月、ルガール社）、『天刑病考』（昭和58年3月、言叢社）等に綴る。

（硲　香文）

【ひ】

引野収　ひきの・おさむ

大正七年（月日未詳）～昭和六十三年四月十一日（1918～1988）。歌人。神戸市に生まれる。楠田敏郎に師事。昭和二十年に濱田陽子と結婚、京都市伏見区桃山町正宗に居を移す。昭和十六年に結核と診断され、その後結核性脊椎カリエスを患う。闘病生活を続けながら、反戦・反核・平和を訴える歌を作り続けた。昭和三十三年十月に「短歌世代」を創刊。以後三五〇号まで続く（終刊は平成5年）。五十七年、第八回現代歌人集会賞受賞。五十九年には渡辺順三賞を受賞する。

（勝田真由子）

ひこ・田中《ひこ・たなか》

昭和二十八年二月八日～（1953～）。児童文学作家。大阪府に生まれる。本名・田中正彦。同志社大学文学部卒業。コーヒー店のマスターや私立高校教師を経て、第一作『お引越し』（平成2年8月、福武書店）を発表。同作で第一回椋鳩十児童文学賞を受賞し、相米慎二監督により映画化された。続いて、『カレンダー』（平成4年2月、福武書店）を発表。『ごめん』（平成8年1月、偕成社）で第四十四回産経児童出版文化賞JR賞受賞、冨樫森の手で映画化された。いずれの作品も京都市内が舞台で、河原町や上賀茂神社など、実在の地名や建造物名が登場する。その他、共著『21世紀文学の創造7 男女という制度』（平成13年11月、岩波書店）で「冒険物語の中の男の子たち」を執筆担当、エッセーに、著名な児童文学作品を独自の視点で扱った『大人のための児童文学講座』（平成17年4月、徳間書店）、編訳書に『ディズニー・クラシックス6 くまのプーさん』（平成15年10月、竹書房）などがある。創作活動の他に、国内の児童書書評を総覧できるサイト『児童文学書評』を主宰している。

（吉岡由紀彦）

久生十蘭《ひさお・じゅうらん》

明治三十五年四月六日～昭和三十二年十月六日（1902～1957）。小説家、演出家。北海道函館区（現・函館市）に生まれる。本名・阿部正雄。別の筆名に、谷川早など。函館中学校（現・北海道函館中部高等学校）を中退後、東京の聖学院中学校卒業。大正八年、帰郷して函館新聞社に勤務。十年、生社結成、翌年、同人誌「生」創刊、小説や戯曲を発表。昭和三年、再び上京し岸田國士に師事。四年から八年までパリに遊学、レンズ工学と演劇を研究。演劇ではシャルル・デュランに師事。帰国後、築地座で舞台監督や演出を務め、岸田を発起人とする文学座に参加。一方で、「新青年」に翻訳や小説を発表。「金狼」（大正11年7月～11月）から久生十蘭の名義を使用、以後、心理的洞察に富んだ推理小説や時代小説など多彩な作品を発表し〈多面体作家〉〈小説の魔術師〉と呼ばれた。十七年、大佛次郎夫妻の媒酌により三ツ谷幸子と結婚。十八年に応召、十九年帰国。銚子、会津若松への疎開を経て、二十二年から鎌倉に住んだ。戦後も旺盛な創作意欲で多くの作品を世に出す。二十五年十月、平安時代の京都を舞台に残虐非道の男が巻き起こす事件と、妻と娘とに殺される顛末とを描いた「無月物語」を「オール読物」に発表。スタンダールの『イタリア年代記』中の一編「チェンチ一族」を、後白河法皇の院政時代に移し替えた翻案であるが、中古の京の「平安」ならぬ人間の暗黒面が淡々と描き出されており、リアルな迫力を持つ作品である。平成十七年十月、郷土出版社より刊行された『京都府文学全集』第一期（小説編）第三巻（昭和戦後編1）に収録された。昭和二十七年、「鈴木主水」（「オール読物」昭和26年11月）ほかにより第二十六回直木賞受賞。三十年、「母子像」（「読売新聞」昭和29年3月26日～28日）が、吉田健一の英訳で参加したニューヨーク・ヘラルド・トリビューン紙主催の第二回国際短編小説コンクールで第一席に入選。三十二年十月、食道癌により死去。

（三品理絵）

土方鉄　ひじかた・てつ

昭和二年一月二日～平成十七年二月五日（1927～2005）。小説家、俳人、脚本家、部落解放運動家。京都市伏見区に生まれる。本名・福井正美。旧姓・藤川。昭和十三年に小学校を卒業後、鉄工所に就職。十七年より肺結核で十年間の闘病生活を送る。療養中、俳句などの文学に親しむ。退院後、部落解放運動に取り組む。二十四年、共産党に入党。二十八年、部落解放全国委員会京都府連合会専従。三十四年、新日本文学会に入会し、『人間の血はかれない』（昭和37年12月、汐文社）ほか発表。三十九年、共産党を離れる。四十九年より「解放新聞」編集長を務める（平成2年まで）。五十年、「差別とたたかう文化会議」（議長・野間宏）を結成し、事務局長として活動。現代俳句協会会員、花曜同人。昭和三十八年、『地下茎』（昭和38年11月、三一書房）で新日本文学賞を、平成四年、花曜賞を受賞。『差別と表現』（昭和50年8月、解放出版社）、『句集　漂流』（平成8年3月、解放出版社）ほか、著書多数。脚本に、狭山裁判の矛盾を訴えた映画「俺は殺していない」（昭和46年、部落解放同盟大阪府連合会製作）や「狭山の黒い雨」（昭和48年、部落解放同盟大阪府連合会製作）などがある。（吉川　望）

火野葦平　ひの・あしへい

明治四十年一月二十五日～昭和三十五年一月二十四日（1907～1960）。小説家。福岡県遠賀郡若松町（現・北九州市若松区）で港湾荷役の玉井組、玉井金五郎の三男二女の長男として生まれる。本名・玉井勝則。早稲田大学英文科中退。昭和十二年、『糞尿譚』（昭和13年3月、小山書店）で第六回芥川賞を受賞。その後の『麦と兵隊』（昭和13年9月、改造社）は大きな評判をよび、『土と兵隊』（昭和13年11月、改造社）『花と兵隊』（昭和14年8月、改造社）とあわせた、十三年から十四年の兵隊三部作はベストセラーとなった。二十九年には「天国遠征」（昭和29年11月18日～30年12月19日）を連載するなど、「京都新聞」と関係の深かった火野は、そのような縁で三十四年一月に京都新聞後援のキグレ・サーカスよりライオンの仔を貰い、金剛庄太郎と名づけ、育てている。その顚末は火野自身による「解説」（『火野葦平選集』第八巻、昭和34年6月、東京創元社）や同巻付録の月報に寄せられた小堺昭三による「ライオン記」に詳しい。（仲谷知之）

日野草城　ひの・そうじょう

明治三十四年七月十八日～昭和三十一年一月二十九日（1901～1956）。俳人。東京市上野（現・東京都台東区）に生まれる。本名・克修。大正期に「ホトトギス」（高浜虚子主宰）で頭角を現し、昭和期には主宰俳誌「旗艦」等で無季容認の新興俳句を推進した。作品、人脈ともに京都における「ホトトギス」系俳句史及び新興俳句史を語る上で最重要の一人。幼少時に渡韓し、京城中学校卒業後、大正七年七月に第三高等学校（現・京都大学）受験のため京都に住む。同年九月に第一部乙類（英文科）に入学して北白川下池田町に下宿。初めて聴く鶯の鳴き声に感嘆し、「学校に遅刻するのもかまはず存分朝寝をして、まぶしい外光の中で顔を洗つてゐる時鳴かれると、ちよつとからかはれてゐるやうな気」（「うぐひす」）がしたという。この時の句に〈鶯に日闌けし手水つかひけり〉がある。同年に「ホトトギス」系の「懸葵」句会に出席、また六条に住む名和三幹竹の門を叩く。同年十月には高浜虚子が来京、菅大臣神社（西洞院仏光寺東入ル）で催された歓迎句会に草城も出席し、初めて虚子とまみえる。この時期、「ホトトギス」刊行日頃には級友と熊野神社近くの杉本書店を覗いて「ホトトギス」入選句の多寡を確認し、寺町二条角の甘味処「鎰屋」で歓談するのを常とした。八年七月、第三高等学校在学生と神陵句会を発足。九年九月には鈴鹿野風呂と知り合い、また神陵句会を発展させて京大三高句会とする。同高等学校在学中の山口誓子、京都帝国大学在学中の五十嵐播水も参加し、またこの句会で草城が詠んだ〈葡萄含んで物云ふ唇の紅濡れて〉は誓子に衝撃を与え、彼が俳句に熱中する契機となった。同年十一月、三井銀行京都支店の岩田紫雲郎と野風呂の三人で「京鹿子」を創刊する。十年三月に第三高等学校卒業、同年四月に京都帝国大学法学部法律科入学。また同月、厳選で知られた「ホトトギス」雑詠欄（虚子選）の巻頭を飾った。十一年七月、大陸育ちの草城が野風呂宅で初めて心太を知った際、〈心太煙の如く沈み居り〉を含む二十句余りをその場で詠んだという（野風呂記念館収蔵の短冊裏面に「大正十一年七月二十六日」とある）。同年十一月に京大三高俳句会を解散し、改めて京鹿子俳句会を創立する。十三年三月に京都帝国大学を卒業、同年四月に大阪海上火災保険会社に就職し、京都を離れた。昭和十九年四月、法然院における野風呂等との句会のため久々に京都を訪れたが、これが京の地を踏んだ最後となった。句集に『草城句集』（昭和2年6月、京鹿子発行所）などがある。

（青木亮人）

平井乙麿　ひらい・おとまろ

明治三十四年四月十一日～平成九年四月十四日（1901～1997）。歌人、教育家。岡山県久米郡皿山村皿（現・津山市皿）に生まれる。長く教員生活を送り、京都市立二条高等女学校（現・市立二条中学校）を経て昭和二十七年、京都市立堀川高等学校校長に就任。京都市立元町小学校（北区）、京都市立川岡小学校（西京区）などの校歌の作詞を手がける。歌集に、学徒動員時の歌も収めた『夜あけの序章』（昭和38年9月、角川書店）がある。また、「京都新聞」の文芸欄に投稿された短歌を編集した『ひとりあるき短歌集　水甕叢書315編』（昭和52年7月、水甕京都詩社）がある。歌碑が大原勝林院、比叡山横川、吉田神社に建つ。

（中島加代子）

平岩弓枝　ひらいわ・ゆみえ

昭和七年三月十五日～（1932～）。小説家、劇作家、放送作家。東京府豊多摩郡代々幡町（現・東京都渋谷区代々木）に生まれる。代々木八幡神社宮司の長女。日本女子大学国文科卒業。長谷川伸、戸川幸夫に師事し、「鏨師」（「大衆文芸」昭和34年2月）で第四十一回直木賞を受賞。以後、話題作を次々に発表し、現代小説・推理小説・時代小説のほか、戯曲やテレビ・ラジオの脚本にも腕を振るった。テレビドラマの代表作に「胆ッ玉かあさん」（昭和43年、ＴＢＳ）がある。「京都新聞」に連載した長編小説「彩の女」（昭和46年4月15日～47年2月11日）は、いわゆる〈女の一生〉ものに分類され、桂離宮や丹後ちりめんの里が舞台となる。有名建築家をめぐる三人の女を描いた『秋色』（昭和62年3月、文芸春秋）の妻は京都の名流の出とされるなど、京都を舞台とする作品も多い。歴史小説『平安妖異伝』（平成12年6月、新潮社）、『道長の冒険』（平成16年6月、新潮社）は、若き日の藤原道長が平安京を騒がせる妖魔と戦う波瀾万丈の物語である。

（田中励儀）

平賀紅寿　ひらが・こうじゅ

明治二十九年十二月二十日～平成三年八月二十二日（1896～1991）。川柳作家。東京

京橋（現・東京都中央区）に生まれる。本名・胤次《たねつぐ》。大正十三年、京都に移住。昭和二年、葵川柳社同人。五年、葵川柳社と番傘川柳社が合併し、京都番傘川柳会を創立、初代会長。十年、東京に戻り、十四年、東京番傘藤柳会を創立。戦時下には「産業戦線」柳壇選者。二十一年、再び京都に移住。三十一年に京都中京区の天性寺に句碑〈碁盤目に世界の京として灯り〉建立。句集『碁盤目』（昭和42年5月、京都番傘川柳会）刊。晩年は日本川柳協会顧問など。（中原幸子）

平田拾穂　ひらた・しゅうすい

明治四十二年九月十五日～（1909～）。俳人。京都府に生まれる。本名・豊作。京都市立第一商業学校（現・市立西京高等学校）卒業。大正十三年、内藤鳴雪に師事。昭和二年「南柯」に参加し、渡辺志豊らの指導を受ける。二十四年、渡辺志豊没後の「南柯」を継承して主幹を務め、四十三年には東京都俳句連盟会長に就任した。『現代俳句集成』第一巻（昭和53年8月、日本文芸編纂会）を編集。句集『天元』（昭和59年5月、南柯社）には、詩仙堂を詠んだ〈雪を被ていよ／＼竹の緑なる〉が収められている。（田中励儀）

平田久　ひらた・ひさし

明治四年九月（日未詳）～大正十二年九月一日（1871～1923）。新聞記者。京都府宮津に生まれる。同志社普通学校（現・同志社大学）在学中「国民之友」に投書を始め、明治二十四年に同校卒業後、国民新聞社入社。日清戦争期に「国民新聞」の編集長を勤めた。明治三十年代初めに民友社を去り、三井の益田孝の秘書兼顧問となって、産業界に活躍の場を移した。大正十年、共同印刷合資会社社長となるが、関東大震災時鵠沼の自邸で死去。著書に『カーライル』（明治26年7月、民友社）、『新聞記者之十年間』（明治35年7月、民友社）など。（諸岡知徳）

平中歳子　ひらなか・としこ

明治四十三年五月十四日～昭和六十三年一月二日（1910～1988）。歌人、人形師。京都市に生まれる。本名・敏子。昭和三年、京都府立第一高等女学校（現・府立鴨沂高等学校）卒業。「多磨」「定型律」「花宴」「女人短歌」「潮汐」を発表の舞台とする。戦後は人形師の面屋庄三に師事し人形作家としても活躍。五十八年、京都市文化功労者、六十年、京都府文化賞受賞。歌集に『瓔珞』（昭和24年6月、西郊書房）、『青蓮』（昭和29年11月、女人短歌会）等。（佐藤良太）

平野啓一郎　ひらの・けいいちろう

昭和五十年六月二十二日～（1975～）。小説家。愛知県蒲郡市に生まれ、二歳から十八歳まで福岡県北九州市で育つ。京都大学法学部卒業。十五世紀のフランスを舞台にした擬古文の『日蝕』（平成10年10月、新潮社）が、大学在学中の平成十年八月、「新潮」に新人としては異例の一挙掲載となり、当時最年少の二十三歳で第一二〇回芥川賞を受賞。同作と、『一月《いちげつ》物語』（平成11年4月、新潮社）、『葬送』（第1部、第2部ともに平成15年8月、新潮社）をロマンティック三部作とする。以後、現代社会を描いた短編集『高瀬川』（平成15年3月、講談社）、『滴り落ちる時計たちの波紋』（平成16年6月、文芸春秋）、『あなたが、いなかった、あなた』（平成19年1月、新潮社）では活字に空白部分を設けるなど、実験的作品を発表。中編『顔のない裸体たち』（平成18年3月、新潮社）、エッセー集

『文明の憂鬱』（平成14年1月、PHP研究所）など小説家としてはもちろん、『TALKIN'ジャズ×文学』（平成17年10月、平凡社）での小川隆夫を初め、他ジャンルで活躍する多くの人物との対談など、現代の若手を代表する知識人として、多岐にわたって活動している。十七年、文化庁の文化大使としてフランスに一年間滞在。大学入学から約十年間に亘る京都在住を反映した作品には、京都の通りの名や建造物が詳細に記され、京都を知る者はその位置関係を容易に想像できるような現実性がある。また、「高瀬川」（「群像」平成15年1月）の高瀬川、「清水」（「波」平成11年5月）の鴨川など、京都の水の風景を描いている。登場人物の過去を象徴する下着が高瀬川を流れるという印象的な光景で幕を閉じる「高瀬川」には、「そろそろ空が明るくなり始めたという頃に、雀の鳴き声を聴きながら、桜並木の傍らを流れる高瀬川の水面に目を遣ると、何とも言えない清澄な感じがして、自分の中の喧噪が静まっていく気がした」（文庫版「あとがき」）という作者自身の〈京都〉が表れているのであろう。

（木谷真紀子）

平野謙　ひらの・けん

明治四十年十月三十日～昭和五十三年四月三日（1907～1978）。評論家。京都市上京区の京都帝国大学附属医院（現・左京区の京都大学医学部附属病院）に生まれる。本名・朗。東京帝国大学文学部を卒業。昭和七年、左翼文学運動への共感からプロレタリア科学研究所に所属したが、リンチ共産党事件に際し運動組織そのものに疑念を抱く。二十一年一月に本多秋五、山室静、埴谷雄高、荒正人、佐々木基一、小田切秀雄と文芸誌「近代文学」を創刊。政治の優位性に立脚したプロレタリア文学の批判的検討を行い、中野重治らと〈政治と文学〉論争を繰り広げた。三十三年、明治大学文学部教授。評論集『芸術と実生活』（昭和33年1月、大日本雄弁会講談社）では独自の私小説批判を展開。文学の自律性を軸に知識人のあり方を穿ち、戦後文学の代表的な論客となった。著書に『島崎藤村』（昭和22年8月、筑摩書房北海道支社）、『わが戦後文学史』（昭和44年7月、講談社）など多数。『平野謙全集』全十三巻（昭和49年11月～50年12月、新潮社）がある。

（橋本正志）

ひらのりょうこ　ひらの・りょうこ

昭和十五年二月～（1940～）。詩人。本名・平野稜子。満洲（現・中国東北部）に生まれる。両親を失い、四歳で引き揚げて西陣の機屋に育つ。同志社女子大学英文科中退。保母となるが病に倒れ、新たな生活を得るまでを、第一詩集『五月の風にのって』（昭和49年2月、青磁社）に歌う。戦争体験や生い立ちを背景に女性、市井をテーマにした詩、エッセイ、小説を多数発表。昭和五十九年、第五回読売女性ヒューマン・ドキュメンタリー大賞、平成十年、第十回自由都市文学賞を受賞。

（森本隆子）

平畑静塔　ひらはた・せいとう

明治三十八年七月五日～平成九年九月十一日（1905～1997）。俳人。和歌山県和歌浦町（現・和歌山市）に生まれる。本名・富次郎。第三高等学校（現・京都大学）から、大正十五年、京都帝国大学医学部に入学、三高京大俳句会に入会。昭和六年、京都大学付属病院精神科に入局。八年一月、「京大俳句」創刊に参加。後に京都の川越病院に勤務。十五年二月十五日のいわゆる京大俳句事件により検挙された。二十三年、「天狼」に創刊同人として加入。『漁歌』

（昭和56年6月、角川書店）に〈マラソンも姉三六角蛸にしき〉や、「三千院門前」として〈寒厨に茶碗を伏せて徳女生く〉などの句がある。他の句集に『月下の俘虜』（昭和30年1月、酩酊社）、『栃木集』（昭和46年12月、角川書店）、著書に『俳句とは何か』（山本健吉と共著、昭和28年12月、至文堂）など。　（真銅正宏）

平林英子　ひらばやし・えいこ

明治三十五年十一月二十三日～平成十三年十二月十七日（1902～2001）。小説家。長野県に生まれる。大正六年、小学校高等科卒業。京都に出て就職。九年、嵐山での花見から帰途の梶井基次郎、中谷孝雄ら、のちの「青空」（大正14年創刊）同人に出合う。その折の模様は『青空の人たち』（昭和44年12月、皆美社）に詳しい。十年、武者小路実篤に師事して新しき村に入るが、翌年、長野新聞社学芸部に入社。十三年、中谷孝雄に東京に呼ばれて結婚。創作集『南枝北枝』（昭和15年7月、ぐろりあ・そさえて）などがある。　（木田隆文）

平林初之輔　ひらばやし・はつのすけ

明治二十五年十一月八日～昭和六年六月十五日（1892～1931）。文芸評論家、小説家。京都府竹野郡深田村（現・京丹後市弥栄町黒部）に生まれる。深田尋常小学校、溝谷高等科を卒業。明治四十三年、兵役免除を狙って京都師範学校（現・京都教育大学）へ入学、「中学世界」に小品文や短歌・俳句を投稿した。大正二年、教員就職を嫌って学校の寮から出奔し、単身上京。早稲田大学英文科卒業後、アテネ・フランセでフランス語を修める。七年、やまと新聞に入社し、文芸時評や翻訳を発表するが、争議のため九年に退社。青野季吉・市川正一らと出会い、国際通信社に外電電報翻訳者として勤務する傍ら、佐野文夫も加わって社会主義・マルクス主義の研究に熱中していく。この勉強会が日本のプロレタリア文学理論揺籃の場となった。「新潮」「読売新聞」などに文芸評論を掲載し、新進の批評家として注目され始める。十年、市川・青野らと「無産階級」を発刊、社会運動家、プロレタリア文学理論構築の主導者としても活躍する。十一年、「種蒔く人」同人となり、第一次日本共産党に入党、のちに「文芸戦線」にも参加する。十二年一月には前期の代表的評論集『無産階級の文化』（泰文社）を発刊、同年、早稲田大学仏文科講師となる。十五年、博文館に入社し、雑誌「太陽」の編集主幹となる。昭和三年に退社した後は旺盛な執筆活動を再開し、「新潮」など各誌に文芸評論を掲載、「朝日新聞」の文芸時評も担当した。プロレタリア文学理論の政治的偏向を批判した「政治的価値と芸術的価値」（「新潮」昭和4年3月）は、近代文学史上最大の論争の一つである「芸術的価値論争」の引き金となった。四年九月、右の論文も含めた後期評論集『文学理論の諸問題』（千倉書房）を上梓。一方で探偵小説にも関心を持ち、江戸川乱歩の「新青年」などに探偵小説の評論・翻訳・創作を発表した。地蔵盆の京都を描いた「祭の夜」（「サンデー毎日」昭和2年2月20日）では、五条油小路周辺を舞台にアルセーヌ・ルパンや鼠小僧を思わせる「覆面の男」が暗躍する。六年一月、文学と映画研究のために、早大留学生としてフランスへ渡ることが決定。出発時には祇園で京都師範学校同期生による送別会が開かれた。日本文芸家協会代表としてパリの第一回国際文芸家協会大会に出席するなどしたが、出血性膵臓炎のために客地で急死した。　（友田義行）

広瀬寿子 ひろせ・ひさこ

昭和十二年十月十二日～（1937～）。児童文学作家。鎌倉市に生まれる。幼稚園時代に京都市に移住し、昭和二十年、竹野村に疎開。竹野小学校、園部中学校、京都府立園部高等学校を卒業。京都大学職員を経て、五十四年、『小さなジュンのすてきな友だち』（昭和53年7月、あかね書房）で児童文芸新人賞を受ける。以降、盛んな執筆活動を展開し、『まぼろしの忍者』（平成14年11月、小峰書店）で日本児童文芸家協会賞、『そして、カエルはとぶ!』（平成14年12月、国土社）で赤い鳥文学賞、『ぼくらは「コウモリ穴」をぬけて』（平成19年1月、あかね書房）で産経児童出版文化賞を受賞している。現在は千葉市に在住。郷土の亀岡光秀まつりに取材した『サムライでござる』（平成元年4月、あかね書房）がある。

（清水康次）

【ふ】

深井迪子 ふかい・みちこ

昭和七年二月七日～（1932～）。小説家。京都市に生まれる。昭和三十二年、早稲田大学第二文学部卒業。昭和二十九年、第一回「文芸」全国学生小説コンクールに「秋から冬へ」が入選。三十一年、「夏の嵐」が第三十五回芥川賞候補作となり、同名映画化（日活、監督・中平康、出演・北原三枝、三橋達也ら）。著書には、『夏の嵐』（昭和31年6月、河出書房）、『偽りの青春』（昭和32年5月、三笠書房）などがある。

（西尾元伸）

深田康算 ふかだ・やすかず

明治十一年十月十九日～昭和三年十一月十二日（1878～1928）。美学者。山形香澄町に生まれる。明治三十二年に東京帝国大学文科大学哲学科に入学。ラファエル・フォン・ケーベルに師事した。四十年から、美学と美術史研究のため三年間ドイツとフランスに留学。帰国後の四十三年に京都帝国大学文科大学教授となり、美学美術史講座を担当。以後、西欧美学の移入に尽力した。没後に、弟子の中井正一《まさかず》らが『深田康算全集』（昭和5年5月～6年3月、岩波書店）を刊行している。

（西村将洋）

深津篤史 ふかつ・しげふみ

昭和四十二年八月八日～（1967～）。劇作家。兵庫県芦屋市に生まれる。昭和六十一年に同志社大学入学、同年に学内劇団「第三劇場」入団。平成五年、同志社大学大学院文学研究科新聞学専攻修士課程修了。平成四年に桃園会を立ち上げ、『うちやまつり』（平成10年7月、白水社）で第四十二回岸田國士戯曲賞受賞、十八年には「動員挿話」で第十三回読売演劇賞作品賞・演出家賞受賞。

（青木亮人）

福井和 ふくい・かず

昭和六年（月日未詳）～（1931～）。児童文学作家。京都市に生まれる。本名・和雄。京都学芸大学（現・京都教育大学）卒業。同人誌「すねいる」「亜空間」などに作品を発表。昭和六十二年、第九回「日本児童文学」創作コンクール（日本児童文学者協会）に「B面」で入選。「どんかく」同人。著書に『PHP創作シリーズ トマトを食べに帰っておいで』（昭和63年3月、PHP研究所）、『資料室ファイル／中三』（平成18年6月、文芸社）など。『創作こども文学11 初恋どきどきプレゼント』（昭和62年9月、ポプラ社）に「キーパー」、『夢はいろいろ11 かしこくなるくすり』（平成2年3月、国土社）に「スキーぼう」、『おはなし2年生5　2年生のたんけんちず』（平成6年2月、偕成社）に「ダンプカーと子ネコ」、『県別ふるさと童話館愛蔵版25 滋賀の童話』（平成11年10月、リブリオ出版）に「鯉太郎」が収録される。（石上　敏）

福岡益雄　ふくおか・ますお

明治二十七年九月十七日〜昭和四十四年十二月二十四日（1894〜1969）。出版人。京都市に生まれる。大正七年に金星堂を創業。菊池寛らの後援を得ながら、菊池や芥川龍之介、伊藤整の作品、ドイツ表現派やフランス未来派の翻訳を出版した。特に関東大震災後は、社の方向性を「新興文学の紹介と新人育成と言うことに切替え」、川端康成の相談を受けて「文芸時代」を刊行した。没時、日本書籍出版協会副会長。俳句も詠み、東寺を詠んだ句〈塔ひとつ青葉の上にまぎれなし〉などを収録した句集『牡丹の芽』（昭和35年9月、金星堂）などがある。（西川貴子）

福沢諭吉　ふくざわ・ゆきち

天保五年十二月十二日（新暦一月十日）〜明治三十四年二月三日（1835〜1901）。啓蒙思想家。大阪玉江橋北詰中津藩蔵屋敷（現・大阪市福島区福島）に生まれる。『学問のすゝめ』（明治5年2月〜9年11月）などを著し、日本人の精神形成に影響を与えた。実践の場として京都慶応義塾を創設。明治五年五月、京都三条御幸町の旅宿松屋に滞在し、小学校を訪問。民間で学校教育が行われている現場を目の当たりにした喜びを『京都学校の記』（明治五年申五月六日記、刊行年月未詳、京都書籍会社）に記した。（西川貴子）

福田隆義　ふくだ・たかよし

昭和十八年十月二十四日〜（1943〜）。イラストレーター。京都府舞鶴市に生まれる。毎日広告特選一席、電通広告グランプリなどを受賞。CMアニメーターよりイラストレーターに転身し、広告、絵本、小説挿絵などの分野でイラストを制作。皆川博子、柴田錬三郎、藤本義一らの小説に挿絵を描く。『画家から作家へ　絵の贈り物』（昭和56年9月、PHP研究所）は、画家が与えた絵から発想して二十二名の作家が短い物語を書くという試み。『ふしぎなナイフ』（昭和60年11月、福音館書店）などの絵本も手掛ける。（杲　由美）

福永清造　ふくなが・せいぞう

明治三十九年八月二十一日〜昭和五十六年五月二十三日（1906〜1981）。川柳作家。京都市に生まれる。旧号・泰典。別名に、明、嘉彦。昭和三十二年、平安川柳社代表。四十七年、句集『甍』（未見）を著す。五十一年六月、句集『川柳燈』を平安川柳社より刊行した。〈喜びの絵に太陽を書き添える〉ほか。五十三年五月まで、「京都新聞」京都文芸「柳壇」選者を務める。「川柳京かがみ」を創刊、代表となる。全国珠算教育連盟顧問。京都市北区北大路千本東入るに居住した。脳梗塞のため死去。『川柳燈』に付された、言葉遊び〈8612870834556239〉（病む人に花はやさしい色に咲く）なども楽しい。村井中漸『算法童子問』（元明4年）の「数へ歌立て」に倣った川柳であろう。（堀部功夫）

福永武彦　ふくなが・たけひこ

大正七年三月十九日〜昭和五十四年八月十三日（1918〜1979）。小説家。福岡県筑紫郡二日市町（現・筑紫野市）に生まれる。大正十五年六月、父の転勤にともない上京。昭和十六年三月、東京帝国大学仏文科卒業。召集を怖れ参謀本部で暗号解読に従事するなかで小説を書き継ぐ。十八年、父が退職して神戸に移る。以後しばしば関西を訪れ、京都、奈良の古寺を訪ねる。この頃から書き始められた代表作に『風土』（昭和32年6月、東京創元社）がある。福永にとって京都は、直接作品の舞台となることはないが、日常性に背馳した一種の風土であったようである。また『サルトル全集・賭はなされた・歯車』（昭和32年5月、人文書院）、パスカル・ピア『ボードレール』（昭和32年7月、人文書院）の翻訳、『ボードレール全集』（昭和38年5月〜39年6月、人文書院）編纂などのため、しばしば京都を訪れている。「京の雪」（「東京新聞」昭和38年1月27日）、「風流初心」（「信濃毎日新聞」昭和38年4月27日）、「さくら」（『十二色のクレヨン』）、「ミセス」昭和44年1月〜12月）、「暖かい冬」（「サンケイ新聞」昭和45年1月11日）、「平安京の春」（「太陽」昭和45年5月）、「風景の中の寺」（『古寺百景』昭和52年11月、毎日新聞社）等から足跡を辿ると、以下のようである。昭和三十二年春頃、京都人文書院の紹介で南禅寺塔頭最勝院の一室を借りて暮らす。三十七年十二月から翌年一月頃、南禅寺そばの宿に泊まり、円通寺を訪れる。三十八年四月頃、銀閣寺道の大文字の見える宿で三週間ほど過ごす。四十三年四月十一日、郡司勝義、源高根の案内で常照皇寺へしだれ桜を見に行く。四十四年十二月から翌年一月、神戸、奈良から京都へ旅行。四十五年四月八日、源氏物語ゆかりの地を巡る紀行文のため、源高根の自動車で京都を巡る。初日には中村真一郎も同行し嵯峨野へ。野宮神社、厭離庵を訪れる。洛西へ移動し藤原氏の氏神大原野神社を観る。四月九日、京都御所の拝観から下鴨神社へ。福永が初めて葵祭を見に行った昭和十八年には祭礼の行列が中止となったことを想起する。十日、雨の中、宇治平等院から宇治上神社へ。福永の京都は雪の季節と桜の季節が多い。風景の中に「現実の時間を離れた別天地を、言い換えれば永遠を、垣間見る」（「風景の中の寺」）ような体験だったようだ。その後の代表作に『死の島』（昭和46年9月〜10月、河出書房新社）などがある。

（黒田大河）

福本武久 ふくもと・たけひさ

昭和十七年四月二十一日〜（1942〜）。小説家。京都市に生まれる。同志社大学法学部卒業。繊維関連のメーカーに勤務する傍ら、大阪文学学校で学び小説を書き始めた。昭和五十三年、『電車ごっこ停戦』（昭和53年12月、筑摩書房）で第十四回太宰治賞を受賞。『織匠』（昭和56年5月、筑摩書房）は、明治の変革期を背景に、織物の町西陣の再興のため、リヨンに渡り新技術を学んだ織工たちを描いた作品。『会津おんな戦記』（昭和58年7月、筑摩書房）は、のちに近代京都の父と呼ばれる会津藩士山本覚馬の妹八重の戊辰戦争での戦いを、また『新島襄とその妻』（昭和58年10月、新潮社）は、同志社大学の前身、同志社英学校を創設した新島襄の妻となり近代女性の先駆者として生きた八重の、その後の人生を描いている。新島襄の半生を綴った児童書『新世界に学ぶ―新島襄の青春』（昭和60年8月、筑摩書房）や、ボートに打ち込む京都の高校生が主人公の青春小説『湖の子たちの夏』（昭和63年7月、筑摩書房）もある。

（槇山朋子）

藤井紫影 ふじい・しえい

慶応四年七月十四日〜昭和二十年五月二十三日（1868〜1945）。近世文学研究者、俳人。淡路国津名郡洲本町（現・兵庫県洲本市）に藤井市郎利義、こまの次男として生まれる。本名・乙男《おとお》。号は幼少より脾弱故

〈死の影〉から。第三高等中学校（現・京都大学）から帝国大学文科大学（現・東京大学文学部）国文科入学。田岡嶺雲・藤岡東圃の他、子規と深き親交を結び句作を始める。卒業後、修猷館・第四高等学校（現・金沢大学）、第八高等学校（現・名古屋大学）を経て京都帝国大学文科大学講師（幸田露伴の後任）、後、教授。英文の菊池寛、仏文の河盛好蔵等も京大生として講筵に列した。創作に、「田舎娘」（「都の花」明治23年10月）、「京名物都踊」（「都の花」明治25年1月）等。翻訳に、アンデルゼン「鉛の兵隊」（「帝国文学」明治36年1月）、ツルゲネーフ「散文詩」（「帝国文学」明治37年9月）等。「明治二十五年このかたの愚句拙歌を拾ひ集め」（「はしがき」）た『かきね草』（昭和4年2月、藤井乙男、非売品）の他、論文集に『江戸文学研究』（大正10年5月、内外出版）等がある。

（工藤哲夫）

藤井まさみ　ふじい・まさみ

昭和三年二月二十四日～（1928～）。児童文学作家、歌人。京都市に生まれる。立命館大学卒業。作品に『うしろのしょうめん』（昭和58年10月、国土社）、『天に舞う蝶―細川ガラシャ夫人』（昭和58年12月、教学研究社）、『せんせいのむち』（昭和63年3月、すずき出版）、『祝祭』（平成14年6月、新風舎）等がある。日本児童文学者協会会員。「亜空間」同人。

（水川布美子）

藤木九三　ふじき・くぞう

明治二十年九月三十日～昭和四十五年十二月十一日（1887～1970）。新聞記者、登山家、小説家、詩人。京都府福知山町（現・福知山市）に生まれる。少年時代、文芸誌「文庫」に掲載された小島烏水《うすい》の紀行文を読んで山に興味を抱く。早稲田大学英文科中退後、東京毎日新聞、やまと新聞を経て、大正四年、東京朝日新聞の記者となる。五年、東久邇宮の槍ヶ岳登山に同行。七年、大阪朝日新聞に移る。十三年六月、神戸でロック・クライミング・クラブ（R・C・C）を結成。十五年渡欧してアルプス諸峰に登り、秩父宮の登山にも同行。仕事の傍ら、登山に関する研究を重ねる。また、登山に関する随筆、詩、小説、外国の文献の翻訳も、「山と渓谷」「山小屋」「ケルン」等の山岳雑誌を中心に発表。著書には『屋上登攀者』（昭和4年6月、黒百合社）、『垂直の散歩』（昭和33年6月、朋文堂）、山上雷鳥名義の小説集『マッターホーン北壁を攀《よ》づ』（昭和8年9月、朋文堂）などがある。

（熊谷昭宏）

藤沢浅二郎　ふじさわ・あさじろう

慶応二年四月二十五日～大正六年三月三日（1866～1917）。新派俳優兼作者。京都の紙問屋岐阜屋清兵衛の長男として生まれる。雑誌「活眼」の記者を経て、明治二十四年、川上音二郎が堺で結成した書生芝居に俳優兼作者として参加する。「板垣君遭難実記」「経国美談」「金色夜叉」などの台本を執筆する。「金色夜叉」の間貫一を当たり芸とし、新派劇全盛期の幹部俳優として活躍。四十一年、私財を投じて東京俳優養成所を創設、四十三年に東京俳優学校と改称するが、翌年に閉鎖した。

（木村　洋）

藤代素人　ふじしろ・そじん

慶応四年七月二十四日～昭和二年四月十八日（1868～1927）。独文学者、エッセイスト。千葉県に生まれる。本名・禎輔。東京帝国大学独文科卒業後、明治二十四年、京都帝国大学講師となる。三十三年、ベルリン大学留学、三十五年帰国。四十年、京都帝国大学教授になり、ドイツ文学研究の草分けとして多くの人材を育成した。『実践教育学』（明治27年4月、牧野書房）、『教育学』（独逸ヘルバルト、明治28年8月、29年3月、成美堂）など翻訳。その他『草露集』（明治39年9月、大倉書店）、『文化境と自然境』（大正11年10月、文献書院）、『鵝筆餘滴』（昭和2年6月、弘文堂）など。『文化境と自然境』には、京の山廻り、叡山の石切道、雪の叡山、月の叡山、などと題して、何十回となく訪れ親しんだ京都の山々が描かれている。

（増田周子）

冨士谷あつ子　ふじたに・あつこ

昭和七年十一月二日～（1932～）。評論家。京都市に生まれる。京都大学農学部卒業。農学博士。日本における生涯教育、女性学研究の草分け的な存在である。昭和四十五年からはじめた生涯教育活動を京都生涯教育研究所の設立に結実させた。京都生涯教育研究所所長。この営為のなかで、『生きていま私が語る・京都』（平成4年3月、阿吽社）や、芳賀徹との共編『京都学を学ぶ人のために』（平成14年11月、世界思想社、監修・上田正昭）などを編者としてまとめている。また、昭和五十二年に日本女性学研究会、京都国際文化協会を、平成九年に日本ジェンダー学会を有志と設立した。日本ジェンダー学会名誉会長、『京おんなの京』（昭和48年4月、白川書院）など、多数の著書がある。

（島村健司）

藤田雅矢　ふじた・まさや

昭和三十六年（月日未詳）～（1961～）。詩人、小説家、植物育種家。京都市に生まれる。幼少の頃より、植物に興味を覚え、京都大学農学部に進学。京都大学SF研究会に所属。卒業後、農林水産省に勤務。四国農業試験場作物開発部で麦の品種改良に励む一方、SF同人誌「零（ゼロ）」を主宰。平成七年、『糞袋』（平成7年12月、新潮社）で第七回日本ファンタジーノベル大賞優秀賞を受賞。「月当番」で第二十六回JOMO童話賞佳作。小説に『蚤のサーカス』（平成10年8月、新潮社）『星の綿毛』（平成15年、早川書房）。植物本に『ひみつの植物』（平成17年5月、WAVE出版）。

（大田正紀）

冨士野鞍馬　ふじの・くらま

明治二十八年十月十三日～昭和五十二年七月十日（1895～1977）。川柳作家。京都市上京区に生まれる。本名・安之助。明治四十一年、京都市立商業実修学校卒業。酒精・酒類製造に従事する。大正五年、在勤地の台湾で紫川柳会創立、柳誌「むらさき」を創刊。帰国後、「番傘」の同人になる。古川柳に造詣が深く、著書に『きもの』（昭和49年9月、ハクビ京都きもの学院）など。ラジオ京都で川柳漫談をするほか、「京都新聞」の柳壇選者にもなった。昭和三十一年には京都番傘主催で還暦祝賀会川柳会を円山清々館で開催しており、当時の京都市長から表彰状を授与された。川柳集に『川柳鞍馬集』（昭和10年12月）がある。告別式は京都市北区紫野の上品蓮台寺で行われた。京都を詠んだ句に〈草餅の色も京都の町はづれ〉がある。

（西川貴子）

冨士正晴　ふじ・まさはる

大正二年十月三十日～昭和六十二年七月十五日（1913～1987）。詩人、小説家。徳島県三好郡山城谷村（現・東みよし町）に生まれる。本名・冨士正明。大正六年、朝鮮の平壌に移住、十年、帰国。神戸市須磨町に住む。十四年、兵庫県立第三神戸中学校（現・県立長田高等学校）に入学。昭和六年、第三高等学校（現・京都大学）理科甲類入学。志賀直哉の紹介で、左京区浄土寺南田町の竹内勝太郎を訪問、師事する。七年十月、竹内の指導のもと、野間宏、桑原（のち竹之内）静雄と、同人誌「三人」を創刊、詩「神々の宴」などを発表。この年、三高理科甲類退学、八年、三高文科丙類入学。榊原紫峰の家に出入りしはじめる。十年二月、三高退学。同年六月、竹内勝太郎が遭難死。十一月、伊東静雄との交友はじまる。十二月、「三人」第十一号を竹内勝太郎追悼号として発行。十三年八月、竹内勝太郎著作刊行会を設立、遺稿の整備にあたる。十九年、中国大陸に出征、二十一年、復員。二十二年十月、島尾敏雄らと同人雑誌「VIKING」創刊、詩「身投げ」発表。二十三年、ヴァージニア・ウルフ『オーランド』に刺激されて中編「小ヴィヨン」を執筆、生原稿を読んだ吉川幸次郎に激賞される。二十七年十一月、「VIKING」に在籍のまま、大阪で同人誌「VILLON」創刊。三十一年三月、久坂をモデルとした『贋・久坂葉子伝』を筑摩書房から刊行。三十六年二月、『伊東静雄全集』（桑原武夫、小高根二郎と共編）を人文書院より刊行。三十七年、『20世紀を動かした人々』第八巻中「桂春団治」執筆のための調査に着手。同書刊行（昭和38年1月、講談社）後も調査は継続。『帝国軍隊に於ける学習・序』（昭和39年9月、未来社）、『あなたはわたし』（昭和39年12月、未来社）を刊行。四十年三月、東京銀座の文芸春秋画廊で富士正晴文人画展を開催。四十二年五月から『竹内勝太郎全集』全三巻（野間宏、竹之内静雄と共編）を思潮社より刊行（昭和43年7月完結）。『桂春団治』（昭和42年11月、河出書房）を刊行。四十四年九月、大阪梅田の東宝画廊で富士正晴画展を開く。『どうとなれ』（昭和52年6月、中央公論社）、『富士正晴詩集』（昭和54年12月、泰流社）、『榊原紫峰』（昭和60年9月、朝日新聞社）、『恋文』（昭和60年12月、彌生書房）を刊行。『恋文』「後記」で「大体わたしの文筆の仕事は終了した」「あとは子供みたいな絵をかいてればよかろう」と記した。没後、『富士正晴作品集』全五巻が岩波書店から刊行（昭和63年7月～11月）された。

（中尾　務）

藤本福造　ふじもと・ふくぞう

明治二十五年三月一日～昭和四十三年三月八日（1892～1968）。川柳作家。京都市に生まれる。本名・福次。別号に蘭華。明治四十五年三月、渓花坊らとともに京都最初の川柳専門誌「みづ鳥」創刊。紀二山、後藤千枝らと京都川柳社を起こし、機関誌「ぎをん」発行。大正七年、同じく千枝らと「大文字」創刊。十四年九月、「京」創刊。渓花坊は「京都川柳界をあらしめた蘭華氏不偏の努力と功績は不朽のものであらう」と評価。昭和二十七年、京都市文化功労表彰受賞。『福造句集』（昭和8年5月、川柳叢書刊行会）がある。

（越前谷宏）

舟橋聖一　ふなはし・せいいち

明治三十七年十二月二十五日～昭和五十一年一月十三日（1904～1976）。小説家、劇作家。東京市本所区横網町（現・東京都墨田区横網）に生まれる。キリストの誕生日に生まれたことにちなんで聖一と名づけられる。父は仙台藩儒者元一の四男で東京帝国大学工科の助教授（明治45年に教授）であり、母は古河合名会社理事長近藤陸三郎の娘であった。幼少時から思春期まで喘息性のアレルギー疾患に苦しめられたが、母方の祖母に大事にされ、六、七歳頃から芝居見物に同行するなど、芸術、娯楽に親しむ環境にはたいへん恵まれていた。また、自宅近くには国技館や相撲の友綱部屋があり、相撲にも幼少時代から親しんでいた。

大正十一年に高千穂中学校を卒業し、旧制水戸高等学校（現・茨城大学）に入学。イプセンやチェーホフといった近代劇を読み、自らも同人誌「歩行者」に戯曲を発表する。十三年には築地小劇場の東屋三郎の紹介で、小山内薫門下に入る。十四年に東京帝国大学文学部国文科に入学。東大文芸部誌「朱門」の同人となり、創刊号（大正14年10月）に戯曲「信吉の幻覚」を発表する。この頃、同人であった阿部知二、池谷信三郎らと親しく交わる。同年、二代目河原崎長十郎を中心に、プロレタリア演劇で活躍していた村山知義、ドイツ留学から帰国した池谷らが結成した劇団「心座」に、第二回公演（大正15年1月28日、29日）より参加。河原崎は江戸歌舞伎の名家で二代目長十郎も二代目市川左団次の一座に身を置いていたが、左団次の周辺にいた吉井勇、土方与志らとも親しく交わった人物であり、「心座」自体、新しい芝居を目指した集団だった。舟橋も自ら演出を担当し、第三回公演で「痼疾者《こしつしゃ》」（「朱門」大正15年3月）を、第四回公演で「初日の銅鑼を入れる迄」（「演劇新潮」大正15年12月）を上演。その運営にも深く関わるものの、十五年の秋には、村山を中心とした社会主義的演劇を演ずる第一部と、社会主義的意識を持たない第二部に組織が分裂し、舟橋は今日出海らと第二部に所属する。その後、「心座」は昭和五年一月旗揚げした「大衆座」の中に発展的解散をした。同年、「蝙蝠座」の同人となり、戯曲集『愛欲の一匙』（新興芸術派叢書第18編、昭和5年6月、新潮社）を出版。翌年には吉行エイスケ、楢崎勤、龍膽寺雄らと親交を深め、新興芸術派倶楽部に参加するなど、新興芸術派と交わる。翌七年に、あらくれ会の同人となり、徳田秋声門下に入る。同年、明治大学文芸科講師となり、演劇学会を創立。私生活面においては、大正十五年に佐藤百寿《ももじゅ》と結婚。昭和四年に長男が誕生するも、七年に急死という悲しみに会う。八年、文芸雑誌「行動」が創刊され、阿部知二らとともに同人として参加。以降、モダニズムの芸術性とプロレタリア運動の思想性を止揚しようとしたとされる行動主義や知識階級の能動精神に注目が集まり、舟橋もそれに関する論争に積極的に加わる。能動精神の実作として「ダイヴィング」（「行動」昭和9年10月）を発表。反プロレタリア文学の立場をとっていた舟橋は、プロレタリア運動が隆盛する時代にもその立場を守り続けていたが、〈インテリゲンツィア〉による能動性は彼にとって大きな問題となり、他の多くの知識階級にも共有され、行動主義、能動精神の機運は一気に高まった。しかし、そうした機運も「行動」の廃刊（昭和10年9月）とともに下火を迎え、舟橋自身も十三年までスランプに陥る。スランプから脱したのは、小林秀雄のすすめで再刊「文学界」の同人となり、作品を発表したことによる。戦時中には長編小説『悉皆屋康吉』（昭和20年5月、創元社）を発表。第一次世界大戦、関東大震災、世界的な大不況など激動の時代を背景にした、長大かつ綿密なこの物語は、文壇において大きな注目を集めた。戦後は風俗小説的な作品において恋愛と欲情の世界を描き、様々な雑誌に発表。晩年には、中央競馬会名誉顧問や横綱審議委員長など、芸術以外の領域にも関わった。ところで、舟橋と京都の関係については、まず戦後の代表作の一つでもある『花の生涯』（昭和28年6月、新潮社）、『花の生涯 続』（昭和28年10月、新潮社）をあげねばなるまい。幕末維新期という動乱の時代を背景に、日本開国論を主張した井伊直弼、井伊の参謀で国学者の長野主膳、三味線師匠であり才知に富んだ村山たかの複雑な関係を描いたこの作品では、井伊直弼の出身地であり、藩主をつとめた彦根、そして京都が、重要な舞台装置とされている。村山たかと京都との関係については、彼女が晩年を過ごした金福寺《こんぷくじ》（左京区一乗寺）がよく知られるが、作品と土地との関係はそればかりではない。麩屋町通りにある旅館「俵屋」、七条通りにある「わらじや」、祇園新地の「大幾」など有名店も登場するが、名所図会的な効果を狙ってのものではなく、たかに代表されるような芸能を身に付けた女性たちの艶やかな姿や、唄や舞といった彼女たちの芸など、この地特有の文化は男たちの世界と対比的に描かれ、重要な意味を担わされている。また、彦根、京都という土地は、政治の中心地江戸とは異なる、差異化された場所でもあり、京都と彦根と江戸との関係は、物語に深く投影されている。このほか、三十年代後半に発表された、いわゆる「遠景シリーズ」の一つである「霧また霧の遠景」（「群像」昭和37年1月）は軽いタッチの男女の物語であるが、ここでも作品の舞台として京都が選ばれている。この作品にも祇園「一力」、嵐山「吉兆」など有名店が登場し、京都の艶やかな町の景色と花街の雰囲気は、秘められた恋愛とそこに息づく欲情を浮かび上がらせる重要な舞台とされている。

（天野知幸）

船山馨 ふなやま・かおる

大正三年三月三十一日〜昭和五十六年八月五日（1914〜1981）。小説家。札幌市に生まれる。明治大学中退。昭和十二年に北海タイムス（現・北海道新聞）に入社し社会部学芸記者となる。十五年、椎名麟三らの「創作」に参加して文学活動を始めた。『幕末の暗殺者』（昭和42年5月、現代書房）、『刺客の娘』（昭和49年4月、角川書店）等の歴史小説の短編集には幕末の京都を舞台にした作品が多く収められており、維新の時代を生きた女の半生記『お登勢』（昭和44年4月、毎日新聞社）には池田屋騒動と禁門の変が描かれている。また、『放浪家族』（昭和45年11月、河出書房新社）や『見知らぬ橋』（昭和46年9月、講談社）は、愛を主軸にした人間模様が京都などを舞台に展開される現代小説である。五十六年、『茜いろの坂』（昭和55年9月、新潮社）で第十五回吉川英治文学賞を受賞。『船山馨小説全集』全十二巻（昭和50年6月〜51年3月、河出書房新社）。

（槇山朋子）

古井由吉 ふるい・よしきち

昭和十二年十一月十九日〜（1937〜）。小説家、翻訳家。東京市荏原区平塚（現・東京都品川区旗の台）に父英吉、母鈴の三男として生まれる。昭和三十一年三月、東京都立日比谷高等学校卒業。三十五年三月、東京大学文学部ドイツ文学科を卒業、卒業論文はカフカ。三十七年三月、東京大学大学院修士課程を修了し、四月、金沢大学に助手として赴任。四十年四月、立教大学に転任。ヘルマン・ブロッホやロベルト・ムジールを翻訳しつつ、四十三年、一月に処女作「木曜日に」を同人誌「白描」八号、十一月に「先導獣の話」を同誌九号に発表し、後者は翌年学芸書林版『現代文学の発見』別巻「孤独のたたかい」に収録されるなど、高い評価を受ける。四十五年三月、立教大学を退職し、小説に専念。「杳子」（「文芸」昭和45年8月）により、第六十四回芥川賞受賞。小田切秀雄によって黒井千次、高井有一、坂上弘らとともに「内向の世代」と批判されるが、秋山駿、柄谷行人らに擁護される。四十九年二月には京都へ来るも、神社仏閣よりも京都競馬場へ向かうなど、競馬を愛好する。五十二年四月、京都東本願寺の職員組合に招かれ、若い僧侶と交流する。五十三年十二月、大阪、京都、奈良、美濃、近江、若狭などを旅行。五十五年五月から五十七年二月まで隔月に「青春と読書」に発表した連作は、近畿地方への六度の旅から生まれたもので、『山躁賦』（昭和57年4月、集英社）にまとめられた。中でも、「静こころなく」「花見る人に」は、五十六年二月の京都・伏見・鞍馬・小塩・水無瀬・石清水などを巡った旅を素材にしたもの。六十二年にも熊野の火祭りに参加した後、奈良・京都を訪れるなど、関西の伝統文化のある地域への旅行は多い。『栖』（昭和54年11月、平凡社）で第十二回日本文学大賞、『槿』（昭和58年6月、福武書店）で第十九回谷崎潤一郎賞、短編「中山坂」（「海燕」昭和61年1月）で第十四回川端康成文学賞を受賞するなど、文学賞の受賞は多いが、なかでも第四十一回読売文学賞を受賞した『仮往生伝試文』（平成元年9月、河出書房新社）は宗教説話を下敷きに生死観を古今に辿った作品で、古典の中の京都が格調高く描かれている。『白髪の唄』（平成8年8月、新潮社）により第三十七回毎日芸術賞を受賞してのちは、文学賞を辞退。昭和六十一年より芥川賞選考委員を務めたが、平成十六年に辞任。

（杣谷英紀）

【ほ】

北條秀司　ほうじょう・ひでじ

明治三十五年十一月七日～平成八年五月十九日（1902～1996）。劇作家。大阪市西区北堀江に生まれる。本名・飯野秀二。関西大学専門部文学科卒業。岡本綺堂、長谷川伸に師事。昭和十二年二月、「表彰式前後」が新国劇によって上演され、脚光を浴びる。戯曲集『閣下』（昭和15年12月、双雅房）で新潮社文芸賞受賞。京都を舞台とした作品に島原遊郭を描いた「太夫《こったい》さん」（初演・昭和30年11月、明治座、主演・花柳章太郎）、「清水坂」（初演・昭和33年11月、明治座、主演・瀬戸英一）、「祇園囃子」（初演・昭和34年5月、東宝劇場、主演・長谷川一夫）、「京舞」（初演・昭和35年4月、明治座、主演・花柳章太郎）、「祇園祭」（初演・昭和38年6月、明治座、主演・辰巳柳太郎）などの他、「浮舟」（初演・昭和28年7月、明治座、主演・中村歌右衛門）など源氏物語の翻案も多数。著書に『北條秀司戯曲選集』全八巻（昭和37年7月～39年2月、青蛙房）、紀行文集『古都好日』（昭和39年10月、淡交社）、『京の日』（昭和41年6月、雪華社）、『古都祭暦』（昭和44年2月、淡交社）などがある。

（黒田大河）

北條元一　ほうじょう・もとかず

大正元年十二月七日～平成十七年十一月二十五日（1912～2005）。評論家。京都市下京区（現・中京区）百足屋町《むかでやちょう》に生まれる。戸籍名・清一《きよかず》。明倫尋常小学校、京都府立第一中学校（現・府立洛北高等学校）、第三高等学校（現・京都大学）を経て、昭和十一年、東京帝国大学独逸文学科卒業。二十一年、民主主義科学者協会入会、幹事として運営に参加。二十九年、専修大学助教授。翌年、東京工業大学へ移り、三十九年、東工大教授。著書として『芸術認識論』（昭和22年6月、北隆館）、また卒寿を記念しての『北條元一文学・芸術論集』（平成14年9月、本の泉社）などがある。世界文学会名誉会長。

（三谷憲正）

保阪正康　ほさか・まさやす

昭和十四年十二月十四日～（1939～）。ノンフィクション作家、評論家。札幌市に生まれる。昭和三十八年、同志社大学文学部社会学科新聞学専攻卒業。昭和史を、綿密な取材に基づき検証している。著書は『憂国の論理―三島由紀夫と楯の会事件』（昭和55年11月、講談社）、『吉田茂という逆説』（平成12年8月、中央公論社）など多数。保阪は「同志社人訪問」（「同志社大学通信」平成14年4月）で、修学旅行で初めて上洛し、京都に感銘を受け進学を決意したと述懐している。

（田中裕也）

星野石木　ほしの・せきぼく

明治十九年一月二十五日～昭和三十五年三月二十五日（1886～1960）。俳人。京都市に生まれる。本名・石松。京都帝国大学卒業。明治三十七～八年頃、京都帝大在学中の松根東洋城を中心とした三高俳句会で句之都や楽堂らと共に句作を始め、卒業後は東京日本橋室町に薬屋を開業。東洋城が大正四年に創刊した「渋柿」に加わり選者を務め、その後昭和十年創刊の「あら野」に参加した。

（竹松良明）

細井和喜蔵　ほそい・わきぞう

明治三十年五月九日（戸籍上は二十五日）～大正十四年八月十八日（1897～1925）。小説家。京都府与謝《よさ》郡加悦《かや》町（現・与謝郡与謝野町）に、父市蔵、母りきの長男として生まれる。丹波から丹後への出稼ぎ労働者だった父松原市蔵は、りきと結婚して細井家の婿養子となったが、祖母うたとの折り合いが悪く、明治三十一年七月に離縁。母りきは三十六年十一月に裏山のため池に身を投げて自殺し、祖母も四十三年三月、肺結核で死去する。一家は、上隣の通称駒忠という機屋の下請けをして貧しい生計を立てていたため、祖母の死去により和喜蔵は尋常小学校を五年で中退し、駒忠の小僧（雑用係）となる。以後、隣町三河内《みごうち》の機屋の小僧や、地元の三丹《さんたん》電気という電力会社の油さし工などを勤めた後、大正五年前後に縁故を頼って大阪に出る。織布機械工として伝法町の内外綿工場や東洋紡績四貫島工場などいくつかの紡績工場を転々とするが、その間に鉄工部のボオル盤で左手の小指を潰される事故に遭う。工場で働くかたわら、大阪府立職工学校（現・大阪府立西野田工科高等学校）の夜間部に学ぶ。八年頃、友愛会に加わって労働組合運動に参加。「どん底生活と文学の芽生へ」（『無限の鐘』大正15年7月、改造社）によれば、この頃文学の道に志す。なお、幼少期から大阪に出てやがて上京するまでの経験は、自伝的小説『奴隷』（大正15年3月、改造社）、『工場』（大正14年11月、改造社）で語られるが、前者は、資本家の下で虐げられた人々の悲惨な生活を地方色濃やかに描いたもので評価が高い。また後者は、代表作『女工哀史』の小説版と評される。関西での労働運動にたびたび失敗し、ブラックリストに載って就職困難となった細井は、大正九年二月に上京。東京モスリン亀戸工場の工場長が同郷出身者だったことから、彼を頼って同工場の職工となる。ここでも労働運動に従事していたが、翌十年、活動家の紹介で岐阜県揖斐郡出身の女工堀としをと知り合い、十一年に結婚。ただし婚姻届を出さなかったため、としをは内縁の妻であり、細井の死後著作権を継承できなかった（のち、としをは高井信太郎と結婚）。細井は、労働組合幹部の党派争いや仲間による排斥、永年の工場生活による痼疾《こしつ》（結核性痔ろう）により同工場を退職。堺利彦の影響や作家藤森成吉の勧めにより、妻としをの稼ぎに寄食しつつ、彼女から材料の提供を得て、十一年頃にはある程度『女工哀史』を書き進めていた。高井としを『わたしの「女工哀史」』（昭和55年12月、草土文化）によれば、執筆中心の生活をしていた細井は男女同権を実行し家事を担当、三年間の同棲生活で一度もけんかしたことがなく、「やさしい先生のような人」だったという。現在知られる細井の創作では、詩「女工生活の歌（紡織）」（「新組織」大正10年10月）や「泥沼呪文」（大正11年5月以前成立か。『無限の鐘』所収）などが早く、以後、堺利彦に紹介されて「種蒔く人」に機械への呪詛を語った小説「死と生と一緒」（大正11年2月）、「或る機械」（大正11年5月）などを、詩誌「鎖」に「作業機械」（大正12年7月）などを発表。また、陀田《だだ》勘助（本名・山本忠平）ら友人たちと詩誌「悍馬《かんば》」を発行。山本忠平とは生涯を通じての親友となる。十二年九月の関東大震災の際、労働組合の活動家平沢計七らが殺害される亀戸事件が起こったため、山本の注進により東京を脱出。兵庫県能勢山麓の猪名川上流にあった喜多合名会社支店猪名川染織所に入社し、妻としをと共に一日十二時間労働をするかたわら、『女工哀史』の稿を継ぐ。翌十三年一月、再び上京し、カフェーの女給や小料理屋の女中となったとしをに生活を支えられながら、四月に『女工哀史』を脱稿。十一月、未発表分を含めた全体に手を入れ、改造社が原稿を買い取る形で翌十四年七月、単行出版。主に大正時代後半の紡織女工の実態を、当時の諸統計や著者及び妻としをの見聞を基に明らかにしたもので、諸新聞などで取り上げられ社会に大きな反響を与えた。細井は、前年の十三年前後より、前記『工場』『奴隷』や、故郷丹後の民間伝承に取材した戯曲「無限の鐘」ほかの執筆を開始し、また「プロレタリア芸術としての通俗物」（「文壇」大正13年9月）など何編かの評論も発表していたが、十四年八月十八日、肺結核と急性腹膜炎のため亀戸町柳島の博愛病院にて急逝。高井としをによれば、最後の言葉は「残念だ、仕事が残っている。子どもをたのむ」だったが、九月九日に生まれた遺児も早産で、七日後に死亡。細井の戒名は、山本忠平により「南無無産大居士」と付けられた。没後、前記『工場』『奴隷』や、戯曲・短編小説を収録した『無限の鐘』が刊行。『無限の鐘』所収の「女給」「或る女工の手記」「雑文 地獄で笑ふ女工の手記」の主人公の経歴は、としをのそれを投影したもので、特に後二者は社会や男性への徹底した反抗・蔑視に特徴がある。遺稿に「モルモット」（「文章倶楽部」大正14年10月）、「御礼と宣言とお願ひ」（「文芸戦線」大正14年10月）など。『女工哀史』は没後も版を重ね、そのたびに改造社から出された印税相当の謝礼は、藤森成吉らにより結成された細井和喜蔵遺志会が管理し、その一部で東京の青山墓地に「解放運動 無名戦士の墓」が建立された。昭和三十三年十一月、和喜蔵を顕彰する「女工哀史 細井和喜蔵碑」が出生地加悦奥の通称鬼子母神の丘に建立、碑文は藤森成吉による。藤森成吉・山田清三郎解説による『細井和喜蔵全集』全四巻（昭和30年12月～31年3月、三一書房）がある。

＊奴隷《どれい》　長編小説。〔初版〕『奴隷』大正十五年三月、改造社。◇三好江治《こうじ》を主人公とする自伝的小説。第二篇までが故郷京都府与謝《よさ》郡加悦《かや》町を舞台とし、陰鬱な冬の気候や登場人物の方言など、地方色が色濃く投影されている。ある年の正月、江治は隣家の機屋駒忠の子勝太郎から餅をもらうのと引き換えに、馬になって鞭打たれながら辺りを這い廻り、挙句に小便をかけられるという屈辱的な扱いを受け、思わず勝太郎を殴ってしまう。江治の家は駒忠の下請けで生活していたため、祖母はお詫びに、雪の降る中江治が気を失うまで柿の木に縛り付ける。貧しい一家を支える祖母は、耳

の遠い曾祖母を早く死ねと罵り、婦人病で戻ってきた母にも、いっそ死んでくれた方がましだという。実際に投身自殺した母は、ゲンゴロウ虫に肉を食われた姿で発見される。小学校を中退した江治は駒忠の小僧となって働くが、祖母もやがて肺病で死ぬ（第一篇）。江治は、駒忠の女工として酷使されていた幼馴染お繁と近くの山に登り、将来を話し合うなど淡い恋もあったが、美しい彼女はやがて駒忠の主人に犯され、妊娠。挙句に堕胎を強要され、悲観して投身自殺する。一方、駒忠の子を妊娠、出産した小牧お孝の家に金を届けた江治は、来合わせた女工募集人の名刺を頼りに駒忠を脱け出して大阪に向かう。駒忠のために発狂した女が大晦日に放火したため、工場に閉じ込められていた織り手達は全員焼死するが、駒忠は保険により補償される。お繁の死・江治の出奔は、駒忠放火とほぼ同時の出来事であった（第二篇）。大阪の浪華紡績西成工場に採用された江治は、持ち前の器用さで重宝されるが、事故で左手小指を潰される。一方、お孝は工務係に犯され妊娠するが、それを隠して若い宮堂を誘惑し、結婚。江治は工場で少女工菊枝と親しくなり、彼女の励ましで夜学に通い、自動織機の理論を考案する（第三篇）。江治と菊枝は互いに愛を打ち明けあう。一方、向上心をなくした宮堂は堕落し、他の女工と不義を働いて出奔。お孝は死産の上、意地悪な世話婦を傷つけて懲役に処される。菊枝を手に入れようとした工場長の悪計で不当解雇された江治は、行方不明の菊枝を探すが、工場長に籠絡された菊枝を見て、いつか出世して見返してやると発奮する。しかし、自動織機が英国で発明されたことを知り、失望の余り投身自殺を試みる。間一髪救助された江治は、警察の保護室で、資本主義制度の打破を誓う（第四篇）。（須田千里）

細川芳之助　ほそかわ・よしのすけ

明治十四年七月二十三日～昭和三十九年一月二十三日（1881～1964）。印刷・出版人。京都市上京区寺町本能寺前町に生まれる。本名・景正。別号・花紅。慶応義塾卒業。尾崎紅葉主宰の東京写友会に参加し、写真紀行文集『影』（明治36年5月、東京写友会）を刊行した。明治三十八年、左久良書房を起こし、国木田独歩『運命』（明治39年3月）、泉鏡花『高野聖』（明治41年2月）などを刊行。大正十三年、細川活版所社長に就任するが、経営には直接タッチしなかった。浄瑠璃研究家としても著名で、『浄瑠璃古今之序に於ける不審に就いて』（昭和16年10月、私家版）ほかの著書がある。（田中励儀）

堀田善衞　ほった・よしえ

大正七年七月十七日～平成十年九月五日（1918～1998）。小説家。富山県射水郡伏木町（現・高岡市）に生まれる。堀田家は代々廻船問屋を営んだ旧家だが、幼少期に没落。その盛衰は「鶴のいた庭」（「世界」昭和29年1月）などに詳しい。昭和十四年、石川県立金沢第二中学校（現・県立金沢錦丘中学校・高等学校）卒業後、慶応義塾大学法学部政治学科へ進む。翌年文学部仏文学科へ転科。白井浩司、村次郎、加藤道夫、芥川比呂志らを知る。同人誌「荒地」「山の樹」「詩集」に参加し、鮎川信夫、田村隆一、中村真一郎らと親交を深める。この様子は「若き日の詩人たちの肖像」（「文芸」昭和41年1月～43年5月）に詳しい。十七年、卒業、国際文化振興会に就職。十八年、軍令部臨時欧州戦争軍事情報調査部に徴用。評論「西行論」（「批評」昭和18年12月～19年11月）で戦乱の世に見出された無常観と、頽廃のなかに生み出される〈人工の美〉について詳述した。十九年二月、東部四十八部隊に応召、胸部疾患のため三ヵ月後に召集解除。二十年三月、国際文化振興会に復帰。東京大空襲の二週間後に上海に派遣。武田泰淳、草野心平と出会い、詩誌「歴程」の同人となる。敗戦後、上海で中国国民党宣伝部に徴用される。二十二年一月、帰国。世界日報社に入社するが同社は翌年九月に解散。二十三年頃から小説を執筆し、「祖国喪失」（「群像」昭和25年5月）で国際都市上海に集う人々を活写。二十七年、「広場の孤独」（「人間」昭和26年8月）、「漢奸」（「文学界」昭和26年9月）で第二十六回芥川賞を受賞。その後『歴史』（昭和28年11月、新潮社）、自伝的内容の「記念碑」（「中央公論」昭和30年5月～8月）など発表。三十一年、アジア作家会議参加。同会議の発展形であるアジア・アフリカ作家会議（以下、AA作家会議）、ワイマール国際作家合同などに関わり、AA作家会議では日本委員会議長を務めた。海外体験を記した『キューバ紀行』（昭和41年1月、岩波新書）、『スペイン断章―歴史の感興―』（昭和54年2月、岩波新書）などを刊行、行動的国際派作家としての地位を築く。昭和三十一年、日本文化人会議平和文化賞を受賞。四十六年十月、東京大空襲と安元三年（1177）に京を襲った大火との類似点を〈経験〉し、冷静な批判精神を鴨長明の筆致に学ぶ「方丈記私記」（「展望」昭和45年7月～46年4月）で毎日出版文化賞を受賞。五十二年、『ゴヤ』全四巻（昭和49年2月～52年3月、新潮社）で大佛次郎賞、翌年、AA作家会議のロータス賞受賞。五十二年からヨーロッパ、主にスペインに居を構え、以後十年間居住。同地で『路上の人』（昭和60年4月、新潮社）や、中世文学を藤原定家の日記から照射する「定家明月記私抄」（「波」昭和56年1月～59年4月）、「定家明月記私抄続篇」（「波」昭和61年1月～63年3月）などを執筆した。五十四年三月、スペイン政府から賢王アルフォンソ十世十字賞を授与される。平成七年一月、『ミシェル城館の人』全三巻（平成3年1月～6年1月、集英社）にて和辻哲郎賞を受賞。平成十年九月、脳梗塞にて逝去。（金岡直子）

堀内新泉《ほりうち・しんせん》

明治六年十一月（日未詳）～没年月日未詳（1873～?）。小説家、詩人。京都に生まれる。堀内文麿とも署名。東京英語学校を経て、第一高等中学校（現・東京大学）中退。浅香社同人。幸田露伴門下。露伴が中絶した「雪紛々」（「読売新聞」連載）を書き継ぎ、完成させた。『人の兄』前・後（明治38年6月・39年1月、成功雑誌社）、『全力の人』前・後（明治41年6月・8月、東亜堂書房）、『人乃友』（明治42年7月、成章堂）をはじめ、詩歌、小説、修養書など作品多数。（中谷元宣）

堀川弘通《ほりかわ・ひろみち》

大正五年十二月二十八日～（1916～）。映画監督。京都市に生まれる。成城高等学校（旧制）、東京帝国大学を経て、昭和十五年に東宝撮影所に入社。黒沢明の愛弟子として「生きる」（昭和27年10月）や「七人の侍」（昭和29年4月）の助監督を務める。のち成瀬巳喜男に演出を学び、「女殺し油地獄」（昭和32年11月）、「裸の大将」（昭和33年10月）、「狙撃」（昭和43年11月）など話題作を監督。五十二年にフリーとなり、「アラスカ物語」（昭和52年1月）、「ムッちゃんの詩」（昭和60年7月）、「花物語」（平成元年7月）、「エイジアン・ブルー浮島丸サコン」（平成7年9月）などを発表。『評伝黒沢明』（平成12年10月、毎日新聞社）で第十一回Bunkamuraドゥマゴ文学賞を受賞。

（中田睦美）

堀辰雄　ほり・たつお

明治三十七年十二月二十八日～昭和二十八年五月二十八日（1904～1953）。小説家。東京市麴町区平河町（現・千代田区平河町）に、父堀浜之助、母西村志気《しげ》の子として生まれる。浜之助には妻コウがいたが子どもがなかったため、辰雄は堀家の嫡男として届けられた。のちに志気は幼い辰雄をつれて向島の彫金師、上条松吉に嫁し、辰雄は松吉を実父、堀浜之助を名義上の父と信じて育った。牛島尋常小学校を経て東京府立第三中学校（現・都立両国高等学校）四年修了後、大正十年四月、第一高等学校（現・東京大学）理科乙類に進学。生涯の友となる神西清と出会い、この頃から文学に傾倒する。十二年一月、萩原朔太郎の詩集『青猫』が出版され耽読。この年は堀にとって大きな出来事が立て続けに起きた。五月、第三中学校校長広瀬雄の紹介で室生犀星を訪ね、八月、犀星に伴われて初めて軽井沢に滞在した。九月、関東大震災で志気を亡くす。十月、犀星より芥川龍之介を紹介され、以後師事することとなる。また肋膜炎を患い冬の初めから休学した。十四年四月、東京帝国大学文学部国文科に入学。萩原朔太郎を訪ね、中野重治らとの親交も始まる。十五年、「驢馬」の創刊に加わり、アポリネール、コクトーの翻訳等を発表。昭和二年七月の芥川の自殺は堀に大きな衝撃を与え、その死は芥川を介して知り合った片山広子（筆名・松村みね子）と娘の総子の存在と共に、「聖家族」（「改造」昭和5年11月）や「菜穂子」（「中央公論」昭和16年3月）などの作品に強く刻まれていく。昭和四年三月、東京帝大卒業。卒業論文は「芥川龍之介論」。十月に川端康成、横光利一らとともに「文学」（第一書房）を創刊した。五年七月には第一短編集『不器用な天使』（改造社）を刊行したが、大喀血のため自宅療養を余儀なくされ、翌六年には長野県富士見の高原療養所に入院した。病床でプルーストに親しみ始め、その影響はのちに、軽井沢を舞台とした『美しい村』（昭和9年4月、野田書房）に結実する。八年五月、「四季」（2号で終刊し、翌年復刊）を創刊、やがて立原道造や中村真一郎ら多くの詩人・作家の発表の場となり、日本の詩壇に大きな足跡を残していく。この年の夏、矢野綾子と出会い翌九年に婚約。胸を患っていた綾子と共に、十年七月より再び富士見高原療養所に入院し、十二月に綾子が亡くなる。その死は堀の代表作『風立ちぬ』（昭和13年4月、野田書房）として作品化されるが、作品中に引用されたリルケの影響は『風立ちぬ』一編に止まらず、「リルケの『Requiem《レクヰエム》』をはじめて手にして、ああ詩とはかういふものだつたのかとしみじみと覚つた」のち「或る日万葉集に読みふけつてゐるうちに一連の挽歌に出逢ひ、ああ此処にもかういふものがあつたのか」（「古墳」、「婦人公論」昭和18年3月）という感慨を生み、「人々に魂の静安をもたらす、何かレクヰエム的な、心にしみ入るやうなもの」（「魂を鎮める歌」、「文芸」昭和15年6月）を求めて堀の関心を日本の古代文化へ向かわせたと考えられる。十二年の晩春から初夏にかけて、京都の百万遍にある龍見院で一ヵ月ほど暮らし、嵯峨・大原や奈良の高畑・唐招提寺を訪れた。この折を含み十八年までの間に都合六回、堀は京都・奈良を旅し、大和の古寺を中心に多くの場所を訪ねている。その経緯については『『花あしび』後記』に詳しいが、十六年十月、奈良に二十日ほど滞在した際には京都へ三回足をのばし、古本屋でルイズ・ラベのソネット集や、構想中の「曠野」

（「改造」昭和16年12月）のために「今昔物語」を購入したりしている。十八年の春、五年前に結婚した多恵夫人とともに木曾路を通り伊賀を経て、大和の浄瑠璃寺や室生寺を訪れた。この旅によって書かれたのが「浄瑠璃寺」（「婦人公論」昭和18年7月）である。同年五月には京都の河峯旅館に逗留して嵯峨野や大徳寺、祇園などを訪ね、京都において親交のあったリルケ研究者の大山定一の依頼により、京都大学楽友会館での学生相手の座談会に出席した。また楽しみにしていた葵祭は時局の影響で中止され、見ることができなかった。滞在中『死者の書』（「婦人公論」昭和18年8月）を執筆。この旅が最後の上洛となった。これらの大和行きの時期、堀は折口信夫を通して古代日本の霊魂観に更に強く惹かれ、「古代の小さな神々の侘びしいうしろ姿を一つの物語にして描いてみたい」（「十月」、「婦人公論」昭和18年2月）という構想を抱いていたが、また一方で、この時期にはモーリヤックの影響を受けた「菜穂子」（前掲）も発表しており、堀が若い頃から目指した本格的な長編小説としてのロマンへの意欲も依然として強く示されていた。十九年には喀血が続いて一時重態となり、二十年以降は療養生活を送る。二十八年五月二十八日逝去。六月三日、川端康成が葬儀委員長となり告別式が行われた。『堀辰雄全集』全八巻九冊、別巻二（昭和52年5月〜55年10月、筑摩書房）。

＊**曠野**《あらの》　小説。〔初出〕「改造」昭和十六年十二月。〔初版〕『曠野』昭和十九年九月、養徳社。◇『今昔物語集』巻三十の「中務大輔娘成近江郡司婢語」に取材した平安京の「西の京の六条のほとり」に住む女の物語。成立過程を記した「十月」に、「自分を与へれば与へるほどいよいよはかない境涯に堕ちてゆかなければならなかつた一人の女の、世にもさみしい身の上話」とある。他に京の都を舞台とした作品には、『蜻蛉日記』をもとにした「かげろふの日記」（「改造」昭和12年12月）とその続編「ほととぎす」（「文芸春秋」昭和14年2月）や、「更級日記」に拠る「姨捨」（「文芸春秋」昭和15年7月）がある。

＊**大和路・信濃路**《やまとじ・しなのじ》　エッセイ。〔初出〕「婦人公論」昭和十八年一月〜八月。〔初版〕『大和路・信濃路』昭和二十九年七月、人文書院。◇「大和路・信濃路」は昭和十八年「婦人公論」に連載したエッセイの総題。堀の生前にこの総題で刊行されることはなかった。堀自身によってまとめられたのは、これらのうち「十月」（一月、二月）、「古墳」（三月）、「浄瑠璃寺」（七月）を改題した「浄瑠璃寺の春」、「『死者の書』」（八月）に、「樹下」（「文芸」昭和19年1月）と「後記」を加えた『花あしび』（昭和21年3月、青磁社）である。京都に関するものは、京都府相楽郡加茂町にある浄瑠璃寺を妻と訪ねた折のことを書いた「浄瑠璃寺の春」と「『死者の書』」であり、後者の京都における初夏の夕ぐれの会話では、折口信夫の「死者の書」が「唯一の古代小説」として語られている。なお大山定一はこのエッセイについて、堀と美術史家の森暢とともに南禅寺の瓢亭へ行った日の雰囲気を書いたのではないかと述べている（「京都における堀さんの思い出」『堀辰雄全集』別巻二）。

（槇山朋子）

堀豊次《ほり・とよじ》

大正二年三月八日〜平成十九年五月四日（1913〜2007）。川柳作家。京都市に生まれる。旧姓・宮田。昭和二十七年結成の川柳研究会に参加。二十八年〜三十三年、「川柳でるた」同人、作品審査を担当する。三十年当時、京都市左京区一乗寺燈籠本町に

ほ

居住。三十二年、現代川柳作家連盟結成会に出席。三十三年、「川柳平安」と合流。（堀部功夫）

【ま】

前川千帆　まえかわ・せんぱん

明治二十一年十月五日～昭和三十五年十一月十七日（1888～1960）。版画家、漫画家。京都市下京区寺町仏光寺南に生まれる。本名・石田重三郎。関西美術院で油絵を学ぶ。師は浅井忠、鹿子木孟郎。上京し、東京パック社に入社。坂本繁二郎、川端龍子、石井鶴三と交わる。最初は漫画や挿絵を描いていたが、後に版画に専念。昭和二年、第八回帝展で「国境の停車場」初入選。三十二年、第一回東京国際版画ビエンナーレに「とうもろこしを食ふ婆」出品。日本版画協会会員、日展会員。（西山康一）

前登志夫　まえ・としお

大正十五年一月一日～平成二十年四月五日（1926～2008）。歌人。奈良県吉野郡秋野村（現・下市町）に生まれる。昭和十八年、同志社大学経済学部に入学。二十年、軍隊に入隊。二十三年、京都で小島信一らと「新世代詩人」を創刊、大学を中退。二十七年には「詩豹」を創刊するなど、当初は詩作を中心に活動した。二十六年に訪問した歌人前川佐美雄に文学的影響を受け、三十年より短歌の創作をはじめた。三十一年六月、詩集『宇宙駅』を昭森社から出版。三十三年より、吉野にて父祖以来の山村生活を送るようになり、『吉野紀行』（昭和42年3月、角川書店）をはじめ、多数随筆を執筆した。三十九年、白玉書房より第一歌集『子午線の繭』（10月）を刊行、注目を浴びた。四十九年四月より金蘭短期大学教授。五十五年、歌誌「ヤママユ」を創刊。歌集に『縄文紀』（昭和52年11月、白玉書房）、『樹下集』（昭和62年10月、小沢書店）、『鳥獣蟲魚』（平成4年10月、小沢書店）などがある。故郷吉野の自然と民俗のうちにあって、宇宙的、土俗的な生命感や官能を歌に詠んだ。（田口道昭）

前原弘　まえはら・ひろし

明治三十五年八月十日～平成三年一月十四日（1902～1991）。歌人。京都府与謝郡宮津町（現・宮津市）に生まれる。昭和二年、京都府師範学校専攻科（現・京都教育大学）卒業後、小中学校教諭、校長を歴任。二十四年、「丹後歌人」創刊号より編集委員。二十九年、「形成」に入会し、木俣修に師事する。四十七年、「丹後歌人」代表委員。五十四年、大江山鳥の詩会会長。六十一年十一月、宮津市文化賞を受賞。遺歌集に『前原弘歌集』（平成4年11月、短歌新聞社）、童謡、童話等を収めた遺文集に『ねぎ坊主』（平成5年1月、短歌新聞社）がある。（越前谷宏）

牧野省三　まきの・しょうぞう

明治十一年九月二十二日～昭和四年七月二十五日（1878～1929）。映画監督。京都府北桑田郡（現・京都市右京区）に生まれる。明治三十四年、西陣千本座の座主となる。四十一年、後の日活社長横田永之助に映画製作を依頼され、日本最初の時代劇映画となる「本能寺合戦」（明治41年9月17日、錦輝館にて封切り）を撮る。その後も数多くの映画作品を監督。大正十年、日活を退社し、牧野教育映画製作所を設立。京都映画界の発展に大きく寄与した。（西村真由美）

マキノノゾミ　まきの・のぞみ

昭和三十四年九月二十九日～（1959～）。

劇作家、脚本家、演出家。静岡県浜松市に生まれる。本名・牧野望。浜松日体高等学校、同志社大学文学部卒業。大学在学中から演劇活動を始め、昭和五十九年、劇団M・O・P・を結成、主宰。つかこうへい作「熱海殺人事件'84」を演出、第一回公演は同年三月、同志社大学新町別館ホールで開催。平成六年、劇団青年座創立四十周年記念公演のための書き下ろし「MOTHER」で第四十五回芸術推奨文部大臣新人賞、京都市芸術新人賞受賞。（椿井里子）

マキノ雅弘　まきの・まさひろ

明治四十一年二月二十九日～平成五年十月二十九日（1908～1993）。映画監督。京都市上京区千本一条に、父牧野省三、母知世子の長男として生まれる。本名・牧野正唯。生涯に約二六〇本もの映画を撮影。何回も名前を変更しているが、「マキノ雅弘」の表記は「殺陣師団平」（昭和25年、黒沢明脚本）を撮影したときに、弟の満男が八卦見に相談して勝手にクレジットタイトルに書いたことによると、『マキノ雅弘自伝　映画渡世・地の巻』（昭和52年8月、平凡社）で述べている。（天野勝重）

万城目学　まきめ・まなぶ

昭和五十一年（月日未詳）～（1976～）。小説家。大阪市天王寺区に生まれる。京都大学法学部を卒業後、化学繊維メーカー勤務を経て、東京で執筆に専念。平成十九年十一月、京都を舞台とした『鴨川ホルモー』で第四回ボイルドエッグズ新人賞を受賞。同作は、翌十八年四月、産業編集センターより刊行され、平成十九年本屋大賞第六位。『鹿男あをによし』（平成19年4月、幻冬舎）は第一三七回直木賞候補になり、平成二十年一月、フジテレビにてテレビドラマ化された。『ホルモー六景』（平成19年11月、角川書店）、『ザ・万歩計』（平成20年3月、産業編集センター）がある。（山田哲久）

正岡子規　まさおか・しき

慶応三年九月十七日（新暦十月十四日）～明治三十五年九月十九日（1867～1902）。俳人、歌人、文筆家。伊予国温泉郡（現・愛媛県松山市）に生まれる。本名・常規《つねのり》。別号に竹の里人、獺祭書屋主人など。父は松山藩下級武士の正岡常尚、母八重は大原有恒の長女。明治五年に父が死去後、母方の大叔父大原恒徳を後見人として母と妹の律と生活する。十三年、松山中学校（現・県立松山東高等学校）に入学、十六年に上京し、十七年、大学予備門に入学、二十一年、第一高等中学校（19年に改称）予科卒業、二十三年、第一高等中学校本科卒業後、東京帝国大学文科大学哲学科に入学する。学生時代、子規は和歌や俳句に接近する。また、二十一年前後から喀血が始まる。二十五年十一月、陸羯南のすすめで母と妹を上京させる。二人を神戸に迎える途中、第三高等学校（現・京都大学）在学中の高浜虚子と京都に遊ぶ。虚子の『子規居士と余』（大正4年6月、日月社）には、南禅寺や嵐山などでの二人の様子が描き出されている。同年十二月、日本新聞社入社。二十七年、「小日本」の編集主任となる。またこの頃中村不折と出会う。二十八年三月、日清戦争従軍記者として海を渡り、金州城などに入る。五月、帰国の途次の船中で喀血、神戸で入院、その後須磨保養院に移る。八月下旬には松山に行き、松山中学に在職していた夏目漱石の下宿に身を寄せる。十月、東京に戻る。二十九年二月、脊椎カリエスとなり、以後病床につくことが多くなる。三十年一月、柳原極堂に協力を求められ、「ほとゝぎす」に寄稿する。三十一年には「歌よみに与ふる書」（「日本」明治31年2

月～3月）を発表、短歌革新にも身を投じる。十月には「ほとゝぎす」を極堂から引き受け、発行所を東京に移して「ホトトギス」を刊行、俳句のみならず後に写生文とよばれる文章運動にも乗り出す。その後病床にありつつも、三十四年から翌年にかけて「日本」に、「墨汁一滴」（明治34年9月～10月）、「病牀六尺」（明治35年5月～9月）を執筆するなど、精力的に創作活動を行うが、三十五年九月病死。〈浄林の釜に昔を時雨れけり〉

（諸岡知徳）

真下五一　ましも・ごいち

明治三十九年五月一日～昭和五十四年三月二十三日（1906～1979）。小説家、随筆家。京都府中郡峰山町（現・京丹後市峰山町）に生まれる。本名・林五市。明治大学商学部卒業。昭和九年十月、高木卓らと同人誌「意識」を創刊。「作家精神」（昭和11年5月創刊）、「行動文学」（昭和11年6月創刊）にも同人として加わる。呉服問屋の婿養子となって上洛した後も、教職に就きながら執筆活動を続け、京都の商家における因襲や封建的雇用制度を批判的に描いた「暖簾」（「文学界」昭和14年11月）、「仏間会議」（「三田文学」昭和14年12月）を発表。これら二作は第十回芥川賞予選候補作となった。戦後は、小説執筆の一方で京ことばの保存にも尽力し、四十七年、『京ことば集』（2月、芸術生活社）を出版。五十年には京ことばをレコード化した『京都 京ことばと古都の風物詩』（日本コロムビア）を監修した。

（内藤由直）

真下飛泉　ましも・ひせん

明治十一年十月十日～大正十五年十月二十五日（1878～1926）。教育者、歌人。京都府加佐郡河守町（現・福知山市大江町新町）に生まれる。本名・瀧吉。明治二十八年四月、京都府師範学校（現・京都教育大学）入学。在学中、「少年文集」や「文庫」の投書家として活躍、後の「文庫」派詩人伊良子清白との交遊も生じた。飛泉の作品は小説が主で、故郷丹波・丹後での見聞や体験が下敷になっているものが多い。たとえば、処女作「額の玉」（「少年文集」臨時増刊「秀才文叢」明治30年9月）は、豪家の作男となった没落農家の青年が、隣村の少女に想いを寄せ、彼女が暴風雨で浸水した屋上で助けを求めているのを知るや、死をかえりみず救助に向かい、少女を抱きかかえた利那濁流に呑まれていくという筋である。当時の農奴的境遇にあった作男の絶望の果ての死や明治二十九年八月の由良川大洪水が題材となっていると思われる。三十二年三月、師範学校を卒業して、京都市有済尋常小学校訓導となった飛泉は、関西青年文学会堺支会に入会し、七月には京都支会を設立し、機関誌「よしあし草」に小説や随筆を発表する。その中の社会百方面「製糸工女」（明治32年11月）は河守の繭糸製造の現実をルポルタージュ風に綴ったものだが、飛泉の少年期の糸屋奉公の体験が反映している。三十三年十一月の「明星」から、飛泉の短歌が見られ、三十六年七月まで、断続的に五十一首が発表されている。飛泉の短歌は「明星」派の特色である天才主義的、唯美主義的傾向には遠く、実体験に支えられた抑制された情緒が表現されている。三十七年二月、日露戦争が勃発、京都師範付属小学校訓導であった飛泉は、三十八年六月から『小学校適用言文一致叙事唱歌』と銘打った小型の唱歌集十二編を、五車楼書店より出版する。その第三編『戦友』（明治38年9月）は今日なお歌われている。この詩が飛泉の名を近代詩史に永久に留めることとなった。この詩には悲傷感がただよい、それが厭戦の情に結びつき、反戦詩となっている。なお三善和気の作曲も、この歌が愛好される原因となっている。大正十三年三月、成逸尋常小学校校長を退職、四月、私立東山中学校教諭になる。十四年五月、下京区より市会議員に立候補し、当選する。十五年八月、皇孫御誕生記念こども博覧会の童謡部門の選抜に心臓病を悪化させ入院、十月二十五日永眠した。昭和二年十一月、桜井忠温の揮毫になる「こゝはお国を何百里」の碑が知恩院塔頭良正院地内に建立された。　（宮本正章）

増田龍雨　ますだ・りゅうう

明治七年四月七日～昭和九年十二月三日（1874～1934）。俳人。京都祇園に生まれる。旧姓・花井、本名・藤太郎。明治十五年、上京して増田家の養子となり、深川に住む。俳人だった養父雷堂龍吟の影響で俳諧の道に入る。最初は龍昇と号したが、龍吟の死後、九世雪中庵雀志の門に入り、龍雨を名のるようになる。浅草で一時遊郭の書記をした後、千束町で雷堂庵を開き、書籍や絵葉書を売る傍ら、後進の指導に当たると共に、自らは久保田万太郎に師事した。それは、龍雨が系譜としては旧派に属しながら、子規の提唱する俳句に関心を持ち、久保田の新傾向の句作に惹かれていたためである。昭和五年には十二世雪中庵を継ぎ、雪門の指導者となった。著作に、『龍雨句集』（昭和5年5月、春泥社）、『龍雨俳句集』（昭和8年2月、四條書房）、『俳句は連句は斯うして作る』（昭和8年7月、四條書房）、編著に『山さき句集』（昭和4年8月、私家版）がある。〈盃洗の水洗ひけり箸の先〉。久保田万太郎の「市井人」（「改造」昭和24年7月、9月）は、龍雨をモデルにした作品。　（山口直孝）

松居直　まつい・ただし

昭和元年（月日未詳）～（1926～）。編集者、児童文学作家。京都市に生まれる。同志社大学法学部卒業。福音館書店で様々な役職を務めるとともに、日本国際児童図書評議会会長などの任も果たす。サンケイ児童出版文学賞受賞作『ももたろう』（赤羽末吉絵、昭和40年2月、福音館書店）ほか多数の絵本を出版。また『声の文化と子どもの本』（平成19年10月、日本キリスト教団出版局）など、児童文学の紹介書や教育論なども著している。　（天野知幸）

松井千代吉　まつい・ちよきち

明治二十五年三月八日～昭和四十八年四月一日（1892～1973）。俳人。京都市に生まれる。本名・彦次郎。京都市立第一商業学校（現・京都市立西京高等学校）卒業。在学中に安田木母から俳句を学ぶ。大正四年、「海紅《かいこう》」創刊に参加する。五年、「街道」を創刊。昭和三十六年、京都市で創刊された自由律俳句誌「青い地球」に顧問として参画。句集に『千代吉句集』（昭和38年3月、青い地球社）がある。　（木村　洋）

松浦南露　まつうら・なんろ

明治三十六年五月十九日～昭和四十四年一月二十九日（1903～1969）。俳人。愛知県海部郡甚目寺町に、松浦松之助の次男として生まれる。本名・賢三。大正七年、得度。法名・融海。昭和二十一年より律宗の別格本山壬生寺住職。大正中期より松瀬青々の「倦鳥」に拠って作句。昭和十四年、京都方猟吟社発行の句集『矢数』に八十余句を寄せた。四十五年、『南露遺句集』（発行者松浦俊海）刊行。壬生寺に〈戒経を読めば日南に寒雀〉の句碑がある。　（中原幸子）

松尾いはほ　まつお・いわお

明治十五年四月十五日～昭和三十八年十一月二十二日（1882～1963）。俳人、医学博士。京都市中京区に生まれる。本名・巌。京都帝国大学医学部を卒業後、内科教室勤務、大正二年、助教授に就任するとともに、京都大学付属病院院長を兼務した。ヨーロッパ、アメリカに留学後、九年、内科第二講座教授となる。京都大学在学中より、大谷句仏の運座に参加するなど俳句に親しみ、昭和四年、蜻蛉会を創立、五十嵐播水らに学んだ。この頃、播水を通じて高浜虚子を識り、以後師事する。七年、「ホトトギス」同人に加わる。妻静子も「ホトトギス」の俳人であり、合同句集に『摘草』（昭和12年8月、京鹿子発行所）、『金婚』（昭和39年10月、私家版）等がある。『摘草』には虚子が「序」を寄せており、その冒頭で「京の句」がとりわけ高く評価された。それらは〈摘草や裏より見たる東山〉など、京都に日常を送るものならではの独自の視点から詠まれている。（笹尾佳代）

松岡正剛　まつおか・せいごう

昭和十九年一月二十五日～（1944～）。エディトリアル・ディレクター。京都市中京区に生まれる。家業は呉服屋だった。早稲田大学文学部フランス文学科中退。編集工学研究所所長。ＩＳＩＳ編集学校校長。情報文化と編集工学に関する研究・教育提言を行う。京都の思い出として、子供時分に父に連れられて句会や法事に付いていった法然院で「詠んだ句がぼくの俳諧感覚の原点になっている」（ブログ「松岡正剛の千夜千冊」第八〇六夜、平成15年6月30日）と述懐する。また、古いものと新しいものがすぐ隣り合わせになっている京都の魅力に触れ、「古いものと新しいものを分断してしまうと、それはたちまち歴史をどこかで線引き切り離してしまうことになって、これは歴史的現在としての京都ではなくなってくる」（同）と述べている。（木村　功）

松岡譲　まつおか・ゆずる

明治二十四年九月二十八日～昭和四十四年七月二十二日（1891～1969）。小説家。新潟県古志郡石坂村（現・長岡市村松町）に生まれる。本名・善譲。生家は真宗大谷派の末寺だった。東京帝国大学哲学科卒業。在学中の大正三年二月、山本有三、芥川龍之介らと第三次「新思潮」を、五年二月、菊池寛、久米正雄らと第四次「新思潮」を創刊、戯曲「罪の彼方へ」を発表した。七年、夏目漱石の長女筆子と結婚し、夏目家に同居する。関東大震災を機に漱石山房の郊外移築を提案するが、受け入れられなかった。十三年春、ひとり京都鹿ヶ谷桜谷町（現・左京区）に移り住み、秋には妻子を呼び寄せた。前年六月に第一書房から上巻を刊行した『法城を護る人々』の続巻を執筆。十四年六月に中巻を、十五年五月には下巻を刊行。京都ホテルで開かれた出版記念祝賀会には、山本宣治も出席した。寺院生活への疑問から父と対立する青年を描いたこの自伝的長編小説には、京都に集まった宗教家たちが法論を戦わせる場面もある。昭和二年には東京市品川区に転居。二十二年には京都大丸で松岡譲・久米正雄二人展が開催された。（田中励儀）

松木貞夫　まつき・さだお

昭和八年（月日未詳）～（1933～）。小説家。北海道に生まれる。同志社大学文学部卒業後、ラジオ大阪編成局に勤務。大阪文学学校にて指導を受け、「関西文学」に昭和五十五年九月号より五十九年八月号まで、丸太町古書店西川誠光堂の女主人ハルを描く「丸太町アルプス」連載。昭和六十年

「李順子 望郷の唄長いアリラン」で日本民間放送連盟優秀賞受賞。企画制作会社サウンド・ギルドに勤務。六十一年十一月、「丸太町アルプス」を取材の上改稿した『本屋一代記』（筑摩書房）刊行。平成三年一月、『なんてすてきな女たち』（筑摩書房）刊行。

（渡邊ルリ）

真継伸彦 まつぎ・のぶひこ

昭和七年三月十八日～（1932～）。小説家、文芸評論家、俳人。京都市中京区西ノ京小倉町に生まれる。京都大学文学部ドイツ文学科卒業。リルケを専攻する。卒業論文は「『マルテの手記』の方法序説」。在学中、同人雑誌「地下水」に参加、同三号に妹和子の死を主題にした最初の習作「死者への手紙」（昭和28年3月）を発表する。卒業後上京し、大学で図書館員やドイツ語講師をしながら小説を書き、昭和三十八年一月、盗賊から浄土真宗に帰依する男を描いた小説「鮫」（「文芸」昭和38年3月）で第二回文芸賞中短編部門を受賞。同人雑誌「人間として」（昭和45年3月創刊）・「使者」（昭和54年5月創刊）に参加し、文学活動を行う。「人間として」には、自伝的長編小説「林檎の下の顔」（昭和46年9月～47年9月）が連載されている。仏教研究にもたずさわり、浄土真宗の宗祖親鸞の思想を解説した『親鸞』（昭和62年4月、朝日新聞社）、現代語訳『親鸞全集』全五巻（昭和57年7月～59年6月、法蔵館）がある。

（浅見洋子）

松崎啓次 まつざき・けいじ

明治三十八年十二月十五日～昭和四十九年十月十日（1905～1974）。映画制作者。京都府に生まれる。本名・青木義久。ペンネーム松崎啓次は、妻で歌人の富岡ふゆの（冬野）と新婚時代を過ごした京都洛北の松ヶ崎にちなむ。京都府立医科大学卒業。日本プロレタリア映画同盟（プロキノ）に参加、昭和四年三月に京都で開かれた山宣労農葬の撮影隊の一員や、五年八月にプロキノ京都支部が神戸港海上労働者を撮影した折の報告者として活動。労農ロシヤ文学叢書の一冊、ウエレサーエフ『袋街』（昭和4年7月、マルクス書房）の翻訳も手がけた。P・C・L、東宝文化映画部を経て、十四年上海に渡り、中華電影公司の設立、運営に尽力。この間の見聞記に『上海人文記 映画プロデュサーの手帖から』（昭和16年10月、高山書院）がある。戦後も二十一年に内外映画社を設立し、映画制作者として活動を続けた。

（大橋毅彦）

松田定次 まつだ・さだつぐ

明治三十九年十一月十七日～平成十五年一月二十日（1906～2003）。映画監督。京都市上京区平野鳥居前（現・北区平野鳥居前町）に、「日本映画の父」と称された父牧野省三と母照の庶子として生まれる。マキノ雅広とは異母兄弟。昭和三年に「雷電」で監督デビュー（マキノ省三と共同）。主演・嵐寛寿郎・原作・大佛次郎の「鞍馬天狗」、戦後は主に東映で主演・市川右太衛門・原作・佐々木味津三「旗本退屈男」や主演・片岡千恵蔵「多羅尾伴内」、主演・大川橋蔵・原作・川口松太郎「新吾十番勝負」等のシリーズ、オールスター映画「忠臣蔵」などの娯楽作品を監督し、時代劇の大御所と呼ばれた。四十四年から伊豆に隠棲。

（東口昌央）

松田寛夫 まつだ・ひろお

昭和八年九月三日～（1933～）。シナリオライター。京都市に生まれる。昭和三十三年、京都大学文学部独文科を卒業後、東映に入社。助監督をつとめた後、脚本家となる。主な作品に四十七年からの「女囚さそり」シリーズ、「柳生一族の陰謀」（昭和53年）、「誘拐報道」（昭和57年）、「花いちもんめ」（昭和60年）、「社葬」（平成元年）、「将軍家光の乱心 激突」（平成元年）、「新・極道の妻たち 惚れたら地獄」（平成6年）などがある。（松本陽子）

松田道雄 まつだ・みちお

明治四十一年十月二十六日～平成十年六月一日（1908～1998）。評論家。茨城県水海道町（現・常総市）に生まれ、生後すぐ京都に移る。第三高等学校（現・京都大学）、京都帝国大学医学部卒業後、京都府衛生課に勤務し、結核予防事業に従事。戦後は京都市内で小児科医院を開業しながら（昭和42年まで）、執筆活動を続ける。昭和二十四年十一月、『赤ん坊の科学』（昭和24年4月、創元社）で、毎日出版文化賞受賞。三十八年五月、『君たちの天分をいかそう』（昭和37年4月、筑摩書房）で児童福祉文化賞受賞。著書に『京の町かどから』（昭和37年6月、朝日新聞社）、『花洛―京都追憶―』（昭和50年10月、岩波書店）などがある。（山田哲久）

松根東洋城 まつね・とうようじょう

明治十一年二月二十五日～昭和三十九年十月二十八日（1878～1964）。俳人。東京府築地（現・東京都中央区築地）に、宇和島藩城代家老松根図書《ずしょ》の長男松根権六と宇和島藩主伊達宗城《むねなり》の次女敏子の次男として生まれる。本名・豊次郎。明治二十八年、愛媛県尋常中学校（現・県立松山東高等学校）で、英語教員として赴任していた夏目漱石に学ぶ。これより終生夏目漱石の門下生となる。三十八年、京都帝国大学を卒業し、翌年より宮内省勤務（大正8年退官）。大正四年、俳誌「渋柿」を創刊。京都を詠んだものは多く、編者になっている『渋柿句集 春』（昭和8年6月、宝文館）には自らの句〈寒明くや松の尾はさて桂川〉〈北野知れど嵯峨知らぬ十三参かな〉〈鶯に鶯鳴くや知恩院〉がある。他に、『俳諧道』（昭和13年3月、渋柿社）、『黛《まゆずみ》』（昭和16年6月、秩父書房）、〈すこし蒸して都の残暑想ひけり〉と詠んだ『薪水帖』（昭和17年11月、同文社）などがある。（中島加代子）

松原新一 まつばら・しんいち

昭和十五年一月二十二日～（1940～）。文芸評論家。神戸市に生まれる。本名・江頭肇。別名塩野実。昭和三十九年、京都大学教育学部卒業。同年、「亀井勝一郎論」（「群像」昭和39年6月）で群像新人文学賞（評論部門）を受賞。以後評論家生活に入り、昭和四十一年六月、初の評論集『沈黙の思想』（講談社）を刊行。『戦後日本文学史・年表』（昭和53年2月、講談社）で評論活動に一区切りを付けるまで著書多数。久留米大学文学部教授。（足立直子）

松村禎三 まつむら・ていぞう

昭和四年一月十五日～平成十九年八月六日（1929～2007）。作曲家、俳人。京都に生まれる。第三高等学校（現・京都大学）卒業。池内友次郎、伊福部昭に師事。日本音楽コンクール作曲第一部〔管弦楽曲〕第一位（昭和30年）、第十七回尾高賞（昭和43年）、第二十八回芸術祭賞（昭和48年）、第十回サントリー音楽賞（昭和53年）、第三十四回芸術祭賞等を受賞。平成二年紫綬褒章。遠藤周作「沈黙」のオペラの作者でもある。「音楽現代」（平成19年10月）などに追悼特集が組まれる。（浦西和彦）

松本清張 まつもと・せいちょう

明治四十二年十二月二十一日～平成四年八

月四日（1909～1992）。小説家。本名・清《きよ》張《はる》。福岡県企救郡板櫃村（現・北九州市小倉北区）に父松本峯太郎、母タニの長男として生まれる。「或る「小倉日記」伝」（「三田文学」昭和27年9月）で第二十八回芥川賞受賞。また「顔」（「小説新潮」昭和31年8月）で第十回日本探偵作家クラブ賞受賞。その他数々の受賞歴がある。その推理小説は〈社会派推理小説〉と呼ばれた。代表作に「点と線」（「旅」昭和32年2月～33年1月）、「ゼロの焦点」（「宝石」昭和33年3月～35年1月、初題「零の焦点」）、「砂の器」（「読売新聞」昭和35年5月17日～36年4月20日夕刊）など。前掲の「顔」には、比叡山や円山公園の「いもぼう」などが登場する。「小説日本芸譚」（「芸術新潮」昭和32年1月～12月）に取り上げられた美術家たちの多くが京都に生きた人物である。「火の縄」（「週刊現代」昭和34年5月17日～12月27日、原題「雲を呼ぶ」）には本能寺の変が、また「私説・日本合戦譚」（「オール読物」昭和40年1月～12月）には「山崎の戦」が取り上げられている。「球形の荒野」（「オール読物」昭和35年1月～36年12月）の野上久美子は祇園の裏通りの高台寺横の宿に泊まり、南禅寺山門で山本千代子と待ち合わせる。その他、円山公園や粟田口、蹴上、龍安寺、疏水などの京都を示す固有名詞が多く登場する。前掲「砂の器」の和賀英良は「京都府立××高等学校」の出身となっており、また元巡査の三木謙一も京都駅前の「御所旅館」に泊まり比叡山などを訪れたらしい。「劉生晩記」（「芸術新潮」昭和40年2月～4月）は、大正十二年十月から十五年二月までの二年九ヵ月の間、京都に住んだ岸田劉生を扱ったエッセイである。ここには、「南禅寺草川町」の家を中心に、茶屋「広野や」や「天寅」、「瓢亭」「一力」などの固有名詞が並ぶ。「Dの複合」（「宝石」昭和40年10月～43年3月）は天橋立から始まり、松尾神社、京都市内の二条城前の国際観光ホテルなどが登場する。「虚線の下絵」（「別冊文芸春秋」昭和43年6月）には、東京から女が絵の注文を取りに行く先として、京都という言葉だけが登場する。また東京の女性通訳ガイドが外国人客を京都に案内する「通過する客」（「別冊文芸春秋」昭和44年3月）には平安神宮や南禅寺が登場する。『熱い絹』（「報知新聞」昭和58年8月15日～59年12月31日）にも、西陣の名などが登場する。これらにおいて京都は直接の舞台としてではなく、関西を代表する名辞として東京と対置されている。その他、古代史への興味から、大和などの関西が描かれる関連で登場するものも多い。「断碑」（「別冊文芸春秋」昭和29年12月、原題「風説断碑」）は考古学を扱う短編で、京都帝国大学の梅原末治がモデルとされる助教授杉山道雄や、同じく浜田耕作がモデルとされる熊田良作が登場する。「火の路」（原題「火の回路」、「朝日新聞」昭和48年6月16日～49年10月13日）は、大和の明日香や河内、さらにはイランなどが舞台となる、考古学を背景とした壮大な長編小説であるが、「南禅寺界隈」という章も用意されている。南禅寺の普茶料理「大仙洞」の主人村岡亥一郎が重要人物として登場する。「古史眼烟」（「図書」昭和60年1月～7月・9月）には「長岡京廃都の謎」が含まれる。また樋口清之との共著で『今日の風土記』一・四（昭和41年4月・42年1月、光文社。各巻名「京都の旅」1・2）というガイドブックがある。『松本清張全集』全六十六巻（昭和46年4月～平成8年3月、文芸春秋）。

＊火と汐《ひとしお》　短編小説。〔初出〕「オール読物」昭和四十二年十一月。〔初版〕『火と汐』昭和四十三年七月、文芸春秋。◇芝村

美弥子が殺された事件について、夫の芝村および不倫相手である劇作家曾根晋吉をめぐる推理小説。美弥子と晋吉とが京都へ旅行にでかけ、五山の送り火を見る場面から始まる。タイトルの「火」はこの送り火を指す。「松ヶ崎の「妙法」の横文字、西賀茂明見山の船形の炎は衰えはじめていた。次がこの「左大文字」で、いまが燃えざかりであった。あと十分すると、左手に鳥居の形で火の手が上がる」と書かれている。残念ながら、京都の人が決して言わない「大文字焼」という表現が使われている。

＊京都大学の墓碑銘《きょうとだいがくのぼひめい》　評論。〔初出〕「週刊文春」昭和四十一年十月十日～十二月五日。〔初版〕『昭和史発掘』六、昭和四十三年一月、文芸春秋。◇昭和八年に起こった、京都帝国大学の滝川幸辰教授の辞職をめぐるいわゆる「滝川事件」を描くもの。舞台はほとんどが京都帝国大学の周辺で、なかには、南禅寺の「瓢亭」なども登場する。（真銅正宏）

松本初子　まつもと・はつこ

明治二十九年三月十一日～昭和四十七年か（1896～1972？）。歌人。奈良に生まれる。竹柏会に入り佐佐木信綱に師事。歌集に『藤むすめ』（大正3年12月、竹柏会出版部）、『柳の葉』（大正5年9月、竹柏会出版部）がある。二集の合本版について芥川龍之介は「作者の真率な心もちに、微笑を禁じ得ない」（「紹介」、「新思潮」大正5年11月）とする。『柳の葉』出版の年、結婚して河杉姓となり、箱根、横浜に在住。京にちなんだ歌に〈ちらちらと桜ちるよひうつくしう京の町家の子に生ればや〉（『藤むすめ』）、〈ゆふされば白き霧たつかも川の川辺の家にいく夜わが寝し〉（「心の花」大正14年1月）、〈花山院紫野などはしき名の小菊咲きにけり根分けされきて〉（「心の花」昭和35年5月）などがある。没年は松本章男『京の恋歌 近代の彩』平成11年4月、京都新聞社）に拠った。（太田路枝）

松本祐佳　まつもと・ゆか

昭和十六年三月（日未詳）～（1941～）。児童文学作家。京都市中京区に生まれる。大阪府立山本高等学校卒業後、大阪の劇団に所属し、また、脚本家の片岡四郎に創作劇を教わる。昭和四十三年、中川正文に童話を学び、四十五年、京都児童文学会に入会。京都に在住し、『一条戻り橋―京のわらべうたを歩く』（平成4年4月、かもがわ出版）、『京町家の四季』（平成15年5月、かもがわ出版）など、京都関連の著書がある。（岡﨑昌宏）

丸谷才一　まるや・さいいち

大正十四年八月二十七日～平成二十四年十月十三日（1925～2012）。小説家、評論家。山形県鶴岡市馬場町に生まれる。本名・根村才一。旧姓丸谷。昭和二十五年、東京大学文学部英文科卒業。丸谷は大学時代に現代英文学、特にジェイムズ・ジョイスについて学んでおり、その文学活動は英米文学の翻訳から始まる。グレアム・グリーン『不良少年』（昭和27年5月、筑摩書房）をはじめとして、ジョイス『ユリシーズ』上・下（永川玲二・高松雄一と共訳、昭和39年8月・11月、河出書房新社）、ジョイス『ジアコモ・ジョイス』（昭和60年6月、集英社）などを訳出。初期の創作に『エホバの顔を避けて』（昭和35年10月、河出書房新社）、『笹まくら』（昭和41年7月、河出書房新社）などがある。初期の作風は抑圧された人間の魂の漂泊を描いており、つとにジョイスの影響が指摘されている。四十三年、「年の残り」（「文学界」昭和43年3月）で第五十九回芥川賞受賞。以降は『たった一人の反乱』（昭和47年4月、講談社）、『輝く日の宮』（平成15年6月、講談社）などの小説があり、時代風俗の描出と登場人物の知的批評が目立つ。評論家としても様々な著作を発表しており、『後鳥羽院』（昭和48年6月、筑摩書房）、『忠臣蔵とは何か』（昭和59年10月、講談社）など古典文学に関する業績が顕著である。また京都出身の劇作家、山崎正和との対談も多数。丸谷はエッセイで京都の料理について言及しており、多くは京料理に対する賞賛である。「八十翁の京料理」（「文芸春秋」昭和48年11月）では、山崎正和と京都河原町三条にある「南一」という京料理屋を訪れ、和知の鮎の焼き物や若狭のぐじの酒蒸しなどに舌鼓を打つ。「雪見としゃれて長浜の鴨」（「文芸春秋」昭和50年3月）では河原町三条下ルの「河繁」を司馬遼太郎と訪れ、沢庵の煮物とニシンそばは京都特有の食べ物だったと司馬から聞く。また四条南座近くの「千花」で日本料理を、谷崎松子から教えられた「河久」で洋食を楽しむ。「京都での感想」（「現代」平成8年6月）という短いエッセイでは、花どきに京都を訪れ、京都国立博物館や町なかを散策している。その際に、京都と東京の違いは京都には川があり、川が人の心をやわらげると述べている。（田中裕也）

丸山海道　まるやま・かいどう

大正十三年四月十七日〜平成十一年四月三十日（1924〜1999）。俳人。京都市左京区吉田中大路町に生まれる。俳人鈴鹿野風呂の次男。本名・尚《ひさし》。旧姓鈴鹿。京都大学文学部国文選科卒業。俳誌「京鹿子」が復刊された昭和二十三年から、主宰の野風呂を助け編集を担当。四十六年、野風呂没後、新主宰となる。平成六年から現代俳句協会副会長。主な句集に、第一句集『新雪』（昭和28年1月、京鹿子文庫）、象徴主義を目指した『獣神』（昭和33年4月、京鹿子社）、実相論の展開に伴う『芭蕉曼荼羅』（昭和57年10月、京鹿子社）および『太白』（昭和58年3月、現代俳句協会）、遊行俳句を志した『遊行』（平成5年10月、京鹿子社）、「京都に対する愛惜の念」を込めた第十一句集『花洛』（平成10年4月、角川書店）がある。没後に『丸山海道全句集』（平成11年11月、東京四季出版）。（重松恵美）

丸山薫　まるやま・かおる

明治三十二年六月八日〜昭和四十九年十月二十一日（1899〜1974）。詩人。大分市に生まれる。父の死後、母の郷里豊橋市に移る。東京高等商船学校（現・東京海洋大学）を経て第三高等学校（現・京都大学）卒業。東京帝国大学中退。第九次「新思潮」同人。昭和九年十月、堀辰雄、三好達治と第二次「四季」創刊。翌年九月、『幼年』（昭和10年6月、四季社）で文芸汎論詩集賞受賞。第一詩集『帆・ランプ・鷗』（昭和7年12月、第一書房）以後、詩集十六冊、他に短編小説集『蝙蝠館』（昭和12年7月、版画荘）、エッセイ『蟬川禊記』（昭和51年3月、潮流社）がある。（菅　紀子）

丸山佳子　まるやま・よしこ

明治四十一年一月十日〜（1908〜）。俳人。奈良県に生まれる。京大三高俳句会を基盤に大正九年十一月に創刊した、京都の俳誌、「京鹿子」の名誉顧問を務め、数百人の弟子の指導にもあたっている。結社の理念を「有季」と「定形」とを守りつつ、自由無礙の精神で広く個性を尊重するところにある」とする。句集に『虎の巻』（昭和54年7月、京鹿子社）、『白寿』（平成17年3月、東京四季出版）がある。（尾添陽平）

万造寺斉 まんぞうじ・ひとし

明治十九年七月二十九日〜昭和三十二年七月九日（1886〜1957）。歌人。鹿児島県日置郡羽島村（現・いちき串木野市）の旧家に生まれる。明治四十五年、東京帝国大学英文科卒業。在学中から「明星」に投稿し、卒業後は「スバル」を編集。大正三年に「我等」を創刊した。五年には京都出身の荒木ノブと結婚。一旦郷里に戻るが、農地を解放し、八年、京都に移り住む。京都帝国大学大学院に学び、十三年には大谷大学英語教授となる。同年六月、第一歌集『憧憬と漂泊』を自費出版。花園妙心寺南門下に転居する。七回に亘る転居の中でも、深い印象を刻みつけた（随筆集『春を待ちつつ』昭和28年10月、北大路書房）。昭和六年、歌誌「街道」創刊。「保津河畔吟行記」（「街道」昭和12年11月）が寄稿家との交流を伝える。第二歌集『蒼波集』（昭和7年7月、街道社）には、「光悦寺」「嵐山」など名所に取材した歌のほか、生後二ヵ月半で死去した二男への哀惜の情を歌った「うたかた」一一五首中の「蓮華谷火葬場」六首も収められている。『万造寺斉選集』全十巻（昭和33年7月〜36年9月、万造寺斉顕彰会）を刊行。京都を詠んだ句に〈秋ふかし愛宕まゐりの鈴音の消えにしあとはただ風のおと〉がある。（田中励儀）

【み】

三浦綾子 みうら・あやこ

大正十一年四月二十五日〜平成十一年十月十二日（1922〜1999）。小説家。北海道旭川市に生まれる。堀田家の次女（第五子）。昭和十四年、旭川市立高等女学校卒業。同年四月より小学校教員となるが、軍国主義下の教育を省み、二十一年三月、退職。同年六月、肺結核を発症、闘病生活の中でキリスト教の信仰に目ざめ、二十七年、受洗。三十四年、三浦光世と結婚。三十九年、朝日新聞大阪本社創刊八十五周年・東京本社七十五周年記念一千万円懸賞小説に「氷点」が入選、「朝日新聞」連載の後、四十年十一月に朝日新聞社より出版されベストセラーとなる。以後、旭川を拠点に作家活動。四十七年十一月、明智光秀の三女で細川忠興の正室となった玉を描いた「細川ガラシャ夫人」（「主婦の友」昭和48年1月〜50年5月）取材のため大阪・京都・若狭地方に赴く。同作品では、細川家の居城である山城国勝竜寺城（現・長岡京市）などが舞台となる。六十年五月から六月にかけて、京都世光教会の創立者榎本保郎の人生を描いた「ちいろば先生物語」（「週刊朝日」昭和61年1月3・10日〜62年3月27日）取材のため、京都・今治・東京を廻る。（長沼光彦）

みうらじゅん みうら・じゅん

昭和三十三年二月一日〜（1958〜）。漫画家、イラストレーターほか。京都市に生まれる。本名・三浦純。東山高等学校、武蔵野美術大学卒業。大学在学中の昭和五十五年に「ガロ」誌上でデビュー。以降、紙メディアにとどまらず、ラジオ・テレビ等でも幅広く活躍。日本のサブカルチャーに絶大な影響力を持った。「マイブーム」ということばもみうらの造語である。仏像に造詣が深いことでも知られ、いとうせいこうとの共著の『見仏記』（平成9年6月〜23年9月、角川書店）は角川文庫でシリーズ化されている。（田村修一）

三上慶子 みかみ・けいこ

昭和三年一月十三日〜平成十八年二月八日（1928〜2006）。小説家。京都府に生まれる。東京で育つが、小学校三年から六年間は京都市在住の祖母に預けられる。恵泉女学園を卒業後、熊本県球磨郡八ヶ峯に疎開し、小説家でもある父秀吉とともに上村小学校八ヶ峯分校で八年間教える。その体験が『月明学校』（昭和26年6月、目黒書店）、『谷間の学校』（昭和30年8月、実業之日本社）、『流感の谷』（昭和39年5月、河出書房新社）となる。龍田慶子の筆名で『能楽鑑賞十二月』（昭和55年11月、文和書房）もある。（佐藤秀明）

三木清《みき・きよし》

明治三十年一月五日～昭和二十年九月二十六日（1897～1945）。思想家、文筆家。兵庫県揖保郡揖保西村（現・たつの市）に生まれる。兵庫県立龍野中学校（現・県立龍野高等学校）から第一高等学校（現・東京大学）へ進学。西田幾多郎の『善の研究』（明治44年1月、弘道館）に影響をうけ、大正六年、京都帝国大学哲学科、九年、同大学院に進学する。京都大学在学中は西田幾多郎に師事し、新カント派哲学に近づく。岩波茂雄の後援で十一年からヨーロッパに留学、リッケルト、ハイデッガーらに学ぶ。十四年、帰国後、第三高等学校（現・京都大学）の講師となる。この時期、人間学を基礎としたマルクス主義の哲学的理解が進められる。昭和二年上京、法政大学哲学科教授となる。四年にはプロレタリア科学研究所創立に参加、同年共産党への資金援助のため検挙され、教職を失う。その後積極的に執筆活動、批評活動を進める。十二年、近衛文麿の昭和研究会に参加、東亜共同体論など理論的な裏付けを行うが、研究会は解散される。その後、二十年三月に治安維持法違反で逮捕、投獄され、敗戦後に至っても獄中にあり、九月二十六日に病死。（諸岡知徳）

三品千鶴《みしな・ちず》

明治四十三年十一月二十八日～平成十六年三月二十五日（1910～2004）。歌人。京都府舞鶴市に生まれる。旧姓・原。昭和七年、京都女子高等専門学校（現・京都女子大学）国文科卒業。八年、三品頼直と結婚。十六年から二十三年まで滋賀県立草津高等女学校（現・県立草津高等学校）教諭。二十六年より四十五年まで高等学校の非常勤講師を勤める。京都女子高等専門学校時代、吉沢義則、大井広に作歌指導をうけ、昭和六年、歌誌「潮音」に入社。歌誌「滋賀潮音」幹部同人。歌誌「玻璃」主宰。「朝日新聞」、「読売新聞」地方版、滋賀県芸術祭文芸部門、日本歌人クラブ、関西短歌大会等の選者を歴任。日本歌人クラブ役員、現代歌人協会員、滋賀県歌人協会幹事。四十一年には比叡山横川元三大師堂前に歌碑が建立。六十三年、滋賀県地域文化功労者芸術文化部門で表彰。第一歌集『水歴』（昭和41年10月、短歌研究社）、歌文集『叡山―短歌とカメラと』（昭和46年11月、白川書院）。（佐藤良太）

三島晩蟬《みしま・ばんせん》

大正十一年五月二十一日～（1922～）。俳人。京都に生まれる。本名・敏郎。昭和二十一年から平成六年三月まで、山口誓子に師事し、「天狼」同人となり活動する。「晩蟬」の俳号は、山口誓子より受けた。句集に、『母乳』（平成9年7月、角川書店）、『存命』（平成12年11月、京都新聞社企画事業局出版部）、『独行』（平成17年7月、文学の森）の三冊がある。「ただいまの一念の表白を志向し、「念ひ」を「観る」句」を詠むことを手法とする。〈鳥辺山明るき宙を揚羽ゆく〉他、京都の地をモチーフとした句が多数ある。一貫して京都で創作活動を続け、現在も京都市在住。（権藤愛順）

三島由紀夫 みしま・ゆきお

大正十四年一月十四日〜昭和四十五年十一月二十五日（1925〜1970）。小説家、劇作家。東京市四谷区（現・東京都新宿区）に生まれる。本名・平岡公威。学習院初等科に入学し、中等科・高等科まで学習院に通う。初等科六年生の修学旅行では伊勢・奈良・京都に行き、京都では級友六條有康の家で、貝合わせの貝に興味を示す。また中等科の修学旅行でも、伊勢・奈良・京都などに行くが、京都では桃山御陵、乃木神社を参拝し吉岡屋泊、舞鶴に行き機関学校・軍港を見学した。中等科時代から文芸部に所属し、大人びた詩や小説を書き、教官や上級生を瞠目させる。十六歳の時に書いた「花ざかりの森」が国語担当の清水文雄の目にとまり、「文芸文化」（昭和16年9月〜12月）に掲載され、「三島由紀夫」の筆名を使う。昭和十九年、東京帝国大学法学部に入学するが、勤労動員に駆り出されることが多く、工場事務所や家で執筆、徴兵も即日帰郷となり小説執筆に専念した。終戦後、大学を卒業し大蔵省に入省したが、職業作家を決意して退職。『仮面の告白』（昭和24年7月、河出書房）で広く認められる。二十四年、世界文学社の招きで京都で講演（田中裕也氏調査）。柊屋に一週間ほど宿泊し、龍安寺、西芳寺、都をどりなどを見る。その間、京大生の井元勇が同じく京大生の谷口八重子を刺殺した前年の事件を山口健二などから取材、「親切な機械」の素材となる。『三島由紀夫短篇全集』第三巻（昭和40年5月、講談社）の「あとがき」で、三島は「取材のため京都へは行つたけれども、作中人物の京都弁などはろくに調べもしないで書かれてをり、若い私の無鉄砲には、今思ふとヒヤヒヤする」と述べているが、モデルになった人物などはかなり詳しく調べていて、その創作ノートが残っている。三十年十一月五日、『金閣寺』の取材で京都に行く。昭和二十五年七月の鹿苑寺徒弟僧による、金閣放火事件の取材である。南禅寺近くの加満田旅館に宿泊し、南禅寺・鹿苑寺・五番町・大谷大学などを取材し、徒弟僧の故郷である舞鶴に向かい、保津川・東舞鶴・金剛院・由良川・丹後由良駅などを取材した。「室町の美学—金閣寺」（「東京新聞」昭和40年2月20日）によると、鹿苑寺からは取材や面談を断られたので、妙心寺の霊雲院に一泊して若い僧の生活を見て、「金閣寺周辺はそれこそ舐めるやうにスケッチして歩」き、「モデルの青年の生活の足跡を隈なく実地に当り」、「金閣寺は一人の見物人として、見られるかぎりのところを見、入れるかぎりのところへ入つて、使へさうな場所をことごとくノートに採集した」という。その『金閣寺』創作ノートが二冊残っており、それを見ると、鹿苑寺内部は「一人の見物人として、見られる」以上のものを見てスケッチしていることが分かる。またこの取材では、三島がモデルの行動をなぞっている面もあり、丹後由良の旅館日の出館では、挙動不審のために警察に通報されたりもしている。三十一年に刊行された『金閣寺』は、翌年第八回読売文学賞を受賞した。三十三年六月に杉山瑤子と結婚した三島は、新婚旅行の途次京都に寄り、『金閣寺』を市川崑が映画化した「炎上」の撮影現場を見学した。『金閣寺』の成功により若くして大家の風貌を備えた三島は、その後も『鏡子の家』（第一部・第二部、昭和34年9月、新潮社）『美しい星』（昭和37年10月、新潮社）、『午後の曳航』（昭和38年9月、講談社）、『絹と明察』（昭和39年10月、講談社）などの傑作・力作長編を間断なく発表するだけでなく、「橋づくし」（「文芸春秋」昭和31年12月）、「憂国」（「小説中央公論」昭和36年1月）

「英霊の声」（「文芸」昭和41年6月）などの短編や『近代能楽集』（昭和31年4月、新潮社）、『鹿鳴館』（昭和32年3月、東京創元社）、『サド侯爵夫人』（昭和40年11月、河出書房新社）などの戦後戯曲を代表する作品を発表し、演劇界でも力を振るった。また「鰯売恋曳網《いわしうりこいのひきあみ》」（「演劇界」昭和29年11月）ほか歌舞伎の秀作も書いて歌舞伎界にも新風を吹き込んだ。『絹と明察』は、彦根の旧弊な紡績工場のストライキを描いた小説だが、脳血栓で倒れた駒沢善次郎社長が京大病院に入院し、金戒光明寺の暁鐘を聞く場面や死後の鴨川べりの風景が印象深く書き込まれている。自ら「ライフワーク」と呼び、最後の長編小説となった『豊饒の海』四部作には、奈良の帯解の尼寺が作品全体の聖地として描かれるが、最終巻『天人五衰』（昭和46年2月、新潮社）では、副主人公の本多繁邦が京都の都ホテルに宿を取り、そこから車で奈良に行く途中の宇治や山城の風景が丁寧に描かれており、これが作品末尾の破局の伏線となる。この部分の創作ノートもある。自衛隊体験入隊、楯の会結成と民族主義的な行動に傾斜した三島由紀夫は、四十五年十一月二十五日、楯の会の若者四人と自衛隊市ヶ谷駐屯地に乗り込み、憲法改正を訴えて自刃した。『三島由紀夫全集』全三十五巻・補巻一（昭和48年4月〜昭和51年6月、新潮社）、『決定版三島由紀夫全集』全四十二巻・補巻・別巻（平成12年11月〜平成18年4月、新潮社）がある。

＊親切な機械《しんせつなきかい》　短編小説。〔初出〕「風雪」昭和二十四年十一月。〔初版〕『燈台』昭和二十五年五月、作品社。◇京都大学の学生木山勉は美学専攻の鉄子と別れ、哲学専攻の猪口順一が彼女に夢中な様子を冷ややかに見ていた。鉄子は猪口からの結婚の申し込みを断りながらも、猪口に殺されたいと感じた。一方、結婚を断られた猪口は鉄子を殺すという。木山は、新聞に出た京大生の殺人事件の記事を読み、二人が合意の上で起こした事件であることを世間は知らないと思う。戦後男女共学になった京都大学の学生の事件、いわゆる「社会ダネ」に取材した小説である。

＊金閣寺《きんかくじ》　長編小説。〔初出〕「新潮」昭和三十一年一月〜十月。〔初版〕『金閣寺』昭和三十一年十月、新潮社。◇舞鶴東郊の貧しい寺に生まれた「私」（溝口）は、父から金閣ほど美しいものはないと言われて育つ。鹿苑寺の徒弟となり金閣が戦火に焼かれる危険を感じると、金閣はその美を増した。大谷大学に進むと強烈な悪意を放つ柏木を知り、彼の手引きで女性との関係をもとうとするが、金閣の美に邪魔されて果たせない。金閣を怨敵と感じ、寺を出奔し舞鶴で日本海を見て、金閣を焼く決意をする。金閣に火を放った「私」は、「生きよう」と思う。「社会ダネ」の小説で、美という固定観念に取り憑かれて「人生」に乗り出すことのできない青年が、美を滅ぼすことで解放されるという作者の観念を、実際の事件に融合させ、京都市内や舞鶴の風景を織り込みながら描いた三島文学の傑作。

（佐藤秀明）

水内鬼灯《みずうち・きちょう》

明治四十四年四月二十日〜昭和二十四年一月五日（1911〜1949）。俳人。京都市東山区問屋町の老舗に生まれる。本名・数之助。同志社中学校（現・同志社高等学校）から同大学法学部経済学科へ進み、昭和六年に卒業後は同大学学生主事、同工業専門学校教授を歴任。大学時代より投句を始め、昭和六年、「馬酔木」の「アララギ」からの独立を機に、本格的に水原秋桜子に師事。「馬酔木」新樹集・新青集を舞台に活躍し、十一年に馬酔木賞を受賞、翌年、同人となった。京都馬酔木会を率い、二十二年二月には「飛鳥」を発刊。当初は編輯兼発行人を務め、結核に侵された病身を押してほぼ毎号、選句と選評、「鬼灯夜話」の筆を執った。主筆に名を連ねた秋桜子、長与善郎、中勘助らの寄稿も得たが、第三巻第二号(昭和24年5月)の鬼灯追悼号を以て休刊。生前の句集に『石苔』(昭和22年8月、圭文社)、『朝蟬』(昭和23年11月、甲文社)。『苔時雨』(昭和32年1月、「苔時雨」刊行会)は遺稿句文集。〈須臾にして雪舟の庭しぐれけり〉

(森本隆子)

水上勉 みずかみ・つとむ

大正八年三月八日～平成十六年九月八日(1919～2004)。小説家。昭和六十一年の日本文芸家協会総会で、「水上勉」の読み方は「みずかみ・つとむ」だと発言して定着させるまでは、「水上務《つとむ》」「水上若狭夫《わかさお》」「水上若狭男《わかさお》」「水上勉《みなかみべん》」「水上勉《みなかみつとむ》」をペンネームとして使ってきた。福井県大飯郡本郷村(現・おおい町)岡田に、宮大工の父覚治、母かんの四男一女の次男として生まれる。一家の生活は貧窮をきわめ、口減らしのために、昭和四年、十歳で京都市上京区上立売烏丸東入ルの臨済宗相国寺塔頭の瑞春院に徒弟として預けられる。六年、瑞春院で得度式を受けて沙弥《しゃみ》となり、僧名は大猶集英。翌七年二月、住職の家族の生活に幻滅を感じて寺を脱走し、これが小説「雁の寺」の原体験となる。口減らしのためという不幸な理由であったが、この京都との出遭いが小説家水上勉の一生を決定したといっても過言ではない。同年十一月、天龍寺派別格地衣笠山等持院に拾われて徒弟となり、僧名を承弁と改める。十一年五月、花園中学校卒業を機に、等持院を出て還俗して、七年余の僧院生活を終えたが、仏教は水上文学の基調を成す文学理念となる。伯父の下駄屋で働く。その後、むぎ軟膏の西村才天堂の行商人になる。十二年、十八歳で立命館大学文学部国文科夜間課程に入学するが、八ヵ月で退学する。この頃、五番町の遊郭に登楼していた体験が後に小説「五番町夕霧楼」に活かされる。十三年、京都府満洲開拓少年義勇軍応募係となる。満洲に渡るが、叶血して入院。翌年、帰国して若狭の生家で療養中に文学書を耽読し、投稿した懸賞小説「日記抄」(「月刊文章」昭和14年9月)が高見順の選で、選外佳作になる。十五年に上京後、日本農林新聞社、報知新聞社、学芸社、三笠書房に勤めて、同人誌「新文学」の編集に加わる。十七年、加瀬益子との間にもうけた長男凌(誠一郎)を窪島家に養子に出す。翌年、松守敏子と結婚。十九年、郷里若狭に疎開、福井県大飯郡青郷国民学校高野分校助教に赴任するが、召集を受けて京都伏見の第十六師団中部第四十三部隊輜重輓馬隊教育班に入隊(5月～7月)。二十年、上京。翌年、長女蕗子誕生。虹書房を起こして「新文芸」を創刊。原稿依頼のために、信州松本の宇野浩二を訪問、以後の師弟関係の端緒となる。二十三年、宇野の推薦で処女出版した『フライパンの歌』(昭和23年7月、文潮社)がベストセラーになる。松守敏子との離婚(昭和26年)後、三十一年、西方叡子と結婚。職を転々とするなかで読んだ松本清張の『点と線』(昭和33年2月、光文社)に刺戟を受けて、共産党トラック部隊事件に材を取って書いた『霧と影』(昭和34年8月、河出書房新社)が新しい社会派推理小説として脚光を浴び、直木賞候補にもなった。同じく直木賞候補になった水俣病に取材した『海の牙』(昭和35年4月、河出書房新社)は第十四回探偵作家クラブ賞を受賞(昭和36年)、松本清張と共に社会派推理作家としてもてはやされた。「雁の寺」（「別冊文芸春秋」昭和36年7月）で第四十五回直木賞受賞後、「飢餓海峡」（「週刊朝日」昭和37年1月5日～12月28日）、「五番町夕霧楼」（「別冊文芸春秋」昭和37年9月）、「越後つついし親不知」（「別冊文芸春秋」昭和37年12月）、「越前竹人形」（「文芸朝日」昭和37年1月、4月～5月）と水上の代表作が集中して発表された。なかでも「越前竹人形」は谷崎潤一郎（「「越前竹人形」を読む」、「毎日新聞」昭和38年9月12日～14日）によって激賞され、水上は「小説の格が上がったのは、谷崎先生のせいですよ」（『「雁の寺」の真実』平成16年12月、朝日新聞社）と述べた。小説の映画化も、「雁の寺」（監督川島雄三、昭和37年、大映）、「越前竹人形」（監督吉村公三郎、昭和38年、大映）、「五番町夕霧楼」（監督田坂具隆、昭和38年、東映）、「飢餓海峡」（監督内田吐夢、昭和39年、日活）と相次いだ。常に社会的弱者の視点から人間を描く作風はこれまでの水上のきびしい生き方に裏打ちされている。次女直子が脊椎損傷を持って生まれたために公開書簡「拝啓池田内閣総理大臣殿」（「中央公論」昭和38年6月）や、「くるま椅子の歌」（「婦人公論」昭和39年10月～41年7月）で身障者の福祉問題を訴え、注目された。周密に師を綴った伝記『宇野浩二伝』（昭和46年10月、中央公論社）で第十九回菊池寛賞を、『兵卒の鬣《たてがみ》』（昭和47年10月、新潮社）を中心とした作家活動によって第七回吉川英治文学賞を、『一休』（昭和50年10月、中央公論社）で第十一回谷崎潤一郎賞を、『寺泊《てらどまり》』（昭和52年1月、筑摩書房）で第四回川端康成文学賞を受賞した。晩年の代表作「金閣炎上」（「新潮」昭和52年1月～53年12月）の連載、『良寛』（昭和59年4月、中央公論社）で毎日出版芸術賞受賞、「私の履歴書」（「日本経済新聞」昭和63年6月）の連載、また六十年三月には子どもたちに一滴の文化の心を感じてもらいたいと、故郷おおい町岡田に若州一滴文庫を開設するなど精力的に活動した。平成十六年九月八日、肺炎のため、長野県東御市で亡くなった。享年八十五歳。『水上勉全集』全二十六巻（昭和51年6月～53年12月、中央公論社）、『新編水上勉全集』全十六巻（平成7年10月～9年1月、中央公論社）。

＊雁の寺《がんのてら》　長編小説。〔初出〕「別冊文芸春秋」昭和三十六年三月。〔初版〕『雁の寺』昭和三十六年八月、文芸春秋新社。◇桐原里子は、母子雁の襖絵で知られた孤峯庵の住職北見慈海の愛人となる。住職との性行為を小坊主の慈念に覗き見られていると疑う里子であるが、慈念の不幸な生い立ちを知り同情から自分の身体を与えてしまう。その後、慈海、そして慈念が相次いで寺から姿を消した。襖絵の母親雁のところだけがむしり取られていた。やがて里子も寺を去る。身体的コンプレックス、母性思慕、住職への憤り等の複雑な感情を持つ慈念の完全犯罪を描く推理小説であるが、十三歳で脱走した相国寺塔頭瑞春院での体験をもとに、「人間」を描くことを目指した文学性が評価された。水上文学のテーマが凝縮された代表作。水上が修行した瑞春院はこの小説にちなんで「雁の寺」と呼ばれるようになった。

＊五番町夕霧楼《ごばんちょうゆうぎりろう》　長編小説。〔初出〕「別冊文芸春秋」昭和三十七年九月。〔初版〕『五番町夕霧楼』昭和三十八年二月、文芸春秋新社。◇戦後の丹後と京都を舞台に、家族のために上京区の五番町夕霧楼に売られた片桐夕子と、幼なじみで恋人である北山の国宝鳳閣寺の小僧櫟田正順との悲恋を描く。昭和二十五年の金閣寺放火・炎上事件を題材にして、宿命に翻弄される女

と男を描いた秀作。疎外感にさいなまれる孤独な正順の人物像には作者の体験や心境が色濃く反映されている。

＊金閣炎上《きんかくえんじょう》　長編小説。〔初出〕「新潮」昭和五十二年一月～五十三年十二月。〔初版〕『金閣炎上』昭和五十四年七月、新潮社。◇三島由紀夫の『金閣寺』（昭和31年10月、新潮社）を意識しつつ、林養賢が何故放火したのか、その真相に迫ろうとした作者は、自己の体験を視座にして、林の生涯を生い立ちから伝記的手法で調べ尽くした。林の不遇な身の上を克明に記し、そこから聞こえてきた林の痛切な魂の叫びを刻んだ二十年越しの労作。（明里千章）

水谷憲司　みずたに・けんじ

昭和九年五月二十六日～（1934～）。評論家。京都市に生まれる。大谷大学文学部国文学科を卒業後、昭和三十三年、大谷高等学校に国語科教諭として赴任する。平成四年に退職。在職中より『文学の映像詩』（昭和57年10月、永田書房）などを発表。映画に関する著作が多い。京都関連の著書に『京都・もう一つの町名史』（平成7年10月、永田書房）がある。また、『京都高校野球史』（昭和42年12月、京都府高等学校野球連盟）の編纂にも携わった。（岡﨑昌宏）

水原秋桜子　みずはら・しゅうおうし

明治二十五年十月九日～昭和五十六年七月十七日（1892～1981）。俳人。東京市神田区猿楽町（現・東京都千代田区）に、産婦人科医の父漸《すすむ》、母治子の長男として生まれる。本名・豊。大正七年、東京帝国大学医学部卒業後、句作を始める。「ホトトギス」、「破魔弓《はまゆみ》」に参加し、十三年、「ホトトギス」課題句選者、「破魔弓」雑詠句選者となる。昭和三年、昭和医学専門学校（現・昭和大学）教授。同年七月「破魔弓」を「馬酔木《あしび》」と改題。四年、高野素十《すじゅう》・阿波野青畝《せいほ》・山口誓子と共に四Sと呼ばれ、「ホトトギス」全盛期を形成。六年十月、虚子の唱える客観写生について、些末な描写を批判した「自然の真と文芸上の真」を「馬酔木」に発表し、「ホトトギス」と決別。以後、印象派風な明るい風景描写や叙情的精神性に富んだ句を詠んだ。九年、「馬酔木」主宰。三十九年、日本芸術院賞受賞。四十一年、日本芸術院会員。五十六年、勲三等旭日中綬章受章。『水原秋桜子全集』全二十一巻（昭和52年10月～54年6月、講談社）がある。秋桜子が京都を訪れたのは、大正十年、昭和四・十一・十二・十五・二十三・二十五・三十・三十二・三十四・三十九・四十・四十三年などで、寂光院・宇治鳳凰堂・光悦寺・金閣寺・桂離宮・修学院離宮・高台寺・平等院・高山寺などを詠んでいる。昭和三十四年、洛西の高山寺に、中興開山の明恵上人を偲んだ句碑〈ひぐらしやこゝにいませし茶の聖〉が、また四十年、洛北の光悦寺に〈紅葉せりつらぬき立てる松の幹〉の句碑が建立。その他、四十三年に南区吉祥院西ノ庄門口町の日本新薬本社、五十三年に下京区中堂寺西寺町の玉樹寺に句碑が建立。（須田千里）

三隅研次　みすみ・けんじ

大正十年三月二日（一説に三日）～昭和五十年九月二十四日（1921～1975）。映画監督。京都市に生まれる。立命館大学専門部商科卒業後、菊池寛の助言から日活京都撮影所に入社。昭和十六年、召集され満洲へ従軍。戦後シベリアでの抑留生活を経て、二十三年、舞鶴に帰還。大映京都に入社。二十九年、大河内伝次郎主演「丹下左膳　こけ猿の壺」で監督デビュー、以降ヒット作を撮り続ける。大映倒産後は映像京都

の立ち上げに尽力、テレビドラマ「天皇の世紀」では第十一回ギャラクシー賞を受賞した。（佐藤　淳）

溝口健二 みぞぐち・けんじ

明治三十一年五月十六日～昭和三十一年八月二十四日（1898～1956）。映画監督。東京市浅草区（現・東京都台東区）に生まれる。小学校卒業後、神戸又新日報社に勤務。日活京都撮影所を経て、松竹、大映と移り、昭和二十七年、「西鶴一代女」でヴェネツィア国際映画祭・国際賞を受賞。翌年「雨月物語」で銀獅子賞を、続いて「山椒大夫」で銀獅子賞を三年連続受賞して、日本映画界の巨匠となる。綿密な考証と濃密な演出が特徴である。（高阪　薫）

皆川博子 みなかわ・ひろこ

昭和四年十二月八日（戸籍上は昭和五年一月二日）～（1929～）。推理小説家。旧朝鮮京城に生まれる。東京女子大学中退。作家の塩谷隆志は実弟、木崎さと子は従姉妹。昭和四十七年十月、児童文学『海と十字架』（偕成社）で作家デビュー。翌年、「アルカディアの夏」で第二十回小説現代新人賞を受賞。デビュー後は幻想短編小説やミステリーを創作。代表作の一つである『花の旅夜の旅』（平成13年8月、扶桑社）の第四話は京都が舞台。作家鏡直弘の連作小説と手記とで構成され、現実と虚構が交錯するミステリーである。また『二人阿国』（昭和63年8月、新潮社）は京都を舞台に展開する時代小説で、一座の踊り子であるお国とお丹が主人公。京都「かぶき踊り」で一世を風靡したお国と、その継承者たる佐渡島おくに（お丹）が時代の変化の中で流転していく様が描かれている。選集『皆川博子作品精華』（平成13年10月～12月、白泉社）など。受賞歴も多い。（杉田智美）

宮尾登美子 みやお・とみこ

大正十五年四月十三日～（1926～）。小説家。高知市緑町（現・二葉町）に生まれる。生家は芸妓娼妓紹介業を営む。昭和十八年、高坂高等女学校を卒業後、同校家政研究科に進み、十二月に退学。十九年、前田薫と結婚し、二十年に渡満。二十一年に引き揚げ後、高知で農業に従事する。三十七年、短編「連」（「婦人公論」昭和37年11月）で第五回「婦人公論」女流新人賞を受賞。三十八年に離婚、三十九年十二月、宮尾雅夫と再婚し、翌年一月には上京。五十四年、『一絃の琴』（昭和53年10月、講談社）で第八十回直木賞を受賞する。宮尾の前半生に関しては、『櫂』（上巻、昭和48年12月、下巻、49年3月、筑摩書房）、『朱夏』（昭和60年6月、集英社）、『春燈』（昭和63年1月、新潮社）、『仁淀川』（平成12年12月、新潮社）の自伝的四部作に詳しい。京都を主たる舞台とした作品としては、『序の舞』（昭和57年11月、朝日新聞社）、『松風の家』（平成元年9月、文芸春秋）、『錦』（平成20年6月、中央公論新社）の三作がある。『序の舞』の主人公島村津也のモデルは、女性で初めて文化勲章に輝いた日本画家上村松園である。物語は、津也の絵画への情熱と愛の遍歴をめぐって展開するが、後景には京の庶民の生活が活写され、京の歳時記ともなっている。京言葉での会話も美しく、松園の代表作「序の舞」の凛とした立ち姿に通ずる女性の生き方をみごとと描き切っている。第十七回吉川英治文学賞を受賞。『松風の家』は、幕末から明治への激動の余波で一旦零落する茶道家の復興の物語である。宗家としての矜持と再興への執念、それを支える気丈な女性たちを描きながら、東京遷都により衰退する京都の近代史と重なっている。第五十一回文芸春秋読者賞を受賞。『錦』は、西陣で織物を芸術の域にまで高め、芸術院恩賜賞、紫綬褒章を授与されることになった初代龍村平蔵をモデルにした小説である。三十年の構想ののちに執筆されたという。法隆寺夢殿の錦の復元に成功し、続いて正倉院の琵琶袋に挑戦する職人たちの気迫はすさまじい。平成二十年、第五十六回菊池寛賞受賞。なお、宮尾は、平成十年十一月下旬に、宮尾文学の集大成ともいうべき『宮尾本平家物語』（平成13年6月～16年4月、朝日新聞社）の取材に寂光院、六波羅、長楽寺、鹿ヶ谷を訪れている。（越前谷宏）

三宅青軒 みやけ・せいけん
元治元年五月二十三日～大正三年一月六日（1864～1914）。小説家。京都に生まれる。本名・彦弥。別号に緑旋風、雨柳子。明治二十五年十月、京都府吏員を主人公とした「この眼」（『錦の袈裟・この眼』春陽堂所収）を発表。二十六年、春陽堂の探偵小説シリーズ第十八集として『火中之美人』（6月）を、博文館の少年文学シリーズ第二十二編として『頼山陽』（11月）を刊行。京都を舞台とする「鉄扇」が「小説百家選」の第三編『指輪・鉄扇』（明治27年4月、春陽堂）に収められる。二十八年、宮崎湖処子が「吾人二人、新進作家を得る」として鏡花と並べて評価。三十年頃より「文芸倶楽部」の主筆を務めるが、三十六年一月、「印税出版の法を取て、其著作者に永遠の利益を分つこと」を目的とした文泉館を設立し、「文華」を創刊する。四十年前後には、大学館より十数編の著作を刊行している。（越前谷宏）

三宅やす子 みやけ・やすこ
明治二十三年三月十五日～昭和七年一月十八日（1890～1932）。小説家、評論家。京都市上京区（現・中京区）に生まれる。父は加藤正矩。明治四十年、女子高等師範学校附属高等女学校（現・お茶の水女子大学附属高等学校）卒業。四十三年、三宅恒方と結婚。その後、夏目漱石などに師事。夫の死後、小説、評論などに活躍する。作品に『未亡人論』（大正12年3月、文化生活研究会）など。全集に『三宅やす子全集』全五巻（昭和7年5月、中央公論社。復刻版、平成5年9月、本の友社）がある。評論家の三宅艶子は娘である。（谷口慎次）

宮坂和子 みやさか・かずこ
大正八年五月十九日～（1919～）。歌人。京都府に生まれる。昭和十三年、五島《ごとう》茂の短歌誌「立春」に入会。五島美代子の指導を受け、同人となる。また編集委員も務める。歌集に『殻』（昭和34年2月、立春短歌会）がある。三十四年、第十回木下利玄賞受賞。（竹島千寿）

宮崎学 みやざき・まなぶ
昭和二十年十月二十五日～（1945～）。評論家、小説家。京都市伏見区に生まれる。早稲田大学中退。高校在学中に日本共産党へ入党。大学入学後は学生運動に没頭し、早大闘争で活躍した。その後、週刊誌記者、家業の解体業を経て、平成八年十月に自身の半生を綴ったノンフィクション作品『突破者』（南風社）を発表。（内藤由直）

宮嶋資夫 みやじま・すけお
明治十九年八月一日～昭和二十六年二月十九日（1886～1951）。小説家。東京府四谷伝馬町（現・東京都新宿区四谷）に生まれる。本名・信泰。号・蓬州。四谷小学校高等科中退。砂糖問屋や三越呉服店の小僧、歯科医書生、手内職、職工を経験。大正四

年、都新聞の通信員となる。五年一月、『坑夫』（近代思想社）が発売禁止となるが、労働文学の先駆者として注目される。昭和三年七月、小川未明・岡本潤らとアナーキズム文学雑誌「矛盾」を創刊（8冊で廃刊）五年四月、京都を旅行し天龍寺を訪ね、十月、得度する。後、浄土真宗に帰依。評論集『第四階級の文学』（昭和11年3月、下出書店）、自伝『遍歴』（原題『真宗に帰す』昭和28年8月、慶友社）、『宮嶋資夫著作集』全七巻（昭和58年4月～11月、慶友社）がある。

（中谷美紀）

宮田あきら　みやた・あきら

大正十二年一月二十一日～昭和六十一年三月七日（1923～1986）。川柳作家。京都に生まれる。川柳作家の甫三、豊次の弟。二人の兄の影響で幼少期から川柳に親しむ。八歳のときに柳誌「木馬」に句を発表していたという。昭和十七年に陸軍兵器学校に入学し、陸軍技術伍長に任官。台湾を経て沖縄に赴任。復員後、「川柳ビル」の同人となる。「でるた」「流木」の創刊に携わり、河野春三とともに、川柳の革新運動を行い、「人間派」「天馬」「川柳ジャーナル」「縄」を創刊した。一一九号以降の「川柳ジャーナル」や「縄」の事務局を引き受け、京都市南区東九条西河辺町を発行所とした。商業写真家、高校の写真科講師でもあった。

（西川貴子）

宮武寒々　みやたけ・かんかん

明治二十七年九月十三日～昭和四十九年五月二十八日（1894～1974）。俳人。京都市に生まれる。本名・和三郎。大阪心斎橋筋に洋傘の老舗「みや竹」を営む。大正初年から句作を開始し、「ホトトギス」に出句する。七年からは、飯田蛇笏の「雲母」に出句、以後蛇笏に師事。蛇笏門の重鎮であった。句集『朱卓』（昭和31年10月、雲母社）には、大正初期から戦中を経て、昭和三十年に至るまでの句を収める。蛇笏の「序」によれば、寒々は蛇笏と初めてまみえたとき、蛇笏の「霊的に表現されんとする俳句」（「ホトトギス」大正7年5月）に引用された作者不明の〈溺死ありおごそかに動く鰯雲〉の句が実は自らの作であったことを告げ、以後蛇笏の勧めに応じて大阪支社の俳句会に出席するようになったという。蛇笏は同じ「序」の中で寒々の句作を評して「あくまで現実に根をおろした一種強靭なる寒々色」と述べている。句集としては、他に『続・朱卓』（昭和42年11月、雲母社）がある。

（西尾元伸）

宮本輝　みやもと・てる

昭和二十二年三月六日～（1947～）。小説家。神戸市灘区弓木町に生まれる。本名・正仁。昭和四十四年四月、父熊市死去。四十五年三月、追手門学院大学文学部卒業後、サンケイ広告社入社。この頃、競馬に熱中する。四十七年、不安神経症の発作に苦しみ休職。同年九月、大山妙子と結婚。四十九年、初めての小説「無限への羽根」を書き、翌年「文学界」新人賞に応募する（のち「弾道」と改題し、昭和51年1月「わが仲間」に発表）。五十年八月、退社、本格的に作家を志す。同年十月、池上義一主宰の同人誌「わが仲間」に参加。五十二年四月、「泥の河」（「文芸展望」52年7月）で第十三回太宰治賞、五十三年一月、「螢川」（「文芸展望」昭和52年10月）で第七十八回芥川賞を受賞。十月、友人と東北旅行をし、蔵王温泉に宿泊。この東北旅行が、のちの書簡体小説『錦繍』（昭和57年3月、新潮社）となるが、主人公が「心中事件」を起こす舞台としては京都嵐山が選ばれている。第一短編集『幻の光』（昭和54年7月、新潮社）所収「こうもり」には詩仙堂が、青春小説『春の夢』（昭和59年12月、文芸春秋）には、修学院離宮近くの家が描かれる。また、自伝的長編『流転の海 第一部』（昭和59年7月、福武書店）の主人公は、「銀閣寺に近いある小さな寺の池」で一輪の蓮の花を見ている。この蓮の花は、輝の仏教思想にも繋がるもので、『睡蓮の長いまどろみ』（平成12年10月、文芸春秋）に繋がっていく。昭和六十二年、競馬小説『優駿』（昭和61年10月、新潮社）で第二十一回吉川英治文学賞、第一回JRA賞馬事文化賞を受賞。オラシオンのデビュー戦の舞台となったのが京都競馬場である。日本の競馬文学としては、織田作之助「競馬」（「改造」昭和21年4月）をはじめ、新橋遊吉、寺山修司、志摩直人、石川喬司などがあるが、なかでも本作のヒットは、広く競馬文化の理解を深めたといえる。六十三年に映画化された。また、京都競馬場は、男女二人の語り手によって、一人の女性の数奇な人生が語られる『月光の東』（平成10年2月、中央公論新社）にも登場する。（室　鈴香）

宮本百合子《みやもと・ゆりこ》

明治三十二年二月十三日～昭和二十六年一月二十一日（1899～1951）。小説家、評論家。東京市小石川区原町（現・東京都文京区千石）に生まれる。本名・ユリ。旧姓・中条。大正五年、日本女子大学校（現・日本女子大学）に入学後、「貧しき人々の群」（「中央公論」大正5年9月）を発表。同校を退学し、作家生活に入る。七年、アメリカ遊学に出発。同地で結婚するも、帰国後に離婚。その顛末は「伸子」（「改造」大正13年9月～15年9月）に描かれる。昭和二年から五年まで湯浅芳子とソビエトに外遊。社会主義への見識を深め、帰国後すぐに日本プロレタリア作家同盟に参加。六年には日本共産党に入党。七年、宮本顕治と結婚。以後幾多の弾圧にも屈せず、戦後も一貫して民主主義運動に貢献した。なお京都を描いた小説「高台寺」（「新潮」昭和2年7月）では都をどりや高台寺の臥龍廊を描きつつ、それらが「周囲に修正を加えて一旦頭へ入れてからでないと、心に躍り込んで来る美が尠い」ものだと冷静に批評している。（木田隆文）

宮脇修《みやわき・おさむ》

大正十五年四月二日～（1926～）。小説家。京都市に生まれる。太平洋戦争中、サイゴン（現・ベトナムホーチミン市）の南洋学院に在学。第三高等学校（現・京都大学）、京都大学文学部（美学美術史）卒業。上京し、無職、放浪。出版社に勤務して文芸書編集。劇団の非常勤顧問。小説『愛国少年漂流記』（平成15年7月、新潮社）では、太平洋戦争中に過ごした南洋学院での学生活と初年兵としての軍隊体験を基に、フランス植民地下の国際都市サイゴンでの日本人学生の青春や、ジャングルでの軍隊生活を描いた。（長濵拓磨）

三好達治《みよし・たつじ》

明治三十三年八月二十三日～昭和三十九年四月五日（1900～1964）。詩人、翻訳家。大阪市にて、印刷業を営む父政吉、母タツの長男として生まれる。明治三十九年、京都府加佐郡舞鶴町（現・舞鶴市）の佐谷家の養子となるが、後に兵庫県有馬郡三田町（現・三田市）にいた祖父母に育てられる。大阪の両親の元に戻り、小学校を卒業。大正三年、大阪府立市岡中学校に進学。同校を中退して大阪陸軍地方幼年学校に入学し、陸軍士官学校まで進学するが、十年、中途で退学。十一年に京都の第三高等学校（現・京都大学）に入学して、桑原武夫、丸山薫、貝塚茂樹らと同級となる。「僕の京都」（「芸術新潮」昭和29年2月）によれば、第一高等学校との野球の応援のために必要だった大太鼓を貝塚らと一緒に大津まで借りに行った帰りに、インクラインの通い舟に乗りながら大太鼓を打ち鳴らして京都に戻ったことがあったという。三高在学中の詩作は、「玻璃盤《はりばん》の胎児」（「青空」大正15年6月）のみ。十四年に東京帝国大学文学部仏文科に進学すると、梶井基次郎や外村繁ら三高出身者を中心にした同人誌「青空」に参加。後に百田宗治の「椎の木」、安西冬衛らの「亞」に加わり、昭和三年、「詩と詩論」の創刊にも加わる。四年十二月にボードレールの『巴里の憂鬱』（厚生閣書店）を翻訳して刊行。五年十二月には処女詩集『測量船』（第一書房）、七年八月に第二詩集『南窗集《なんそう》』（椎の木社）を刊行。九年一月、佐藤春夫の妹智恵子と結婚。同年十月には堀辰雄、丸山薫と共に第二次「四季」を創刊。十九年五月、妻子と別れて、萩原朔太郎の妹アイと結婚するが、すぐに離婚。戦争中には戦争詩も量産するが、戦後も詩集『駱駝の瘤にまたがって』（昭和27年3月、創元社）や評論『萩原朔太郎』（昭和38年5月、筑摩書房）を刊行するなど、旺盛な執筆活動を続けた。

＊いのちひさしき《いのちひさしき》 詩。〔初版〕『花《はな》筐《がたみ》』昭和十九年六月、青磁社。◇「僕の京都」（「芸術新潮」昭和29年2月）に、学生時代に祇園で見た篝火に取り囲まれた夜桜について、まんべんなく円形に枝を差し伸べた小さな丘のような姿が、円山という名を象徴しているように見え、「そのむっくりとした大きな花の塊りぜんたいが、火勢につれて静かに呼吸してゐるやうにも、少し誇張していへば、静かに舞踏してゐるやうにも見えた」と書く。既にその頃から、この名木の危機は新聞記事にもなっていたというが、後年、すっかり枝を取り払われた枝垂れ桜が、わずかに残された二三の枝に花をつけているのを見て書かれたのが本作。〈いのちひさしき花の木も／おとろふる日のなからめや／ふるきみやこの春の夜に／かがり火たきてたたへたる／薄墨ざくら枝はかれ／幹はむしばみ根はくちぬ〉〈ひのもとのいちとたたへし／はなのきをかるるにまかす／せんすべしらに〉 （信時哲郎）

【む】

向井潤吉 むかい・じゅんきち

明治三十四年十一月三十日～平成七年十一月十四日（1901～1995）。洋画家。京都市下京区に生まれる。京都市立美術工芸学校（現・京都市立芸術大学）予科に入学、大正五年、中退。関西美術院で四年間洋画を学ぶ。昭和二年、渡仏、ヨーロッパ各国に旅行する。五年、帰国。滞欧作十一点を二科展に出品、樗牛賞を受ける。十一年、二科会会員となる。たびたび従軍して戦争記録画を制作、十五年には昭和洋画奨励賞を受ける。戦後、同志と行動美術協会を結成、一貫して日本各地の民家を描き続けた。生まれ育った京都の古い民家のイメージが、彼の創作意欲を刺激したのかもしれない。風景に宿る命、民家という営みの肖像など、文学的ともいうべきテーマを追求してきた。佐多稲子「体の中を風が吹く」（「朝日新聞」昭和31年9月15日～32年1月20日夕刊）ほか、新聞小説の挿絵も担当。平成五年、世田谷区に向井潤吉アトリエ館が開館。「大原暮雪」「洛北小春」などを収めた画集に『日本の民家』（昭和43年11月、保育社）がある。

（西本匡克）

向井良吉　むかい・りょうきち

大正七年一月二十六日～（1918～）。彫刻家。京都市下京区仏光寺通柳馬場西入東前町に生まれる。三人兄弟の末弟で、長兄は洋画家の潤吉。昭和十六年十二月に東京美術学校（現・東京芸術大学）を卒業し、ラバウルにて従軍する。苛酷な戦争体験が、後の作品の根底に流れている。昭和二十六年九月、臼井喜之介たちのベレー会に加わり、会報「る・べれー」（昭和27年2月）に随筆を寄せる。三十六年四月、彫刻「蟻の城」が第四回高村光太郎賞を受賞。翌年六月には、第三十一回ベネチア・ビエンナーレに「蟻の城」連作を出品し、国際的に高い評価を受けた。

（岡村知子）

宗政五十緒　むねまさ・いそお

昭和四年二月二十六日～平成十五年一月二十七日（1929～2003）。近世文学研究家、歌人。岡山市に生まれる。昭和三十五年、京都大学大学院修了。三十六年、龍谷大学文学部専任講師。四十二年秋、短歌結社あけぼの社を結び、四十三年四月、「短歌文芸あけぼの」を創刊。第二号の「編集手帖」には「社の同人数は二五〇名を数えるに至りました」とある。個人歌集に「洛中洛外図」二十二首を収める『風見鶏 南にむく時』（昭和49年10月、中央図書）、「洛中洛外の春」三十首、「都をどり」十首を収める『歌集 わが日本列島』（平成2年12月、あけぼの社出版局）がある。また、祇園甲部歌舞会「都をどり」の構成、作詞、考証を担当する。平成九年、京都新聞文化賞受賞。龍谷大学名誉教授。西鶴、近世の出版、名所図会についての著作多数。京都を詠んだ歌に〈有職の着付の紐の絹白し都をどりの楽屋見舞ひて〉がある。

（越前谷宏）

村上章子　むらかみ・あきこ

昭和二十二年（月日未詳）～（1947～）。小説家。京都市に生まれる。京都府立大学女子短期大学部（平成12年に廃部）卒業。昭和五十五年、大阪文学学校に入学（創作科一期）、約一年間在籍。五十九年、「四月は残酷な月」で第二十七回女流新人賞受賞。一時期、同人誌「アルカイド」所属。『シャドウ・ボクシング』（平成3年11月、青弓社）刊行。

（野口裕子）

村上春樹　むらかみ・はるき

昭和二十四年一月十二日～（1949～）。小説家、翻訳家。国語教師村上千秋、美幸夫妻の長男として、京都市伏見区に生まれる。その後父の私立甲陽学院中学校への転勤に従い、兵庫県西宮市夙川に転居。昭和三十年、西宮市立香爐《こうろ》園《えん》小学校入学。三十六年、芦屋市に転居。芦屋市立精道中学校入学。この頃から外国文学を読み始め、ジャズにも興味を抱く。三十九年、兵庫県立神戸高等学校入学。新聞委員会に所属、二年生のときに編集長となる。一年間の浪人の後、四十三年、早稲田大学第一文学部入学。目白の旧細川公爵邸にある私立の寮、和敬塾に入寮するが半年後に退寮。同寮での生活はのちに短編「蛍」（「中央公論」昭和58年1月）、『ノルウェイの森』に摂取される。四十六年、学生結婚、文京区千石の夫人の実家に居を移す。結婚後からジャズ喫茶開店準備のため夫婦でアルバイトを行う。四十九年、国分寺にジャズ喫茶ピーターキャットを開店（52年に千駄ヶ谷へ移転）。五十年、早稲田大学第一文学部演劇専攻卒業。五十三年、小説を書くことを思い立ち、「風の歌を聴け」を半年がかりで脱稿、「群像」新人文学賞に応募。翌五十四年、同作で第二十二回群像新人文学賞受賞。単行本『風の歌を聴け』（昭和54年7月、講談社）が刊行される。五十五年、執筆活動を本格化。『1973年のピンボール』（昭和55年6月、講談社）を刊行。五十六年、ピーターキャットを人に譲り、専業作家となる。千葉県船橋市に転居。『風の歌を聴け』が大森一樹の脚本・監督で映画化される。五十八年、『中国行きのスロウ・ボート』（昭和58年5月、中央公論社）、短編集『カンガルー日和』（昭和58年9月、平凡社）などを刊行。アテネマラソン、ホノルルマラソンのコースを試走。以後毎年のように各地各国のマラソン大会に参加する。五十九年、短編集『蛍・納屋を焼く・その他の短編』（昭和59年7月、新潮社）などを刊行。夏に約六週間にわたって米国を旅行する。十月、神奈川県藤沢市に転居。六十年、『世界の終わりとハードボイルド・ワンダーランド』（昭和60年6月、新潮社）を刊行、同作で第二十一回谷崎潤一郎賞受賞。同年は他に『回転木馬のデッド・ヒート』（昭和60年10月、講談社）などを刊行。六十一年一月三十日、京都市伏見区下鳥羽にある京都科学標本株式会社（現・株式会社京都科学）本社工場をイラストレーター安西水丸とともに見学。その折の見聞は翌年『日出る国の工場』（昭和62年6月、平凡社）の第一章「人体標本工場」としてまとめられた。二月、神奈川県大磯町に転居。『パン屋再襲撃』（昭和61年4月、文芸春秋）などを刊行。同年十月、イタリア、ローマを経て、ギリシャへ渡航。以後約三年間、数度の帰国を挟みヨーロッパ各地を歴訪。六十二年一月、シシリー島へ移る。二月から六月にかけてボローニャ、ミコノス、クレタなどへ旅行し、六月に一時帰国。九月ローマへ戻る。『ノルウェイの森』上・下（昭和62年9月、講談社）を刊行、ベストセラーとなる。同作品で「直子」が入所する精神病の療養施設「阿美寮」は京都市北部郊外にあると設定されている。六十三年、三月ロンドンに滞在。四月に一時帰国。八月ローマに戻り、松村英三とギリシャ、トルコを取材。『ダンス・ダンス・ダンス』（昭和63年10月、講談社）などを刊行。平成元年五月、ギリシャ、ロードスを旅行。七月、南ドイツ、オーストリアを自家用車で旅行。十月帰国。すぐにニューヨークへ。二年一月帰国。四月、『村上春樹全作品1979〜1989』全八巻（平成2年5月〜3年7月、講談社）が刊行開始。この年、紀行『遠い太鼓』（平成2年6月、講談社）、『雨天炎天』（平成2年8月、新潮社）などヨーロッパ滞在期間の体験をまとめた作品を刊行。三年一月、プリンストン大学研究員として渡米。四年一月、プリンストン大学大学院で現代日本文学のセミナーを担当（翌年8月まで）。七月、約一ヵ月間にわたりメキシコを旅行。『国境の南、太陽の西』（平成4年10月、講談社）を刊行。京都との関係でいえば、この作品では学生時代の「僕」が通いつめた「イズミ」の従姉のアパートが「御所の西側」にあるとされている。五年七月、マサチューセッツ州ケンブリッジのタフツ大学へ移籍。六年、『ねじまき鳥クロニクル　第一部　泥棒かささぎ編』『ねじまき鳥クロニクル　第二部　予言する鳥編』（平成6年4月、新潮社）を刊行。五月、プリンストン大学で河合隼雄と「現代日本における物語の意味について」と題する公開対話を行う。六月、中国内蒙古自治区とモンゴルを取材旅行、ノモンハンなど戦跡をめぐる。七年三月、アメリカからの一時帰国の際に地下鉄サリン事件を知る。六月、カリフォルニアまで自動車での米国大陸横断旅行に出発。その後ハワイ・カウアイ島での一ヵ月半の滞在を経てアメリカから帰国。九月、阪神・淡路大震災後の芦屋市と神戸市で自作朗読会を開催。『村上朝日堂超短編小説 夜のくもざる』（平成7年6月、平凡社）、『ねじまき鳥クロニクル 第三部 鳥刺し男編』（平成7年8月、新潮社）などを刊行。八年、二月『ねじまき鳥クロニクル』で第四十七回読売文学賞受賞。六月より「村上朝日堂ホームページ」において、電子メールによる一般読者との交流が始まる。この年は断続的に地下鉄サリン事件の被害者六十二人にインタビューを行い、それらはノンフィクション『アンダーグラウンド』（平成9年3月、講談社）、『約束された場所へ』（平成10年11月、文芸春秋）に結実する。なお『約束された場所へ』で第二回桑原武夫学芸賞を受賞。十一年四月、北欧を二週間旅行。『スプートニクの恋人』（平成11年4月、講談社）刊行。十二年、震災をテーマにした連作集『神の子供たちはみな踊る』（平成12年2月、新潮社）刊行。十四年、『海辺のカフカ』（平成14年9月、新潮社）刊行。十五年、河合隼雄と京都で対談、「京都での対話―河合隼雄と村上春樹が語り合った2日間」（「フォーサイト」平成15年10月～11月）として発表される。両者とも関西出身であり、京都および関西文化に対する言及も見られる。十六年、『アフターダーク』（平成16年9月、講談社）、十七年、『東京奇譚集』（平成17年9月、新潮社）を刊行。十八年、フランツ・カフカ賞、フラナリー・オコナー賞など国際的な文学賞を続けて受賞、国際的な評価を不動のものにしている。

（木田隆文）

村上幸雄　むらかみ・ゆきお

大正三年五月二十五日～（1914～）。児童文学作家、児童文化運動家。京都市に生まれる。同志社大学中退。のぞみ幼稚園経営の傍ら、子どもの文化研究所に所属し、劇作を行う。主著に『子どもが喜ぶ古典ユーモアばなし』（昭和51年8月、黎明書房）、斎田喬との共著『手近な材料でできる人形劇とテーブル劇場』（昭和59年2月、黎明書房）、『たのしい劇あそび』上・下（昭和59年12月・60年1月、小峰書店）、京都の機業一家を描いた「西陣織屋街」（『新編中学校劇集』第二巻、昭和31年11月、泰光堂）など。

（花﨑育代）

村田橙重　むらた・とうちょう

明治十九年十一月十八日～昭和五十一年十一月三日（1886～1976）。俳人。奈良県桜井市三輪町に生まれる。本名・竹治郎。日本レース株式会社社長、京都絹綿製品輸出株式会社社長。俳句は田中王城、高浜虚子に師事。「鹿笛」「ホトトギス」同人となる。昭和三十七年十一月十八日、句碑〈冬ながら三輪の神山青々と〉が三輪町大神《おおみわ》神社に建立される。作品に『橙重句集』（昭和28年3月、村田竹治郎）、『鉾』（昭和48年11月、村田橙重）等がある。活気溢れる京都の歳末の光景を詠んだ〈見て通る終ひ天神賑やかに〉など、京都に関連する句が多数ある。

（中野登志美）

村松友視　むらまつ・ともみ

昭和十五年四月十日～（1940～）。小説家。東京都に生まれる。父の死後、祖父で小説家の村松梢風の子として入籍され、静岡県清水市（現・静岡市清水区）で祖母に育てられた。慶応義塾大学哲学科卒業。中央公論社に勤務し雑誌の編集に携わるが、昭和五十五年六月に刊行した『私、プロレスの味方です』（情報センター出版局）が話題を呼び、退社。『時代屋の女房』（昭和57年8月、角川書店）で第八十七回直木賞を、

『鎌倉のおばさん』（平成9年6月、新潮社）で第二十五回泉鏡花文学賞を受賞するなど、充実した文筆活動をつづけた。麩屋町通姉小路の老舗旅館を取材した『俵屋の不思議』（平成11年4月、世界文化社）には、「京都……という場所は、私にとってはいわれなきプレッシャーを受ける空間だ」（『風を追う』昭和60年3月、PHP研究所）という長年の構えを解いた、京都の人と文化が描かれる。『旅を道づれ』（昭和61年9月、筑摩書房）には錦小路の賑わいが写され、『雷蔵好み』（平成14年11月、集英社）には大映太秦撮影所でのシーンがある。

（田中励儀）

村山槐多 むらやま・かいた

明治二十九年九月十五日～大正八年二月二十日（1896～1919）。詩人、画家。愛知県額田郡岡崎町字裏町（現・岡崎花崗町）に、村山谷助、たまの長男として生まれる。生地は通説横浜だが、村松和明（「中日新聞」平成23年12月2日）に拠る。学校教師だった父の転勤に伴い愛知・高知と転じ、明治三十三年、入洛。上京区宮垣町に居住した。三十六年、春日小学校に入学。家は上京区桜木町へ転じる。京都府師範学校（現・京都教育大学）附属小学校へ転校。小学生時から、絵を描き、文章を書いて楽しんだ。弟桂次の随筆「槐ちゃん」（「アトリエ」大正14年3月）に拠れば、「近所に居た秋吉と言ふ日本画家の人と秋吉さんの家に寓して居た真野さんと言ふ文学士の影響らしい（略）そして五年生位の時に彼の主任教師をして居た山下と言ふ（略）先生に依つて強められた」。悪童ながら、成績は首席だった（大井尚俊の回想）。四十一年夏、京都府立第一中学校（現・府立洛北高等学校）教師であった父が三重県津市における京一中水泳訓練を世話していた関係から、小学生の槐多もこれに参加し、「磯日記」を残す。四十二年、京一中に入学。同校は「イギリスのパブリックスクールのように、生徒を一個の紳士として扱う自由主義を一中へもちこもうとした」森外三郎校長時代で、自由な校風を特色とした（『京一中洛北高校百年史』）。四十三年、従兄の山本鼎から油絵道具が与えられる。英語教師錦田義富は、monomaniaという単語を「たとえば村山の絵におけるがごとし」と説明した（阪口保の回想）というから、授業中も絵三昧であった。この頃から「自分の心と、肉体との傾向が著しくデカダンスの色を帯びて居る事を」感づく（遺書）。成績悪化、悪戯激化。進路で父と衝突する。四十四年、文芸回覧同人誌掲載の随筆「空の惑」に「此の頃、加茂川の森に近い田んぼの中に立ちどまって、叡山の頂上の方を見上げると、実に美しい空が眼に這入る。（略）僕はあの美しさを採集したい」と書く。母が上京区大原口町で小間物屋を営む。四十五年八月、奈良放浪。大正二年以降の詩や短歌がある。大戯曲にも着手したと書簡「錦田先生へ」で報告する。槐多著作の引用は、特記以外、山崎省三編『槐多の歌へる』（大正9年6月、アルス）・山本二郎編『槐多の歌へる其後』（大正10年4月、アルス）に拠る。詩「童児群浴」は〈太陽の祖先の如き赤さ〉を持ち、大川の〈紫の渦巻きに喜戯する〈黄金の童子〉を取上げた。紫・金・赤色は槐多の作品に多用される。一学年下の美少年稲生澯に夢中になり、その思いを作品化した。「今日物理の時プリズムにて光の屈折の実験あり、プリズムを透す日光の美しさ、紫、黄、赤、実に鮮なりき、無色にして色彩ある日光を神の様に感じき。／プリズムは実に稲生の君にふさはしき名なり」（「日記」11月12日）など。赤は血の色でもあった。詩「四月短章」は〈血染めのラッパ吹き鳴らせ／耽美の風は濃く薄く／われらが胸にせまるなり／五月末日日は赤く／焦げてめぐれりなつかしく／ああされば／血染めのラッパ吹き鳴らせ／われらは武装を終へたれば〉の詩句を含む。三年、〈金紫の雲は赤き灯を隠して天を過ぎ／太陽は発射す強き光弾を／痛ましき美しき真昼／傲然と三十三間堂輝く〉と始まる詩「三十三間堂」を書く。その詩句〈ああ三なる数字よ／汝はギリシアの数字にして／またこの堂の数字なり／この黒くけはしくまた美しき堂の数字なり〉とあるごとく、京都からギリシャを透視した。詩「沈みゆく都」では、〈燈火飾れる古き都〉が〈酒の海のいと深き底〉へ沈淪する。〈「にぎやかな夕ぐれやおへんか／ほんまににぎやかやおへんか」／この時泣いて片恋のわれはつぶやく／「そやけどほんまはさびしおすのえなあ」〉（詩「にぎやかな夕ぐれ」）、〈私はあなたを見たえ〉（詩「一人の美少女」）、〈それでも黙つてはる、けつたいな事〉（詩「夜の美少女」）など、京言葉を取り入れた詩を発表。京都を舞台とする詩「午後の紫野」「大原の小春」を作る。京一中を卒業後、長野県小県郡大屋（現・上田市大屋）に山本鼎の両親宅を訪ね、二ヵ月滞在。随筆「絵馬堂を仰ぎて」を五月六日、「大阪朝日新聞京都附録」に発表、「京都に就て言へば拙劣な西洋建築の美術館などを造る代りに各神社に新しい絵馬堂を建てゝそこを美術展覧所としたい」希望を述べる。上京して、北豊島郡瀧野川村田端（現・東京都北区田端）の小杉未醒邸離れに寄寓する。山本鼎が悍馬槐多を友人の未醒なら御せるかも知れないと嘱したのである。日本美術院研究生となる。四年、「日記」に〈純粋に「画家」と呼ばれたい。その他の副業はすべて是を人に秘したい。〉と記す。十月、信州に滞在し、「信州日記」（山本太郎編『村山槐多全集』、昭和38年10月、彌生書房）に「自分の新生は始まるのだ」と感じたむね記す。「武侠世界」に小説を発表しながら、絵の勉強を続ける。美術院展に水彩「カンナと少女」を出品、院賞を受ける。五年、自活。モデルに片思いしたり、飛驒・大島へ行ったりする。友人山崎省三と根津八重垣町（現・東京都文京区根津）に下宿。六年、美術院第三回習作展に油彩「湖水と女」を出品し、院賞金を受ける。両国の工場で働く。美術院第四回習作展に油彩「乞食と女」を出品。七年、結核性肺炎に罹る。房総半島へ行き、喀血し、東条村の病院に十日程入院する。帰京し、代々木に家を借り、鐘下山房と名づく。槐多偏愛の赤色絵具を素材に詩「ガランス」を書く。〈空もガランスに塗れ／木もガランスに描け／草もガランスにかけ／□□をもガランスにて描き奉れ／神をもガランスにて描き奉れ／ためらふな、恥ぢるな／まつすぐにゆけ／汝の貧乏を／一本のガランスにて塗りかくせ〉。八年、雪の中を飛び出し、友人に探し出されるが、二日後に死去。満二十二歳六ヵ月の若さであった。友人たちに依って遺作展・追悼会が開かれる。山本鼎「槐多君の遺展に際して」（「中央美術」大正8年12月）で「槐多君は常に頗る貧乏な画学生であったが、而も常に、神授されて冨饒な芸術的養分にもよつていつも活き〳〵とした人間であった」と記す。九年、『槐多の歌へる』が編まれ、広く知られるようになった。高村光太郎は、詩「村山槐多」中に〈いつでも一ぱい汗かいてゐる肉塊槐多。／五臓六腑に脳細胞を偏在させた槐多。／強くて悲しい火だるま槐多。／無限に渇したインポテンツ〉と表現した。

＊京都人の夜景色《きょうとじんのよげしき》 詩。〔初版〕山崎省三編『槐多の歌へる』大正九年六月、アルス。改訂版、昭和二年二月。改訂版は

初版の誤植を直すほか、最終行〈あても知りまへん〉を〈あても知りまへんに。〉と改訂。◇〈ま、綺麗やおへんかどうえ／このたそがれの明るさや暗さや／どうどつしゃろ紫の空のいろ（略）〉と、はんなりした京言葉による一人語り。〈たそがれ〉〈紫〉など白秋的素材も含みつつ、伝統的鴨川納涼・四条大橋架け替えに伴う繁華な雰囲気を、詩化した。終わりの虚脱感表明は、稲生澯に対する槐多の心情の反映か。『日本近代文学大系54』の安藤靖彦や、岡保生「村山槐多」（「芸術至上主義文芸」昭和59年11月）が、語り手〈あて〉を〈仁丹の色電気〉と注釈するけれども、第五連の誤読に基づく。〈あて〉は京女、〈仁丹の色電気〉は夜景色の一つである。

（堀部功夫）

村山葵郷　むらやま・ききょう

明治三十三年七月十七日〜昭和三十六年二月十九日（1900〜1961）。俳人。京都市に生まれる。本名・清三郎。生家は祖父の代から桶屋業を営んでいた。長ずるにおよび近隣の青少年を集め竹の子句会を開く。大谷句仏主宰の「懸葵」に投稿し、また大須賀乙字門下の大森桐明らと交わる。昭和六年、弟正三（古郷）が進学するに際し、最低限の仕送りを約して東京へ送り出す。十九年十月、句集『春暁』を東炎山房から刊行、発行者は村山正三、「跋」に「私がこの一筋の道に足を踏み入れてからもう二十数年になる。大正七年桐明氏に会つて私の俳句の眼は開かれた。その後桐明氏を通じて素琴先生や吐天氏等の知を得、爾来この人々の誘掖に依り乙字俳道を進んで来た」という。「京都新聞」（昭和36年2月22日）の「なくなった人」欄に「19日＝桂市ノ前町村山清三郎（六一）」とのみある。京都を詠んだ句に〈祇園会や錦を焦がす炎天下〉がある。

（三谷憲正）

村山古郷　むらやま・こきょう

明治四十二年六月十九日〜昭和六十一年八月一日（1909〜1986）。俳人。京都市下京区の東西本願寺の間にある町内に、千枚漬けのたるを作る職人清治郎の二男として生まれる。本名・正三。兄は葵郷《ききょう》、また姉もたか女という俳号を持つ。父が職人に学歴はいらぬといって進学を許さなかったため、尚徳尋常小学校（戦後、尚徳中学校を経て、現在の市立下京中学校に統合）を出て家業に就く。小学校在学中、「ここはお国を何百里…」（「戦友」）の作者としてよく知られていた真《ま》下《しも》滝吉（飛泉）が校長として赴任した。昭和六年、上京。東京帝国大学や国学院大学で俳諧史を講じていた志田義秀（素琴）の知遇を得る。水道橋に開校したばかりの夜間の東洋商業に通う。素琴らが「東炎」を創刊するに及んで、同人として編集を担当、また素琴の第六高等学校（現・岡山大学）時代の教え子である内田百閒の門下生ともなる。九年、国学院大学入学、十四年、国文学科卒業（卒業論文は「去来の研究」）。同年、安田財閥系の保善商業学校（現・保善高等学校）に奉職、二年ほど教鞭を執る。十六年、百閒の紹介で日本郵船に入社。戦中を経て、戦後総務課長などを務める（のち、日本郵船の子会社である郵船興業に移り、47年、同社監査役を退任）。二十一年、「べんがら」を創刊主宰。二十五年末、新潮文庫『俳諧歳時記』（冬・新年）の部を刊行、歳時記ブームの先駆けとなる。三十年、石田波郷主宰の「鶴」の同人となる。三十七年六月、句集『西京』（竹頭社）刊行。五十二年、古川柳研究家としても知られる山路閑古の後を継ぎ、西行の「鴫立沢の秋の夕暮」で有名な神奈川県大磯町の鴫立庵《しぎたつあん》の第二十世庵主となる（在庵9年）、〈庵に来れば庵主と呼ばれ春障子〉（句集『金閣』昭和58年3月、永田書房）。五十四年、『明治俳壇史』（昭和53年9月、角川書店）が、「地域社会でこの日本的風土の庶民文学が育っていったさまを、人間模様の哀歓を織りまぜていきいきと描き出した」として、第二十九回芸術選奨文部大臣賞を受賞した。五十六年、小説家でもあった、嵯峨野俳句会の主宰者高桑《たかくわ》義生《ぎせい》の死去に伴い、俳誌「嵯峨野」を引き継ぐ。六十一年、嵯峨野社連衆により、嵐山の野宮神社境内奥に〈野宮の竹美しや春しぐれ〉と刻んだ句碑が建立される。同年、八月永眠。他に、『俳句もわが文学』全三巻（昭和47年9月～50年5月、永田書房）、『大正俳壇史』（昭和55年11月、角川書店）、『昭和俳壇史』（昭和60年10月、角川書店）などがある。（三谷憲正）

室生犀星 むろう・さいせい

明治二十二年八月一日～昭和三十七年三月二十六日（1889～1962）。詩人、小説家。本名・照道。金沢市裏千日町（現・千日町）に、元加賀藩士小畠弥左衛門吉種と、はると呼ばれた女性の子として生まれ、同市千日町にあった雨宝院住職室生真乗とその内縁の妻赤井ハツの元で幼少期を過ごす。高等小学校を中退後、裁判所給仕や地元新聞の記者を経て上京。「スバル」「朱欒《ザンボア》」などを舞台として詩人としての出発を遂げるが、その間の大正二年一月、京都に赴き一ヵ月ほど滞在、金沢時代に俳句の手ほどきを受けた藤井紫影（乙男）の紹介で上田敏を訪問した。「うすゆき」（「朱欒」大正2年2月）や「祇園」（「スバル」大正2年4月）といった詩はこの旅の産物で、後に『愛の詩集』（大正7年1月、感情詩社）とともに初期の代表詩集である『抒情小曲集』（大正7年9月、感情詩社）に収録された。第一短編集『性に眼覚める頃』（大正9年1月、新潮社）の刊行後、小説においても繊細と野生とが同居した独特の作風を武器に続々と作品を発表。さらに大正後半から昭和に入ると随筆集の刊行も増える。その中の一冊で昭和九年五月に中央公論社から刊行された『文芸林泉』には、同年一月に一週間ほど京都を旅して龍安寺や西芳寺などの名苑を観賞したことや、大河内伝次郎と旧交を温めたことが「京洛日記」と題して収録されている。そこに流れる枯淡と清寂とを好む心性は、短編集『神々のへど』（昭和10年1月、山本書店）を頂点とする、あくどい脂ぎった世界で暴れまわる作家精神と微妙なバランスを保つものとして注目されよう。以後、犀星が京都を訪問することはない。が、「萩の帖」（「婦人朝日」昭和17年10月、「週刊婦人朝日」昭和17年11月4日～12月23日）や「山吹」（「中日新聞」昭和19年1月20日～4月26日）などから始まり、「かげろふの日記遺文」（「婦人之友」昭和33年7月～34年6月）でその集大成を迎えた、いわゆる〈王朝もの〉と呼ばれる犀星の理想の女性像を創出した小説群にあって、平安の都のたたずまいは随所において描き出されている。（大橋毅彦）

【も】

モラエス（ヴェンセスラウ・デ・モラエス） Moraes, Wenceslau de

一八五四年五月三十日～一九二九年七月一日（1854～1929）。ポルトガルの外交官、日本研究家。ポルトガルのリスボンに生まれる。明治二十二年八月に初来日し、その後も度々来日する。マカオ港港務副指令であった三十一年六月に、帰国命令を拒み日本に移住。以後、神戸、大正二年からは徳島に居住する。明治四十年にラフカディオ・ハーンの影響で、京都市下京区の末慶寺にある、大津事件に際し自害した畠山勇子の墓を参詣している。それ以後も墓参に訪れ、同寺には八枚の手紙と一枚の写真が保存されている。

（松枝　誠）

森鷗外《もり・おうがい》

文久二年一月十九日～大正十一年七月九日（1862～1922）。小説家、評論家、劇作家、翻訳家、軍医。石見国（現・島根県）鹿足郡津和野町に生まれる。本名・林太郎。藩主の典医の家系に長男として生まれ、藩校で儒学を学んだあと、明治五年に上京してドイツ語を学ぶ。七年、第一大学区医学校（後に東京医学校、現・東京大学医学部）予科に入学。十四年七月、東大医学部を卒業。十二月、陸軍二等軍医。十七年六月、ドイツ留学を命じられ（自身は衛生学を学ぶことを志す）、八月二十四日、横浜を出港。十月にベルリンに到着。その後、ドイツ軍の演習や王宮の舞踏会などにも参加。二十年四月には、コッホ教授の衛生試験所に入る。この頃までに、「文づかひ」「うたかたの記」「舞姫」の素材となる体験を経る。二十一年、九月八日に帰国、陸軍医学校の教官となる。同月十二日、ドイツ女性エリーゼ来日。二十二年一月、「読売新聞」に「小説論」、翻訳戯曲「音調高洋箏一曲」（のち「調高矣洋絃一曲」と改題）の掲載を始める。二月二十四日、西周の媒酌で赤松則良の長女登志子と結婚。五月に評論「「文学と自然」を読む」を発表。同時代の批評に目を配った活動が精力的に行われ始める。八月、新声社の同人らで「国民之友」に「於母影」を発表、自身訳のバイロン詩「マンフレット一節」を含む。十月「しがらみ草紙」を創刊。評論や小説を掲載する。二十三年一月、「国民之友」に「舞姫」を発表。この作品をめぐって石橋忍月と論争。八月には、「しがらみ草紙」に「うたかたの記」を発表。十月に登志子と離婚。二十四年一月、「新著百種」の一環として「文づかひ」を発表。九月二十五日の「しがらみ草紙」に掲載した「逍遥子の新作十二番中既発四番合評、梅花詞集及梓神子（読売新聞）」から、坪内逍遥との間で、没理想論争が始まり、翌年の六月まで続く。批評における〈記述〉と〈談理〉、〈実際〉と〈理想〉をめぐっての対立であった。二十五年、七月に初期作品や翻訳物などを収録した『水沫集』を刊行。この作品集は、樋口一葉や国木田独歩などに影響を与えることになる。十一月から「即興詩人」の翻訳の連載を開始。二十六年、陸軍一等軍医正に任じられ、陸軍軍医学校校長となる。二十七年、日清戦争の勃発に伴い、八月、朝鮮半島へ。いったん日本に戻り広島で勤務したあと、そこの宇品港から兵站軍医部長として中国へ。二十八年五月、宇品に凱旋したあとすぐに台湾へ移動する。十月に東京に戻る。二十九年一月に、「めざまし草」を発刊。そこに掲載された幸田露伴などとの創作合評「三人冗語」で樋口一葉を激賞する。三十年八月、一葉の「にごりえ」の影響の濃い「そめちがへ」を「新小説」に発表。三十二年六月、陸軍軍医監に任じられ、小倉第十二師団軍医部長を命じられて、同地に赴任。三十三年一月には、自らは文壇の外の人間で「鷗外は甘んじて死んだ」と宣言する「鷗外漁史とは誰ぞ」を「福岡日日新聞」に掲載した。三十五年一月、荒木博臣の長女志げと再婚。三月、東京第一師団軍医部長として帰京。九月に『即興詩人』（春陽堂）を刊行。三十七年三月、第二軍医部長となり、四月に日露戦争従軍のために宇品を出発。四十年九月に刊行される『うた日記』（春陽堂）に収録される、戦地での歌を作り始める。三十九年一月に、東京へ凱旋。四十年三月、与謝野寛、伊藤左千夫、佐々木信綱らと観潮楼歌会を興す。十一月、陸軍軍医総監となり、四十二年一月、文芸誌「スバル」を創刊、ここを中心に活発な文学活動を再開。三月に私小説と思わせるような口語体の小説「半日」、七月、自伝風の「ヰタ・セクスアリス」を発表。十一月、自由劇場興行で鷗外訳「ジヨン・ガブリエル・ボルクマン」が上演される。四十三年三月から、「青年」を「スバル」に連載。五月に大逆事件が発覚するが、言論統制が強まる風潮の中で、それを風刺する「沈黙の塔」を発表。この年の後半から、軍医の人事権をめぐって石本新六次官らと対立。四十四年、九月より「雁」を「スバル」に連載。四十五年一月、五條秀麿物の一つ「かのやうに」を「中央公論」に発表。七月三十日、明治天皇死去。大正元年九月十三日の大葬の日に乃木希典夫妻が殉死する。これを受けて、十月に「興津弥五右衛門の遺書」を「中央公論」に発表。以降、歴史小説を執筆する。大正二年一月、「阿部一族」を「中央公論」に発表。三年一月、「大塩平八郎」を「中央公論」に発表。四年一月、近世期の資料を参照して、「山椒大夫」を「中央公論」に、「歴史其儘と歴史離れ」を「心の花」に発表。十月、小娘が役人を痛烈に批判したかのような「最後の一句」を「中央公論」に発表。五年一月に「高瀬舟」を「中央公論」に発表。史伝「渋江抽斎」を「東京日日新聞」に連載開始（1月～5月）。四月に退官。六年十二月、帝室博物館総長兼図書頭に任ぜられる。それにともなって、翌大正七年の十一月、正倉院宝庫曝涼《ばくりょう》のため奈良に滞在することになる。『鷗外全集 第三十六巻 書簡』（昭和51年3月、岩波書店）には、十一月の三日の朝、東京を発ち「夜京都着、ソレヨリ小サキ汽車ニテ伏見桃山ナド通過シ、奈良ニハ十時半頃着《ちゃく》イタシ、ヤウ〳〵一時頃ニ休ミ候、明日ハ正倉院御開扉ニ候」（11月4日付、妻しげ宛）とあり、さらに十一月二十五日付の、同じくしげ宛の手紙には「今日ハ京都博物館視察ニ出張イタシ候、午後三時ニ用済ニナリ例ノ帯屋ニ参候、見本ノ品ハ切レ居レドモ型ガ残ツテ居ル間ナラ織ラレルト申候、シカシ型ノ事ハ織場へ問合セナクテハワカラヌ由ニテ、袋ヲアヅカリ置キ跡ヨリ委細返事スベシト申候、（中略）帯屋ハ「カリハン」デハナク「ヰハン」（井筒屋半兵衛）ト云ヒ主人ニ面会候処、極テ老実ナル五十位の男ニテ、自分方ハ卸直接ナル由申シ候」と京都博物館の視察かたがた、娘茉莉の結婚のために帯を選んでいるのがわかる。また、子供たち（茉莉・杏奴・類）への手紙には「ケフハオヤスミデパパハキヤウトニイキマシタ。ナニカカツテカヘラウトオモツテミテマハツテモイイモノガアリマセンソコデオカアサンニハヤツハシトイフカタイオクワシヲスコシ、コドモニハアメノナカニマメノハイツタボウヲ一ハコヅツソレカラ五シキマメトイフアマイマメヲ一ハコヅツカヒマシタ」（11月28日付）と書き送っていて、当時の京都の様子がうかがわれる。八年、帝国美術館の初代院長となる。十一年、肺結核が見つかり、七月六日、賀古鶴所に遺言を述べる。同月九日、死去。

＊山椒大夫《さんしょうだゆう》　短編小説。〔初出〕「中央公論」大正四年一月。〔初版〕『高瀬舟』大正七年二月、春陽堂。◇任国の筑紫に行って帰らぬ父を尋ねて、安寿と厨子王の姉弟と、母、「女中」が岩代を発って旅に出、越中で人買いにさらわれる。母と姉弟は、別れ別れになり、姉弟は丹後の由良で山椒大夫の元にやられる。過酷な作業をさせられている時に、安寿は自死を覚悟して弟を逃がす。中山の国分寺の律師に匿われた厨

子王は、守り本尊を持って母を探し回る。そして、苦労の末に盲目となった母に巡り合うと母の目が開いた。説教節を典拠とするとされるが、どの資料かについては意見が分かれている。

＊高瀬舟《たかせぶね》　短編小説。〔初出〕「中央公論」大正五年一月。〔初版〕『高瀬舟』大正七年二月、春陽堂。◇弟を今でいう安楽死させた科《とが》で、喜助が京都の高瀬川を下って遠島になろうとしている。付き添いの役人庄兵衛が、口笛でも吹き出しそうな喜助を見て、不審に思い訊ねると、僅かでもお金を貰って島に流されるのは、今までの暮らしを思うとありがたいと答える。我が身に引き換え、足るを知っているように思い、さらに弟殺しの経緯を聞く。あまりに話が整っていることに疑問を持ちながらも、庄兵衛は苦しんでいる弟を楽にさせるのは罪だろうかと疑問に感じ始める。神沢貞幹『翁草』を読んで二つのテーマを得たとする（「高瀬舟縁起」）。ただし、安楽死を装った殺人ではないかとの説もある。（出原隆俊）

森川達也　もりかわ・たつや　大正十一年八月十四日～平成十八年五月五日（1922～2006）。評論家。本名・三枝洸《さえぐさこう》一《いち》。兵庫県加東郡滝野町（現・加東市）に生まれる。京都大学文学部哲学科卒業。現代文学、特に反リアリズムの前衛的文学に関心を持ち、『島尾敏雄論』（昭和40年10月、審美社）、『埴谷雄高論』（昭和43年9月、審美社）、『虚無と現代文学』（昭和44年3月、洛神書房）、『悪としての文学』（昭和47年5月、審美社）などを著し、第一次戦後派作家たちの文学の、哲学的宗教的観点からの再評価を試みた。『森川達也評論集成』（平成7年5月～9年4月、審美社）がある。（梅本宣之）

森浩一　もり・こういち　昭和三年七月十七日～（1928～）。考古学者。大阪市に生まれる。同志社大学名誉教授。考古学と史料の総合を目ざして古代学を提唱している。京都については、編集を担当している『日本の古代遺跡』シリーズ（昭和57年11月～、保育社）の二十七巻と二十八巻で取り扱った他、「京都新聞」での対談から選んだ『京都学ことはじめ　森浩一12のお勉強』（平成16年10月、新宿書房）、『京都の歴史を足元からさぐる』全五巻（平成19年7月～21年11月、学生社）を刊行している。（箕野聡子）

森泰三　もり・たいぞう　大正十二年（月日未詳）～平成十七年十月十一日（1923～2005）。小説家、ギリシャ哲学者。京都市に生まれる。本名・進一。京都大学文学部哲学科卒業。昭和十八年に伏見の部隊に学徒入営するが、戦後京大に復帰。三条高瀬川近くの酒場で大山定一と女将と飲み明かした思い出を語っている。ただし「京都での暮しは長かったが、京都人としての誇りや愛着をとくに意識したことはない。むしろ京都的なるものへの反発やら抵抗から、私の青春は初まっていたようだ」（「大阪と私」、「関西文学」昭和51年3月）とも分析している。「砧」（「新潮」昭和38年11月）で芥川賞候補となり、その後も何度か芥川賞候補となった。「葵上」（「別冊小説新潮」昭和53年10月）は相国寺の一庵を仕事場にする面打師の妻と駆け落ちした男が、数年後、その娘とも関係を持つ話である。（西川貴子）

森見登美彦　もりみ・とみひこ　昭和五十四年一月六日～（1979～）。小説家。奈良県生駒市に生まれる。京都大学大学院農学研究科修士課程修了。国会図書館関西分館を経て東京本館に勤務。在学中の平成十五年、もてない京大生たちの現実と妄想の世界を描いた『太陽の塔』（平成18年6月、新潮社）で第十五回日本ファンタジーノベル大賞を受賞。以後、京都の大学生を主人公にした物語に本領を発揮。十九年、京都の木屋町を舞台に黒髪の乙女に恋をする京大生の切ない恋心を幻想的に描いた『夜は短し歩けよ乙女』（平成18年11月、角川書店）は直木賞候補作品になり、第二十回山本周五郎賞を受賞。サークル活動によって変動する学生生活を描いた『四畳半神話大系』（平成17年1月、太田出版）、京都の骨董屋を舞台にした現代京都の怪奇小説である『きつねのはなし』（平成18年11月、新潮社）、『【新釈】走れメロス他四篇』（平成19年3月、祥伝社）、京都に古くから住むタヌキの家族愛を描いた『有頂天家族』（平成19年9月、幻冬舎）、『美女と竹林』（平成20年8月、光文社）などがある。

（太田　登）

森本薫　もりもと・かおる

明治四十五年六月四日〜昭和二十一年十月六日（1912〜1946）。劇作家。大阪市東淀川区に生まれる。大正十四年四月、大阪府立北野中学校（現・府立北野高等学校）に入学。中学校在学中から新劇に親しみ、よく「京都の築地小劇場」と言われた劇団「エラン・ヴィタール」の公演を観劇した。また、校内誌「六稜」に戯曲「仇討ち道徳話」（昭和3年9月）、「父」（昭和4年3月）を発表し、創作にも関心を持つ。昭和五年、北野中学校を卒業し、四月、第三高等学校（現・京都大学）文科甲類に入学。姉の嫁ぎ先であった京都柳馬場仏光寺（現・京都市下京区新開町）の林家に寄寓し、そこから三高に通った。同級生に田宮虎彦、小西克巳がおり、彼らとともに、クラス担任であった山本修二の指導を受ける。一級下には青山光二、織田作之助、さらにその一級下に野間宏、富士正晴らがいた。この頃からヨーロッパの近代戯曲を読み漁り、カワードやモームなどの戯曲に親しんだ。七年七月、二十歳のときに、三高の文芸誌「嶽水会雑誌」に、田中賛二の筆名で、戯曲「ダムで」（一幕）を発表。八年、第三高等学校を卒業し、京都帝国大学文学部英文科に入学するが、入学後、胸部疾患のため、一年間療養生活を送った。その間に、田宮虎彦、小西克巳とともに、三人だけで同人誌「部屋」を創刊。九年一月「湯の宿にて」（一幕）、二月「一家風」（一幕）、五月「寂しい人」（一幕）を「部屋」に発表する。そのうちの「一家風」が、岸田國士の主宰する雑誌「劇作」の同人であった小山祐士、田中千禾夫《ちかお》の眼に留まり、戯曲執筆を依頼される。それに応えて、十一月「劇作」に発表したのが、「みごとな女」（一幕）である。「みごとな女」は岩田豊雄に「このユーモアはまったく理智的で、近代的である」と絶賛され、まだ学生であった森本薫は新進劇作家として認められて、これを機に「劇作」の同人になった。また、この頃、劇団「エラン・ヴィタール」の一員となり、田中千禾夫作「おふくろ」や辰野隆翻案「南の風」、ノエル・カワード作「夜半急行列車」などを演出、田中千禾夫作「僕亭先生の鞄持」や「おふくろ」では俳優として舞台にも立った。九年十二月「わが家」（一幕）、十年一月「かどで」（一幕）を「新思潮」（第十二次）に発表。十年二月二十三日から二十六日まで、築地座第二十七回公演で「わが家」が岩田豊雄の演出で上演された。七月、「華々しき一族」（三幕）を「劇作」に発表。男女の機微を犀利で機知に富んだ台詞で描いたのが二十三歳の大学生だったことで話題を呼び、森本薫は「アンファン・テリブル（怖るべき子供)」と呼ばれた。十一年一月、「かくて新年は」(三幕)を「劇作」に発表。九月、築地座の友田恭助の依頼により、初のラジオドラマ「薔薇」を執筆。「薔薇」は、同月二十五日、演出岩田豊雄、堀越節子・友田恭助らの出演で、JOAKより放送された。十月、同作を「劇作」に掲載。この頃、肋膜炎を発病。十二年一月、「退屈な時間」(三幕)を「文芸」に発表した。三月、サン・テクジュペリの小説「夜間飛行」をラジオドラマに書き換え、「世界演劇情報」とともに「劇作」に掲載。同月、京都帝国大学文学部英文科を卒業した。五月、新劇放送コンクールで、ラジオドラマ「手紙の女」がJOBKより放送された。また、ノエル・カワード作「私生活」(三幕)の翻訳を「劇作」(6月〜8月)に掲載。十三年、劇団「エラン・ヴィタール」の女優であった吉川和歌子と結婚して上京し、淀橋区上落合(現・新宿区上落合)に新居をかまえた。一月、ラジオドラマ「記念」を「劇作」に発表する。同月、「記念」がBKより放送される。三月、映画シナリオ「花ちりぬ」を「映画評論」に発表。石田民三監督により東宝(京都)で映画化された。また、三月二十五日、二十六日、田村町飛行館で行われた文学座の第一回試演に「みごとな女」が上演された。十四年一月、「かどで」を文学座勉強会で上演。同月、シナリオ「むかしの歌」を「映画評論」に発表した。「むかしの歌」は監督石田民三で東宝(京都)にて映画化された。三月、ユーカラを脚色したラジオドラマ「西浦の神」がAKより放送された。五月、「素人役者」を、十一月、ソーントン・ワイルダーの「わが町」(三幕)の翻訳を「劇作」に発表。この年、防火宣伝劇として「焔の人」などをBKより放送している。十五年五月四日、ラジオドラマ「大川仇討」をAKより放送。十二月、岩田豊雄のすすめで文学座に入座した。十六年三月二十九日、「孟姜女」をAKより放送。四月、庄司総一の「陳夫人」を田中澄江と共同脚色、同月二十三日から五月七日まで、文学座によって国民新劇場で上演された。六月、戯曲集『わが家』を墨水社より刊行。七月、ソーントン・ワイルダーの「わが町」の翻訳を、文学座が上演した。九月二十五日には「生まれた土地」がBKより放送され、第一回ラジオ賞を受賞した。このような活動を通じて、日本放送協会の芸能嘱託となる。岩下俊作の「富島松五郎伝」の脚色を手がけ、十七年五月六日から二十一日まで、国民新劇場で文学座が上演した。演出は里見弴。「富島松五郎伝」は京都弥栄《やさか》館で再演(10月1日、2日)された。六月四日、ラジオドラマ「ベンゲット道路」をAKより放送。十月、放送戯曲集『生まれた土地』を書物展望社より刊行している。この頃、シナリオ「誓ひの港」が監督大庭秀雄で、松竹にて映画化。十二月、丸山定夫らの苦楽座の旗挙げ公演で「生まれた土地」が上演された。十八年、丹羽文雄の「勤皇届出」を脚色、四月一日から十八日まで、岩田豊雄の演出で文学座が上演した。同じ頃、シナリオ「激流」が家城巳代治監督により松竹で映画化される。十二月一日、ラジオドラマ「ますらをの伴」がBKより放送。北里柴三郎の伝記劇「怒濤」(五幕)が、十九年五月一日から二十九日まで久保田万太郎の演出により、文学座で上演された。シナリオ「歓呼の町」が監督木下恵介により松竹で映画化。十月、『怒濤』を小山書店より刊行。十一月、「扇」(一幕)を「日本演劇」に発表。二十年二月、「女の一生」(五幕)を脱稿した。「女の一生」は、四月十一日から十六日まで東横映画劇場で文学座によって上演された。五月、京都に疎開し、六月には肺結核が再発。二十一年十月六日、死去。十一月、築地本願寺で森本薫追悼会が催され、また十一月三十一日から十二月一日まで京都でも森本薫追悼公演として「女の一生」が文学座によって上演された。昭和六十一年五月十九日、母校の旧北野中学校に、六稜昭五会によって文学碑が建立された。

＊扇《おうぎ》 戯曲。〔初出〕「日本演劇」昭和十九年十一月。〔初演〕昭和十九年十月四日～十七日、東横映画劇場（渋谷）、新生新派。◇軍人援後強化運動参加作品。京都の五条川東辺りの裏長屋に、世に捨てられ、女房にも捨てられた扇折職人の栄吉という男が住んでいた。不況で扇折では食べていけなくなった栄吉は転業するが、「戦争の時代に戦争の役に立つ仕事」もできず、栄吉は「生きてりゃ生きてるだけ穀つぶしや」と言って、死のうとする。しかし、そこへ海軍少尉が訪ねてきて、慰問袋に入れていた栄吉の扇を爆撃隊の守り神にしたいので分けてほしいと頼む。思いがけず自分の扇が「兵隊さん」たちの役に立っていることを知って、栄吉は生きる気力を取り戻す。

（荒井真理亜）

森本厚吉 もりもと・こうきち

明治十年三月二日～昭和二十五年一月三十一日（1877～1950）。社会学者、生活問題研究家。京都府舞鶴田辺に生まれる。明治二十七年、札幌農学校（現・北海道大学）に入学し、以後新渡戸稲造に師事する。卒業後、新渡戸と同じ道をたどり米国に留学。帰国後、北海道帝国大学農科大学教授となり、生活改善論を提唱する。大正デモクラシーの一端を担い、有島武郎・吉野作造らと文化生活研究会を結成し、文化生活運動を始める。昭和二年、最新式集合住宅「文化アパートメント」を開館。翌三年、女子文化高等学院（現・新渡戸文化短期大学）を開校するなど、生活文化の啓蒙向上に寄与した。

（森鼻香織）

毛呂清春 もろ・きよはる

明治十年四月十八日～昭和四十一年九月五日（1877～1966）。歌人。京都の神官の家に生まれる。国学院大学卒業。落合直文主宰の浅香社に入り、明治歌壇で名を馳せることとなる。同じ萩之舎門下の林信子と結婚。明治三十六年、丸岡桂らと「莫告藻」を創刊。天橋立の岩滝町（現・与謝野町）の神社の宮司となり、同地に与謝野寛、晶子の歌碑を建立する。明治期以降、終生与謝野門下としての歌人であり続けた。歌集はない。

（畑　裕哉）

【や】

安井曾太郎 やすい・そうたろう

明治二十一年五月十七日～昭和三十年十二月十四日（1888～1955）。洋画家。京都市中京区六角通富小路に生まれる。京都市立第一商業学校（現・市立西京高等学校）中退。明治三十七年、聖護院洋画研究所に入り、浅井忠・鹿子木孟郎らに師事する。二科展を中心に活動。「外房風景」（昭和6年）、「金蓉」（昭和9年）の代表作のほかに、「粟田口風景」（明治38年）、「京都郊外」（大正14年～15年）がある。谷崎潤一郎『猫と庄造と二人のをんな』（昭和12年7月、創元社）、志賀直哉『暗夜行路』（昭和18年11月、座右宝刊行会）では、装丁挿画の腕を振るった。

（田中励儀）

安江生代 やすえ・いくよ

昭和二十五年（月日未詳）～（1950～）。児童文学作家。京都府に生まれる。京都府立大学女子短期大学部国語科卒業。平成元年、「まきをせおった少年」で、第六回「ニッサン童話と絵本のグランプリ」童話部門に入賞する。創作童話集「風のクレヨン」同人。著書に、『風の鳴る村』(平成3年1月、文研出版)、『海からの手紙』(平成4年8月、文研出版)がある。　(森本智子)

安田木母　やすだ・もくぼ

慶応四年三月十六日〜明治四十四年十月十一日(1868〜1911)。俳人。京都府紀伊郡吉祥院村(現・伏見区)に生まれる。本名・元治郎。子規門下の日本派俳人として京都で活動した。明治三十七年二月、中川四明、遠藤痩石らと俳誌「懸葵」の創刊にかかわる。初期の俳誌「ホトトギス」には課題文章も掲載されているが、明治三十二年九月号には、「墓」の題で集められた一つとして、京都の墓地に取材した散文を寄せている。死後まとめられた句集『木母遺稿柚味噌』(大正2年、私家版)がある。　(山﨑義光)

保田与重郎　やすだ・よじゅうろう

明治四十三年四月十五日〜昭和五十六年十月四日(1910〜1981)。文芸評論家。奈良県磯城郡桜井町(現・桜井市)に生まれる。昭和三年、大阪高等学校(現・大阪大学)文科乙類に入学。五年一月に炫火《かぎろひ》短歌会の「炫火」を創刊。六年、東京帝国大学文学部美学美術史学科に入学。翌七年三月に大阪高等学校の同窓生と雑誌「コギト」を創刊。日本の古典文学やソシュール言語学などを援用した評論のほかに、小説も発表した。九年十一月、「コギト」に「『日本浪曼派』広告」を掲載。当時の文壇を「平俗低徊の文学」と一蹴し、「青春の高き調べ」や「現実反抗」の「イロニー」を強調した。こうした主張は、現実からの遊離として複数の批判を受けたが、文芸誌「日本浪曼派」(昭和10年3月〜13年8月)には、伊東静雄、萩原朔太郎、佐藤春夫、太宰治らも加わり、同人は最大で五十六名に膨れあがった。この時期の代表的な評論では、「誰ケ袖屏風」(「コギト」昭和11年4月)に、祇園祭の時に商家の店先で見た、俵屋宗達の「誰ケ袖屏風」のことが述べられており、「日本の橋」(「文学界」昭和11年10月)には、十年の風水害で京都の橋の大半が流された時の回想がある。また「日本浪曼派」創刊号の表紙には、京都府宇治市の平等院の鳳凰像が採用されていた。この点に関しては、後年の「東寺の塔」(「京都新聞」昭和35年5月8日)に、「フエノロサの国粋芸術運動」を乗り越えるために「王朝風の端麗優雅の典型」として、鳳凰という「怪奇な大化鳥」の写真を用いた、と追想がある。『近代の終焉』(昭和16年12月、小学館)の題名が示すように、昭和十年代の保田は、日本の古典を拠り所として、西欧近代の超克を目指した。太平洋戦争中に発表した「遊覧都市京都」(「銃後の京都」昭和18年11月)では、冒頭で、明治維新の頃の京都の人々は政治的情勢を把握できないまま消極的な態度をとった、とする尾崎士郎の見解を紹介し、それに対して保田は、江戸時代に政治から「隔離」された京都には、「現実政治」とは無関係な、平安の朝廷文化や皇神の道に通じる「風雅の実体」が一貫して流れている、と主張した。こうした京都の特質を「遊覧都市」と命名する一方で、当時の京都が「極端に遊覧都市化した」と批判し、特に大正期の外国人観光客を相手とした「国際的遊覧事業」に対しては、強い非難が表明されている。戦時下の保田の批評は独特なナショナリズムに立脚するものだったが、その過激さゆえに、東京淀橋区落合(現・新宿区)の自宅は、十九年頃から憲兵に監視されるようになる。十九年末から翌年一月にかけては病床に伏し、死に瀕する。その直後の二十年三月、大阪兵営へ召集され、大陸へ出征した。中国の石門軍病院で敗戦を迎え、翌二十一年五月に復員。戦前は主に東京で活動した保田だったが、戦後は郷里の奈良に住んで農耕に従事し、その後に京都との実質的な接点も生まれる。二十二年にはみとし（彌年）会を結成し、七月二十日に第一回会合を京都市上京区寺町通の幸神社で開講した。式祝詞の講義と歌合を興行した同会は、概ね月一回開催され、祝詞講義は二十五年十一月まで続いた。二十三年、G項該当者として公職追放。二十六年に追放解除となる。同年十一月には昭和天皇が近畿を巡幸しており、その様子を「近畿御巡幸記」（「祖国」昭和27年1月〜4月）に発表。この文章は、当時の新聞雑誌数十種の引用からなる詳細なルポルタージュで、天皇の巡幸は「古の国見と同じ意味」があると述べられている。また、文中の京都巡幸の部分には、京都市職員組合や京都大学学生による巡幸抗議活動の克明な記録もある。二十七年十二月には、京都四条大橋東詰の菊水で開かれた愛国団体全国懇話会で「国学から見た近時民族動向の批判」を講義。三十二年三月には歌誌「風日」を創刊。編集兼発行人は小原春太郎が担当し、発行所は京都市中京区西之京馬代（現・右京区花園馬代町）の風日社に置かれた。また同月に奥西保、高島賢司らが京都に学校用図書教材の出版社新学社を設立し、保田は同社の会長に就任している。三十三年三月には「天魚」を創刊。同年八月、歌誌「風日」と山川京子の主宰する歌誌「桃」の合同第一回全国歌会を、京都市右京区梅ヶ畑栂尾《とがのお》の高山寺で行った。同年十月には、京都鞍馬山の火祭に松火をかかげて初参加。以後、火祭は五年間中断されたが、三十八年十月に再興。その直前に発表された「鞍馬の火祭りを嘆く」（「淡交」昭和38年2月）によれば、元来保田は、奈良東大寺二月堂のお水取りを国内第一の祭と考えてきたが、鞍馬の火祭は、その「長い歳月の観念を粉砕」したのだという。後に保田は「鞍馬の火祭」（「天魚」昭和39年4月）も執筆している。この鞍馬の火祭にはじめて保田を案内したのが、河井寛次郎の高弟で陶工の上田恒次だった。その上田が設計した新居が竣工し、保田は昭和三十三年十二月末に転居した。住所は京都市右京区太秦三尾町で、文徳天皇田邑陵《たむらのみささぎ》に隣接しており、ここを身余堂と名づけ、書屋は終夜亭と称した。以後、保田は晩年まで、この洛西の地で過ごすことになる。三十八年十一月には佐藤春夫夫妻が入洛し、保田は洛中洛外を案内した。翌三十九年五月に佐藤春夫が他界すると、九月に浄土宗門主の岸信宏上人を導師とする法要を、京都市東山区の知恩院大殿で執り行った。同じく三十九年の二月には、風日社歌会を兼ねて、天誅組の変で処刑された伴林《ともはやし》光平《みつひら》の百年祭を身余堂で挙行している。その時のことは「伴林光平先生百年祭当日談話」（「風日」昭和39年4月）に詳しい。この三十九年は、京都タワー建設にともなう反対運動が活発化した年でもあった。保田は「京都タワー風聞記」（「芸術新潮」昭和40年8月）で、反対運動を行う「文化人」たちの「うそ」を告発するとともに、京都タワーが「古都の美観を破壊」したと抗議している。このように保田はタワーの存在自体は批判していたが、タワー建設によって実現した京都市内の眺望の魅力については、単純に否定できない複雑な心境も吐露している。四十年十月には、落柿舎《らくししゃ》（京都市右京区嵯峨野）庵主の工藤芝蘭子《くどうしらんし》らと、当時荒廃していた義仲寺（滋賀県大津市）を再建し、落慶式を主催した。また「落柿舎の問題」（「京都新聞」昭和41年8月12日）などでは落柿舎の保存も訴えている。義仲寺の境内には松尾芭蕉の墓石があり、落柿舎が芭蕉の門弟、向井去来の閑居跡だったことから、二つの場所には特別な思い入れがあった。四十三年十二月には、財団法人落柿舎保存会の理事に就任。その後は『落柿舎のしるべ』（昭和45年1月、落柿舎保存会）をはじめとして、落柿舎に関する文章を多数発表した。五十一年一月、落柿舎第十三世庵主となり、「落柿舎守当番」と号す。晩年の五十四年十二月には、財団法人落柿舎保存会と、社団法人義仲寺史蹟保存会の理事長に就任した。保田は「史蹟西行井の由来」（「落柿舎」昭和52年11月）のなかで「落柿舎の地は、有智子内親王と西行法師によつて、王朝文学史の首尾を併せる遺址である」と語っている。このほか、保田が京都の全般的な印象を綴った文章として「京あない」（「芸術新潮」昭和37年9月）などがある。（西村将洋）

安森敏隆　やすもり・としたか

昭和十七年一月十六日〜（1942〜）。広島県三次《みよし》市に生まれる。歌人。昭和四十三年、立命館大学大学院修士課程修了。平安女学院高等学校、梅光女学院大学を経て、六十三年より同志社女子大学教授。歌集『沈黙の塩』（昭和54年5月、新風土社）により現代歌人集会賞受賞。昭和四十二年、京都を中心とした同人誌「幻想派」を永田和宏、河野裕子らと創刊。近年は「介護短歌」や「ケータイ短歌」などを提唱。〈生きて食べそして放って眠ること単純ならず母の介護は〉（『大学教授の介護日記—介護・男のうた365日』平成13年11月、新葉館出版）。なお第三歌集『百卒長』（平成20年10月、青磁社）により第三十六回日本歌人クラブ賞を受賞。（三谷憲正）

矢田挿雲　やだ・そううん

明治十五年二月九日〜昭和三十六年十二月十三日（1882〜1961）。小説家、俳人。金沢市に生まれる。本名・義勝。晩年の正岡子規に師事。大正八年、「俳句と批評」を創刊。九州日報社、芸備日日新聞社を経て、大正四年、報知新聞社社会部に入る。九年六月、社会部部長であった野村胡堂の勧めで「江戸から東京へ」（「報知新聞」大正6年6月16日〜12年9月1日）の連載を開始する。「太閤記」（「報知新聞」大正14年10月15日〜昭和9年12月30日）など歴史小説を多く発表する。昭和十七年、読売新聞社との合併を機に報知新聞社を退社、京都嵐山の寺に移る。句集に『第一挿雲句集』（昭和18年2月、長隆舎書店）など。（山田哲久）

柳田新太郎　やなぎだ・しんたろう

明治三十六年一月十八日〜昭和二十三年十一月二十八日（1903〜1948）。歌人、編集者。京都府舞鶴町（現・舞鶴市）に生まれる。京染呉服問屋に勤めて後、昭和二年に「文珠蘭」創刊。三年四月に復刊した「詩歌」同人となり、同年に前川佐美雄等と新興歌人連盟を結成、四年には『プロレタリア短歌集』（昭和4年5月、紅玉堂書店）刊行に関係した。六年に「短歌新聞」を創刊。同年九月に「短歌月刊」、『現代歌壇系統図』全十葉（昭和11年8月、茜書房）、『短歌年鑑』（昭和13年3月、改造社）等の編者としても活躍し、特に太平洋戦争勃発直後に企画された『大東亜戦争歌集』愛国編・将兵編（柳田編、昭和18年2月、天理時報社）は名高い。『現代短歌叢書』九巻（昭和15年7月、弘文堂書房）に「新長歌」が収録される。〈橋立の切戸入江の浅利舟

漕ぎつれかへる夕となれば〉（青木亮人）

柳宗悦 やなぎ・むねよし
明治二十二年三月二十一日～昭和三十六年五月三日（1889～1961）。思想家、民芸運動家。東京市麻布区市兵衛町（現・港区）に生まれる。学習院高等科で、志賀直哉や武者小路実篤らとともに雑誌「白樺」創刊に関わる。大正十二年の関東大震災の翌年、京都へ転居。陶芸家の濱田庄司や河井寛次郎と親交を結ぶ。京の市で陶磁器や着物などの「下手物」に出会い、民芸運動を推進していく。昭和十一年、東京駒場（現・目黒区）に日本民芸館を設立。（西山康一）

梁雅子 やな・まさこ
明治四十四年四月二十二日～昭和六十一年二月二十日（1911～1986）。小説家、随筆家。大阪市に生まれる。大阪府立市岡高等女学校（現・府立港高等学校）卒業、樟蔭女子専門学校（現・大阪樟蔭女子大学）国文科中退。歌人として出発するも、昭和三十四年に最初の長編小説『悲田院』（昭和34年3月、三一書房）で第十一回女流文学者賞を受賞。作家稲垣足穂に師事する。小説に『道あれど』（昭和35年5月、三一書房）、『恋人形』（昭和37年6月、講談社）など。随筆に『浄瑠璃寺・岩船寺・円成寺』（昭和40年3月、淡交新社）、『月の京都』（昭和44年7月、淡交社）など。（渡辺順子）

矢野峰人 やの・ほうじん
明治二十六年三月十一日～昭和六十三年五月二十一日（1893～1988）。詩人、英文学者。岡山県久米郡（現・津山市）に生まれる。本名・禾積《かづみ》。第三高等学校（現・京都大学）を経て、京都帝国大学英文科に入学。卒業後は特待生として大学院に進学。上田敏、厨川白村に師事。大正十年、京都の大谷大学、三高の教授を経て、英国留学。帰国した昭和三年に台北帝国大学（現・台湾大学）教授。戦後、同志社大学教授、東京都立大学（現・首都大学東京）の総長、東洋大学の学長を歴任。詩集『黙禱』（大正8年4月、水甕社）、『影』（昭和18年1月、日孝山房）のほかに、日本におけるワイルド研究の先駆的業績である『近代英文学史』（大正15年6月、第一書房）、『蒲原有明研究』（昭和23年4月、国立書院）、『矢野峰人選集』全三巻（平成19年6月、8月、11月、国書刊行会）などの著作がある。（太田　登）

八尋不二 やひろ・ふじ
明治三十七年七月十八日～昭和六十一年十一月九日（1904～1986）。シナリオライター、小説家。福岡県朝倉郡夜須町長者町（現・筑前町）に生まれる。明治大学中退後、編集者を経て、昭和二年、映画「学生五人男」のシナリオを執筆。その後、大映などで多くの時代劇のシナリオを執筆。代表作に、「血槍富士」「釈迦」「反逆児」など。著書に、『時代映画と五十年』（昭和49年6月、学芸書林）、京美人の列伝と近代の婦人像を記録した『京おんなの足あと』（昭和53年8月、白川書院）、『映画の都のサムライ達』（昭和55年12月、六興出版）などがある。（一條孝夫）

山浦弘靖 やまうら・ひろやす
昭和十三年一月二十八日～（1938～）。脚本家、小説家。東京都港区麻布に生まれる。早稲田大学第一文学部中退。早大在学中の昭和三十六年に、脚本「賊殺」で第十六回芸術祭公募脚本奨励賞を受賞して脚本家デビュー。以後、「マジンガーZ」「一休さん」などのアニメーション、「ウルトラセブン」「怪奇大作戦」「ミラーマン」などの特撮ドラマをはじめ、時代劇など多数の作品を手掛けた。代表作は、「ザ・ガードマン」「明日の刑事」などのドラマ、「必殺仕事人」「必殺からくり人」などの時代劇（必殺シリーズ）、アニメでは「銀河鉄道９９９」「伝説巨神イデオン」など。「ゴジラ対メカゴジラ」（昭和49年）、「首都消失」（昭和62年）などの映画脚本をあわせて、一千作以上の脚本を担当。その後、推理小説に筆を染め、アニメソングの作詞を手がけるなど多方面で活躍。小説は、『25時に消えた列車』（昭和58年10月、集英社）、『京都迷路地図はクローバー色』（昭和61年11月、集英社）、『東名高速殺人事件』（昭和63年9月、光文社）などのトラベルミステリーが代表作で、また『ダイヤストレートは京都恋殺人』（平成元年12月、集英社）、『修学旅行は京都殺人ガイド』（平成4年9月、集英社）などがある。女子高生星子ひとり旅シリーズ、旅刑事シリーズ、ハイウェイ刑事シリーズ等のシリーズものに人気がある。（石上　敏）

山尾悠子　やまお・ゆうこ

昭和三十年三月二十五日～（1955～）。小説家。岡山市丸の内に生まれる。本名は非公開。岡山県立岡山操山高等学校時代に倉橋由美子に傾倒。昭和四十八年、同志社大学文学部文化学科国文学専攻に入学。同年四月、「仮面舞踏会」を「ＳＦマガジン」主催、第三回ハヤカワ・ＳＦコンテストに応募し、最終候補作となる。伏見桃山に下宿。澁澤龍彥、塚本邦雄、森茉莉、高橋睦郎らに熱中する。先の「仮面舞踏会」が五十年十一月「ＳＦマガジン」に掲載される。翌五十一年七月、実質的な処女作「夢の棲む街」（「ＳＦマガジン」）を発表。「清冽なイマジネーションと硬質な文体は、新たな幻想文学の誕生」（「著者紹介」『仮面舞踏会』）として注目される。十月には、山尾文学では異色の「仲間内の楽屋話をネタにした京都を舞台とする（！）小説」（山尾悠子）「月蝕」を発表。この作品には、「祇園会館」「ひさご」「弥次喜多」「東華菜館」等、今も京都で有名な店舗が登場する。卒業論文に「泉鏡花」を取り上げ、五十二年、山陽放送に就職。五十四年六月、退社。五十七年に結婚し、大阪に新居を構えた後、岡山に移る。平成十一年二月、「アンヌンツィアツィオーネ」「伝説」（「幻想文学」）で十五年振りに復活。翌十二年六月、『山尾悠子作品集成』（国書刊行会）を刊行。十五年九月、五話の連作長編『ラピスラズリ』（国書刊行会）を、二十数年ぶりの書き下ろしとして刊行する。（越前谷宏）

山上伊太郎　やまがみ・いたろう

明治三十六年八月二十六日～昭和二十年六月十八日（一説に十六日）（1903～1945）。シナリオ作家、映画監督。京都市に生まれ、大津市で育つ。小学校卒業。大正十三年、東亜キネマのシナリオ研究生になる。十五年三月、仁科熊彦監督の「帰って来た英雄」でデビュー。マキノ映画に移って、浪人街シリーズや「首の座」など初期日本映画の名作となる脚本を書く。ほかに「鞍馬天狗」「弥次喜多」「天保水滸伝」「丹下左膳」など八十作に及ぶ。自身も「魔風一騎」（昭和10年）を監督。マキノ雅弘・稲垣浩編『山上伊太郎のシナリオ』（昭和51年8月、白川書院）に小説をふくめて十編の作品が残る。また竹中労『日本映画縦断3　山上伊太郎の世界』（昭和51年11月、白川書院）が参考になる。（永栄啓伸）

山川秀峰　やまかわ・しゅうほう

明治三十一年四月三日～昭和十九年十二月二十九日（1898～1944）。日本画家。京都に生まれる。本名・嘉雄。鏑木清方に美人

や

画を、池上秀畝に花鳥画を学ぶ。大正八年、第一回帝展に「振袖物語」が入選。昭和三年、第九回帝展に「安倍野」、第十一回帝展に「大谷武子姫」が特選となり、六年、帝展無鑑査となった。他に「序の舞」「信濃路の女」などがあり、野村胡堂の『銭形平次捕物控』の挿絵を担当した。（笠井秋生）

山川登美子　やまかわ・とみこ

明治十二年七月十九日～明治四十二年四月十五日（1879～1909）。歌人。福井県遠敷《おにゅう》郡竹原《たわら》村（現・小浜市千種）に生まれる。本名・とみ。号・白百合。明治二十八年、大阪の梅花女学校（現・梅花女子大学）邦文科に入学、三十年に卒業。一時帰郷し、「新声」「文庫」への投稿をはじめる。三十三年、再び大阪に出て、梅花女学校の研究生になるとともに、東京新詩社に加盟。「明星」第二号（明治33年5月）から作品を発表しはじめる。この年の夏、与謝野鉄幹、鳳晶子と出会い、鉄幹に強い慕情を抱くが、本家にあたる山川駐七郎との縁談がにわかに具体化していく。そうした最中の同年十一月、鉄幹、晶子とともに京都の永観堂を訪れ、粟田山麓の旅館に宿泊した。このときの作歌〈鴨川はそれにふさはずこの夕花なげて入らん淵はいづこぞ〉（「明星」明治33年11月）は、登美子の煩悶を如実に伝えているだろう。鉄幹への思慕を断ち切ろうとする哀切な歌は数多い。翌三十四年一月、駐七郎と結婚し、歌の世界からも離れていくが、夫とは二年後に死別。三十七年春、日本女子大学英文科予科に入学するとともに、「明星」での活動を再開。後年「明星の三才媛」の一人と目されるほどの活躍をみせていく。翌三十八年、晶子、増田雅子との合著歌集『恋衣』（明治38年1月、本郷書院）を刊行する。しかし、これが生前発表された唯一の歌集となった。三十九年、肺を患ったために京都の姉（三姉みち）の家に身を寄せ、京都帝国大学付属病院で治療を受けるが、一進一退を繰り返す病状のために日本女子大を中退。京都で静養生活を送りながら、「明星」には積極的に投稿を続けた。特に四十年前半期には、数多くの作品が発表されている。この頃の作歌には、〈わが病める宵寝の床に川こえて花の香をまく智恩院の鐘〉（「明星」明治40年3月）など病床の自己をあらわしたものだけでなく、それまでの作風とはやや異なる、〈比叡愛宕うすむらさきの額みせて霞める京に朝しづくする〉（「明星」明治40年5月）などの叙景歌が見られる。その他習作も数多く、京都で過ごした晩年は、病苦と闘いながらも、精力的な作歌活動が行われた。（笹尾佳代）

山口誓子　やまぐち・せいし

明治三十四年十一月三日～平成六年三月二十六日（1901～1994）。俳人。京都市上京区岡崎町福ノ川（現・左京区岡崎）に生まれる（出生が天長節と重なったため戸籍上は十一月五日生）。本名・新比古《ちかひこ》。大正後期の「ホトトギス」で頭角を現し、瞬く間に「ホトトギス」同人となり、また『黄旗』（昭和10年2月、龍星閣）等で新興俳句系俳人に絶大な影響を与え、戦後は俳誌「天狼」主宰となった。現代俳句の第一人者であり、京都における「ホトトギス」系俳句史及び新興俳句史を語る上で最重要の一人である。二歳の時に岡崎町西福ノ川（金戒光明寺西門近辺）に住んでいた外祖父、脇田嘉一宅に引き取られる。近くに古河市兵衛の生家である豆腐屋があり、年少の誓子はその店と鉱山王とのイメージが結びつかなかったという。外祖父の嘉一は政友会京都支部幹事で、家には多くの書生が出入りし、また先斗町《ぽんと》から芸者や幇間がやってくることもあり、誓子は彼らとたびたび遊んだ。日露戦争時（明治37年〜38年）には嘉一とともに紫野に一時住み、祖母に負われて大宮通で戦勝祝いの提灯行列を見る。明治三十九年、銅駝幼稚園に通う。聖護院通を熊野神社に出て鴨川の夷川橋を渡るという通学路だが、通園途中の紡績工場の匂いが嫌いだったという。四十一年、京都錦林小学校に入学。書取授業の漢字試験の際に級中で一番となり、また黒谷（金戒光明寺の通称）の長安院（誓子家の菩提寺）に住んでいた叔母の弟へ夕飯のおかずを運ぶことを日課とした。この時期、聖護院通沿いの洗濯屋の物干場で大文字送り火を眺め、新京極へ奇術を見にいく。また外祖父は近くの洋食屋「日英軒」から出前をたびたび取り、誓子はビーフカツレツを好んだという。錦林小学校に二年生まで通学し、四十二年秋に京を離れた。その後は東京の真砂小学校、樺太（現・サハリン）の豊原小学校、大泊中学校を経て、大正六年に京都府立第一中学校（現・府立洛北高等学校）へ転校する。岡崎の外祖父宅から中学校（吉田近衛町）は近所であった。部活動は蹴球（ラグビー）部及び剣道部で、蹴球部では体格の大きさを買われフォワードとなる。この頃、車で烏丸通から京都駅に向かう大正天皇を見送り、修学旅行では父親の故郷である九州国分村（鹿児島県）に立ち寄った。また中学四年生の時に又従兄弟の安田徳太郎が外祖父宅に下宿し、彼の影響でショーペンハウエルやフロイトの書物等を読み始める。八年、第三高等学校（現・京都大学）文科乙類に入学。第一外国語はドイツ語で、成瀬無極に学ぶ。クラス担任は中村直勝であり、同級に大宅壮一、中谷孝雄などがおり、また校内では梶井基次郎等を見かけることもあった。受験前から京都帝国大学法科大学教授の佐々木惣一宅（浄土寺村、現・左京区浄土寺石橋町。隣は橋本関雪邸）に下宿し、学費も佐々木が捻出したという。誓子は客人があれば奥へ取り次ぎ、佐々木の昼食であるトーストを家から京都帝国大学まで届けることもあった。後に外祖父宅へ戻る。この時期、ドイツ語の予習を終えて琴曲を習いに行き、「黒髪」「六段」「千鳥」「春」などを上げ、市内で琴と尺八の合奏会があれば学帽を被って聴きにいった。また在学生である河盛好蔵等の回覧雑誌に詩を載せ、あるいは寮歌の作詞を手がけ（作曲は小山田嘉一）、石川啄木の短歌に傾倒して短歌を詠む一方、同級生の影響でチェーホフを読み、かつマンドリンを嗜む。第一高等学校との野球戦では大宅が持ってきた太鼓を烏丸七条で迎え、烏丸通を北上して学校へ運んだこともあった。九年九月、学校掲示板に日野草城（誓子より一級上）の楷書による句会案内を見て京大三高俳句会に初参加（兼題「葡萄」）。草城の〈葡萄含んで物云ふ唇の紅濡れて〉に衝撃を受け、短歌を捨て俳句に没頭することを決意し、以後京大三高俳句会に出席する。句会は草城と鈴鹿野風呂が指導し、五十嵐播水等の学校関係者や田中王城等の市井俳人達が参加しており、草城の清新な句調かつ明快な選評、また王城及び一門の新鮮な句風や野風呂の多作に感銘を受けたという。この時期は黒谷の長安院に下宿し、黒谷勢至堂に播水が住んでいたため行動をともにすることが多くなる。十一年に高浜虚子が来京、三月二十九日に岡崎の美術倶楽部で歓迎句会が催された。誓子は虚子と初めて同席し、虚子選では一句目に誓子の〈彼岸寺間借りの書生昼は居ず〉が読み上げられた。誓子は「ちかいこ」と名乗ったが虚子が「せいし」と読んだため、この時より自身の俳号を「誓子《せいし》」とする。句会終了後、水野白川宅へ向かう途中で草城に

『間借りの書生夜も居ず』ではないか」と揶揄された。十一年四月に第三高等学校を卒業、東京帝国大学法学部に進学。東京へ向かう前に記念写真を撮るため五十嵐播水と四条の京都大丸に赴く途中、錦林小学校にさしかかる十字路で水原秋桜子と出会う。秋桜子によれば誓子は真新しい帝国大学の角帽を被り、強度の近眼鏡をかけていたという。その晩、麩屋町三条上ルに骨董店「寸紅堂」を営んでいた王城宅での秋桜子歓迎句会に誓子も出席。それ以降は東京帝国大学進学のため京を離れて東京、大阪、伊勢、西宮等と住居を移したが、この間も京都を頻繁に訪れた。例えば大正十三年、高等文官受験のため洛北鞍馬村で勉学するも過労のため肺尖カタルとなって勉強を中断。昭和二十三年には毎日新聞社委嘱で宇治平等院を訪れ、三十五年春には岡崎の生家へ赴いたが、すでに空地であった。四十年に嵯峨の落柿舎、金福寺、天橋立等を訪れ、落柿舎では司馬遼太郎と誤認される。他にも京都来訪は数知れない。句集に『凍港』（昭和7年5月、素人社）、『七曜』（昭和17年9月、三省堂）、『激浪』（昭和21年7月、青磁社）、随筆集に『宰相山町』（昭和15年7月、中央公論社）など。『山口誓子全集』全十巻（昭和52年1月～10月、明治書院）がある。誓子記念館（神戸大学百年記念館傍）には旧蔵書等の資料が遺され、野風呂記念館（京都市）に鈴鹿野風呂宛の手紙約二十点及び短冊約十点等の自筆資料が保存されている。なお、誓子の実妹である下田実花『ふみつづり』（昭和57年6月、永田書房）には山口家に関する随筆が載る。

＊凍港《とうこう》　句集。〔初版〕昭和七年五月、素人社。◇第一句集。第三高等学校時代に下宿した黒谷長安院を回想した〈本堂のみ仏の燈も雛の宵〉（昭和4年作）、他に〈峡狭く旗じるしせし鮎の宿〉（大堰川。大正15年以前作）、〈大嶺や裾曲の道を炭車〉（若狭高原。大正15年以前作）等を収める。

＊方位《ほうい》　句集。〔初版〕昭和四十二年五月、春秋社。◇第十一句集。祇園祭になると市内に「コンチキチン」と形容される囃子が鳴り響くが、その様子を詠んだ〈洛中のいづこにゐても祇園囃子〉（昭和33年作。大雲院〔東山区祇園町〕境内に句碑がある）が載る。他に〈船鉾の舳先を北へ仮の泊〉〈鉾頭暗き夜空にしづまれり〉（ともに昭和33年作）、〈石庭の冷えに対ひて南面す〉（龍安寺。昭和34年作）等を収める。

＊青銅《せいどう》　句集。〔初版〕昭和四十二年八月、春秋社。◇第十二句集。一力茶屋での大石忌を詠んだ〈芸事は寒し祇園の畳にて〉〈放蕩の良雄の画像忌に掛かる〉（ともに昭和37年作）、他に〈天橋の景深深と黒眼鏡〉（天の橋立。昭和37年作）等を収める。

＊不動《ふどう》　句集。〔初版〕昭和五十二年五月、春秋社。◇第十四句集。京都では八月十六日の盂蘭盆会に五山送り火が営まれるが、「大」の文字に点火された炎が徐々に燃えさかる様子を詠んだ〈燃えさかり筆太となる大文字〉（昭和44年作。京阪三条駅前に句碑がある）を収める。他に〈無造作に重ねし炭が炉火となり〉（福知山。昭和44年作）、〈銀行の金文字祇園祭の栄〉（昭和47年作）等が載る。

＊雪嶽《せつごく》　句集。〔初版〕昭和五十九年九月、春秋社。◇第十五句集。「青蓮院」と前書のある〈昼寝寺欄間に浪の逆巻ける〉（昭和50年作）、他に〈天近き山国を雹直撃す〉（花背。昭和49年作）、〈朝粥の座に蟻も出てもてなせる〉（南禅寺畔の瓢亭。昭和50年作）等を収める。

＊二条城の記《にじょうじょうのき》　随筆。〔初出〕「信託の友」昭和十六年五月。〔初版〕『海の庭』昭和十七年四月、第一書房。◇二条城を訪れた際のエッセイ。文中に〈北庇過ぎ

し日の雪地にのこる〉が載る。

*誓子俳話《せいしはいわ》　随筆・俳論書。〔初版〕昭和四十七年十一月、東京美術。◇所収の「句による自伝」に、大正十三年に鞍馬山での滞在を回想した〈鉾杉や天の真洞のはたゝがみ〉が載る。（青木亮人）

山口青邨　やまぐち・せいそん　明治二十五年五月十日～昭和六十三年十二月十五日（1892～1988）。俳人、随筆家。盛岡市に生まれる。本名・吉郎。大正五年、東京帝国大学工科大学採鉱科卒業。高浜虚子に師事し、十一年、水原秋桜子、富安風生、山口誓子、高野素十らと東大俳句会を結成。昭和三年九月のホトトギス講演会で〈四S時代〉を提唱。五年、俳誌「夏草」創刊。紀行文「紅葉の雨に濡れて」（「ホトトギス」昭和5年2月）で京都大原の紅葉を称揚。（佐藤良太）

山口洋子　やまぐち・ようこ　昭和十二年五月十日～（1937～）。小説家、作詞家。名古屋市に生まれる。京都女子高等学校中退。昭和三十二年、東映ニューフェイスに合格。同期に山城新吾、曾根晴美、室田日出男、佐久間良子、花園ひろみらがいた。その後女優をあきらめ、東京銀座でクラブ「姫」を開店、経営手腕を発揮。四十三年頃から作詞活動を開始し「噂の女」、「よこはまたそがれ」、「うそ」などヒット曲多数。五十五年から小説の創作も始める。「演歌の虫」「老梅」（『演歌の虫』昭和60年3月、文芸春秋）で第九十三回直木賞受賞。（岩見幸恵）

山前實治　やまざき・さねはる　明治四十一年（月日未詳）～昭和五十三年九月二十日（1908～1978）。詩人。岐阜県大野郡荘川村（現・高山市荘川町）に生まれる。昭和七年七月、京都洛北下鴨蓼倉町でガリ版印刷屋を開業。以後、戦中戦後の飛驒疎開期間を除き、京都市内で軽印刷業双林プリントを経営しながら、文童社の名を掲げて多くの詩人の詩集を出版し続けた。九年五月、天野忠らと「リアル」創刊。十二年十二月、処女詩集『飛驒』（リアル社）刊行。昭和二十八年十一月、「骨」創設に参加。自身の詩集としては、『花』（昭和33年1月、文童社）、『岩』（昭和38年1月、文童社）がある。没後、『山前實治全詩集』（昭和56年3月、文童社）が刊行された。（吉岡由紀彦）

山崎豊子　やまさき・とよこ　大正十三年十一月三日～（1924～）。小説家。大阪市南区（現・中央区）の老舗昆布店に生まれる。本名・杉本豊子。昭和十九年、京都女子専門学校（現・京都女子大学）国文科を卒業、毎日新聞大阪本社調査部に入社する。二十年、井上靖が副部長であった学芸部に異動する。在職中に『暖簾』（昭和32年4月、東京創元社）を出版。同じく大阪船場商人の世界を描いた『花のれん』（昭和33年6月、中央公論社）で第三十九回直木賞受賞、三十三年十二月に退社して作家生活に入る。ファッション界に取材した『女の勲章』（昭和36年2月・3月、中央公論社）以後は作品の舞台を広げて、医学界を描く『白い巨塔』正・続（昭和40年7月、44年11月、新潮社）、政財界の裏面を注視した『華麗なる一族』（昭和48年4月～6月、新潮社）や、『不毛地帯』（昭和51年6月・53年7月・同年9月、新潮社）、『二つの祖国』（昭和58年7月～9月、新潮社）、『沈まぬ太陽』（平成11年6月・9月、新潮社）などを発表。映像化されて大きな反響を呼んだ反面、盗作騒動やモデル問題も生じた。（前田貞昭）

山崎正和　やまざき・まさかず

昭和九年三月二十六日～（1934～）。劇作家、演出家、評論家、演劇学者。京都府に生まれる。昭和十五年、満洲医科大学予科教授に補任された父に従って家族とともに大陸に渡り、少年期の大半を奉天（現・瀋陽）ですごす。二十三年、中国から引き揚げ、京都府立鴨沂高等学校卒業。満洲からの引き揚げ者には、芸術、文学、評論等で独自の才能を発揮する例が少なくないが、山崎の場合も、満洲時代に受けた教育と終戦の経験が後の教育観、人生観の形成に影響を与えた（『文明としての教育』平成19年12月、新潮社）。二十七年、京都大学文学部美学科入学。三十一年卒業後、同大学院美学美術史学専攻に進学、三十六年、博士課程修了。三十九年～四十一年、エール大学に留学。同大学講師を経て、コロンビア大学客員教授。海外での教員経験も、山崎の日本文化論、アメリカ論をはじめとする比較文化的な視座の形成に寄与（前掲書）。大学院時代に発表した戯曲が、京都の新劇団くるみ座によって上演されたことが、「思いもかけず、新劇という見知らぬ世界に招かれる」契機となる（「変身の美学―世阿弥の芸術論」、『日本の名著10　世阿弥』昭和44年10月、中央公論社）。毛利菊枝（明治36年～平成13年）が旗揚げした、くるみ座（昭和21年～平成19年）が山崎の演劇活動の原点となっていることは、文化の東京一極集中が顕著となる以前、当時の京都が有していた近代的な文化力のひとつの証左といえる。昭和三十年代、くるみ座とともに演劇活動を展開し、当時の公演パンフレットに掲載された情熱的な演劇論、演出論は、文学座、俳優座等とならぶ古い歴史をもつ関西の新劇団の活動の軌跡としても、演劇史上、重要な意義をもつ。演劇の現場での俳優たちとの葛藤は、山崎の「芸術観に大きな衝撃をあたえていた」といい、その演劇論に、机上の空論に終わらぬ説得力を与えることとなった。古典芸能、特に世阿弥への傾倒も、くるみ座との出会いが契機と述べられており、代表作のひとつ「世阿弥」（「文芸」昭和38年10月、第9回岸田國士戯曲賞受賞）で、「世阿弥を徹頭徹尾「見られる人間」として描こう」とした意識の背景には、「いつも京都の劇団の、あの怒ったような俳優の表情がちらついていた」という。「年来のたしなみ」がいかに真摯なものであっても、舞台でそれが発揮できるとは限らないという、『拾玉得花』における世阿弥の問題提起も、「まさにあの京都の新劇俳優たちが問いかけていた疑問と同じ」（同前）と指摘する。四十七年、別役実らと劇団手の会を結成し、代表となる。演劇実践のみならず、京都での人生経験全般が、文化論、文明論、政治、経済批評など、山崎が展開する幅広い定評ある言論活動と密接に結びついており、「三十歳代の半ばからほぼ七年ばかり、私は、京都の南、宇治に近い木幡の里に暮らしていた。宇治川の河畔から歩いて十五分ばかり、御蔵山という小丘陵を削った住宅地だが、私はそこに住んで、週に一度は東京へ走り、ほとんど隔年ごとに、アメリカやヨーロッパを駆け廻るという生活を送っていた」（「法界寺妄想」、『古寺巡礼京都　法界寺』昭和53年1月、淡交社）と、山崎の生活は、京都を基盤に地域横断的、国際的に広がっていた。平等院、醍醐寺三宝院、萬福寺、法界寺といった近在の寺々を、友人をつれて「むしろ自分のために散策」（同前）した経験が、理論と感性を融合した、山崎の東西文化への思索を深めた。生け花、茶の湯、能、狂言など、いわゆる日本文化の核が形成された室町時代を、日本のルネサンスとして歴史上の人物とともに活写した

『室町記』（昭和49年1月、朝日新聞出版）は、「京都に生まれ、京都に育ち、京都大学で学んだ生粋の京都人」である山崎により、「千年の伝統が囲繞する京都という豊饒な場でこそ育まれ得た、感性と理性の希有にして見事な融和」（本郷和人「解説」）と評される。西宮市へ移住後も、兵庫舞台芸術監督、兵庫現代芸術劇場芸術監督として、関西地域の演劇文化の発展につとめる。古典芸能を参照した現代演劇は、言葉よりも身体性を重視する傾向が強いが、山崎の演劇は、言葉を軽視せず、レーゼ・ドラマとしての演劇性を追求している点に特色があり、関西で初演（近鉄小劇場）された『言葉 アイヒマンを捕らえた男』（平成14年9月、中央公論新社）は、『世阿弥』ほど言及されることはないが、対話の芸術としての山崎の戯曲の結晶といえる高い完成度をみせている。『芸術・変身・遊戯』（昭和50年10月、中央公論新社）では、オランダの文化史家ホイジンガの『ホモ・ルーデンス』の遊びの概念を参照しつつ芸術論を展開し、『劇的なる精神』（昭和53年2月、河出書房新社）では、真理を登場人物の対話によって相対的に表現する演劇と、「自己解釈の芸術」としての映画の相違を論じた。『劇的なる日本人』（昭和46年1月、新潮社、芸術選奨新人賞受賞）、『鷗外 闘う家長』（昭和47年11月、河出書房新社、読売文学賞受賞）、『柔らかい個人主義の誕生』（昭和59年5月、中央公論新社、吉野作造賞受賞）等の豊かな業績とあわせ、新聞、雑誌等のメディアでも幅広く、教育論、政治論、経済論、外交論等の社会批評を展開している。『山崎正和著作集』全十二巻（昭和56年10月〜57年10月、中央公論新社）。「対談の名手」（向井敏）として丸谷才一らとの対談の評価も高い。関西大学文学部助教授（昭和49年）、教授を経て、大阪大学文学部教授（昭和51年〜平成7年）、大阪大学名誉教授。平成七年、東亜大学大学院教授を経て十二年に学長。平成五年、大阪文化賞受賞。十一年紫綬褒章受章。十九年、文化功労者。十九年より中央教育審議会会長に就任。財団法人新国立劇場運営財団理事、社団法人時事画報社社員、財団法人サントリー文化財団理事を歴任し、サントリー学芸賞を通じて気鋭の学者や評論家を育て、地域文化活性化のためにサントリー地域文化賞の創設に寄与するなど、社会活動も旺盛である。

＊室町記《むろまちき》 評論。〔初出〕「週刊朝日」昭和四十八年一月〜十二月。グラビアページの連載、全52回。〔初版〕『室町記』昭和49年1月、朝日新聞出版。◇世阿弥の芸能論の現代語訳、さらに『太平記』の現代語訳を契機として室町期の歴史と文化への関心を高めたという山崎は、「経済的な繁栄を謳いながら、他方では大学紛争に象徴される世界的な混乱の余波」のなかにある昭和四十年代後半の日本の世相にも触発されて、連載を進めたという（朝日選書版あとがき）。北条家の鎌倉幕府も徳川家の江戸幕府も政権の本拠を関東に定めたのに対し、関東出身の足利家が幕府を京都室町に開いたことにより、日本に初めて真の「都市文化」が成立したと述べる本書は、「中央都市、京都」の確立とともに、「日本の地方文化がきわめて中央志向的なかたちで生まれた」点が、室町文化、ひいては日本文化の特色であり、山口市に代表されるように、各地に誕生した「小京都」の伝統は近代にも継承されているとする。生け花、茶の湯、連歌、水墨画、能、狂言などの「日本文化の伝統の半ば近くを創造」した室町期は、乱世であるゆえに社会階層を流動化させ、「多様な趣味がいっせいに自己主張の機会を得た」。室町期が、鎌倉時代、江戸時代に比して短期間

に豊穣な文化を生み出した理由は、京都という都市の成熟にあったという指摘は、日本史の東京中心的時代区分に異を唱える井上章一『日本に古代はあったのか』（平成20年7月、角川学芸出版）の議論にも通じる、関西の視点からの日本文化史への問題提起となっている。それでいながら、単純な古都京都、あるいは関西文化礼賛に陥るのではなく、ドイツ、イタリアのような分権的性格が薄い日本文化の特色が、現代の「東京中心主義」にもつながるとし、東京一極集中の「改造」の困難さをも示唆している。「サントリー地域文化賞」（昭和54年創設）のコンセプトに関連して、「関西という地域にはそれぞれ特色があり、…京都は何といっても伝統文化の町」であり、国立・公立の博物館、美術館が特に美術の伝統を示しているとも述べている（編著『文化が地域をつくる』平成5年11月、学陽書房）。

（佐伯順子）

山崎洋子 やまざき・ようこ

昭和二十二年八月六日～（1947～）。脚本家、推理小説家、エッセイスト。京都府宮津市に生まれる。脚本家としての筆名・松岡志奈。神奈川県立新城高等学校卒業後、コピーライターやテレビドラマの脚本家として活躍。昭和六十一年、横浜の遊郭を舞台にした『花園の迷宮』（昭和61年9月、講談社）で第三十二回江戸川乱歩賞を受賞し、推理小説家としてデビュー。横浜やホテルを舞台にした作品が多いが、丹後地方の伝説に取材したものとして『七姫伝説　恋の墓標』（平成6年7月、中央公論社）がある。またその著作の多くがテレビドラマ化、映画化されている。

（吉川　望）

山下利三郎 やました・りさぶろう

明治二十五年（月日未詳）～昭和二十七年三月二十九日（1892～1952）。推理小説家。四国に生まれ、幼時に、一家で京都に移った。叔父の家を嗣ぎ山下姓となり、額縁商を営んだ。本名・平八郎。「新趣味」の懸賞に当選し、大正十一年十二月に「誘拐者」、十三年二月に「詩人の愛」が掲載される。その後「新趣味」や「新青年」に短編を発表。昭和二年、京都探偵趣味の会発行「探偵・映画」、三年、京都の猟奇社発行「猟奇」の創刊に関わり、京都の聖護院に居住しながら執筆活動を続けた。八年、筆名も本名の平八郎に改名、京都のぷろふいる社発行「ぷろふいる」創刊に加わる。京都が登場する小説に「虎狼の街」（初出未詳）、随筆に「本田緒生論は断る！」（「猟奇」昭和3年8月）がある。江戸川乱歩は『探偵小説四十年』（昭和36年7月、桃源社）の「放浪の年（昭和二年度）」で、昭和二年秋、山下との京都での交流を紹介している。

（長沼光彦）

山田英子 やまだ・えいこ

昭和十一年四月十八日～平成二十一年八月三十日（1936～2009）。詩人、エッセイスト。京都市上京区に生まれる。京都教育大学国文学科を卒業。主婦の傍ら、一九八〇年代より詩作を開始する。「ガルシア」「遅刻」を経て大阪の季刊誌「楽市」同人。京都をテーマにした詩集に『火の見』（昭和60年10月、詩学社）、『やすらい花』（平成7年7月、思潮社）、『夜のとばりの烏丸通』（平成18年6月、思潮社）他、エッセイ集に『べんがら格子の向こう側』（平成18年5月、淡交社）などがある。近江詩人会、日本現代詩人会会員。

（橋本正志）

山田一夫 やまだ・かずお

明治二十七年十二月二十九日～昭和四十六年十一月十九日（1894～1973）。小説家。

京都市下京区に生まれる。本名・孝三郎。同志社大学英文科卒業。生家は父新次郎が一代で財をなした富裕な繊維問屋。大正五年に家督を相続し、九年、ヨーロッパへ留学。以降、絵画や文芸創作に親しんだ。この頃は京都市左京区下鴨上川原町、中川原町などに住んでいたが、晩年の昭和四十二、三年頃、北区平野上柳町に転居した。生前の著作としては大正十五年に春鳥会から刊行した画集と、短編小説集『夢を孕む女』（昭和6年10月、白水社）、『配偶』（昭和10年5月、岡倉書房）、随筆集『京洛風流抄』（昭和36年4月、白川書院）がある。『夢を孕む女』については、永井荷風が日記『断腸亭日乗』の昭和七年十一月二十六日の項で「支那小説と仏蘭西象徴派作家との筆致を合したるやう」であるとし、激賞している。作者の没後、平成二年には、生田耕作編纂により代表作十五編を収めた作品集『耽美抄』（平成2年12月、奢灞都館）が刊行された。（久保明恵）

山田正三 やまだ・しょうぞう

昭和十一年九月二十三日～平成十一年七月十五日（1936～1999）。小説家。京都市東山区に生まれる。昭和三十年、平安高等学校（現・龍谷大学付属平安高等学校）を卒業、立命館大学文学部中退。三十一年、京都市役所に入り、京都市立芸術大学事務局、東山図書館館長などを経て、平成四年から山科勤労青少年ホーム所長に就任。九年に退職。雑誌「作家」同人。著書『いのちの川 琵琶湖疏水物語』（昭和49年4月、白川書院）は、土木工学者田辺朔郎《さくろう》（文中では山辺滝也）の活躍を京都府第三代知事北垣国道（北村知事）との出会いを織り込みながら描く。『おんな大文字 送り火発祥由来記』（平成2年6月、洛味社）は、大文字送り火発祥の由来を足利義政に見る。『日野富子』（平成6年1月、勁文社）は、京都室町、花の御所を舞台に、第八代将軍義政の正室日野富子の生涯を描いたもの。他に『小説本願寺』（昭和48年4月、白川書院）、詩集『京の歳時記』（昭和60年、奥付なし、私家版）や『さんねんざか 短編小説作品集』（平成11年8月、コスモヘイアン）がある。（村田好哉）

山田清三郎 やまだ・せいざぶろう

明治二十九年六月十三日～昭和六十二年九月三十日（1896～1987）。小説家、評論家。京都市下京区（現・中京区）間之町通竹屋町に生まれる。幼時に一家が離散し、一時里子に出された。その後母に引き取られ、京都市立銅駝小学校に転入するが六年で中退、丁稚奉公を転々とする苦難の少年期を過ごす。この折の体験は、小説集『五月祭前後』（昭和4年9月、戦旗社）に「与吉物語」の総題のもとに収録された短編「嘘」「足袋」「電車」で生かされた。大正七年に上京、「新興文学」の創刊や「種蒔く人」への参加を経て、大正十三年には「文芸戦線」同人となる。さらに昭和三年のナップ創立後は、機関誌「戦旗」に、神戸や京都の支局訪問記の体をなす「関西旅日記」（昭和4年12月）をはじめ多くの作品を発表するとともに、『日本プロレタリア文芸運動史』（昭和5年2月、叢文閣）なども刊行。ナルプ委員長としてその解散を見届けた後、活動の拠点を満洲に移し、満洲文芸家協会委員長の職にも就く。『北満の一夜』（昭和16年4月、萬里閣）はこの時期を代表する小説集。敗戦後は中央アジアやハバロフスクでの抑留生活を経て二十五年に帰国、新日本文学会に加入して白鳥事件などに取材した小説も発表した。（大橋毅彦）

山田孝子 やまだ・たかこ

大正九年三月十五日～（1920～）。俳人。京都市に生まれる。昭和十九年、夫戦死。水内鬼灯《きちょう》の俳句指導を享ける。二十二年六月の「馬酔木」に初投句。大阪移住の時期、職歴は未詳だが、四十四年、退職。四十八年、第一句集『山すみれ』（昭和48年2月、東京美術）を著す。五十九年、堀口星眠編刊の「橡」に加わる。平成五年、第二句集『青胡桃』（平成5年3月、本阿弥書店）を著す。もっぱら大阪府枚方市で句会活動。社寺仏閣関係や各地吟行の句が多い。〈大文字の消えて月さすつねの嶽〉、中京区の旧家新井家にて〈雪の精あそびしあとに白椿〉。（堀部功夫）

山田美妙 やまだ・びみょう

慶応四年七月八日（新暦八月二十五日）～明治四十三年十月二十四日（1868～1910）。詩人、小説家。江戸神田柳町（現・千代田区）に、南部藩士山田吉雄の長男として生まれる。本名・武太郎。父は官吏として地方を転々、母と義母に育てられ、多病だったが、幼少時から漢籍や詩文に親しみ、早熟の文才を発揮する。尾崎紅葉とは幼なじみで、のち共に硯友社（明治18年）を起こす。「武蔵野」（「読売新聞」明治20年11月20日～12月6日）、「蝴蝶」（「国民之友」明治22年1月）などで、「です・ます」調の言文一致を実践し、一躍文名が上がった。欧文の修辞法を大胆にとり入れた文体は斬新さで読者を驚かせたが、内面的衝迫よりも修辞のための修辞に傾いている。「いちご姫」（「都の花」明治22年7月～23年5月）、「丸二つ引 新太平記」（「文芸倶楽部」明治41年10月）、「祇王」（明治42年1月～約半年後まで執筆されたらしい。昭和8年に今春聴が京都五条の古本屋で原稿を発見、9年4月に立命館出版より刊行された）、「史外史伝 小宰相局」（「新小説」明治42年5月）など、歴史小説の多くは京都を舞台にしている。『史外史伝 平清盛』（明治43年12月、千代田書房）は秀逸。藤原氏の専横ゆえ極貧のまま父忠盛を失った青年清盛に激憤が生じ、後に大権力者を生む因になった「史外」の人生と心理・感情を鮮烈に描く。息女夢姫への想いを絶ち、叔父忠正を討って平氏全盛の第一歩になった保元の乱までの史実に材を採っている。（高橋和幸）

山田風太郎 やまだ・ふうたろう

大正十一年一月四日～平成十三年七月二十八日（1922～2001）。小説家。兵庫県養父郡関宮町（現・養父市）の医家に長男として生まれる。本名・誠也。昭和二年に父と、十二年に母と死別。十七年、上京し、沖電気に就職。十九年三月、召集されるが肋膜炎のため帰郷、同年四月、東京医学専門学校（現・東京医科大学）に入学。十九年夏、東京から兵庫豊岡へ帰省するには、まず「デッキに足を二本ぶら下げたまま京都まで。小便などは疾走中そこで失礼する」状態で東海道線を利用、京都で数時間を潰し、山陰線で八鹿まで、丸二日かかったという（『戦中派虫けら日記』昭和十九年八月二日・三日の記述）。医科大在学中の二十一年に、探偵小説誌「宝石」第一回新人募集への応募作「達磨峠の事件」が入選（翌年1月号掲載）。二十四年、第二回探偵作家クラブ賞短編賞を受賞、江戸川乱歩門下の新人作家として本格的に出発する。以降、多くのミステリや敗戦小説を執筆。京都駅で昔の恋人と邂逅し山陰線で「K温泉」へ向かう鉄道推理小説「吹雪心中」（「推理ストーリー」昭和38年5月）がある。また「甲賀忍法帖」（「面白倶楽部」昭和33年12月～34年11月）を機に忍法ブームが起こり、映画化に際して度々京都を訪問。後年のエッセイ「美しい町を」（「東京新聞」昭和60年2月22日）では都市の景観について「江戸時代の江戸は―いま残る京都や宿場町を見てもわかるように―それなりに一種の様式美を見せていたにちがいない」と記している。昭和四十八年以後の〈明治もの〉シリーズを経て、平成元年一月、「室町少年倶楽部」（「オール讀物」）をはじめとする〈室町もの〉を手がけ、中世の京都を描出。「婆娑羅」（「小説現代」平成2年1月～2月）では南北朝時代の婆娑羅大名を描き、また「室町お伽草紙」（「週刊新潮」平成2年4月26日～3年4月4日）では応仁の乱後の荒廃した洛内洛外を舞台とし、冒頭に流れ者の少年秀吉を鴨川勧進橋に登場させている。京都清水寺を舞台装置に柳生十兵衛が暗躍する「柳生十兵衛死す」（「毎日新聞」平成3年4月1日～4年3月25日）を最後に、小説創作を停止。平成九年、第四十五回菊池寛賞を受賞、平成十二年、第四回日本ミステリー文学大賞を受賞した。

（佐藤　淳）

山田稔《やまだ・みのる》

昭和五年十月十七日～（1930～）。フランス文学者、小説家、翻訳家。福岡県門司市（現・北九州市門司区）に生まれる。新制高校移行直前の京都府立第一中学校（現・府立洛北高等学校）在学中に小堀鉄男、恒藤敏彦らと同人誌「結晶」を創刊。昭和二十八年、京都大学文学部仏文科卒業後、二十九年一月より京大人文科学研究所西洋部助手として勤務、共同研究に携わるかたわら、研究同人誌「視界 Outlook」、日本映画をみる会、高橋和巳主宰の中国小説を読む会などに参加し、学際的発想にふれる。三十三年、多田道太郎と日本小説を読む会発足。三十五年、富士正晴との文通を経て同人誌「VIKING」に〈乗船〉。同誌に「グロテスクの世界」（昭和38年2月）などを発表。その最初の成果は『スカトロジア―糞尿譚』（昭和41年4月、未来社）となる。つづく『幸福へのパスポート』（昭和44年1月、河出書房新社）から次第に「「小説」よりも「散文芸術」」（同書「あとがき」）へと文章態度が変化。表題作は第五十九回芥川賞候補作。四十年四月より京都大学教養部へ移り、平成六年に退官。八年、日本小説を読む会の活動を網羅した『日本小説を読む』上・下（平成8年7月、私家版）出版。主な著作に、芸術選奨文部大臣賞受賞の『コーマルタン界隈』（昭和56年9月、河出書房新社）、『北園町九十三番地―天野忠さんのこと』（平成12年9月、編集工房ノア、以下二作も同じ）、『リサ伯母さん』（平成14年5月）、『富士さんとわたし―手紙を読む』（平成20年7月）などがある。翻訳にロジェ・グルニエ『チェーホフの感じ』（平成5年8月、みすず書房、以下三作も同じ）、同『フラゴナールの婚約者』（平成9年11月）、シャルル＝ルイ・フィリップ『小さな町で』（平成15年12月）、アルフォンス・アレー『悪戯の愉しみ』（平成17年3月）、『フランス短篇傑作選』（平成3年1月、岩波文庫）など。

（金岡直子）

山中貞雄《やまなか・さだお》

明治四十二年十一月八日～昭和十三年九月十七日（1909～1938）。脚本家、映画監督。京都市に生まれる。京都市立第一商業学校（現・市立西京高等学校）卒業。マキノプロを経て、昭和五年、東亜キネマに入社。同年二月八日、自作シナリオ映画化第一作の「鬼神の血煙」（監督・城戸品郎、製作・第一次寛寿郎プロ）公開。七年二月四日、監督第一作「磯の源太抱寝の長脇差」（製作・第二次寛寿郎プロ）公開。その後、日活を経て、十二年、P・C・Lに移る。この年徴兵され、翌十三年、戦地の中国で病死。画面構成などが同時代において評価され、トーキーへの移行期に時代劇で適応した。小津安二郎とも親しかった。（熊谷昭宏）

山中智恵子 やまなか・ちえこ

大正十四年五月四日～平成十八年三月九日（1925～2006）。歌人。名古屋市西区下園町本重町角（現・中区）に生まれる。昭和二十年、京都女子専門学校（現・京都女子大学）国文科を卒業。二十一年、「オレンヂ」（後の「日本歌人」）に入会し、前川佐美雄に師事する。歌集『紡錘』（昭和38年3月、不動工房）、『みずかありなむ』（昭和43年9月、無名鬼発行所）等。評論『三輪山伝承』（昭和47年5月、紀伊國屋書店）以後、斎宮の世界の探究も続け高い評価を得る。評論は他に『「名月記」をよむ』（平成9年2月、三一書房）等。『山中智恵子全歌集』上・下（平成19年5月、8月、砂子屋書房）。京都を詠んだ歌に〈さくらちる三千院のきざはしに鎮めあへぬとひとのいひしか〉（『虚空日月』昭和49年8月、国文社）がある。（槇山朋子）

山村美紗 やまむら・みさ

昭和九年八月二十五日～平成八年九月五日（1934～1996）。推理小説家。京都市に生まれる。父木村常信（京都大学名誉教授）の仕事の関係で幼少時は京城（現・韓国ソウル）で過ごし、戦後四国へ引き揚げ各地をまわった後、高校生の時に長谷川一夫のいとこである母の生家、京都市伏見区柿ノ木浜町に戻った。京都府立桃山高等学校に通学。病弱で学校を休みがちだった山村は、京都や京言葉に違和感をもち「京都では、私は孤独だった」と述べている。そして、だからこそ後に作品を書く時も「京都に対して公平な見方が出来」、「外から見た人」の「冷静な目」で「京都のどこが新鮮なのか」がわかり、書くことができると語っている（『ミステリーに恋をして』平成4年9月、光文社文庫）。ただし近所の寺田屋近くは時代劇のロケ現場となっており、それを見るのが楽しみだったという。昭和三十二年、京都府立大学文学部国文科を卒業し、同年から京都府立伏見中学校の教師となる。同僚だった山村巍（退職後、画家になる）と結婚。辞職して家庭に入るが、四十二年頃から創作活動を始め、テレビドラマ「特別機動捜査隊」の脚本も担当するようになる。四十六年「死体はクーラーが好き」（「小説サンデー毎日」昭和46年6月）が小説サンデー毎日新人賞候補となり、四十九年、『マラッカの海に消えた』（昭和49年1月、講談社）で本格的にデビューする。五十八年、『消えた相続人』（昭和57年12月、カッパ・ノベルス）で第三回日本文芸大賞を受賞。また平成四年には第十回京都府文化賞や京都府あけぼの賞を受賞した。「とにかく京都人も京都の風景も、一番ミステリアスで面白いし。京都を紹介したいってことですね」と語っているように、京都を舞台にした推理小説を多く執筆した。アメリカ副大統領（後に、元副大統領）の娘キャサリンを探偵とするものや、祇園の舞妓小菊や葬儀屋社長石原明子、推理作家でニュースキャスターである沢木麻沙子、看護婦戸田鮎子、女検視官江夏冬子をそれぞれ探偵役に配するものなど数多くのシリーズ作品があり、その多くはテレビドラマ化されている。ただし主人公は京都人以外のことが多い。このことについては、「京都に住んでいる人が京都で、ここがどんな寺かなんていちいちいうのはおかしいでしょう」と言い、「京都以外の人が来て、京都の人とおしゃべりし、京都を新鮮な目で見る」ことを重視しているためだと語る。また舞台が京都でありながら、作中人物が京言葉で話さない場合が多いことに関しては、一般に京言葉と思われている言葉が「廓言葉」であってその違いがあまり理解されていないことや、小説全体が京言葉だと他の地方の人に読みづらいこと、テンポの速さや論理性を要求される推理小説において不向きな言葉であること、京言葉の豊かな音のひびきを文章で表す方法がないことなどを挙げている。したがって、「京言葉を適当に使いながら、標準語圏の人に感情移入して、どこの人であれ、全部に読んでもら」えるような作品を書くと語っている。このように、山村美紗の作品は一種の京都案内の役割を果たすものともなっており、『山村美紗の京都の旅―ミステリアス古都案内―』（平成3年9月、光文社文庫）というガイドブックを書いている。この書では、山村の小説に出てくる場が小説の一節とともに紹介されているだけではなく、山村自身が行ったことのある場、思い出のある場、好きな場も写真つきで簡単な経路や地図が付されて紹介されている。『山村美紗長編推理小説選集』全十巻（平成元年11月～2年9月、講談社）がある。

＊花の棺《はなのひつぎ》　長編小説。〔初版〕『花の棺』昭和五十年九月、カッパ・ノベルス（光文社）。◇アメリカ副大統領とともに来日にした娘キャサリンは、日本文化、特に生け花を学ぶため、日本に滞在することにする。華道界ではキャサリンを弟子にしようと東流、京流、新流の三大流派で激しい勢力争いが行われるが、来日前から、キャサリンは家元制度に批判的で異端的存在でもあった東流の高弟小川麻衣子を師とすることを希望していた。しかし、小川は行方不明となり、キャサリンと外務大臣の甥浜口一郎が小川の行方を追う中、二条城で花火が破裂する事件が起こる。以後、堀川通りを下って、三条近くの空也堂で小川の死体が発見され、四条大宮駅コインロッカーでは発火事件が起き、五条の京流家元の茶室で家元が殺害されるなど、毎日曜日に事件が起き、四人が殺害される。キャサリンが柔軟な思考で茶室での密室トリックやキャンピングカーの謎を解き犯人を暴くことで、一連の犯罪に隠された犯人の動機も明らかにされる。キャサリンシリーズの第一弾であり、以後、このシリーズで多くの作品が書かれる。

＊京都グルメ旅行殺人事件《きょうとぐるめりょこうさつじんじけん》　小説。〔初版〕『京都グルメ旅行殺人事件』昭和六十三年四月、扶桑社。◇由美たち大学時代の仲間六人は京都グルメ旅行に出かけるが、旅行中、仲間の一人が宇治川で殺害され、数日後には、また仲間の一人がホテルで殺害される。事件を調査しだした由美の周囲でさらに次々と殺人が起こるが、由美は五年前に起きた水死事故が事件に絡んでいることや犯人の正体をつきとめる。作品ではグルメ旅行の名にふさわしく、白雲庵の普茶料理を食べながらの宇治川の鵜飼見物や、ロシア料理店キエフ、円山公園の長楽館、嵯峨野にある泉仙の鉄鉢料理、平野家の〈いもぼう〉などが紹介され、グルメ案内としても楽しめる。また事件を解く鍵が料理にあることも面白い。（西川貴子）

山本兼一　やまもと・けんいち

昭和三十一年七月三十一日～（1956～）。小説家。京都市に生まれる。同志社大学文学部卒業。出版社、編集プロダクション勤務を経て、フリーライターとなる。平成十一年「弾正の鷹」でデビューし、小説NON創刊百五十号記念短編時代小説賞佳作を受賞する。以後、主として歴史小説家として活動。十七年、「火天の城」（平成16年6

月、文芸春秋）で第十一回松本清張賞受賞、第一三二回直木賞候補となる。二十一年、『利休にたずねよ』（平成20年10月、ＰＨＰ研究所）で、第一四〇回直木賞受賞。（高橋博美）

山本健吉 やまもと・けんきち

明治四十年四月二十六日〜昭和六十三年五月七日（1907〜1988）。評論家。長崎市に生まれる。本名・石橋貞吉。父は評論家の石橋忍月。慶応義塾大学国文科卒業。折口信夫に学ぶ。昭和八年、改造社に入社、翌年より「俳句研究」を編集。十四年八月、伊藤信吉、吉田健一、中村光夫らと「批評」を創刊。主著は『古典と現代文学』（昭和30年12月、講談社）。仁和寺の門跡森諦圓との共著『古寺巡礼京都11 仁和寺』（昭和52年3月、淡交社）で京都を論じた。（黒田大河）

山本宣治 やまもと・せんじ

明治二十二年五月二十八日〜昭和四年三月五日（1889〜1929）。生物学者、政治家。京都市に生まれる。兵庫県立神戸中学校（現・県立神戸高等学校）中退後、宇治で園芸を始めるが、カナダに留学。東京帝国大学理学部、京都帝国大学大学院を経て、京都帝大、同志社で教える。産児制限運動と無産者解放運動に従事し、昭和三年の衆議院議員選挙に京都二区から立候補し当選。翌年、右翼団体の男に刺殺された。（佐藤秀明）

山本司 やまもと・つかさ

昭和十七年一月二十一日〜（1942〜）。歌人。台湾に生まれる。本名・渡辺綱敏。北海道立砂川南高等学校時代から歌を作り始めた。第一歌集は闘いに対峙する自己を描く『抗争の序曲』（昭和52年11月、新墾発行所）。『プロメテウスの火を』（昭和57年7月、雁書館）、『現代短歌の再考』（昭和63年2月、短歌新聞社）のほか、歌集と評論の刊行多数。戦時下の抵抗歌人坪野哲久の軌跡を著した『初評伝・坪野哲久』（平成19年9月、角川書店）は平成二十年第六回日本歌人クラブ評論賞を受賞。古都に触れて、〈いにしえを訪ねんと来し渡月橋「おこしやす」と峪《たに》よりの風〉（『滋賀・京都詩歌紀行』平成17年12月、北溟社）を詠じている。（齋藤　勝）

山本治子 やまもと・はるこ

大正十年四月五日〜平成六年三月五日（1921〜1994）。歌人。京都府宇治市に生まれる。父は、昭和四年右翼団体の男に刺殺された国会議員の山本宣治。先天的に左足、両手の指骨が欠損していたため、就学せず、家庭で教育を受け、絵や唄を習う。「少女の友」への投稿を経て、十八歳より歌人香川しげ子の指導を受けて、短歌誌「潮音」に入った。歌集に『清明の季』（平成2年3月、青磁社）があり、同書で潮音賞および第一回紫式部文学賞を受賞。（山口直孝）

山本弘 やまもと・ひろし

昭和三十一年（月日未詳）〜（1956〜）。SF作家、ゲームデザイナー。京都府に生まれる。京都市立洛陽工業高等学校電子科卒業。昭和五十三年、「スタンピード！」（「奇想天外」3月）でデビュー。六十二年、ゲーム創作集団「グループSNE」に加わり、コンピュータゲームやテーブルトークRPGを開発した。代表作に長編『神は沈黙せず』（平成15年10月、角川書店）、短編「メデューサの呪文」（「SFマガジン」平成17年5月）。他に『トンデモノストラダムス本の世界』（平成10年7月、洋泉社）

などがある。オフィシャルサイト http://homepage3.nifty.com/hirorin/shigotobeya00.htm

（木村　功）

山本牧彦 やまもと・まきひこ

明治二十六年三月一日～昭和六十年八月二十四日（1893～1985）。歌人、写真家。兵庫県豊岡市に生まれる。本名・茂三郎。大正七年、京都で歯科医院を開業。のち京都市歯科医師会会長、市会議員も務める。大正末から淵上白陽主宰の「白陽」などに写真を発表。昭和二年、日本写真美術展で文部大臣賞受賞。翌年、日本光画協会を興す。二十年、歌誌「新月」に入会。のちに主宰となり、上田三四二らが師事した。歌集に『菩提樹』（昭和49年10月、初音書房）など。

（三品理絵）

山元護久 やまもと・もりひさ

昭和九年九月十九日～昭和五十三年四月二十二日（1934～1978）。放送作家、児童文学作家。京都府に生まれる。早稲田大学在学中に小沢正らと童話研究誌「ぷう」を創刊する。『そのてにのるな!クマ』（昭和48年10月、学習研究社）などの童話を書く傍ら、テレビ番組の脚本家として活躍した。井上ひさしとの共作が多く、特に「ひょっこりひょうたん島」（昭和39年4月～44年4月、NHK）は、人形劇の代表的作品となった。また、東映京都テレビプロ制作の「忍者ハットリくん」（昭和41年4月～9月、NET［現・テレビ朝日］）実写版脚本では、井上ひさしと共に服部半蔵のペンネームを使用し、主題歌も作詞した。「ひみつのアッコちゃん」（昭和44年1月～45年10月、NET）や京都の安国寺を舞台にした「一休さん」（昭和50年10月～57年6月、NET［52年よりテレビ朝日］）の主題歌の作詞、そして、「おかあさんといっしょ」（昭和34年10月～、NHK）や『ママとあそぼう!ピンポンパン』（昭和41年10月～57年3月、フジテレビ）などの番組用の作詞も多い。

（箕野聡子）

【ゆ】

湯浅半月 ゆあさ・はんげつ

安政五年二月十六日～昭和十八年二月四日（1858～1943）。詩人、聖書学者、図書館学者。上野国碓氷郡安中村（現・群馬県安中市）に味噌醤油醸造業湯浅治郎吉の四男として生まれる。本名・吉郎。湯浅家は板倉藩御用達を務め帯刀御免の家柄。明治十年、同郷の新島襄設立の同志社英学校普通科に入学。大西祝《はじめ》と同級となる。十三年歌人池袋清風が入学。大西らと共に和歌を学ぶ。十五年、普通科を卒業、神学科に入学。十八年六月、同志社神学科を卒業。卒業式席上で「十二の石塚」を朗読、喝采を博す。九月渡米。十月、私家版『十二の石塚』刊行。ヨシュア記を下敷きにベニヤミン族の少年エホデが父の遺志を受け継ぎ、宿敵エグロンを撃ち、士師《さばきづかさ》となるまでを描く長歌である。〈和歌浦の磯崎こゆる／しら浪のしらぬむかしを／（中略）／我神よいざ行て見む／ユタヤの国原／岩はしるヨルダン川の／柳かげ高かやがくれ／かぜ立てさゞなみ涼し／千尋の青淵／朝日さすエリコの城の／高楼もうづもるばかり／椰子の葉のしげるも深し／七里の白壁／千早振る神の記念《しるし》と／ギルガルの岡べにさける／百合花《ゆりのはな》のたてるも高し／十二の石塚〉。伝統的な修辞法と五七調の荘重な韻律を持ち、新体詩の先駆けとなった。米国オベリン、エール両大学でユダヤ文学、ヘブライ語、聖書学を学び、二十四年、帰国。同志社女子専門学校の教授に就任、旧約聖書を講じる。

一方、詩作品を「国民之友」に発表。二十五年七月、箱根のキリスト教夏期学校で講演、「文学界」同人の浪漫主義的自覚に影響を与えた。三十二年平安教会牧師に就任。三十四年、京都帝国大学附属図書館に勤務。三十五年八月、『平月集』（金尾文淵堂）刊行。「天地初発《あめつちのはじめ》」などの叙事詩・信仰詩を収録。近代詩として新しい韻律の創造には欠けているが、荘重端正な古典的風格と旧約的宗教的感情の調和した独自な詩境がある（笹淵友一）。夏より、図書館学修得のため米英に赴き、府立京都図書館館長に就任。三十七年、京都高等工芸学校（現・京都工芸繊維大学）講師を兼任後は、谷口靄山に南宋画を学ぶ。三十八年、平曲「波多野流一部済」免状を受ける。大正六年、『京都叢書』全十六巻刊行を完了。七年春、公職を辞職して単身上京、早稲田大学図書館顧問となる。十年、坪内逍遥らの勧誘で俳優図書館の創立を企画したが、十二年九月一日の関東大震災のため、図書館設立を断念。月刊誌「劇」も廃刊となる。昭和五年、新潮社主催新体詩祭に招待される。晩年は読書と旧約聖書翻訳に専念し、『雅歌』『コーヘレスの言』『箴言』『ヨブ記』『伝道之書・雅歌』『詩篇』『預言詩第二イザヤ』『預言詩イザヤ』等を刊行。書誌は高梨章編著『高梨章書誌選集』（平成23年月日不記載、金沢文圃閣）に詳しい。十五年、『新島襄先生詩史』（私家版・同志社校友会版『新島先生記念集』別刷）刊。（大田正紀）

湯浅芳子 ゆあさ・よしこ

明治二十九年十二月七日～平成二年十月二十四日（1896～1990）。ロシア文学者、翻訳家、随筆家。京都市下京区問屋町に生まれる。本名・ヨシ。大正二年、京都市立高等女学校（現・市立堀川高等学校）卒業後、同志社女学校専門部（現・同志社女子大学）英文予科へ、さらに上京して日本女子大学英文予科、女子英学塾を、いずれも中退。山内封介よりロシア語を習う。雑誌編集経験後、大正日々新聞社の京都支局に四ヵ月間勤務。モスクワ留学も含め、大正十三年より七年間中条（宮本）百合子と生活を共にする。帰国後、チェーホフ、ゴーリキー、ツルゲーネフなどの翻訳を数多く手がけた。（木村小夜）

夢枕獏 ゆめまくら・ばく

昭和二十六年一月一日～（1951～）。小説家。神奈川県小田原市に生まれる。本名・米山峰夫。昭和四十八年、東海大学文学部日本文学科卒業。平成元年、螺旋と宮沢賢治をめぐる『上弦の月を喰べる獅子』（8月、早川書房）で日本SF大賞を、また翌二年には、同作品で星雲賞日本長編賞を受賞。六年、日本SF作家クラブ八代目の会長に就任。十年、ヒマラヤを仰ぐネパールを舞台とした『神々の山嶺《いただき》』（平成9年8月、集英社）で柴田錬三郎賞を受賞。京都との関連で言えば、昭和六十三年八月、ホームズ役の安倍晴明とワトソン役の源博雅の二人が平安期の京都の夜にうごめく「あやかし」の事件を解決していく、シリーズ第一作、『陰陽師』を文芸春秋から刊行。その後『飛天ノ巻』（平成7年6月、文芸春秋）など多くの陰陽師物で、夜の京都が描かれる。また岡野玲子によって漫画化され、平成十一年七月白泉社より「LETS COMICS」として刊行が始まる。さらに平成十三年には東宝より映画化。なお、『新装版古寺巡礼―京都19』（平成20年3月、淡交社）には、宇治市にある萬福寺についてのエッセイが掲載されている。（三谷憲正）

【よ】

横井小楠　よこい・しょうなん

文化六年八月十三日～明治二年一月五日（1809～1869）。思想家。熊本に生まれる。本名・時存。字・子操。別号に畏齊、沼山。熊本藩の藩校時習館に学び、後に私塾を開いて子弟を教育。安政四年（1857）に福井藩に招かれ松平春嶽のブレーンとなり、開国通商を唱えて国事に奔走。京都滞在は生涯に三度あり、まず天保十一年（1840）の江戸遊学からの帰国時、次に嘉永四年（1851）の西日本遊歴中に半月滞在して、春日潜庵や梁川星巌に会見している。三度目は明治元年に新政府から登用の命を受けて熊本から船で大阪に着き、天皇が親征で大阪にいたためここで参与の発令を受け、閏四月四日に京都に入って制度局判事となった。その後持病の痫疾が悪化したので辞職、帰国の決意を固めていたが、つとにキリスト教徒、共和主義者と誤解されていたために、明治二年正月五日に寺町丸太町付近で六人の旧尊攘派志士に襲われ暗殺された。

（竹松良明）

横井時雄　よこい・ときお

安政四年十月（十一月説、十二月説もある）十七日～昭和二年九月十三日（1857～1927）。牧師、教育家、政治家、編集者。肥後国下《しも》益城《ましき》郡沼山津村（現・熊本市沼山津）に生まれる。幕末の政治家・思想家である横井小楠《しょうなん》の長男。徳冨蘆花は従兄弟。一時期、伊勢姓を名のる。明治九年、熊本洋学校から同志社英学校（現・同志社大学）に転校し、第一回卒業生となる。教師をした後、牧師の立場から「基督教新聞」、「六合《りくごう》雑誌」の編集を務める。三十年に、同志社第三代社長（総長）に就任する。三十七年二月から三十九年四月まで雑誌「時代思潮」を発刊し、三十七年五月には同誌に「トルストイ翁の手簡」の翻訳を発表する。また、「東京日日新聞」の主幹に携わった。

（中島加代子）

横光利一　よこみつ・りいち

明治三十一年三月十七日～昭和二十二年十二月三十日（1898～1947）。小説家。本籍は大分県宇佐郡長峰村（現・宇佐市赤尾）。トンネル掘削などの土木工事に携わっていた父の赴任先である福島県の東山温泉で生まれ、その後も各地を転々とする。母の地元である三重県立第三中学校（現・県立上野高等学校）を卒業して、早稲田大学高等予科英文学科に入学。のち専門部政治経済科に転入するが除籍となる。その頃から「文章世界」などに投稿を始め、大正十二年五月、「日輪」（「新小説」）、「蠅」（「文芸春秋」）で文壇デビュー。翌年には「文芸時代」を拠点に、新感覚派文学をリードする。『上海』（昭和7年7月、改造社）はその集大成といえる。その間、ヴァレリーとの邂逅などによって、「真理主義」（心理主義）にシフトし、「機械」（「改造」昭和5年4月）で、文壇に衝撃を与える。昭和十一年の渡欧後、西洋合理主義的な知に疑問をいだき、日本精神による「近代の超克」を構想。以後十年にわたって『旅愁』を書きつづけるが、未完に終わる。いわゆる故郷なるものを持たない横光利一にとって、京都は、まず青春の懊悩を刻み込んだ場所としてあり、のちに幻想としての〈故郷〉のひとつとなった。早稲田大学入学後すぐ、恋愛関係のもつれから神経衰弱になった横光は、当時父母の住んでいた山科に帰省する。家は琵琶湖第一疏水が流れる四ノ宮にあり、このあたりの情景は、生前未発表の「悲しみの代価」（「文芸」臨時増刊号、昭和30年5月）に詳しく塗りこまれている。また、大津に住む姉夫婦を慕って、なんども逢坂山越えの道を往復しており、この経験が初期習作の豊富な土壌となっている。「街へ出るトンネル」（「中央公論」大正15年7月）は、宇治川発電所にかかわるトンネル工事が素材となっており、資本家と労働者の板挟みになる土木請負業者の親子が描かれている。京城（現・ソウル）で客死した父の遺骨は、浄土真宗大谷本廟に分骨され、その十三回忌を兼ねた京都への家族旅行が、「比叡」（「文芸春秋」昭和10年1月）に取り上げられている。また、『旅愁第四篇』（昭和21年7月、改造社）には、主人公の矢代が、急死した父の遺骨を九州に運ぶ際に、父が苦労して掘ったという逢坂山トンネルを通過するシーンが印象深く描かれている。（田口律男）

与謝野晶子　よさの・あきこ

明治十一年十二月七日～昭和十七年五月二十九日（1878～1942）。歌人、詩人、小説家、評論家。大阪府堺区（現・堺市）甲斐町に生まれる。家は老舗の菓子商で屋号は駿河屋と言った。父鳳宗七と母津弥との間の三女。本名・志よう。明治二十一年、大阪府立堺女学校（現・府立泉陽高等学校）に入学。二十五年に同校を卒業。三十二年二月、河野鉄南等を中心とする浪華青年文学会（33年8月に関西青年文学会と改称）堺支部に入会し、機関誌「よしあし草」に詩や短歌を発表。三十三年四月、「明星」が創刊され、第二号より作品を発表し始める。同年十一月、与謝野鉄幹の徳山よりの帰途、山川登美子と三人で京都の永観堂に紅葉を観賞し、粟田山の辻野旅館で一泊する。三十四年一月、再び鉄幹と、粟田山で再会する。晶子に於ける京都は、妹里が京都府立第一高等女学校（現・府立鴨沂高等学校）に在学していた頃からしばしば訪れた場所であり、晶子が好んで読んだ王朝文学の地でもある。同年六月、堺の家を出て、単身東京の鉄幹の元に走る。初版『みだれ髪』（明治34年8月、東京新詩社と伊藤文友館の共版）は鳳晶子の名前になっている。更に「奥付」には「鳳昌子」とあり、「晶」が「昌」になるというケアレスミスもみられる歌集である。未だ与謝野鉄幹と結婚する前のあわただしいなかで『みだれ髪』の初版（明治34年8月11日印刷・明治34年8月15日発行）は、いそぎ刊行された歌集であることがわかる。『みだれ髪』の編纂過程は、まず、三十三年十一月の「明星」第八号（さし絵の裸体画が問題となり、発売禁止になった号）誌上において、与謝野鉄幹は〈人の子の名ある歌のみ墨ひかで集にせばやとおもふ秋かな〉（「埋草」）と歌い、この「人の子」は晶子のことで、当時売り出し中の鳳晶子の歌を一本にしてまとめて出版したいという構想をうちだしている。続いて、三十四年四月には、いち早く与謝野鉄幹の『紫』が上梓され、雑誌「明星」の拡大とともに、追い打ちをかけるように晶子の『みだれ髪』上梓の構想が鉄幹にふくらむ。その構想が遂に、翌月の「明星」十二号に『みだれ髪』刊行の「予告」を載せるのである。この「予告」を受けるように、堺から晶子が上京して、六月から七月にかけて、道玄坂の付近に鉄幹と同居し、此処で『みだれ髪』の編纂が、あわただしく一ヵ月あまりでなされたのである。三十四年十月、鉄幹と結婚。三十五年十一月、長男光が生まれる。以降、晶子には、次男秀（明治37年7月）、長女八峰・二女七瀬（明治40年3月）、三男麟（明治42年3月）、三女佐保子（明治43年2月）、四女宇智子（明治44年2月）、四男アウギュスト（のち昱と改名、大正2年4月）、五女エレンヌ

（大正4年3月）、五男健（大正5年3月）、六女藤子（大正8年3月）の五男六女が生まれて十一人の母となる。明治三十七年九月、旅順に出征している弟をうたった詩「君死にたまふこと勿かれ」を「明星」九月号に発表。三十八年一月、山川登美子、増田雅子との合同詩歌集『恋衣』（明治38年1月、本郷書院）を刊行して話題を呼ぶ。四十一年十一月、「明星」は百号で廃刊となり、翌年創刊された「スバル」に作品を発表するようになる。四十四年九月、詩「そぞろごと」を「青踏」創刊号に発表。四十五年六月、夫の後を追って一人敦賀から出港し、陸路シベリア鉄道でパリへ赴き、六月、七月にわたってイギリス、ベルギーなどを歴遊し、その後もウィーン、ベルリン、オーストリアなどを歴訪する。その間、彫刻家のアウギュスト・ロダンの知遇を得る。同十月（7月30日改元して、大正元年）に単身海路にて帰国。帰国後は、ヨーロッパでの見聞をもとに、芸術の方面よりも生活的実感の勝った政治、経済に関心をもつようになり、日本の婦人問題に深く関わり発言するようになる。晶子は、幼少時から漢学塾に通ったりして、漢学や史書や古典に親しんでいた。明治四十五年、フランスに行く前の二月から六月にかけて『新訳源氏物語』全四巻（抄訳）が金尾文淵堂から刊行され、関東大震災で焼失した元の原稿を一から書き直し十七年かけて『新新訳源氏物語』（昭和13年10月～14年7月、金尾文淵堂）全八巻を完成させる。その他、『新訳栄華物語』（大正3年7月～4年3月、金尾文淵堂）、『新訳紫式部日記・和泉式部日記』（大正5年7月、金尾文淵堂）、さらに徒然草、枕草子、方丈記等の古典の訳をライフワークとして生涯をかけて成し遂げていく。大正九年四月、西村伊作を中心とした文化学院の創設に夫と共に参画。羽仁もと子による自由学園の開校と前後して文化学院の創立に尽力、文部省の規定に逆らい、男女共学で開校。のち文化学院女学部長。晶子も一教師として教壇に立ち、「短歌創作」や「国語」の読本の授業に情熱を注ぎ、短歌の添削も一人一人に「ノート」を作らせ、朱を入れて指導を繰り返す。昭和二年四月、京都、奈良、吉野に遊ぶ。十年三月二十六日、夫与謝野鉄幹死去。十一年三月、京都の鞍馬寺で鉄幹の一周忌の法要をする。十三年五月、鞍馬寺に建立された鉄幹の歌碑除幕式に参列。十七年五月二十九日、病勢が募り午後四時三十分死去。享年六十三歳。詩歌集に、『みだれ髪』以降、『小扇』（明治37年1月、金尾文淵堂）、鉄幹との合著『毒草』（明治37年5月、本郷書院）、『恋衣』（明治38年1月、本郷書院）、『舞姫』（明治39年1月、如山堂）、『夢之華』（明治39年9月、金尾文淵堂）、『常夏』（明治41年7月、大倉書店）、『佐保姫』（明治42年5月、日吉丸書房）、『花』（明治43年1月、誠文館出版部）、『春泥集』（明治44年1月、金尾文淵堂）、『青海波』（明治45年1月、有朋館）、そして『夏より秋へ』（大正3年1月、金尾文淵堂）へと来て、〈味気なく心みだれぬわが手のみ七人の子を撫づる日に会ひ〉〈子を思ひ一人かへるとほめられぬ苦しきことを賞め給ふかな〉というような、「女」の視点から「母」の視点への回帰の歌が出始める。さらに大正期以後は、『さくら草』（大正4年3月、東雲堂）、『朱葉集』（大正5年1月、金尾文淵堂）、『舞ごろも』（大正5年5月、天弦堂）、『火の鳥』（大正8年8月、金尾文淵堂）、『太陽と薔薇』（大正10年1月、アルス）、『旅の歌』（大正10年5月、日本評論社）、『草の夢』（大正11年9月、日本評論社）、『流星の道』（大正13年5月、新潮社）、『瑠璃光』（大正14年1月、アルス）、鉄幹との合著『巴里より』（大正3年5月、金尾文淵堂）、『心の遠景』（昭和3年6月、日本評論社）、遺歌集『白桜集』（昭和17年9月、改造社）等がある。その他、小説集、随筆集など多数の著作がある。〈清水《きよみづ》へ祇《ぎ》園《をん》をよぎる桜月夜《さくらづきよ》こよひ逢ふ人みなうつくしき〉

（安森敏隆）

与謝野鉄幹 よさの・てっかん

明治六年二月二十六日～昭和十年三月二十六日（1873～1935）。歌人。山城国愛宕郡第四区岡崎村（現・京都市左京区岡崎）の願成寺に、父与謝野礼厳、母ハツヱの四男として生まれる。本名・寛。別号に澄軒、鉄雷、霊美玉酒舎主人など、「鉄幹」は明治三十七年まで用いた。礼厳は丹後国与謝郡（現・京都府与謝郡与謝野町温江）生まれであった。明治十一年、願成寺が廃寺となり、京都府下京区に移居。以降、鹿児島、大阪と転々とする。十七年六月、京都の宇治郡五ケ荘村（現・宇治市五ケ庄）に帰る。十八年、京都府下愛宕郡一乗寺村（現・左京区一乗寺）の養源寺に入る。十九年八月、山口県下周防の赤松連城の養子となる。その後、養家を出て、山口県徳山の仲兄照幢の所に寄遇しながら徳山高等女学校（現・県立徳山高等学校）で国語の教師として教える。その間、同校の女生徒である林滝野と問題を起こし、二十五年初夏、徳山女学校を辞して京都へ帰る。同年初秋、上京し落合直文に師事してあさ香社に参加。「二六新報」の記者となり、二十七年五月より、同紙に五回にわたり「亡国の韻―現代の非丈夫的和歌を罵る―」を発表。二十八年、日本語教師として朝鮮に渡るが、暗殺事件等が勃発する不穏な情勢により、まもなく帰国。三十二年夏、京都天龍寺に参禅。同年十一月に東京新詩社を設立し、翌三十三年四月に機関誌「明星」を創刊する。「明星」は、最初新聞紙型の十六頁ばかりの小雑誌として刊行され、第六号（明治33年9月）からは豪華な四六倍版（B5版）の雑誌に生まれ変わり、百号まで続いた。その「後記」に当たる「一筆啓上」に「本社の規則と申すものを社員協議の上左の通り改め申し候」と、次のような「清規」が、鉄幹の独自な発想で書かれ載せらている。「一 われわれは詩美を楽むべき天稟ありと信ず。さればわれわれの詩は道楽なり。虚名の為めに詩を作るは、われわれの恥づるところなり。一 われわれは互に自我の詩を発揮せんとす。われらの詩は古人の詩を模倣するにあらず、われらの詩なり、否、われら一人一人の発明したる詩なり。一 われらの詩は国詩と称すれども、新しき国詩なり、明治の国詩なり。一 かゝる我儘者の集りて、我儘を通さんとする結合を新詩社と名づけぬ。一 新詩社には社友の交情ありて師弟の関係なし。一 去るものは追はず、来るものは拒まず」（「明星」明治33年9月）。即ち、一人一人の「天稟」と「自我の詩」であることを高らかに主張し、さらにおのれたちの集団を「我儘者の集り」として位置づけ、「社友の交情」を強調し、「去るものは追はず、来るものは拒まず」と一人一人の個性の尊重と才能を重視したのである。その上で、自由な集団であることを「明星」のひとつの大きな組織原理として、これまでの文学会から、仲間の一人一人の意識を中心におく〈ヨコ的結合体〉を企図し、新しい文学集団を打ち出し鮮明にしていったのである。また、それまで「和歌」と表示していたものが、この第六号から「短歌」の表示にかわる。二十九年七月、第一詩歌集『東西南北』（明治書院）を出し、その「自序」で「小生の詩は、短歌にせよ、新体詩にせよ、誰を崇拝するにもあらず、誰の糟粕を嘗むるものにもあらず、言はば、小生の詩は、即ち小生の詩に御座候ふ」と言い、和歌から決別して、新しい日本の短歌を打ち出していく。すでに「明星」に先だって三十二年二月には「アララギ」の礎石となった根岸短歌会が発足し、その一年前には、「心の花」が創刊されており、これら三つのグループが近代短歌の祖として切磋琢磨して新しい短歌を作っていくのである。鉄幹は三十三年十一月五日、鳳晶子、山川登美子を誘って、京都に遊び、粟田山の宿に泊まる。三十四年一月、晶子と粟田山の宿で再会する。この年の六月、晶子は上京して同棲。「明星」は、鉄幹をリーダーとして明治三十年代の文壇を席巻して、全国の新人を発掘して行く。四十年七月二十八日から八月二十七日まで、鉄幹は「明星」の若手の北原白秋、木下杢太郎、平野万里、太田正雄の四人と共に天草、島原を中心に切支丹探訪の旅に出る。一行五人は、四十年七月二十八日に東京を発ち、厳島（広島）、赤間関（下関）、福岡、柳川、唐津、佐世保、平戸、長崎、茂木、天草、三角、島原、長洲、熊本、阿蘇、熊本、柳川と巡り、八月二十七日まで約一ヵ月の長旅をして、東京へ帰る。表向きは、九州圏に於ける「明星」の拡大作戦にあったが、その本当の目的はキリシタン遺跡を巡ることであり、大江村のパーテルさんこと仏蘭西人の宣教師に会い、異国の文化やキリシタンのことを聞くことであった。その結果として、鉄幹はじめ、白秋、杢太郎を先駆として南蛮文学のブームをつくり、当時の時代を風靡した。しかし、その後の自然主義運動の台頭とともに、四十一年十一月、百号をもって「明星」は廃刊となる。翌年一月より「スバル」が発行されたが、編集には加わらなかった。後、第二次「明星」（大正10年11月創刊～昭和2年4月廃刊）を復刊したり「冬柏」を創刊したりした。明治四十三年八月、父礼厳の十三回忌を京都の順照寺で行う。四十四年十一月、晶子の計らいで熱田丸で渡欧し、フランス国内からロンドン、ウィーン、ベルリンを歴訪して大正二年一月に帰国。四年三月、京都府より衆議院議員に立候補したが落選する。七年三月、上海事変に取材した「爆弾三勇士の歌」の歌詞公募（「毎日新聞」「東京日日」共催の懸賞募集）に応じ、一等入選。八年四月、慶應義塾大学文学部教授。九年四月、西村伊作を中心とした文化学院の創設に晶子と共に参画し教鞭を執る。昭和六年十一月、父礼厳の碑が京都丹後の温江に建てられ除幕式に出席。七年三月、慶應義塾大学を退職。昭和十年三月二十六日、慶応病院で肺炎のために逝去。享年六十二歳。詩歌集に、『東西南北』（明治29年7月、明治書院）、『天地玄黄』（明治30年1月、明治書院）、『鉄幹子』（明治34年3月、東京新詩社）、『紫』（明治34年4月、東京新詩社）、『相聞』（明治43年3月、明治書院）、『鴉と雨』（大正4年8月、東京新詩社）や、訳詩集『リラの花』（大正3年11月、東雲堂書店）、晶子との合著『巴里より』（大正3年5月、金尾文淵堂）、その他『霧島の歌』（昭和4年12月、改造社）、『満蒙遊記』（昭和5年5月、大阪屋号書店）、遺稿集『与謝野寛遺稿歌集』（昭和10年5月、明治書院）、『采花集』（昭和13年5月、金尾文淵堂）など多数。〈われ男の子意気の子名の子剣の子詩の子恋の子あゝもだえの子〉

（安森敏隆）

与謝野礼厳　よさの・れいごん

文政六年九月十三日～明治三十一年八月十七日（1823～1898）。歌人、僧侶。丹後国与謝郡桑飼村温江（現・京都府与謝郡与謝野町温江）の庄屋細見家に生まれる。徳山（山口県）に客死す。与謝野寛（鉄幹）の父。礼厳は法号、号に尚絅《しょうけい》、尚歌堂。与謝野は、丹後国与謝郡出身により礼厳が定めた新姓。桑飼村浄福寺住職礼道の養子となり、僧籍に入る。京都西本願寺学林を卒業し、西本願寺別院願成寺の住職となる。幕末には所謂志士・勤皇僧。明治に入り社会事業への献身で知られる。八木玄道に国学を学び、歌道に通じる。八田友紀・高崎正風らと交わり、国事に奔走。明治維新後、一乗寺村の別院に転じた。舎密学（科学）に携わり、発明多数。教育・衛生に心を砕く。また、鉱業・養蚕業の奨励に尽力。妻初との間に五男一女（寛は四男。山城国愛宕郡岡崎村、現在の京都市左京区岡崎に生まれる）。寛編『礼厳法師歌集』（明治43年8月、明治書院）は、父の十三回忌に当たって、三万首（一説に七万首）に及ぶ詠歌の中から六二六首を選んだもの（『明治文学全集64明治歌人集』に収録。平成5年に加悦《かや》町、現在は与謝野町から復刻版が発刊されている）。寛筆「礼厳法師歌集の初にしるしおく文」に、父礼厳の事績、性向等を詳細に記す。復刻版付録「与謝野礼厳―人と歌―」に「近代短歌成立以前の詠歌にもかかわらず、既に近代調が現われていて注目せられる。淡い近代的憂愁と、鮮麗な近代風の絵画的美と、一種の近代調とも言うべき、新鮮で暢びやかな歌調」「出色の、注目すべき歌詠み」（中皓）とある。さらに「進取の気概と念仏風雅の惻惻とした一抹の哀愁の中に画期的な閃光」「万葉歌人として天田愚庵らに影響を与え、さらに鉄幹にも影響」（『日本近代文学大事典』第3巻、昭和52年11月、講談社）との評（逸見久美）がある。京都府与謝郡与謝野町金屋の「加悦工芸の里」内にある資料館江山文庫に、鉄幹・晶子らと共に作品等が展示されている。

（石上　敏）

吉井勇 よしい・いさむ

明治十九年十月八日～昭和三十五年十一月十九日（1886～1960）。歌人、劇作家、小説家。東京市芝区高輪町（現・東京都港区高輪）に生まれる。祖父は鹿児島藩士、明治政府の枢密院顧問。父幸蔵は伯爵で海軍士官、退官後に捕鯨会社を経営する実業家であった。明治三十三年四月、東京府立第一中学校（現・都立日比谷高等学校）に入学、三年生のとき落第し、攻玉舎中学校に転入、三十七年四月に卒業。肋膜を患い、鎌倉での療養生活中に歌作に没頭する。この頃に新詩社に入社、五月、「明星」にはじめて十首が掲載される。北原白秋、木下杢太郎、石川啄木、高村光太郎、平野万里ら同世代の歌人、詩人との校友が深まり、「明星」派の新人として注目される。四十年四月、東京専門学校（現・早稲田大学）政経科を退学。八月、与謝野寛、白秋、杢太郎、万里らと九州に旅行、その途次に京都に立ち寄る。年末に白秋らとともに新詩社を脱退。四十一年十二月、白秋、光太郎、杢太郎らとパンの会を起こし、耽美派文学の拠点を形成する。四十二年一月、啄木、万里らと「スバル」を創刊、編集にかかわるが、その一方で遊蕩生活に溺れる。三月、戯曲「午後三時」を「スバル」に発表し、劇作家としてデビュー。四十三年五月、戯曲「偶像」を「趣味」に発表、その原稿料で京都の祇園で茶屋遊びをする。四十三年、第一歌集『酒ほがひ』で耽美派歌人として歌壇に認められる。四十四年七月、戯曲集『午後三時』を東雲堂から刊行。大正期は、『昨日まで』（大正2年6月、籾山書店）、『片恋』（大正4年3月、籾山書店）、『祇園歌集』（大正4年11月、新潮社）、『黒髪集』（大正5年4月、千章館）、『東京紅燈集』（大正5年5月、新潮社）、『祇園双紙』（大正6年7月、新潮社）などの歌集のほかに、

『夜』（大正元年11月、春陽堂）、『狂芸人』（大正6年6月、春陽堂）、『生霊』（大正10年4月、日本評論社）、『杯』（大正13年4月、玄文社）など、戯曲集の出版に精力を注いだ。大正八年十一月、里見弴、久米正雄、田中純らと同人誌「人間」を創刊。十年四月から「中央新聞」に長編小説「狂へる恋」を連載。五月、柳原白蓮の兄柳原義光の二女徳子と結婚。十三年一月、「東京朝日新聞」に長編小説「魔笛」を連載（1日～7月19日）。十四年三月から開始されたラジオ放送のためにラジオドラマ集『最後の接吻』（大正14年12月、春陽堂）を刊行。十五年五月、父の隠居にともない家督相続。昭和四年、詩歌文芸誌「相聞」（のち「スバル」と改題）を創刊、主宰。十二月、九条家の委嘱を受けて、九条武子の遺歌集『白孔雀』の編纂につとめる。六年五月、四国土佐に遊ぶ。八年十一月、華族スキャンダル事件にかかわった妻徳子と離婚。爵位を返上、多額の借財をかかえる。九年十月、『人間経』を京都の政経書院から刊行。この頃から情痴的な哀歓に耽溺していた歌風から、人間の深部に真正面から立ち向かう人生的態度の歌風へと転換した。土佐の猪野々（現・香美市）の渓鬼荘と命名した草庵に隠棲する。十二年十月、国松孝子と再婚。十三年、京都北白川の借家に移住。十九年十月、岡崎円勝寺町に転居。戦時下に富山県婦負郡八尾町（現・富山市）に疎開したほかは京都に定住し、油小路の浄土寺石橋町が終の棲家となった。戦後も精力的な創作活動を発揮し、二十三年に歌会始選者、日本芸術院会員となる。京都に在住の谷崎潤一郎、川田順らとの交友が深まる。二十五年、都をどりの歌詞づくりにその才気を存分に示す。三十年三月、『吉井勇全歌集』を中央公論社から刊行。十一月、祇園白川河畔に〈かにかくに祇園はこひし寝るときも枕の下を水のながるる〉の歌碑が建立される。吉井勇の文学的業績は多彩かつ厖大であるが、昭和三十八年十月に『吉井勇全集』全八巻が番町書房から刊行、五十二年に補第一巻を加えた全九巻が再刊された。

＊酒ほがひ《さかほがい》　歌集。〔初版〕明治四十三年九月、昴発行所。◇高村光太郎の装幀で、木下杢太郎の口絵、藤島武二のカットがある。歌数七一八首。全体は著者の半生を歌物語風に構成している。集中に「祇園冊子」の章があり、〈かにかくに祇園はこひし寝るときも枕の下を水のながるる〉〈めづらしき清元を誰が歌ふらむ祇園そぞろに吉原おもほゆ〉〈南座の幟《のぼり》の音がこころよくわが枕までひびき来る時〉〈加茂川の水はあさかりかくてまた西の少女は情《なさけ》あさかり〉〈うなだれて四条の橋をわたる子は蕩児のごときかなしみを知る〉など京都の風情を詠んだ四十九首がある。

＊祇園歌集《ぎおんかしゅう》　歌集。〔初版〕大正四年十一月、新潮社。◇舞扇を手にした舞姫を艶やかに描いた竹久夢二の表紙画があり、「祇園」「島原」「嵐山」「宇治」「南地」の五章に構成された二七五首を収める。〈ゆく春の祇園はかなし舞姫が稽古がへりのうしろ姿も〉〈あでやかに君がつかへる扇より祇園月夜となりにけらしな〉〈ただひとり都踊りの楽屋よりぬけ出でて来し君をこそ思へ〉。なおこの歌集の後編として、大正六年七月に『祇園双紙』が新潮社から刊行され、〈円山に灯のつき初むるたそがれの京のけしきも悲しきものか〉〈京に来て菩提心持つ子となりぬ鐘の音にも涙こぼるる〉などを収める。

＊短歌風土記《たんかふどき》　歌集。〔初版〕昭和二十二年六月、創元社。◇百花文庫の一冊として、十九冊目に「山城の巻1」が編まれた。巻頭の「桂離宮」の章から巻末の「島

原角屋」の章までの四三五首の歌には、京都を終の棲家とした作者の京都への愛着の深さが溢れている。「祇園懐旧」の章に、〈伽羅の香を思ひていまもなつかしむ花見小路の夜のゆきずり〉〈老いてなほ祇園の昔恋ふるなり残んの命かくて過さな〉〈うつりゆく世のさまあはれこの春は都をどりもなくて寂しき〉など往時を懐かしむ歌が多い。

（太田　登）

吉川英治　よしかわ・えいじ

明治二十五年八月十一日〜昭和三十七年九月七日（1892〜1962）。小説家。神奈川県久良岐郡中村根岸（現・横浜市中区山元町）に吉川直広、イクの次男として生まれる。本名・英次《ひでつぐ》。山内尋常高等小学校（現・横浜市立山内小学校）に入学。十歳の頃から雑誌に投稿を始め、時事新報社の雑誌「少年」に入選するなど文才を開花させたが、父と兄の確執や家計の破綻もあり、小学校を中退する。その後は職業を転々としつつ独学した。明治四十三年に上京、象眼職人の下で働く。またこのころから川柳をつくり始め、「大正川柳」に参加した。大正三年、「江の島物語」が「講談倶楽部」に三等当選（吉川雉子郎名）。十年、小説三編が講談社の懸賞小説に入選。同年より東京毎夕新聞社に入社。翌十一年、同紙に「親鸞記」（4月〜11月）を執筆する。関東大震災による会社の解散を機に作家活動に専念。講談社の雑誌に多くの筆名で作品を発表。十四年、創刊の「キング」に、初めて吉川英治の筆名を使って連載した「剣難女難」（大正14年1月〜15年9月）で人気を得た。翌年「大阪毎日新聞」に「鳴門秘帖」（大正15年8月11日〜昭和2年10月14日）を連載。昭和十年八月二十三日から「宮本武蔵」の連載を東京・大阪「朝日新聞」で開始（昭和14年7月11日まで）。新聞小説史上かつてない人気を得る。また、徳川夢声によるラジオ朗読や、前期だけで十回以上映画化されるほどの人気を博した。新聞・ラジオ・映画というメディアを通して流布した宮本武蔵は〈剣禅一如〉を目指す求道者として描かれ、後の武蔵像を決定づけた。これにより「国民作家」としての地位を不動のものとする。戦後においても二十五年より「新・平家物語」を「週刊朝日」（4月2日〜昭和32年3月17日）に連載、三十三年より「私本太平記」を「毎日新聞」（1月18日〜昭和36年10月23日）に連載。三十五年文化勲章受章。三十七年九月七日、肺がんのため死去、享年七十歳。従三位勲一等に叙せられ、瑞宝章を贈られた。吉川英治の小説において京都が重要な舞台となるのは、「宮本武蔵」の吉岡一門との三度にわたる決闘場面である。まず蓮台寺野（現・北区紫野辺り）での当主清十郎との決闘に続き、三十三間堂裏での清十郎の弟伝七郎との闘い、そしてもっとも有名な一乗寺下り松での一門総勢七十数名との闘いであろう。この時吉岡一門は幼少の源次郎（清十郎・伝七郎兄弟の甥）を名目上の大将に立て、刀や槍、半弓や鉄砲を用意し、必勝態勢で臨んだ。武蔵は、下り松の根元に立っていた源次郎を一刀のもとに斬り捨て、混乱する周囲の門弟たちを斬り、その場を立ち去った。『随筆宮本武蔵』（昭和29年2月、六興出版社）の中で吉川英治は、一乗寺下り松決闘の地は、「二天記」「小倉碑文」中の「京洛東北ノ地、一乗寺藪ノ郷下リ松ニ会シテ闘フ…」を唯一のよりどころに、そのほとんどを創作したことを認めている。

（本多和彦）

吉川幸次郎　よしかわ・こうじろう

明治三十七年三月十八日〜昭和五十五年四月八日（1904〜1980）。中国文学者。神戸

市に生まれる。字は善之。大正十五年、京都帝国大学文学部を卒業。昭和三年から六年まで中国に留学し、清朝考証学を修める。帰国後、東方文化学院京都研究所（後、東方文化研究所。現・京都大学人文科学研究所）の所員となり、京都帝国大学文学部の講師を兼任した。二十二年、「元雑劇研究」で文学博士となり、同年から、四十二年まで教授。四十二年六月、後継者として高橋和巳を助教授に迎えた。四十四年、文化功労者。主著に『支那学の問題』（昭和19年10月、筑摩書房）、『杜甫私記』（昭和25年3月、筑摩書房）、『陶淵明伝』（昭和31年6月、新潮社）『漱石詩注』（昭和42年5月、岩波書店）、『決定版吉川幸次郎全集』全二十七巻（昭和59年3月～62年8月、筑摩書房）、随想『日本の心情』（昭和35年10月、新潮社）がある。（出原隆俊）

吉沢義則《よしざわ・よしのり》
明治九年八月二十二日～昭和二十九年十一月五日（1876～1954）。国文学者、歌人。名古屋市中区老松町に木村正則の次男として生まれ、その後吉沢家に入籍。明治四十一年五月、京都帝国大学助教授、大正八年七月、同教授。昭和十一年十月、同名誉教授。昭和五年一月、京都大学所縁の人々と歌誌「帚木」創刊。歌集に『山なみ集』（昭和7年5月、鳩居堂）など。集中の京都修学院離宮を詠んだ歌に〈ふれも見ばぬくみやあらむ春のみづ苔をくぐりてお池におつる〉がある。（長沼光彦）

芳野昌之《よしの・まさゆき》
昭和五年八月二十六日～（1930～）。ミステリー小説家、ミステリー評論家。神戸市に生まれる。本名・藤村健次郎。他の筆名に垂水賢二郎がある。同志社大学文学部卒業後、昭和三十一年、読売新聞社に入社。新聞記者のかたわらミステリー小説とミステリー評論を執筆する。三十六年、第七回江戸川乱歩賞に垂水賢二郎名義で「紙の墓碑」を応募し、最終選考作となる。その後、雑誌「ミステリーマガジン」に評論「アガサ・クリスティーの誘惑」を六十二年一月から六十三年十二月まで連載。著作には、先の連載をまとめた『アガサ・クリスティーの誘惑』（平成2年6月、早川書房）と、小説『夢を盗む女』（平成3年9月、早川書房）、『マルコ・ポーロ殿の探偵』（平成7年11月、出版芸術社）がある。（川畑和成）

吉村正一郎《よしむら・しょういちろう》
明治三十七年二月十七日～昭和五十二年十二月九日（1904～1977）。ジャーナリスト、翻訳家、評論家。滋賀県甲賀郡（現・甲賀市）水口町に生まれる。大正十四年、京都帝国大学文学部フランス文学科入学、同窓生の、桑原武夫、生島遼一と親交を深める。昭和三年、大阪朝日新聞社に入社。十年代前半、「四季」「文体」に評論や翻訳を発表。戦後は、京都支局長、論説委員をつとめ「天声人語」にも執筆する。朝日新聞社退職後、京都市助役、奈良県教育委員長、帝塚山学園長等を歴任する。著書に『日常の論理』（昭和17年4月、筑摩書房）、『文学と良識』（昭和24年3月、高桐書院）、『晴歩雨眠』（昭和47年6月、朝日新聞社）、遺稿集に『待秋日記』（昭和53年11月、朝日新聞社）がある。翻訳書多数。（越前谷宏）

依田義賢《よだ・よしかた》
明治四十二年四月十四日～平成三年十一月十四日（1909～1991）。映画脚本家、詩人。京都市上京区西洞院夷川下ル薬師町に生まれる。昭和二年、京都市立第二商業学校（後、市立西陣商業高等学校。その後廃校）卒業。住友銀行西陣支店に勤めるが、左翼の嫌疑で検挙され、退職させられる。五年、日活京都撮影所脚本係に入るが、九年、病気のため退社。十一年、第一映画社に入社。溝口健二監督と組み、「浪華悲歌」「祇園の姉妹」の脚本執筆。会社解散とともに新興キネマに入社。十四年、「残菊物語」の脚本執筆。十七年、新興キネマ、戦時統制により大映となる。二十六年、大映を退社、フリーの脚本家となる。二十八年、「雨月物語」「祇園囃子」の脚本執筆。二十九年、「山椒大夫」の脚本執筆。三十一年、長年コンビを組んだ溝口監督死去。三十四年、「荷車の歌」の脚本執筆。著書に、詩集『ろーま』（昭和31年9月、骨発行所）、『溝口健二の人と芸術』（昭和39年10月、映画芸術社）などがある。

（中尾　務）

淀野隆三　よどの・りゅうぞう

明治三十七年四月十六日〜昭和四十二年七月七日（1904〜1967）。小説家、翻訳家。京都市に生まれる。本名・三吉。第三高等学校（現・京都大学）を経て、昭和三年、東京帝国大学仏文科卒業。大正十四年四月、梶井基次郎、中谷孝雄らの同人誌「青空」に参加、三好達治らを知る。「文芸都市」同人を経て、昭和四年から翌年にかけて「文学」に佐藤正彰らとともにプルーストの「スワン家の方」を訳載、のち『失ひし時を索めて』のタイトルで武蔵野書院より刊行され、日本における最も早いプルースト紹介となった。五年、北川冬彦らと「詩・現実」を創刊。その後、日本プロレタリア作家同盟に加盟。九年、蔵原伸二郎、中谷孝雄らと「世紀」を創刊。戦前から戦後の長きにわたって、プルーストの他にもジイド、フローベール、フィリップ、バルザックなど、フランス文学の翻訳に努め、日本におけるフランス文学の普及と研究に大きく寄与した。また、三高以来の文学仲間である梶井基次郎の全集の編集にも力を尽くした。

（梅本宣之）

米田律子　よねだ・りつこ

昭和三年五月二十六日〜（1928〜）。歌人。京都市に生まれる。京都府立女子専門学校（現・京都府立大学）国語科卒業。加藤順三、高安国世、近藤芳美に師事。同窓に川口美根子、浅尾充子がいた。昭和二十二年、「ぎしぎし」入会。その解散後は「未来」「塔」「あしかび」などに参加。歌集に『渓流集』（昭和44年3月、新星書房）、『春秋花賦』（昭和59年3月、短歌研究社）、『水府』（平成2年6月、不識書院）などがあり、〈広隆寺弥勒思惟の肩細く指反るといえ女体ならなく〉（『春秋花賦』）、〈大文字に今宵燃すべき後世供養書きて行方のいづべと知らず〉（『水府』）など、京都に関する歌も見られる。特に最新歌集『滴壺』（平成18年4月、不識書院）の名は、京都の大徳寺龍源院の石庭、東滴壺からとったという。集中には〈うらうらの睦月の空のみどりより水面色濃き賀茂川渡る〉など、やはり京都にまつわる歌も多い。また、代表歌には〈母とわが声のひびきを同じうし歌ひぬもみぢ水の錦と〉（『水府』）があげられる。平成三年、第十二回ミューズ女流文学賞受賞。

（西山康一）

【ら】

頼支峰　らい・しほう

文政六年十一月七日〜明治二十二年七月八日（1823〜1889）。漢学者、漢詩人。京都三条新町（現・京都市上京区）に頼山陽の第三子として生まれる。第一子・聿庵は父の広島時代の異母兄、第二子は夭折したため、京都の頼家の嫡子とされる。本名・復、字・士剛、通称・又次郎（復次郎）。父と、その弟子である牧百峰や後藤松陰の教育を受けた。父が亡くなり広島の聿庵に預けられた後、江戸での遊学を終え、京都で私塾を開く。明治の天皇東遷の際に上京、大学教授となるが、数年で帰洛。父の『日本外史』（明治9年4月、頼又次郎）を増補して出版、標注本を作成。生前から編んでいたとされる『支峰詩鈔』が死後の明治三十二年七月、養子の頼龍三によって刊行されている。同集には東山を望む自宅水西荘からの景色や、父と弟・三樹三郎が眠る長楽寺を訪れ、その思い出を詠んだ穏やかな詩が収められている。三樹三郎は安政の大獄で刑死。亀岡市の金輪寺には、支峰が揮毫した弟の絶命詩の招魂碑がある。

（木谷真紀子）

ラフカディオ・ハーン Lafcadio Hearn

→小泉八雲を見よ。

【り】

隆慶一郎 りゅう・けいいちろう

大正十二年九月三十日～平成元年十一月四日（1923～1989）。小説家。東京市赤坂区丹後町（現・港区）に生まれる。本名・池田一朗。同志社中学校（現・同志社高等学校）卒業。小説「花くれないの自由寮―吉田山の青春―」（高村暢児編『ああ黎明は近づけり』昭和44年2月、潮出版社）で描いた第三高等学校（現・京都大学）を昭和十八年に繰り上げ卒業、応召。東京大学仏文学科卒業。シナリオライターから時代小説『吉原御免状』（昭和59年2月、新潮社）で作家デビュー。平成元年、『一夢庵風流記』（平成元年3月、読売新聞社）で柴田錬三郎賞受賞。

（森本隆子）

【れ】

冷泉為紀 れいぜい・ためもと

嘉永七年一月十一日～明治三十八年十一月二十四日（1854～1905）。歌人。京都（現・上京区）に、父為理《ためただ》の次男として生まれる。明治八年二月九日に父為理の後を継ぎ、上冷泉家二十二代当主となる。十六年、宮内省御用掛、二十一年、御歌所参候、二十三年、貴族院議院に当選、三十三年には伊勢神宮大宮司に任ぜられる。和歌の他にも有職故実や書にも通じ、神前結婚の創始に努めた。

（杉田智美）

連城三紀彦 れんじょう・みきひこ

昭和二十三年一月十一日～（1948～）。小説家。名古屋市に生まれる。本名・加藤甚吾。代々続く浄土真宗の寺の長男。昭和六十年十二月、仏門に入る。法名智順。昭和四十七年、早稲田大学政経学部卒業。在学中、シナリオ研究のためにパリに留学。名古屋で塾講師をしながら推理小説を書き始め、五十二年、『変調二人羽織』（昭和56年9月、講談社）でデビュー、第三回幻影城新人賞を受賞。五十五年、『戻り川心中』（昭和55年9月、講談社）で、日本推理作家協会短編賞受賞。男女の心理の綾を妖しい感性で描いて注目をあび、五十九年、『宵待草夜情』（昭和58年8月、新潮社）で吉川英治文学新人賞受賞。『恋文』（昭和59年5月、新潮社）で第九十一回直木賞受賞。平成八年には、『隠れ菊』で柴田錬三郎賞を受賞。ミステリー、恋愛、ホラーと作品は多彩。恋愛の妙を、ミステリーやホラーと重ね合わせた独特の小説世界を描き、根強いファンを持っている。京都を舞台にした作品としては、十五年をかけて、完結す

る女の執念を描いた作品「黒髪」がある。（槌賀七代）

【ろ】

ロチ（ピエール・ロチ） Pierre Loti

一八五〇年一月十四日〜一九二三年六月十日。小説家。フランス西南部シャラント・マリチム県ロシュフォールに生まれる。本名・ルイ＝マリー＝ジュリアン＝ビオ。六十歳で退官するまで海軍に所属し、多くの国を訪れ多数の著作を残す。日本には明治十八年、三十三年に滞在。『秋の日本』（昭和17年4月、青磁社）には「聖なる都・京都」という章があり、京都の「ムスメ」たちや、也阿弥ホテル、八坂神社、三十三間堂などの様子が記されている。（杉岡歩美）

【わ】

若園清太郎 わかぞの・せいたろう

明治四十年十二月二十三日〜（1907〜）。仏文学者。京都府に生まれる。アテネ・フランセ仏語科卒業。昭和五年、坂口安吾、葛巻義敏らと同人誌「言葉」「青い馬」を創刊。八年には「紀元」に参加。安吾の「清太は百年語るべし」（「紀元」昭和10年3月）は、若園の『バルザックの生涯』（昭和10年8月、建設社）出版を記念して書かれたもの。著作には、他に『バルザックの方法』（昭和16年12月、大観堂）、『わが坂口安吾』（昭和51年6月、昭和出版）等がある。（西尾元伸）

和久峻三 わく・しゅんぞう

昭和五年七月十日〜（1930〜）。小説家、弁護士。大阪市に生まれる。京都大学法学部卒業。その後、記者生活を経て司法試験に合格。昭和四十四年、京都にて弁護士事務所を開設。一方で作家としても活動し、四十七年、『仮面法廷』（昭和47年8月、講談社）で第十八回江戸川乱歩賞を受賞。平成元年には『雨月荘殺人事件』（昭和63年4月、中央公論社）で、第四十二回日本推理作家協会賞を受賞。弁護士としての経験を生かした法廷ミステリーが好評を博す。『大文字五山殺しの送り火』（平成3年10月、角川書店）、『奥嵯峨古道 吸血マドンナ』（平成9年2月、光文社）など、京都を舞台とした作品は数多く、〈京都殺人案内シリーズ〉〈京都ホラー案内シリーズ〉などがある。推理小説の他に、『法廷ウォッチング』（平成5年5月、筑摩書房）のような法律エッセイも執筆している。（西村真由美）

鷲田清一 わしだ・きよかず

昭和二十四年九月二日〜（1949〜）。哲学者。京都市に生まれる。京都大学文学部倫理学科卒業、同大学院文学研究科哲学専攻博士課程修了。関西大学文学部哲学科教授などを経て、平成四年、大阪大学助教授、のち教授、副学長となり、十九年、文系出身者としてはじめて総長となる。『分散する理性』（平成元年4月、勁草書房）・『モードの迷宮』（平成元年4月、中央公論社）でサントリー学芸賞受賞、『「聴く」ことの力』（平成11年7月、TBSブリタニカ）で第三回桑原武夫学芸賞受賞。十六年、紫綬褒章受章。日常の視点から京都を案内した『京都の平熱』（平成19年3月、講談社）がある。（浅見洋子）

和田繁二郎 わだ・しげじろう

大正二年二月二十六日〜平成十一年七月十六日（1913〜1999）。歌人、日本文学研究

者。京都市に生まれる。号は周三。立命館大学研究科国文学科修了。立命館大学名誉教授。平安短歌会、ポトナム短歌会に参加し、現実的新抒情主義を提唱する小島苳三の影響を受ける。歌集に『微粒』（昭和31年7月、白楊社）、『雪眼』（昭和39年3月、初音書房）、『和田周三歌集』（昭和62年9月、芸風書院）など。日本文学研究者として、芥川龍之介研究などにも業績を残す。（石橋紀俊）

渡辺一雄 わたなべ・かずお

昭和三年七月三日〜（1928〜）。小説家。京都市上京区（現・中京区）西ノ京冷泉町に生まれる。本名・小川一雄。昭和十六年、京都府立第三中学校（現・府立山城高等学校）入学。二十年、海軍兵学校舞鶴分校に入校、第七十七期生。二十一年、大阪市立商科大学（現・大阪市立大学）入学後、小説好きの友人と出会い、沖津一に師事。秋田実とも交流を持つが、小説家志望は断念。経済学に専念、二十七年、卒業後すぐに株式会社大丸に入社。勤務を続けながら、デパートの内幕を描いた長編小説『野望の椅子』（昭和51年12月、光文社）を刊行、日本作家クラブ賞受賞。『出社に及ばず』（昭和53年6月、日本経済社）を発表後、降格人事に遭い、五十五年退社。その後も、企業やデパートを素材とする経済小説で、特にサラリーマン層の支持を得た。京都西陣が舞台の『帯に燃える』（昭和51年7月、カイガイ出版）、『西陣おんな一代』（昭和57年10月、読売新聞社）、陶器商を描く『京都小判鮫商法』（昭和59年3月、グリーンアロー出版社）などがある。（椿井里子）

渡辺淳一 わたなべ・じゅんいち

昭和八年十月二十四日〜（1933〜）。小説家、医師。北海道空知郡上砂川町に、数学教師をしていた鉄次郎、ミドリの長男として生まれる。本名・茂一。昭和三十三年、札幌医科大学医学部卒業。三十九年母校の札幌医科大学助手。医療のかたわら小説を執筆。四十四年、大学を退職して作家専業となる。翌四十五年、総理大臣寺内正毅をモデルとした『光と影』（「別冊文芸春秋」昭和45年3月）で第六十三回直木賞を受賞。作品は、初期の医学を題材としたものから歴史、伝記、恋愛小説と多彩。常に話題となる作品を発表し続ける。中でも『失楽園』は「日本経済新聞」に連載中から話題を呼び、平成九年出版（講談社）の単行本売り上げは三百万部を突破。エッセイ「わたしの京都」が昭和六十一年一月〜六十二年八月まで「小説現代」に連載された。高校の修学旅行で初めて京都を訪れた北海道出身の渡辺は、京都への憧れが強く、作家となって東京に在住しながら京都の花街になじむことになる。このエッセイは二都を比較した一種の文化論である。（たつみ都志）

渡辺均 わたなべ・ひとし

明治二十七年八月六日〜昭和二十六年三月十六日（1894〜1951）。小説家、落語研究家。兵庫県龍野町立町（現・たつの市）に、父芳之輔、母つるの長男として生まれる。兵庫県立龍野中学校（現・県立龍野高等学校）、第三高等学校（現・京都大学）を経て大正八年、京都帝国大学文学部を卒業。同年、大阪毎日新聞に学芸部員として入社、後に学芸部副部長などを歴任。昭和十一年には「サンデー毎日」が創刊され、学芸部が当初は編集に当たったことからそのまま「サンデー毎日」の編集（主に特別号）に携わる。また同年井上靖が入社しており、井上の『楼門』（初出「文芸」昭和27年1月。その後『仔犬と香水瓶』昭和27年10月、文芸春秋新社に収録）には「木守欣」の名前で「木守欣は、極く古いジャーナリストや文人の間には、多少その名を知られていた。若い頃片手間に幾つかの花柳小説をものして、二、三の著書も持っていた。併し私が新聞社に入って彼を知った頃は、木守欣は文学について語る様な事もなければ、小説一篇読んでいる風でもなく、僅かに時折寄席芸人が訪ねて来るのが他の人と変わっているぐらいで、すっかりそうした事からは卒業して灰汁が脱けて仕舞っている感じだった」と描かれている。『祇園風景』（昭和4年、平凡社）、『落語の研究』（昭和18年1月、駸々堂書店）など、花柳小説や落語研究を中心に多数の著作がある。最後は父の実家脇にある松の木で縊死した。

（天野勝重）

綿矢りさ わたや・りさ

昭和五十九年二月一日～（1984～）。小説家。京都市左京区に生まれる。本名・山田梨沙。京都市立紫野高等学校卒業。早稲田大学教育学部国語国文学科卒業。十七歳のとき発表した「インストール」（「文芸」平成3年冬季号）で、第三十八回文芸賞を当時史上最年少で受賞。同作は第十五回三島由紀夫賞候補にもなる。映画化（片岡K監督、平成16年公開）、コミック化（みづき水脈、平成15年、講談社）もされる。大学在学中には「蹴りたい背中」（「文芸」平成15年秋号）で第一三〇回芥川賞を受賞し、同賞の最年少記録を更新する。同時受賞した金原ひとみとともに、様々なメディアがその登場を大きく報じた。その後、長編小説の「夢を与える」（「文芸」平成18年冬季号）を発表。「さびしさは鳴る」という書き出しで始まる「蹴りたい背中」は、学校という閉じられた環境での鬱屈した気分や敏感な感受性を、冷めた感情の間に湧き上がる欲求を書き込みながら描いている。

（天野知幸）

渡忠秋 わたり・ただあき

文化八年二月十日～明治十四年六月五日（1811～1881）。歌人。近江国高島郡（現・滋賀県高島市安曇川町）に、渡太郎左衛門政舎の長男として生まれる。本姓鳥居、通称新太郎、安雄。初名・政秋。渡は「亘」とも記す。字は在寛、汝栗。号に楊園、桂蔭、宗風居士など。桂園十哲の一人。二十代中頃に京都に出て岩上三条南に住み、香川景樹に和歌を、伊藤東里に儒学を学ぶ。門人に生田南水・山本正晴・村瀬玉田・遠藤紫園・山中寛紀・尾崎宍夫など。著書に『読史有感集』（明治6年）、『先入抄』（和装、明治14年1月、細辻昌雄）など。家集に『桂蔭集』二巻（明治2年、『続日本歌学全書』第10編「桂園門下家集」所収）、『楊園詠藻集』五巻（写本）。香川景樹詠『桂園一枝拾遺』（嘉永2年序）を編み、大田垣蓮月詠『海人の刈藻』（明治3年）の端書を記す。河本延之の『掌中年々百首』（慶応4年）に「記」、梅辻香樵歌集『末之緒』（明治9年）に序。明治七年、八田知紀のあとを継いで宮内省雇歌道御用掛に任じられる。木俣修による「歌風は温雅にして平淡」（『日本近代文学大事典』第3巻、昭和52年11月、講談社）、また、黒岩一郎による「歌風は桂園派の域を出ぬもの」（『日本古典文学大辞典』第6巻、昭和60年2月、岩波書店）などの評がある。岡部啓五郎『明治好音集』（明治8年3月、太田金右衛門）に「宮内省十等出仕」として載る。山部神社（滋賀県東近江市）の赤人歌碑を揮毫、京都御所北苑に忠秋撰文の貫之碑が建つなど顕彰に力を尽くす。嵯峨祇王寺の寿蔵碑に〈のちの世もまたゆめならば花にとぶさがの〱蝶とわれはなるらん〉の歌を刻む。墓所は京都市左京区、南禅寺塔頭の天授庵。

（石上　敏）

和辻哲郎《わつじ・てつろう》

明治二十二年三月一日～昭和三十五年十二月二十六日（1889～1960）。哲学者、評論家。兵庫県神崎郡砥堀村（現・姫路市）に、父瑞太郎、母まさの次男として生まれる。第一高等学校（現・東京大学）から、明治四十二年、東京帝国大学文科大学哲学科に入学。一高時代から「炎の柱」（明治40年2月）をはじめとして小説や評論を「校友会雑誌」に発表。東京帝大では井上哲次郎、ケーベルらの講義に関心を持ち、第二次「新思潮」にも加わる。同じ頃「スバル」、「帝国文学」など創作活動にも力をいれた。大正十四年から京都市左京区若王子神社周辺に住み、京都帝国大学において特殊講義「仏教倫理思想史」などを担当。昭和二年～三年の文部省在外研究員としてのヨーロッパ外遊から帰国後、京都での講義、および四年～十年にわたって「思想」に掲載された論文をもとに出版されたのが、代表作『風土』（昭和10年9月、岩波書店）である。大正十五年一月から四月、国内で初めて治安維持法の適用をうけた、日本学生社会科学連合会の指導者たちの軍事教練に対する反対運動、いわゆる京大事件がおこっているが、それを受けて和辻が同年九月二十一日付「京都帝大新聞」に「学生検挙事件所感」を発表。これに対し、自身も家宅捜索を受け、のちにこれが京大辞職勧告事由ともなる河上肇が反発している。昭和六年、前任者藤井健治郎の死を受けて教授となり、以降昭和九年七月に東京帝国大学に転出するまでの約十年間京都大学に在籍した。昭和三年九月～四年二月、六年四月、七年一月の「哲学研究」に「カントに於ける『人格』と『人類性』」を発表、七年四月～六月まで「現代日本と町人根性」を掲載。同年七月、『原始仏教の実践哲学』により文学博士の学位を授与される。八年三月、『人間の学としての倫理学』（岩波書店）刊行後、六月、東京市本郷区（現・東京都文京区）に転居、東京帝国大学に転出。のちに京都時代の思い出を「巨椋池の蓮」（「新潮」昭和25年7月）、「京の四季」（「新潮」昭和25年9月）において回想している。

（杉田智美）

わ

京都と思想家・哲学者

須田千里

いわゆる「京都学派」は、京都帝国大学文科大学の哲学哲学史講座教授西田幾多郎、田辺元《はじめ》、およびその教え子たちを中心として形成された大正・昭和期の学派である（一般には内藤湖南、狩野直喜らの東洋学も含められるが、ここでは哲学関係を中心に述べる）。

京都帝国大学は、東京帝国大学とは異種の帝国大学として構想され、明治三十年設置。文科大学の開設は三十九年で、哲学哲学史講座教授には東京帝国大学助教授の桑木厳翼《げんよく》が就任した。東京帝国大学哲学科選科を出た西田が、金沢の第四高等学校教授・学習院教授等を経て、京都帝国大学に助教授として招かれるのは四十三年。当初は「倫理学」担当であった。翌四十四年一月、『善の研究』（弘道館）を上梓した西田は、大正二年、教授に昇任して「宗教学」を担当、三年には、東京帝国大学へ転出した桑木の後任として哲学哲学史第一講座（いわゆる「純哲」）の教授となる。『善の研究』は、自己の主観的な判断が成立する以前の、主客未分の経験を「純粋経験」と名付け、これを究極的な実在として、そこから道徳・宗教などを基礎づけようとしたユニークなものであった。たとえば、「我が花を見ている」という意識の前の、花の美しさに魅了された状態、「花は我、我は花」という状態が「純粋経験」なのである。当時、西洋哲学の翻訳や紹介を中心とした啓蒙主義の中にあって、自身の座禅体験に基づき、東洋の思想を西洋の哲学によって説明しようとした本書は、日本人が初めて書いた哲学書として高く評価された。現実世界の根本問題を「自分で考える」（selbst-denken）哲学の誕生である。その後も西田は、『自覚に於ける直感と反省』（大正6年10月、岩波書店）、『働くものから見るものへ』（昭和2年10月、岩波書店）などで思索を深めて行き、大正末年頃からは「西田哲学」と呼ばれるようになる。

『善の研究』、および西田幾多郎の名望は一般思想界にも伝播する。第一高等学校出身の谷川徹三、三木清、西谷啓治《にしたにけいじ》などのように、東京帝国大学の啓蒙主義、特に哲学界の大御所的存在であった井上哲次郎の折衷主義に飽きたらず、西田を慕って京都帝国大学に進学する秀才も現れた。松本高等学校（現・信州大学）出身の唐木順三もその一人である。

大正八年、西田は田辺元を純哲の助教授として迎える。田辺は明治四十一年、東京帝国大学哲学科を卒業、大正二年、東北帝国大学理科大学に赴任し「科学概論」を担当、『最近の自然科学』（大正4年11月、岩波書店）、『科学概論』（大正7年9月、岩波書店）など科学論の分野で先駆的業績を上げていた。この前後、京都帝国大学には宗教学の波多野精一、倫理学の和辻哲郎（のち東大に転出）、西洋哲学史の朝永三十郎・天野貞祐《ていゆう》（のち倫理学）・九鬼周造、美学美術史の深田康算《やすかず》ら錚々《そうそう》たる顔ぶれが揃い、戸坂潤『現代哲学講話』（昭和9年11月、白楊社）のいう「京都学派」の黄金時代が形成されていく。

田辺は昭和二年に教授となり、ヘーゲル

の観念弁証法やマルクスの唯物弁証法を批判的に乗り越えようとして「絶対弁証法」を提唱。さらに、九年以降には「種の論理」という独創的な考えにより西田哲学と対決する。すなわち、西田哲学においては、個と全体（西田の用語では「場所」「一般者」）という二元構造であり、「概念的一般者」から「絶対無の場所」へと深まっていくものとされたが、田辺は、個と全体の中間の媒介項として「種」を導入し、「類（全体・普遍）」「種（特殊）」「個（個別）」の三元構造とした。ここでいう「種」とは、具体的には民族（人種）やマルクス主義的階級、さらには国家であったため、折からの日中戦争を正当化する傾向があった。日中戦争の泥沼化を憂い、陸軍を嫌っていた田辺は、十五年、西田を介して海軍から「京都学派」をブレーンとしたい旨の要請を受け、当時京都帝国大学に在職していた弟子の高坂正顕《こうさかまさあき》・西谷啓治・高山《こうやま》岩男、および西洋中世史の鈴木成高らを推薦する。海軍側は、陸軍の戦争拡大路線を抑止し、戦争を早期に終結させようとする意図があり、「京都学派」側は、哲学や歴史の面から現代史へ参画し、西洋文化と東洋文化を止揚しようとする意図があった。彼らは、座談会「世界史的立場と日本」（『中央公論』昭和17年1月）、「大東亜共栄圏の倫理性と歴史性」（『中央公論』昭和17年4月）や各々の著作を通じて、「大東亜戦争」を哲学的・歴史的に合理化するイデオロギーを流布したとされ、戦後、公職を追放されることになる。しかし一方で、陸軍および皇道主義者側からは、西田哲学とともに「京都学派」撲滅の運動が起こっており、いわば苦肉の策として、陸軍に比べてリベラルな海軍を選んだ、という面も否めない。

　昭和二十年に停年を迎えた田辺は、その年の七月、群馬県北軽井沢大学村の山荘に疎開し、冬の厳しさや物資の不足にもかかわらず、三十七年に死去するまでその地にとどまった。戦時中、帝国大学の教授でありながら哲学者として果たすべき責務を尽くさなかったとの自責の念と、高坂・西谷・高山・鈴木の公職追放による京都帝国大学哲学科崩壊の間接的責任を取る、というのがその理由である。『懺悔道としての哲学』（昭和21年4月、岩波書店）は自己批判の書であったが、以後も『キリスト教の弁証』（昭和23年6月、筑摩書房）、『ヴァレリイの芸術哲学』（昭和26年3月、筑摩書房）など、活発な執筆活動を続けた。

　公職追放された高坂・西谷・高山の穴を埋めるべく尽力したのは、古代中世哲学史教授の山内得立《とくりゅう》であった。純哲に異動した山内が選考したのは、古代ギリシャ哲学の田中美知太郎、中世スコラ哲学の高田三郎、近世デカルト研究の野田又夫の三人であり、いずれも文献学的厳密さを身上とする学者だった。のちに西谷は宗教学講座へ（昭和27年）、高坂は教育学部へ（昭和30年）、それぞれ復帰することになるが、京大の哲学はこの時、「自分で考える」哲学から変貌を遂げたのである。

《参考文献》高山岩男『京都哲学の回想』（平成7年4月、一燈園燈影舎）、竹田篤司『物語「京都学派」』（平成13年10月、中央公論新社）。

京都と映画

太田　登

京都には映画文化の風土がある。現在は東映京都撮影所、京都映画撮影所しかないが、昭和初期には太秦《うずまさ》周辺に六ヵ所の撮影所があった。時代劇は言うに及ばず、現代劇でも「祇園の姉妹」（昭和11年）、「祇園囃子」（昭和28年）、「雁の寺」（昭和37年）、「古都」（昭和38年）、「パッチギ！」（平成17年）、「愛の流刑地」（平成19年）など京都を舞台にした作品は多い。

京都の映画史は日本の映画史でもある。明治三十年に京都電燈会社で日本最初の映画上映会が行われ、四十年に西陣千本座の座主牧野省三が「本能寺合戦」を製作し、四十一年に新京極に京都初の常設映画館が開館。四十三年には京都の撮影所第一号である二条撮影所が開設された。上方歌舞伎役者の尾上松之助を見出し、「碁盤忠信」（明治42年）で映画デビューさせた牧野は、松之助主演の時代劇映画を矢継ぎ早に製作した。「目玉の松ちゃん」という愛称で人気を博した松之助は、日本最初の時代劇スターになった。

大正元年に日本活動写真株式会社（日活）が発足、十二年に牧野がマキノ映画製作所を、松竹が京都下加茂撮影所を、日活が大将軍撮影所をそれぞれ設立し、時代劇映画の製作に拍車がかかった。マキノ映画では、「浪人街」シリーズ（昭和3年～4年）のマキノ雅弘監督や「月形半平太」（大正14年）の衣笠貞之助監督が活躍し、大部屋俳優の阪東妻三郎が「鮮血の手型」（大正12年）で一躍主演に抜擢された。また衣笠は無字幕映画「狂った一頁」（大正15年）を監督したが、松竹下加茂撮影所での撮影を見学した川端康成など、新感覚派の作家に影響を与えた。

市川右太衛門、片岡千恵蔵、嵐寛寿郎らが相次いでマキノプロに入社、新進の時代劇俳優として人気を得たが、大正末期から昭和初期にかけて独立プロの設立が盛んになり、阪東妻三郎らの主役スターがマキノプロから離れ、それぞれ独立プロを興した。十四年に阪東妻三郎は太秦の地に撮影所を開き、第一作の「雄呂血」で尾上松之助にかわる日本映画界の新しいヒーローとなった。「黒髪地獄」（大正14年）でデビューした右太衛門は、「旗本退屈男」（昭和5年）の第一作で早乙女主水之介を華麗に演じた。千恵蔵は千恵蔵プロ専属の脚本家兼監督であった伊丹万作監督の「国士無双」（昭和7年）、「赤西蠣太」（昭和11年）で時代劇に新境地を開いた。マキノプロ作品の「鞍馬天狗異聞 角兵衛獅子」（昭和2年）でデビューした寛寿郎は、京都市生まれで京都市立第一商業学校（現・市立西京高等学校）を卒業後にマキノプロに入社し、助監督をしていた山中貞雄の寛寿郎プロでの監督第一回作品「抱寝の長脇差」（昭和7年）で時代劇に新風を吹き込んだ。ほかに日活の伊藤大輔監督が新人の大河内伝次郎を主演にした「忠次旅日記」（昭和2年）は、無声映画時代劇最後の傑作として評判を集め、同じコンビによる「丹下左膳」（昭和3年）は大河内の当たり役となった。なお大河内の嵯峨小倉山の広大な屋敷は現在、大河内山荘として一般公開されている。

このように独立プロを中心とした伊丹万作、山中貞雄、伊藤大輔らの作品には、それまでの歌舞伎や講談を題材にした英雄像とは異なる近代人の意識が反映されているが、日活京都撮影所の内田吐夢が当時のプロレタリア芸術運動に触発されて製作した「生ける人形」（昭和4年）を嚆矢とする「傾向映画」の影響を受けていた。

またサイレント（無声）からトーキーへと移行する一九三〇年代にあって、京都の鳴滝音戸山に住んでいた稲垣浩、山中貞雄らの監督や三村伸太郎、八尋不二らの脚本家で結成された「鳴滝組」による共同製作が、昭和十年前後のトーキー時代映画に革新をもたらした。しかし、昭和十年代には阪妻らの独立プロも松竹系の新興キネマに合流、十七年に新興キネマ、大都、日活を合体した大日本映画製作所（大映）が設立されるが、戦時下の統制によって日本映画界は冬の時代を迎えた。

戦後の二十一年に松竹が太秦に撮影所を設置、二十二年に東横映画（のちの東映）が設立、京都に映画復興の灯が点灯した。とくに黒沢明監督の「羅生門」（昭和25年）がヴェネツィア国際映画祭で、衣笠貞之助監督の「地獄門」（昭和28年）がカンヌ映画祭でそれぞれグランプリを受賞したことは時代劇の復興に弾みがついた。二十六年に設立した東映は片岡千恵蔵、市川右太衛門を重役スターとして迎え、その三周年記念作品「日輪」（昭和28年）の成功によって時代劇王国を形成した。東映太秦映画村では時代劇全盛の往時をいまに回顧することができるが、右太衛門の「旗本退屈男」、千恵蔵の「大菩薩峠」はともにシリーズ化され、内田吐夢監督の「宮本武蔵」五部作で急成長した中村錦之助（のち萬屋錦之介）や大川橋蔵、東千代之介らの若手の看板スターの躍進によって東映時代劇は黄金期を迎えた。

三十三年に観客者数一一億二七四五万人、三十五年に全国の映画館数七四五七館、製作数五四八本という日本映画史上の最高記録を達成したように、松竹、大映、東映の時代劇映画もこの時期をピークに次第に下降線をたどることになるが、そのなかで京都市生まれの市川雷蔵という俳優の存在は大きい。雷蔵は「大菩薩峠」三部作（昭和35年～36年）、「眠狂四郎」（昭和38年～44年）の人気シリーズで時代劇の寵児となったが、三島由紀夫の『金閣寺』を映画化した市川崑監督の「炎上」（昭和33年）は雷蔵の新しい魅力を発揮した記念的作品であり、京都を舞台にした映画の名作でもある。いまも命日である七月十七日に「市川雷蔵映画祭」が京都で開催されている。

さらに、溝口健二と田中絹代という監督と女優の関係を無視することはできない。「浪花女」（昭和15年）における出会いで絹代は女優として開眼し、ヴェネツィア国際映画祭の監督賞を受賞した「西鶴一代女」（昭和27年）では絹代の入魂の演技を引きだした溝口の円熟した演出が高く評価され、「雨月物語」（昭和28年）はその繊細な日本的映像美でヴェネツィア国際映画祭銀獅子賞を受賞した。

京都の映画史の伝統は、東映京都の中島貞夫監督がＫＢＳ京都の映画解説者、京都映画祭の総合プロデューサーとして現代に伝え、祖父は牧野省三、叔父はマキノ雅弘という津川雅彦がマキノ雅彦監督として第二作「次郎長三国志」（平成20年）を製作し、京都の映画史に新しい歴史を刻んだ。

京都と〈近代〉演劇

中谷文乃

京都と短歌、京都と近代建築、あるいは京都と漱石、どんな創造行為をもってきても大抵はしっくり来る。京都はそういう町なのだが、さて、私に与えられた「…と〈近代〉演劇」となるとどうだろう。一九六〇年代、中学生だった私が出合ってたちまち夢中になった新劇といえば、東京から「地方」公演でやって来る大手劇団、つまり遠来の、共通語で演じられる舞台だった。演劇の分野に、京都が残した実りとは？

その問いに一つの答をくれる劇団があった。戦後間もなく誕生し、六十三年の航跡を残して二〇〇七年春、静かに幕を下ろした、くるみ座である。劇団の最後を見守った縁深い人たちから話を聞くと、京都ならではの二つの「近しい関係」が浮かんだ。

「くるみは固く身を守り／錠をおろして住ひたり」

佐藤春夫の詩によって命名されるまで、くるみ座は「毛利菊枝演劇研究所」と名乗っていた。東京で既に女優として地歩を固めていた毛利菊枝が美術史家の夫、森暢（後に大阪工業大学教授。菊枝は、森ゆえに「モウリ」と）に従って来京したのは一九三四年。毛利菊枝という一粒の種が京都に飛来したのは半ば偶然。しかし、降り立った場所は格別だった。

後に劇団を担うことになる北村英三が学徒動員される直前に毛利たちに芝居を見せたのが北白川の下宿、最初の稽古場は真如堂に、そして終焉を迎えるまで、数々の公演の場ともなった稽古場は飛鳥井町（いずれも左京区の吉田周辺）。これらの地名がシンボリックに示すように、くるみ座にとって京都大学は極めて親密な存在だった。ハロルド・ピンターの翻訳・研究家として知られる喜志哲雄（京都大学名誉教授）は毛利菊枝演劇研究所の講師を長く務めただけではなく、時に演出を手掛け、北村が亡くなるまで親しい飲み友達だった。くるみ座との出会いを氏はこう振り返る。「アイルランド演劇の研究家である山本修二先生が作られた日本演劇学会関西支部理論部会というものがあって、菅泰男先生に参加するよう誘われたのがきっかけで、やがてくるみ座にも出入りするようになりました」。

所帯が小さく、文芸部を持たなかったくるみ座の公演をサポートするために劇作家や研究者を集めて文芸委員会を作ったのは当時、京大にあった山崎正和。「山崎さんの上演台本で『オイディプス王』を演った時も、ギリシャ哲学やギリシャ文学の先生の助けを借りているはずです」。

くるみ座が日本で初めて、ブレヒトの『肝っ玉おっ母とその子供たち』を上演した（この際も京大で教えていた前田敬作が何らかの協力をしたと考えられている）ことは知られているが、ピンターの最初の作

『肝っ玉おっ母とその子供たち』上演ポスター（大阪大学総合学術博物館所蔵）

品『部屋』（1957年）も、くるみ座による一九七〇年の上演が最初だろうと氏は言う。リアリズム演劇の作劇法に照らせば難解だった作品。「登場人物がなぜそうするのか作品のどこにも説明がない。わからないまま演じなければならないのですから、役者はきつい。ローズを演じた毛利さんは不機嫌でした」。その後も『管理人』など喜志訳のピンター作品に取り組み、『料理昇降機』や『レビュースケッチ』では、北村は関西弁で演じる挑戦を行っている。

「もちろん私が訳したらすぐにくるみ座で取り上げるわけではないし、向こうの要請で訳したこともありません。北村さんと話しているうちに何となく、じゃあやろうか、となった。それにピンターばかりやっていたらまず劇団は潰れますからね」。

作品を熟知した研究者とこれほど強い絆を保ちながら舞台を作ることができた劇団は他に例がないのではないか。それは劇団にとって有利だったばかりではない。文芸作品としての翻訳と、技量も個性も異なる役者の身体を通して出てくるセリフの違いを翻訳家に生々しく了解させることにもなり、「作家の手の内を知る貴重な機会にもなりました」。

もう一つの近しい関係とは、これも京都ならではの映画である。関東大震災の後、撮影所がこぞって京都とその周辺に移って来た事情もあり、京都は日本のハリウッドと呼ばれる活況を呈した。くるみ座の稽古場近くの下鴨にも一九六五年まで、蒲田から移ってきた松竹の下加茂撮影所があった。毛利菊枝が脇役として強烈な存在感を放った溝口健二の「山椒太夫」「地獄門」も京都で制作された。

この映画の街で、くるみ座の若手俳優から茶の間の人気をさらう時代劇スターへと躍り出たのが栗塚旭である。映画少年だった氏の故郷は北海道。研究所の門を叩いたのは、銀幕の姿が脳裏に焼き付いていた毛利の名に惹かれてだったと振り返る。初めて劇団の舞台を見た時は「新劇とはなんと地味なものかと驚きました」。

毛利と映画の関係について、氏は印象深い話をしてくれた。当時、役者の映画出演料が劇団経営を支えるのはごく普通のことで、毛利も対談で、ゴーリキー『母』の翻案作品に主演して得たまとまったお金のお陰で旗揚げに至ったと回顧している。だが、映画の仕事をアルバイトと呼んだ役者を毛利は怒ったと言う。「なんと不遜な。せっかく監督が自分を迎えてくれたのに、と」。そして、毛利の付き人だった氏ならではの記憶。「映画の撮影で出番を待っている時、お茶を運んだのですが、先生の手は緊張で震えていました。それは舞台の出番を待つ時と何ら変わりはありませんでした」。

毛利菊枝は舞台をビデオに残すことを嫌った。結果として、映画が彼女や北村の演技を記録してくれた。そして、くるみ座に関する資料の一切合切は大阪大学総合学術博物館に寄贈された。段ボール箱にして五十個にもなる手掛かりが、演劇史に位置づけられるべく繙かれる日を待っている。

京都と美術
—図案の京都—

杲　由美

「栖鳳さんでも元は店の図案をかいてたべてゐやはつたのや。今でこそ本絵で偉いもんどすが、さうですぜ、香嶠さんでも華香さんでも、まだ貿易の下絵をかいてゐはりますがな」とは、若き津田青楓が京都高島屋呉服店の図案部に勤務していた明治三十年代半ば、店の番頭から度々聞かされた言葉であったという（『春秋九十五年』昭和49年1月、求龍堂）。のちの京都日本画壇の重鎮竹内栖鳳が手がけていたのは、当時高島屋が海外に輸出していた刺繍や染織製品の意匠図案であったが、国全体の動向としても、輸出品や博覧会出品物の下絵としての図案制作は、殖産興業の一環として政府主導のもとに行われるものであった。だが明治も半ばになると、工芸製品の下絵であるが故にそれ自体が自立せず、ともすれば装飾芸術・応用芸術と見なされがちであった図案を、独立した芸術と捉える動きが現れる。もとより伝統的な地場産業として染織・陶芸・漆芸等の工芸分野を発展させてきた京都においても、製品の善し悪しを左右する意匠図案の重要性は言を俟たないが、芸術として自立すべき図案への志向は、ここ京都において夙に顕著であるように思われる。

その先導的役割を努めたのが浅井忠である。図案家としての浅井の仕事は没後に京都の芸艸堂《うんそうどう》から刊行された『黙語図案集』（明治41年12月）に見ることができるが、その図案が注目されるのは近年、クリストフ・マルケ氏の画期的な論文「巴里の浅井忠　図案への目覚め」（『近代画説』1号、平成4年11月）以降のことであろう。明治三十三年のパリ万国博覧会を視察し、新しい図案の必要性に目覚めた浅井は、事実上洋画を放棄、明治三十五年、新設の京都高等工芸学校（現・京都工芸繊維大学）教授として入洛する。友人の正岡子規が主宰する「ホトトギス」に数々の図案を提供し、図案界に啓蒙的役割を果したのもこの時期である。

だが独創的な表現へのこだわりは、裏を返せば造形との一体化を無視することにも繋がる。大量生産には向かず、「旧来のものと大に異なつてゐる以上」は「之を採用せん」と中沢岩太も指摘したような京都人の保守気質（「図案と京都」、「京都日出新聞」明治40年1月1日）とも相俟って、結局浅井の図案は京都に定着しなかったが、その活動が、産業振興のもと職人的立場に甘んじていた図案家の芸術的な目を拓かせる重要な契機となったことは事実である。

冒頭に触れた津田青楓も、浅井の薫陶を受けた一人であった。家業（花道去風流家元）を嫌った青楓は京都市立染織学校（現・市立洛陽工業高等学校）に学び、谷口香嶠にも師事して絵の道を志す。当初図案家として出発した青楓は、図案集『うづら衣』（明治36年7月、山田芸艸堂）序文で既に「画家のやる様な工合に自己の思想に重きを」置く芸術的な図案への志向を明示、翌年兄の西川一草亭や友人の漆芸家杉林古香と図案研究雑誌「小美術」を創刊する。この雑誌を携えて浅井を訪問した際の記録「黙語先生を訪ふ」（「小美術」明治37年6

月）の中で青楓は、「子規がホト、ギスで月並派の俳句を排斥して俳句界の刷新をやつた様に」図案を革新したいと述べている。

元来彼は「明星」「ホトトギス」等の美術・文学・俳句雑誌を持ち寄っては兄や友人と議論を交わす、熱心な文学青年であった。フランス留学中（明治40年～42年）も日本から送られてくる新聞雑誌で文学に親しみとりわけ漱石を耽読、パリで執筆した小説が「ホトトギス」に掲載され、朝日文芸欄で小宮豊隆に激賞されたこともあったという。画家青楓の素地は多分に文学的な発想によっても培われたようである。

だが青楓の日露戦争出征等を機に「小美術」は六号で廃刊、図案研究の為赴いた筈のフランスで洋画の方面に没頭した青楓は、帰国後洋画家に転身し、四十四年には東京へ移住する。「京都はいやだつた」「東京の住人になつたことはうれしい」（『漱石と十弟子』再版、昭和49年7月、芸艸堂）と言うように、文学美術を通して新思潮に親しんできた青楓には、一草亭が「花瓶に挿されて日の経つた花の様に、強い烈しい野性の匂ひが失せて」いる（「京都に開かれたる青楓主催美術展覧会」、「美術新報」明治45年6月）と表現した京都の保守性が耐え難く感じられたのだろうが、結局京都で培われた感性、とりわけ図案家としてのそれは抜き難く青楓の裡に存在していたように思われる。

小宮豊隆を通じて漱石と親交を結ぶようになった青楓は、『虞美人草』『明暗』などの漱石作品の他、鈴木三重吉や与謝野晶子ら文芸書の装幀を多く手掛けるが、それらをまとめた『装幀図案集』（昭和4年12月、芸艸堂）の序文でも「京都は染織の土地で従つて図案と言へば帯とか着物とか友禅とかに応用するもの以外のものは余り問題にしない」ので「此の装幀図案集は東京で出版したかつた」と言う。だがこの図案集に収録された図案には、実際着物の意匠になりそうなものも少なくない。書物の装幀は「著書に着物を着せること」と他ならぬ青楓自身が認識していたという事実が、何より彼の作画の源泉の在処を雄弁に物語っていよう。尚、青楓の意向にかかわらず、書肆芸艸堂の存在とその木版技術の水準の高さは、近代以降の京都美術界には不可欠な存在である。紙幅の都合で詳しく言及できないのが残念である。

画と名の付く仕事で手を染めないものはなかったと言われる青楓だが、志賀直哉も認める「装飾画家としての天分」（「三条会の画家」、「読売新聞」大正15年4月13日～14日）こそ、揺籃期を京都で過ごした彼の芸術家としての真骨頂ではなかっただろうか。

最後に、浅井と同時期に頭角を現し、青楓もその存在を意識していた図案家・神坂雪佳に触れておく。琳派を継承する姿勢や造形への応用を重視した事が利点となって、雪佳は浅井没後、京都図案界の主流となってゆくが、この雪佳の代表作として評価が高いのは、図案集『百々世草』（明治42年～43年、芸艸堂）である。いま詳細な検討は措くが、絵画として独立しているこれらの図案は物語性を持つものも多く、所謂コマ絵にどこか通底するものも感じられる。図案に文学と美術の接点を見出だす可能性も内包しており、興味は尽きない。

京都とミステリ

浦谷一弘

京都とミステリの関わりでいうと、次の三つの時期が注目される。

一つ目は、戦前の探偵小説ブームの時期である。大正末期から昭和十年代前半にかけて探偵雑誌が多く発刊され、なかでも「新青年」に次いで長期間にわたって刊行され続けた「ぷろふいる」の編集部が置かれたのが京都だった。発行人である熊谷晃一は、京都の呉服商で老舗デパートである藤井大丸の経営者一族の一人である。母親が黒岩涙香や丸亭素人などを愛読した探偵小説ファンだったようだが、熊谷が二十代の頃、出版を手がけたいと言い出し、探偵小説ならいいだろうということになり、発行することになった。熊谷家の店から別家した番頭の加納哲という画家を通じて山下利三郎や山本禾太郎、西田政治らと知り合ったようだ。熊谷が雑誌全体を総括し、実務は伊藤利夫が熊谷家の事業の一端として兼務担当し、費用はすべて熊谷のポケットマネーだった。発行所は四条河原町の交差点西南角のビルの二階にあったようである。この「ぷろふいる」には、横溝正史と延原謙以外の当時の探偵小説家ほとんどが寄稿しており、いかに活況を呈していたかがうかがえる。「ぷろふいる」を支えた作家ということでは、神戸探偵作家倶楽部の蒼井雄、酒井嘉七、山本禾太郎、西田政治、斗南有吉、九鬼澹（紫郎）、西島志浪、戸田巽らがいた。また、「ぷろふいる」から出た新人に左頭弦馬、西尾正、光石介太郎、金来成などもいる。昭和八年五月号から昭和十二年四月号まで五年にわたり全四十八冊刊行された。

また時系列としては前後するが、大正十四年四月に発足した探偵趣味の会関西在住の会員が同年十二月に創刊した「映画と探偵」以降の流れもほぼ同じ時期の出来事として触れておきたい。「映画と探偵」が半年で廃刊になると、京都探偵趣味の会編輯の「探偵・映画」が昭和二年十月に創刊された。発行は、京都の共同出版社で山下利三郎が編集長格だったが、二号で廃刊となった。そして、昭和三年五月に猟奇社（京都）発行で「猟奇」が創刊された。同人としては、春日野緑、山下利三郎、本田緒生、滋岡透（加藤重雄）らがおり、五年五月で休刊となるまでは京都で発行されていた。「ぷろふいる」にしても「猟奇」にしても、東京の「新青年」や「探偵趣味」に対して、関西在住の探偵小説マニアの情熱が産んだ財産だといえるかもしれない。

二つ目は、昭和五十年代の、京都を舞台にした推理小説が多く書かれた時期である。重要な作品として挙げられるのが、山村美紗『花の棺』（昭和50年9月、光文社）と和久峻三「死体の指にダイヤ」（「京都新聞」夕刊、昭和50年9月3日～51年7月31日、原題は「蜘蛛の家」）である。もちろん、それ以前にも京都を舞台にして書かれた作品がなかったわけではない。山本禾太郎「小笛事件」（「神戸新聞」夕刊、昭和7年7月6日～12月28日、「京都日日新聞」夕刊、昭和7年7月31日～8年2月2日、原題は「実話頸《くび》の索溝《みぞ》」）、松本清張「顔」（「小説新潮」昭和31年8月）、新章文子

『危険な関係』（昭和34年10月、講談社）など他にも存在する。しかし、京都の〈古都イメージ〉が利用され、観光名所が意図的に作中に取り込まれていったのは、『花の棺』と『死体の指にダイヤ』（昭和52年4月、角川書店）以降のことだと考えられる。それはテレビドラマの影響を抜きには語ることができない。五十二年七月二日よりテレビ朝日系列で放送を開始した土曜ワイド劇場で、『花の棺』がドラマ化されて放送されたのが、五十四年四月二十一日である。「京都殺人案内・花の棺」というタイトルで放送された。この「京都殺人案内」はシリーズ化されるのだが、第二作目からは原作者を和久峻三に変え、主役の藤田まことはそのままで、役柄を狩矢警部から音なし警部補の音川音次郎に変更して制作されることになった。第二作目は「呪われた婚約」で、五十五年二月二日の放送である。その音川音次郎を主人公とする『死体の指にダイヤ』の副題も、角川文庫の初版では〈京都連続殺人事件〉となっていたのが、それを機に〈京都殺人案内〉に変更された。そして、シリーズ第二単行本の『悪人のごとく葬れ』が角川文庫より刊行されたのが五十五年八月である。小説とテレビドラマの企画が連動して進められたのであろう。

この後、山村美紗や和久峻三、西村京太郎らを中心に、京都を舞台とした推理小説がトラベル・ミステリーというカテゴリで多く出版されていった。また、テレビドラマでも同様、年間十本前後の京都を舞台にしたミステリドラマが制作されてゆく。それらは、古都保存法という行政側の事情、ディスカバー・ジャパンなどの国鉄（現・ＪＲ）の経営戦略、「ａｎａｎ」、「ｎｏｎ-ｎｏ」などの女性雑誌の隆盛といった事情と結びついてのことと考えられる。

三つ目は、いわゆる新本格、もしくは第三の波以降の現在である。このムーブメントにより輩出された作家たちが京都の大学出身であることが多く、しかも推理小説研究会というサークルの出身者で、作品にもその影響が色濃く出ているところが特徴だといえる。京都大学推理小説研究会（昭和49年発足）の出身者には、綾辻行人、法月綸太郎、我孫子武丸、小野不由美、中西智明、麻耶雄嵩、大山誠一郎、清涼院流水、巽昌章（評論家）などがいる。同志社大学推理小説研究会（昭和44年発足）の出身者には、有栖川有栖、黒崎緑、白峰良介らが、立命館大学推理小説研究会（昭和56年発足）の出身者には、西尾維新がいる。また、推理小説研究会出身者以外でも、昭和五十年代以降に京都の大学で学生生活を送った作家として、京都大学の貴志祐介、伯方雪日、生垣真太郎、小笠原慧、大森望（評論家）、同志社大学の芦辺拓、日向旦、立命館大学の奥田哲也、久遠恵、龍谷大学の獅子宮敏彦、仏教大学の鏑木蓮、京都市立芸術大学の黒川博行なども挙げられる。バラエティに富んだメンバーではあるが、第三の波の主要な作家の多くが京都の大学で学生時代を過ごしたことは興味深い事実である。これは、京都が大学の街であることが大きな原因ではあろうが、ミステリというものの本質を考えるにも重要な問題を孕んでいるのかもしれない。

京都と同人誌

河野仁昭

東京遷都後の京都の文学活動は低迷著しかった。それを支える出版活動も同様で、その状態は明治末期までつづいた。

そうした京都でいち早く月刊雑誌「同志社文学雑誌」（後の「同志社文学」、明治20年3月～28年4月）を創刊したのは、同志社英学校の教員・生徒・卒業生有志を会員とする同志社文学会であった。総合雑誌だったのだが、文学もあらゆるジャンルの作品を載せた。高安月郊による本邦初訳のイプセンの戯曲も連載された。

この雑誌に次ぐものは、明治三十三年四月に刊行された句誌「種瓢」だが、創刊号のみで終わった。明治二十九年に中川四明らが中心になって結成された京阪満月会（会員は京阪在住の日本派俳人たち）の機関誌で、正岡子規もエッセイを寄せている。

その後継誌と見てよい「懸葵」の創刊は、三十七年二月まで待たねばならなかった（昭和19年12月終刊）。やはり四明が中心であったが、創刊の翌年から、東本願寺の法主大谷句仏が実質的な主宰者になった。四明らはここでも財政問題を乗り切れなかったのだ。

句仏は当時、河東碧梧桐に共鳴していて、「懸葵」にもその影響が現れるに至ったのだったが、やがて碧梧桐らの急進的な傾向を警戒するようになり、明治末期に論客の大須賀乙字を迎えて新派批判の姿勢を鮮明にした。

正岡子規の遺志を継いで「ホトトギス」を守っていた高浜虚子は、小説に転じて「国民新聞」の文芸部主筆に就任した。しかし、さすがに碧梧桐らの過激さと「ホトトギス」の衰微を座視すべくもなくて、明治末年に古典主義を標榜して「ホトトギス」の経営に単身取り組むことになった。このことが大正期の京都の俳人たちに小さからぬ影響をもたらしたのである。

明治の京都には詩も短歌も同人誌がなかった。明治四十四年、十五歳で詩作を始めた村山槐多は、京都府立第一中学校（現・府立洛北高等学校）の生徒だったからでもあろうが、回覧雑誌とノートに書いただけだった。

その京都で最初に詩誌を始めたのは、開業医の岩井信実である。大正七年十月に創刊した「坩堝」がそれで、民衆詩派に属していたようで福田正夫の協力を得ている。十四年十一月に「坩堝」を廃刊した岩井は、京都在住の詩の書き手に呼びかけて「京都詩人」（大正15年8月～昭和2年2月）を創刊し、同人詩誌の統合を図ったのだったが、期待したほど参加者を得られぬまま、昭和二年に病没した。だが、「坩堝」は詩誌の呼び水になった観がある。その後、創刊が相次いだのである。いずれも初心者が中心の小規模なもので、大半が短命だったが、大正末年までに延べ三十二誌を数えた。

俳句もまた活況を呈した。京都には「ホトトギス」系の句会がなかったので、虚子はかつて直接指導した京阪在住の弟子たちに、個別に働きかけたのである。それに応じた一人が、中京で書画骨董商寸紅堂を営む田中王城であった。大正九年十月、王城は句誌「鹿笛」（昭和19年5月終刊）を創刊し、雑詠欄の選者に終始した。十三年十一月に刊行した『鹿笛第一句集』に作品が収録されている作者の数は約四九〇名。その大多数が市井の詠み手である。

「鹿笛」創刊の僅か一ヵ月後、大正九年十一月に「京鹿子」が同じ京都で創刊された。中心になったのは第三高等学校生の日野草城と、武道専門学校の教授鈴鹿野風呂で、二人とも「ホトトギス」の投句者であった。

大正九年二月に京大三高俳句会を結成した草城らは（結成句会には虚子も出席）、機関誌がなかったため、野風呂のほか岩田紫雲郎、田中王城らの協力を得て、同俳句会を母体とする「京鹿子」を創刊した。この句誌は主宰者を置かず、右の野風呂、紫雲郎、王城のほか、三高生の草城、高浜赤柿、中西其十の合議によって運営し、雑詠欄への投句の選も創刊当初は六名が分担した。だから「鹿笛」のような結社の機関誌ではなく一般の同人雑誌に近かった。

「京鹿子」に根本的な変化が生じたのは、昭和七年十一月である。会員制を廃して野風呂の個人誌になったのだ。水原秋桜子や草城らの影響もあって、花鳥諷詠を指導理念とする虚子に疑問を覚えつつあった京大関係の会員たち（すべてが虚子を疑問視していたわけではなかったのだが）は、脱会して昭和八年一月に「京大俳句」を創刊した。その組織、運営形態は初期の「京鹿子」と同じであった。

一方、詩の方では、岩井信実が意図して果たし得なかった同人誌の枠を超えた結集の動きが、南江二郎らを中心に大正末期に起こり、京都詩人協会を設立して、昭和二年十二月に年刊アンソロジー『京都詩集』の刊行を見た。これには三十九名が寄稿しているから、大同団結と切磋琢磨によって京都詩壇を活成化し向上を図ろうとした所期の目的は、いちおう達成したといえるだろう。

だが、この協会の活動はこれで終わった。四年に規模を縮小して京都詩話会が結成され、年刊詩集「詩経」（昭和4年〜8年）を発行したが、永続きしなかった。

右の動きの中で、終始世話人として奔走した天野隆一は、京都絵画専門学校（現・京都市立芸術大学）に在学中の大正十四年一月、仲間とモダニズム系の詩誌「青樹」を創刊した。これは昭和十二年六月までつづき、竹内勝太郎なども寄稿していた。

この「青樹」とともに昭和初期の京都の同人雑誌で注目すべきものに、昭和七年十月に創刊を見た「三人」がある。これは三高生の富士正晴、野間宏、桑原（のち竹之内）静雄の三人が、竹内勝太郎の指導ではじめたものである。竹内は十年六月に黒部渓谷に転落死したのだったが、その後も富士が中心になって季刊をつづけ、会員も三高関係者を主体に十名を超えた。しかし、用紙の不足と、会員の相次ぐ応召などで、十七年六月、二十八号で幕を閉じた。表現の自由も運営資金もなくなっていたのである。

昭和十年代前半は同人雑誌が比較的多かった。しかし、リベラルな京大関係者による総合誌「世界文化」（昭和10年2月創刊）は十二年十一月、治安維持法違反容疑で、多数の会員が京都府特高警察により検挙起訴されたため、三十四号で発行不可能になった。

そのすこし前の十二年三月には、倉橋顕吉らの詩誌「車輪」（昭和10年12月創刊）が七号でとり潰され、この年の八月、北川桃雄らの文芸誌「リアル」（昭和10年5月創刊）が、十三号で圧殺されていた。そして十五年には「京大俳句」も解散を余儀なくされた。いずれも「世界文化」と同じ名目によるもので、まさに苛烈な冬の時代であった。

戦後については河野仁昭『戦後京都の詩人たち』（平成16年3月、編集工房ノア）を参照していただきたい。

京都の児童文学

信時哲郎

本事典には日本児童文学史上の最重要人物とも言うべき巌谷小波と鈴木三重吉の項目があるが、京都の児童文学の開祖としては中川霞城《かじょう》をあげるべきであろう。嘉永三年（1850）の京都に生まれた霞城は、教員や新聞社員として働き、四明の号で俳人として知られる他、児童文学者としても明治二十三年に雑誌「少年文武」を刊行したことで知られている。霞城はここに多くの翻訳や論説を発表したが、理科読物の『理科春秋 春』（明治23年5月、張弛館）や『少年狂言二十五番 太郎冠者』（明治25年11月、学齢館）などの著書を残している。

しかし、京都と児童文学と言われてすぐに思い浮かぶのは、多くの人にとって今江祥智《よしとも》と上野瞭《りょう》だろう。詳しくはそれぞれの項目に譲るが、今江については『今江祥智の本』全三十六巻別巻一（昭和55年1月〜平成13年10月、理論社）のボリュームだけで、その実力と人気のほどはわかるだろうし、上野に関して言えば、論客としても名高く、戦後の児童文学を理論面で推進してきたうちの一人だと言ってもいいだろう。

今江は聖母女学院短期大学で、上野は同志社女子大学で教鞭を執ったが、児童文学者と大学の結びつきが深いことも京都の特徴かもしれない。他にも『ごろはちだいみょうじん』で知られる中川正文や、仏教童話で知られる花岡大学が京都女子大学で教鞭を執った。また、京都大学の河合隼雄が昔話や児童文化について論じ、兄の動物学者・河合雅雄も草山万兎のペンネームで童話を書いている。その他、京都大学や同志社大学で教鞭を執った鶴見俊輔もマンガや児童文学に深い関心を寄せており、自由と進取を尊ぶといわれる京都の大学に受け継がれた気風が、これらに影響した可能性もあるのかもしれない。近年では、広義の児童文学であるマンガを扱うマンガ学部が京都精華大学に誕生し、また、これが日本マンガ学会や京都国際マンガミュージアムの設立にも発展していったことが知られるが、これも京都の大学の気風、そして児童文化に向けられてきた興味や関心が結実したものだと言うことができそうだ。

となれば、京都で大学生活を送った人々の中から高名な児童文学者が多く育つのも当然だろう。京都大学からは、安藤美紀夫、山下明生《はるお》、高田桂子、川島誠。同志社大学からは福音館書店の松居直、上野瞭、今江祥智、奥田継夫、ひこ・田中、梨木香歩。立命館大学から藤井まさみ、吉田純子、伊藤遊。龍谷大学の中川正文、花岡大学。京都市立美術大学（現・京都市立芸術大学）の田島征彦《ゆきひこ》、佐々木マキ（中退）。平安女学院短期大学のいぬいとみこ。京都師範学校（現・京都教育大学）の岩本敏男。成安女子短期大学（現・大阪成蹊大学）の永田萌。聖母女学院短期大学で聴講生だった岩瀬成子《じょうこ》を加えれば、児童文学界における京都の層の厚さは明らかだ。

次に京都を描いた児童文学について見ていきたい。京都の歴史や伝統文化を背景にしたものとしては、田島征彦が絵本『祇園祭』（昭和51年7月、童心社）などで京都の情緒を描いているのをはじめ、吉橋通夫が『京のかざぐるま』（昭和63年6月、岩崎書店）や『なまくら』（平成17年6月、講談社）で幕末から明治の京都を描き、伊藤遊は『鬼の橋』（平成10年10月、福音館書店）や『えんの松原』（平成13年5月、福音館書店）で平安朝ファンタジーを展開している。

近代の京都を描いたものとしては、安藤美紀夫の『でんでんむしの競馬』（昭和47年8月、偕成社）を筆頭にあげるべきだろう。舞台は戦前の二条駅から花園駅に向かう山陰線の線路脇にある路地で、若い手品師が空き巣をしたり、刑務所から出たばかりの男が子どもを使って無銭飲食をしたり、「路地には、ときどき、表通りにはおこらない、ふしぎなできごとがおこります」と書かれているとおりの物語が綴られる。語り手も「路地の子どもたちのやることが、ほんとうにしあわせに終わるなんて、百に一つもあるか、なしです」としているが、彼らの生活が全く救いようのない悲惨なものにも思えないところが名作とされる所以だろう。

今江祥智は自伝的作品である『ぼんぼん』（昭和48年10月、理論社）の中で、昭和二十二年七月に四年ぶりに復活した祇園祭の長《なぎ》刀鉾《なたほこ》を描き、空襲で大阪の実家を焼かれた主人公の洋《ひろし》に「ここでは何もかわらへんな。そやけどうちはみなかわった、かわった、かわってしもた……」とつぶやかせている。

上野瞭は作品の中で京都を表に出すことはあまりないが、物語を書く場合にいちばんだいじなことは風景であり、その場面が見えなければ物語は成立しないのだというこだわりを持つ。それは例えば、『ひげよ、さらば』（昭和57年3月、理論社）において「ナナツカマツカは、標高一二四メートル、およそ四〇〇メートル四方のひろがりを持ったなだらかな丘だった。カマツカ市の東のはずれ、子文字山連峰のすぐ手前に横たわっていた」という表現を生むが、これが吉田山から真如堂、黒谷墓地、金戒光明寺と続く丘を指していることは、京都に住む人ならすぐにわかるだろう。

在日朝鮮人作家の韓丘庸《ハングヨン》は京都児童文学会を創立し、同会の発行する「やんちゃ」に多くの作品を掲載しているが、京都を舞台にした「雪の日のいざない」や「ゆうがらす」（ともに『灰色の雨の兵隊』昭和61年1月、素人社所収）、また、軍港であった舞鶴を舞台にした『ゆずの花の祭壇』（平成元年9月、素人社）で、在日朝鮮人として生きていく意味を問いかけている。

ひこ・田中はデビュー作『お引越し』（平成2年8月、福武書店）で、両親の離婚により「（京阪）電車のあっちとこっち」に家をもつことになったレンコの物語を書き、引越荷物を積んだトラックから北山通を眺める作中人物に「いいなあ、カッコつけたレストランの横に大根畑。ぼくこれが大好きだ。ヤッパこれが京都だよねえ。原宿なんてメじゃない」と語らせる。

最後に『京都の童話』（平成11年10月、リブリオ出版）を紹介したい。京都にゆかりのある作家と詩人のアンソロジーで、童話二十編、詩一編のうち十七編が書き下ろし。作品の舞台も京都市内に留まらず、亀岡を舞台とした柳田きぬ「山やまにあずけた秘密」、長岡京を舞台にした小森良子《りょうこ》「お地蔵さん」、丹波を舞台にした杏有記《あんずゆき》「丹波・きらら山のばば」、丹後を舞台にした西良倫《よしのり》「それからの浦島太郎」、綾部を舞台にした梓加依《かい》「雪どけの紙漉き」、舞鶴を舞台にした韓丘庸「テッスの青いたからもの」が収められている。

京都の文芸出版

林　哲夫

京都における出版物の主流は仏教書である。維新後の短期間を除いて常に多数を占めている。工芸・美術に関する出版にも特長があり、実用書や教科書も盛んに刊行されてきたが、文芸書の割合は決して大きくはない。京都における新刊の発行点数が極端に伸びるのは関東大震災以後である。昭和十年を戦前の頂点とし、十九年～二十年の低迷があって二十三年に爆発的な出版点数に到達する。二十五年には一旦昭和初頭のレベルにまで落ちたが、徐々に回復し四十五年以降は急速に発行点数を伸ばした。昭和末年前後の退潮の後、平成になって新刊の数は増加の一途を辿っている。

近代の出版は金属活字から始まった。明治二年、長崎製鉄所頭取だった本木昌造はウィリアム・ギャンブルから活字鋳造技術を学び、三年二月に新街活版所を創設した。同年三月に大阪活版所、十月に東京の小幡活版所、十二月には京都點林堂および横浜活版所の創業をみた。點林堂は弟子の古川種次郎に任せたものだが、急死のため七年から山鹿善兵衛が受け継いだ。點林とは「本木」を点（﹅）と「林」に分けた本木の雅号であった。十二年五月に活版印刷で発行された『西京人物誌』（村上勘兵衛）には「活字印刷」の欄に桂好文堂、村上活版社、煥文堂、點林堂、京都日日新聞社が登録されている。引き続き中西活版所、池上改進堂、似玉堂、太田権七活版所などが開業し、二十七年には京都印刷業界有志親睦会が結成された。京都では概ねこの時期までに活版印刷が一般に普及したと考えていいだろう。例えば明治二十年に相次いで創刊された「同志社文学雑誌」と「反省会雑誌」も活版印刷を採用している。

明治期京都における文芸出版としてまず注目すべきは十五年頃から二十年代にかけて盛んに刊行された娯楽読物である。駸々堂、内藤彦一、佐々木慶助、藤井浅次郎、中村浅吉らの版元が競い合った。また河合卯之助の文港堂には「新体詩叢書」「翻訳全書」、池袋清風の編になる歌集『浅瀬の波』初編（明治21年6月）、三高寮歌「逍遥之歌」の作詞者沢村胡夷の『湖畔の悲歌』（明治40年1月）などがあり、明和（1764～1772）以来の版元五車楼から三十八年に出された真下飛泉詞・三善和気曲『戦友』（明治38年9月）他の「学校及家庭用言文一致叙事唱歌」は広く巷間に流布した。

大正時代に移ると、古書業より社会科学関係書の出版に転じた八坂浅次郎の弘文堂書房が河上肇『貧乏物語』（大正6年3月）を皮切りに目覚ましい活動を見せる。須磨勘兵衛、大谷仁兵衛らの出版業を元とした内外出版も手広い出版を行っているし、新村出らの書籍を刊行した吉田文治の更生閣書店も見逃せない。個人出版では田中王城の寸紅堂、後藤美雄の人生社、田村幸太郎のヒロヲ書店、船川未乾と園頼三による表現社、岩井信実の坩堝社、南江二郎の京都民文社、大谷句仏らの懸葵発行所など、それぞれが個性を発揮した。

昭和期、出版界は一層多彩になる。俳誌「京鹿子」（大正9年～）に拠る京鹿子発行所、青山霞村のからすき社、与謝蕪村や与謝野鉄幹ゆかりの丹後で俳書等を刊行した小室万吉、詩誌「青樹」（大正14年～昭和12年）を柱とした天野隆一の青樹社、探偵小説雑誌「ぷろふいる」から発展する熊谷市郎のぷろふいる社、あるいは理想の書物を目指した寿岳文章の向日庵私版などが着実な活動をみせた。大正期に日本心霊学会として発足した人文書院が文芸書に力を入れ始めるのが昭和十年である。今村太平の映画評論が中心だった第一芸文社や東方文化研究所と関係の深い桑名文星堂も十年代の代表的な版元。十三年に京大北門前に臼井喜之介のウスヰ書房（昭和17年より臼井書房）が開業し「新生」（再刊昭和15年～17年）などの詩誌や田中冬二、城左門らの詩集を発行した。十四年には中市弘と矢倉年が下鴨泉川町で甲鳥書林を創業する。鴨川の「鴨」を分けて甲鳥と名付けたのは吉井勇だった。山川弥千枝『薔薇は生きてる』（昭和14年12月）が幸先の良いベストセラーとなり、吉井、武者小路実篤、尾崎士郎、川田順、中谷宇吉郎らの著作を手広く刊行した。十八年～十九年に行われた企業整備によって臼井書房は一条書房から大八洲出版へと統合される。甲鳥書林も養徳社となって敗戦を迎え、甲文社、書林新甲鳥など に名称を変えて再開したが、盛時の勢いは戻らなかった。戦後復活した臼井書房も詩歌の出版を暫く続けた後、間口を広げて白川書院へ移行する。

空襲の被害を殆ど受けなかった京都は、戦後一時的に出版の拠点となったが、それも円切替を経て日本出版配給会社が閉鎖される二十四年までがピークであった。『愚直兵士シュベイクの奇行』（昭和21年11月）復刊から活発な出版を始める三一書房、和敬書店、圭文社、矢代書店などが新たに興り、晃文社は富士正晴の入社によって翻訳文学に手を着けた。なかで最も華々しい活動をみせたのは高桐書院と世界文学社であろう。前者は昭和二十一年に馬場新二が創業し学術書を刊行したが、代表が淀野隆三に交替してから二十四年の閉業までは『梶井基次郎全集』などの文学書が主軸となった。後者は柴野方彦が昭和二十年に設立しフランスを中心に海外文学の翻訳書を矢継ぎ早に刊行した。雑誌「世界文学」（昭和21年～25年）はサルトル「唯物論と革命」（昭和24年3月～6月）を訳載し実存主義紹介の口火を切った。世界文学社の後を引き継ぐように『サルトル全集』（昭和25年11月～31年2月）などを刊行するのが人文書院で、戦後の京都を代表する文芸出版社となる。また五十年代以降英米文学で活発な活動を見せた山口書店、あるいは詩書の文童社とそれを取り巻く人々も独自の位置を占めている。

京都における文芸出版は概ね小粒ながら各社それぞれに主張が明瞭でアカデミズムを基盤とした先取の気風が漲っていると言えよう。

京都と伝統芸能

森西真弓

明治三十五年九月十二日、新派俳優の福井茂兵衛が京都市中で暴漢に襲われた。福井は東京浅草の生まれ。川上音二郎の公演に関わったことから自身も舞台に立つようになり、三十年以降は関西を本拠地として活躍するようになっていた。当時、京都では興行界の旧習を改め、近代化を図ろうとする演劇改良運動が盛んで、福井は先頭に立って活動していた。その最中に事件は起こった。

九月、南座の公演に先立って福井は「改良八箇条」を提示する。入場料金以外の金銭を受け取らぬこと、上演時間を六時間以内と定めること、文学諸大家が脚本を検閲し、俳優はこれを遵守すること、といった項目の中に「幕間に中売と称し飲食物を売歩く事を廃す」という条文があり、これに反発した者の一部が引き起こした事件と目された。

幸い大事には至らず、興行は予定通り九月十七日に初日の幕を開けた。この時、改良演劇に台本を提供したのが高安月郊である。月郊は大阪の医家に生まれたが、文学の道へ進み、ドストエフスキーやイプセンの翻訳をするうち、自分でも劇作を手がけるようになった。公演は二本立て、一作は新作で、尊皇攘夷派の僧侶として幕末に活躍した清水寺成就院の月照上人を描いた「月照」、他はシェイクスピアの『リア王』を翻案した「闇と光」だった。話題性も手伝ったのだろう、一日日延べをして二十九日に千秋楽を迎えている。

福井一座による改良演劇の第二回公演は続けて三十五年十二月（11月29日初日）、新京極の夷谷座で行われた。この時も月郊作「大塩平八郎」が上演されている。当時、夷谷座を経営していたのは、松竹合資会社（現・松竹株式会社）だった。

白井松次郎、大谷竹次郎兄弟によって、明治二十八年に創業された松竹は、演劇改良運動に積極的に関わっていた。三十五年四月に京都演劇改良会が発足すると、兄弟は十月に、二日目には全幕上演すること、幕間時間を定めること、劇場を清潔に保つこと、下足は丁寧に扱うこと、などを謳った「劇場内誓約規則」を定めている。

歌舞伎発祥の地である京都には、旧幕時代に官許の劇場として櫓を掲げていた南座と北座が明治まで存続し、近代以降も歌舞伎を中心とした公演を続けていた。そのうち北座は明治二十六年に廃座となるが、南座は引き続き伝統と格式を有する劇場として江戸時代以来の顔見世を初めとする興行を打っていた。だが、時代の急激なうねりの前に、老舗ブランドはその価値だけでは立ち行かない事態を迎えることになる。演劇改良運動に乗り遅れたのだ。

運動は明治生まれの新しい演劇である新派の俳優や、同じく新興の盛り場である新京極で産声を上げた松竹によって推進された。結果、南座は賃借を経て三十九年、松竹に買収される。相前後して松竹は、人気を高めていた歌舞伎俳優の初代中村鴈治郎と提携を結び、やがて昭和初期に、日本の興行界のほとんどを手中に収めることとなる。

　演劇改良の流れに乗って、新派公演で地盤作りに成功した松竹は、一方で伝統ある歌舞伎の興行にも重点を置いていた。ただし、この時代、歌舞伎が「伝統芸能」と認識されることはまだなかった。能楽、文楽などとともに正式に国が「重要無形文化財」に指定するのは第二次世界大戦後のことになるが、最初に歌舞伎が自らのアイデンティティーを確認することになるきっかけは、新派が与えたと言ってよい。

　歌舞伎に比べてはるか後発の新派だが、軍事劇や裁判劇といった時局物から始まって、明治三十年代後半には『己が罪』『乳姉妹』に代表される菊池幽芳の家庭小説や、『婦系図』『日本橋』など泉鏡花の花柳界を扱った小説を劇化上演するようになって人気が急騰する。素人からの出発ながら、近松門左衛門の古典劇を研究上演するなどして、喜多村緑郎、高田実、秋月桂太郎ら俳優の技芸も向上、新派はついに歌舞伎のライバルとして肩を並べた。

　その時になって初めて歌舞伎は対応を迫られた。そして面白いことに東京と関西とでは、対処方法が異なった。東京では新派と歌舞伎の俳優が演技術をめぐって新聞紙上で論戦を戦わせたが、京都や大阪では両派の俳優が同一演目で共演した。東京でも歌舞伎の俳優が新派劇を演じることはあったが、あくまで歌舞伎俳優だけで上演したのに対し、関西では新派の演目も歌舞伎の演目も互いに混演している。

　近世以来、江戸では大芝居と小芝居とに歴然とした格差があったが、上方では大芝居と中芝居とが交流していた歴史がある。町人社会が基盤の上方には実力主義が定着しており、新派の台頭に直面しても、対立より融和、合同の道を選ぶのが、無駄な喧嘩をしない、関西ならではの知恵であった。

　歌舞伎は「旧派」と称され、伝統芸能への第一歩を歩み始める。とはいえ、人気演劇としての地位を新派に譲ったわけではなかった。大正時代になると、今度は近代劇運動の流れの中で日本にも独自の戯曲文化が花開く。影響は歌舞伎にも及んだ。青年俳優たちが新しい台本を求めて研究公演を主宰する。大御所の鴈治郎も次々と新作に挑んだ。渡辺霞亭作「土屋主税」、大森痴雪作「あかね染」など、「新歌舞伎」と呼ばれるようになる作品が生み出されていった。

　歌舞伎は京都で誕生して四百年を超え、新派は大阪でその原型となる壮士芝居が旗揚げして百二十年を数えた。役者や観客の世代は代わっても、上演される作品の命脈は途絶えることなく受け継がれ、新たに創作され続けることだろう。

京都と『源氏物語』症候群

安藤　徹

観光都市京都は日常とは異なる特別なトポスであり、近代以前から連綿と続く歴史と伝統、そしてその中で育まれた文化と自然とが、他の地域にはない魅力となって多くの観光客を惹きつける。そうした京都のイメージを決定づける上で、「平安朝／京」が果たしてきた役割は大きい。明治二十年代以降に登場する「国風文化」の称揚、つまり平安時代後半の王朝社会が生み出した〈優美〉で〈みやび〉な文化こそが世界に誇る日本固有のものと評価する文脈と連動しつつ、そのような文化が花開いた平安京を起源とする京都は、「国風文化」を象徴し、今に伝えるかけがえのない「古都」としてのアイデンティティーを整えていったのである。

しかし、近代京都のいったいどこに「国風文化」なるものがあるのか。豊臣秀吉が築いた御土居《おどい》の中、〈洛中〉に平安時代の遺構はほとんどなく、街中をどれだけ歩き回ってみたところで平安文化に直接触れることはほぼ不可能だ。それでも、人々は〈みやび〉な王朝文化のおもかげを求めて京都に集い、さまよう。明治四十五年、初めて京都を訪れた谷崎潤一郎が「平安朝／京」に思いを馳せることのできた場所は、「平安神社」（平安神宮）と「古の大極殿の趾」、そして郊外の宇治に建つ平等院「鳳凰堂」であった。このうち、平安神宮は平安遷都千百年を紀念して、明治二十八年に平安時代の大内裏の正庁を縮小復元して創建された近代建築だが、谷崎の言葉を借りれば、「平安朝初期の、雄大嵬麗な内裏の俤や、廟堂の有様が、まざ〳〵と眼の前に泛んで来るやうな心地」がして、「平安朝の芸術を愛するよりも、平安朝の生活に憧れる人々」にとって「遠い古へを偲」ぶことのできる「絶好の企て」だった（「朱雀日記」、「東京日日新聞」「大阪毎日新聞」明治45年4月27日〜5月28日）。平安神宮は、谷崎の「細雪」（「中央公論」昭和18年1月〜23年10月）で「最も日本的」な花だと思う桜の中でも特に「京都の花でなければ見たような気がしない」幸子が、「洛中に於ける最も美しい、最も見事な花」を見るために妹たちと出かける有名な場面の舞台であり、川端康成「古都」（「朝日新聞」昭和36年10月8日〜37年1月23日）でも千重子が真一と「京洛の春を代表する」（「細雪」にもまったく同じ表現あり）枝垂桜を見に出かけた場所でもあった。洛外に建ち、しかも設計者の伊東忠太が「平安当時の復原」などではなく、「あの建物を見て延暦の昔を偲ぶなどとは思ひもよらぬ事」（「殿堂建築の話」、「日本趣味十種」大正13年12月）だと述べていたとしても、平安神宮以上に古都の姿、「平安朝／京」のおもかげを視覚的に実感させるものはなかった。このように、現実には〈復元〉〈跡〉や〈郊外〉を通じて「平安朝／京」を想像するほかないのが京都の近代であった。

では、こうした近代京都のイメージ生成に『源氏物語』はどのように、どの程度関与しているのだろうか。高木博志によれば、嵯峨野や宇治が『源氏物語』ゆかりの地として定着するようになったのは第二次世界大戦後であり、古典文学との関係で言えば、それ以前はむしろ『平家物語』ゆかりの地として認識されていたのだという。高木は、こうした変容を古都京都の〈女性化〉と捉えている。昭和二十八年に復活した葵祭の路頭の行列に「斎王代」と「女人列」が加えられたのが三十一年、あるいは平安神宮の創建とともに始まった時代祭の列に「女人列」が初めて加わったのも二十五年であったように、戦後になって京都は明確にジェンダー化すると同時に、多くの女性たちが活躍した〈みやび〉な王朝文化を現代に伝える時空として一層喧伝されるようになった。『源氏物語』ゆかりの地としての京都イメージの拡大は、たしかにそのことと深く関係していそうである。

これまでも平安文化の精華、古典中の古典などと称されて過剰に正典《カノン》化されてきた『源氏物語』が、特に戦後の京都イメージ（と京都の文学）に少なからず影響を与えたであろうことは想像にかたくない。だが、京都（の文学）のすべてが『源氏物語』に覆われてしまうことなどありえない。たとえば、「古都」は嵯峨野の「野々宮」が登場する場面で一言言及する以上の密接な関連性を『源氏物語』とのあいだに築いているだろうか。あるいは、同じく京都を舞台とし、しかも谷崎訳『源氏物語』に触れる場面もあるデビット・ゾペティ「いちげんさん」（「すばる」平成8年11月）とどれほど異なるのだろうか。川端が『源氏物語』愛読者であったとか、現代語訳の話があったとかいう情報が、『源氏物語』の存在感を過大に見積もらせてしまっているということはなかったか。現代語訳を実現した谷崎の小説も同様である。「夢の浮橋」（「中央公論」昭和34年10月）は京都を舞台とし、また『源氏物語』を明示的に引用しつつ、その物語世界と交錯しながら展開するが、そこに京都と『源氏物語』との必然的な結びつきを読み込むのは、「細雪」は京都を主な舞台とした小説だと誤解するのと同じ程度の思い込みかもしれないのだ。むろん、それらや中河与一「天の夕顔」（「日本評論」昭和13年1月）などをはじめとする京都と縁のある近代文学を、『源氏物語』との引用関連の中で読み解く可能性は開かれている。

京都＝〈みやび〉な王朝絵巻、「平安朝／京」の文化を実感できる唯一の古都、というイメージの固定化プロセスは、何度目かの『源氏物語』ブーム、そして京都の地域振興を企図した「源氏物語千年紀」（平成20年）と交差しながら、今また大きな転機を迎えているのではなかろうか。京都は『源氏物語』との関連性を加速度的に強化し、京都と『源氏物語』とを等号で結びつけてしまいかねないほどの勢い、言わば『源氏物語』症候群《シンドローム》に陥る危険を孕んでいるというのが、現状に対する私の理解である。しかし、『源氏物語』を京都の、そして京都の文学の隠喩《メタファー》や換喩《メトニミー》にしてしまうことは、京都・近代文学・『源氏物語』のいずれにとっても間違いなく不幸な事態であろう。

《参考文献》井口和起他『京都観光学のススメ』（平成17年3月、人文書院）、高木博志『近代天皇制と古都』（平成18年7月、岩波書店）、丸山宏他編『京都近代研究』（平成20年8月、思文閣出版）、高木博志「古典文学と近代京都をめぐる素描」（「歴史評論」平成20年10月）。

京都近代文学略年表

（三谷憲正作成）

和暦	西暦	事　　項
慶應4 明治元	1868	閏4月　二条城南の旧東奉行所跡に京都府庁開庁。
2	1869	3月　天皇東京に発輦。
3	1870	12月　舎密局《せいみきょく》設置。
4	1871	4月　新英学校女紅場開設。 この年、鴨川をどり創始。
8	1875	11月　同志社英学校創立。
9	1876	3月　京都府庁、日曜・祭日の休みと土曜の半休を実施（従来は一と六の日が休み）。
10	1877	2月　京都駅竣工（京都—神戸間開通）。
11	1878	12月　「京都日日新聞」創刊。
12	1879	4月　京都府中学開設。
13	1880	7月　京都府画学校開設。
16	1883	10月　「都の魁」発行。
17	1884	5月　葵祭復活。
18	1885	4月　「日出新聞」（「京都新聞」の前身）創刊。
20	1887	8月　西本願寺普通学校の生徒有志による「反省会雑誌」（明治32年、「中央公論」と改称）創刊。 9月　インクライン、南禅寺の新路開通。
22	1889	7月　京都電灯会社開業。 9月　第三高等中学校（のちの第三高等学校）大阪より移転。 12月　徳冨蘆花、同志社英学校退学。
24	1891	5月　蹴上発電所設置。
25	1892	11月　正岡子規、第三高等中学校生徒高濱虚子を伴って歌人天田愚庵を訪れる。
26	1893	この年、第三高等中学校生徒の虚子や河東碧梧桐、校門前の下宿で句会を開く。
27	1894	9月　第三高等中学校を第三高等学校と改称。 10月　京都市立染織学校設立、京都市美術学校を同美術工芸学校と改称。
28	1895	4月　第4回内国勧業博覧会開催。 10月　平安奠都千百年紀年祭。第1回時代祭。 帝国京都博物館（京都国立博物館の前身）完成。
29	1896	9月　中川四明ら京阪満月会を結成、その第一回の例会を開催。
30	1897	2月　稲畑勝太郎がフランスからもち帰ったシネマトグラフ（自動幻画）を四条河原で初試写会。 9月　京都帝国大学理工科大学開学（文科は明治39年）。
31	1898	3月　都ホテル開業。 4月　京都府立図書館創設（明治42年岡崎に移転）。
32	1899	6月　京都蚕業講習所（京都工芸繊維大学の前身）開設。
33	1900	6月　京都法政学校（立命館大学の前身）開校。
35	1902	3月　真下飛泉ら新詩社京都支部を結成。 9月　京都高等工芸学校開校。
36	1903	3月　巌谷小波「あゝ京都」発表（～6月）。 4月　京都市紀念動物園開園。 6月　京都府医学校、京都府立医学専門学校と改称（京都府立医科大学の前身）。
37	1904	2月　句誌「懸葵」創刊（昭和19年12月終刊）。 4月　仏教大学（龍谷大学の前身）開学。 この年、湯浅半月、京都府立図書館長に就任。

38	1905	5月　薄田泣菫『二十五絃』刊行。 6月　真下飛泉「出征」「戦友」など六編を京都の五車楼から出版（～10月）。
39	1906	5月　薄田泣菫『白羊宮』刊行。 12月　薄田泣菫、寺町通鞍馬口下ルにて新婚生活。 この年、関西美術院創立。
40	1907	3月　高浜虚子京都を訪れ比叡山に滞在、下山して祇園の一力に遊ぶ。 4月　高浜虚子「風流懺法」発表。 3～4月　夏目漱石、京都に滞在、「京に着ける夕」を執筆。
41	1908	1月　夏目漱石『虞美人草』刊行。 7月　巌谷小波「京都美人」発表。 11月　上田敏、京都帝国大学文科大学講師となる（翌年教授）。 この年、幸田露伴も京都帝大文科大学講師となる（翌年夏に退職）。 この年、大谷句仏、東本願寺法主となる。
42	1909	4月　京都市立絵画専門学校開設。
43	1910	1月　泉鏡花、京都を訪れ、祇園の芸妓を描く「楊柳歌」「笹色紅」などの題材を得る。 5月　吉井勇、京都に遊び、祇園を歌に詠む（9月、『酒ほがひ』刊行）。 8月　西田幾多郎、京都帝大文科大学に助教授として赴任（大正3年教授）。
44	1911	10月　真宗大谷大学開学（東京の真宗大学を京都に移す）。
明治45 **大正**元	1912	4月　同志社大学（専門学校と神学校合併）発足。 白樺主催「第五回美術展覧会」、府立図書館で開催（～21日）。 谷崎潤一郎、初めて京都を訪れ「朱雀日記」を書く。
2	1913	10月　長田幹彦『祇園』刊行。
3	1914	1月　高浜虚子、7年ぶりに京都を訪れ田中王城と再会。「懸葵」の大谷句仏らを訪問。 7月　木下杢太郎『南蛮寺門前』刊行。 9月　志賀直哉、南禅寺北ノ坊町に住む（12月、勘解由小路康子と結婚）。 12月　徳冨蘆花『黒い眼と茶色の目』刊行。 京都法政学校、立命館大学と改称。
4	1915	1月　志賀直哉、京都市郊外衣笠村に転居。 森鷗外「山椒大夫」発表。 3月　夏目漱石、静養のため京都へ来る（4月16日帰京）。 4月　長田幹彦『祇園夜話』刊行。 11月　吉井勇『祇園歌集』刊行。 芥川龍之介「羅生門」発表。
5	1916	1月　森鷗外「高瀬舟」発表。 7月　菊池寛、京都帝大英文学科卒業。 9月　菊池寛「身投げ救助業」発表。 10月　日活大将軍撮影所完成（初代所長尾上松之助）。
6	1917	4月　芥川龍之介「偸盗」発表。 6月　倉田百三『出家とその弟子』刊行。 この年、『京都叢書』（全16巻、索引2巻）完成。
7	1918	3月　川田順『技芸天』刊行。 7月　芥川龍之介「京都日記」発表。 10月　有島武郎、同志社大学で連続講演（大正9年まで春秋に行う）。 11月　菊池寛『無名作家の日記』刊行。
8	1919	2月　加能作次郎『世の中へ』刊行。
9	1920	3月　九条武子ら京都女子専門学校（京都女子大学の前身）を設立。 6月　九条武子、第一歌集『金鈴』刊行。村山槐多『槐多の歌へる』刊行。 9月　京大三高俳句会発足。 11月　日野草城、鈴鹿野風呂ら「京鹿子」創刊。 12月　中川四明『四明句集』刊行。
10	1921	1月　志賀直哉「暗夜行路」発表（～昭和12年4月）。

		5月	土田杏村『文化主義原論』刊行。
11	1922	1月	川田順『山海経』刊行。
		10月	松竹合名会社、知恩院三門前で野外劇「織田信長」を上演(京都初の野外劇)。
12	1923	1月	名和三幹竹編『懸葵第一句集』刊行。
		3月	志賀直哉、粟田口三条坊に住む。10月、山科へ転居。
		4月	柳宗悦、京都へ移り住む。
			中原中也、立命館中学校へ編入。
		7月	中谷孝雄『春の絵巻』刊行。
		10月	谷崎潤一郎、関東大震災により京都へ移住。
		11月	大典記念京都植物園(京都府立植物園の前身)竣工。
			松竹太秦撮影所設立。
13	1924	7月	竹内勝太郎、第一詩集『光の献詞』刊行。近松秋江『黒髪』刊行。
		10月	田中王城選『鹿笛第一句集』刊行。
		11月	佐々木茂索『春の外套』刊行。
14	1925	1月	梶井基次郎、中谷孝雄、外村繁ら三高卒業の東京帝大生を中心に「青空」創刊。梶井基次郎「檸檬」発表。
		6月	マキノ・プロダクション設立。
		7月	鈴鹿野風呂選『京鹿子第一句集』刊行。
大正15 **昭和**元	1926	3月	細井和喜蔵『奴隷』刊行。
		7月	鈴鹿野風呂、第一句集『野風呂句集』刊行。
		8月	梶井基次郎「ある心の風景」発表。
2	1927	7月	九条武子『無憂華』刊行。
		9月	大佛次郎『角兵衛獅子』刊行。
		10月	志賀直哉「邦子」発表(～11月)。
3	1928	11月	九条武子『薫染』刊行。
4	1929	12月	九条武子『白孔雀』刊行。
5	1930	9月	青山霞村『京物語』刊行。
7	1932	5月	山口誓子『凍港』刊行。
		11月	谷崎潤一郎「蘆刈」発表(～12月)。
			須井一『清水焼風景』刊行。
8	1933	5月	滝川幸辰京都帝大教授に休職発令。
		7月	京大法学部8教授を免官(京大滝川事件)。
		11月	京都市美術館竣工。
9	1934	5月	大岡昇平「青春」発表(～7月)。
12	1937	1月	林芙美子『女の日記』刊行。
		4月	林芙美子『田舎がへり』刊行。
		6月	高浜虚子『五百句』刊行。
13	1938	1月	中河与一「天の夕顔」発表。
		4月	中原中也『在りし日の歌』刊行。
14	1939	4月	鈴鹿野風呂『嵯峨野集』刊行。
		11月	二条離宮を京都市に移管、二条城と改称。
15	1940	1月	林芙美子『一人の生涯』刊行。
16	1941	1月	志賀直哉「早春の旅」発表(～4月)。
		5月	山口誓子「二条城の記」発表。
		8月	加能作次郎『乳の匂ひ』刊行。
17	1942	4月	「京都日出新聞」「京都日日新聞」が合併して「京都新聞」が発足。
19	1944	9月	堀辰雄『曠野』刊行。
21	1946	4月	織田作之助「競馬」、「それでも私は行く」発表(～7月)。
		5月	「夕刊京都」発刊。
		6月	「都新聞」創刊。
		8月	織田作之助「土曜夫人」発表(～12月)。

22	1947	6月	吉井勇『短歌風土記』刊行。
		7月	祇園祭復活。
		10月	野間宏『暗い絵』刊行。
		12月	草野心平「竜安寺方丈の庭」作。
23	1948	4月	高浜虚子『虚子京遊句録』刊行。
24	1949	1月	谷崎潤一郎「月と狂言師」発表。
		4月	京都府立西京大学(京都府立大学の前身)設置。
		5月	大佛次郎『帰郷』刊行。
		11月	三島由紀夫「親切な機械」発表。
		12月	湯川秀樹、ノーベル賞受賞。
25	1950	3月	川端康成「虹いくたび」発表(～26年4月)。
		4月	京都市立美術大学開校。
		7月	金閣焼失。
		8月	谷崎潤一郎『少将滋幹の母』刊行。
		10月	時代祭復活。
		12月	井上靖『死と恋と波と』刊行。
26	1951	5月	林芙美子「御室の桜樹」発表。
27	1952	2月	鈴鹿野風呂『百句百幅壱万句集』刊行。
		7月	大岡昇平『詩と小説の間』刊行。
28	1953	5月	葵祭復活。
29	1954	7月	堀辰雄『大和路・信濃路』刊行。
30	1955	7月	大岡昇平『酸素』刊行。
		10月	金閣再建。
31	1956	1月	三島由紀夫「金閣寺」発表(～10月)。
		10月	中河与一「探美の夜」発表(～34年2月)。
33	1958	2月	稲垣足穂「雙ヶ丘」発表。
34	1959	4月	大谷句仏『句仏句集』刊行。
35	1960	2月	谷崎潤一郎『夢の浮橋』刊行。
36	1961	1月	川端康成「美しさと哀しみと」発表(～38年10月)。
		4月	京都府立植物園再開。
		8月	水上勉『雁の寺』刊行。
		10月	倉橋由美子『暗い旅』刊行。
37	1962	1月	大岡昇平『逆杉』刊行。
		6月	川端康成『古都』刊行。
38	1963	2月	水上勉『五番町夕霧楼』刊行。
		11月	京都府立総合資料館開館。
		12月	瀬戸内寂聴『女徳』刊行。
39	1964	12月	着工時の京都市の人口131万人にちなんで131メートルの京都タワービルが竣工。
40	1965	3月	司馬遼太郎「加茂の水」発表。
41	1966	1月	京都・奈良・鎌倉を対象とする古都保存法が公布(4月施行)。
		4月	唐木順三『応仁四話』刊行。
		10月	松本清張「京都大学の墓碑銘」発表(～12月)。
42	1967	5月	山口誓子『方位』刊行。
		8月	鈴鹿野風呂『さすらひ』刊行。
			山口誓子『青銅』刊行。
		11月	松本清張「火と汐」発表。
			白洲正子『栂尾高山寺 明恵上人』刊行。
		12月	池波正太郎「鬼平犯科帳」発表(～平成2年4月)。
43	1968	10月	瀬戸内寂聴『祇園女御』刊行。
44	1969	4月	京都市立芸術大学創立。
		6月	黒岩重吾『人間の宿舎』刊行。

		8月	秦恒平「清経入水」発表。
		10月	井上靖『月の光』刊行。
45	1970	1月	稲垣足穂「宇治桃山はわたしの里」発表。
		2月	秦恒平「畜生塚」発表。
		3月	倉橋由美子『わたしのなかのわたしへ』刊行。
		11月	円地文子『女の繭』刊行。
46	1971	3月	高橋和巳『わが解体』刊行。
		5月	倉橋由美子『夢の浮橋』刊行。
		6月	高橋和巳『黄昏の橋』刊行。
47	1972	2月	唐木順三『日本人の心の歴史　補遺』刊行。
		3月	池波正太郎「仕掛人藤枝梅安」発表(～平成2年4月)。
		4月	秦恒平『慈子』刊行。
		5月	倉橋由美子『迷路の旅人』刊行。
		11月	瀬戸内寂聴『京まんだら』刊行。
48	1973	1月	山崎正和「室町記」発表(～12月)
		3月	方広寺大仏殿焼失。
		10月	今江祥智『ぼんぼん』刊行。
49	1974	5月	大岡昇平『天誅組』刊行。
50	1975	6月	円地文子『都の女』刊行。
		9月	山村美紗『花の棺』刊行。
51	1976	1月	瀬戸内寂聴『幻花』刊行。
		7月	沢田ふじ子「寂野」発表。
52	1977	3月	瀬戸内寂聴『嵯峨野より』刊行。
		5月	山口誓子『不動』刊行。
		9月	田辺聖子『舞え舞え蝸牛　新･落窪物語』刊行。
53	1978	1月	五木寛之『燃える秋』刊行。
			瀬戸内寂聴『祇園の男』刊行。
		9月	京都市電全廃。
		12月	田辺聖子『新源氏物語』刊行(～54年4月)。
54	1979	7月	水上勉『金閣炎上』刊行。
56	1981	5月	地下鉄烏丸線開通。
59	1984	9月	山口誓子『雪嶽』刊行。
		10月	上田三四二『惜身命』刊行。
62	1987	5月	国際日本文化研究センター設置(初代所長梅原猛)。
		9月	沢田ふじ子『虹の橋』刊行。
63	1988	4月	山村美紗『京都グルメ旅行殺人事件』刊行。
		10月	京都府京都文化博物館開設。
平成2	1990	5月	田辺聖子『霧ふかき宇治の恋』刊行。
6	1994	6月	平安遷都千二百年祭。
		9月	上田三四二『上田三四二全歌集』刊行。
11	1999	3月	西村京太郎『京都　恋と裏切りの嵯峨野』刊行。
12	2000	9月	河野裕子『家』刊行。

本略年表は、京都府立総合資料館編『京都府百年の年表』全十巻(昭和45年～47年、京都府)。佐和隆研他編『京都大事典』(昭和59年11月、淡交社)、村井康彦編『新装版　京都事典』(平成5年10月、東京堂出版)、岩波書店編集部編『近代日本総合年表』(平成13年11月、岩波書店)、河野仁昭『京都の明治文学』(平成19年1月、白川書院)、同『京都の大正文学』(平成21年11月、白川書院)、また京都市歴史資料館ＨＰ「京都の歴史年表　文化の流れ」(http://www.city.kyoto.jp/somu/rekishi/fm/nenpyou/bunka_n_frame.html、平成23年5月最終アクセス)などに基づき、本書の枝項目を中心にして編集したものである(※なお、明治5年12月2日までは旧暦に従う)。

京都関連主要作品索引 枝項目を太字で示した

く

け

こ

す

せ

そ

た

ち

つ

て

と

な

京都府出身文学者名簿

あ

会田雄次〔歴史学者、評論家〕1916～1997…3
蒼井雄〔小説家〕1909～1975……………3,392
青木雄二〔漫画家、文筆家〕1945～2003……4
青柳暁美〔詩人、作詞家〕1952～……………4
青山霞村〔歌人〕1874～1940 …… 4,34,58,398
赤石茂〔歌人〕1906～1983 ………………… 6
赤染晶子〔小説家〕1974～ ………………… 7
赤松まさえ〔児童文学作家〕1921～ ……… 8
秋田握月〔俳人〕1887～1938 ……………… 8
麻田駒之助〔俳人〕1869～1948 …………… 12
浅野純一〔歌人〕1902～1976 ……………… 13
浅野童肖子〔俳人〕1928～2002 …………… 14
浅山泰美〔詩人〕1954～ …………………… 14
安達省吾〔児童文学作家〕1941～ ………… 15
姉小路祐〔推理小説家〕1952～ …………… 15
姉崎嘲風〔宗教学者、評論家〕1873～1949 … ……………………………………… 15,206
阿部牧郎〔小説家〕1933～ ………………… 17
天野忠〔詩人、エッセイスト〕1909～1993 … ……………………………………… 19,357
綾辻行人〔小説家〕1960～……16,21,26,279,393
新井弘城〔編集者〕1895～1987 …………… 22
荒賀憲雄〔詩人〕1932～ …………………… 22
荒木昭夫〔児童文学作家、劇作家、演出家〕1931～ …………………………………… 22
荒木文雄〔詩人〕1904～1979 ……………… 22
荒木良雄〔国文学者〕1890～1969 ………… 23
有馬敲〔詩人〕1931～ ……………………… 26
粟津松彩子〔俳人〕1912～2005 …………… 27
粟津水棹〔俳人〕1880～1944 ……… 27,74,250
安藤真澄〔詩人、染色図案家〕1904～1968…27
安藤美紀夫〔児童文学作家、児童文学研究者、翻訳家〕1930～1990 ………… 27,396,397
安立スハル〔歌人〕1923～2006 …………… 28

い

飯島晴子〔俳人〕1921～2000 ……………… 28
飯田兼治郎〔歌人〕1895～没年未詳 ……… 28
生田葵山〔小説家、劇作家〕1876～1945 …… ……………………………………… 29,141
生田耕作〔仏文学者、翻訳家〕1924～1994 … ……………………………………… 30,361
井口直子〔児童文学作家〕1947～ ………… 30
池田勝徳〔社会学者、小説家〕1944～ …… 30
池田みち子〔小説家〕1914～2008 ………… 30
石川英輔〔小説家〕1933～ ………………… 35
石子順〔漫画評論家、映画評論家〕1935～ … ……………………………………………… 36
石田柊馬〔川柳作家〕1941～ ………… 36,220
石原興〔映画監督〕1940～ ………………… 36
井島勉〔美学者〕1908～1978 ……………… 36
伊勢暁史〔放送ジャーナリスト、小説家〕1944～ …………………………………… 38
磯田啓二〔小説家、映画製作者〕1934～ … 38
磯野莞人〔俳人〕1910～1983 ……………… 38
伊丹十三〔映画監督、俳優〕1933～1997 … 38
伊藤雅子〔歌人〕1926～ …………………… 41
伊藤遊〔児童文学作家〕1959～ …… 42,396,397
糸屋寿雄〔映画制作者、評論家〕1908～1997 ……………………………………………… 42
稲岡奴之助〔小説家〕1873～没年未詳 …… 42
稲垣真美〔評論家、小説家〕1926～ ……… 44
戌井市郎〔演出家〕1916～2010 …………… 44
乾谷敦子〔童話作家〕1921～ ……………… 45
井上梅次〔映画監督〕1923～2010 ………… 45
井上章一〔人文学者、評論家〕1955～ … 45,360

井上弘美〔俳人〕1953～……46
井上ふみ〔随筆家〕1910～2008……46
井ノ本勇象〔歌人〕1896～1991……48
伊吹和子〔編集者、エッセイスト〕1929～…49
井村叡〔文筆家〕1929～……52
伊良子正〔詩人〕1921～2008……52
入江為守〔歌人〕1868～1936……53
岩城久治〔俳人〕1940～……53
岩佐氏寿〔脚本家、映画監督、児童文学作家〕1911～1978……53
岩溪裳川〔漢詩人〕1855～1943……53
岩本敏男〔児童文学作家〕1927～……54, 396

う

植田寿蔵〔美学者〕1886～1973……47, 56
上田穆〔歌人〕1902～1974……58
上野瞭〔児童文学作家、評論家〕1928～2002……51, 54, 60, 396, 397
上夢香〔雅楽家、洋楽家、音楽教育家、作曲家、漢詩人、書家〕1851～1937……61
上村松園〔日本画家〕1875～1949……61, 253, 283, 331
上村松篁〔日本画家〕1902～2001……47, 61
上村多恵子〔詩人、エッセイスト、実業家〕1953～……61
臼井喜之介〔詩人〕1913～1974……62, 151, 281, 336, 399
海月ルイ〔小説家〕1958～……64
梅棹忠夫〔生態学者、民族学者〕1920～2010……64
梅原龍三郎〔洋画家〕1888～1986……65, 218

え

江口喜一〔俳人〕1895～1979……66
江坂彰〔評論家、小説家〕1936～……66

お

大石悦子〔俳人〕1938～……68
大浦蟻王〔俳人〕1900～1955……69
大釜菰堂〔俳人〕1876～1959……71
大倉崇裕〔小説家、翻訳家〕1968～……72
大島花王〔川柳作家〕1890～1961……72
大島渚〔映画監督〕1932～2013……72
大田倭子〔詩人、小説家〕1929～……73
大谷句仏〔俳人〕1875～1943……27, 74, 185, 203, 251, 318, 341, 394, 398
大谷暢順〔フランス文学者、仏教学者〕1929～……75
大野哲郎〔児童文学作家、シナリオライター〕1935～……76
大庭さち子〔小説家〕1904～1997……76
大橋健三郎〔アメリカ文学者〕1919～……76
大日向葵〔小説家、俳人〕1923～……77
大村しげ〔随筆家〕1918～1999……77
岡田平安堂〔俳人〕1886～1960……78
丘乃れい〔シナリオライター〕1947～……78
岡本大夢〔歌人〕1877～1963……80
岡本好古〔小説家〕1931～……80
小川煙村〔小説家、戯曲家〕1877～没年未詳……34, 81
小川顕太〔小説家〕1968～……81
小川千甕〔画家〕1882～1971……81
小川隆太郎〔詩人、児童文学研究家〕1910～……81
荻野由紀子〔歌人〕1927～……81
荻世いをら〔小説家〕1983～……81
奥田百虎〔川柳作家〕1916～1989……82
小郷穆子〔小説家〕1926～2003……83
小崎政房〔脚本家、演出家、俳優、映画監督〕1908～1982……84
織田純一郎〔翻訳家、新聞記者〕1851～1919……88
小野俊一〔ロシア文学翻訳家、動物学者、社会運動家〕1892～1958……88
折目博子〔小説家〕1927～1986……89, 201

か

景山筍吉〔俳人〕1899～1979 …… 90
梶山千鶴子〔俳人〕1925～ …… 93
梶原緋佐子〔歌人、日本画家〕1896～1988 …… 93
香住春吾〔放送作家、推理小説家〕1909～1993 …… 93
香住泰〔小説家〕1951～ …… 93
桂樟蹊子〔俳人、植物病理学者〕1909～1993 …… 14,53,94,275
加藤克巳〔歌人〕1915～2010 …… 94
加藤耕子〔俳人〕1931～ …… 95
鏑木蓮〔推理小説家〕1961～ …… 98,393
神谷佳子〔歌人〕1930～ …… 99
加山又造〔画家〕1927～2004 …… 99
狩場直史〔劇作家、音響プランナー、俳優〕1969～ …… 101
河合秀和〔政治学者〕1933～ …… 102
川口克己〔歌人〕1922～ …… 102
川田武〔ＳＦ作家〕1941～ …… 105
川端玉章〔日本画家〕1842～1913 …… 108
河原潤子〔児童文学作家〕1958～ …… 110
川村芳久〔舞台美術家〕1910～ …… 111
神田千砂〔児童文学作家〕1966～ …… 111
上林吾郎〔編集者〕1914～2001 …… 111

き

菊地良江〔歌人〕1915～ …… 114
生咲義郎〔歌人〕1907～2000 …… 114
木島始〔詩人〕1928～2004 …… 114
喜多内十三造〔詩人、放送作家、イベントプロデューサー〕1927～ …… 115
北大路魯山人〔陶芸家、書家、料理研究家〕1883～1959 …… 115
北さとり〔俳人〕1923～ …… 116
北山河〔俳人〕1893～1958 …… 116
北島瑠璃子〔歌人〕1929～2001 …… 116
紀二山〔川柳作家〕1892～1967 …… 117,304
金晃〔童話作家〕1960～ …… 120
金真須美〔小説家〕1961～ …… 120
清岡純子〔写真家、小説家〕1921～1991 …… 120
桐山健一〔詩人〕1942～ …… 121

く

久我なつみ〔評論家、エッセイスト〕1954～ …… 121,218
日下部正治〔俳人〕1931～ …… 122
草川八重子〔小説家〕1934～ …… 122
九条武子〔歌人、宗教家〕1887～1928 …… 124,375
楠田敏郎〔歌人〕1890～1951 …… 126,292
久保田金僊〔画家、舞台装置家〕1875～1954 …… 127
久保田米僊〔日本画家〕1852～1906 …… 127
倉島竹二郎〔小説家、将棋評論家〕1902～1986 …… 127
倉橋健一〔詩人〕1934～ …… 129,171
厨川白村〔英文学者、文芸評論家〕1880～1923 …… 57,112,131,352
栗山良八郎〔小説家〕1929～ …… 133
黒川創〔小説家、評論家〕1961～ …… 135

け

敬天牧童〔詩人、翻訳家、南米研究家〕1875～1968 …… 137

こ

高坂正堯〔評論家、国際政治学者〕1934～1996 …… 138
上月章〔俳人〕1924～ …… 138
合田圭希〔小説家〕1939～ …… 138
高野麻葱〔小説家〕1928～ …… 140
小島徳弥〔評論家〕1898～1950 …… 140
小谷剛〔小説家、医師〕1924～1991 …… 73,140
児玉花外〔詩人〕1874～1943 …… 140
後藤正治〔ノンフィクション作家〕1946～…

……143
小中英之〔歌人〕1937～2001……143
小林桂陰〔実業家〕1869～没年未詳……144
小林泰三〔ＳＦ作家〕1962～……144
駒敏郎〔評論家〕1925～2005 …… 145,251
小室信介〔新聞記者、小説家〕1852～1885 ……146

さ

西園寺公望〔政治家〕1849～1940……147
税所敦子〔歌人〕1825～1900 …… 73,147
榊原紫峰〔日本画家〕1887～1971 …… 148,304
坂根寛哉〔川柳作家〕1932～……150
佐佐木茂索〔小説家、編集者〕1894～1966 ……152
佐々醒雪〔国文学者、俳人〕1872～1917 …… 152,154
佐藤太清〔日本画家〕1913～2004……154
里見勝蔵〔洋画家〕1895～1981……155
猿橋統流子〔俳人〕1912～1996……157
沢田俊子〔童話作家〕1943～……157
沢田撫松〔小説家、新聞記者〕1871～1927 ……159
三条実美〔歌人、政治家〕1837～1891 …74,160
三条西季知〔歌人〕1811～1880……160

し

塩田明彦〔映画監督、脚本家〕1961～ …… 160
芝田米三〔洋画家〕1926～2006……164
渋谷清視〔児童文化研究家、児童文学評論家〕1929～ …… 168
渋谷天外（二代目）〔俳優、劇作家〕1906～1983……168
澁谷道〔医師、俳人〕1926～ …… 168
島田一男〔小説家〕1907～1996……170
島田元〔映画監督、脚本家、作曲家〕1959～……171
清水伊津代〔文芸評論家、英文学者〕1942～……171
清水貴久彦〔俳人、医師〕1947～ …… 171
清水哲男〔小説家、ルポライター〕1954～ ……172
清水浩〔映画監督〕1964～……172
下村宏和〔詩人〕1941～……174
白岩玄〔小説家〕1983～……175
白川淑〔詩人〕1934～……175
新章文子〔小説家〕1922～ …… 178,392
新保博久〔ミステリー評論家〕1953～……178

す

菅浩江〔ＳＦ作家〕1963～……181
杉田博明〔小説家〕1935～……181
杉本秀太郎〔仏文学者、随筆家〕1931～ …… 182,199
杉洋子〔小説家〕1938～……183
鈴鹿俊子〔歌人〕1909～2006 …… 104,184
鈴鹿野風呂〔俳人、国文学者〕1887～1971 …… 184,202～204,247,270,282,295,323,355,356,395
鈴木あつみ〔俳人〕1902～……186
須田国太郎〔洋画家〕1891～1961 …… 164,189
砂田明〔劇作家、演出家、俳優〕1928～1993……189
住谷一彦〔社会思想史研究家〕1925～……189

せ

関沢新一〔脚本家、作詞家、写真家〕1920～1992……190
関野嘉雄〔児童文化研究家、視聴覚教育研究家〕1902～1962 …… 190
関本郁夫〔映画監督、脚本家〕1942～ …… 190
攝津よしこ〔俳人〕1920～……190

そ

徐京植〔評論家〕1951～……194
園田恵子〔詩人、エッセイスト〕1966～ … 194
園基祥〔歌人〕1833～1905……194

征矢泰子〔詩人、児童文学作家、小説家〕1934～1992……195

た

高木智〔俳人〕1935～……185,196
高田宏〔小説家、随筆家〕1932～……197
高田公理〔評論家〕1944～……197
高橋京子〔小説家〕1939～……200
高橋五山〔紙芝居作者、出版社経営〕1888～1965……200
高橋たか子〔小説家〕1932～……198,200
高松光代〔歌人〕1909～2006……205
高谷伸〔劇作家、演劇評論家〕1896～1966……205
滝本誠〔美術評論家、映画評論家、編集者〕1949～……208
竹内逸三〔評論家〕1891～1980……208
竹内勝太郎〔詩人〕1894～1935……123,209,212,276,304,395
竹内鉒三〔歌人〕1911～2004……210
竹崎有斐〔児童文学作家〕1923～1993……210
竹中宏〔俳人〕1940～……185,212
嶽本野ばら〔小説家、エッセイスト〕1968～……215
田近憲三〔美術評論家〕1903～1989……216
多田道太郎〔フランス文学者、評論家〕1924～2007……182,199,216,363
建畠哲〔詩人、美術評論家〕1947～……217
田中阿里子〔小説家、歌人〕1921～……121,201,217
田中王城〔俳人〕1885～1939……27,69,185,203,218,282,338,355,394,395,398
田中喜作〔美術史家〕1885～1945……218
田中国男〔詩人〕1943～……218
田中成彦〔歌人〕1947～……218
田中博造〔川柳作家〕1941～……220
田中泰高〔小説家〕1926～1995……220
谷川義雄〔記録映画監督、映画評論家〕1919～2005……222
谷口謙〔詩人〕1925～……222
田畑比古〔俳人〕1898～1992……225,226
玉木正之〔スポーツライター、音楽評論家〕1947～……226
玉田玉秀斎（二代目）〔講談作家〕1856～1919……226
田村喜子〔ノンフィクション作家〕1932～2012……229

つ

辻嘉一〔日本料理研究家、随筆家〕1907～1988……234
辻田克巳〔俳人〕1931～……234
津田青楓〔画家〕1880～1978……235,266,268,390
筒井菫坡〔詩人、歌人〕1878～1908……235

て

出口王仁三郎〔宗教家、歌人〕1871～1948……126,128,238
寺岡峰夫〔評論家〕1909～1943……238

と

土井逸雄〔翻訳家、映画プロデューサー〕1904～1976……211,239
東儀鉄笛〔俳優、音楽家〕1869～1925……239
堂本印象〔日本画家〕1891～1975……240
堂本尚郎〔洋画家〕1928～……240
徳田戯二〔小説家〕1898～1974……240
利倉幸一〔演劇評論家〕1905～1985……205,243
富岡冬野〔歌人〕1904～1940……245
富永一朗〔漫画家〕1925～……245
冨永星〔翻訳家〕生年未詳～……246
友松賢〔歌人〕1920～……246
豊田四郎〔映画監督〕1905～1977……247
豊田都峰〔俳人〕1931～……247

な

中井宗太郎〔美術史家〕1879～1966………248
中江裕司〔映画監督〕1960～………………250
長尾幹也〔歌人〕1957～……………………250
中川四明〔翻訳家、編集者、新聞記者、俳人、美学者〕1850～1917 ………………………… 27,34,72,74,203,218,**250**,349,394
長崎謙二郎〔小説家、弁士〕1903～1968 … 253
中島湘烟〔民権家〕1863～1901……………253
中島みち〔ノンフィクション作家〕1931～………254
中津昌子〔歌人〕1955～……………………258
中西伊之助〔小説家〕1887～1958…………258
中西卓郎〔小説家、画家〕1930～ ………… 259
中西二月堂〔俳人〕1909～1986……………259
中本紫公〔俳人〕1909～1973………………263
中山華泉〔俳人〕1927～……………………263
名古きよえ〔詩人、画家〕1935～ ………… 264
名越国三郎〔挿絵画家〕1885～1957………264
名古屋哲夫〔詩人〕1928～…………………264
南江二郎〔詩人、人形劇研究家、演劇評論家、劇作家〕1902～1982 …………… **267**,395,398

に

西内ミナミ〔児童文学作家〕1938～………268
西川一草亭〔華道家、随筆家〕1878～1938 ……………………………… 235,266,**268**,390
西川久子〔小説家〕1932～…………………268
西川百子〔歌人〕1887～1944………………269
西口克己〔小説家〕1913～1986……………269
西田純〔詩人〕1956～………………………270
西野信明〔歌人、俳人〕1908～1986 ……… 270
西野文代〔俳人〕1923～……………………271
西村孝次〔英米文学者〕1907～2004………272
西村尚〔歌人〕1935～………………………272
西山英雄〔画家〕1911～1989………………272
二条左近〔俳人〕1916～1998………………273

ぬ

布部幸男〔川柳作家〕1901～1968…………273

の

野田節子〔俳人〕1928～1990………………275
野村吉哉〔詩人、童話作家〕1901～1930 … 278
野村芳太郎〔映画監督、プロダクション役員〕1919～2005 ………………………… 279

は

萩本阿以子〔歌人〕1916～…………………279
橋爪さち子〔詩人〕1944～…………………281
長谷川慶太郎〔経済評論家、国際エコノミスト〕1927～ ……………………………… 281
長谷川利行〔画家、詩人、歌人〕1891～1940………………………………………… 64,**282**
秦恒平〔小説家、評論家〕1935～………135,**282**
畑裕子〔小説家〕1948～……………………285
花田明子〔劇作家〕生年未詳～……………285
花の本芹舎〔俳人〕1805～1890……………286
浜明史〔俳人〕1928～2008…………………287
早川亮〔歌人〕1910～1990…………………288
林海象〔映画監督、脚本家〕1957～ ……… 288
原田千美〔歌人〕1914～1954………………292
原田禹雄〔歌人〕1927～……………………292

ひ

土方鉄〔小説家、俳人、脚本家、部落解放運動家〕1927～2005 ………………………… 294
平田拾穂〔俳人〕1909～……………………296
平田久〔新聞記者〕1871～1923……………296
平中歳子〔歌人、人形師〕1910～1988 …… 296
平野謙〔評論家〕1907～1978………………………………129,130,150,230,260,278,**297**
平林初之輔〔文芸評論家、小説家〕1892～1931………………………………………298

ふ

深井迪子〔小説家〕1932～……………………299
福井和〔児童文学作家〕1931～………………299
福岡益雄〔出版人〕1894～1969……………300
福田隆義〔イラストレーター〕1943～……300
福永清造〔川柳作家〕1906～1981…………300
福本武久〔小説家〕1942～……………………301
藤井まさみ〔児童文学作家、歌人〕1928～ ………………………………………… 302,396
藤木九三〔新聞記者、登山家、小説家、詩人〕1887～1970……………………………302
藤沢浅二郎〔新派俳優兼作者〕1866～1917………………………………………………302
冨士谷あつ子〔評論家〕1932～………………303
藤田雅矢〔詩人、小説家、植物育種家〕1961～………………………………………………303
冨士野鞍馬〔川柳作家〕1895～1977………303
藤本福造〔川柳作家〕1892～1968…………304

ほ

北條元一〔評論家〕1912～2005……………307
星野石木〔俳人〕1886～1960………………308
細井和喜蔵〔小説家〕1897～1925…………308
細川芳之助〔印刷・出版人〕1881～1964 … 310
堀内新泉〔小説家、詩人〕1873～没年未詳…311
堀川弘通〔映画監督〕1916～…………………311
堀豊次〔川柳作家〕1913～2007……………313

ま

前川千帆〔版画家、漫画家〕1888～1960 … 314
前原弘〔歌人〕1902～1991……………………314
牧野省三〔映画監督〕1878～1929……………………………………… 248,314,315,319,386,387
マキノ雅弘〔映画監督〕1908～1993…………………………………… 315,353,386,387
真下五一〔小説家、随筆家〕1906～1979 … 316
真下飛泉〔教育者、歌人〕1878～1926 …………………………………………292,316,398
増田龍雨〔俳人〕1874～1934…………………317
松居直〔編集者、児童文学作家〕1926～ …………………………………… 50,317,396
松井千代吉〔俳人〕1892～1973 ……… 122,317
松尾いはほ〔俳人、医学博士〕1882～1963 ………………………………………………318
松岡正剛〔エディトリアル・ディレクター〕1944～……………………………………318
真継伸彦〔小説家、文芸評論家、俳人〕1932～……………………………………………319
松崎啓次〔映画制作者〕1905～1974………319
松田定次〔映画監督〕1906～2003…………319
松田寛夫〔シナリオライター〕1933～……319
松村禎三〔作曲家、俳人〕1929～2007 …… 320
松本祐佳〔児童文学作家〕1941～……………322
丸山海道〔俳人〕1924～1999 ………… 247,323

み

みうらじゅん〔漫画家、イラストレーターほか〕1958～ ………………………………… 324
三上慶子〔小説家〕1928～2006……………324
三品千鶴〔歌人〕1910～2004………………325
三島晩蟬〔俳人〕1922～………………………325
水内鬼灯〔俳人〕1911～1949 ………… 327,362
水谷憲司〔評論家〕1934～……………………330
三隅研次〔映画監督〕1921～1975…………330
三宅青軒〔小説家〕1864～1914 ……… 29,332
三宅やす子〔小説家、評論家〕1890～1932…332
宮坂和子〔歌人〕1919～………………………332
宮崎学〔評論家、小説家〕1945～ ………… 332
宮田あきら〔川柳作家〕1923～1986………333
宮武寒々〔俳人〕1894～1974………………333
宮脇修〔小説家〕1926～………………………334

む

向井潤吉〔洋画家〕1901～1995……………335
向井良吉〔彫刻家〕1918～……………………336

村上章子〔小説家〕1947～……336
村上春樹〔小説家、翻訳家〕1949～……336
村上幸雄〔児童文学作家、児童文化運動家〕1914～……338
村山葵郷〔俳人〕1900～1961……341
村山古郷〔俳人〕1909～1986……341

も

森泰三〔小説家、ギリシャ哲学者〕1923～2005……345
森本厚吉〔社会学者、生活問題研究家〕1877～1950……23,**348**
毛呂清春〔歌人〕1877～1966……348

や

安井曾太郎〔洋画家〕1888～1955……65,**348**
安江生代〔児童文学作家〕1950～……348
安田木母〔俳人〕1868～1911……8,317,**349**
柳田新太郎〔歌人、編集者〕1903～1948……351
山上伊太郎〔シナリオ作家、映画監督〕1903～1945……353
山川秀峰〔日本画家〕1898～1944……353
山口誓子〔俳人〕1901～1994……147,185,197,203,254,295,325,330,**354**,357
山崎正和〔劇作家、演出家、評論家、演劇学者〕1934～……323,**358**,388
山崎洋子〔脚本家、推理小説家、エッセイスト〕1947～……360
山田英子〔詩人、エッセイスト〕1936～2009……360
山田一夫〔小説家〕1894～1973……360
山田正三〔小説家〕1936～1999……361
山田清三郎〔小説家、評論家〕1896～1987……309,**361**
山田孝子〔俳人〕1920～……362
山中貞雄〔脚本家、映画監督〕1909～1938……19,**363**,386,387
山村美紗〔推理小説家〕1934～1996……272,**364**,392,393
山本兼一〔小説家〕1956～……365
山本宣治〔生物学者、政治家〕1889～1929……6,13,89,196,213,214,259,269,318,**366**
山本治子〔歌人〕1921～1994……366
山本弘〔ＳＦ作家、ゲームデザイナー〕1956～……366
山元護久〔放送作家、児童文学作家〕1934～1978……367

ゆ

湯浅芳子〔ロシア文学者、翻訳家、随筆家〕1896～1990……334,**368**

よ

与謝野鉄幹〔歌人〕1873～1935……144,187,232,275,354,370,371,**372**,398
与謝野礼厳〔歌人、僧侶〕1823～1898……17,73,**373**
依田義賢〔映画脚本家、詩人〕1909～1991……20,**377**
淀野隆三〔小説家、翻訳家〕1904～1967……91,92,116,254,280,**378**,399
米田律子〔歌人〕1928～……378

ら

頼支峰〔漢学者、漢詩人〕1823～1889……378

れ

冷泉為紀〔歌人〕1854～1905……379

わ

若園清太郎〔仏文学者〕1907～……380
鷲田清一〔哲学者〕1949～……380
和田繁二郎〔歌人、日本文学研究者〕1913～1999……380
渡辺一雄〔小説家〕1928～……381
綿矢りさ〔小説家〕1984～……382

京都近代文学事典

和泉事典シリーズ 29

二〇一三年五月一五日　初版第一刷発行

編　者　日本近代文学会関西支部
京都近代文学事典編集委員会

発行者　廣　橋　研　三

発行所　和　泉　書　院

〒543-0037　大阪市天王寺区上之宮町七―六
電話　〇六-六七七一-一四六七
振替　〇〇九七〇-八-一五〇四三

印刷　亜細亜印刷／製本　渋谷文泉閣

装訂　上野かおる／定価はカバーに表示

ISBN978-4-7576-0659-3　C1590